Héros de l'Olympe

Le Fils de Neptune

Rick Riordan

Né en 1964 à San Antonio au Texas, Rick Riordan a d'abord suivi des études musicales avant d'être diplômé en littérature anglaise et en histoire. Après quinze ans d'enseignement, il se consacre à l'écriture. Ses romans policiers pour adultes lui ont valu les prix littéraires américains les plus prestigieux.

Du même auteur :

RICK RIORDAN

Héros de l'Olympe

Le Fils de Neptune

Traduit de l'anglais (américain)
par Mona de Pracontal

Titre original :
The Heroes of Olympus Book Two :
The Son of Neptune

(Première publication : Hyperion Books for Children, New York, 2011)
© 2011, Rick Riordan
Cette édition a été publiée en accord avec The Nancy Gallt Literary Agency.
Tous droits réservés, y compris droits de reproduction totale ou partielle,
sous toutes ses formes.

Pour Becky, qui partage mon sanctuaire à la Nouvelle-Rome.

Même Héra ne pourrait t'effacer de mes pensées.

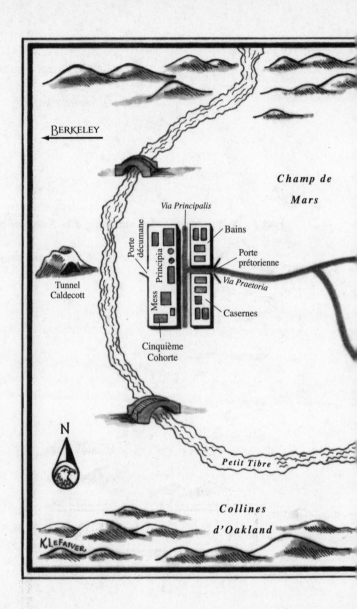

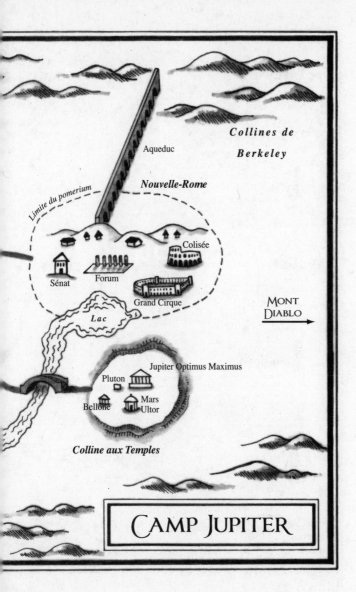

1 PERCY

Percy commençait à en avoir sérieusement assez des mégères aux cheveux de serpents.

Elles auraient dû mourir trois jours plus tôt, quand il leur avait jeté une caisse de boules de bowling à la tête, au Bargain Mart de Napa. Elles auraient dû mourir avant-hier, quand il les avait écrasées avec une voiture de police à Martinez. Et, clairement, elles auraient dû mourir ce matin, à Tilden Park, quand il les avait décapitées.

Mais non. Percy avait beau les tuer et regarder leurs corps s'effriter, chaque fois elles se reformaient tels d'énormes moutons de poussière démoniaques. En plus, il n'arrivait même pas à les semer.

Il atteignit le sommet de la colline et reprit son souffle. Quand les avait-il tuées pour la dernière fois ? Ça devait faire dans les deux heures. Or il avait remarqué qu'elles ne restaient jamais mortes plus longtemps que ça.

Il n'avait quasiment pas dormi ces derniers jours. Et il s'était nourri de ce qu'il avait pu grappiller : des nounours en guimauve trouvés dans des distributeurs, des bagels rassis et même un burrito infect, d'un fast-food dont il préférait taire le nom. Il avait les vêtements déchirés, brûlés par endroits et tachés de bave de monstre.

11

S'il avait survécu jusque-là, c'était pour la seule et unique raison que les deux mégères – les gorgones, tel était le nom qu'elles se donnaient – n'arrivaient pas à le tuer non plus. Leurs griffes n'entamaient pas sa peau. Elles se cassaient littéralement les dents chaque fois qu'elles essayaient de le mordre. Il n'empêche que Percy arrivait au bout de ses forces. Il n'allait pas tarder à s'écrouler de fatigue et alors, il avait beau être dur à tuer, il était presque certain que les gorgones trouveraient le moyen de l'achever.

Où fuir ?

Il balaya le panorama du regard. En d'autres circonstances, il aurait apprécié la vue. À sa gauche, des collines dorées s'enfonçaient vers les terres, parsemées de lacs, de forêts, et çà et là de pâturages avec des vaches. À sa droite, les plaines d'Oakland et de Berkeley s'étiraient vers l'ouest, vaste damier de petites villes résidentielles, peuplées de plusieurs millions de personnes qui n'avaient sans doute pas envie de voir débouler de bon matin deux monstres et un demi-dieu.

À l'ouest, la baie de San Francisco scintillait sous une brume argentée. Derrière, la ville elle-même se perdait dans une nappe de brouillard dont n'émergeaient que les sommets des gratte-ciel et les tours du pont du Golden Gate.

Percy sentit une tristesse vague s'emparer de lui. Quelque chose lui disait qu'il était déjà allé à San Francisco. Il y avait un lien entre la ville et Annabeth – la seule personne de son passé qu'il puisse se rappeler. Et encore, les souvenirs qu'il avait d'elle étaient douloureusement flous. La louve lui avait promis qu'il la reverrait et retrouverait la mémoire – à la condition qu'il mène à bien son expédition.

Devait-il essayer de traverser la baie ?

C'était tentant. Il sentait la puissance de l'océan juste au-delà de l'horizon. L'eau lui redonnait des forces. Surtout l'eau

12

de mer. Il l'avait découvert deux jours plus tôt, quand il avait étranglé un monstre marin dans le détroit de Carquinez. S'il parvenait à la baie, il pourrait mener le combat final. Peut-être même pourrait-il noyer les gorgones. Mais la côte était à au moins trois kilomètres de là ; il y avait toute une ville à traverser.

Il avait une autre raison d'hésiter. Lupa la louve lui avait dit d'aiguiser ses sens – de faire confiance aux instincts qui l'avaient dirigé vers le sud. Or, maintenant, son radar à tête chercheuse sonnait comme un dingue. Il était presque arrivé à destination ; il sentait que son but était quasiment sous ses pieds. Impossible, pourtant : il n'y avait rien au sommet de cette colline.

Le vent tourna. L'odeur aigre des reptiles parvint aux narines de Percy. Il entendit, à une centaine de mètres en contrebas, des bruissements dans le sous-bois – des brindilles brisées, des feuilles écrasées, des sifflements.

Les gorgones.

Pour la millionième fois, Percy maudit leur odorat. Elles lui disaient toujours qu'elles sentaient son odeur parce qu'il était un demi-dieu – le fils sang-mêlé d'une vieille divinité romaine. Percy s'était roulé dans la boue, plongé dans des ruisseaux, bourré les poches de déodorants d'ambiance pour dégager une odeur de voiture neuve, rien n'y faisait. Appa-remment, la puanteur des demi-dieux était difficile à couvrir.

Il s'approcha prudemment du flanc ouest. La pente était trop raide pour envisager de la descendre. Vingt-cinq mètres de dénivelé qui s'achevait sur le toit d'un grand ensemble agrippé à la colline. Quinze mètres plus bas, une autoroute débouchait au pied de la pente et s'étirait vers Berkeley.

Super. Aucun moyen de quitter la colline. Il s'était piégé tout seul.

13

Il regarda le flot de voitures qui roulaient vers l'ouest, en direction de San Francisco... Si seulement il était dans l'une d'elles ! Soudain, il se rendit compte que l'autoroute devait traverser la colline. Il devait y avoir un tunnel – juste sous ses pieds.

Son radar interne explosa. Il était bel et bien au bon endroit, juste trop haut. Il fallait qu'il aille voir ce qu'il y avait dans ce tunnel. Il devait trouver le moyen de descendre à l'autoroute, et vite.

Il posa son sac à dos par terre. Il était arrivé à rassembler pas mal de matos au Bargain Mart de Napa : un GPS portable, du gros adhésif, de la super glu, une bouteille d'eau, un tapis de camping, un oreiller-panda (« vu à la télé ») et un couteau suisse – bref, presque tous les outils dont pouvait rêver un demi-dieu moderne. Mais il n'avait rien qui puisse servir de luge ou de parachute.

Ce qui lui laissait deux possibilités : faire un saut de la mort de vingt-cinq mètres ou se préparer à se battre. Deux perspectives aussi calamiteuses l'une que l'autre.

En jurant, il sortit son stylo-bille de sa poche.

Il n'avait l'air de rien, ce stylo : une pointe-bille ordinaire, comme on en voit partout, mais lorsque Percy retirait le capuchon, il se transformait en épée de bronze étincelante. La lame était parfaitement équilibrée. La poignée recouverte de cuir lui tenait dans la main comme si elle avait été façonnée pour lui. Gravé sur la garde, il y avait un mot en grec ancien que Percy, sans savoir comment, comprenait : *Anaklusmos* – Turbulence.

Il avait cette épée lorsqu'il s'était réveillé, la première nuit, à la Maison du Loup – il y avait deux mois de cela ? Plus ? Il avait perdu le compte des jours. Il s'était retrouvé dans la cour d'une grande maison en partie détruite par un incendie, en short et tee-shirt orange, avec autour du cou un lacet de cuir orné de drôles de perles en terre cuite. La poignée de Turbulence reposait au creux de sa main, sans que Percy sache le moins du monde comment il avait atterri dans cet endroit. Il était pieds nus, gelé, et complètement désorienté. Et puis les loups étaient arrivés...

Une voix familière, tout près de lui, le ramena brutalement à la réalité.

– Ah, te voilà !

Percy s'éloigna de la gorgone en titubant et faillit tomber dans le vide.

C'était la sœur souriante. Blenno.

Bon, d'accord, elle ne s'appelait pas vraiment Blenno. Percy se disait qu'il devait être dyslexique, car lorsqu'il essayait de lire, les lettres s'emmêlaient et les mots se déformaient. De sorte que la première fois qu'il avait vu la gorgone, qui se faisait passer pour une hôtesse au supermarché et arborait un gros badge vert marqué « Bienvenue ! *Sthéno à votre service !* », il avait lu « Blenno ».

Elle portait toujours son gilet « Bargain Mart » vert, sur une robe à fleurs. Si on ne regardait que son corps, on pouvait la prendre pour une petite mamie assez grassouillette... mais il suffisait de baisser les yeux pour voir qu'elle avait des pattes de coq. Ou de les lever pour découvrir des défenses de sanglier en bronze qui perçaient aux deux coins de sa bouche, à quoi s'ajoutaient des yeux rougeoyants et une chevelure faite de serpents vert vif et grouillants.

Mais vous savez le plus horrible ? Elle tenait toujours son plateau de dégustation gratuite de « Crispy Cheese & Wieners – *snacks goût fromage et saucisse* ». Percy avait tué la gorgone tant de fois que le plateau était tout cabossé, en revanche les snacks restaient en parfait état. Sthéno persistait à les trimbaler d'un bout à l'autre de la Californie, pour pouvoir offrir un snack à Percy avant de l'occire. Percy ne comprenait pas pourquoi elle y tenait tant, mais ce qu'il savait, c'était que le jour où il aurait besoin d'une armure, il se la ferait en Crispy Cheese & Wieners – ils étaient indestructibles.

– Tu veux goûter ? proposa Sthéno.

Percy la repoussa d'un mouvement d'épée, et lui demanda :

– Où est ta sœur ?

– Oh, range-moi ça ! gronda Sthéno. Tu n'as pas encore compris que même le bronze céleste ne pouvait pas nous tuer pour bien longtemps ? Prends plutôt un Cheese & Wiener. Ils sont en promo cette semaine, ça me ferait de la peine de te tuer le ventre vide.

– Sthéno ! cria la seconde gorgone, qui avait surgi à la droite de Percy sans lui laisser le temps de réagir. (Heureusement, elle était trop occupée à fusiller sa sœur du regard pour s'intéresser au garçon.) Je t'avais dit de le tuer par surprise !

Le sourire de Sthéno s'estompa.

– Mais, Euryale, je pouvais bien lui offrir un snack gratuit d'abord, non ?

– Non, espèce d'idiote !

Là-dessus, Euryale se tourna vers Percy en montrant les crocs.

À part sa chevelure, faite de serpents de corail et non de vipères vertes, elle ressemblait à sa sœur comme deux gouttes d'eau. Son gilet, sa robe à fleurs et même ses défenses de sanglier étaient décorés d'autocollants « moins 50 % ». Son badge annonçait : « *Bonjour ! Crève, sale demi-dieu ! à votre service !* »

– Tu nous as fait sacrément courir, Percy Jackson, dit Euryale. Mais maintenant que tu es acculé, on va se venger !

– Les Cheese & Wieners sont à seulement 2,99 $ le paquet ! glissa Sthéno, pleine de bonne volonté. Rayon épicerie, allée 3.

– Sthéno, aboya Euryale, hôtesse de vente, c'était une couverture ! Tu rentres trop dans le personnage, là ! Pose-moi ce plateau ridicule et aide-moi à tuer ce demi-dieu. Tu as peut-être oublié que c'est lui qui a pulvérisé Méduse ?

Percy recula d'un pas. Quinze centimètres de plus et il basculait dans le vide.

– Écoutez les filles, tenta-t-il, on a déjà parlé de tout ça. Je vous dis que je ne me souviens même pas d'avoir tué Méduse. Je ne me souviens de rien. On pourrait pas déclarer l'armistice et discuter de vos promos de la semaine, plutôt ?

Sthéno regarda sa sœur en essayant de faire la bouche en cœur – ce qui n'était pas gagné, avec des défenses géantes en bronze.

– Pourquoi pas ? dit-elle.

– Non ! (Les yeux rouges d'Euryale transpercèrent Percy.) Je me fiche de ce dont tu te souviens ou pas, fils du dieu de la Mer. Je sens l'odeur du sang de Méduse sur toi. Elle est légère, certes, et vieille de plusieurs années, mais tu es le dernier à l'avoir vaincue. Elle n'est toujours pas revenue du Tartare. Et c'est ta faute !

Percy avait du mal à comprendre cette histoire. Le concept « je meurs et puis je reviens du Tartare » lui cassait la tête. Bien sûr, le stylo-bille qui se changeait en épée, ce n'était pas plus facile à comprendre, ni les monstres qui se cachaient sous ce qu'on appelait la Brume, ou le fait que lui-même, Percy, était le fils d'un dieu couvert de coquillages et vieux de cinq mille ans. Par contre il y croyait. Sa mémoire avait beau s'être effacée, il savait qu'il était un demi-dieu et qu'il s'appelait Percy Jackson. Dès sa première conversation avec Lupa la louve, il avait admis que cet univers de dieux et de monstres, aussi dingue et chaotique soit-il, était le sien. Et qu'en gros ça craignait.

– Et si on déclarait match nul ? dit-il. Je ne peux pas vous tuer. Vous ne pouvez pas me tuer. Si vous êtes les sœurs de Méduse, de la Méduse dont le regard changeait les gens en pierre, comment ça se fait que je sois pas déjà pétrifié ?

– Vous les héros ! s'exclama Euryale d'un ton dégoûté. Vous avez toujours besoin de dire ça, comme notre mère ! « Pourquoi vous ne pouvez pas changer les gens en pierre ? Votre sœur, *elle*, a le regard qui pétrifie ! » Ben désolée de te décevoir, mon gars, Méduse est la seule à avoir eu cette malédiction. C'était la plus laide de la famille. C'est elle qui a reçu toutes les chances !

– Mais maman m'avait dit que j'étais la plus laide, protesta Sthéno, l'air blessée.

– Silence ! coupa Euryale. Quant à toi, Percy Jackson, tu portes la marque d'Achille, c'est un fait. Ça te rend un peu plus dur à tuer. Mais te bile pas, on trouvera bien le moyen.

– La marque de quoi ?

– D'Achille, expliqua Sthéno avec bonne humeur. Oh ce qu'il était beau, celui-là alors ! Plongé dans le Styx tout petit, tu sais, alors il était invulnérable, sauf à un endroit minuscule à la cheville. Tu as eu la même chose, mon chou. Quelqu'un a dû te tremper dans le Styx et ça t'a rendu la peau dure comme du fer. Mais t'inquiète pas. Les héros comme toi ont toujours un point faible. Il suffit qu'on le trouve, et on pourra te tuer. Super, non ? Prends donc un Cheese & Wiener !

Percy s'efforça de réfléchir. Il ne se souvenait pas de s'être jamais trempé dans le Styx ; cela dit, il ne se souvenait pas de grand-chose. Il n'avait pas l'impression d'avoir la peau dure comme du fer, mais cela expliquerait qu'il résiste depuis aussi longtemps aux gorgones.

Peut-être que s'il se laissait tomber dans la pente… Survivrait-il ? Il n'avait pas envie de courir le risque, du moins pas sans quelque chose qui puisse ralentir la chute, ou une luge, ou...

Il regarda le grand plateau argenté de Sthéno.

Hum...

– Tu te laisses tenter ? demanda Sthéno. Tu as bien raison, mon chou. J'ai mis un peu de sang de gorgone sur les snacks, comme ça tu mourras vite et sans souffrir.

Percy sentit sa gorge se serrer.

– Tu as mis de ton sang sur les Cheese & Wieners ?

– Une petite goutte, acquiesça Sthéno en souriant. Je me suis fait une coupure de rien du tout sur le bras, mais c'est gentil de t'inquiéter pour moi. Le sang de nos bras droits peut tout guérir, tu sais, tandis que celui de nos bras gauches est mortel...

– Non mais t'es bête ou quoi ? l'interrompit Euryale en hurlant. T'es pas censée lui dire ! Il ne va pas manger de Cheese & Wieners si tu lui dis qu'ils sont empoisonnés !

– Ah bon ? fit Sthéno, l'air sidérée. Pourtant je lui ai promis que ce serait rapide et sans souffrance.

– Laisse tomber ! (Les ongles d'Euryale se transformèrent en longues griffes.) On va le tuer à la dure, c'est tout. On va le lacérer de partout jusqu'à ce qu'on trouve son point faible. Quand on aura vaincu Percy Jackson, on sera plus célèbres que Méduse ! Notre protectrice nous récompensera généreusement !

Percy serra la poignée de son épée. Il fallait qu'il minute son coup à la perfection : quelques instants de désordre, attraper le plateau de la main gauche...

Fais-les parler, pensa-t-il, et il lança :

– Avant de me tailler en morceaux, dites-moi, qui est cette protectrice ?

Euryale ricana.

– C'est la déesse Gaïa, bien sûr ! Celle qui nous a tirées de l'oubli ! Tu ne vivras pas assez longtemps pour la rencontrer, mais tes amis d'en bas vont bientôt affronter sa colère. À l'instant où je te parle, ses armées sont en marche. Elle s'éveillera à la Fête de la Fortune et les demi-dieux seront massacrés comme, comme...

– Comme les prix massacrés chez Bargain Mart ! suggéra Sthéno.

– Argh !!!

Euryale s'élança rageusement vers sa sœur. Percy sauta sur l'occasion. Il empoigna d'une main le plateau, envoyant valser les Cheese & Wieners empoisonnés, et de l'autre trancha la taille d'Euryale d'un grand coup de son épée Turbulence.

Il brandit le plateau devant Sthéno, qui se retrouva face à son reflet graisseux.

– Méduse ! hurla-t-elle.

Sa sœur Euryale était réduite en tas de poussière, mais elle commençait déjà à reprendre forme, comme un bonhomme de neige fondu en mode *reverse*.

– Sthéno, pauvre cruche ! gargouilla-t-elle dès que son visage aux traits encore mous émergea du tas de poussière. C'est juste ton reflet ! Attrape-le !

Percy asséna violemment le plateau sur la tête de Sthéno, qui perdit connaissance.

Il se cala cette luge de fortune sur le derrière, adressa une prière muette au dieu romain susceptible de présider aux stupides jeux de glisse, et se jeta dans la pente.

2 PERCY

Le problème, quand on dévale une pente à quatre-vingts kilomètres à l'heure assis sur un plateau, c'est qu'on ne peut pas changer d'avis en cours de route, même si on se rend compte que c'était une mauvaise idée.

Percy frôla un arbre, ricocha contre un rocher et fit un tour à 360 degrés dans sa folle trajectoire vers l'autoroute. Le pauvre plateau n'avait pas de direction assistée.

Il entendit les gorgones hurler et entrevit la chevelure corail d'Euryale s'agiter au sommet de la colline, mais il n'avait pas le temps de s'en inquiéter. Le toit de l'immeuble se dressait devant lui comme la proue d'un cuirassé. Collision frontale dans dix secondes, neuf, huit...

Il parvint à obliquer sur le côté pour ne pas se briser les jambes dans l'impact. Le plateau dérapa sur le dessus du toit et décolla. Il fusa dans une direction... et Percy dans une autre.

Il dégringolait maintenant vers l'autoroute et des images de film d'horreur défilaient dans sa tête : il s'écrasait contre le pare-brise d'un quatre-quatre, et le gars qui était au volant, en route pour son boulot, essayait de se débarrasser de lui en actionnant ses essuie-glace. « Je vais être en retard. Un jeune vient de s'écraser sur ma voiture... Vraiment n'importe quoi, ces jeunes ! »

Par miracle, une bourrasque le chassa latéralement – juste assez pour lui faire survoler l'autoroute et tomber dans les buissons du bas-côté. Ce ne fut pas un atterrissage en douceur, certes, mais tout de même plus doux que sur l'asphalte.

Percy poussa un grognement. Il aurait voulu s'allonger, fermer les yeux et sombrer dans le sommeil, mais il ne pouvait pas se le permettre.

Il se leva péniblement. Ses mains étaient couvertes d'égratignures, mais il n'avait rien de cassé. Il avait toujours son sac à dos. En revanche, son épée avait disparu dans la chute. Pas grave, Percy savait qu'elle se rematérialiserait dans sa poche sous sa forme de stylo-bille, c'était un de ses attributs magiques.

Il jeta un coup d'œil vers le sommet de la colline. Difficile de rater les gorgones, avec leurs chevelures colorées et leurs gilets vert pomme. Elles descendaient la pente, moins vite que Percy mais avec un bien meilleur contrôle de leur progression. Pratique pour la varappe, ces pattes de coq... Percy calcula qu'il avait cinq minutes au maximum avant qu'elles le rattrapent.

À côté de lui, derrière un grillage, s'étendait un quartier résidentiel : petites rues sinueuses, jolies maisons, grands eucalyptus. On avait sans doute mis cette clôture pour empêcher les gens d'accéder à l'autoroute et de s'y livrer à des facéties du genre glisser sur la voie rapide assis sur un plateau à sandwiches, mais les mailles du grillage étaient très larges. Percy pouvait facilement s'y faufiler et pénétrer dans ce quartier. Il pourrait alors chercher une voiture et rouler vers l'ouest pour rejoindre l'océan. Ça ne lui plaisait pas de voler des voitures, loin de là, mais au cours des dernières semaines, dans des situations de vie ou de mort, il en avait « emprunté » plusieurs – dont une voiture de police. Chaque fois, il avait l'intention de la rapporter mais, allez savoir pourquoi, elles ne duraient jamais longtemps.

Il jeta un coup d'œil du côté est. Il avait deviné juste : une centaine de mètres plus loin, l'autoroute s'enfonçait dans la colline. Deux entrées de tunnel, une pour chaque sens de circulation, le regardaient comme les orbites sombres d'un crâne géant. Au milieu, à l'emplacement du nez, il y avait un mur de ciment qui faisait saillie, avec une porte de métal qui ressemblait à l'entrée d'un bunker.

Probablement un tunnel qui servait à la voirie. C'était en tout cas ce que devaient penser les mortels, s'ils remarquaient cette entrée. Leur regard ne pouvait pas percer la Brume. Percy, par contre, savait que la porte s'ouvrait sur toute autre chose.

Deux ados en armure se tenaient devant l'entrée. Ils portaient un accoutrement bizarre et disparate : casques romains à plumes, plastrons de cuirasse, épées, blue-jeans, tee-shirts violets et baskets blanches. Le garde de droite semblait être une fille, mais c'était difficile de le dire avec certitude, sous son armure. Le garde de gauche était un garçon trapu, qui portait un arc et un carquois sur le dos. Les deux avaient à la main de longs bâtons de bois terminés par une pointe en fer, genre harpons à l'ancienne mode.

Le radar interne de Percy était passé en mode alerte maximale. Après toutes ces horribles journées de quête, il atteignait enfin son but. Son instinct lui disait que s'il parvenait à franchir cette porte, il serait en sécurité, pour la première fois depuis que les loups lui avaient fait prendre la route du Sud.

Alors d'où lui venait cette terrible appréhension ?

Plus haut sur la colline, les gorgones abordaient le toit de l'immeuble – elles n'en avaient plus que pour trois minutes, peut-être moins.

Percy était tiraillé.

D'un côté il avait envie de foncer vers cette porte. Ce qui impliquait de traverser plusieurs voies d'autoroute pour gagner le terre-plein central mais ensuite, il y serait en un petit sprint. Il arriverait avant que les gorgones l'aient rattrapé.

D'un autre côté, il avait envie de mettre le cap sur l'ouest, vers l'océan. C'est là qu'il serait le plus en sécurité. Là que ses pouvoirs seraient les plus forts. Ces gardes romains devant la porte le mettaient mal à l'aise. Une petite voix disait : *Ce n'est pas mon territoire. Attention, danger.*

– Tu as raison, bien sûr, dit quelqu'un à côté de lui.

Percy sursauta. Il crut d'abord que Blenno était parvenue à se glisser sans bruit jusque-là, mais la vieille dame assise dans les buissons était encore plus repoussante qu'une gorgone. On aurait dit une hippie qui aurait échoué sur le bas-côté de la route il y a une quarantaine d'années, et s'y couvrait depuis lors de haillons et déchets divers. Elle portait une robe en batik, lambeaux de couverture et sacs plastique. Ses cheveux frisés, d'un brun grisâtre, étaient retenus par un bandeau couvert de symboles « faites l'amour, pas la guerre ». Elle avait le visage constellé de verrues. Et lorsqu'elle sourit, elle découvrit très exactement trois dents, pas une de plus.

– Ce n'est pas un tunnel d'entretien, dit-elle. C'est l'entrée du camp.

Un frisson parcourut l'échine de Percy. Le camp. Oui, c'était de là qu'il venait. D'un camp. C'était peut-être ici, chez lui. Peut-être qu'Annabeth était tout près.

Pourtant, il le sentait, quelque chose clochait.

Les gorgones étaient toujours sur le toit de l'immeuble. Soudain, Sthéno poussa un cri de joie et tendit le bras dans la direction de Percy.

La vieille hippie leva les sourcils.

– Dépêche-toi, petit. Il faut que tu prennes une décision.

– Qui es-tu ? demanda Percy, même s'il n'était pas sûr d'avoir envie de le savoir – aucune envie de découvrir, une fois de plus, que sous l'apparence d'une mortelle inoffensive se cachait un monstre.

– Oh, appelle-moi June, comme le mois de juin, répondit la mamie, l'œil pétillant comme si elle venait de faire une bonne blague. On est bien en juin ? Ce mois a été nommé en mon honneur !

– D'ac... cord. Écoutez, là, faut que j'y aille. Il y a deux gorgones qui arrivent. Je ne voudrais pas qu'elles vous fassent du mal.

– Comme c'est gentil ! s'exclama June en portant les mains contre son cœur. Mais ça va dépendre de ta décision !

– Ma décision...

Percy lança un regard inquiet vers la colline. Les gorgones avaient enlevé leurs gilets verts. Des ailes s'agitaient dans leurs dos – de petites ailes de chauve-souris, qui brillaient comme du laiton.

Depuis quand avaient-elles *des ailes* ? C'était peut-être juste décoratif, elles étaient sûrement trop petites pour hisser une gorgone dans l'air. À ce stade des réflexions de Percy, les deux sœurs sautèrent du toit de l'immeuble et foncèrent vers lui à travers ciel.

Formidable. Vraiment formidable.

– Oui, tu dois choisir, reprit June, comme si elle avait tout son temps devant elle. Tu peux me laisser ici à la merci des gorgones et rejoindre l'océan. Tu y arriveras sain et sauf, je te le garantis. Les gorgones ne seront que trop heureuses de te laisser partir et de m'attaquer. Dans la mer, aucun monstre ne t'embêtera. Tu pourras commencer une vie nouvelle et vivre jusqu'à un âge avancé, en échappant au lot de souffrances et de vicissitudes qui t'attendent dans ton avenir.

Percy savait d'avance que la seconde option ne lui plairait pas.

– Ou bien ? demanda-t-il.

– Tu fais une bonne action pour une vieille dame. Tu me portes au camp avec toi.

– Tu veux que je te *porte* ?

Percy espérait qu'elle ne parlait pas sérieusement. Mais June releva ses jupons et lui montra ses pieds, violets et gonflés.

– Je ne peux pas y aller toute seule, dit-elle. Porte-moi jusqu'au camp. Fais-moi traverser l'autoroute, le tunnel et le fleuve.

Percy ne savait pas de quel fleuve il s'agissait, mais ça n'avait pas l'air facile. June paraissait plutôt lourde.

Les gorgones n'étaient plus qu'à une cinquantaine de mètres. Elles glissaient tranquillement dans l'air, sans se hâter, comme si elles savaient que la traque s'achevait.

Percy regarda la vieille dame.

– Et je te porterais jusqu'au camp pour quelle raison ?

– Par bonté ! En plus, si tu ne le fais pas, les dieux périront, le monde tel que nous le connaissons disparaîtra et toutes les personnes de ton ancienne vie mourront. Bien sûr, tu ne te souviens pas d'eux, alors ça ne compte peut-être pas. Tu serais en sécurité, au fond de l'océan...

Percy ravala sa salive. Les gorgones, avec des rires sauvages, se préparaient à fondre pour lui porter le coup final.

– Si je vais au camp, demanda-t-il, est-ce que je retrouverai la mémoire ?

– Tout à la fin, oui, dit June. Mais je te préviens, tu feras beaucoup de sacrifices : tu perdras la marque d'Achille. Tu connaîtras la douleur, physique et morale, tu perdras plus que tu n'aurais jamais imaginé qu'un être humain puisse

26

perdre. Mais tu auras peut-être une chance de sauver tes anciens amis et ta famille, et de récupérer ton ancienne vie.

Au-dessus de leurs têtes, les gorgones décrivaient des cercles. Elles examinaient sans doute la vieille femme pour essayer de jauger la nouvelle venue avant d'attaquer.

– Et ces deux gardes, à l'entrée ? demanda Percy.

– Oh, fit June en souriant, ils te laisseront passer. Tu peux leur faire confiance, à ces deux-là. Alors, tu dis quoi ? Es-tu prêt à aider une vieille femme sans défense ?

Percy ne croyait pas du tout que June soit sans défense. Au pire, c'était un piège ; au mieux, une sorte de test.

Or Percy détestait tout ce qui ressemblait à un test. Depuis qu'il avait perdu la mémoire, sa vie ressemblait à un long questionnaire à trous. Il était_____, originaire de_____. Il avait l'impression d'être_____, et si les monstres l'attrapaient, il serait_____.

Puis il pensa à Annabeth, l'unique certitude qui lui restait de son ancienne vie. Il fallait qu'il la retrouve, à tout prix.

– Je t'emmène, dit-il en attrapant la mamie par la taille.

Elle était plus légère qu'il n'avait cru. Il essaya de faire abstraction de son haleine rance et de ses mains rêches qui l'agrippaient par le cou, et s'élança. Il franchit la première voie de circulation sans encombre. Un chauffeur klaxonna. Un autre hurla des paroles qui se perdirent dans le vent. La plupart se contentaient de donner un coup de volant sur le côté, l'air agacé comme s'il leur arrivait souvent, par ici, à Berkeley, de croiser des ados miteux qui traversaient l'autoroute avec une mamie sous le bras.

Une ombre plana sur lui.

– Petit malin ! lança la voix guillerette de Sthéno. Tu t'es trouvé une déesse à trimbaler, hein ?

Une déesse ?

June gloussa et poussa un « Oups ! » joyeux, alors même qu'une voiture les évitait de justesse.

Quelque part sur la gauche, Euryale cria :

– Attrape-les ! Deux trophées valent mieux qu'un !

Percy franchit les voies restantes à toutes jambes. Qui sait comment, il atteignit le terre-plein central sain et sauf. Il vit les gorgones piquer vers le sol, et les voitures faire des embardées. Il se demanda ce que voyaient les mortels, à travers la Brume : des pélicans géants ? Des deltaplanes égarés ? Lupa la louve lui avait dit que les mortels avaient la capacité mentale de croire à n'importe quoi – sauf à la vérité.

Percy fonça vers la porte entre les deux tunnels. À chaque pas June devenait plus lourde, et Percy sentait son cœur battre de plus en plus fort. Il en avait mal aux côtes.

Un des gardes hurla. Le gars au carquois sortit une flèche et banda son arc.

– Attends ! cria Percy.

Mais ce n'était pas lui que visait le garçon. La flèche fila au-dessus de la tête de Percy, et une gorgone poussa un rugissement de douleur. L'autre garde brandit sa lance, tout en faisant frénétiquement signe à Percy de se dépêcher.

Plus que quinze mètres avant la porte. Plus que dix mètres.

– Je te tiens ! s'écria Euryale.

Percy se retourna, juste à temps pour voir une flèche se planter dans le front de la gorgone. Euryale tomba sur la voie rapide. Un camion lui roula dessus et la traîna sur une centaine de mètres, mais elle escalada la cabine, arracha la flèche et la relança dans l'air.

Percy atteignit la porte.

– Merci, dit-il aux gardes. C'était bien visé !

– Ça aurait dû la tuer, protesta l'archer.

– Bienvenue dans mon univers, marmonna Percy.

28

– Frank, intervint la fille. Fais-les entrer, fissa ! Ce sont des gorgones.

– Des gorgones ? répéta l'archer d'une voix qui s'étranglait. (C'était difficile à en juger, avec son casque, mais il avait l'air bâti comme un lutteur et devait avoir quatorze ou quinze ans.) Est-ce que la porte va leur résister ?

June, dans les bras de Percy, gloussa.

– Non, bien sûr ! Continue, Percy Jackson ! Traverse le tunnel, et ensuite le fleuve !

– Percy Jackson ? s'exclama la fille.

Elle avait la peau plus foncée que son camarade Frank et des boucles brunes dépassaient de son casque. Elle avait l'air plus jeune, également ; peut-être treize ans. Son épée, dans son fourreau, lui arrivait presque à la cheville. Malgré tout, elle donnait l'impression d'être celle qui commandait.

– OK, de toute évidence, tu es un demi-dieu. Mais qui donc... (Elle jeta un coup d'œil à June.) Peu importe. Entrez. Je vais les retarder.

– Hazel, dit le garçon. Sois pas folle.

– Emmène-les ! fit-elle d'un ton impérieux.

Frank jura dans une autre langue – du latin ? – et ouvrit la porte.

– Allons-y !

Percy le suivit, ployant sous le poids de la vieille hippie, qui se faisait incontestablement de plus en plus lourde. Il se demandait comment cette Hazel allait pouvoir retarder les gorgones à elle toute seule, mais il était trop fatigué pour discuter.

Le tunnel s'enfonçait dans la roche, et il faisait à peu près la largeur et la hauteur d'un couloir d'école. Dans sa première partie, il ressemblait à n'importe quel tunnel d'entretien : des câbles, des panneaux avertisseurs, des compteurs électriques au mur, des ampoules dans des lanternes en métal qui pendaient au plafond. Puis, quand ils s'enfoncèrent dans les entrailles de la colline, le ciment du sol céda la place à un dallage de mosaïque, tandis que les lampes étaient remplacées par des torches en bambou qui brûlaient sans dégager de fumée. Percy aperçut, quelques centaines de mètres devant eux, un carré de lumière du jour.

La vieille dame pesait à présent plus qu'une pile de sacs de sable. Percy sentait ses bras trembler sous l'effort. June marmonnait un chant en latin, une sorte de berceuse, ce qui n'aidait pas Percy à se concentrer.

Les voix des gorgones, derrière eux, résonnaient dans le tunnel. Hazel cria. Percy fut tenté de laisser tomber June et courir en arrière lui porter secours, mais à ce moment-là un éboulement de pierres fit vibrer le tunnel tout entier. Suivirent des couinements, exactement les mêmes qu'avaient émis les gorgones lorsque Percy leur avait lâché une caisse de boules de bowling sur la tête, à Napa. Il jeta un coup d'œil derrière lui. Le côté ouest du tunnel disparaissait à présent sous la poussière.

– On ne devrait pas aller voir comment va Hazel ? demanda-t-il.

– Ça va aller – enfin, j'espère, répondit Frank. Elle est forte en sous-sol. Avance, on est presque arrivés.

– Presque arrivés où ?

– Tous les chemins y mènent, mon enfant, dit June en gloussant. Tu devrais le savoir.

– En prison ?

– À Rome, mon enfant, dit la vieille hippie. À Rome.

Percy n'était pas sûr d'avoir bien entendu. D'accord, il avait perdu la mémoire. D'accord, depuis son réveil à la Maison du Loup, son cerveau lui semblait tourner en sous-régime. Il n'empêche, il était certain, ou presque, que Rome n'était pas en Californie.

Ils couraient toujours. La lumière, au bout du tunnel, était de plus en plus forte. Soudain, ils débouchèrent en plein soleil.

Percy pila net. Une vallée en forme de cuvette se déployait à ses pieds, large de plusieurs kilomètres. Le fond était couvert de petites collines, de plaines dorées et de bois. Un fleuve limpide partait d'un lac, au centre, et faisait le tour du périmètre, traçant un G majuscule.

La nature ressemblait à celle qu'on voyait en Californie du Nord : des chênes et des eucalyptus, des collines blondes, un grand ciel bleu. Et cette haute montagne – comment elle s'appelait, déjà ? Le mont Diablo ? – se dressait en arrière-point, pile là où elle devait être.

Pourtant Percy avait le sentiment d'avoir pénétré dans un monde secret. Au cœur de la vallée, au bord du lac, se nichait une petite ville aux édifices de marbre blanc et de tuiles rouges. Certains s'ornaient de dômes et de portiques à colonnades, comme les monuments nationaux des États-Unis. D'autres, avec leurs portes dorées et leurs vastes jardins, avaient des allures de palais. Percy vit une place ornée de colonnes isolées, de fontaines et de statues. Un amphithéâtre romain de quatre étages brillait sous le soleil, jouxtant une arène en forme d'hippodrome, longue et ovale.

De l'autre côté du lac, côté sud, se dressait une colline parsemée de bâtiments encore plus impressionnants – des temples, comprit Percy. Plusieurs ponts de pierre enjambaient le fleuve qui allait en sinuant par la vallée et, au nord, une longue rangée d'arcs en briques reliait les collines à la ville. Percy pensa à une voie ferrée suspendue, puis il se rendit compte qu'il devait s'agir d'un aqueduc.

La partie la plus étrange de cette vallée se trouvait juste à ses pieds. À deux cents mètres de lui, sur la rive opposée du fleuve, il y avait un genre de campement militaire. Il faisait environ un kilomètre cinq sur un kilomètre cinq, et chaque côté de ce carré était fermé par des remparts en terre hérissés de piques. À l'extérieur, des douves sèches, elles aussi hérissées de piques, encerclaient les murs. Des tours de guet en bois occupaient chaque coin du camp, tenues par des sentinelles postées devant de gigantesques arbalètes montées sur des plates-formes. Tout au fond, une grande porte s'ouvrait du côté de la ville. Côté fleuve, il y avait une porte plus petite. À l'intérieur, la forteresse grouillait d'activité. Des dizaines d'ados entraient et sortaient des casernes, portaient des armes, astiquaient des armures. Percy entendit des coups de marteau en provenance d'une forge et sentit une odeur de viande rôtie au feu de bois.

Quelque chose, dans ces lieux, lui semblait extrêmement familier, et en même temps curieusement décalé.

– Le Camp Jupiter, annonça Frank. On sera en sécurité dès que...

Des bruits de pas résonnèrent dans le tunnel, derrière eux. Hazel déborda en plein jour. Elle était essoufflée et couverte de poussière. Elle avait perdu son casque et ses cheveux bruns et bouclés tombaient en cascade sur ses épaules. Son armure était striée de longues griffures laissées par les gorgones. L'une des monstresses lui avait collé un sticker « moins 50 % ».

– Je les ai ralenties, annonça Hazel, mais elles vont arriver d'une seconde à l'autre.

Étouffant un juron, Frank dit :

– Il faut qu'on traverse le fleuve.

– Oh oui, s'il vous plaît, renchérit June, en serrant de plus belle le cou de Percy. Je ne veux pas mouiller ma robe.

Percy se mordit la langue. Si cette mamie était une déesse, ce devait être celle des hippies sur le retour, lourdes, inutiles et mal lavées. Mais au point où il en était, après l'avoir trimbalée si loin, autant continuer.

« Par bonté ! » avait-elle dit. « En plus, si tu ne le fais pas, les dieux périront, le monde tel que nous le connaissons disparaîtra et toutes les personnes de ton ancienne vie mourront. »

S'il s'agissait là d'un test, il ne pouvait pas se permettre d'avoir un F.

Ils coururent vers le fleuve. À plusieurs reprises, Percy tituba, et Frank et Hazel le retinrent.

Ils parvinrent enfin sur la berge. Percy reprit son souffle. Le courant était rapide, mais le fleuve n'avait pas l'air profond. Les portes de la forteresse n'étaient qu'à un jet de pierre.

– Vas-y, Hazel. (Frank encocha deux flèches d'un coup sur son arc). Accompagne Percy pour que les sentinelles ne l'abattent pas. C'est à mon tour de repousser les monstresses.

Hazel hocha la tête et avança dans l'eau.

Percy fit un pas pour la suivre, mais quelque chose en lui le faisait hésiter. D'ordinaire il adorait l'eau, pourtant ce fleuve lui semblait... puissant, et pas nécessairement favorable.

– C'est le Petit Tibre, dit June d'un ton chaleureux. Il est animé du pouvoir du Tibre original, le fleuve de l'empire. C'est ta dernière chance de battre en retraite, petit. La marque d'Achille est une bénédiction grecque. Tu ne peux pas la garder si tu pénètres en territoire romain. Le Tibre l'effacera.

Percy était bien trop fatigué pour tout comprendre, mais il capta l'essentiel du message.

– Si je traverse, je n'aurai plus la peau dure comme fer ?

June sourit.

– Alors, dit-elle, que choisis-tu ? La sécurité, ou un avenir fait de douleurs et de possibilités ?

Derrière lui, les gorgones jaillirent du tunnel avec des cris stridents. Frank décocha ses flèches.

– Percy, appela Hazel, déjà au milieu du fleuve, viens !

Sur les tours de guet, des cors retentirent. Les sentinelles crièrent et firent pivoter leurs arbalètes en direction des gorgones.

Annabeth, pensa Percy. Et il s'enfonça dans l'eau. Elle était glaciale et beaucoup plus rapide qu'il l'avait imaginé, mais cela ne le gênait pas. Une force nouvelle se diffusait dans ses membres. Ses sens décuplèrent d'acuité, comme s'il venait de recevoir une injection de caféine. Il atteignit l'autre rive et déposa la vieille dame à terre, à l'instant même où s'ouvraient les portes de la forteresse. Des dizaines d'ados en armure déferlèrent.

Hazel se retourna, l'air soulagée. Puis elle porta le regard au-delà de Percy, et l'effroi se peignit sur son visage.

– Frank !

Frank était parvenu au milieu du fleuve quand les gorgones l'attrapèrent. Elles fondirent en piqué et lui saisirent un bras chacune. Il hurla de douleur en sentant leurs griffes s'enfoncer sous sa peau.

Les sentinelles crièrent, mais Percy voyait qu'elles ne pouvaient pas tirer : le risque de tuer Frank était trop grand. Les autres ados dégainèrent leurs épées et s'apprêtèrent à charger en entrant dans le fleuve, cependant il était clair qu'ils arriveraient trop tard.

Il n'y avait qu'une seule solution. Percy lança brusquement les mains vers l'avant. Une violente sensation de traction lui tordit le ventre, et le Tibre se plia à sa volonté. Deux tourbillons se formèrent, devant et derrière Frank. Des mains d'eau géantes surgirent des flots, imitant les gestes de Percy. Elles empoignèrent les gorgones qui, sous l'effet de la surprise, lâchèrent Frank. Ensuite les mains hissèrent les monstresses hurlantes dans leur étau liquide.

Percy entendait les autres pousser des cris de surprise en reculant, mais il ne se laissa pas distraire. Il fit le geste de jeter au sol, les deux poings serrés, et les mains géantes plongèrent les gorgones dans le Tibre. Elles touchèrent le fond et se réduisirent en poussière. Des nuages d'essence de gorgone tentaient de se reconstituer en scintillant, que le fleuve défaisait implacablement, comme un mixeur. En quelques instants, toute trace des gorgones disparut, emportée par le courant. Les tourbillons retombèrent et les flots reprirent leur aspect normal.

Percy était debout sur la berge. Ses vêtements et sa peau fumaient comme si les eaux du Tibre lui avaient donné un bain d'acide. Il se sentait exposé, endolori... vulnérable.

Au milieu du fleuve, Frank tituba, l'air sous le choc mais en parfaite santé. Hazel s'avança dans l'eau pour l'aider à rejoindre la terre ferme.

Alors seulement, Percy se rendit compte que le silence régnait sur le camp.

Tous les regards étaient braqués sur lui. Seule mamie June n'avait pas l'air impressionnée.

– Eh bien, eh bien, quel agréable trajet, dit-elle. Merci de m'avoir amenée au Camp Jupiter, Percy Jackson.

– Percy... Jackson ? fit une des filles d'une voix étranglée.

Elle avait l'air de connaître son nom. Percy se tourna vers elle, dans l'espoir de découvrir un visage familier.

C'était, manifestement, une cheffe. Elle portait une cape de pourpre royale sur son armure. Plusieurs médailles ornaient son plastron. Elle avait le même âge que Percy, environ, des yeux noirs au regard perçant et de longs cheveux bruns. Percy ne la reconnaissait pas, mais elle le dévisageait comme s'il sortait de ses cauchemars.

June rit, l'air enchantée.

– Eh oui ! Vous allez bien vous amuser, tous les deux !

Là-dessus, histoire d'apporter du piment à une journée un peu banale, la vieille hippie se mit à rayonner puis se transforma. Elle grandit, grandit, grandit, se changeant en déesse de deux mètres en robe bleue, aux épaules drapées d'une peau de chèvre. Elle avait le visage grave et majestueux. À la main, elle tenait un sceptre surmonté d'une fleur de lotus.

Les jeunes du camp eurent l'air encore plus stupéfaits, si tant est que ce soit possible. La fille à la cape pourpre s'agenouilla. Les autres l'imitèrent. Un garçon le fit avec un tel empressement qu'il faillit s'empaler sur son épée.

Hazel fut la première à parler.

– Junon.

À leur tour, Frank et elle tombèrent à genoux, de sorte que Percy était le dernier encore debout. Il savait qu'il devait s'agenouiller lui aussi, mais après avoir porté la mamie sur tout le trajet, il n'avait pas très envie de lui témoigner un tel respect.

– Junon, hein ? fit-il. Si j'ai réussi le test, je peux récupérer ma mémoire et ma vie maintenant ?

La déesse sourit.

– En temps voulu, Percy Jackson, si tu réussis ton séjour au camp. Tu as bien agi, aujourd'hui, c'est un bon début. Il te reste peut-être encore un espoir.

Elle se tourna vers les autres ados.

– Romains, je vous présente le fils de Neptune. Il a dormi des mois entiers, mais il est réveillé à présent. Son sort est entre vos mains. La Fête de la Fortune approche à grands pas, et il faudra briser les chaînes de la Mort, si vous voulez avoir le moindre espoir dans la bataille. Ne me faites pas défaut !

Junon scintilla, puis disparut. Percy regarda Hazel et Frank, en quête d'une explication, mais ils paraissaient aussi déroutés que lui. Frank tenait quelque chose que Percy n'avait pas remarqué jusqu'alors : deux petites fioles en argile fermées par des bouchons de liège, une dans chaque main. Percy n'avait aucune idée de leur provenance, mais il vit Frank les glisser dans ses poches, en lui lançant un regard qui disait : *On en parlera plus tard.*

La fille à la cape pourpre s'avança. Elle toisa Percy d'un œil méfiant, et il ne put se défaire de l'impression qu'elle l'aurait volontiers éventré d'un coup de poignard.

– Alors, lança-t-elle avec froideur, tu es un fils de Neptune qui nous vient avec la bénédiction de Junon.

– Écoute, dit-il, j'ai la mémoire un peu vague. Euh, je l'ai complètement perdue, en fait. Est-ce qu'on se connaît ?

La fille hésita.

– Je suis Reyna, préteur de la Douzième Légion. Et... non, on ne se connaît pas.

Cette dernière phrase, c'était un mensonge. Percy le lisait dans ses yeux. Mais il devinait également que s'il en discutait ici, devant ses soldats, elle ne le prendrait pas bien.

– Hazel, dit Reyna, fais-le entrer. Je veux l'interroger à la *principia*. Puis nous l'enverrons à Octave. Nous devons consulter les augures avant de décider ce que nous allons faire de lui.

– Qu'est-ce que tu entends par « décider ce que vous allez faire de moi » ? demanda Percy.

La main de Reyna se crispa sur le manche de son épée. Manifestement, elle n'avait pas l'habitude qu'on mette ses ordres en cause.

– Avant d'accepter un nouveau venu au camp, quel qu'il soit, nous devons l'interroger et lire les augures. Junon a dit que ton sort était entre nos mains. Nous devons découvrir si la déesse nous a amené une nouvelle recrue...

Reyna scruta Percy, l'air de trouver cette option peu crédible.

– Ou, dit-elle d'une voix plus confiante, si elle nous a amené un ennemi à tuer.

3 PERCY

Heureusement pour lui, Percy n'avait pas peur des fantômes. La moitié des gens, au camp romain, étaient des morts.

Des guerriers pourpres aux contours scintillants polissaient des épées irréelles devant l'arsenal. D'autres traînaient le long des casernes. Un garçon-fantôme poursuivait un chien-fantôme dans la rue. Et, aux écuries, un grand gaillard rouge à tête de loup gardait un troupeau de... Étaient-ce vraiment des licornes ?

Les pensionnaires du camp ne faisaient guère attention aux fantômes, en revanche quand Percy et son groupe, Reyna en tête, Hazel et Frank à ses côtés, passaient, tous les esprits cessaient leurs activités pour le dévisager. Quelques-uns semblaient en colère. Le petit garçon-fantôme cria un mot ressemblant à « Greggus ! » et devint invisible.

Percy aurait bien aimé être invisible, lui aussi. Après avoir erré des semaines entières tout seul, il se sentait gêné par tous ces regards. Encadré par Hazel et Frank, il s'efforçait de passer inaperçu.

– C'est moi qui ai des visions, finit-il par demander. Ou ce sont des...

– Des fantômes ? (Hazel se tourna vers lui. Elle avait des

yeux étonnants, couleur d'or à dix-huit carats.) Ce sont des Lares. Des dieux de la maison.

– Des dieux de la maison, dit Percy. C'est-à-dire... plus petits que des vrais dieux, mais plus grands que des dieux d'appartement ?

– Ce sont des esprits tutélaires, expliqua Frank. (Il avait retiré son casque, révélant un visage poupin qui n'allait pas du tout avec sa coupe de cheveux militaire et sa charpente de grand costaud. On aurait dit un bambin sous hormones qui serait entré chez les Marines.) Les Lares sont un peu comme des mascottes, tu vois. En général ils sont inoffensifs, mais je ne les ai jamais vus aussi agités.

– Ils me regardent, dit Percy. Ce garçon-fantôme m'a appelé Greggus. Je ne m'appelle pas Greg.

– *Graecus*, rectifia Hazel. Quand tu auras passé un peu de temps ici, tu commenceras à comprendre le latin. Les demi-dieux ont une aptitude innée pour ça. *Graecus* signifie grec.

– Ça pose problème ?

Frank s'éclaircit la gorge avant de répondre.

– Pas forcément, dit-il. Tu as ce genre de teint mat, les cheveux bruns, tout ça. Peut-être qu'ils te prennent effectivement pour un Grec. Ta famille est originaire de là-bas ?

– Je sais pas. Comme je vous disais, j'ai perdu la mémoire.

– Ou alors...

Frank hésita.

– Quoi donc ?

– Sans doute rien. Il y a une vieille rivalité entre les Grecs et les Romains. Quelquefois, les Romains traitent de grec un étranger, un ennemi. À ta place, je ne m'en ferais pas.

Cela dit, il avait l'air assez inquiet.

Ils s'arrêtèrent au milieu du camp, où deux routes larges et pavées de dalles de pierre se rejoignaient à un carrefour.

Une plaque indiquait que la route menant aux grandes portes se nommait VIA PRAETORIA, tandis que l'autre route, qui traversait le camp par le milieu, s'appelait VIA PRINCIPALIS. Sous ces plaques, il y avait des panneaux peints à la main avec des indications du style : BERKELEY 8 KM ; NOUVELLE-ROME 1,5 KM ; ROME ANCIENNE 11 648 KM ; HADÈS 3 696 KM (flèche pointée vers le sol) ; RENO 333 KM, et MORT CERTAINE : VOUS Y ÊTES !

Pour la mort certaine, le lieu était plutôt propre et bien organisé. Les bâtiments étaient fraîchement blanchis à la chaux, disposés selon un quadrillage impeccable, comme si le plan du camp avait été tracé par un prof de maths méticuleux. Les casernes avaient des galeries ombragées, où les pensionnaires se reposaient dans des hamacs, jouaient aux cartes, buvaient des sodas. Chaque pavillon-dortoir arborait une collection différente d'étendards portant des chiffres romains et des effigies d'animaux – aigle, ours, loup, cheval, et un rongeur du genre hamster.

La Via Praetoria était bordée de magasins offrant de la nourriture, des armures, des armes, du café, des tenues de gladiateur, des toges de location. Un marchand de chars avait tendu sur sa devanture une grande banderole : CÉSAR XLS AVEC FREINS ANTIBLOCAGE, SANS APPORT INITIAL !

À un coin du carrefour se dressait un édifice des plus impressionnants : un bloc de marbre d'un étage doté d'un portique à colonnade, qui n'était pas sans ressembler à une banque américaine du XIXe siècle. Des gardes romains étaient en faction devant. Au-dessus de la porte flottait une grande bannière pourpre brodée au fil d'or des lettres SPQR à l'intérieur d'une couronne de lauriers.

– C'est votre Q.G. ? demanda Percy.

Reyna se tourna vers lui, le regard encore froid et hostile.

– Ça s'appelle la *principia*.

Elle s'adressa ensuite à la foule des pensionnaires qui les suivaient avec curiosité depuis le fleuve.

– Retournez tous à vos tâches, ordonna-t-elle. Je vous tiendrai au courant des conclusions à l'assemblée du soir. N'oubliez pas, nous avons jeux de guerre après le dîner.

La pensée du dîner fit gargouiller le ventre de Percy. Des effluves de viande grillée, en provenance du réfectoire, lui amenaient l'eau à la bouche. Et la boulangerie du bout de la rue dégageait elle aussi de délicieuses odeurs, mais Percy soupçonnait que Reyna ne le laisserait pas courir prendre un croissant.

La foule se dispersa à contrecœur. Certains pensionnaires murmurèrent des commentaires sur les chances de Percy.

– Il est mort, dit l'un d'eux.

– Évidemment, fallait que ce soit ces deux-là qui le trouvent, lança un autre.

– Ouais, renchérit un troisième. Qu'il aille donc dans la Cinquième Cohorte. Les Grecs et les geeks.

Cela fit rire plusieurs pensionnaires, mais Reyna leur décocha un regard glacial et ils détalèrent.

– Hazel, dit-elle. Viens avec nous. Je veux entendre ton rapport sur ce qui s'est passé à la porte du camp.

– Et moi ? demanda Frank. Percy m'a sauvé la vie. Nous devons le laisser...

Reyna le toisa si durement qu'il recula d'un pas.

– Je te rappelle, Frank Zhang, que tu es toi-même en période de *probatio*. Tu nous as causé assez d'ennuis cette semaine.

Les oreilles de Frank devinrent écarlates. Il se mit à tripoter une petite tablette qu'il portait autour du cou, enfilée sur un cordon. Percy n'y avait pas fait attention jusque-là ; on aurait dit une plaque d'identité en plomb.

– Va à l'arsenal, poursuivit Reyna. Vérifie notre inventaire. Je t'appellerai si j'ai besoin de toi.

– Mais... (Frank se reprit). Oui, Reyna.

Et il s'en alla sans demander son reste.

Reyna fit signe à Hazel et Percy de rentrer dans le Q.G.

– Et maintenant, Percy Jackson, dit-elle, voyons si nous pouvons te rafraîchir la mémoire.

La *principia* était encore plus impressionnante à l'intérieur.

Au plafond étincelait une mosaïque montrant Romulus et Remus sous leur mère-louve adoptive (Lupa avait raconté l'histoire à Percy un million de fois). Le sol était en marbre poli. Les murs étaient habillés de rideaux de velours, et Percy eut l'impression de se trouver dans la tente la plus luxueuse du monde. Le long du mur du fond s'alignait toute une série d'étendards et de perches en bois incrustées de médailles en bronze – des insignes militaires, supposa Percy. Au milieu, il y avait un emplacement vide, comme si on avait retiré le principal étendard, pour le nettoyer, par exemple.

Dans le coin le plus éloigné, Percy remarqua un escalier qui descendait. L'accès était fermé par des barreaux, comme une porte de prison. Il se demanda ce qu'il y avait en bas : des monstres ? Un trésor ? Des demi-dieux amnésiques qui n'avaient pas l'heur de plaire à Reyna ?

Au centre de la pièce trônait une longue table en bois qui croulait sous les manuscrits, cahiers et poignards ; au milieu de tout ça, un grand bol de bonbons en gélatine paraissait assez incongru. Deux statues de lévrier grandeur nature, l'une dorée, l'autre argentée, flanquaient la table.

Reyna fit le tour et alla s'asseoir dans une des deux chaises à haut dossier. Percy aurait bien aimé s'asseoir dans l'autre, mais Hazel restait debout, et Percy eut l'impression qu'il devait en faire autant.

– Alors…, commença-t-il.

Les statues de chien montrèrent les crocs en grondant.

Percy se figea. Il aimait les chiens, en temps ordinaire, mais ceux-là le lorgnaient avec des yeux de rubis et leurs crocs semblaient tranchants comme des rasoirs.

– Tout doux, mes jolis, dit Reyna aux lévriers.

Ils cessèrent de gronder, sans quitter pour autant Percy des yeux, comme s'il s'agissait d'un bon nonos.

– Ils n'attaqueront pas, lui assura Reyna. Sauf si tu essaies de voler quelque chose, ou si je le leur ordonne. C'est Argentum et Aurum.

– Argent et Or, fit Percy.

Le sens des mots latins commençait à lui venir, comme le lui avait dit Hazel. Il faillit demander quel chien s'appelait comment, avant de se rendre compte de la stupidité de sa question.

Reyna posa sa dague sur la table. Percy avait vaguement l'impression de l'avoir déjà vue. Elle avait les cheveux noirs et brillants comme une roche volcanique, tressés en une seule natte dans le dos. Et le maintien d'une épéiste : détendue mais vigilante, prête à passer à l'action en un quart de seconde. Les rides creusées par l'inquiétude autour de ses yeux lui donnaient l'air plus âgée qu'elle ne devait l'être en réalité.

– On se connaît, en fait, trancha-t-il. Mais je ne me rappelle pas d'où ni comment. S'il te plaît, si tu peux me dire quelque chose…

– Procédons par ordre. Je veux d'abord entendre ton histoire. De quoi te souviens-tu ? Comment es-tu venu ici ? Et pas de mensonges. Mes chiens n'aiment pas les menteurs.

Argentum et Aurum grondèrent pour le confirmer.

Percy raconta son histoire – comment il s'était réveillé dans la maison en ruine, au cœur de la forêt de Sonoma. Il décrivit les journées vécues parmi la meute de Lupa, l'apprentissage de leur langage gestuel et de leurs expressions, de la survie et du combat.

Lupa lui avait parlé des demi-dieux, des monstres et des dieux. Elle lui avait expliqué qu'elle était l'un des esprits tutélaires de la Rome antique. Des demi-dieux comme Percy portaient, aujourd'hui encore, la responsabilité de perpétuer les traditions romaines dans les temps modernes – en combattant les monstres, en servant les dieux, en protégeant les mortels et en entretenant le souvenir de l'empire. Elle avait passé des semaines à l'entraîner, jusqu'à ce qu'il acquière la force, la coriacité et la férocité d'un loup. Une fois satisfaite, elle l'avait envoyé vers le Sud en lui promettant que s'il survivait à son voyage, il pourrait trouver un nouveau foyer et recouvrer sa mémoire.

Rien de tout cela ne semblait étonner Reyna. Elle avait même l'air de trouver que c'était plutôt banal – à part une chose.

– Tu n'as aucun souvenir ? demanda-t-elle. Tu ne te souviens toujours de rien ?

– Des bribes confuses.

Percy jeta un coup d'œil aux lévriers. Il ne voulait pas évoquer Annabeth. C'était trop intime, et il ne savait toujours pas où la chercher. Il était certain de l'avoir rencontrée à une colonie, mais il avait le sentiment qu'il ne pouvait pas s'agir de ce camp.

Et puis c'étaient ses seuls souvenirs nets, et il était réticent à les partager. Annabeth, son visage, ses cheveux blonds et ses yeux gris, sa façon de rire, de lui passer les bras autour du cou, de l'embrasser chaque fois qu'il faisait quelque chose d'idiot.

Elle a dû m'embrasser souvent, songea Percy.

Il avait peur, s'il en parlait, que ces souvenirs ne s'évaporent comme un rêve. Il ne pouvait pas courir ce risque.

Reyna fit tourner son poignard sur sa pointe.

– Presque tout ce que tu racontes est normal, dit-elle, pour un demi-dieu. À un âge donné, d'une façon ou d'une autre, nous trouvons tous le chemin de la Maison du Loup. Nous y sommes testés et entraînés. Si Lupa estime que nous avons de la valeur, elle nous envoie vers le Sud pour qu'on intègre la légion. Par contre je n'ai jamais entendu parler de cas de perte de mémoire. Comment as-tu trouvé le Camp Jupiter ?

Percy lui fit le récit des trois dernières journées : les gorgones qui s'obstinaient à ne pas mourir, la vieille dame qui était en fait une déesse, et enfin la rencontre avec Hazel et Frank à l'entrée du tunnel.

Hazel reprit l'histoire à partir de là. Elle décrivit Percy comme quelqu'un d'héroïque et courageux, ce qui le mit mal à l'aise. Il avait juste transporté une vieille clocharde hippie, rien d'autre.

Reyna l'examina.

– Tu es vieux, pour une recrue. Tu as quel âge, seize ans ?

– Je crois, répondit Percy.

– Si tu avais passé toutes ces années seul, sans entraînement ni secours de personne, tu serais mort. Un fils de Neptune, tu imagines la puissance de ton aura ? De quoi attirer toutes sortes de monstres.

– Ouais, plaisanta Percy, on m'a déjà dit que je sentais fort.

Reyna faillit sourire, ce qui redonna espoir à Percy. Peut-être était-elle humaine, en fin de compte.

– Tu devais vivre quelque part, avant la Maison du Loup, reprit-elle.

Percy haussa les épaules. Junon avait dit qu'il avait som-nolé, et il avait effectivement la vague impression d'avoir dormi, peut-être longtemps. Mais ça n'expliquait pas tout.

– Enfin, dit Reyna avec un soupir, les chiens ne t'ont pas dévoré, donc j'imagine que tu dis la vérité.

– Formidable, ironisa Percy. La prochaine fois, j'aurai droit à un détecteur de mensonges ?

Reyna se leva et se mit à faire les cent pas devant les éten-dards. Ses chiens métalliques la regardaient aller et venir.

– Même si j'accepte l'idée que tu n'es pas un ennemi, dit-elle, tu n'es pas une recrue ordinaire. Ce n'est pas dans les habitudes de la reine de l'Olympe d'apparaître au camp pour annoncer la venue d'un demi-dieu. La dernière fois qu'un des grands dieux nous a rendu visite en personne... (Elle secoua la tête.) J'ai entendu des légendes sur ce genre d'histoires, rien de plus. Et un fils de Neptune... ce n'est pas de bon augure. Surtout maintenant.

– Qu'est-ce que tu reproches à Neptune ? demanda Percy. Et pourquoi « surtout maintenant » ?

Hazel le mit en garde d'un coup d'œil rapide.

Reyna faisait toujours les cent pas.

– Tu as combattu les sœurs de Méduse, qui ne s'étaient pas montrées depuis des millénaires. Ta présence agite nos Lares, et ils te traitent de *graecus*. Et tu portes des symboles étranges – ce tee-shirt, ces perles d'argile à ton cou. Qu'est-ce que ça signifie, tout ça ?

Percy baissa les yeux sur son tee-shirt orange, qui était en lambeaux. Peut-être présentait-il une inscription au départ, mais le tissu était trop délavé pour qu'on puisse lire quoi que ce soit. Et usé jusqu'à la trame, en plus – Percy aurait vrai-ment dû le jeter depuis des semaines, mais il ne supportait pas l'idée de s'en défaire. Il le lavait du mieux qu'il pouvait, dans des fontaines ou des rivières, et continuait de le porter.

Quant au collier, les quatre perles d'argile étaient décorées chacune d'un symbole différent. L'une d'elles arborait un trident. Une autre une toison d'or miniature. Un labyrinthe était gravé sur la troisième et, sur la quatrième, on voyait l'image d'un gratte-ciel – l'Empire State Building, peut-être ? – entourée de noms qui ne disaient rien à Percy. Il sentait que les perles avaient de l'importance, comme des photos dans un album de famille, mais il était incapable de se souvenir de ce qu'elles représentaient.

– Je ne sais pas, dit-il.

– Et ton épée ? demanda Reyna.

Percy plongea la main dans la poche. Le stylo y avait repris sa place, comme à chaque fois. Il le sortit, pour se rendre compte soudain qu'il n'avait jamais montré son épée à Reyna. Hazel et Frank ne l'avaient pas vue non plus. Alors comment était-elle au courant de son existence ?

Cependant, il était trop tard pour prétendre qu'il n'en avait pas. Il retira le capuchon du stylo et Turbulence se déploya sur toute sa longueur. Hazel hoqueta de surprise. Les lévriers aboyèrent avec méfiance.

– Qu'est-ce que c'est ? demanda Hazel. Je n'ai jamais vu d'épée comme ça.

– Moi si, dit Reyna d'un ton lugubre. Elle est très ancienne, de conception grecque. Nous en avions quelques-unes à l'arsenal avant... (Elle s'interrompit.) Le métal utilisé s'appelle du bronze céleste. Il est mortel pour les monstres, comme l'or impérial, mais encore plus rare.

– L'or impérial ? demanda Percy.

Reyna sortit sa dague de son fourreau : la lame était en or.

– Le métal a été consacré dans les temps anciens, au Panthéon de Rome. Son existence était un secret que gardaient jalousement les empereurs ; il permettait à leurs champions de tuer les monstres qui menaçaient l'empire.

Nous possédions davantage d'armes comme celle-ci, avant, mais maintenant... enfin, on fait avec ce qu'on a. Moi j'ai cette dague. Hazel a une *spatha*, une épée de cavalerie. La plupart des légionnaires en utilisent une plus courte, ce qu'on appelle un *gladius* – un glaive. Mais ton épée à toi, là, n'a rien de romain. C'est un signe de plus que tu n'es pas un demi-dieu ordinaire. Et ton bras...

– Qu'est-ce qu'il a ? interrompit Percy.

Reyna leva le sien. Percy ne s'en était pas aperçu jusqu'alors, mais l'intérieur de l'avant-bras du préteur portait un tatouage : les lettres SPQR, accompagnées d'une épée et d'une torche entrecroisées, soulignées de quatre lignes parallèles, comme les traits d'une partition musicale.

Percy jeta un coup d'œil à Hazel.

– Nous sommes tous tatoués, confirma-t-elle en levant le bras à son tour. Tous les membres à part entière de la légion.

Le tatouage d'Hazel comportait lui aussi les lettres SPQR, mais elle n'avait qu'un seul trait et un symbole différent : un glyphe noir en forme de croix, coiffé de deux bras en couronne et d'une tête :

Percy regarda ses bras : quelques égratignures, des traces de boue, une miette de Crispy Cheese & Wiener, mais pas de tatouage.

– Ça signifie que tu n'as jamais fait partie de la légion, dit Reyna. Ces marques sont impossibles à enlever. J'avais pensé, que, peut-être...

Elle secoua la tête, comme pour chasser une idée de son esprit. Hazel se pencha en avant et murmura :

– S'il a survécu tout seul tout ce temps, peut-être qu'il a vu Jason. (Elle se tourna vers Percy.) As-tu jamais rencontré un autre demi-dieu comme nous ? Un garçon en tee-shirt violet, avec des tatouages sur le bras...

– Hazel, intervint Reyna d'une voix sévère. Percy a assez de soucis comme ça.

Percy toucha la pointe de son épée, et Turbulence se rétracta, pour redevenir un simple stylo-bille.

– Je n'ai vu personne qui soit comme vous, les gars. Qui est Jason ?

Reyna lança un regard irrité à Hazel avant de répondre :

– C'est... c'était, plutôt, mon collègue. (D'un geste elle montra le second siège, resté vide.) En principe, la légion a deux préteurs élus. Jason Grace, fils de Jupiter, était l'autre préteur, jusqu'à sa disparition en octobre dernier.

Percy tenta un calcul. Il n'avait pas fait attention au calendrier pendant toute cette période où il avait survécu en pleine nature, mais Junon avait signalé qu'on était au mois de juin.

– Vous voulez dire qu'il a disparu depuis huit mois et que vous ne l'avez pas remplacé ?

– Il n'est peut-être pas mort, dit Hazel. Nous n'avons pas renoncé.

Reyna fit la grimace, et Percy eut le sentiment que ce Jason était peut-être plus qu'un collègue, pour elle.

– Il n'y a que deux modalités, pour les élections, expliqua-t-elle. Soit les légionnaires portent quelqu'un en triomphe sur un bouclier, après un grand fait d'armes au champ de bataille – or nous n'avons pas livré de bataille depuis longtemps –, soit nous organisons des élections le soir du 24 juin, à la Fête de Fortuna, c'est-à-dire dans cinq jours.

– C'est un jeu télé ou quoi ?!

– Pas vraiment, non ! Fortuna est la déesse de la Chance, expliqua Hazel. La fortune au sens d'infortune et bonne fortune, tu comprends ? Ce qui arrive le jour de sa fête peut marquer tout le reste de l'année. Elle peut porter chance au camp... ou bien la pire malchance.

Reyna et Hazel tournèrent toutes deux les yeux vers l'espace vide, contre le mur du fond, comme si elles pensaient à l'objet manquant.

Percy eut un frisson dans le dos.

– La Fête de la Fortune... Les gorgones y ont fait allusion. Et Junon aussi. Elles ont dit que le camp serait attaqué ce jour-là, elles ont parlé d'une grande déesse maléfique, une certaine Gaïa, d'une armée et des chaînes de la Mort, qui seraient brisées. Vous êtes en train de me dire que c'est *cette semaine* ?

Les doigts de Reyna se crispèrent sur le manche de son poignard.

– Pas un mot de tout cela hors de cette pièce, ordonna-t-elle. Je ne te permettrai pas de semer davantage de panique dans le camp.

– Alors c'est vrai, dit Percy. Est-ce que vous savez ce qui va se passer ? Qu'est-ce qu'on peut faire ?

Percy venait de rencontrer ces gens. Il n'était même pas sûr d'éprouver de la sympathie pour Reyna. Mais il voulait les aider. C'étaient des demi-dieux, comme lui. Ils avaient les mêmes ennemis. De plus, il se souvenait des paroles de Junon : ce camp de légionnaires n'était pas seul à être menacé. L'ancienne vie de Percy, les dieux et le monde entier risquaient de disparaître. Il ignorait ce qui allait advenir, mais il comprenait que ce serait énorme.

– Assez parlé, dit Reyna. Hazel, emmène-le à la Colline aux Temples. Allez trouver Octave. En chemin, tu pourras répondre aux questions de Percy. Parle-lui de la légion.

– Entendu, Reyna.

Percy avait encore tant de questions à poser ; son cerveau était en ébullition. Mais Reyna signifia très clairement que l'audience était terminée. Elle rengaina sa dague, et ses chiens métalliques se levèrent en grondant puis firent quelques pas vers Percy.

– Bonne chance pour l'augure, Percy Jackson, dit le préteur. Si Octave t'accorde la vie sauve, nous pourrons peut-être discuter de ce que nous savons... sur ton passé.

4 PERCY

Une fois sortie de la *principia*, Hazel lui acheta un café et un muffin aux cerises chez Bimbolo, le bistrotier à deux têtes.

Percy huma le muffin. Miam. Quant au café, bien serré, il était délicieux. Maintenant, pensa-t-il, si seulement il pouvait prendre une douche, changer de vêtements et dormir un peu, ce serait royal. Et même, impérial.

Il regarda un petit groupe d'ados en maillot de bain, une serviette jetée sur l'épaule, qui se dirigeaient vers un bâtiment coiffé d'une rangée de cheminées d'où montaient des volutes de vapeur. Des rires et des bruits d'eau s'échappaient de l'intérieur, comme si c'était une piscine couverte – le genre d'endroits qu'aimait Percy.

– Les bains, dit Hazel. On t'y emmènera avant le dîner, si tout va bien. Tu ne sais pas ce que c'est la vraie vie, tant que tu n'as pas pris un bain à la romaine.

Percy poussa un soupir d'envie.

À mesure qu'ils se rapprochaient des portes du camp, les casernes étaient plus grandes et plus belles. Même les fantômes avaient meilleure allure : des armures plus riches et des auras plus brillantes. Percy essayait de déchiffrer les inscriptions des étendards et les symboles accrochés devant les édifices.

– Vous êtes répartis en différents bungalows ? demanda-t-il.

– Si on veut. (Hazel se pencha pour éviter un garçon qui passait au ras de leurs têtes, juché sur un aigle géant.) Nous avons cinq cohortes de quarante légionnaires chacune. Et les cohortes sont divisées en casernes de dix – comme des colocs, si tu veux.

Percy n'avait jamais été une flèche en maths, mais il essaya de faire la multiplication.

– Autrement dit, il y a deux cents pensionnaires au camp ?

– En gros, c'est ça.

– Et ce sont tous des enfants des dieux ? Ils n'ont pas perdu de temps, les dieux.

Hazel rit.

– Ce ne sont pas tous des enfants des dieux principaux, expliqua-t-elle. Il existe des centaines de dieux romains mineurs. Sans compter les « legs », qui sont nombreux parmi les pensionnaires. Ce sont des héros de deuxième ou troisième génération, c'est-à-dire des fils ou des petits-fils de demi-dieux.

– Des enfants de demi-dieux ? fit Percy en écarquillant les yeux.

– Pourquoi ? Ça t'étonne ?

Percy ne savait que répondre. Ces dernières semaines, il avait lutté pour sa survie au jour le jour. Alors l'idée de vivre assez longtemps pour devenir adulte et avoir des enfants à son tour, cela tenait pour lui du rêve impossible.

– Ces Lego...

– Legs, corrigea Hazel.

– Ils ont les mêmes pouvoirs que les demi-dieux ?

– Quelquefois, pas toujours. Mais ils peuvent être formés. Les grands généraux et empereurs romains prétendaient tous qu'ils descendaient des dieux, tu sais. La plupart du temps, ils disaient la vérité. L'augure du camp que nous allons rencontrer, Octave, c'est un legs, descendant d'Apollon. Il a le don de la prophétie, soi-disant.

– Soi-disant ?

– Tu verras, fit Hazel en se renfrognant.

Ce qui n'était pas pour rassurer Percy, sachant que son sort était entre les mains de cet Octave.

– Alors les divisions, reprit-il, enfin, les cohortes, comme tu dis... Elles sont organisées en fonction du parent divin, c'est ça ?

– Oh non, quelle horreur ! (Hazel le dévisagea avec étonnement.) Ce sont les officiers qui décident à quelle cohorte ils affectent les recrues. Si on était répartis par dieux, les cohortes seraient inégales. Et moi, je serais toute seule.

Percy sentit un pincement de tristesse, comme s'il avait vécu cette situation.

– Pourquoi ? Qui est ton ancêtre divin ?

Avant qu'elle ait pu répondre, une voix cria dans leurs dos :

– Attendez !

Un fantôme courait vers eux, un vieil homme bedonnant, qui se prenait les pieds dans sa toge trop longue. Il les rattrapa et reprit son souffle, tandis que son aura pourpre clignotait autour de lui.

– C'est lui ? demanda le fantôme encore pantelant. Une nouvelle recrue pour la Cinquième, c'est ça ?

– Vitellius, dit Hazel, on est pressés.

Le fantôme regarda Percy en plissant le nez, puis décrivit un cercle autour de lui en l'examinant comme une voiture d'occasion.

– Ch'aipas, grommela-t-il. Nous ne prenons que les meilleurs éléments, à la cohorte. A-t-il toutes ses dents ? Sait-il se battre ? Nettoie-t-il les écuries ?

– Oui, oui et non, répondit Percy. Qui es-tu ?

– Percy, je te présente Vitellius. (Du regard, Hazel lui disait : « Sois gentil avec lui. ») C'est un de nos Lares, il s'intéresse aux nouvelles recrues.

Sur la galerie d'une caserne voisine, d'autres fantômes se mirent à ricaner en voyant Vitellius aller et venir, s'emmêler les pieds dans sa toge, remonter sa ceinture d'épée.

– Oui, dit le Lare. Au temps de César, et je vous parle de Jules César, attention ! la Cinquième Cohorte, c'était quelque chose ! La Douzième Légion Fulminata, fierté de Rome ! Mais aujourd'hui ? On est tombés bien bas ! Regarde-moi Hazel, qui se bat avec une *spatha*. C'est une arme ridicule, pour un légionnaire romain – la *spatha*, c'est pour la cavalerie ! Et toi, mon garçon, tu refoules comme un égout grec. T'as pas pris de bain ?

– J'ai pas eu le temps, je me battais contre les gorgones, dit Percy.

– Vitellius, intervint Hazel, nous devons recueillir l'augure de Percy avant de pouvoir l'accepter dans la légion. Tu ne veux pas aller voir Frank à l'arsenal ? Il fait l'inventaire. Tu sais qu'il apprécie beaucoup ton aide.

Les sourcils broussailleux et pourpres du fantôme se dressèrent.

– Par Mars tout-puissant ! On confie la vérification des armes à un *probatio*, maintenant ? La fin est proche !

Il s'éloigna en titubant le long de la rue, s'arrêtant tous les deux ou trois pas pour remonter son épée ou rajuster sa toge.

– D'ac... cord, murmura Percy.

– Désolée, dit Hazel. C'est un excentrique, mais c'est un des Lares les plus anciens. Il est là depuis la fondation de la légion.

– Comment il l'a appelée ? La *Fulminata* ?

– Porteuse de foudre, traduisit Hazel. C'est notre devise. La Douzième Légion a existé tout au long de l'Empire romain. À la chute de Rome, beaucoup de légions ont tout simplement disparu. Nous, nous sommes entrés dans la clandestinité, en obéissant aux ordres secrets transmis par Jupiter en personne : rester en vie, recruter des demi-dieux et leurs enfants, maintenir l'existence de Rome. C'est ce que nous avons fait depuis cette époque, sans interruption, en nous déplaçant selon l'endroit du monde où l'influence romaine était la plus forte. Depuis quelques siècles, nous sommes aux États-Unis.

Si bizarre que cela puisse paraître, Percy n'eut pas de mal à y croire. En fait, cette histoire lui semblait même familière, comme s'il l'avait toujours connue.

– Et tu es dans la Cinquième Cohorte, devina-t-il, qui n'est peut-être pas la mieux considérée ?

Hazel fit la moue.

– Exact. J'y suis entrée en septembre dernier.

– Ah... quelques semaines avant que ce Jason disparaisse, alors.

Percy se rendit compte qu'il avait touché un point sensible. Hazel baissa les yeux et garda le silence, assez longtemps pour qu'il se mette à compter les pavés.

– Viens, finit-elle par dire. Je vais te montrer ma vue préférée.

Ils s'arrêtèrent juste après avoir franchi les portes. La forteresse occupait le point le plus élevé de la vallée, ce qui leur permettait de voir pratiquement tous les alentours.

La route menait au fleuve, où elle formait un embranchement. Une voie enjambait un pont puis montait vers le sud, pour desservir la colline où se trouvaient tous les temples. L'autre voie, côté nord, rejoignait la ville, qui était une version miniature de la Rome antique. Contrairement au camp militaire, la cité avait l'air joyeusement chaotique, et ses édifices de toutes les couleurs se pressaient les uns contre les autres en dessinant des angles improvisés. Même de loin, Percy vit qu'il y avait une place grouillant de monde, un marché en plein air où déambulaient des badauds et des squares où des parents jouaient avec leurs enfants.

– Il y a des familles qui vivent ici ? demanda-t-il.

– Dans la ville, oui, absolument, dit Hazel. Lorsque tu es accepté dans la légion, tu dois faire dix ans de service. Après, tu peux quitter la légion quand tu veux. La plupart des demi-dieux rejoignent le monde des mortels. Mais certains... le monde est assez dangereux, pour nous autres, tu sais. Alors que cette vallée est un sanctuaire. Tu peux aller à la fac en ville, te marier, avoir des enfants, prendre ta retraite quand tu vieillis. C'est l'unique endroit sur terre où les gens comme nous sont en sécurité. Alors, oui, beaucoup d'anciens combattants s'installent et font leur vie ici, sous la protection de la légion.

Des demi-dieux adultes. Des demi-dieux qui pouvaient vivre à l'abri de la peur, se marier, fonder une famille. Percy avait du mal à y croire. Ça semblait trop beau pour être vrai.

– Mais si la vallée est attaquée ?

Hazel pinça les lèvres.

– Nous avons des défenses. La vallée est entourée d'une frontière magique. Mais notre force n'est plus ce qu'elle était. Ces derniers temps, les monstres multiplient leurs attaques. Ce que tu as dit sur les gorgones qui refusaient de mourir... nous avons observé la même chose, nous aussi, chez d'autres monstres.

– Et vous savez ce qui cause ce phénomène ?

Hazel détourna les yeux. Percy sentit qu'elle ne lui disait pas tout, qu'elle taisait une information qu'elle n'était pas en droit de révéler.

– C'est... compliqué, lâcha-t-elle. Mon frère dit que la Mort n'est pas...

À ce moment-là, ils furent interrompus par un éléphant.

– Place ! cria une voix derrière eux.

Hazel tira Percy à l'écart de la chaussée, juste à temps – un demi-dieu déboula à fond de train, perché sur un pachyderme de taille adulte couvert d'une armure noire en Kevlar. Le mot « éléphant » figurait en grosses lettres sur le côté de l'armure, ce que Percy trouva un peu redondant.

L'éléphant cavala jusqu'au bout de la route et tourna vers le nord, en direction d'un vaste champ à ciel ouvert où des fortifications étaient en cours de construction.

Percy recracha de la poussière.

– Qu'est-ce que...

– L'éléphant, expliqua Hazel.

– Ouais, j'ai lu, mais pourquoi vous avez un éléphant en gilet pare-balles ?

– On a « jeux de guerre » ce soir. C'est Hannibal. Si on ne lui proposait pas de participer, il se fâcherait.

– On veut surtout pas ça !

Hazel éclata de rire. Difficile de croire qu'elle était d'humeur si sombre quelques instants plus tôt. Percy se demanda ce qu'elle avait failli lui dire. Elle avait un frère. Pourtant elle affirmait que si le camp était organisé en fonction de la parenté divine, elle serait seule.

Percy n'arrivait pas à la cerner. Elle lui donnait l'impression d'être une fille sympa, facile à vivre et d'une grande maturité pour son âge – treize ans au maximum. En même temps, elle semblait porter en elle une tristesse profonde, comme si elle se sentait coupable de quelque chose.

Hazel pointa du doigt vers le sud, de l'autre côté du fleuve. Des nuages noirs s'accumulaient au-dessus de la Colline aux

Temples ; des éclairs de foudre rouge illuminaient les édifices d'un halo couleur de sang.

– Octave est occupé, dit Hazel. Allons plutôt là-bas.

En chemin, ils passèrent devant des gars aux pattes de chèvre qui traînaient sur le bas-côté de la route.

– Hazel ! appela l'un d'eux, qui trottina à leur rencontre avec un grand sourire.

Il portait une chemise hawaïenne et n'avait, en guise de pantalon, que son pelage de chèvre, épais et brun. Son immense afro dodelinait. Des petites lunettes rondes aux verres arc-en-ciel cachaient ses yeux. Il tenait une pancarte en carton annonçant : Prêt à travailler chanter parler partir en échange de quelques denarii.

– Salut, Don, dit Hazel. Désolée, on a pas le temps...

– Oh, c'est cool ! C'est cool ! (Don leur emboîta le pas en trottinant, et sourit à Percy.) Hé, t'es nouveau, toi ! T'as pas trois *denarii* pour le bus, man ? J'ai oublié mon portefeuille à la maison, et là, faut que j'aille au taf...

– Don, gronda Hazel. Les faunes n'ont pas de portefeuille. Pas de boulot. Pas de maison. Et il n'y a pas d'autobus à la Petite Rome.

– D'accord, pas de problème ! dit-il avec entrain. Mais vous avez des *denarii* ?

– Tu t'appelles Don le faune ? demanda Percy.

– Ouais, pourquoi ?

– Pour rien. (Percy fit un effort pour garder son sérieux.) Mais pourquoi est-ce que les faunes n'ont pas de boulot ? Pourquoi est-ce qu'ils ne travaillent pas pour le camp ?

Don chevrota.

– Les faunes, travailler pour le camp ? Trop drôle !

– Les faunes sont, euh, des esprits libres, expliqua Hazel. Ils traînent par ici parce que c'est un endroit où ils ne craignent rien et peuvent faire la manche. Nous tolérons leur présence, mais...

– Oh, Hazel est super, dit Don. Elle est tellement gentille ! Les autres pensionnaires du camp, ils me disent tous : « Va-t'en, Don. » Avec elle, c'est « S'il te plaît, Don, va-t'en. » Je l'adore !

Le faune avait l'air inoffensif, mais Percy trouvait cette rencontre dérangeante. Sans savoir d'où elle lui venait, il avait la forte intuition que les faunes n'étaient pas censés être des sans-abri faisant la manche.

Don regarda par terre et hoqueta de surprise.

– But ! dit-il en se penchant, mais Hazel cria :

– Don, non !

Elle le bouscula et ramassa un petit objet brillant. Percy l'entrevit avant qu'elle le glisse dans sa poche : il aurait juré que c'était un diamant.

– T'es dure, Hazel, gémit Don. J'aurais pu me payer un an de donuts avec ça !

– S'il te plaît, Don, dit Hazel. Va-t'en.

Elle avait l'air secouée, comme si elle venait de sauver la vie à Don en l'arrachant à la trajectoire d'un éléphant en gilet pare-balles.

Le faune soupira.

– Oh, je peux me fâcher contre toi. Mais je te jure, tu me portes chance. Chaque fois que tu passes...

– Au revoir, Don, dit Hazel fermement. Percy, on s'en va.

Elle se mit à courir. Percy dut piquer un sprint pour la rattraper.

– C'est quoi, l'histoire ? lui demanda-t-il. Ce diamant par terre...

– S'il te plaît, pas de question là-dessus.

Un silence gêné pesa entre eux sur tout le reste du trajet. À la Colline aux Temples, un sentier dallé serpentait entre une multitude complètement disparate d'autels minuscules et d'imposants caveaux à coupole. Percy avait l'impression que les statues de dieux le suivaient du regard.

Hazel lui montra du doigt le temple de Bellone.

– La déesse de la Guerre, dit-elle. C'est la mère de Reyna.

Ils passèrent ensuite devant une grande crypte rouge décorée de crânes humains plantés sur des pieux.

– Dis-moi que nous n'entrons pas là-dedans, souffla Percy.

Hazel secoua négativement la tête.

– C'est le temple de Mars Ultor.

– Mars... Arès, le dieu de la Guerre ?

– Ça, c'est son nom grec. Mais, oui, c'est le même. *Ultor* signifie « Vengeur ». C'est le deuxième dieu de Rome en importance.

Percy fut contrarié de l'apprendre. Sans qu'il sache pourquoi, le simple fait de regarder cet horrible bâtiment rouge le mettait en colère.

Il pointa du doigt vers le sommet de la colline. Des nuages tournoyaient au-dessus du plus grand des temples, un pavillon circulaire orné de colonnes blanches qui soutenaient un toit en dôme.

– Je suppose que c'est le temple de Zeus, euh, je veux dire, de Jupiter ? C'est là qu'on va ?

– Oui. (Hazel semblait sur des épines.) C'est là qu'Octave lit les augures, au temple de Jupiter Optimus Maximus.

Percy dut réfléchir, mais les mots latins prirent un sens dans son esprit.

– Jupiter... le meilleur et le plus grand ?

– Exact.

– Quel est le titre de Neptune ? Le plus cool et le plus sympa ?

– Pas tout à fait, non.

Hazel désigna un petit bâtiment bleu de la taille d'une cabane à outils. Un trident couvert de toiles d'araignées était cloué sur la porte.

Percy risqua un coup d'œil à l'intérieur. Sur un petit autel, il y avait un bol avec trois pommes toutes fripées. Son cœur se serra.

– Pas très fréquenté, on dirait.

– Désolée, Percy. C'est juste que... les Romains ont toujours eu peur de la mer. Ils ne se servaient de navires que s'ils y étaient vraiment obligés. Même à l'époque moderne, la présence d'un enfant de Neptune au camp a toujours été de mauvais augure. La dernière fois qu'un enfant de Neptune a intégré la légion... ben c'était en 1906, quand le Camp Jupiter était à San Francisco, de l'autre côté de la baie. Il y a eu ce fameux tremblement de terre...

– Tu veux dire que c'était la faute d'un enfant de Neptune ?

– C'est ce qu'on dit. (Hazel avait l'air confuse.) En tout cas, les Romains craignent Neptune, mais ils ne l'aiment pas beaucoup.

Percy regarda les toiles d'araignées sur le trident.

Super, se dit-il. Même s'il était admis au camp, il n'aurait jamais d'amis. Son seul espoir était de faire peur à ses nouveaux camarades. Peut-être que s'il se comportait vraiment bien, on lui donnerait quelques pommes pourries.

Il n'empêche... Debout devant l'autel de Neptune, il sentit une sorte de tressaillement en lui, comme si des vagues d'énergie déferlaient dans ses veines.

Il fouilla dans son sac à dos et en extirpa le dernier vestige de nourriture de son voyage – un bagel rassis. Ce n'était pas grand-chose, mais il le déposa sur l'autel.

– Euh... papa. (Il se sentait plutôt idiot de s'adresser à un bol de fruits.) Si tu m'entends, aide-moi, d'accord ? Rends-moi ma mémoire. Dis-moi... dis-moi ce que je dois faire.

Sa voix se brisa. Il n'avait pas prévu de se laisser gagner par l'émotion, mais il était épuisé, il avait peur, et il errait, seul et perdu, depuis trop longtemps. Il aurait tout donné pour un conseil. Il voulait savoir au moins une chose avec certitude sur sa vie, sans courir après des souvenirs perdus.

Hazel lui posa la main sur l'épaule.

– Ça va aller, tu es là maintenant. Tu es des nôtres.

Il se sentit gêné de se faire consoler par une gamine de quatrième qu'il connaissait à peine, mais content qu'elle soit là.

Au-dessus de leurs têtes, le tonnerre gronda. Des éclairs rouges illuminèrent le ciel.

– Octave a presque fini, dit Hazel. Allons-y.

Comparé à la cabane de Neptune, le temple de Jupiter était vraiment *optimus* et *maximus*.

Le sol de marbre était couvert de mosaïques et d'inscriptions gravées en latin. Le dôme, haut de près de vingt mètres et doré à l'or, étincelait. Le temple était ouvert à tous les vents.

Au milieu se dressait un autel de marbre, où un garçon en toge se livrait à une sorte de rituel devant une imposante statue en or du big boss en personne : Jupiter, dieu du Ciel, vêtu d'une toge pourpre XXXL, un éclair de foudre à la main.

– Il est pas comme ça, marmonna Percy.

– Quoi ?! fit Hazel.

– L'éclair primitif.

– Mais de quoi tu parles ?

– Je... (Percy fronça les sourcils. Une brève seconde, il avait cru se souvenir de quelque chose, et puis c'était parti.) Rien, laisse tomber.

Le garçon qui se tenait devant l'autel leva les mains. Une nouvelle série d'éclairs zébra le ciel et l'édifice trembla. Puis il baissa les bras et les grondements cessèrent. Les nuages sombres blanchirent, puis se défirent.

Plutôt impressionnant, pour un jeune qui ne payait pas de mine. Il était grand et maigre, il avait des cheveux filasse et portait un jean super baggy, un tee-shirt trop large et une toge informe. Il avait l'air d'un épouvantail affublé d'un drap.

– Qu'est-ce qu'il fait ? murmura Percy.

Le type à la toge se retourna. Il souriait de travers et une lueur démente brillait dans ses yeux – un peu comme s'il venait de finir un jeu vidéo particulièrement tendu. D'une main, il tenait un couteau. De l'autre, quelque chose qui ressemblait à un animal mort. Ça ne contribuait pas à lui donner l'air moins fou.

– Percy, dit Hazel, je te présente Octave.

– Le *Graecus* ! s'exclama Octave. Comme c'est intéressant.

– Euh, salut, dit Percy. Tu sacrifies des petits animaux ?

Octave regarda la dépouille duveteuse qu'il avait à la main et se mit à rire.

– Non, non. À une époque, oui. On lisait la volonté des dieux en examinant des entrailles d'animaux : de poulets, de chèvres, ce genre-là. Aujourd'hui, on emploie ça.

Sur ces mots, il lança la dépouille duveteuse à Percy. C'était un ours en peluche éventré. Percy remarqua alors une pile entière d'animaux en peluche mutilés, au pied de la statue de Jupiter.

– Sérieux ? demanda-t-il.

Octave descendit de l'estrade. Il devait avoir autour de dix-huit ans, mais il était tellement maigre et pâle qu'il en paraissait moins. Au premier regard, il semblait inoffensif, cependant, en se rapprochant, Percy modifia son jugement. Une vive curiosité brillait dans les yeux d'Octave, et Percy songea que ce garçon serait capable de l'éventrer aussi facilement qu'un ours en peluche, s'il pensait pouvoir découvrir quelque chose dans ses entrailles.

Octave plissa les yeux et observa :

– Tu m'as l'air inquiet.

– Tu me rappelles quelqu'un, dit Percy, mais je ne sais pas qui.

– Sans doute Octave-César Auguste, à qui je dois mon nom. Tout le monde me dit que la ressemblance est frappante.

Percy ne trouvait pas, mais il n'arrivait pas à mettre le doigt sur son souvenir.

– Pourquoi m'as-tu appelé « le Grec » ? reprit-il.

– Je l'ai vu dans les augures. (Octave agita son couteau en direction d'un tas de rembourrage d'ours en peluche, sur l'autel.) Le message disait : *Le Grec est arrivé.* Ou alors, autre possibilité : *la grouse est alitée.* Je pense que la première interprétation est la bonne. Tu souhaites entrer dans la légion ?

Hazel prit la parole. Elle raconta à Octave tout ce qui s'était passé depuis leur rencontre devant le tunnel – les gorgones, le combat du fleuve, l'apparition de Junon, la conversation avec Reyna.

À l'évocation de Junon, Octave parut étonné.

– Junon, fit-il d'un ton pensif. Nous l'appelons Junon Moneta. Junon qui avertit. Elle se montre en période de crise, pour conseiller Rome face à de grandes menaces.

Il coula à Percy un regard qui avait l'air de dire : *comme les Grecs mystérieux, par exemple.*

– J'ai appris que la Fête de la Fortune était cette semaine, dit Percy. Les gorgones m'ont averti qu'il y aurait une invasion ce jour-là. Est-ce que tu l'as vu dans ton rembourrage ?

– Malheureusement, non, soupira Octave. La volonté des dieux est difficile à discerner. Et ces derniers temps, ma vision est devenue encore plus sombre.

– Vous n'avez pas de... je sais pas, moi, d'oracle ?

– Un oracle ! s'exclama Octave en souriant. Trop mignon, ton idée. Non, j'ai peur qu'on soit en panne d'oracles. Cela dit, si on avait lancé une quête pour chercher les livres sibyllins, comme je l'avais recommandé...

– Les livres quoi ?

– Ce sont des livres de prophétie, intervint Hazel. C'est une véritable obsession, chez Octave. Les Romains les consultaient en cas de catastrophe. La plupart des gens pensent qu'ils ont brûlé à la chute de Rome.

– Il y a des gens qui croient ça, corrigea Octave. Malheureusement, comme nos chefs actuels refusent de monter une quête pour les chercher...

– Parce que Reyna n'est pas idiote, dit Hazel.

– ... il ne nous en reste que quelques petits fragments, poursuivit Octave. Quelques prédictions mystérieuses, comme celles-ci.

Il donna un coup de menton vers les inscriptions gravées dans le marbre du sol. Percy regarda les lignes de mots, sans s'attendre à les comprendre. Il faillit s'étrangler.

– Celle-là ! (Il pointa du doigt et se mit à traduire à voix haute :) « *Sept sang-mêlé obéiront à leur sort. Sous les flammes ou la tempête le monde doit tomber.*

– Oui, oui. (Octave la termina sans regarder.) *Serment sera tenu en un souffle dernier, des ennemis viendront en armes devant les Portes de la Mort.*

– Je... je la connais, celle-là. (Percy eut l'impression que le tonnerre secouait à nouveau le temple. Puis il se rendit compte que c'était lui qui tremblait, de la tête aux pieds.) C'est important.

Octave dressa un sourcil.

– Bien sûr que c'est important. Nous l'appelons la Prophétie des Sept, mais elle date de plusieurs milliers d'années et nous ignorons ce qu'elle signifie. Chaque fois que quelqu'un essaie de l'interpréter... Hazel pourra te raconter, il arrive malheur.

Hazel le fusilla du regard.

– Contente-toi de lire l'augure de Percy, lança-t-elle à Octave. Est-ce qu'il peut entrer dans la légion, oui ou non ?

Percy put presque voir tourner les rouages du cerveau d'Octave, calculant s'il lui serait d'une quelconque utilité ou non. Le jeune homme tendit la main vers le sac à dos de Percy.

– Quel beau spécimen, dit-il. Je peux ?

Percy ne comprit pas ce qu'il voulait, jusqu'à ce qu'Octave attrape l'oreiller-panda du supermarché, qui dépassait de son sac. Ce n'était qu'un animal en peluche, mais Percy le trimbalait depuis un bon bout de temps, et il y tenait, en fait. Octave se tourna vers l'autel et brandit son couteau.

– Hé ! protesta Percy.

Octave éventra le panda et vida le rembourrage sur l'autel. Il jeta la dépouille éviscérée, marmonna quelques paroles en examinant le tas, puis se retourna, un sourire rayonnant sur le visage.

– Bonne nouvelle ! annonça-t-il. Percy peut intégrer la légion. Nous lui attribuerons une cohorte à l'assemblée du soir. Dis à Reyna que je donne mon accord.

Les épaules d'Hazel se détendirent.

– Euh... super. Viens, Percy.

– Ah, Hazel ! ajouta Octave. Je suis ravi d'accueillir Percy dans la légion. Mais lorsque les élections prétoriennes arriveront, j'espère que tu te rappelleras que...

– Jason n'est pas mort ! l'interrompit sèchement Hazel. Tu es l'augure. Tu es censé le chercher !

– C'est ce que je fais ! (Octave montra du doigt la pile d'animaux en peluche éventrés.) Je consulte les dieux tous les jours ! Hélas, en huit mois, je n'ai toujours rien trouvé.

Je cherche toujours, bien sûr. Mais si Jason n'est pas revenu d'ici à la Fête de la Fortune, nous devrons prendre une décision. Nous ne pourrons pas prolonger davantage cette vacance du pouvoir. J'espère que tu soutiendras ma candidature aux prétoriennes. C'est très important, pour moi.

Hazel serra les poings.

– Moi, soutenir ta candidature ?

Octave retira sa toge et la posa sur l'autel, ainsi que son couteau. Percy remarqua les sept traits sur son avant-bras – sept années au camp, devina-t-il. La marque d'Octave était une harpe, symbole d'Apollon.

– Après tout, dit Octave à Hazel, je pourrais t'aider. Ce serait désolant que ces abominables rumeurs continuent de circuler à ton sujet... ou, les dieux nous préservent, qu'elles s'avèrent fondées.

Percy glissa la main dans sa poche et la referma sur son stylo-bille. Ce gars faisait du chantage à Hazel, c'était évident. Un signe d'elle, et Percy était prêt à dégainer Turbulence, histoire de voir si Octave aimait se retrouver de l'autre côté de la lame.

Hazel respira à fond. Les jointures de ses doigts étaient devenues toutes blanches.

– Je vais y réfléchir, concéda-t-elle.

– Parfait, dit Octave. À propos, ton frère est là.

Hazel se raidit encore davantage.

– Mon frère ? Qu'est-ce qu'il fait là ?

– Comment savoir, avec lui ? rétorqua Octave en haussant les épaules. Il t'attend au sanctuaire de ton père. Simplement... ne lui propose pas de prolonger sa visite. Il a un effet perturbant sur les autres. Maintenant tu m'excuseras, il faut que je continue de chercher notre pauvre ami perdu, Jason. Ravi de t'avoir rencontré, Percy.

Hazel sortit en trombe, Percy sur ses talons. Il était sûr que jamais de sa vie, il n'avait été aussi content de quitter un temple.

En descendant de la colline, Hazel grommela et jura en latin. Percy ne comprit pas tout, mais il identifia « fils de gorgone », « serpent affamé », ainsi que quelques suggestions relatives aux endroits où Octave pouvait planter son couteau.

– Je déteste ce gars, marmonna-t-elle alors. S'il ne tenait qu'à moi...

– Il n'a aucune chance d'être élu préteur, si ? demanda Percy.

– C'est dur à dire. Octave a beaucoup d'amis, qu'il s'est achetés pour la plupart. Et les autres légionnaires ont peur de lui.

– Ils ont peur de ce gringalet ?

– Ne le sous-estime pas. Reyna n'est pas une mauvaise cheffe, toute seule, mais si jamais Octave venait à partager le pouvoir avec elle... (Hazel frissonna.) Allons voir mon frère. Je suis sûre qu'il voudra faire ta connaissance.

Percy ne discuta pas. Il avait envie de rencontrer ce frère mystérieux, et peut-être d'en apprendre un peu sur les antécédents d'Hazel – qui était son père, quel était ce secret qu'elle cachait ? Percy avait du mal à imaginer qu'elle ait pu commettre un acte répréhensible. Elle paraissait tellement gentille. Pourtant Octave s'était comporté comme s'il détenait des ragots particulièrement odieux à son sujet.

Hazel conduisit Percy à une crypte noire taillée au flanc de la colline. Debout devant l'entrée se tenait un adolescent en jean noir et blouson d'aviateur.

– Salut ! appela Hazel. J'ai amené un ami.

Le garçon se retourna. Percy eut un autre de ces éclairs fugitifs et troublants : comme si c'était quelqu'un qu'il était censé connaître. Le frère d'Hazel était presque aussi pâle qu'Octave, mais il avait des yeux noirs et une tignasse brune en bataille. Il ne ressemblait pas du tout à sa sœur. Il portait une bague en argent à tête de mort, une chaîne en guise de ceinture et un tee-shirt noir à imprimé tête de mort. À sa taille pendait une épée d'un noir absolu.

Une fraction de seconde, lorsqu'il découvrit Percy, le garçon parut perturbé – paniqué, même, comme pris dans le faisceau d'un projecteur.

– C'est Percy Jackson, reprit Hazel. C'est quelqu'un de bien. Percy, je te présente mon frère, le fils de Pluton.

Le garçon se ressaisit et tendit la main.

– Enchanté, dit-il. Je m'appelle Nico di Angelo.

5   HAZEL

Hazel avait l'impression qu'elle venait de mettre deux bombes nucléaires en présence. Maintenant, elle attendait de voir laquelle allait exploser la première.

Jusqu'à ce matin, son frère Nico était le demi-dieu le plus puissant qu'elle connaisse. Les autres légionnaires du camp le considéraient comme une sorte d'excentrique itinérant, aussi inoffensif qu'un faune. Hazel, elle, ne s'y trompait pas. Elle n'avait pas grandi avec Nico, et ne le connaissait pas depuis très longtemps non plus. Mais elle savait qu'il était plus dangereux que Reyna et Octave, voire que Jason.

Puis elle avait rencontré Percy.

Au début, quand elle l'avait vu tituber sur l'autoroute en portant la vieille dame dans ses bras, elle avait pensé qu'il s'agissait peut-être d'un dieu en camouflage. Même épuisé, sale et ployant sous l'effort, il avait une aura puissante. Et la beauté d'un dieu romain, avec ses yeux vert océan et ses boucles brunes emmêlées par le vent.

Elle avait donné l'ordre à Frank de ne pas l'abattre. Elle s'était dit que les dieux les testaient. Elle avait entendu raconter des mythes de ce genre : un gamin accompagné d'une mamie supplie qu'on les héberge, et quand les vilains mortels refusent, *zac*, changés en limace-banane.

Ensuite, Percy avait dominé le fleuve et exterminé les gorgones. Il avait transformé un stylo-bille en épée de bronze. Et les rumeurs de l'arrivée d'un *Graecus* avaient levé un vent d'agitation dans le camp.

Un fils du dieu de la Mer...

Il y a longtemps, quelqu'un avait dit à Hazel qu'un descendant de Neptune la sauverait. Mais Percy pouvait-il vraiment briser sa malédiction ? Ou était-ce trop espérer ?

Percy et Nico se serrèrent la main. Ils se jaugèrent avec méfiance, et Hazel se sentit prise de l'envie de partir en courant. S'ils dégainaient tous deux leurs épées magiques, ça tournerait très vite au vinaigre.

Nico n'avait rien d'effrayant dans son apparence : il était maigre et débraillé, ses vêtements noirs chiffonnés. Ses cheveux, décoiffés comme toujours, lui donnait un look « tombé du lit ».

Hazel se souvenait de leur première rencontre. La première fois qu'elle l'avait vu dégainer son épée noire, elle avait failli en rire. Le sérieux avec lequel il lui avait dit que ça s'appelait du « fer stygien » ! Elle l'avait trouvé ridicule. Sûr que ce gringalet blanc ne savait pas se battre. Elle était certaine qu'ils n'avaient aucun lien de parenté, elle et lui.

Elle avait vite changé d'avis.

– Je... je te connais, dit alors Percy, avec une grimace.

Nico leva les sourcils.

– Vraiment ? fit-il.

Et il se tourna vers sa sœur, en quête d'explication.

Hazel hésita. Il y avait quelque chose de louche, dans la réaction de son frère. Il faisait beaucoup d'efforts pour paraître naturel et décontracté, or sa brève réaction de panique à la vue de Percy n'avait pas échappé à Hazel. Son frère connaissait Percy. Elle était certaine de ce qu'elle avait lu dans ses yeux. Alors, pourquoi jouait-il la comédie ?

– Euh... Percy a perdu la mémoire, se força-t-elle à dire.

Puis elle raconta à Nico ce qui s'était passé depuis l'arrivée de Percy aux portes du territoire.

– Donc, Nico, enchaîna-t-elle en choisissant ses mots avec soin, j'ai pensé, tu sais, comme tu voyages beaucoup... que tu avais peut-être déjà rencontré des demi-dieux comme Percy, ou que...

Le regard de Nico se fit aussi sombre que les eaux du Tartare. Hazel ne comprit pas pourquoi, mais elle reçut le message cinq sur cinq : « Lâche l'affaire. »

– Tu en as parlé à Reyna, de cette histoire d'armée de Gaïa ? demanda le fils de Pluton.

Percy fit oui de la tête et demanda à son tour :

– C'est qui, d'ailleurs, Gaïa ?

La gorge d'Hazel se serra. Rien que d'entendre ce nom... ses genoux faillirent la lâcher. Elle se souvenait d'une voix de femme soporifique, d'une grotte aux parois lumineuses, d'une sensation de pétrole noir s'engouffrant dans ses poumons.

– C'est la déesse de la Terre, dit Nico, qui jeta un coup d'œil au sol, comme s'il craignait qu'elle ne l'entende. C'est la plus ancienne de toutes les divinités. La plupart du temps, elle est plongée dans un profond sommeil, mais elle déteste les dieux et leurs enfants.

– Notre mère la Terre est maléfique ? s'étonna Percy.

– Très, répondit Nico avec gravité. Elle a convaincu son fils, le Titan Cronos, euh, Saturne, je veux dire, de tuer son propre père, Uranus, et de dominer le monde. Les Titans ont régné longtemps. Puis les enfants des Titans, les dieux de l'Olympe, les ont renversés.

– Cette histoire me dit quelque chose. (Percy semblait surpris, comme si un vieux souvenir refaisait partiellement surface.) Mais je ne crois pas que j'aie jamais entendu parler de Gaïa.

Nico haussa les épaules.

– Ça l'a mise dans une rage folle que les dieux s'emparent du pouvoir. Elle a pris un nouveau mari, Tartare, l'esprit de l'abîme, et elle a donné naissance à une race de géants. Lesquels ont essayé de détruire le mont Olympe, mais les dieux ont fini par les écraser. Enfin... la première fois.

– La première fois ? répéta Percy.

Nico jeta un coup d'œil à Hazel. Il ne pensait certainement pas à mal, mais elle ne put s'empêcher de culpabiliser. Si Percy apprenait la vérité à son sujet, s'il savait les horreurs qu'elle avait commises...

– L'été dernier, poursuivit Nico, Saturne a essayé de reprendre le dessus. Il y a eu une deuxième guerre des Titans. Les Romains du Camp Jupiter ont pris d'assaut son Q.G. du mont Othrys, de l'autre côté de la baie, et ils ont détruit son trône. Saturne a disparu...

Nico hésita un instant. Il examinait le visage de Percy. Hazel eut l'impression que son frère redoutait qu'il ne retrouve d'autres souvenirs.

– Bref, reprit-il, Saturne a sans doute sombré de nouveau dans son abîme. Nous avions tous cru que la guerre était finie. À présent, on dirait que la défaite des Titans a secoué Gaïa. Elle commence à se réveiller. J'ai entendu parler de géants qui seraient revenus à la vie. S'ils comptent s'attaquer aux dieux de nouveau, ils commenceront probablement par tuer les demi-dieux...

– Tu as dit tout ça à Reyna ? demanda Percy.

– Bien sûr. (Nico contracta les mâchoires.) Les Romains ne me font pas confiance. C'est pour ça que j'espérais qu'elle t'écouterait. Les enfants de Pluton... ne le prends pas mal, mais ils nous jugent encore plus mal que les enfants de Neptune. Nous portons malheur.

– Ils ont laissé Hazel entrer dans la légion, fit remarquer Percy.

– C'est différent, objecta Nico.

– Pourquoi ?

– Écoute, Percy, interrompit Hazel, les géants, ce n'est pas le principal problème. Même... même Gaïa n'est pas le principal problème. Le truc que tu as remarqué chez les gorgones, le fait qu'elles ne mouraient plus, le voilà notre plus grand problème.

Elle regarda Nico. Hazel se rapprochait dangereusement de son secret, là, mais son intuition lui disait qu'elle pouvait faire confiance à Percy. Peut-être parce qu'il venait de l'extérieur, lui aussi ; peut-être parce qu'il avait sauvé la vie à Frank. Il méritait de savoir ce qui les attendait.

– Nico et moi, poursuivit-elle en pesant ses mots, nous pensons que ce qui se produit est... que la Mort n'est pas...

Elle ne put finir. Un cri fusa du pied de la colline.

Frank accourait à leur rencontre, en jean, tee-shirt pourpre du camp et blouson de toile. Il avait les mains pleines de graisse pour avoir nettoyé les armes à l'arsenal.

Comme chaque fois qu'elle voyait Frank, le cœur d'Hazel se lançait dans un petit numéro de claquettes – ce qui l'agaçait profondément. C'était un bon copain, bien sûr, une des rares personnes, au camp, qui ne la traitait pas comme si elle avait la peste. Mais ce n'était pas un sentiment de camaraderie qu'elle éprouvait pour lui.

Il avait trois ans de plus qu'elle et ce n'était pas vraiment un prince charmant, avec son mélange bizarre de visage poupon sur un corps de lutteur. Il avait l'air d'un koala baraqué. Le fait que tout le monde essayait toujours de les coller ensemble – « les deux plus grands losers du camp, faits l'un

76

pour l'autre » – achevait de convaincre Hazel qu'il n'était pas question de craquer pour lui.

Sauf que son cœur n'obéissait pas aux directives. Il s'emballait dès que Frank était dans les parages. Ça ne lui était plus arrivé depuis..., eh bien, depuis Sammy.

Arrête, pensa-t-elle. *Tu as une raison d'être ici, et ce n'est pas de trouver un nouveau copain.*

En plus, Frank ignorait son secret. S'il savait, il ne serait pas aussi sympa avec elle.

Il arriva au sanctuaire.

– Salut, Nico !

– Frank, dit Nico en souriant.

Il avait l'air de trouver Frank amusant, peut-être parce que c'était le seul, au camp, qui n'était pas mal à l'aise en compagnie des enfants de Pluton.

– Reyna m'envoie chercher Percy, dit Frank. Est-ce qu'Octave t'a accepté ?

– Oui, fit Percy. Il a massacré mon panda.

– Il... Ah, l'augure. Ouais, les ours en peluche en font des cauchemars, de ce gars. Mais tu es des nôtres, maintenant ! Il faut qu'on t'emmène te laver avant l'assemblée du soir.

Hazel se rendit compte que le soleil baissait sur les collines. Comment la journée avait-elle filé si vite ?

– Tu as raison, dit-elle, on a intérêt à...

– Frank, interrompit Nico, si tu emmenais Percy au camp ? Hazel et moi, on vous rejoindra.

Aïe, se dit Hazel, qui s'efforça de ne pas laisser paraître son inquiétude.

– C'est... c'est une bonne idée, parvint-elle à dire. Allez-y, les gars, on vous rejoint.

Percy jeta un dernier regard à Nico, comme s'il essayait toujours de le remettre.

77

– J'aimerais pouvoir te reparler, dit-il. J'ai vraiment l'impression...

– Pas de problème, acquiesça Nico. Plus tard. Je passe la nuit ici.

– Ah bon ? laissa échapper Hazel.

Les légionnaires allaient adorer : le fils de Neptune et celui de Pluton qui arrivaient le même jour. Il ne leur manquait plus que quelques chats noirs et des miroirs brisés.

– Vas-y, Percy, dit Nico. Installe-toi. (Il se tourna vers Hazel, et elle eut l'impression que le plus dur de la journée était encore à venir.) Il faut qu'on parle, ma sœur et moi.

– Tu le connais, n'est-ce pas ? demanda Hazel.

Ils étaient assis sur le toit du sanctuaire de Pluton, qui était couvert d'os et de diamants. À ce qu'en savait Hazel, les os avaient toujours été là. Les diamants, par contre, c'était sa faute. Il suffisait qu'elle s'attarde quelque part, ou juste qu'elle s'inquiète, et ils se mettaient à pousser tout autour d'elle comme des champignons après la pluie. Des cailloux d'une valeur de plusieurs millions de dollars brillaient sur le toit, heureusement les autres pensionnaires n'y toucheraient pas. Ils ne se risquaient pas à voler quoi que ce soit dans les temples, et surtout pas dans celui de Pluton – quant aux faunes, ils ne montaient jamais jusqu'ici.

Hazel frissonna en se rappelant l'épisode de cette après-midi, avec Don. Ils l'avaient échappé belle. Si elle n'avait pas bondi pour ramasser ce diamant par terre... Elle préférait ne pas y penser. Elle n'avait pas besoin d'une mort de plus sur la conscience.

Nico balançait les jambes comme un gamin. Il avait posé son épée de fer stygien près de lui, à côté de la *spatha* d'Hazel. Son regard se portait vers le Champ de Mars, de l'autre côté

de la vallée, où les équipes de construction érigeaient les fortifications pour les jeux de guerre du soir.

– Percy Jackson. (Il prononça le nom comme une incantation.) Hazel, il faut que je fasse attention à ce que je te dis.
Il y a des choses importantes à l'œuvre, ici. Certains secrets
doivent demeurer secrets. Tu es mieux placée que quiconque
pour le comprendre.

Hazel sentit ses joues s'empourprer et demanda :

– Mais il n'est pas comme... comme moi ?

– Non, dit Nico. Je suis désolé de ne pas pouvoir t'en dire
davantage. Je ne dois pas m'en mêler. Percy doit se faire sa
place au camp par lui-même.

– Est-ce qu'il est dangereux ?

Nico esquissa un sourire narquois.

– Très. Pour ses ennemis. Mais il ne représente aucune
menace pour le Camp Jupiter. Tu peux lui faire confiance.

– Comme je te fais confiance, à toi, rétorqua Hazel avec
amertume.

Nico tripota sa bague tête de mort. Autour de lui, des os
commençaient à trembler comme s'ils voulaient se réagencer
en squelette. Quand Nico avait du vague à l'âme, il déclen-
chait cela chez les morts ; c'était un peu comme la malédiction d'Hazel. À eux deux, ils représentaient les deux sphères
que contrôlait Pluton : la mort et la richesse. Parfois, Hazel
trouvait que son frère avait eu la bonne pioche.

– Écoute, lui dit Nico, je sais que c'est dur. Mais tu as une
seconde chance. Tu peux arranger les choses.

– Il n'y a rien à arranger, répondit Hazel. S'ils découvrent
la vérité à mon sujet...

– Ils ne la découvriront pas, promit Nico. Ils vont bientôt
lancer une quête. Ils sont obligés. Tu me feras honneur. Crois-
moi, Bi...

Il se rattrapa, mais Hazel savait comment il avait failli l'appeler : Bianca. La véritable sœur de Nico, avec qui il avait grandi. Nico aimait bien Hazel, il n'empêche qu'elle ne serait jamais Bianca. Elle était juste ce que Nico avait trouvé de mieux pour la remplacer – un prix de consolation offert par les Enfers.

– Excuse-moi, dit-il.

Hazel eut un goût de métal dans la bouche, comme si des pépites d'or lui poussaient sous la langue.

– Alors c'est vrai pour la Mort ? Est-ce que c'est la faute d'Alcyonée ?

– Je crois, dit Nico. La situation empire d'heure en heure, aux Enfers. Papa a un mal de chien à garder le contrôle sur son royaume et ça le rend dingue. D'après ce que Percy a dit sur les gorgones, ici aussi les choses s'aggravent. Mais tu vois, c'est pour ça que tu es ici. Toutes ces histoires de ton passé, tu vas pouvoir en tirer quelque chose de positif. Ta place est ici, au Camp Jupiter.

C'était tellement ridicule qu'Hazel faillit éclater de rire. Non, elle n'était pas à sa place ici. Même dans ce siècle, elle n'était pas à sa place.

Elle n'aurait pas dû repenser au passé avec autant d'intensité, mais le jour où son ancienne vie avait volé en éclats lui revint à la mémoire. Le trou noir la happa si soudainement qu'elle ne put même pas prononcer un mot. Elle se déplaça dans le temps. Ce n'était ni un rêve ni une vision. Le souvenir s'empara d'elle avec une clarté totale, comme si elle y était véritablement.

Son dernier anniversaire. Elle venait d'avoir treize ans. Mais ce n'était pas en décembre dernier – c'était le 17 décembre 1941. Sa dernière journée à La Nouvelle-Orléans.

6   Hazel

Hazel rentrait des écuries à pied, toute seule. La soirée était froide, mais un feu intérieur la réchauffait. Sammy l'avait embrassée sur la joue.

La journée avait été en dents de scie. Des gamins à l'école s'étaient moqués de sa mère, qu'ils avaient traitée, entre autres noms d'horreurs, de sorcière. Ce n'était pas nouveau, bien sûr, mais ça s'aggravait. Des rumeurs circulaient sur la malédiction d'Hazel. L'école s'appelait « Académie Sainte Agnès pour Enfants de Couleur et Indiens », et le nom n'avait pas changé depuis cent ans. Tout comme son nom, l'établissement masquait une grande cruauté sous un mince vernis de bonté.

Hazel ne comprenait pas que d'autres gamins noirs puissent être aussi méchants. Ils auraient dû être plus avisés, eux qui étaient exposés à des insultes tout le temps. Mais ils la harcelaient et lui volaient son déjeuner, et ils n'arrêtaient pas de lui demander ces fameux bijoux : « Où c'est qu'ils sont tes diamants maudits, hein ? Tu m'en passes ou je te casse la tête ! » Ils la repoussaient quand elle voulait boire de l'eau à la fontaine, et ils lui jetaient des pierres si elle essayait de s'approcher d'eux dans la cour de récréation.

Malgré leur méchanceté, Hazel ne leur donnait jamais ni

81

or ni diamants. Elle ne détestait personne à ce point. Et puis elle avait un ami, Sammy, et ça lui suffisait.

Sammy aimait dire en plaisantant qu'il était l'élève modèle pour Sainte Agnès. Étant mexico-américain, il se considérait à la fois comme personne de couleur et comme Indien. « Ils devraient me doubler ma bourse d'études », disait-il.

Il n'était ni grand ni fort, mais il avait un sourire allumé et il faisait rire Hazel.

Cette après-midi-là, il l'avait emmenée aux écuries où il travaillait comme palefrenier. C'était un centre hippique « réservé aux Blancs », bien sûr, mais il était fermé en semaine, et, maintenant qu'il y avait la guerre, il était question de le fermer complètement en attendant que les Japonais soient battus et que les soldats reviennent au pays. En général, Sammy arrivait à faire entrer Hazel en douce, et elle l'aidait à bouchonner les chevaux. De temps en temps, ils faisaient une balade à cheval.

Hazel adorait les chevaux. Apparemment, c'étaient les seules créatures vivantes à ne pas avoir peur d'elle. Les gens la détestaient. Les chats crachaient en hérissant l'échine. Les chiens montraient les dents. Même cet imbécile de hamster, dans la classe de Mlle Finley, couinait de terreur quand elle lui donnait une carotte. Mais les chevaux restaient tranquilles. Une fois en selle, elle pouvait galoper si vite qu'il n'y avait aucun risque que des pierres précieuses se matérialisent à son passage. Elle était presque libérée de sa malédiction.

Cette après-midi-là, elle avait sorti un étalon rouan à la superbe crinière noire. Elle était partie vers les grands champs au galop, si vite qu'elle avait semé Sammy. Lorsqu'il l'avait rattrapée, son cheval était épuisé et lui aussi.

– Qu'est-ce que tu fuis comme ça ? lui avait-il demandé en riant. Me dis pas que je suis laid à ce point ?

Il faisait trop froid pour pique-niquer, mais c'est quand même ce qu'ils firent, assis sous un magnolia, les chevaux attachés à la clôture. Sammy lui avait apporté un cupcake avec une bougie d'anniversaire, et le petit gâteau s'était écrasé pendant la cavalcade, mais Hazel n'avait jamais rien vu d'aussi adorable. Ils l'avaient coupé en deux et l'avaient mangé ensemble.

Sammy lui parla de la guerre. Il aurait aimé être assez grand pour s'engager dans l'armée. Il lui demanda si elle lui écrirait, s'il était soldat et partait pour l'Europe.

– Bien sûr, idiot.

Il sourit. Puis, mû par une impulsion, il se pencha brusquement vers elle et l'embrassa sur la joue.

– Bon anniversaire, Hazel.

Ce n'était pas grand-chose. Rien qu'un baiser, et même pas sur la bouche. Mais Hazel avait l'impression de flotter. C'est à peine si elle se rappelait le trajet de retour aux écuries, ou le moment où elle avait quitté Sammy. Il lui avait dit « À demain », comme toujours. Mais elle n'allait jamais le revoir.

Le temps qu'elle arrive au quartier français, il faisait déjà noir. Lorsqu'elle approcha de sa maison, la chaleur qu'elle éprouvait s'estompa, remplacée par un sentiment d'effroi.

Hazel et sa mère – la Reine Marie, comme elle aimait se faire appeler – habitaient un vieil appartement au-dessus d'une boîte de jazz. Malgré l'entrée en guerre du pays, il y avait de la fête dans l'air. Les jeunes recrues arpentaient les rues en riant, parlaient d'en découdre avec les Japonais. Ils se faisaient tatouer dans les arrière-salles des bars, ou demandaient la main de leurs amoureuses dans la rue. Certains montaient chez la mère d'Hazel se faire lire l'avenir ou acheter des amulettes à Marie Levesque, la célèbre reine des grigris.

– T'entends ça ? disait l'un d'eux. Je l'ai eu pour trois sous, ce porte-bonheur. Je l'ai montré à un gars que je connais et il m'a dit que c'était une vraie pépite d'argent, ça vaut vingt dollars ! Elle est folle cette femme vaudou !

Pendant un certain temps, ce type de rumeurs avait amené beaucoup de clients à la Reine Marie. La malédiction d'Hazel s'était mise en place lentement. Au début, elle ressemblait davantage à une bénédiction. L'or et les pierres précieuses n'apparaissaient que ponctuellement, et jamais en grande quantité. La Reine Marie payait ses factures. Elles mangeaient de la viande une fois par semaine. Hazel eut même droit à une robe neuve. Et puis, peu à peu, des rumeurs circulèrent. Les gens du quartier commencèrent à remarquer qu'il arrivait des choses atroces aux personnes qui achetaient ces amulettes porte-bonheur ou que la Reine Marie payait en piochant dans son trésor. Charlie Gasceaux eut le bras sectionné par une moissonneuse alors qu'il portait une gourmette en or. M. Henry, de l'épicerie, tomba raide mort, foudroyé par une crise cardiaque, alors que la Reine Marie venait de payer sa note avec un rubis.

Les gens se mirent à parler d'Hazel à mi-voix : elle trouvait, disaient-ils, des joyaux maudits rien qu'en regardant par terre quand elle marchait dans la rue. Bientôt ne vinrent plus chez la mère d'Hazel que des gens qui n'étaient pas de la ville, et encore, ces clients n'étaient pas nombreux. La mère d'Hazel devint irritable. Elle lançait à sa fille des regards lourds de reproches.

Hazel grimpa les marches en faisant le moins de bruit possible, au cas où sa mère aurait du monde. Dans la boîte de jazz, en bas, les musiciens accordaient leurs instruments. À la boulangerie d'à côté, on préparait les beignets pour le lendemain matin et l'odeur du beurre fondu emplissait la cage d'escalier.

En arrivant sur le palier, Hazel entendit deux voix en provenance de leur appartement. Mais lorsqu'elle jeta un coup d'œil dans le salon, elle vit sa mère seule, assise à sa table de médium, les yeux fermés comme si elle était en transe.

Hazel l'avait vue dans cette attitude à plusieurs reprises, déjà, lorsqu'elle faisait semblant de parler aux esprits pour ses clients – jamais toute seule. La Reine Marie avait toujours dit à Hazel que ses grigris, c'était « rien que du flan et des foutaises ». Elle ne croyait pas aux amulettes, à la divination et aux fantômes. C'était une artiste, au même titre qu'une chanteuse ou une actrice, qui offrait un spectacle en échange d'argent.

Pourtant Hazel savait que sa mère croyait en une certaine forme de magie. La malédiction dont elle souffrait n'avait rien d'une foutaise. Mais la Reine Marie ne voulait pas penser qu'elle y était pour quelque chose, qu'elle était en grande partie responsable de la malédiction de sa fille.

– C'est la faute à ton satané père, bougonnait-elle quand elle était au plus bas. Quelle idée de s'amener dans son costume noir et argent ? En plus, la seule fois de ma vie où j'invoque un esprit pour de vrai ! Il m'exauce mon vœu et il me bousille ma vie. J'aurais dû être une vraie reine. C'est sa faute si t'es comme t'es.

Elle n'expliquait jamais ce qu'elle voulait dire, et Hazel avait appris à ne pas poser de questions sur son père – ça ne faisait qu'attiser la colère de sa mère.

Sous les yeux de sa fille, la Reine Marie se mit à marmonner toute seule. Elle avait le visage calme et détendu. Hazel fut frappée par la beauté de ses traits, sans sa moue d'amertume et ses sourcils froncés. Elle avait une abondante chevelure brun cuivré, comme Hazel, et le même teint foncé, brun comme un grain de café fraîchement torréfié. Elle ne portait pas une de ses élégantes tenues safran ni les bracelets en or qu'elle mettait pour impressionner les clients – rien qu'une robe blanche toute simple. Il n'empêche qu'elle avait un port majestueux, assise droite et digne dans son fauteuil doré comme une vraie reine.

– Tu seras en sécurité, murmura-t-elle. Loin des dieux.

Hazel étouffa un cri. La voix qui était sortie des lèvres de sa mère n'était pas la sienne. C'était la voix d'une femme plus âgée. Le ton était doux et apaisant, mais autoritaire également – comme celui d'un hypnotiseur qui donne des ordres.

La Reine Marie se crispa. Elle fit une grimace, sans sortir de son état de transe, puis parla de sa voix normale :

– C'est trop loin. Trop dangereux. Il fait trop froid. Il m'a dit de ne pas y aller.

L'autre voix prit le relais :

– Qu'a-t-il jamais fait pour toi ? Il t'a donné une enfant empoisonnée ! Mais nous pouvons faire un bon usage de son don. Nous pouvons nous retourner contre les dieux. Tu seras sous ma protection dans le Nord, loin du domaine des dieux. Mon fils sera ton protecteur. Tu auras enfin une vie de reine.

– Mais... (La Reine Marie hésita.) Et Hazel ?

Alors son visage se tordit en une grimace mauvaise. Et les deux voix parlèrent en chœur, comme si elles avaient enfin trouvé un point d'accord :

– Une enfant empoisonnée.

Hazel dévala l'escalier, le cœur battant à tout rompre.

Au pied des marches, elle se heurta à un homme en costume sombre. Il la saisit par les épaules, et ses mains étaient fortes et froides.

– Tout doux, fillette, dit l'homme.

Hazel remarqua sa bague en argent à tête de mort, puis l'étrange tissu de son costume. Dans la pénombre du hall, le lainage épais semblait onduler et bouillonner, dessinant des images d'êtres à l'agonie, comme si des âmes perdues tentaient de s'enfuir des plis de l'étoffe.

Il portait une cravate noire à rayures platine. Une chemise d'un gris de pierre tombale. Quant à son visage – Hazel se sentit à deux doigts de défaillir : il avait la peau pâle à en paraître bleue, comme du lait froid. Ses cheveux étaient raides, noirs et gras. Il souriait avec une certaine gentillesse, mais dans ses yeux brûlait une rage violente, une force dévastatrice. Hazel avait vu ce regard aux actualités filmées, au cinéma. Cet homme ressemblait à l'abominable Adolf Hitler. Il n'avait pas de moustache, mais à part ce détail, il aurait pu être le frère jumeau d'Hitler – ou son père.

Hazel voulut se dégager. Pourtant, même quand il la lâcha, elle se trouva incapable de bouger. Le regard de l'homme la clouait sur place.

– Hazel Levesque, dit-il avec mélancolie. Comme tu as grandi.

Hazel se mit à trembler. En bas de l'escalier, aux pieds de l'homme, la dalle du perron se fissura. Une pierre brillante jaillit du béton comme si la Terre recrachait un pépin de pastèque. L'homme la regarda, nullement étonné. Il se pencha.

– Non ! s'écria Hazel. Elle est maudite !

Il ramassa la pierre, une émeraude parfaitement formée.

– Oui, elle l'est. Mais pas pour moi. Quelle merveille... elle vaut plus que cet immeuble tout entier, j'imagine. (Il glissa l'émeraude dans sa poche.) Je suis désolé pour ton sort, ma petite. Je suppose que tu me détestes.

Hazel ne comprenait pas. L'homme s'exprimait avec tristesse, comme s'il se sentait personnellement responsable de sa vie à elle. C'est alors que la vérité lui tomba sur la tête : un esprit vêtu de noir et d'argent, qui avait exaucé les vœux de sa mère et bousillé sa vie. Hazel écarquilla les yeux.

– Vous ? Vous êtes mon...

Il lui prit le menton dans le creux de sa main.

– Je suis Pluton, dit-il. Mes enfants n'ont jamais la vie facile, mais toi, tu portes un fardeau particulier. Maintenant que tu as treize ans, nous devons prendre des dispositions...

Elle repoussa la main de l'homme.

– C'est vous qui m'avez fait ça ? Vous nous avez maudites, ma mère et moi ? Vous nous avez laissées toutes seules ?

Les larmes lui montaient aux yeux. Ce richard blanc en costume de luxe, c'était ça, son père ? Et le jour de ses treize ans, il se pointait pour la première fois en disant qu'il était désolé ?

– Tu es diabolique ! cria-t-elle. Tu as bousillé nos vies !

Pluton plissa les yeux.

– Hazel, dit-il, qu'est-ce que ta mère t'a raconté ? Est-ce qu'elle t'a jamais expliqué son vœu ? Ou dit pourquoi tu étais née sous une malédiction ?

La colère empêchait Hazel de parler, mais Pluton lut les réponses sur son visage. Il soupira.

– Non, je suppose que non... c'était tellement plus facile de me mettre tout sur le dos.

– Qu'est-ce que ça veut dire ?

– Ma pauvre petite. Tu es née trop tôt. Je n'arrive pas à lire ton avenir distinctement, mais un jour tu trouveras ta place. Un descendant de Neptune te lavera de ta malédiction et t'apportera la paix. Mais j'ai peur qu'il te faille attendre plusieurs années...

Hazel était larguée. Sans lui laisser le temps de réagir, Pluton tendit la main. Un carnet de croquis et une boîte de crayons de couleur se matérialisèrent au creux de sa paume.

– Je crois que tu aimes l'art et l'équitation, dit le dieu. Voilà pour te permettre de dessiner. Quant à l'équitation... (Ses yeux brillèrent.) Pour ça, tu devras te débrouiller. Maintenant il faut que je parle à ta mère. Bon anniversaire, Hazel.

Il tourna les talons et s'engagea dans l'escalier – aussi simplement que ça, comme s'il avait rayé Hazel de sa liste de choses à faire et l'oubliait déjà. *Bon anniversaire. Va dessiner. On se revoit dans treize ans.*

Hazel était tellement sidérée et en colère, tellement bouleversée, qu'elle en resta paralysée, immobile au pied de l'escalier. Elle avait envie de jeter les crayons de couleur par terre et de les piétiner. Elle avait envie de courir après Pluton et le rouer de coups de pied. Elle avait envie de s'enfuir, de retrouver Sammy, voler un cheval, quitter la ville et ne jamais revenir. Mais elle ne fit rien de tout cela.

En haut, la porte de l'appartement s'ouvrit et Pluton entra.

Hazel grelottait encore à cause du contact glacial de ses doigts, mais elle gravit les marches sur la pointe des pieds pour voir ce qu'il allait faire. Qu'allait-il dire à la Reine Marie ? Quelle voix répondrait-elle, celle de sa mère ou l'horrible voix ?

En arrivant à la porte, Hazel entendit une dispute. Elle risqua un coup d'œil à l'intérieur. Sa mère semblait revenue à son état normal – elle hurlait et jetait rageusement des objets dans tout le salon, tandis que Pluton essayait de discuter calmement avec elle.

– Marie, dit-il, c'est de la folie. Tu seras beaucoup trop loin de ma sphère d'influence pour que je te protège.

– Que tu me protèges ? hurla la Reine Marie. Depuis quand tu me protèges ?

Le costume sombre de Pluton scintilla, comme si les âmes prisonnières du tissu s'agitaient.

– Tu n'imagines pas, dit-il. Je vous ai maintenues en vie, toi et l'enfant. J'ai des ennemis partout, chez les dieux et chez les hommes. Et maintenant qu'il y a la guerre, ça va être encore pire. Il faut absolument que tu restes dans un lieu où je peux...

– La police me prend pour une meurtrière ! cria la mère d'Hazel. Mes clients disent que je suis une sorcière et veulent me pendre ! Quant à Hazel, sa malédiction est de plus en plus forte. Ta protection, elle nous tue !

Pluton écarta les bras, comme pour plaider sa cause.

– Marie, je t'en prie...

– Non ! (La Reine Marie se dirigea vers la penderie, sortit une valise en cuir et la balança sur la table.) Nous partons. Ta protection, tu peux te la garder. Nous allons dans le Nord.

– Marie, c'est un piège, dit Pluton. Je ne sais pas qui t'a chuchoté à l'oreille et t'a montée contre moi...

– C'est toi-même qui m'as montée contre toi !

Sur ces mots, elle attrapa un vase en porcelaine et le lança vers Pluton. Il se fracassa par terre, et des pierres précieuses roulèrent dans toutes les directions – des émeraudes, des rubis, des diamants. Toute la collection d'Hazel.

– Vous ne survivrez pas, insista Pluton. Si vous partez dans le Nord, vous mourrez toutes les deux. Je le vois très clairement.

– Va-t'en !

Hazel aurait voulu que Pluton reste et discute davantage. Les projets de sa mère ne lui plaisaient pas, même si elle ne les comprenait pas bien. Mais son père fendit l'air d'un geste de la main et se volatilisa... comme s'il était bel et bien un esprit.

La Reine Marie ferma les yeux. Elle inspira à fond. Hazel eut peur que la voix bizarre s'empare à nouveau de sa mère, mais lorsqu'elle parla, c'était bien elle.

– Hazel, lança-t-elle sèchement, sors de derrière cette porte.

Hazel obéit en tremblant. Elle serrait le carnet de croquis et les crayons contre sa poitrine.

Sa mère la toisa comme si elle était une source de grande déception. « Une enfant empoisonnée », avaient dit les voix.

– Fais ta valise, ordonna-t-elle. Nous partons.

– Où... où ça ? demanda Hazel.

– En Alaska, répondit la Reine Marie. Tu vas te rendre utile. Nous allons commencer une nouvelle vie.

À la façon dont elle dit ces mots, Hazel eut l'impression qu'il s'agissait de créer « une nouvelle vie » pour quelqu'un d'autre – ou pour *quelque chose* d'autre.

– Qu'est-ce que Pluton a voulu dire ? demanda Hazel. Est-ce que c'est vraiment mon père ? Il m'a raconté que tu avais fait un vœu...

– Va dans ta chambre ! cria sa mère. Fais ta valise !

Hazel se rua hors du salon et, brusquement, elle fut arrachée au passé.

Nico la secouait par les épaules.

– Tu as recommencé, dit-il.

Elle battit des paupières. Ils étaient toujours sur le toit du temple de Pluton. Le soleil avait baissé dans le ciel. De nouveaux diamants avaient surgi tout autour d'elle, et ses yeux la brûlaient – elle avait dû pleurer.

– Excuse-moi, murmura-t-elle.

– Tu n'as pas à t'excuser, dit Nico. Où étais-tu ?

– Dans l'appartement de ma mère. Le jour où on est parties.

Nico hocha la tête. Il comprenait son histoire mieux que personne. Lui aussi était un gosse des années 1940. Il était né quelques années après Hazel, mais il était resté plusieurs décennies prisonnier dans un hôtel magique. Cependant, le passé d'Hazel était bien plus terrible que celui de Nico. Elle avait causé tant de dégâts et de souffrances...

– Il va falloir que tu apprennes à contrôler ces souvenirs, l'avertit Nico. Tu imagines, si tu fais un flash-back comme ça pendant un combat ?

– Je sais, dit-elle. J'essaie.

Nico lui serra fort la main.

– T'inquiète pas. Je crois que c'est un effet secondaire de, tu sais, ton séjour aux Enfers. Ça devrait se tasser.

Hazel en était moins sûre. Huit mois s'étaient écoulés et les vertiges d'ombre semblaient au contraire s'aggraver, comme si son âme tentait de vivre à deux époques en même temps. Personne n'était jamais revenu de chez les morts avant elle – en tout cas, pas de cette façon. Nico essayait de la rassurer, mais ni l'un ni l'autre ne savait ce qu'il allait advenir.

– Je ne peux pas repartir dans le Nord, dit Hazel. S'il faut que je retourne là où ça s'est passé, Nico...

– Tu ne risques rien, promit-il. Tu as des amis, cette fois-ci. Percy Jackson aura un rôle à jouer. Tu le pressens, dis-moi ? C'est bien, pour toi, de l'avoir à tes côtés.

Hazel se rappela ce que lui avait annoncé Pluton il y a si longtemps : « Un descendant de Neptune te lavera de ta malédiction et t'apportera la paix. »

S'agissait-il de Percy ? Peut-être, mais Hazel sentait que ce ne serait pas si facile. Elle n'était pas sûre que Percy, même lui, puisse survivre à ce qui les attendait dans le Nord.

– D'où vient-il ? demanda-t-elle. Pourquoi les fantômes l'appellent-il le Grec ?

Nico n'eut pas le temps de répondre : des cors retentirent de l'autre côté du fleuve, appelant les pensionnaires du camp à l'assemblée du soir.

– Descendons, dit Nico. J'ai l'impression que les jeux de guerre de ce soir vaudront le déplacement.

7 HAZEL

En dévalant le sentier, Hazel buta contre un lingot d'or.
Elle n'aurait pas dû courir si vite, mais elle avait peur
d'arriver en retard à l'assemblée. La Cinquième Cohorte comptait les centurions les plus gentils de tout le camp, il
n'empêche que si elle était en retard, ils devraient la punir.
Et les punitions à la romaine, ce n'était pas du gâteau : astiquer les rues avec une brosse à dents, nettoyer les cellules
du Colisée, se faire enfermer dans un sac plein de belettes et
jeter dans le Petit Tibre – une panoplie peu alléchante.

Le lingot d'or sortit du sol pile au moment où elle avançait
le pied. Nico essaya de la retenir, mais elle se cassa la figure
et s'écorcha les mains.

– Ça va aller ?

Nico s'agenouilla près d'elle et tendit la main vers le lingot.

– Non ! cria Hazel.

Nico se figea.

– C'est vrai, dit-il. Désolé. C'est juste que... bon sang, il est
vraiment énorme, ce lingot. (Il sortit un flacon de nectar de
son blouson d'aviateur et en versa quelques gouttes sur les
mains d'Hazel. Immédiatement, la peau blessée se mit à cica-
triser.) Tu peux te lever ?

Il l'aida à se redresser. Ils contemplèrent tous deux le lingot. Gros comme un pain de mie, poinçonné d'un numéro de série accompagné des mots U.S. TREASURY – le ministère des Finances des États-Unis.

– Par le Tartare, s'écria Nico en secouant la tête, comment...

– Je ne sais pas, l'interrompit Hazel d'une voix malheureuse. Tout est possible. Peut-être que des voleurs l'avaient enterré là ou laissé tomber d'une diligence il y a un siècle. Peut-être qu'il provient de la salle des coffres-forts de la banque la plus proche. Tout ce qui est sous terre refait surface si je passe à côté. Et plus l'objet a de la valeur...

– Plus il est dangereux. (Nico fronça les sourcils.) On devrait l'enterrer, tu crois pas ? Si les faunes le trouvent...

Hazel imagina un champignon atomique monter de la route, des faunes carbonisés projetés dans tous les sens – l'horreur.

– En principe, dit-elle, il devrait se renfoncer dans le sol après mon départ, mais on sait jamais...

Hazel s'était entraînée, toutefois jamais sur un objet aussi lourd et dense. Elle tendit la main vers le lingot et se concentra.

L'or décolla du sol. Elle canalisa sa colère sur le lingot en suspension – ce qui n'était pas difficile : elle détestait cet or, elle détestait sa malédiction, elle détestait repenser à son passé et à tous ses échecs. Ses doigts commencèrent à picoter. Le lingot d'or rougeoya sous l'effet de la chaleur.

Nico déglutit.

– Hazel, demanda-t-il, tu es sûre que... ?

Elle serra le poing. L'or ploya comme de la pâte à modeler. Hazel le força à prendre la forme d'un anneau géant, un peu cabossé. Alors elle donna un coup de poignet vers le sol. Son donut à un million de dollars se planta dans la terre et s'y enfonça si profondément qu'il n'en resta plus, pour toute trace, qu'un sillon de terre fraîchement retournée.

Nico écarquilla les yeux.

– C'était... absolument terrifiant.

Hazel ne trouvait pas ça extraordinaire, comparé aux pouvoirs d'un gars qui pouvait réveiller des squelettes et ramener des géants du Pays des Morts, mais c'était plaisant, pour une fois, d'étonner Nico.

À l'intérieur de l'enceinte, les cors sonnèrent à nouveau. Les cohortes allaient commencer la revue des troupes, et Hazel n'avait aucune envie de finir dans un sac plein de belettes.

– Dépêche ! dit-elle à son frère – et ils s'élancèrent vers les portes du camp.

La première fois qu'Hazel avait assisté à une assemblée de la légion, elle avait été tellement impressionnée qu'elle avait failli courir se réfugier dans sa caserne. Même maintenant, après neuf mois au Camp Jupiter, elle trouvait toujours que c'était un spectacle qui en imposait.

Les quatre premières cohortes, fortes chacune de quarante soldats, se tenaient en rangs devant leurs casernes, de part et d'autre de la Via Praetoria. La Cinquième Cohorte se rassemblait tout au bout, devant la *principia*, car leur caserne occupait le coin du fond du camp, à côté des écuries et des latrines. Hazel devait traverser la légion en courant pour rejoindre sa place.

Les pensionnaires étaient en tenue de guerre. Leurs cottes de mailles et leurs jambières impeccablement astiquées brillaient par-dessus les jeans et tee-shirts pourpres. Des motifs de crânes barrés d'épées ornaient leurs casques. Même leurs bottes de combat en cuir avaient l'air féroces, avec leurs crampons de fer, idéales pour crapahuter dans la boue ou piétiner les visages ennemis.

Devant les légionnaires, dessinant une rangée de dominos géants, se dressaient leurs boucliers, hauts comme des portes de frigo. Chaque légionnaire tenait une lance en forme de harpon, le *pilum*, ainsi qu'un glaive, le *gladius*, et une cinquantaine de kilos d'attirail supplémentaire. Celui qui n'était pas en bonne condition physique en arrivant à la légion n'y faisait pas long feu. Le simple fait de marcher dans cette armure équivalait à un entraînement complet.

Nico et Hazel remontèrent la voie en courant au moment où les légionnaires se mettaient au garde-à-vous : c'était tout sauf une entrée discrète. Leurs pas résonnaient sur les dalles de pierre. Hazel s'efforçait d'éviter les regards, mais elle croisa celui d'Octave, à la tête de la Première Cohorte, qui la toisa en ricanant, l'air fat avec son casque de centurion à plumes et la dizaine de médailles qu'il arborait sur le plastron.

Hazel rageait encore des menaces de chantage qu'il lui avait adressées tout à l'heure. Cet imbécile d'augure et son don pour la prophétie – de toutes les personnes du camp susceptibles de découvrir son secret, pourquoi avait-il fallu que ce soit lui ? Elle était convaincue qu'il l'aurait dénoncée depuis des semaines, s'il ne savait pas pertinemment que les secrets d'Hazel lui serviraient davantage comme instruments de pression. Elle regretta de ne pas avoir emporté le lingot d'or, histoire de le lui écraser sur la figure.

Elle passa en courant devant Reyna, qui caracolait sur son pégase Scipion, surnommé Skippy car il avait la même couleur de beurre de cacahouètes que le célèbre kangourou. Ses chiens de métal, Aurum et Argentum, trottaient à ses côtés. Sa cape pourpre d'officier flottait au vent derrière elle.

– Hazel Levesque, lança-t-elle. Je suis ravie que tu puisses te joindre à nous !

Hazel s'abstint de répondre, elle n'était pas folle. Il lui manquait une grande partie de son attirail, mais elle se dépêcha de gagner sa place dans sa rangée, à côté de Frank, et se mit au garde-à-vous. Leur centurion-chef, un grand gars de dix-sept ans qui s'appelait Dakota, prononçait justement son nom, le dernier de la liste.

– Présente ! couina-t-elle.

Loués soient les dieux. Techniquement, elle n'était pas en retard.

Nico rejoignit Percy Jackson, qui se tenait à l'écart avec deux gardes. Percy avait les cheveux mouillés, après être passé aux bains. Il portait des vêtements propres, mais il avait toujours l'air mal à l'aise. Hazel le comprenait : il allait être présenté à deux cents ados lourdement armés.

Les Lares furent les derniers à entrer dans les rangs. Leurs silhouettes pourpres clignotèrent quand ils se frayèrent un chemin parmi les légionnaires. Ils avaient l'habitude agaçante de se placer à moitié à l'intérieur des personnes vivantes, ce qui donnait aux rangs l'aspect d'une photo floue, mais les centurions finirent par les démêler des autres.

– Couleurs ! cria Octave.

Les porte-étendards s'avancèrent. Les épaules drapées de capes en peau de lion, ils brandissaient des perches coiffées des enseignes de chaque cohorte. Le dernier à présenter son étendard fut Jacob, le porte-aigle de la légion. Il tenait une longue perche dénuée de la moindre décoration à son sommet. Accomplir cette tâche était censé être un grand honneur, pourtant on voyait bien qu'il en coûtait à Jacob. Reyna tenait à ce que la tradition soit respectée, mais Hazel sentait le malaise qui parcourait la légion chaque fois qu'était brandie la perche privée de son aigle.

Reyna mit son pégase à l'arrêt.

– Romains ! annonça-t-elle. Vous avez sans doute entendu parler de l'incursion qui s'est produite aujourd'hui. Deux gorgones ont été tuées dans le fleuve par le nouveau venu, Percy Jackson. Junon en personne l'a mené jusqu'à nous et l'a déclaré fils de Neptune.

Les ados des rangées du fond tendirent le cou pour voir Percy, qui leva la main et dit : « Salut ! »

– Il souhaite intégrer la légion, reprit Reyna. Que disent les augures ?

– J'ai lu les entrailles ! annonça Octave comme s'il avait abattu un lion à mains nues, et non éventré un oreiller-panda. Les augures sont favorables. Il est qualifié pour servir Rome !

Une clameur monta de l'assemblée des légionnaires :

– *Ave ! Salut !*

Frank eut un temps de retard pour son « *ave* », qui retentit, seul et strident, comme un écho, déclenchant les ricanements des autres légionnaires.

Reyna fit signe aux officiers supérieurs d'avancer. Il y en avait un par cohorte. Octave, en sa qualité de plus haut gradé, se tourna vers Percy.

– Recrue, as-tu des références ? Des lettres de recommandation ?

Hazel se souvenait de cet interrogatoire, pour l'avoir subi à son arrivée. Beaucoup de jeunes apportaient des lettres écrites par des demi-dieux adultes vivant dans le monde extérieur, en général des anciens du Camp Jupiter. Certaines recrues avaient des parrains riches et célèbres ; d'autres étaient des descendants de troisième ou quatrième génération de vétérans de la légion. Une bonne lettre de recommandation pouvait donner accès à une place dans une des meilleures cohortes, parfois même à un poste spécial, notamment messager de la légion, ce qui dispensait des tâches de fantassin telles que creuser des fossés ou conjuguer des verbes latins.

Percy passa d'un pied à l'autre.

– Des lettres ? fit-il. Euh, non.

Octave plissa le nez.

C'est injuste ! avait envie de crier Hazel. Percy était arrivé au camp en portant une déesse dans ses bras. Qu'est-ce qu'ils voulaient de plus, comme recommandation ?

Mais la famille d'Octave envoyait ses rejetons au camp depuis plus d'un siècle. Il adorait rappeler aux nouvelles recrues qu'elles étaient du menu fretin comparé à lui.

– Pas de lettres, dit Octave sur le ton du regret. Y a-t-il des légionnaires qui veuillent le soutenir ?

– Moi ! s'écria Frank en s'avançant. Il m'a sauvé la vie !

Aussitôt, des cris de protestation fusèrent des autres cohortes. Reyna leva la main pour ramener le silence, et toisa Frank d'un œil sévère.

– Frank Zhang, dit-elle, je te rappelle pour la deuxième fois de la journée que tu es en période de *probatio*. Ton parent divin ne t'a même pas revendiqué, jusqu'à présent. Tant que tu n'auras pas gagné ton premier galon, tu n'auras pas le droit de soutenir un autre légionnaire.

Frank eut l'air prêt à mourir de honte.

Hazel ne pouvait pas le laisser comme ça. Elle sortit du rang et lança d'une voix forte :

– Ce que voulait dire Frank, c'est que Percy nous a sauvé la vie à tous les deux. Je suis membre à part entière de la légion. Je veux le soutenir.

Frank lui adressa un regard reconnaissant, mais les autres légionnaires se mirent à murmurer. La légitimité d'Hazel à soutenir un légionnaire était discutable. Elle avait son galon depuis quelques semaines seulement, et « l'acte de bravoure » qui le lui avait valu relevait plus du hasard que d'autre chose.

Qui plus est, c'était une enfant de Pluton et elle appartenait à la honteuse Cinquième Cohorte. Elle rendait un piètre service à Percy en lui offrant son appui.

Reyna tiqua, mais se tourna vers Octave. L'augure sourit et haussa les épaules, comme si l'idée l'amusait.

Pourquoi pas ? songea Hazel. Affecter Percy à la Cinquième faisait de lui un danger moindre, et Octave aimait regrouper ses ennemis.

– Très bien, déclara Reyna. Hazel Levesque, tu es autorisée à soutenir la recrue. Ta cohorte l'accepte-t-elle ?

Dans les rangs des autres cohortes, les ados toussaient pour s'empêcher de rire. Hazel savait ce qu'ils pensaient : *Un autre roi de la lose pour la Cinquième.*

Frank frappa le sol de son bouclier. Les autres membres de la cohorte suivirent son exemple, mais sans grand enthousiasme. Leurs centurions, Dakota et Gwen, échangèrent un coup d'œil affligé qui semblait dire : « Rebelote ! »

– Ma cohorte s'est prononcée, déclara Dakota. Nous acceptons la recrue.

Reyna gratifia Percy d'un regard compatissant.

– Félicitations, Percy Jackson, te voici en *probatio*. On te remettra une tablette avec ton nom et ta cohorte. D'ici à un an ou dès que tu auras accompli un acte de bravoure, tu deviendras membre à part entière de la Douzième Légion Fulminata. Sers Rome, obéis aux règlements de la légion et défends le camp avec honneur. *Senatus Populusque Romanus !*

L'ensemble de la légion reprit l'acclamation à l'unisson.

Reyna éloigna son pégase de Percy, comme si elle était contente d'en avoir fini. Skippy déploya ses ailes magnifiques. Hazel ne put s'empêcher de ressentir un pincement de jalousie. Elle aurait tout donné pour avoir un cheval comme celui-là, mais cela n'arriverait jamais. Les chevaux étaient réservés aux officiers et à la cavalerie barbare, interdits aux légionnaires romains.

– Centurions, dit Reyna, vous avez une heure pour dîner, vous et vos troupes. Ensuite nous nous retrouverons au Champ de Mars. La Première et la Deuxième Cohortes assureront la défense. Les Troisième, Quatrième et Cinquième feront l'attaque. Bonne chance !

Une acclamation bien plus sonore monta des rangs pour saluer les jeux de guerre et le dîner. Les cohortes se dispersèrent et tous coururent vers le réfectoire.

Hazel fit signe à Percy, qui traversait la foule, Nico à ses côtés. À la surprise d'Hazel, Nico lui adressa un grand sourire.

– Bien joué, sœurette, dit-il. Il fallait du cran pour lui apporter ton soutien.

Il ne l'avait encore jamais appelée « sœurette ». Elle se demanda si c'était comme ça qu'il appelait Bianca.

Un des gardes avait déjà donné à Percy sa plaque de *probatio*. Percy l'enfila sur le lacet de cuir à son cou, à côté des perles bizarres.

– Merci, Hazel, dit-il. Hum, qu'est-ce que ça implique, au juste, de m'apporter ton soutien ?

– Je me porte garante de ta bonne conduite, expliqua Hazel. Je t'enseigne nos règles, je réponds à tes questions, je veille à ce que tu ne déshonores pas la légion.

– Et... si je fais quelque chose de mal ?

– Alors je suis mise à mort avec toi, dit Hazel. Tu as faim ? Allons manger.

8 HAZEL

Il y avait au moins un truc sympa au Camp Jupiter : on mangeait bien. Des nymphes du vent invisibles – les *aurai* – servaient les pensionnaires et semblaient savoir exactement ce dont chacun avait envie. Elles apportaient assiettes et bols sur des souffles d'air, si vite que le mess avait l'air en proie à un ouragan de délices. Si on se levait trop brusquement, on risquait de se faire friter par un plat de frites ou fouetter par une crème.

Hazel prit un gombo de crevettes – un plat qui la réconfortait toujours. Ça lui rappelait son enfance à La Nouvelle-Orléans, avant que sa malédiction prenne effet et que sa mère devienne aigrie. Percy prit un cheeseburger et un verre de soda bleu vif. Hazel ne comprenait pas ce que ça pouvait bien être, mais Percy goûta et sourit.

– Ça me rend heureux, ce truc-là, dit-il. Je sais pas pourquoi, mais c'est comme ça.

Un bref instant une des *aurai* devint visible – une jeune fille délicate en robe de soie blanche. Elle remplit le verre de Percy en pouffant de rire, puis disparut dans une bourrasque.

Le mess était particulièrement bruyant, ce soir-là. Des rires résonnaient dans toute la salle. Les étendards de guerre qui pendaient aux poutres en cèdre du plafond claquaient sous les va-et-vient des *aurai*, qui n'arrêtaient pas de resservir les uns et les autres. Les pensionnaires dînaient à la romaine, allongés sur des divans autour de tables basses. Ils passaient leur temps à se lever et changer de place pour colporter des rumeurs sur qui avait un faible pour qui, entre autres ragots.

Comme d'habitude, la Cinquième Cohorte prit la place de *moindre* honneur. Ses tables étaient au fond du réfectoire, près de la cuisine. En général, la table d'Hazel était celle où il y avait le moins de monde. Ce soir-là, il y avait Frank et elle, comme d'habitude, plus Percy et Nico, ainsi que leur centurion Dakota qui devait se sentir obligé, pensait Hazel, d'accueillir la nouvelle recrue.

Dakota s'allongea sur son canapé, l'air renfrogné, ajouta du sucre dans sa boisson et se mit à la siroter bruyamment. C'était un gars costaud, aux cheveux bruns et bouclés et aux yeux un peu de travers, ce qui donnait l'impression à Hazel, quand elle le regardait, que le monde penchait. Ce soir, il commença à boire dès le début du repas, ce qui n'était pas bon signe.

– Bien. (Il rota et leva son verre à pied.) Bienvenue Percy nous, parmi. (Il fronça les sourcils.) Parmi, Percy... même combat.

– Euh, merci, répondit Percy, mais c'était sur Nico qu'il dirigeait son attention. Je me demandais, dit-il à ce dernier, si on pouvait parler de là où... j'aurais pu te rencontrer.

– Bien sûr, répondit Nico avec un peu trop d'empressement. Le truc, c'est que je passe la plupart de mon temps aux Enfers. Alors à moins de t'avoir rencontré là-bas va savoir comment...

Dakota éructa de nouveau.

– On l'appelle l'ambassadeur de Pluton, dit-il. Reyna sait jamais quoi faire de ce type quand il nous rend visite. Fallait voir sa tête le jour où il s'est pointé avec Hazel et qu'il a demandé à Reyna de la prendre. Euh, sans vouloir te vexer.

– Pas de problème. (Nico eut l'air soulagé de changer de sujet.) Dakota nous a bien aidés en apportant son soutien à Hazel.

Dakota rougit.

– Ouais, bon... Je trouvais qu'elle avait l'air d'une gentille fille. J'avais raison, d'ailleurs. La preuve, le mois dernier, quand elle m'a sauvé de, euh, tu sais quoi.

– Fallait voir ça ! s'écria Frank en levant le nez de ses fish & chips. Percy, t'as raté ! C'est comme ça qu'elle a eu son galon. Les licornes se sont lancées dans une cavalcade et...

– C'était rien, dit Hazel.

– Rien ? protesta Frank. Dakota allait se faire piétiner ! Tu t'es plantée devant elles, tu les as fait reculer et tu lui as sauvé sa peau. J'avais jamais vu un truc pareil.

Hazel se mordit la lèvre. Elle n'aimait pas parler de cette histoire et Frank la mettait mal à l'aise en la décrivant comme une héroïne. La vérité, c'était qu'elle avait eu peur que les licornes ne se blessent dans leur panique. Comme leurs cornes étaient en métal précieux – or et argent –, elle avait pu leur faire rebrousser chemin par un simple effort de concentration. Elle avait guidé les animaux par leurs cornes, pour les reconduire aux écuries. Ça lui avait valu son statut de membre à part entière de la légion, mais cela avait aussi éveillé des rumeurs sur ses pouvoirs étranges – rumeurs qui lui rappelaient les horribles jours passés.

Percy l'examinait. Ses yeux vert d'eau la déstabilisaient.

– Est-ce que vous avez grandi ensemble, Nico et toi ? demanda-t-il.

Nico répondit à sa place :

– Non. Ça ne fait pas longtemps que j'ai découvert qu'Hazel était ma sœur. Elle est de La Nouvelle-Orléans.

C'était vrai, bien sûr, mais ce n'était pas l'entière vérité. Nico faisait croire aux gens qu'il l'avait rencontrée par hasard à La Nouvelle-Orléans d'aujourd'hui, et qu'il l'avait amenée au camp. C'était plus simple à raconter que l'histoire véritable.

Hazel avait essayé de se faire passer pour une jeune d'aujourd'hui. Ce n'était pas facile. Heureusement, les demi-dieux n'utilisaient pas beaucoup d'outils technologiques au camp. Leurs pouvoirs avaient tendance à détraquer les gadgets électroniques. La première fois qu'elle était allée en permission à Berkeley, elle avait failli avoir une attaque. Les télévisions, les ordinateurs, les iPod, Internet... au retour elle avait été contente de retrouver le monde des fantômes, des licornes et des dieux. À ses yeux, il était tellement plus réel que le XXIe siècle.

Nico parlait toujours des enfants de Pluton.

– On n'est pas très nombreux, dit-il. Alors on doit se serrer les coudes. Quand j'ai trouvé Hazel...

– Tu as d'autres sœurs ? demanda Percy, presque comme s'il connaissait déjà la réponse.

À nouveau, Hazel se demanda si Nico et lui s'étaient déjà rencontrés, et si son frère ne lui cachait pas quelque chose.

– Une, reconnut Nico. Mais elle est morte. J'ai vu son esprit à quelques reprises aux Enfers, mais la dernière fois que je suis descendu...

Pour la ramener, pensa Hazel, mais Nico passa cette précision sous silence.

– Elle était partie. (La voix du garçon se voila.) Elle était à l'Élysée, avant. C'est un peu comme le paradis, si tu veux. Mais elle a décidé de renaître pour vivre une nouvelle vie. Je ne la verrai plus jamais, maintenant. J'ai eu de la chance de tomber sur Hazel... à La Nouvelle-Orléans, je veux dire.

Dakota poussa un grognement.

– Sauf si tu crois aux rumeurs, lâcha-t-il. Pas que ce soit mon cas.

– Les rumeurs ? demanda Percy.

À l'autre bout du réfectoire, Don hurla :

– Hazel !

Elle n'avait jamais été aussi contente de voir le faune. Il n'était pas autorisé à entrer dans le camp, mais il trouvait toujours moyen de le faire. Il se frayait à présent un chemin vers leur table en souriant à tous, grappillant de la nourriture dans les assiettes au passage, interpellant un pensionnaire ou l'autre : « Hé ! Appelle-moi ! » Il reçut une pizza volante en pleine figure et plongea sous un canapé. Puis il en ressurgit, souriant toujours, et se remit en route.

– Ma copine préférée ! s'exclama-t-il en arrivant. (Il sentait le poil de chèvre mouillé et le fromage rance. Il se pencha au-dessus de leurs canapés pour voir ce qu'ils avaient dans leurs assiettes.) Dis, le nouveau, tu vas le manger, ça ?

Percy fronça les sourcils.

– Je croyais que les faunes étaient végétariens ?

– Je te parle pas du cheeseburger, mec ! Je te parle de l'assiette ! (Il renifla les cheveux de Percy.) Hé, c'est quoi, c'te odeur ?

– Don ! gronda Hazel. Sois pas grossier !

– Non, mec, juste que...

Leur dieu domestique, Vitellius, surgit en scintillant, à demi incrusté dans le canapé de Frank.

– Des faunes au réfectoire ! On aura tout vu ! Centurion Dakota, fais ton devoir !

– C'est ce que je fais, grommela Dakota, le nez dans son verre. Je prends mon dîner !

Don reniflait toujours la tête de Percy.

– Toi, dit-il, t'as un lien d'empathie avec un faune !

Percy écarta la tête.

– Un quoi ?!

– Un lien d'empathie. Il est très frêle, comme si quelqu'un l'avait sectionné, il n'empêche que...

– Vous savez quoi ? (Nico se leva brusquement.) Hazel, si on vous laissait avec Percy, Frank et toi, pour que vous lui donniez quelques points de repère ? Dakota et moi, on peut aller à la table du préteur. Don et Vitellius, venez avec nous. On discutera de notre stratégie pour les jeux de guerre.

– Notre stratégie pour perdre ? marmonna Dakota.

– Il a raison, Tête de Mort ! dit Vitellius. Cette légion se bat encore plus mal qu'en Judée, la première fois que nous avons perdu notre aigle. Sûr que si c'était moi qui commandais...

– Je pourrais pas manger vos couverts vite fait d'abord ? demanda Don.

– Allons-y !

Nico se leva et attrapa Don et Vitellius par les oreilles.

À part Nico, personne ne pouvait toucher les Lares. Bafouillant d'indignation, Vitellius se laissa entraîner à la table du préteur.

– Aïe ! protesta Don. Tu vas me bousiller mon afro, mec !

– Viens, Dakota ! lança Nico par-dessus son épaule.

Le centurion se leva à contrecœur. Il s'essuya la bouche – sans effet, puisqu'il avait les lèvres d'un rouge indélébile.

– Je reviens tout de suite, dit-il.

Il s'ébroua comme un chien qui veut sécher son pelage. Puis il s'éloigna en titubant, son verre à la main.

– Il nous fait quoi, là ? demanda Percy. Il a un problème, Dakota ?

– Non, il est cool, soupira Frank. C'est un fils de Bacchus, dieu du Vin. Alors il boit, c'est ça son problème.

– Il a le droit de boire du vin ? demanda Percy en écarquillant les yeux.

– Manquerait plus que ça ! s'écria Hazel. Non, bien sûr que non. Il est accro au Kool-Aid rouge, et il le boit en mettant triple dose de sucre. Ajoute à ça qu'il a un TDAH, tu sais – trouble du déficit de l'attention avec hyperactivité. Un de ces quatre, sa tête va exploser.

Percy jeta un coup d'œil à la table du préteur. La plupart des officiers supérieurs étaient en pleine conversation avec Reyna. Nico et ses deux otages, Don et Vitellius, se tenaient en marge du groupe. Quant à Dakota, il faisait des allers-retours en courant le long de plusieurs piles de boucliers, et tapait son verre contre chacune comme s'il jouait du xylophone.

– Hyperactif, hein ? murmura Percy. Je te le fais pas dire.

Hazel se retint de rire.

– Ben tu sais, presque tous les demi-dieux le sont. Hyper-actifs ou dyslexiques. Le simple fait d'être un demi-dieu signifie qu'on a le cerveau câblé différemment. Regarde, toi par exemple. Tu dis que tu as du mal à lire.

– Et vous deux ? demanda Percy.

– Je ne sais pas, avoua Hazel. Peut-être. Mais de mon temps, les gamins qui avaient ces problèmes, on les traitait de paresseux, c'est tout.

– De ton temps ? releva Percy en fronçant les sourcils.

Hazel pesta contre elle-même en son for intérieur. Heu-reusement pour elle, Frank intervint.

– J'aurais bien aimé être hyperactif ou dyslexique, dit-il. Mais tout ce que j'ai, c'est une intolérance au lactose.

– Vraiment ?

Percy sourit.

Frank était peut-être le demi-dieu le plus idiot que la terre ait porté, mais Hazel le trouvait trop craquant quand il faisait la grimace.

– Et en plus j'adore la glace..., ajouta-t-il, l'air déconfit.

Percy éclata de rire, et Hazel ne put s'empêcher de l'imiter. Ça faisait du bien d'être réunis autour d'une table et de se sentir entre amis.

– Bon, dites-moi, demanda Percy. Qu'est-ce qu'il y a de mal à appartenir à la Cinquième Cohorte ? Moi je vous trouve super, les gars.

Le compliment donna des fourmillements d'orteils à Hazel.

– C'est... compliqué, dit-elle. En dehors du fait que je suis une enfant de Pluton, j'aurais aimé monter à cheval.

– C'est pour ça que tu as une épée de cavalerie ?

Elle hocha la tête.

– C'est idiot, bien sûr. Une façon de prendre mes désirs pour des réalités. Il y a un seul pégase au camp, et c'est celui de Reyna. Les licornes, on ne les élève que pour un usage médical, parce que des copeaux de leurs cornes peuvent servir d'antidote aux poisons, ce genre de choses. De toute façon, les Romains combattent toujours à pied. La cavalerie... c'est mal vu. Du coup, je suis mal vue, moi aussi.

– Tant pis pour eux, dit Percy. Et toi, Frank ?

– Le tir à l'arc, bougonna-t-il. Mal vu aussi, sauf pour les enfants d'Apollon. Dans ce cas, t'as une excuse. J'espère que mon père est Apollon, mais j'en sais rien. Je ne suis pas très bon en poésie. Et je ne suis pas sûr de vouloir avoir un lien de parenté avec Octave.

– Je te comprends, le rassura Percy. Mais tu es excellent en tir à l'arc. C'était géant quand tu as embroché les gorgones ! Fais pas attention à ce que racontent les autres.

Frank devint aussi rouge que le Kool-Aid de Dakota.

– Si je pouvais ! Ils trouvent tous que je devrais être épéiste parce que je suis baraqué. (Il regarda son propre corps comme s'il n'arrivait pas à accepter que c'était bien lui.) Ils disent que je suis trop trapu pour un archer. Peut-être que si mon père finissait par me revendiquer...

Ils mangèrent quelques minutes en silence. Un père qui ne vous reconnaissait pas... Hazel savait comme c'était dur à vivre. Et elle sentait que Percy le comprenait lui aussi.

– Tu nous as demandé de te parler de la Cinquième, dit-elle. Pourquoi c'est la pire des cohortes. En fait, ça remonte à bien avant nous.

Elle montra du doigt le mur du fond, où s'alignaient les étendards des légions.

– Tu vois cette perche sans rien, au milieu ?

– L'aigle, répondit Percy.

Hazel en fut sidérée.

– Comment tu le sais ?

Percy haussa les épaules :

– Vitellius disait que la légion avait perdu son aigle il y a longtemps – pour la première fois, a-t-il précisé. Il avait l'air de considérer que c'était un déshonneur total. Je suppose que c'est ça, l'enseigne manquante. Et d'après ce que vous disiez, Reyna et toi, votre aigle a été perdu une deuxième fois, plus récemment, et la Cinquième Cohorte y était pour quelque chose.

Hazel nota dans un coin de sa tête qu'il ne fallait pas sous-estimer Percy. À son arrivée, elle l'avait trouvé un peu ballot, avec ses questions sur la Fête de Fortuna, mais il était clair qu'il était plus intelligent qu'il n'y laissait paraître.

– Tu as raison, dit-elle. C'est exactement ce qui s'est passé.

– Et c'est quoi, cet aigle ? Qu'est-ce qu'il a de si important ?

Frank jeta un coup d'œil alentour pour s'assurer qu'aucune oreille ne traînait.

– C'est le symbole du camp, expliqua-t-il. Un grand aigle en or massif. Il est censé nous protéger au combat et faire peur à nos ennemis. L'aigle de chaque légion lui donnait différents pouvoirs, et nous tenions les nôtres de Jupiter lui-même. L'histoire veut que Jules César ait surnommé notre légion « Fulminata », armée de la foudre, à cause de ce que l'aigle pouvait faire.

– Je n'aime pas la foudre, dit Percy.

– Ouais, ben elle ne nous a pas rendus invincibles, intervint Hazel. La Douzième a perdu son aigle pour la première fois il y a très longtemps, dans l'Antiquité, pendant la révolte des Juifs.

– Je crois que j'ai vu ça dans un film, dit Percy.

– Possible. (Hazel haussa les épaules.) Il y a eu plein de livres et de films sur des légions qui perdent leur aigle. Il avait une telle importance... Cela dit, les archéologues n'ont jamais retrouvé d'aigle de la Rome antique. Les légions défendaient toutes le leur jusqu'au dernier légionnaire, parce qu'il détenait un pouvoir conféré par les dieux. Elles préféraient le cacher ou le fondre, plutôt que de le laisser tomber entre les mains de l'ennemi. La Douzième a eu de la chance la première fois. Nous avons récupéré notre aigle. Mais la deuxième...

– Vous y étiez, vous deux ? demanda Percy.

Frank et Hazel secouèrent la tête.

– Je suis presque aussi nouveau que toi, dit Frank en tapotant sa plaque de *probatio*. Je suis arrivé le mois dernier. Mais tout le monde connaît l'histoire. Même d'en parler, ça porte malchance. Dans les années 1980, ils ont lancé une énorme expédition en Alaska...

– Cette prophétie que tu as remarquée au temple, enchaîna Hazel. Sur les sept demi-dieux et les Portes de la Mort ? Le préteur d'alors était Michael Varus, de la Cinquième Cohorte. À l'époque, la Cinquième était la meilleure cohorte du camp. Michael trouvait que ce serait un titre de gloire pour la légion s'il parvenait à comprendre la prophétie et l'amener à se réaliser – sauver le monde des tempêtes et des flammes, tout ça. Il a consulté l'augure, qui lui a dit que la réponse se trouvait en Alaska. Mais il a aussi averti Michael que l'heure n'était pas venue. La prophétie ne lui était pas destinée.

– Mais il est parti quand même, devina Percy. Qu'est-ce qui s'est passé ?

Frank reprit la parole, à mi-voix :

– C'est une longue et sombre histoire. La Cinquième Cohorte a été décimée. La plupart des armes en or impérial de la légion ont disparu. Les rares survivants sont devenus fous ou refusaient catégoriquement de parler de ce qui leur était arrivé.

Moi, je sais, pensa gravement Hazel. Mais elle garda le silence.

– Depuis que l'aigle est perdu, continua Frank, le camp ne cesse de s'affaiblir. Les quêtes deviennent plus dangereuses. Les monstres attaquent les frontières plus souvent. Le moral baisse. Et depuis environ un mois, ça empire bien davantage et bien plus vite.

– Et c'est la Cinquième Cohorte qui porte le chapeau, dit Percy. Maintenant tout le monde croit que nous sommes maudits, c'est ça ?

Hazel se rendit compte que son gombo était froid. Elle en prit une bouchée, mais du gombo froid, ça n'était pas très réconfortant.

– Nous sommes les moutons noirs de la légion depuis... eh ben depuis la tragédie d'Alaska. Notre réputation s'est améliorée quand Jason est devenu notre préteur...

– Le garçon qui a disparu ? demanda Percy.

– Ouais, fit Frank. Je ne l'ai jamais rencontré. C'était avant mon arrivée. Mais on m'a dit que c'était un bon chef. Il a quasiment grandi dans la Cinquième Cohorte. Il se moquait de ce que les gens pensaient de nous. Il a commencé à reconstruire notre réputation. Et puis il a disparu.

– Ce qui nous ramène à la case départ, dit Hazel avec amertume. Une fois de plus, on a l'air d'être maudits. Je suis désolée, Percy, maintenant tu sais où tu es tombé.

Percy buvait son soda bleu en contemplant le réfectoire d'un regard mélancolique.

– Je ne sais même pas d'où je viens, dit-il, mais j'ai l'impression que c'est pas la première fois que je suis du côté de ceux qu'on donne perdants. (Il ramena les yeux sur Hazel et se força à sourire.) De toute façon, entrer dans la légion, c'est mieux que de continuer à fuir des monstres qui me pourchassent. J'ai trouvé de nouveaux amis. Peut-être qu'ensemble on arrivera à changer la donne, pour la Cinquième, qui sait ?

Un cor retentit à l'autre bout du réfectoire. Les officiers assis à la table du préteur se levèrent – même Dakota, avec sa bouche de vampire teintée au Kool-Aid.

– Les jeux commencent ! annonça Reyna.

Avec des cris enthousiastes, les pensionnaires se ruèrent vers leurs attirails, empilés le long des murs.

– Alors nous sommes l'équipe qui attaque ? demanda Percy en couvrant le vacarme. C'est une bonne chose ?

Hazel haussa les épaules.

– Le bon côté, c'est qu'on a l'éléphant. Le mauvais...

– Laisse-moi deviner, dit Percy. La Cinquième Cohorte perd toujours.

Frank lui donna une tape sur l'épaule.

– J'adore ce mec. Viens, mon nouveau pote. Allons remporter ma treizième défaite d'affilée !

S ur le chemin des jeux de guerre, Frank se repassa le film
de la journée. Il n'en revenait pas d'avoir frôlé la mort
de si près.

Ce matin, quand il était de faction avec Hazel, avant que
Percy ne débarque, Frank avait failli lui dire son secret. Cela
faisait des heures qu'ils étaient debout dans le brouillard
glacé, à regarder passer les voitures sur l'autoroute 24. Hazel
s'était plainte du froid.

– Je donnerais n'importe quoi pour me réchauffer, dit-elle.
Si seulement on pouvait faire du feu.

Même en armure, elle était belle. Frank aimait la façon
dont ses boucles couleur de pain grillé rebiquaient autour
des bords de son casque, la fossette qui se creusait sur son
menton quand elle faisait une moue. Elle était menue,
comparée à Frank, et ça lui donnait l'impression d'être un
total bourrin. Il aurait voulu la réchauffer dans ses bras, mais
il ne s'y risquerait jamais, bien sûr. Elle le giflerait sans doute,
et il perdrait son unique amie au camp.

Je pourrais faire un feu magnifique, pensait-il. *Bien sûr il ne
flamberait que quelques minutes, et ensuite je mourrais...*

Le fait même d'y avoir songé lui fit peur. Hazel avait cet
effet sur lui. Lorsqu'elle avait envie de quelque chose, il res-

sentait le besoin aussi impérieux qu'irrationnel de le lui procurer. Il aurait voulu être le prince charmant des contes de fées et voler à son secours sur son destrier, ce qui était débile vu qu'elle était bien plus forte que lui *en tout.*

Il entendait d'ici sa grand-mère : « Frank Zhang volant au secours de quelqu'un à cheval ? Il tomberait de selle et se casserait le cou. »

Difficile à croire que cela faisait seulement six semaines qu'il était parti de chez sa grand-mère – six semaines qu'on avait enterré sa mère.

Tout s'était passé si vite, depuis ce jour-là. L'arrivée des loups à la porte de sa grand-mère, le voyage jusqu'au Camp Jupiter, ces semaines passées au sein de la Cinquième Cohorte, à essayer de ne pas être complètement nul. Durant tout ce temps, il avait gardé, enveloppé d'un bout de tissu dans la poche de son blouson, le bout de bois à moitié calciné.

« Ne t'en défais jamais », lui avait recommandé sa grand-mère. « Tant qu'il sera en sécurité, tu seras en sécurité toi aussi. »

Le problème, c'était qu'il s'enflammait si facilement. Il se rappela son voyage vers le Sud, à son départ de Vancouver. Près du mont Hood la température était tombée en-dessous de zéro, et Frank avait sorti le tison de sa poche et l'avait serré entre ses mains en imaginant comme ce serait bon d'avoir un feu. Aussitôt, l'extrémité calcinée s'était embrasée. Une grande flamme jaune qui illumina la nuit et réchauffa Frank jusqu'à la moelle de ses os, même s'il sentit aussi que sa vie lui échappait, comme si c'était lui, et non le bois, qui se consumait. Il avait jeté le bout de bois dans une congère. Un horrible instant, il avait continué à brûler. Lorsqu'il s'était enfin éteint, Frank avait surmonté sa panique. Il avait ramassé le bout de bois, l'avait enveloppé et remis dans sa poche, bien décidé à ne plus jamais l'en sortir. Mais il ne parvenait pas à l'oublier.

C'était comme si quelqu'un lui avait dit : « Quoi que tu fasses, ne pense jamais à ce bout de bois qui s'enflamme tout seul ! »

Alors, bien sûr, il y pensait tout le temps.

Quand il était de faction avec Hazel, il essayait de le chasser de son esprit. Il adorait la compagnie d'Hazel. Il lui avait posé des questions sur son enfance à La Nouvelle-Orléans, mais comme il avait remarqué que ça la mettait mal à l'aise, maintenant ils bavardaient juste de choses et d'autres. Pour s'amuser, ils avaient essayé de parler français entre eux. Hazel avait du sang créole du côté de sa mère. Frank avait étudié le français à l'école. Ni l'un ni l'autre ne maîtrisaient vraiment la langue, et il y avait de telles différences entre le français de Louisiane et celui du Canada que la conversation en devenait presque impossible. Le jour où Frank demanda à Hazel comment allait son bœuf aujourd'hui et qu'elle avait répondu qu'il avait la chaussure verte, ils avaient décidé d'abandonner.

Et puis Percy Jackson était arrivé.

Frank avait déjà vu des ados combattre des monstres, bien sûr. Lui-même en avait affronté un bon nombre en descendant de Vancouver. Mais il n'avait jamais vu de gorgones. Il n'avait jamais vu une déesse en vrai. Et la façon dont Percy avait pris le contrôle du Petit Tibre... impressionnant. Frank aurait bien aimé avoir de pareils pouvoirs.

Il sentait encore les griffes des gorgones s'enfoncer dans ses bras, et leur haleine reptilienne, aux relents de poison et de souris mortes, le prendre à la gorge. Sans Percy, ces mégères grotesques l'auraient enlevé. Il ne serait plus qu'un tas d'os jeté derrière un supermarché, à l'heure qu'il était.

Après l'épisode du fleuve, Reyna l'avait envoyé à l'arsenal, ce qui lui avait donné beaucoup trop de temps pour réfléchir.

Tout en nettoyant les épées, il avait repensé à Junon préconisant de briser les chaînes de la Mort.

Malheureusement pour lui, Frank avait une idée assez précise de ce que voulait dire la déesse. Il avait essayé de masquer sa stupeur à l'apparition de Junon, mais elle était exactement comme l'avait décrite sa grand-mère – jusqu'à la cape en peau de chèvre.

« Elle a choisi ta voie depuis des années », avait dit Grand-mère. « Et ce ne sera pas une voie facile. »

Frank jeta un coup d'œil à son arc, dans un coin de l'arsenal. Ça irait mieux si Apollon le revendiquait. Frank avait été persuadé que son parent divin se déclarerait le jour de ses seize ans, or son anniversaire était arrivé et reparti, il y avait de cela quinze jours.

Seize ans, c'était un cap important chez les Romains. C'était le premier anniversaire de Frank au camp. Mais il ne s'était rien passé. Alors, maintenant, Frank espérait qu'il serait revendiqué à la Fête de la Fortune même si, à en croire Junon, ils seraient en plein combat ce jour-là.

Son père ne pouvait être qu'Apollon. Le tir à l'arc était l'unique discipline où Frank excellait. Il se souvenait que sa mère lui avait dit, des années auparavant, que leur nom de famille, Zhang, signifiait « maître des arcs » en chinois. Cela devait être une allusion à son père.

Frank posa son chiffon à reluire. Il leva les yeux vers le plafond.

– S'il te plaît, Apollon, si tu es mon père, dis-le moi. Je veux être archer comme toi.

– Non non non, grogna une voix.

Frank sauta en l'air. Vitellius, le Lare de la Cinquième Cohorte, scintillait derrière lui. Son nom entier était Gaius

Vitellius Reticulus, mais les autres cohortes l'appelaient Vitellius Ridiculus.

– Hazel Levesque m'envoie voir comment tu t'en sors, dit Vitellius en remontant sa ceinture d'épée. C'est pas du luxe... Regardez-moi cette armure !

Vitellius était mal placé pour faire des commentaires désobligeants. Une toge informe, une tunique qui couvrait à grand-peine sa bedaine, un fourreau qui tombait de sa ceinture toutes les trois secondes, mais Frank laissa courir.

– Quant aux archers, reprit le fantôme, c'est des lavettes ! De mon temps, on laissait le tir à l'arc aux barbares. Un bon Romain se bat dans la mêlée, il étripe son ennemi à la lance et à l'épée, en homme civilisé ! C'est comme ça qu'on faisait, pendant les guerres puniques. Sois plus romain, mon garçon !

Frank soupira.

– Je croyais que tu étais dans l'armée de César.

– Absolument !

– Vitellius, César, c'était des siècles après les guerres puniques. Tu n'as pas pu vivre tout ce temps-là.

– Tu mets mon honneur en doute ? (Vitellius était tellement furieux que son aura pourpre s'illumina. Il dégaina son ombre de *gladius* et cria :) Prends ça !

Il passa la lame, à peu près aussi mortelle qu'un pointeur laser, à trois ou quatre reprises sur la poitrine de Frank.

– Aïe, dit ce dernier, par pure politesse.

L'air satisfait, Vitellius rengaina son épée.

– Tu y repenseras peut-être à deux fois, maintenant, avant de mettre en doute la parole de tes aînés ! Alors... Tu as eu seize ans récemment, n'est-ce pas ?

Frank hocha la tête. Il se demanda comment Vitellius était au courant, car il n'en avait parlé à personne à part Hazel, mais les fantômes avaient leurs moyens d'apprendre les secrets. Laisser traîner l'oreille en restant invisible en faisait sans doute partie.

– C'est pour ça que tu es aussi grincheux ! dit le Lare. C'est compréhensible. Le jour des seize ans, c'est le passage à l'âge d'homme. Ton parent divin aurait dû te revendiquer, pas de doute là-dessus, ne serait-ce que par un petit signe. Il a peut-être cru que tu étais plus jeune. Tu fais plus jeune, tu sais, avec ton visage poupin et joufflu.

– Merci de me le rappeler, marmonna Frank.

– Oui, je me souviens de mes seize ans, enchaîna Vitellius d'un ton guilleret. J'ai reçu un signe formidable. Un poulet dans le slibard.

– Pardon ?

Vitellius se rengorgea.

– Exactement ! J'étais au bord du fleuve et je me changeais pour ma *Liberalia*. Le rite de passage à l'âge d'homme, tu sais. On savait faire les choses, à l'époque. J'avais enlevé ma toge d'enfant et je me lavais avant de revêtir la toge d'adulte. Soudain, un poulet d'une blancheur immaculée surgit en courant, plongea sous mon pagne et repartit avec. Je précise que je ne le portais pas.

– C'est une bonne chose, dit Frank. Et si je peux me permettre ? Trop intimes, les détails...

– Hum. (Vitellius ne l'écoutait pas.) C'était le signe que j'étais un descendant d'Esculape, le dieu de la Médecine. J'ai choisi mon *cognomen*, mon surnom, Reticulus, parce qu'il signifie « vêtement du dessous ». Pour me rappeler le jour béni où un poulet a emporté mon pagne.

– Alors... ton surnom signifie « Monsieur Sous-vêtement » ?

– Loués soient les dieux ! Je suis devenu chirurgien de la légion, et la suite tu la connais. (Il ouvrit grands les bras.) Ne te décourage pas, mon garçon. Ton père est peut-être en retard. Les signes sont rarement aussi spectaculaires que mon poulet, bien sûr. Je me souviens d'un gars qui avait eu une mouche à bouse...

– Merci, Vitellius, interrompit Frank, mais là, il faut que je finisse d'astiquer cette armure, et...

– Et le sang de gorgone ?

Frank se figea. Il n'en avait parlé à personne. À sa connaissance, Percy était le seul qui l'ait vu empocher les flacons dans le fleuve, et ils n'avaient pas eu l'occasion d'en parler.

– Allons, allons, reprit Vitellius sur le ton de la réprimande. Je suis guérisseur. Je connais les légendes sur le sang de gorgone. Montre-moi les flacons.

À contrecœur, Frank sortit les deux fioles de céramique qu'il avait récupérées dans le Petit Tibre. Lorsqu'un monstre se désintégrait, il abandonnait souvent des dépouilles de guerre derrière lui : une dent, une arme, parfois même sa tête entière. Frank avait compris immédiatement ce que contenaient les deux flacons. La tradition voulait qu'ils reviennent à Percy, qui avait tué les gorgones, mais Frank n'avait pu s'empêcher de penser : *Et si je pouvais m'en servir ?*

– Oui. (Vitellius examina les flacons d'un air approbateur.) Le sang prélevé sur la moitié droite du corps d'une gorgone guérit toutes les maladies et peut même ramener les morts à la vie. La déesse Minerve en a donné un flacon à mon ancêtre divin, Esculape, une fois. Mais le sang qui provient de la moitié gauche du corps d'une gorgone apporte une mort immédiate. Alors, lequel est lequel ?

Frank regarda les fioles.

– Je ne sais pas, dit-il. Elles sont pareilles.

– Ha ha ! Mais tu espères que la fiole de droite puisse résoudre ton problème de bâton brûlé, hein ? Mettre fin à ta malédiction, peut-être ?

Frank resta sans voix.

– Oh, t'inquiète pas, mon garçon, gloussa le fantôme. Je

ne le dirai à personne. Je suis un Lare, protecteur de la cohorte !
Je ne ferai jamais rien qui risque de te mettre en danger.

– Tu m'as pourfendu la poitrine avec ton épée.

– Crois-moi, mon garçon ! J'ai de la compassion pour toi,
qui dois porter la malédiction de cet Argonaute.

– La... quoi ?

Vitellius balaya la question d'un geste.

– Ne fais pas ton modeste. Tu as des racines très
anciennes, et des deux côtés, grec et romain. Pas étonnant
que Junon... (Il inclina la tête comme s'il écoutait une voix
venue d'en haut. Son visage se décomposa. Son aura verdit
de la tête aux pieds.) Mais j'en ai dit assez ! En tout cas, je
te laisse décider qui va hériter du sang de gorgone. Je suppose
que le nouveau venu, Percy, pourrait en faire bon usage, lui
aussi, avec son problème de mémoire.

Frank se demanda ce que Vitellius avait été sur le point
de lui dire et ce qui lui avait fait tellement peur, mais il eut
l'impression que le Lare, pour une fois, allait garder le silence.

Il baissa les yeux sur les deux fioles. Il ne lui était pas
venu à l'idée que Percy pouvait en avoir besoin. Il se sentit
coupable d'avoir voulu se servir du sang pour son propre
compte.

– Oui, bien sûr. Elles lui reviennent.

– Ah, mais si tu veux mon avis... (Vitellius jeta un coup
d'œil inquiet vers le plafond.) Vous devriez attendre tous les
deux avant d'essayer ce sang de gorgone. Si mes sources sont
bonnes, vous en aurez besoin pour votre quête.

– Notre quête ?

Les portes de l'arsenal s'ouvrirent d'un coup.

Reyna entra en trombe, ses lévriers de métal sur les talons.
Vitellius disparut. Il aimait peut-être les poulets, mais pas les
chiens du préteur.

– Frank. (Reyna avait l'air troublée.) Ça suffit pour les

armes. Va chercher Hazel et amène-moi Percy Jackson. Ça fait trop longtemps qu'il est là-haut. Je ne veux pas qu'Octave... (Elle hésita.) Amène-moi Percy, c'est tout.

Alors Frank avait couru d'une traite jusqu'à la Colline aux Temples.

Sur le trajet du retour, Percy l'avait bombardé de questions sur Nico, le frère d'Hazel, mais Frank ne put pas lui apprendre grand-chose.

– Nico est un type correct, dit Frank. Il n'est pas comme Hazel, mais...

– Comment ça ?

– Oh, euh... (Frank toussota. Il voulait dire qu'Hazel était plus jolie et plus sympa, mais il préféra s'abstenir.) Nico est assez mystérieux. Il met tout le monde mal à l'aise parce qu'il est le fils de Pluton, tout ça...

– Et pas toi ?

Frank haussa les épaules.

– Pluton est cool, tu sais, répondit-il. C'est pas sa faute s'il gouverne les Enfers. Il a pas eu de chance quand les dieux se sont partagé le monde, c'est tout. Jupiter a eu le ciel, Neptune a eu la mer et Pluton s'est fait avoir.

– La mort ne te fait pas peur ?

Frank eut envie de rire. « Moi ? Pas du tout ! T'as une allumette ? » Mais il se contenta de dire :

– Dans les anciens temps, au temps des Grecs, tu sais, quand Pluton s'appelait Hadès, c'était vraiment un dieu de la Mort. En devenant romain, il est devenu plus... je sais pas, plus respectable. Il est devenu le dieu de la Richesse, aussi. Tout ce qui est sous terre lui appartient. Donc je ne le vois pas comme un dieu vraiment effrayant.

Percy se gratta la tête.

– Dis-moi, demanda-t-il, comment un dieu *devient* romain ? S'il est grec, il ne devrait pas rester grec ?

Frank fit quelques pas en réfléchissant à la question. Vitellius aurait gratifié Percy d'une conférence d'une heure, assortie sans doute d'un PowerPoint, mais Frank répondit de son mieux.

– Les Romains considèrent qu'ils ont repris la religion grecque et l'ont améliorée, dit-il.

Percy eut l'air choqué.

– Améliorée ? Pourquoi, elle en avait besoin ?

Frank se souvint des paroles de Vitellius : « Tu as des racines très anciennes, et des deux côtés, grec et romain. » Sa grand-mère avait dit quelque chose de semblable.

– Je ne sais pas, avoua-t-il. Rome a eu plus de rayonnement que la Grèce. Elle a bâti un immense empire. Les dieux ont pris plus d'importance au temps des Romains, ils sont devenus plus puissants et plus connus dans le monde. C'est pour ça qu'ils existent encore aujourd'hui. Il y a tant de civilisations fondées sur Rome. Les dieux se sont faits romains parce que c'était Rome, le centre du pouvoir. Jupiter est devenu... disons, plus responsable en tant que dieu romain que lorsqu'il était Zeus. Mars a acquis beaucoup plus d'importance et de discipline.

– Et Junon est devenue une vieille clocharde hippie, fit remarquer Percy. Tu veux dire que les anciens dieux grecs sont devenus définitivement romains ? Comme ça ? Il n'est rien resté des Grecs ?

– Euh... (Frank regarda autour d'eux pour vérifier qu'il n'y avait ni pensionnaires ni Lares dans les parages, mais ils étaient encore à une centaine de mètres des portes.) C'est un sujet sensible. Il y a des gens qui disent que l'influence grecque est encore vivante, qu'elle est partie intégrante de la personnalité des dieux. J'ai entendu parler de rares cas de demi-dieux qui quittent le Camp Jupiter. Ils rejettent l'entraînement à la romaine et tentent de suivre l'ancien style grec

– devenir des héros solitaires, par exemple, au lieu de travailler en groupe comme le fait la légion. Et autrefois, au moment de la chute de Rome, la partie orientale de l'empire a survécu – la partie grecque.

Percy le regarda attentivement.

– Je l'ignorais.

– On l'appelait Byzance. (Frank aimait prononcer ce nom. Il sonnait bien.) L'empire oriental a duré encore un millier d'années, mais il a toujours été plus grec que romain. Pour ceux d'entre nous qui sont de la tradition romaine, c'est un sujet douloureux. Et c'est pour cette raison que, quel que soit le pays où nous nous installons, le Camp Jupiter se situe toujours à l'ouest – dans la partie *occidentale, romaine*, du territoire. On considère que l'est, l'orient, porte malheur.

– Hum.

Percy fronça les sourcils. Frank comprenait que ça lui embrouille les idées. Lui aussi, ça lui cassait la tête, ces clivages Grecs/Romains.

Ils arrivèrent aux portes.

– Je vais t'emmener aux bains pour que tu puisses te laver, dit Frank, mais d'abord... pour les fioles que j'ai trouvées dans le fleuve.

– Du sang de gorgone. Une fiole qui guérit, une qui est un poison mortel.

Frank écarquilla les yeux.

– Tu sais ça ? Écoute, j'avais pas l'intention de les garder. C'est juste que...

– Je sais pourquoi tu les as prises, Frank.

– Ah bon ?

– Ouais. (Percy sourit.) Ça aurait fait mauvais effet, si j'étais arrivé au camp avec une fiole de poison. Tu voulais me protéger.

– Ah... ben oui. (Frank essuya ses paumes moites.) Mais si on arrivait à savoir quel flacon contient quoi, ça pourrait guérir ta mémoire.

Le sourire de Percy s'estompa. Il regarda dans le lointain, vers les collines.

– Tu as peut-être raison. Mais tu devrais garder ces fioles, pour le moment. Il y a une bataille qui approche. On en aura peut-être besoin pour sauver des vies.

Frank le dévisagea, impressionné. Percy avait une chance de retrouver sa mémoire et il était prêt à attendre, au cas où quelqu'un ait davantage besoin de la fiole que lui ? Les Romains étaient censés être désintéressés et aider leurs camarades, mais Frank n'était pas sûr de pouvoir trouver d'autres légionnaires, dans le camp, disposés à un tel sacrifice.

– Alors tu ne te souviens de rien ? demanda-t-il. Ta famille ? Tes amis ?

Percy tripota ses perles en terre cuite.

– Rien que quelques bribes, des trucs très flous. Une petite amie... je pensais qu'elle serait au camp. (Il regarda Frank attentivement, comme s'il prenait une décision.) Elle s'appelait Annabeth. Tu ne la connais pas, dis-moi ?

Frank secoua négativement la tête.

– Je connais tout le monde au camp, mais pas d'Annabeth. Et ta famille ? Est-ce que ta mère est une mortelle ?

– Je suppose... Elle doit être morte d'inquiétude. Et ta mère, elle te voit souvent ?

Frank s'arrêta devant l'entrée des bains. Il prit quelques serviettes dans l'appentis.

– Elle est morte, dit-il.

– Comment ? demanda Percy en fronçant les sourcils.

D'habitude, Frank mentait. Il disait « dans un accident » et mettait un terme à la conversation. Sinon, l'émotion l'aurait submergé. Il ne pouvait pas se permettre de pleurer au Camp Jupiter. Il ne pouvait pas se permettre de montrer de la faiblesse. Mais avec Percy, Frank avait moins de mal à parler.

– Elle est morte à la guerre, dit-il. En Afghanistan.

– Elle était dans l'armée ?

– Canadienne, ouais.

– L'armée canadienne ? Je ne savais pas que...

– Oui, la plupart des Américains l'ignorent, mais le Canada a envoyé des troupes là-bas. Ma mère était capitaine. Elle a été une des premières femmes à mourir au combat. Elle a sauvé des soldats qui étaient coincés par l'ennemi. Mais elle... elle n'a pas survécu. Son enterrement a eu lieu juste avant mon arrivée ici.

Percy hocha la tête. Il ne demanda pas de détails supplémentaires, et Frank lui en fut reconnaissant. Il ne dit pas qu'il était désolé, s'abstint des commentaires bien intentionnés qui agaçaient tellement Frank : « Oh, mon pauvre. Ça a dû être très dur pour toi. Toutes mes condoléances. »

Percy donnait l'impression d'avoir déjà croisé la mort, et de savoir ce que c'était que la peine. L'important, c'était d'écouter. Inutile de dire qu'on était désolé, ça n'avançait à rien. Ce qui aidait, c'était de continuer, d'aller de l'avant.

– Et si tu me montrais les bains, maintenant ? suggéra Percy. Je me sens crasseux.

Frank sourit avec effort.

– Ouais, dit-il, c'est vrai que t'es un peu crade.

En entrant dans la salle des vapeurs, Frank pensait à sa grand-mère, à sa mère et à son enfance, maudite à cause de Junon et son tison. Il en vint presque à envier Percy d'avoir oublié son passé.

10 FRANK

Frank ne se souvenait pratiquement pas des funérailles elles-mêmes. En revanche il se rappelait les heures qui les avaient précédées – sa grand-mère sortant dans le jardin, pour le trouver en train de détruire sa collection de porcelaines avec son arc et ses flèches.

La maison de sa grand-mère était une grande demeure de pierre plantée sur un terrain de cinq hectares, dans la région de Vancouver Nord. Son jardin était dans le prolongement d'une réserve naturelle, le parc Lynn Canyon.

C'était une matinée froide et bruineuse, mais Frank ne le sentait pas. Il portait un costume de lainage noir et un manteau noir également, qui avaient tous deux appartenu à son grand-père. Frank avait été stupéfait et troublé de voir qu'ils étaient parfaitement à sa taille. Les habits de son grand-père sentaient la naphtaline et le jasmin. Le tissu grattait, mais il lui tenait chaud. Avec son arc et son carquois, il devait ressembler à un majordome super dangereux.

Il avait empilé les porcelaines de sa grand-mère dans une charrette qu'il avait trimbalée dans le jardin. Là, il avait disposé ses cibles sur les piquets d'une vieille clôture, à la bordure de la propriété. Il tirait depuis si longtemps que ses doigts commençaient à s'engourdir. À chaque flèche qu'il décochait, il s'imaginait qu'il abattait un de ses problèmes.

Des tireurs embusqués en Afghanistan. *Zac.* Une théière volait en éclats, une flèche en plein ventre.

La médaille du sacrifice, un disque argenté enfilé sur un ruban rouge et noir, décernée aux militaires morts en service, qu'on avait remise à Frank comme si c'était quelque chose d'important, qui allait tout arranger. *Crac.* Une tasse à thé voltigea dans le sous-bois.

L'officier qui était venu lui dire : « Votre mère est une héroïne. Elle est morte en tentant de sauver ses camarades. » *Zbouing.* Une assiette bleu et blanc réduite en mille morceaux.

La dureté de sa grand-mère : « Les hommes ne pleurent pas. Surtout pas chez les Zhang. Il faut que tu endures, Fai. »

Personne ne l'appelait Fai, à part sa grand-mère.

« Qu'est-ce que c'est que ce nom, Frank ? » grondait-elle. « Ce n'est pas un nom chinois. »

Je ne suis pas chinois, pensait Frank, mais il n'osait pas le dire. Sa mère le lui avait bien expliqué, des années plus tôt : « N'essaie pas de discuter avec Grand-mère, ça ne ferait qu'empirer les choses. » Elle avait raison. Et maintenant Frank n'avait plus que sa grand-mère au monde.

Zip ! Une quatrième flèche se planta dans le piquet de la clôture.

– Fai, dit sa grand-mère.

Frank se retourna.

Elle serrait contre sa poitrine un coffre d'acajou de la taille d'une boîte à chaussures que Frank n'avait jamais vu jusqu'alors. Avec sa robe noire à col montant et son chignon gris bien serré, elle avait l'air d'une institutrice du XIXe siècle.

Elle balaya du regard le massacre : ses porcelaines dans la charrette, les débris de ses services à thé préférés éparpillés dans l'herbe, les flèches de Frank plantées dans le sol, les arbres, les piquets de la clôture, et jusque dans la tête d'un nain de jardin souriant.

Frank crut qu'elle allait hurler, le frapper avec le coffre. Il n'avait jamais rien fait d'aussi grave. Il n'avait jamais éprouvé une telle colère.

L'amertume et la désapprobation se lisaient sur le visage de sa grand-mère. Elle ne ressemblait pas du tout à la mère de Frank. Il se demandait comment sa mère avait pu être aussi sympa – toujours gaie, toujours gentille. Frank n'arrivait pas à l'imaginer grandissant avec Grand-mère, pas plus qu'il ne pouvait se la représenter au champ de bataille – mais en y pensant, les deux situations étaient sans doute assez proches.

Il attendit que Grand-mère explose. Peut-être qu'elle le consignerait à la maison et qu'il serait dispensé d'aller à l'enterrement. Il voulait lui faire de la peine parce qu'elle était méchante tout le temps, parce qu'elle avait laissé sa mère partir à la guerre, parce qu'elle lui ordonnait de s'en remettre. Tout ce qui comptait pour elle, c'était sa collection à la noix.

– Arrête ce comportement ridicule, dit Grand-mère, d'une voix qui ne paraissait pas très irritée. Ce n'est pas digne de toi.

À la grande surprise de Frank, elle donna un coup de pied dans une de ses tasses préférées.

– La voiture sera bientôt là, reprit-elle. Il faut qu'on parle.

Frank était sidéré. Il regarda de plus près le coffre d'acajou. L'espace d'un instant, il se demanda avec effroi s'il contenait les cendres de sa mère, mais c'était impossible. Grand-mère lui avait dit qu'il y aurait un enterrement militaire. Alors pourquoi tenait-elle ce coffre avec tant de précaution, comme si son contenu lui faisait mal ?

– Entre, dit-elle, et sans vérifier s'il la suivait, elle tourna les talons et se dirigea vers la maison.

Au salon, Frank s'assit sur un canapé de velours, entouré de vieilles photos de famille, de grands vases de porcelaine qu'il n'avait pas pu mettre dans sa charrette, et de bannières rouges ornées de caractères calligraphiques chinois. Frank ignorait ce que disaient les inscriptions. Il n'avait jamais été motivé pour l'apprendre. Il ne savait pas non plus qui étaient les gens qui figuraient sur les photos, sauf de rares exceptions.

Chaque fois que Grand-mère se lançait dans un sermon sur ses ancêtres – comment ils étaient venus de Chine et avaient prospéré dans l'import-export, pour devenir une des familles chinoises les plus riches de Vancouver – ben... c'était barbant. Frank était canadien de la quatrième génération. Il se moquait pas mal de la Chine et de toutes ces vieilleries. Les seuls caractères chinois qu'il savait reconnaître étaient ceux qui formaient son nom de famille : Zhang. « Maître des arcs. » C'était cool.

Grand-mère s'assit à côté de lui avec raideur et croisa les mains sur le coffre.

– Ta mère tenait à ce que tu aies ceci, dit-elle à contrecœur. Elle l'a gardé depuis que tu es bébé. Quand elle est partie au front, elle me l'a confié. Elle nous a quittés, à présent. Et tu vas partir à ton tour.

Le ventre de Frank se noua.

– Je vais partir ? Où ça ?

– Je suis vieille, dit Grand-mère, comme si c'était un scoop. Mon rendez-vous avec la mort approche. Je ne peux pas t'enseigner les compétences dont tu auras besoin, et je ne peux pas garder ce fardeau. S'il lui arrivait quelque chose, je ne me le pardonnerais jamais. Tu mourrais.

Frank n'était pas certain d'avoir bien entendu. Elle semblait dire que la vie de Frank dépendait de ce coffre. Il se demanda pourquoi il ne l'avait jamais vu avant. Elle devait

130

le garder enfermé au grenier, seule pièce où Frank n'avait pas le droit de s'aventurer. C'était là-haut, disait-elle toujours, qu'elle gardait ses trésors les plus précieux.

Elle lui tendit le coffre. Il souleva le couvercle d'une main tremblante. À l'intérieur, reposant sur un coussin de velours, il y avait cette chose terrifiante, incroyablement importante, cette chose qui pouvait bouleverser sa vie... un bout de bois.

Il ressemblait à un bois flotté. Dur et lisse, avec des creux et des arrondis comme sculptés par l'eau. Il faisait la taille d'une télécommande, à peu près. Une des extrémités était calcinée. Frank la toucha : elle était encore tiède. Le bois brûlé lui laissa du noir sur le doigt.

– C'est un bâton, dit-il, sans parvenir à comprendre pourquoi Grand-mère le traitait avec tant de sérieux et de nervosité.

– Fai, demanda-t-elle, les yeux luisants. Que sais-tu des prophéties ? Que sais-tu des dieux ?

Ces questions le mirent mal à l'aise. Il pensa aux stupides statuettes en or de Grand-mère, représentant des immortels chinois ; à ses superstitions sur l'emplacement et l'orientation des meubles, sur les nombres à éviter parce qu'ils portaient malheur. Les prophéties, ça lui faisait penser aux *fortune cookies* : ces biscuits qui contenaient une morale ou une prédiction qu'on vous donnait avec la note, dans les restaurants chinois – une invention qui n'était sans doute même pas chinoise. Mais à l'école il se faisait charrier là-dessus : « Confucius dit que... » et toutes ces salades. Frank n'avait jamais mis les pieds en Chine. Il ne voulait pas en entendre parler. Mais, bien sûr, ce n'était pas la réponse attendue.

– Deux ou trois trucs, Grand-mère, dit-il. Pas grand-chose.

– La plupart des gens se seraient moqués de ta mère en entendant son histoire, expliqua-t-elle. Pas moi. Je connais les prophéties et les dieux. Grecs, romains, chinois... ils se

131

croisent dans notre famille. Je n'ai pas douté un instant de ce qu'elle m'a dit sur ton père.

– Une seconde... Quoi donc ?

– Ton père était un dieu, a-t-elle déclaré tout net.

Si Grand-mère avait le sens de l'humour, Frank aurait cru qu'elle voulait rire. Mais Grand-mère ne plaisantait jamais. Devenait-elle sénile ?

– Ferme la bouche ! lança-t-elle sèchement. Je ne déraille pas. Tu ne t'es jamais demandé pourquoi ton père ne revenait pas ?

– Il était... (La voix de Frank se brisa. Perdre sa mère était déjà assez douloureux. Il ne voulait pas penser à son père, en plus.) Il était militaire, comme maman. Il a été porté disparu. En Irak.

– Pff. C'était un dieu. Il est tombé amoureux de ta mère parce que c'était une guerrière-née. Elle était comme moi : forte, courageuse, généreuse, belle.

Forte et courageuse, Frank voulait bien le croire. Imaginer Grand-mère belle ou généreuse, c'était plus difficile.

Il la soupçonnait toujours de perdre les pédales, mais il demanda :

– Quel genre de dieu ?

– Romain. Je n'en sais pas plus. Ta mère ne voulait pas me le dire, mais peut-être qu'elle ne le savait pas elle-même. Il n'y a rien d'étonnant à ce qu'un dieu soit tombé amoureux d'elle, connaissant notre famille. Il devait savoir qu'elle était de souche ancienne.

– Attends... nous sommes chinois. Pourquoi un dieu romain voudrait-il sortir avec une Sino-Canadienne ?

Les narines de Grand-mère frémirent.

– Si tu te donnais la peine d'étudier l'histoire de la famille, Fai, tu le saurais peut-être. La Chine et Rome ne sont pas si différentes ni si éloignées que tu le crois. Notre famille est originaire de la province du Gansu, d'une petite ville du nom de Li-Jien. Et avant cela... comme je te le disais, une souche ancienne. Une ascendance de princes et de héros.

Frank la dévisageait, les yeux ronds.

Elle poussa un soupir exaspéré.

– Je parle dans le vide, avec ce bouvillon ! Tu apprendras la vérité quand tu iras au camp. Peut-être que ton père te revendiquera. Pour l'instant, il faut que je t'explique le tison.

Elle désigna d'un geste la grande cheminée de pierre.

– Peu de temps après ta naissance, une visiteuse est apparue dans l'âtre. Nous étions assises sur le canapé, ta mère et moi, exactement là où nous sommes assis tous les deux maintenant. Tu étais un tout petit bébé, enveloppé dans une couverture bleue, et elle te berçait.

Ça ressemblait à un souvenir tendre, mais Grand-mère le racontait d'un ton amer, comme si à l'époque, elle savait déjà que Frank serait un gros balourd.

– Une femme est apparue dans l'âtre, poursuivit-elle. C'était une Blanche, une *gwai poh*, habillée d'une robe de soie bleue et d'une cape étrange qui ressemblait à une peau de chèvre.

– De chèvre, murmura Frank, hébété.

– Lave-toi les oreilles, Fai Zhang ! dit Grand-mère en faisant la grimace. Je suis trop vieille pour tout répéter ! La femme à la peau de chèvre était une déesse. Je repère toujours ces choses-là. Elle a souri au bébé – à toi – et elle a dit à ta mère, en parfait mandarin : « Il bouclera la boucle. Il ramènera ta famille à ses racines et te fera grandement honneur. » Rien de moins.

Grand-mère plissa le nez.

– Je ne discute pas avec les déesses, mais peut-être que celle-ci ne lisait pas bien l'avenir. Quoi qu'il en soit, elle a dit : « Il ira au camp et c'est là-bas qu'il rétablira votre réputation. Il libérera Thanatos de ses chaînes glaciales et... »

– Attends, qui ça ?

– Thanatos, lança Grand-mère avec impatience. Le nom grec de la Mort. Je peux continuer maintenant, sans que tu m'interrompes ? La déesse a dit : « Le sang de Pylos est fort dans les veines de cet enfant, du côté de sa mère. Il aura le don des Zhang, mais il aura aussi les pouvoirs de son père. »

Brusquement, l'histoire de la famille de Frank semblait beaucoup moins ennuyeuse. Il mourait d'envie de lui demander ce que ça signifiait, tout ça : les pouvoirs, le don, le sang de Pylos. Qu'est-ce que c'était que ce camp, et qui était son père ? Mais il ne voulait pas couper la parole à Grand-mère de nouveau. Il voulait qu'elle continue de parler.

– Les pouvoirs se paient toujours, Fai, enchaîna-t-elle. Avant de disparaître, la déesse a tendu le doigt vers le feu et elle a dit : « Ce sera le plus fort de votre clan, et le plus admirable. Mais les Parques ont également décrété que ce serait le plus vulnérable. Sa vie brûlera d'une flamme vive et brève. Dès que ce tison sera consumé – ce bâton qui dépasse du feu – ton fils sera destiné à mourir. »

Frank avait du mal à respirer. Il regarda le coffre sur ses genoux, puis la trace de cendres sur son doigt. L'histoire était peut-être ridicule, mais soudain le bois flotté lui sembla sinistre, plus froid et plus lourd.

– C'est... c'est, bafouilla-t-il.

– Oui, mon stupide bouvillon, dit Grand-mère. C'est le tison en question. La déesse a disparu et j'ai tiré le bâton du feu immédiatement. Et depuis ce jour, nous l'avons gardé.

– S'il se consume, je meurs ?

– Ce n'est pas si étrange que ça, répondit Grand-mère. Romains ou chinois, le destin des hommes peut souvent être prédit et, parfois, empêché, du moins pour un temps. Le tison est en ta possession maintenant. Ne t'en défais jamais. Tant qu'il sera en sécurité, tu seras en sécurité toi aussi.

Frank secoua la tête. Il voulait protester, dire que ce n'était qu'une légende idiote. Peut-être que Grand-mère essayait de lui faire peur pour se venger qu'il ait cassé ses porcelaines.

Mais elle le mettait au défi du regard. Ses yeux semblaient lui dire : « Brûle-le, si tu n'y crois pas. »

Frank referma le coffre.

– S'il est tellement dangereux, pourquoi ne pas recouvrir le bois de quelque chose qui ne peut pas brûler, comme du plastique ou de l'acier ? Pourquoi ne pas le mettre dans un coffre-fort de banque ?

– Que se passerait-il, se demanda Grand-mère à voix haute, si on revêtait le bâton d'une autre matière ? Est-ce que tu étoufferais, toi aussi ? Je ne sais pas. Ta mère ne voulait pas prendre ce risque. Et elle ne voulait pas non plus s'en séparer, de peur qu'il n'arrive quelque chose. Les banques se font cambrioler. Les immeubles prennent feu, parfois. Il se passe des choses étranges quand on essaie de déjouer le destin. Ta mère estimait que le bâton était plus en sécurité entre ses mains. Jusqu'au jour où elle est partie au front. Alors elle me l'a confié.

Grand-mère poussa un gros soupir.

– C'était idiot de la part d'Emily d'aller au front, même si j'ai sans doute toujours su que c'était son destin. Elle espérait revoir ton père.

– Elle pensait... elle pensait qu'il serait en Afghanistan ?

Grand-mère écarta les bras, comme si cela dépassait son entendement.

– Elle est partie. Elle est morte avec bravoure. Elle croyait que le don de la famille la protégerait. C'est grâce à lui qu'elle a sauvé ces soldats, ça ne fait aucun doute. Mais le don n'a jamais protégé notre famille. Il n'a pas aidé mon père, ni le père de mon père. Il ne m'a pas aidée. Et maintenant, te voici un homme. Tu dois suivre la voie.

– Mais, quelle voie ? Quel est notre don ? Le tir à l'arc ?

– Toi et ton tir à l'arc ! Quel idiot. Tu le découvriras bientôt. Ce soir, après l'enterrement, tu devras partir pour le Sud. Ta mère a dit que si elle ne revenait pas du combat, Lupa enverrait ses messagers. Ils t'emmèneront à un lieu où les enfants des dieux reçoivent l'entraînement qui leur permet d'accomplir leur destin.

Frank se sentit comme criblé par une volée de flèches, le cœur brisé, réduit en débris de porcelaine. La plupart des paroles de Grand-mère lui échappaient, mais une chose était claire : elle le mettait à la porte.

– Tu me laisserais partir ? demanda-t-il. Moi qui suis le dernier membre de ta famille ?

Les lèvres de Grand-mère tremblèrent. Ses yeux s'humectèrent. Frank, en état de choc, comprit qu'elle était au bord des larmes. Elle avait perdu son mari des années auparavant, ensuite sa fille, et maintenant elle s'apprêtait à congédier son unique petit-fils.

Elle se leva du canapé, pourtant, le dos raide, le maintien plus majestueux et correct que jamais.

– Lorsque tu arriveras au camp, lui indiqua-t-elle, tu devras parler au préteur en privé. Dis-lui que Shen Lun était ton arrière-grand-père. De longues années ont passé depuis l'incident de San Francisco. On peut espérer qu'ils ne te tueront pas pour ce qu'il a fait, mais je te recommande de demander pardon pour ses actions.

– De plus en plus réjouissant, marmonna Frank.

– La déesse a dit que tu bouclerais la boucle de notre famille. (La voix de Grand-mère était dénuée de toute compassion.) Elle a choisi ta voie depuis des années, et ce ne sera pas une voie facile. Mais maintenant, c'est l'heure de l'enterrement. Nous avons des obligations. Viens. La voiture doit nous attendre.

La cérémonie s'était déroulée dans un brouillard, pour Frank : des visages graves, le flic-floc de la pluie, le crépitement des fusils de la garde d'honneur, le cercueil s'enfonçant dans la fosse.

Cette nuit-là, les loups étaient venus. Ils avaient hurlé sur le perron. Frank était sorti à leur rencontre. Il avait pris son sac à dos, ses vêtements les plus chauds, son arc et son carquois. Glissé dans son sac la médaille du sacrifice de sa mère. Le tison calciné était soigneusement enveloppé dans trois épaisseurs de tissu dans la poche de son blouson, près de son cœur.

C'est ainsi que commença son voyage vers le Sud. À destination de la Maison du Loup d'abord, à Sonoma, puis du Camp Jupiter où, obéissant aux instructions de Grand-mère, il avait sollicité un entretien en privé avec Reyna. Il avait supplié le pardon pour cet arrière-grand-père dont il ignorait tout, et Reyna l'avait accepté dans la légion. Elle ne lui avait pas raconté ce qu'avait fait son arrière-grand-père, même si de toute évidence elle le savait. Frank sentait que c'était grave.

– Je juge les gens à leur mérite, lui avait dit Reyna. Mais ne prononce le nom de Shen Lun devant personne d'autre. Il faut que cela reste un secret entre nous, sans quoi tu te feras maltraiter.

Malheureusement pour lui, Frank n'avait pas beaucoup de mérite. Il passa le premier mois au camp à renverser des piles d'armes, casser des chars, s'emmêler les pieds et faire tomber des rangs entiers quand la cohorte marchait au pas. Sa tâche préférée était de s'occuper d'Hannibal l'éléphant, mais il avait trouvé moyen de faire une boulette, là aussi. Il avait donné trop de cacahouètes à Hannibal, qui avait eu une indigestion.

Comment pouvait-il savoir que les éléphants avaient une intolérance à l'arachide ? Frank se disait que Reyna devait regretter de l'avoir recruté.

Tous les matins, il se réveillait en se demandant si le bâton allait prendre feu et se consumer, et s'il allait mourir.

Voilà les pensées qui défilaient dans la tête de Frank pendant qu'il se dirigeait vers le site des jeux de guerre avec Hazel et Percy. Il pensait au bâton dans sa poche de veste, à ce que pouvait signifier la visite de Junon au camp. Allait-il mourir ? Il espérait que non. Une chose était sûre, il n'avait pas encore fait la fierté de sa famille. Peut-être qu'Apollon le revendiquerait aujourd'hui et lui expliquerait ses pouvoirs et ses dons.

À la sortie du camp, la Cinquième forma deux rangées derrière ses centurions, Dakota et Gwen. Ils partirent d'un pas martial vers le nord, longeant la lisière de la ville, direction le Champ de Mars – la partie la plus vaste et la plus plate de la vallée. L'herbe y était courte, broutée par les taureaux, les licornes et les faunes sans abri qui y pâturaient. Les jeux précédents avaient laissé dans le sol des tranchées et des cratères creusés par les explosions. Leur cible se trouvait à l'extrémité nord du terrain. Les ingénieurs avaient dressé une forteresse de pierre dotée d'une herse en fer, de tours de garde, de balistes, de canons à eau et certainement d'une foule d'autres surprises désagréables dont se serviraient les équipes de défense.

– Ils ont fait du bon boulot, aujourd'hui, commenta Hazel. Pas de chance pour nous.

– Attends, lança Percy. Tu es en train de me dire que cette forteresse a été construite aujourd'hui ?

Hazel sourit.

138

– Les travaux de construction font partie de notre entraînement de légionnaire. S'il le fallait, on pourrait démonter
le camp tout entier et le remonter ailleurs. Ça nous prendrait
trois ou quatre jours, mais on saurait le faire.

– Si on s'en dispensait ? fit Percy. Alors vous attaquez une
nouvelle forteresse tous les soirs ?

– Pas tous les soirs, dit Frank. On a différents exercices
d'entraînement. On joue à la death-ball, des fois – c'est un
peu comme le paintball, tu sais, mais avec du poison, de
l'acide et des boules de feu. Quelquefois on fait des concours
de chars et de gladiateurs, quelquefois des jeux de guerre.

Hazel pointa du doigt vers la forteresse.

– La Première et la Deuxième Cohortes ont caché leurs
étendards à l'intérieur. Notre mission, c'est de nous en emparer sans nous faire massacrer. Si on y arrive, on a gagné.

Une étincelle s'alluma dans les yeux de Percy.

– C'est comme Capture-l'Étendard, dit-il. Je crois que
j'aime bien Capture-l'Étendard.

Frank rit.

– Mouais, enfin... c'est plus dur que ça en a l'air. Il faut
d'abord qu'on esquive les jets des balistes et des canons à
eau postés sur l'enceinte, ensuite qu'on franchisse la première ligne de défense pour pénétrer dans la forteresse, qu'on
trouve les étendards et qu'on batte les sentinelles – le tout
en protégeant nos propres étendards et nos légionnaires que
les adversaires vont essayer de capturer. Sans compter que
notre cohorte est en concurrence avec les deux autres
cohortes d'attaque. On est censés coopérer, mais on le fait
pas vraiment. Toute la gloire revient à la cohorte qui s'empare
des bannières.

Percy tituba. Il avait du mal à tenir la cadence gauche-
droite du pas militaire romain. Frank compatissait ; lui-même
avait passé les deux premières semaines à se casser la figure.

139

– Et à quoi sert cet entraînement, à propos ? demanda Percy. Vous faites souvent le siège d'une ville fortifiée, les gars ?

– C'est pour le travail d'équipe, dit Hazel. La rapidité de décision. La tactique. Le sens du combat. Tu serais étonné du nombre de choses que peuvent t'apprendre les jeux de guerre.

– Par exemple qui est prêt à te frapper dans le dos, intervint Frank.

– Surtout ça, renchérit Hazel.

Toujours au pas militaire, ils gagnèrent le centre du Champ de Mars et formèrent les rangs. Les Troisième et Quatrième Cohortes se rassemblèrent le plus loin possible de la Cinquième. Les centurions des trois cohortes d'attaque se réunirent pour tenir conseil. Au-dessus d'eux, Reyna, sur son pégase Scipion, décrivait des cercles dans le ciel, prête à intervenir en tant qu'arbitre.

Une demi-douzaine d'aigles géants venait en formation derrière elle – c'était le service d'ambulance aéroportée. La seule personne qui ne participait pas aux jeux de guerre était Nico di Angelo, « l'ambassadeur de Pluton », qui avait grimpé dans une tour de guet à une centaine de mètres de la forteresse et allait suivre les opérations à la jumelle.

Frank cala son *pilum* contre son bouclier et inspecta l'armure de Percy. Toutes les pièces étaient assemblées correctement, sans la moindre erreur.

– C'est impeccable, dit-il avec stupeur. Percy, tu as dû participer à des jeux de guerre avant.

– Je ne sais pas. Peut-être.

La seule chose qui n'était pas réglementaire, c'était l'épée de bronze étincelante de Percy : elle n'était pas en or impérial, et ce n'était pas non plus un *gladius*. La lame était en forme de feuille d'arbre et le manche portait une inscription en grec. Frank ne savait pas quoi en penser.

Percy fronça les sourcils.

– On a le droit de se servir d'armes véritables, on est d'accord ?

– Ouais, dit Frank, bien sûr. C'est juste que j'ai jamais vu d'épée comme la tienne.

– Et si je blesse quelqu'un ?

– On le soignera. On essaiera, du moins. Les urgentistes de la légion sont plutôt bons. Ils maîtrisent bien le nectar, l'ambroisie et la potion de licorne.

– Personne ne meurt, renchérit Hazel. Enfin, en général. Et s'il y en a qui meurent...

Frank imita Vitellius :

– C'est des mauviettes ! À mon époque on mourait tout le temps et ça nous plaisait !

Hazel rit.

– Reste près de nous, Percy, c'est tout, ajouta-t-elle. Il y a de grandes chances qu'on se fasse attribuer la pire des missions et qu'on soit éliminés rapidement. Ils vont nous envoyer contre les remparts pour affaiblir un peu la défense, et après seulement, la Troisième et la Quatrième tenteront l'offensive. Et récolteront tous les honneurs – s'ils arrivent à percer la forteresse, bien sûr.

Les cors retentirent. Dakota et Gwen revinrent vers eux, l'air sombre.

– Bon, voici le plan ! (Dakota avala une rapide lampée de Kool-Aid, au goulot de sa flasque.) Ils nous envoient contre les remparts pour affaiblir un peu la défense.

Des grognements parcoururent la cohorte.

– Ouais, ouais, je sais, dit Gwen. Mais on aura peut-être de la chance, cette fois-ci !

Gwen, l'éternelle optimiste. Tout le monde l'aimait parce qu'elle s'occupait de ses légionnaires et s'efforçait toujours de remonter le moral des troupes. Elle savait même contrôler

Dakota quand son Kool-Aid lui montait à la tête et qu'il partait dans un délire hyperactif. Il n'empêche qu'ils râlèrent tous. La chance pour la Cinquième, personne n'y croyait.

– Le premier rang part avec Dakota. Serrez vos boucliers et avancez en tortue jusqu'aux portes. Essayez de rester en formation. Attirez sur vous le feu de l'ennemi. Deuxième rang (Gwen se tourna vers la rangée de Frank, sans grand enthousiasme.) Bobby et les seize légionnaires à sa droite : à vous la responsabilité d'Hannibal et des échelles d'escalade. Tentez un assaut par le flanc, sur le mur ouest. On arrivera peut-être à disperser les défenseurs. Frank, Hazel, Percy... faites comme vous pourrez. Frank et Hazel, montrez les ficelles du métier à Percy. Mais surtout, veillez à ce qu'il ne se fasse pas tuer. (Elle se retourna pour s'adresser à l'ensemble de la cohorte.) Si l'un d'entre vous parvient à escalader le mur d'enceinte en premier, je veillerai à ce qu'il reçoive la Couronne Murale. Victoire pour la Cinquième !

La cohorte répondit par de molles acclamations et brisa les rangs.

– « Faites comme vous pourrez » ? répéta Percy en fronçant les sourcils.

– Ouais, soupira Hazel. Une belle marque de confiance.

– Et qu'est-ce que c'est, la Couronne Murale ?

– Une médaille militaire, répondit Frank. Celui qui la reçoit est obligé d'apprendre par cœur la liste des récompenses possibles. C'est un grand honneur, qui revient au premier soldat qui perce une forteresse ennemie. Tu remarqueras qu'aucun légionnaire de la Cinquième ne la porte. En général, on n'arrive même pas à la forteresse parce qu'on brûle ou on se noie, ou... (Sa voix se brisa et il regarda Percy droit dans les yeux.) Les canons à eau.

– Eh ben ?

– Les canons placés sur les murs d'enceinte, expliqua Frank. Ils s'alimentent avec l'eau de l'aqueduc. Il y a un système de pompe. Écoute, je sais pas comment ça marche au juste, mais ils ont une pression très forte. Si tu pouvais les contrôler comme tu as contrôlé le fleuve...

– Frank ! s'exclama Hazel, c'est géant, ton idée !

Percy n'avait pas l'air convaincu.

– Je ne sais pas comment j'ai fait, pour le fleuve. En plus, je ne suis pas sûr de pouvoir agir sur les canons à cette distance.

– On va t'en rapprocher. (Frank pointa du doigt vers le mur est de la forteresse, par où la Cinquième Cohorte n'allait pas attaquer.) C'est là que la défense sera la plus faible. Ils ne prendront pas trois ados au sérieux. Je crois qu'on pourrait s'approcher en douce jusqu'au pied du mur ou presque avant qu'ils nous repèrent.

– Comment veux-tu qu'on s'approche en douce ? demanda Percy.

Frank se tourna vers Hazel.

– Tu peux refaire ton truc ?

– T'avais dit que t'en parlerais à personne ! s'écria-t-elle en lui donnant un coup de poing dans la poitrine.

Frank s'en voulut terriblement. Il s'était laissé emporter par son idée...

– C'est pas grave, marmonna Hazel. T'inquiète pas. Il parle des tranchées, Percy. Le Champ de Mars est plein de tunnels creusés au fil des années. Il y en a qui se sont effondrés ou qui sont trop profonds, mais beaucoup sont encore praticables. Je suis assez bonne pour les retrouver. Je peux même les faire s'ébouler, en cas de besoin.

– C'est ce que tu as fait pour ralentir les gorgones, devina Percy.

Frank hocha la tête, l'air approbateur.

– Je te l'avais dit, que Pluton était cool. C'est le dieu de tout ce qui est sous terre. Hazel trouve les grottes, les tunnels, les trappes...

– Heureusement que c'était un secret entre nous, grogna-t-elle.

Frank se sentit rougir.

– Ouais, excuse-moi, bafouilla-t-il. Mais si on arrive à se rapprocher...

– Et que j'arrive à dégommer les canons à eau..., enchaîna Percy, qui semblait mordre à l'idée. On fait quoi, ensuite ?

Frank vérifia le contenu de son carquois. Il y gardait toujours des flèches spéciales. Il n'avait encore jamais eu l'occasion de s'en servir, mais ce soir était peut-être le grand soir. Peut-être qu'il pourrait enfin accomplir un exploit susceptible d'attirer l'attention d'Apollon.

– Ensuite ce sera à moi de jouer, dit-il. Allons-y.

11 FRANK

Frank ne s'était jamais senti sûr de rien, ce qui lui causait beaucoup d'anxiété. Ses plans capotaient toujours. Il avait le don de casser, gâcher, brûler, renverser des choses de valeur ou s'asseoir dessus. Pourtant, il savait avec certitude que cette stratégie allait marcher.

Hazel n'eut aucun mal à leur trouver un tunnel. En fait, Frank la soupçonnait de faire plus que trouver les tunnels. On aurait dit que ces derniers se formaient et se modelaient selon les besoins d'Hazel. Des boyaux obstrués depuis des années se débouchaient soudain, des embranchements changeaient de direction pour mener Hazel là où elle le souhaitait.

Ils avançaient à petits pas, à la lueur de Turbulence, l'épée lumineuse de Percy. Au-dessus de leurs têtes résonnait le fracas du combat : des ados criaient, Hannibal barrissait avec délectation, des flèches de baliste explosaient, les canons à eau tiraient. Le tunnel trembla. Une pluie de terre s'abattit sur eux.

Frank glissa la main sous son armure. Le bout de bois était toujours bien à l'abri dans sa poche, mais une flèche de baliste mal placée suffirait à y mettre feu...

Vilain, Frank, se réprimanda-t-il mentalement. *Feu, c'est le mot interdit.*

– Il y a une ouverture juste devant, annonça Hazel. On va déboucher à trois mètres du mur est.

– Comment tu le sais ? demanda Percy.

– Je ne pourrais pas te dire, mais j'en suis sûre.

– On pourrait pas continuer et passer sous le mur ? suggéra Frank.

– Impossible, dit Hazel. Les ingénieurs sont malins. Ils ont construit le mur d'enceinte sur d'anciennes fondations qui s'enfoncent jusqu'au soubassement. Et ne me demandez pas comment je le sais.

Frank tituba et pesta. Percy rapprocha son épée pour l'éclairer. Frank avait trébuché sur une pierre brillante et argentée.

Il s'accroupit.

– Touche pas ! s'écria Hazel.

La main de Frank s'arrêta à quelques centimètres du bloc de métal luisant, gros comme le poing.

– Elle est énorme, cette pépite, dit-il. C'est de l'argent ?

– Du platine. (Hazel paraissait terrifiée.) Elle va disparaître dans une seconde. Je vous en prie, n'y touchez pas. C'est dangereux.

Frank ne voyait pas en quoi un bloc de métal pouvait être dangereux, mais il prit Hazel au sérieux. Sous leurs yeux, le morceau de platine s'enfonça dans le sol.

– Comment tu as su ? demanda-t-il en fixant Hazel du regard.

À la lueur de l'épée de Percy, Hazel était blême comme un spectre.

– Je vous expliquerai plus tard, promit-elle.

Une nouvelle explosion secoua le tunnel, et ils repartirent en courant.

Ils émergèrent par un trou pile là où Hazel l'avait prédit. Devant eux se dressait le mur est de la forteresse. Un peu plus loin sur leur gauche, le rang principal de la Cinquième Cohorte avançait en formation de tortue, c'est-à-dire en se faisant une carapace sur la tête et les côtés avec leurs boucliers. Ils tentaient de rejoindre les portes, mais les défenseurs, postés en haut des remparts, les bombardaient de pierres et décochaient des flèches de baliste explosives qui creusaient des cratères à leurs pieds. Un canon à eau tira dans un vacarme épouvantable, envoyant un jet d'eau qui ouvrit un fossé dans le sol juste devant la cohorte.

Percy émit un sifflement.

– Je vois ce que tu voulais dire, pour la pression...

Les Troisième et Quatrième Cohortes ne bougeaient même pas. Elles regardaient en riant leurs soi-disant alliés se faire massacrer. Les défenseurs s'amassaient sur le mur d'enceinte, au-dessus des portes, et agonisaient d'injures la formation en tortue, qui avançait et reculait péniblement. Les jeux de guerre avaient complètement dégénéré – ils se résumaient maintenant à « casser de la Cinquième ».

Frank vit rouge.

– C'est bon, là, ça suffit, grommela-t-il.

Il sortit de son carquois une flèche plus lourde que les autres. La pointe en fer avait la forme conique d'un nez de fusée. Un très fin cordon d'or pendait à l'empennage. L'envoyer avec précision vers le haut du rempart exigeait plus de force et d'adresse que n'en avaient la plupart des archers, mais Frank avait les bras fermes et savait viser.

Peut-être qu'Apollon regarde, songea-t-il avec espoir.

– Qu'est-ce que c'est ? demanda Percy. Un genre de grappin ?

– Ça s'appelle une flèche hydra. Tu peux bousiller les canons à eau ?

Un garçon de l'équipe de défense se montra sur le mur, au-dessus d'eux.

– Hé ! lança-t-il à ses copains. Regardez, voilà d'autres bouffons !

– Percy, insista Frank. Maintenant, steu plaît.

D'autres ados se pressaient derrière les créneaux pour se moquer d'eux. Quelques-uns coururent au canon à eau le plus proche et le firent pivoter en direction de Frank.

Percy ferma les yeux. Puis il leva la main.

Là-haut sur les remparts, une voix cria :

– Prenez ça, bande de losers !

Boum Boum Boum !

Le canon explosa – un vrai feu d'artifice bleu, vert et blanc. Les défenseurs hurlèrent, plaqués contre les créneaux par une onde de choc aquatique. Certains basculèrent dans le vide, mais furent récupérés au vol et aussitôt évacués par les aigles géants. Puis, l'explosion refoulant l'eau violemment dans les conduits, le mur est trembla tout entier. Un à un, les canons à eau cédèrent, noyant les flammes des balistes. Les défenseurs s'éparpillaient dans le plus grand désordre, et les aigles de secours, qui happaient ceux qui tombaient des remparts, devaient décupler de vitesse. Devant les portes principales, les légionnaires de la Cinquième Cohorte en oublièrent leur formation. Stupéfaits, ils baissèrent leurs boucliers pour contempler cette scène cataclysmique.

Frank décocha sa flèche. Elle fila vers le haut en striant l'air de sa traîne scintillante. À la hauteur des créneaux, la pointe métallique du projectile s'ouvrit et libéra douze filons qui s'enroulèrent autour de tout ce qui se trouvait dans leur rayon : des parties du rempart, une baliste, un canon à eau cassé, et même deux légionnaires de la défense, qui se retrouvèrent coincés entre les créneaux comme des ancres de bateau. Le cordon principal de la flèche se ramifia en barreaux souples disposés tous les cinquante centimètres pour former une échelle de corde.

– Allons-y ! s'écria Frank.

– À toi l'honneur, dit Percy en souriant. C'est ton show.

Frank hésita. Puis il jeta son arc sur son épaule et se mit à grimper. Il était parvenu à mi-hauteur quand les défenseurs reprirent suffisamment leurs esprits pour donner l'alarme.

Frank tourna la tête vers le reste de la Cinquième Cohorte. Tous le regardaient, sidérés.

– Ben alors ? hurla Frank. Attaquez !

Gwen fut la première à réagir. Elle sourit et répéta l'ordre. Des acclamations montèrent du champ de bataille. Hannibal l'éléphant barrit de bonheur, mais Frank ne pouvait pas se payer le luxe de regarder. Il crapahuta jusqu'au haut du rempart, où trois défenseurs essayaient de trancher son échelle de corde.

Il y avait un avantage à être un gros balourd en armure : Frank tenait de la boule de bowling cuirassée. Il se jeta contre les défenseurs et les renversa comme des quilles. Il se releva. Fauchant les défenseurs à grands coups de *pilum*, il prit le contrôle du rempart. Certains décochèrent des flèches. D'autres tentèrent de lui donner des coups d'épée sous sa garde, mais rien n'arrêtait Frank. Puis Hazel surgit à ses côtés. Elle maniait son épée de cavalerie comme si elle était née pour se battre.

À son tour, Percy enjamba les créneaux d'un bond et brandit Turbulence.

– Sympa, dit-il.

À eux trois, ils chassèrent tous les défenseurs des murs d'enceinte. En bas, les portes cédèrent. Hannibal débaula dans la forteresse, flèches et pierres ricochant pitoyablement contre son armure de Kevlar.

La Cinquième Cohorte chargea dans le sillage de l'éléphant, et le combat passa à l'étape du corps à corps.

Alors, enfin, un cri de guerre monta de la lisière du Champ de Mars. C'étaient la Troisième et la Quatrième Cohortes qui accouraient au combat.

– Un peu tard, grommela Hazel. On peut pas les laisser prendre les étendards.

– Non, dit Frank.

– Ils sont à nous, renchérit Percy.

Inutile d'en dire davantage. Ils bougèrent tous les trois d'un même élan, comme s'ils formaient équipe depuis des années : dévalant l'escalier intérieur, ils pénétrèrent dans la base ennemie.

12   FRANK

À partir de là, ce fut le massacre.

Frank, Hazel et Percy fauchaient tous les ennemis qui leur barraient la route. La Première et la Deuxième Cohortes – orgueil du Camp Jupiter, machine de guerre bien huilée, à la discipline exemplaire – s'effondrèrent sous l'assaut, complètement déroutées de se retrouver du côté des perdants.

Percy leur posait problème. Il se battait comme un démon et tourbillonnait dans les rangs de la défense avec un style qui n'avait rien de réglementaire ; il roulait entre leurs pieds, pourfendait avec son épée au lieu de la planter à la romaine, assénait des coups du plat de sa lame. Bref, il semait la panique. Octave hurlait d'une voix stridente – pour ordonner à la Première Cohorte de défendre ses positions ? Pour exercer ses talents de soprano ? – mais Percy le fit taire : il franchit une rangée de boucliers dans une culbute et asséna le bout de son manche d'épée contre le casque d'Octave. Le centurion s'écroula comme une poupée de chiffon.

Frank décocha jusqu'à la dernière flèche de son carquois – il utilisait des projectiles à pointe mouchetée, qui faisaient de méchants bleus mais ne tuaient pas. Il cassa son *pilum* sur la tête d'un défenseur, puis, à contrecœur, dégaina son *gladius*.

Là-dessus, Hazel grimpa sur le dos d'Hannibal et fonça vers le centre de la forteresse, souriant à ses amis au passage.

– Allons-y, traînards !

Par les dieux de l'Olympe, songea Frank, *comme elle est belle.*

Ils coururent au milieu de la place forte. Le donjon n'était pour ainsi dire pas gardé. De toute évidence, les équipes de la défense n'avaient pas imaginé une seconde qu'un assaut puisse arriver si loin. Hannibal défonça les immenses portes. Des porte-étendards de la Première et Deuxième Cohortes, assis autour d'une table, jouaient au Mythomagic avec des cartes et des figurines. Les enseignes étaient calées négligemment contre le mur.

Hazel et Hannibal avancèrent au beau milieu de la salle, et les porte-étendards tombèrent à la renverse avec leurs chaises. Hannibal posa la patte sur la table, et les figurines et les cartes voltigèrent.

Le temps que le reste de la cohorte les rejoigne, Percy et Frank avaient désarmé les ennemis, pris les étendards et grimpé sur le dos d'Hannibal aux côtés d'Hazel. Ils sortirent du donjon triomphalement, brandissant les couleurs ennemies.

La Cinquième Cohorte forma les rangs autour d'eux. Ensemble, ils sortirent de la forteresse et défilèrent devant les vaincus sous le choc et leurs alliés non moins sidérés.

Reyna, sur son pégase, décrivit un cercle au ras de leurs têtes.

– La partie est gagnée ! lança-t-elle. (Elle donnait l'impression de se retenir de rire.) Tous à l'assemblée pour la remise des honneurs !

Lentement, les pensionnaires se regroupèrent sur le Champ de Mars. Frank aperçut de nombreuses blessures légères : des brûlures, des fractures, des coquards, des estafilades et autres entailles, sans compter des coupes de cheveux customisées par les flammes et les explosions de canons à eau – mais rien qui ne puisse s'arranger.

Il glissa à bas de l'éléphant. Ses camarades l'entourèrent aussitôt et se mirent à lui donner des tapes dans le dos et à le féliciter. Frank se demanda s'il rêvait. C'était le plus beau jour de sa vie – jusqu'à l'instant où il vit Gwen.

– Au secours ! cria une voix.

Deux pensionnaires sortaient précipitamment de la forteresse en portant une fille sur une civière. Ils la déposèrent au sol et d'autres légionnaires accoururent. Même de loin, Frank vit qu'il s'agissait de Gwen. Et qu'elle était mal en point. Elle gisait sur le côté, un *pilum* dépassant de son armure – on aurait pu penser qu'elle le tenait sous le bras, si ce n'était tout ce sang sur sa poitrine.

Frank secoua la tête, refusant d'en croire ses yeux.

– Non, non, non, murmura-t-il, et il se rua sur place.

Les urgentistes crièrent à tout le monde de reculer pour laisser de l'air à Gwen. La légion entière se tut et les regarda travailler. Ils s'efforçaient de glisser une compresse et de la poudre de corne de licorne sous le plastron de Gwen pour stopper l'hémorragie, de faire couler un peu de nectar entre ses lèvres. Gwen ne bougeait pas. Son visage était livide.

Au bout de quelques minutes, un des soignants leva les yeux vers Reyna et secoua la tête.

Pendant un moment, on entendit rien que les filets d'eau qui coulaient sur les remparts de la forteresse, s'échappant des canons détruits. Hannibal enfouissait le bout de sa trompe dans les cheveux de Gwen.

Perchée sur son pégase, Reyna balaya du regard l'assemblée des pensionnaires. Son expression était dure et froide comme l'acier.

153

– Il y aura une enquête, dit-elle. J'ignore qui a fait ça, mais la légion a perdu un bon officier. Une mort honorable est une chose, mais ça...

Frank ne comprenait pas ce qu'elle voulait dire. Mais alors, il remarqua les lettres gravées sur la hampe en bois du *pilum* : CHT I LEGIO XII F. L'arme appartenait à la Première Cohorte, et la pointe ressortait sur le devant de l'armure. Gwen avait été frappée par derrière – peut-être après la fin des jeux.

Frank chercha Octave du regard. Le centurion observait ce qui se passait avec plus d'intérêt que d'inquiétude, comme s'il examinait une de ses peluches éventrées. Il n'avait pas de *pilum*.

Le sang battit aux oreilles de Frank. Il aurait voulu étrangler Octave à mains nues, mais à cet instant, Gwen hoqueta.

Tous reculèrent. Gwen ouvrit les yeux et la couleur revint à son visage.

– Qu'est-ce qu'il y a ? dit-elle en battant des paupières. Qu'est-ce que vous regardez tous ?

Elle n'avait pas l'air de remarquer le javelot de deux mètres de long qui dépassait de sa poitrine.

Derrière Frank, un urgentiste murmura :

– Impossible. Elle était morte. Elle était forcément morte.

Gwen essaya de se redresser, en vain.

– Il y avait un fleuve, dit-elle, et un homme qui m'a demandé... une pièce, je crois. J'ai fait demi-tour, et la porte de sortie était ouverte. Alors... ben je suis partie. Je ne comprends pas. Qu'est-ce qui s'est passé ?

Tout le monde la regardait avec horreur, et personne ne lui portait secours.

– Gwen, dit Frank en s'agenouillant près d'elle. N'essaie pas de te lever. Ferme les yeux une seconde, d'accord ?

– Pourquoi ? Qu'est-ce que...

– Fais-moi confiance.

Gwen fit ce qu'il lui demandait.

Frank saisit la hampe de la lance sous la pointe, mais ses mains tremblaient. Le bois était glissant.

– Percy, Hazel. Aidez-moi.

Un des urgentistes comprit alors ce qu'il avait en tête.

– Ne faites pas ça ! Vous risquez...

– De quoi ? D'aggraver son état ? lança sèchement Hazel.

Frank respira à fond.

– Tenez-la fermement, les gars. Un, deux, trois !

Il arracha le *pilum* par le devant. Gwen n'eut pas même un battement de paupières. Le sang cessa rapidement de couler.

Hazel se pencha pour examiner la plaie.

– La blessure est en train de se refermer toute seule, dit-elle. Je ne sais pas comment, mais...

– Je vais bien, protesta Gwen. Qu'est-ce que vous avez tous à vous inquiéter ?

Avec l'aide de Percy et Frank, elle se releva. Frank jeta un regard noir à Octave, mais le visage du centurion était un masque d'inquiétude polie.

Plus tard, pensa Frank. *On s'occupera de lui plus tard.*

– Gwen, expliqua Hazel d'une voix douce. Il n'y a pas de moyen facile de te le dire. Tu étais morte. Et tu es revenue.

– Je... quoi ? (Gwen tituba et se cogna contre Frank. Sa main se posa sur le trou déchiqueté qui perçait son armure.) Mais comment ? Comment ?

– Bonne question. (Reyna se tourna vers Nico, qui se tenait à l'écart de la foule et observait la scène d'un air sombre.) Est-ce un pouvoir de Pluton ?

Nico secoua la tête.

– Pluton ne laisse jamais personne repartir de chez les morts.

155

Il lança un regard à Hazel, comme pour lui intimer de se taire. Frank se demanda ce que cela signifiait, mais il n'eut pas le temps d'y réfléchir.

Une voix de tonnerre résonna au-dessus de leurs têtes : *LA MORT PERD SON EMPRISE. CE N'EST QUE LE DÉBUT.*

Les pensionnaires dégainèrent leurs armes. Hannibal barrit de frayeur, tandis que Scipion se cabrait, manquant de jeter Reyna à terre.

– Je connais cette voix, dit Percy, qui n'avait pas l'air ravi.

Au milieu de la légion jaillit une colonne de feu. La chaleur roussit les cils de Frank. Les combattants qui avaient été aspergés par les canons à eau virent leurs vêtements sécher instantanément, dans des nuages de vapeur. Tous reculèrent en titubant, faisant place à un immense soldat qui émergeait de l'explosion.

Frank n'en avait pas beaucoup, mais ses rares cheveux se dressèrent sur sa tête. Le soldat faisait facilement deux mètres et il portait une tenue de camouflage du désert des Forces Armées Canadiennes. Il irradiait le pouvoir et l'assurance. Ses cheveux noirs étaient coupés en brosse, comme ceux de Frank. Il avait un visage anguleux et brutal, les joues balafrées. Ses yeux étaient masqués par des lunettes à infrarouges qui brillaient de l'intérieur. Il portait une ceinture à outils avec une arme de poing, un étui à poignard et plusieurs grenades. Entre ses mains reposait un gigantesque fusil M16.

Le pire, c'était que Frank se sentait attiré par lui. Alors que tous les autres reculaient, Frank s'avança. Il comprit que le soldat lui intimait silencieusement l'ordre d'approcher.

Frank mourait d'envie de prendre la fuite et se cacher, mais il ne pouvait pas. Il fit trois pas de plus. Puis mit un genou en terre.

Les autres pensionnaires suivirent son exemple. Même Reyna descendit de sa monture.

– C'est bien, dit le soldat. C'est bien de s'agenouiller. Ça fait longtemps que je ne suis pas venu au Camp Jupiter.

Frank remarqua qu'une personne ne s'était pas agenouillée : Percy Jackson, l'épée encore à la main, regardait le soldat géant d'un œil furieux.

– Vous êtes Arès, dit Percy. Qu'est-ce que vous voulez ?

Un hoquet de stupeur collectif sortit des lèvres de deux cents légionnaires et un éléphant. Frank aurait voulu dire quelque chose pour excuser Percy et calmer le dieu, mais il ne savait pas quoi. Il avait peur que le dieu de la guerre n'expédie son ami à trépas, avec son énorme M16.

Mais le dieu se contenta de montrer d'étincelantes dents blanches.

– Tu as du cran, demi-dieu, lança-t-il. Arès est ma forme grecque. Pour vous autres, enfants de Rome, je suis Mars – protecteur de l'empire, père divin de Romulus et Rémus.

– Nous nous sommes déjà rencontrés, dit Percy. Nous... nous nous sommes battus...

Le dieu se gratta le menton comme s'il essayait de s'en souvenir.

– Je me bats contre beaucoup de gens. Mais je peux te garantir que tu ne m'as jamais affronté en tant que Mars. Tu serais mort. Maintenant agenouille-toi comme il convient à un enfant de Rome, avant que je perde patience.

Déjà, un cercle de flammes crépitait autour des pieds de Mars.

– Percy, dit Frank. S'il te plaît.

Il était visible que ça lui en coûtait, mais Percy s'agenouilla.

Mars balaya l'assemblée du regard.

– Romains, prêtez-moi l'oreille ! (Sur ces mots, il partit d'un rire franc et chaleureux, si communicatif que Frank eut envie de sourire, même s'il tremblait toujours de peur.) J'ai toujours eu envie de prononcer ces mots. Je vous apporte un message des dieux. Jupiter n'aime pas que nous communiquions directement avec les mortels, encore moins ces temps-ci, mais il m'accorde cette exception parce que vous, les Romains, vous avez toujours été mon peuple préféré. Je n'ai le droit de vous parler que quelques minutes, alors écoutez-moi bien.

Il montra Gwen du doigt.

– Cette petite devrait être morte, pourtant elle ne l'est pas. Les monstres que vous combattez ne retournent plus au Tartare quand ils sont abattus. Des mortels qui avaient péri il y a longtemps parcourent aujourd'hui la surface de la terre.

Était-ce l'imagination de Frank, ou le dieu lança-t-il un regard sombre en direction de Nico di Angelo ?

– Thanatos a été enchaîné, annonça Mars. Les Portes de la Mort ont été forcées, et personne ne les surveille – du moins, pas de façon impartiale. Gaïa autorise nos ennemis à se déverser dans le monde des mortels. Ses fils, les géants, sont en train de lever contre vous des armées de créatures que vous serez incapables de tuer. À moins que la Mort ne soit libérée de ses chaînes et reprenne sa tâche, vous serez anéantis. Vous devez trouver Thanatos et le libérer. Lui seul peut changer le cours des choses.

Mars remarqua soudain qu'ils étaient tous encore agenouillés en silence.

– Oh, vous pouvez vous relever, maintenant, dit-il. Y a-t-il des questions ?

Reyna se redressa, l'air sur des épines. Elle s'approcha du dieu, suivie d'Octave qui se répandait en courbettes tel un vrai champion de la lèche.

– Seigneur Mars, dit Reyna, nous sommes honorés.

– Nous sommes plus qu'honorés, insista Octave. Infiniment plus qu'hono...

– Et alors ? coupa Mars d'un ton abrupt.

– Eh bien, dit Reyna, Thanatos est le dieu de la Mort, n'est-ce pas ? Le bras droit de Pluton ?

– Exact, confirma le dieu.

– Et vous dites qu'il s'est fait capturer par des géants.

– Exact.

– Et qu'à cause de ça, les gens vont cesser de mourir ?

– Pas du jour au lendemain, mais les frontières entre la vie et la mort vont continuer de s'affaiblir. Certains sauront en profiter. Les monstres sont déjà plus difficiles à abattre. Bientôt, ils seront complètement impossibles à tuer. Il y aura aussi des demi-dieux qui pourront revenir des Enfers, comme votre amie, le centurion Kebab.

– Le centurion Kebab ? répéta Gwen, l'air offusquée.

– Si rien n'est fait, poursuivit Mars, au bout d'un moment même les mortels ne pourront plus mourir. Vous imaginez un monde où plus personne ne meurt, jamais ?

Octave leva la main.

– Mais, grand seigneur Mars tout-puissant, ne serait-ce pas une bonne chose, que nous ne mourions pas ? Que nous puissions vivre indéfiniment...

– Sois pas bête, petit ! tonna le dieu de la Guerre. Des massacres interminables qui n'arrivent jamais à leur terme ? Des carnages sans raison ? Des ennemis qui se relèvent systématiquement, sans qu'on puisse jamais les tuer ? C'est ça que tu veux ?

– Vous êtes le dieu de la Guerre, intervint alors Percy. Ce n'est pas ce que vous souhaitez, justement, des carnages sans fin ?

Les lunettes à infrarouge de Mars brillèrent de plus belle.

– Tu es insolent, hein ? En y repensant, je t'ai peut-être déjà affronté. Je vois pourquoi je pourrais avoir envie de te tuer. Je suis le dieu de Rome, petit. Je suis le dieu du pouvoir

militaire au service d'une cause juste. Je protège les légions.
Je suis content quand j'écrase mes ennemis sous ma botte,
mais je ne me bats pas sans raison. Je ne veux pas d'une
guerre sans fin. Tu le découvriras. Tu me serviras.

– Ça m'étonnerait, dit Percy.

Une fois encore, Frank crut que le dieu allait frapper, mais
il sourit comme s'ils étaient juste deux potes en train de se
charrier.

– J'ordonne une quête ! annonça le dieu. Vous partirez
pour le Nord et trouverez Thanatos dans le pays qui est au-
delà des dieux. Vous le libérerez et vous contrarierez les plans
des géants. Méfiez-vous de Gaïa ! Méfiez-vous de son fils, l'aîné
des géants.

Hazel, à côté de Frank, étouffa un petit cri.

– Le pays qui est au-delà des dieux ? fit-elle.

Mars la toisa en serrant plus fort son M16.

– Exact, Hazel Levesque, dit-il. Tu connais l'endroit dont je
parle. Tout le monde, ici, se souvient du pays où la légion a
perdu son honneur ! Peut-être que si la quête est un triomphe
et que vous êtes de retour d'ici à la Fête de la Fortune... peut-
être alors que votre honneur vous sera rendu. Si vous échouez,
Rome sera défaite et son héritage détruit à jamais. Alors un
conseil : n'échouez pas.

Octave réussit à se courber encore plus bas, ce qui tenait
de l'exploit.

– Euh, seigneur Mars, juste un détail. Pour une quête, il
nous faut une prophétie, un poème mystique qui nous guide !
Avant, on les trouvait dans les livres sibyllins, mais maintenant c'est à l'augure de recueillir la volonté des dieux. Alors
si vous pouviez me donner deux minutes, que je coure chercher une vingtaine d'animaux en peluche et un couteau,
peut-être...

– Tu es l'augure ? interrompit le dieu.

– Oui, Seigneur.

Mars sortit un rouleau de parchemin de sa ceinture à outils.

– Quelqu'un a un crayon ? demanda-t-il.

Les légionnaires le regardèrent avec des yeux ronds.

Mars soupira.

– Deux cents légionnaires et y en a pas un qui soit fichu d'avoir un crayon ? Laissez tomber.

Il balança son M16 sur l'épaule et sortit une grenade. Les Romains furent nombreux à hurler. Alors la grenade se transforma en stylo-bille et Mars se mit à écrire.

Frank regarda Percy d'un œil interrogateur, en articulant silencieusement :

– Ton épée peut se changer en grenade ?

– Non. La ferme, répondit Percy sur le même mode.

– Et voici ! (Mars tendit le manuscrit à Octave.) Une prophétie. Tu peux l'ajouter à tes livres, la graver sur ton sol, comme tu veux.

Octave lut le manuscrit à voix haute.

– C'est marqué : « Partez pour l'Alaska. Trouvez Thanatos et libérez-le. Revenez avant le coucher du soleil du 24 juin, sinon vous mourrez. »

– Oui, dit Mars. C'est pas clair ?

– Eh bien, Seigneur... d'habitude les prophéties sont absconses. Elles sont formulées par énigmes, elles riment et...

– Oui ? fit Mars en retirant d'un geste désinvolte une deuxième grenade.

– La prophétie est très claire ! s'exclama Octave. Une quête !

– Bonne réponse. (Mars tapota la grenade contre son menton.) Maintenant, quoi d'autre ? Il y avait un autre truc... Ah oui.

Il se tourna vers Frank.

– Amène-toi, petit.

Non, pensa Frank. Le tison calciné, dans sa poche, lui parut soudain plus lourd. Ses jambes étaient en coton. Une sensation d'effroi s'empara de lui, encore plus forte que le jour où l'officier de l'armée avait frappé à la porte.

Il savait ce qui l'attendait, mais il ne pouvait pas lutter. Malgré lui, il s'avança.

Mars sourit.

– C'était bien joué, cette prise des remparts, petit. Qui est l'arbitre, pour ces jeux ?

Reyna leva la main.

– T'as vu ce jeu, un peu ? demanda Mars. C'était mon môme. C'est lui le premier qui a escaladé les remparts, il a servi la victoire à son équipe sur un plateau. C'était du jeu de meilleur joueur, ça, sauf si tu es aveugle. T'es pas aveugle ?

Reyna eut l'air d'avaler une souris.

– Non, Seigneur Mars, déglutit-elle.

– Alors veille à ce qu'il reçoive la Couronne Murale. Mon môme ! hurla-t-il en s'adressant à toute la légion, au cas où quelqu'un n'aurait pas entendu – Frank aurait voulu entrer sous terre.

– Le fils d'Emily Zhang, poursuivit le dieu. Emily était un bon soldat. Une femme de valeur. Ce môme Frank a montré qu'il était de la même étoffe, ce soir. Bon anniversaire en retard, petit. Il est temps que tu aies une arme digne de ce nom.

Sur ces mots, il lança son M16 à Frank. Une fraction de seconde, le garçon crut qu'il allait s'écraser sous le poids de l'énorme fusil d'assaut, mais le M16 se transforma pendant sa trajectoire, rétrécit, s'allongea. Lorsque Frank l'attrapa, c'était devenu une lance. Il avait une hampe en or impérial, coiffée d'une pointe inhabituelle : une sorte d'os blanc qui dégageait une lueur spectrale.

– C'est une dent de dragon, expliqua Mars. Tu n'as pas encore appris à te servir des talents de ta mère, dis-moi ? Et bien cette lance va t'aider un peu, d'ici à ce que tu apprennes. Tu as droit à trois assauts, alors uses-en avec sagesse.

Frank ne comprenait pas, mais Mars passait déjà à autre chose.

– Bon, enchaîna-t-il. Mon môme Frank Zhang va diriger cette quête pour libérer Thanatos. À moins qu'il n'y ait des objections ?

Personne, bien sûr, ne dit mot. Mais nombreux furent les pensionnaires à toiser Frank avec amertume et jalousie.

– Tu peux emmener deux camarades, ajouta Mars. Ce sont les règles. Mais il faut que l'un des deux soit ce gars.

Il montra Percy du doigt.

– Il va apprendre à respecter Mars pendant cette expédition, ou mourir en essayant. Pour le deuxième, ça m'est égal. Choisis qui tu veux. Organisez un débat au sénat, vous faites ça très bien.

L'image du dieu clignota. Un éclair zébra le ciel.

– On me rappelle, dit Mars. À la prochaine, Romains. Ne me décevez pas !

Le dieu s'embrasa et disparut dans une gerbe de flammes.

Reyna se tourna vers Frank. Elle avait l'air à la fois stupéfaite et dégoûtée, comme si elle était arrivée à l'avaler, cette souris, finalement. Elle leva un bras en salut romain.

– *Ave* Frank Zhang, fils de Mars.

La légion entière suivit son exemple, mais Frank ne voulait plus être le centre d'attention. Sa soirée de rêve était bousillée.

Mars était son père. Le dieu de la Guerre l'envoyait en Alaska. Ce n'était pas juste une lance que Frank avait reçue pour son anniversaire. C'était une peine de mort.

13   PERCY

Percy dormit comme une victime de Méduse – autrement dit comme une pierre. Il ne s'était pas écroulé dans un vrai lit depuis... en fait, il ne s'en souvenait pas.

Malgré la journée de dingue qu'il avait passée et le million de questions qui se bousculaient dans sa tête, son corps prit le dessus et ordonna : « Maintenant, tu dors. »

Il rêva, bien sûr. Il rêvait toujours, mais cette nuit-là ses rêves défilèrent dans le flou, comme des images aperçues par la fenêtre d'un train. Il vit un faune aux cheveux bouclés, en haillons, qui courait pour le rattraper.

– J'ai pas de monnaie ! lança Percy.

– Comment ? dit le faune. Mais non, Percy. C'est moi, Grover. Bouge pas ! On vient te chercher, on est tous en route. Tyson est le plus près, enfin on pense qu'il l'est. On essaie de verrouiller ta position.

– Comment ? demanda Percy, mais le faune disparut dans le brouillard.

L'image suivante, Annabeth courait à côté de lui et tendait la main.

– Loués soient les dieux ! s'écria-t-elle. Ça fait des mois et des mois qu'on n'arrive pas à te voir ! Comment vas-tu ?

Percy se rappela les paroles de Junon – « Il a dormi des

mois entiers, mais il est réveillé à présent. » La déesse l'avait tenu caché délibérément, mais pourquoi ?

– Tu es là pour de vrai ? demanda-t-il à Annabeth.

Il avait si fort envie d'y croire qu'il lui semblait qu'Hannibal pesait de tout son poids sur sa poitrine. Mais le visage d'Annabeth s'effaçait déjà.

– Ne bouge pas ! cria-t-elle. Tyson te trouvera plus facilement ! Reste là où tu es !

Puis elle disparut. Les images s'accélérèrent. Il vit un immense bateau en cale sèche, entouré d'ouvriers qui s'activaient pour terminer la coque ; un type équipé d'un chalumeau soudait un dragon de bronze à la proue. Il vit le dieu de la Guerre avancer vers lui en traversant les vagues, une épée à la main.

Changement de décor. Percy était sur le Champ de Mars et levait les yeux vers les collines de Berkeley. Les herbes dorées ondoyèrent et un visage se dessina sur le paysage : une femme endormie, dont les traits empruntaient les ombres et les courbes du terrain. Elle garda les yeux clos, mais sa voix résonna dans la tête de Percy.

Voici donc le demi-dieu qui a tué mon fils Cronos. Tu ne paies pas de mine, Percy Jackson, mais tu m'es précieux. Viens dans le Nord. Viens rencontrer mon fils Alcyonée. Junon peut jouer à ses petits jeux avec les Grecs et les Romains, mais au bout du compte, tu seras un pion entre mes mains. Tu seras l'instrument de la défaite des dieux.

La vision de Percy s'obscurcit. Il était maintenant dans une version du Q.G. du camp de la taille d'un décor de théâtre : une *principia* aux murs de glace, où flottait une brume givrante. Le sol était jonché de squelettes en armure romaine et d'armes d'or impérial prises en glace. Au fond de la salle trônait un énorme personnage voilé par la pénombre. Sa peau avait des éclats or et argent, comme les chiens-automates de

Reyna. Derrière lui s'alignaient des enseignes fracassées, des drapeaux en lambeaux et un grand aigle en or planté sur un manche de fer.

La voix du géant résonna :

– On va bien se marrer, fils de Neptune. Voilà des siècles que je n'ai pas brisé un demi-dieu de ton calibre. Je t'attends au sommet des glaces.

Percy se réveilla en frissonnant. Un court instant, il se demanda où il était. Puis ça lui revint : le Camp Jupiter, les casernes de la Cinquième Cohorte. Allongé sur sa banquette, il essaya de calmer les battements de son cœur en regardant le plafond.

Un géant d'or l'attendait pour le briser. Formidable. Mais ce qui l'inquiétait le plus, c'était le visage de la dormeuse des collines. *Tu seras un pion entre mes mains.* Percy ne jouait pas aux échecs, mais il était presque sûr qu'être un pion n'était pas un sort enviable. Ils se faisaient tuer comme un rien.

Même les parties sympathiques de son rêve le troublaient. Un faune nommé Grover était à sa recherche. Peut-être était-ce pour cela que Don avait détecté... comment avait-il dit, déjà ? Un lien d'empathie. Un certain Tyson le cherchait lui aussi, et Annabeth l'avait sommé de rester là où il était.

Il se redressa. Ses camarades s'affairaient dans le dortoir, s'habillaient et se brossaient les dents. Dakota s'enveloppait dans un grand tissu moucheté de rouge – une toge. Un des Lares lui donnait des conseils pour draper et plier les pans.

– C'est l'heure du petit déjeuner ? demanda Percy avec espoir.

La tête de Frank pointa de la banquette du dessous. Il avait des poches sous les yeux comme s'il n'avait pas dormi.

– Vite fait, le petit-déj'. Après on a réunion du sénat.

Dakota s'était coincé la tête dans sa toge. Il titubait comme un fantôme éclaboussé de Kool-Aid.

– Euh, Frank, demanda Percy, est-ce que je suis censé me mettre un drap sur le dos ?

Frank plissa le nez.

– Non, c'est juste pour les sénateurs. Ils sont dix, élus tous les ans. Il faut cinq ans d'ancienneté au camp pour être éligible.

– Alors comment ça se fait que nous soyons invités à la réunion ?

– À cause de... tu sais, la quête. (L'inquiétude perçait dans la voix de Frank, comme s'il craignait que Percy ne se rétracte.) Il faut qu'on participe à la discussion. Toi, Hazel et moi. Je veux dire, si tu es partant...

Frank n'essayait sans doute pas de culpabiliser Percy, mais ce dernier sentit son cœur s'étirer comme des filaments de caramel mou. Il avait de la peine pour Frank. Se faire revendiquer par le dieu de la Guerre devant le camp tout entier, quel cauchemar. En plus, comment Percy aurait-il pu dire non à ce visage poupin ? Frank s'était vu confier une tâche gigantesque qui risquait de lui coûter la vie. Il avait peur. Il avait besoin de l'aide de Percy.

Et ils avaient formé une bonne équipe tous les trois, la veille. Hazel et Frank étaient des gens sûrs et fiables. Ils avaient accepté Percy comme un frère. Il n'empêche, la perspective de cette quête ne l'enchantait pas, encore moins venant du dieu Mars, encore moins après ses rêves de la nuit.

– Je... euh..., bafouilla-t-il. J'ai intérêt à me dépêcher.

Il se leva et s'habilla. Il n'arrêtait pas de penser à Annabeth. Des amis venaient à sa rescousse. Il pouvait récupérer son ancienne vie. Pour ça, il lui suffisait de rester au camp et d'attendre.

Au petit déjeuner, Percy s'aperçut que tout le monde le regardait. Les légionnaires échangeaient des commentaires à mi-voix sur les événements de la veille.

– Deux dieux le même jour...

– Un style de combat qui n'a rien de romain...

– Un canon à eau en pleine figure...

Mais il avait trop faim pour faire attention. Il engouffra des crêpes, des gaufres, des œufs au bacon, des pommes et quelques verres de jus d'orange, et il aurait sans doute continué sur cette lancée si Reyna n'avait pas annoncé que le sénat allait se réunir maintenant en ville, et si tous les gars en toge ne s'étaient pas levés.

– C'est parti, les amis, dit Hazel, qui jouait avec une pierre ressemblant fort à un rubis de deux carats.

Vitellius, le fantôme, apparut près d'eux dans un scintillement rougeâtre.

– *Bona Fortuna*, tous les trois ! Ah, les réunions du sénat... Je me souviens de celle où César s'est fait assassiner. Fallait voir la quantité de sang sur sa toge et...

– Merci, Vitellius, interrompit Frank. Il faut qu'on y aille.

Reyna et Octave en tête, les sénateurs quittèrent le camp. Les lévriers de métal de Reyna allaient et venaient en trottant le long de la procession. Hazel, Frank et Percy suivaient derrière. Percy remarqua que Nico di Angelo figurait dans le groupe, en toge noire, et qu'il discutait avec Gwen – laquelle était pâle, mais paraissait en étonnamment bonne forme, pour quelqu'un qui était mort la veille. Nico salua Percy d'un geste puis reprit sa conversation, ce qui confirma Percy dans son impression que le frère d'Hazel l'évitait.

Dakota titubait dans sa toge couverte de taches de Kool-Aid. Il n'était pas le seul sénateur à se battre avec sa toge – beaucoup d'autres relevaient le bas pour marcher, ou remontaient le tissu qui glissait sans cesse de leurs épaules. Percy s'estima chanceux de porter un jean et un tee-shirt pourpre ordinaires.

– Comment faisaient les Romains pour bouger, dans cette tenue ? se demanda-t-il tout haut.

– C'était réservé à certaines circonstances, expliqua Hazel. Comme les smokings. Je parie que les anciens Romains détestaient les toges autant que nous. À propos, tu n'as pas pris d'arme avec toi, si ?

Percy plongea la main dans sa poche, où son stylo-bille se trouvait toujours.

– Pourquoi ? On n'a pas le droit ?

– Non, dit-elle. Les armes sont interdites à l'intérieur du *pomerium*.

– Du quoi ?

– Le *pomerium*, répéta Frank. L'enceinte de la ville. À l'intérieur, c'est une « zone sûre » sacrée. Les légions n'ont pas le droit de passer et les armes sont interdites. C'est pour éviter que les réunions du sénat tournent au bain de sang.

– Comme quand Jules César s'est fait assassiner ? demanda Percy.

Frank hocha la tête.

– T'inquiète pas. Ça fait des mois qu'il n'est rien arrivé de ce genre.

Percy préféra penser qu'il plaisantait.

En approchant de la ville, il put se rendre compte de sa splendeur. Les toits de tuiles et les dômes dorés étincelaient au soleil. Les jardins débordaient de chèvrefeuille et de roses. La place centrale était dallée de pierres blanches et grises et ornée de statues, de fontaines et de colonnes dorées. Dans les quartiers voisins, des maisons de ville pimpantes, des boutiques, des cafés et des squares bordaient les rues pavées. Au loin se dessinaient le Colisée et l'hippodrome.

169

Percy comprit qu'ils avaient atteint les limites de la ville seulement quand les sénateurs ralentirent l'allure.

Sur un côté de la route se dressait une statue de marbre blanc grandeur nature – un homme musclé aux cheveux bouclés, sans bras, l'air agacé. Il devait peut-être sa mauvaise humeur au fait qu'il n'était sculpté qu'à partir de la taille – au-dessous, il n'était qu'un bloc de marbre.

– Un par un, s'il vous plaît ! dit la statue. Préparez vos papiers.

Percy regarda à gauche et à droite. Il ne s'en était pas aperçu, mais une rangée de statues identiques entourait la ville, à raison d'une tous les cent mètres, à peu près.

Les sénateurs franchissaient le contrôle sans difficulté. La statue consultait le tatouage qu'ils avaient à l'avant-bras et appelait chaque sénateur par son nom.

– Gwendolyn, sénatrice, Cinquième Cohorte, oui. Nico di Angelo, ambassadeur de Pluton, parfait. Reyna, préteur, bien sûr. Hank, sénateur, Troisième Cohorte... jolies les chaussures, Hank ! Ah, qui voilà ?

Hazel, Frank et Percy étaient les derniers.

– Terminus, dit Hazel, je vous présente Percy Jackson. Percy, Terminus, dieu des Limites.

– Un nouveau, hein ? lança le dieu. Je vois qu'on a sa plaque de *probatio*. Très bien. Ha ha, tu as une arme dans ta poche, hein ? Sors-moi ça !

Percy se demandait comment Terminus savait, mais il sortit son stylo.

– Très dangereux, dit Terminus. Laisse-le dans le plateau. Attends, où est mon assistante ? Julia !

Une fillette d'environ six ans surgit de derrière le socle de la statue. Elle avait des couettes, une robe rose et un sourire espiègle qui montrait deux dents manquantes.

– Julia ? (Terminus regarda derrière lui et la fillette fila dans l'autre direction.) Où est passée cette gamine ?

Terminus tourna la tête et surprit Julia avant qu'elle ait pu se cacher. La petite fille poussa un glapissement de joie.

– Ah te voilà, dit la statue. Apporte-nous le plateau.

Julia passa les mains sur sa robe et détala en trottinant. Elle ramassa un plateau et le tendit à Percy. Il y avait dessus plusieurs couteaux à éplucher, un tire-bouchon, un grand flacon de crème solaire et une bouteille d'eau.

– Tu pourras récupérer ton arme en sortant, dit Terminus. Julia en prendra le plus grand soin. C'est une professionnelle qualifiée.

La petite fille hocha la tête.

– Pro-fes-sion-nelle, confirma-t-elle en détachant les syllabes, comme si elle s'était entraînée à dire le mot.

Percy jeta un coup d'œil à Hazel et Frank qui avaient l'air de trouver tout ça très normal. Il hésitait quand même à remettre une arme mortelle à une enfant.

– Ce qu'il y a, dit-il, c'est que le stylo-bille revient automatiquement dans ma poche, alors même si je vous le laisse...

– Pas de souci, affirma Terminus. Nous veillerons à ce qu'il ne parte pas en balade. N'est-ce pas, Julia ?

– Oui, monsieur Terminus.

À contrecœur, Percy déposa son stylo sur le plateau.

– Maintenant, quelques règles, puisque tu es un nouveau, dit Terminus. Tu vas entrer dans l'enceinte de la ville. Respecte la paix à l'intérieur du *pomerium*. Laisse la priorité aux chars sur les routes publiques. Quand tu arriveras au Sénat, assieds-toi sur la gauche. Et, là-bas, tu vois la direction que je pointe du doigt ?

– Euh, hésita Percy, vous n'avez pas de bras.

Apparemment, c'était un point sensible chez Terminus. Son visage de marbre blanc s'assombrit.

– Tu es un petit malin, hein ? Eh bien monsieur le Resquilleur, juste là, au forum – Julia, s'il te plaît, pointe du doigt pour moi...

Julia posa consciencieusement le plateau et tendit la main vers la place centrale.

– Le magasin à l'auvent bleu, poursuivit Terminus. C'est un supermarché. Ils vendent des mètres de couturier. Achètes-en un. Je veux ce pantalon à exactement deux centimètres et demi au-dessus des chevilles et ces cheveux à la longueur réglementaire. Et rentre-moi ton tee-shirt dans ton jean.

– Merci, Terminus, mais là il faut qu'on y aille, dit Hazel.

– Bien, bien, vous pouvez passer, lâcha le dieu d'un ton irrité. Mais restez sur le côté droit de la route ! Et cette pierre, là... Non, Hazel, regarde là où je te montre. Cette pierre est beaucoup trop proche de cet arbre. Déplace-la de cinq centimètres sur la gauche.

Hazel s'exécuta et ils reprirent leur chemin. Terminus leur lançait d'autres ordres, et Julia faisait la roue dans l'herbe.

– Est-ce qu'il est toujours comme ça ? demanda Percy.

– Non, admit Hazel. Aujourd'hui il était détendu. D'habitude il est plus obsessionnel.

– Il est présent dans chacune des bornes de pierre qui entourent la ville, dit Frank. C'est notre dernière ligne de défense en cas d'attaque sur la ville, si tu veux.

– Terminus n'est pas méchant, ajouta Hazel. Tu n'as pas intérêt à le contrarier, c'est tout, ou il t'obligera à mesurer tous les brins d'herbe de la vallée.

Percy enregistra l'info.

– Et la petite fille, Julia ?

Hazel sourit.

– Oh, elle est adorable. Ses parents habitent en ville. Viens, il faut qu'on rattrape les sénateurs.

En approchant du forum, Percy fut frappé par le nombre de gens qu'il y avait là. Des jeunes en âge d'aller à la fac étaient attroupés près de la fontaine. Plusieurs saluèrent d'un geste les sénateurs à leur passage. Un gars qui frisait la trentaine, derrière le comptoir d'une boulangerie, faisait du charme à une jeune femme qui achetait un café à emporter. Un couple plus âgé surveillait un petit garçon en couche-culotte et mini-tee-shirt du Camp Jupiter, qui trottait après une mouette. Les commerçants ouvraient leurs boutiques pour la journée, accrochaient des panneaux en latin qui faisaient la réclame pour des poteries, des bijoux et des billets à moitié prix pour l'hippodrome.

– Tous ces gens-là sont des demi-dieux ? demanda Percy.

– Demi-dieux ou descendants de demi-dieux, répondit Hazel. Comme je te disais, c'est un bon endroit pour faire des études ou élever une famille, sans avoir à craindre d'être attaqué par des monstres tous les jours. Il y a, quoi ? deux ou trois cents personnes qui vivent ici. Les anciens combattants sont conseillers ou réservistes en cas de besoin, mais la plupart du temps ce sont juste des citoyens qui mènent leur vie tranquillement.

Percy imagina cette vie : prendre un appartement dans cette Rome miniature, protégé par la légion et par Terminus, le dieu des frontières obsessionnel-compulsif. Il s'imagina avec Annabeth dans un café, main dans la main. Peut-être que plus tard, ils pourraient surveiller eux aussi leur gamin courant après les mouettes sur le forum...

Percy secoua la tête pour chasser ces pensées. Il ne pouvait pas se laisser aller à des rêveries pareilles. Même s'il avait perdu la plupart de ses souvenirs, il savait qu'il n'était pas chez lui ici. Sa place était ailleurs, avec ses autres amis.

De plus, le Camp Jupiter était menacé. Si Junon disait vrai, il serait attaqué dans moins de cinq jours. Percy revit mentalement le visage de la dormeuse se dessinant dans les collines qui dominaient le camp – le visage de Gaïa. Il imagina des hordes de monstres descendant dans cette vallée.

« Si vous échouez », avait averti Mars, « Rome sera défaite et son héritage détruit à jamais. »

Il pensa à la petite Julia, aux familles qui se promenaient avec leurs enfants, à ses nouveaux amis de la Cinquième Cohorte, et même à ces idiots de faunes. Il n'avait pas envie d'imaginer ce qu'il adviendrait de tout ce monde, au cas où ces lieux seraient détruits.

Les sénateurs se dirigèrent vers un grand édifice surmonté d'un dôme blanc, sur le côté ouest du forum. Percy s'arrêta sur le seuil en s'efforçant de ne pas penser à Jules César se faisant poignarder en pleine séance du sénat. Puis il inspira à fond, et suivit Hazel et Frank à l'intérieur.

14 PERCY

L'intérieur du Sénat ressemblait à un amphithéâtre de lycée : un hémicycle à gradins, en face d'une estrade où étaient placés un pupitre et deux chaises. Les deux sièges étaient vides, mais sur l'un d'eux se trouvait un petit paquet de velours.

Percy, Hazel et Frank s'assirent sur le côté gauche de l'hémicycle. Les dix sénateurs et Nico di Angelo occupèrent le reste de la première rangée. Dans les gradins supérieurs se pressaient plusieurs dizaines de fantômes et quelques anciens combattants de la ville, d'un âge avancé, tous en toge de cérémonie. Octave se planta devant l'estrade, couteau et lionceau en peluche à la main, au cas où quelqu'un ait besoin de consulter le dieu des doudous. Reyna s'avança vers le pupitre et leva la main pour demander l'attention.

– Bien, annonça-t-elle, ceci étant une réunion d'urgence, nous allons nous dispenser des formalités.

– J'adore les formalités ! se plaignit un fantôme.

Reyna lui lança un regard torve.

– Premier point, reprit-elle, nous ne sommes pas ici pour voter sur la quête elle-même. Cette quête a été décidée par Mars Ultor, patron de Rome. Nous nous plierons à sa volonté.

Nous ne sommes pas ici non plus pour discuter du choix des compagnons de Frank Zhang.

– Tous les trois de la Cinquième Cohorte ? lança Hank, qui était de la Première. C'est pas juste.

– Et c'est pas malin, renchérit le garçon qui était assis à côté de lui. La Cinquième va foirer la quête, c'est couru d'avance. Ils devraient emmener une personne de *valeur*.

Dakota se leva si abruptement qu'il renversa du Kool-Aid de sa flasque de poche.

– On manquait pas de valeur quand on t'a botté le *podex* hier soir, Larry !

– Ça suffit, Dakota, dit Reyna. Laissons le *podex* de Larry en dehors de cette discussion. En tant que chef de la quête, Frank Zhang a le droit de choisir ses compagnons et il a choisi Percy Jackson et Hazel Levesque.

– *Absurdus !* cria un fantôme au deuxième rang. Frank Zhang n'est même pas membre à part entière de la légion ! Il est en *probatio*. Il faut avoir au moins le grade de centurion pour diriger une quête. C'est complètement...

– Caton, interrompit Reyna d'un ton sévère. Nous devons obéir aux volontés de Mars Ultor. Cela implique certains... ajustements.

Elle tapa des mains et Octave s'avança. Il déposa son couteau et sa peluche pour prendre le paquet de velours sur la chaise.

– Frank Zhang, appela-t-il, présente-toi.

Frank jeta un coup d'œil inquiet à Percy. Puis il se leva et rejoignit l'augure.

– C'est pour moi un grand... plaisir, dit Octave en insistant sur le dernier mot, de te décerner la Couronne Murale pour avoir été le premier à franchir les remparts en situation de guerre de siège. (Octave lui remit un insigne en bronze en forme de couronne de lauriers.) Ainsi que, sur l'ordre du préteur Reyna, de te promouvoir au rang de centurion.

Il tendit à Frank un autre insigne, un croissant de bronze cette fois-ci, et un concert de protestations s'éleva des gradins.

– C'est encore un bleu ! hurla une voix.

– C'est impossible ! s'écria une autre.

– Un canon à eau en pleine figure ! râla une troisième.

– Silence ! intima Octave, d'une voix nettement plus autoritaire que la veille sur le champ de bataille. Notre préteur reconnaît qu'il est interdit à un ou une simple légionnaire de diriger une quête. Or, pour le meilleur ou pour le pire, Frank Zhang doit diriger cette quête. Notre préteur a donc décrété que Frank Zhang serait nommé centurion.

Percy comprit d'un coup qu'Octave était un orateur redoutable. Sa voix posée semblait dire son soutien, mais son visage exprimait la consternation. Il choisissait soigneusement ses mots pour faire porter toute la responsabilité à Reyna. *C'est sa faute*, semblait-il dire.

Si ça tournait mal, Reyna seule serait à incriminer. Si Octave avait été au commandement, les décisions auraient été prises de façon bien plus avisée. Malheureusement, étant un soldat romain loyal, Octave n'avait d'autre choix que d'apporter son soutien à Reyna.

Octave parvenait à faire passer tout cela sans le dire ; dans le même temps il calmait le sénat et l'assurait de sa compréhension. Percy comprit pour la première fois que ce gringalet à la dégaine d'épouvantail pouvait être un ennemi dangereux.

Reyna devait s'en rendre compte également. Une ombre d'agacement passa sur son visage.

– Il y a un poste de centurion qui se libère, dit-elle. Une de nos officiers, qui est aussi membre du sénat, a décidé de mettre un terme à sa carrière. Après dix ans dans la légion, elle va se retirer à la ville et entreprendre des études. Gwen de la Cinquième Cohorte, nous te remercions de ton service.

Tous les visages se tournèrent vers Gwen, qui sourit courageusement. Elle avait l'air fatiguée, après l'épreuve de la veille, mais soulagée, également. Percy n'avait pas de mal à se mettre à sa place. Comparé à se faire embrocher par un *pilum*, aller à la fac était assez cool.

– En tant que préteur, poursuivit Reyna, j'ai le droit de remplacer des officiers. Je reconnais qu'il est inhabituel de promouvoir un pensionnaire en *probatio* directement au rang de centurion, mais je crois que vous en conviendrez tous... Ce qui s'est passé hier soir était inhabituel. Frank Zhang, ta plaque, s'il te plaît.

Frank retira la plaque en plomb qu'il portait au cou et la remit à Octave.

– Ton bras, dit Octave.

Frank tendit le bras. Octave leva les mains vers le ciel.

– Nous acceptons Frank Zhang, fils de Mars, dans la Douzième Légion Fulminata pour sa première année de service. Engages-tu ta vie au service du sénat et du peuple de Rome ?

Frank émit un vague bredouillement, puis il s'éclaircit la gorge et parvint à dire :

– Oui.

– *Senatus Populusque Romanus !* crièrent les sénateurs d'une seule voix.

Des langues de feu coururent sur l'avant-bras de Frank. Un court instant, ses yeux s'emplirent de terreur et Percy eut peur qu'il s'évanouisse. Mais la fumée et les flammes retombèrent, révélant des marques fraîchement gravées dans la peau de Frank : SPQR, deux lances entrecroisées et une seule bande, qui représentait la première année de service.

– Tu peux t'asseoir.

Octave regarda l'assemblée, l'air de dire : « J'y suis pour rien, les mecs. »

– Et maintenant, déclara Reyna, nous devons parler de la quête.

Frank regagna sa place, parmi les murmures des sénateurs qui gigotaient sur leurs gradins.

– Ça t'a fait mal ? lui demanda Percy à l'oreille.

Frank regarda son avant-bras encore fumant.

– Ouais, dit-il. Vachement.

Il avait l'air décontenancé par les insignes au creux de sa main, la Couronne Murale et l'emblème de centurion, comme s'il ne savait pas quoi en faire.

– Attends, dit Hazel, dont les yeux brillaient de fierté. Je vais te le faire.

Elle épingla les médailles sur le tee-shirt de Frank.

Percy sourit. Il ne connaissait Frank que depuis la veille, mais il était fier, lui aussi.

– Tu les as bien méritées, mec, dit-il. Ce que tu as montré hier soir, c'est de l'autorité naturelle.

– Mais... centurion ? grimaça Frank.

– Centurion Frank Zhang ? lança Octave. As-tu entendu la question ?

Frank battit des paupières.

– Euh... désolé. Comment ?

Octave se tourna vers le sénat avec un sourire moqueur, l'air de dire : « Ça commence bien ! »

– Je te *demandais*, reprit Octave comme s'il s'adressait à un gamin de trois ans, si tu as un plan pour la quête. Sais-tu même où vous allez ?

– Euh...

Hazel posa la main sur l'épaule de Frank et se leva.

– Est-ce toi qui n'écoutais pas, hier soir, Octave ? Mars a été très clair. Nous allons au pays d'au-delà des dieux. En Alaska.

Un vent d'agitation parcourut les gradins. Certains fantômes clignotèrent et disparurent. Même les chiens métalliques de Reyna se roulèrent sur le dos en gémissant.

Pour finir, le sénateur Larry se leva et prit la parole.

– J'ai entendu ce que Mars a dit, mais c'est de la folie. L'Alaska est maudit ! Il y a bien une raison si on l'appelle le pays d'au-delà des dieux. C'est tellement au nord que les dieux romains n'ont plus de pouvoir là-bas. Ça grouille de monstres. Aucun demi-dieu n'en est revenu vivant depuis...

– Depuis que vous avez perdu votre aigle, intervint Percy.

Larry fut tellement surpris qu'il en tomba sur le *podex*.

– Écoute, ajouta Percy. Je sais que je suis nouveau ici. Je sais que vous n'aimez pas évoquer ce massacre des années 1980...

– Il l'a évoqué ! gémit un des fantômes.

– Mais vous ne voyez pas ? C'était la Cinquième Cohorte qui menait l'expédition. Nous avons échoué, et c'est à nous qu'il incombe de réparer les choses. C'est pour ça que Mars nous envoie, nous. Ce géant, le fils de Gaïa... c'est lui qui a battu vos troupes il y a trente ans. J'en suis persuadé. Maintenant il trône là-bas en Alaska, avec un dieu de la Mort enchaîné et tout votre ancien matériel de guerre. Il est en train de lever ses armées pour les envoyer attaquer le Camp Jupiter.

– Vraiment ? fit Octave. Tu m'as l'air d'en savoir long sur les plans de notre ennemi, Percy Jackson.

En général, Percy savait encaisser les insultes – on pouvait le traiter d'idiot, de froussard, il passait outre. Mais là, il se rendit compte qu'Octave le traitait d'espion – de traître. Et ça lui était tellement étranger, c'était tellement contraire à sa nature, qu'il eut le plus grand mal à avaler l'affront. Ses épaules se contractèrent, et il se sentit tenté d'assommer Octave de nouveau, mais il comprit que ce dernier le provoquait pour le faire paraître instable aux yeux des autres.

Percy respira à fond et parvint à répondre en gardant son calme.

– Nous allons affronter ce fils de Gaïa, dit-il. Nous récupérerons l'aigle et briserons les chaînes de ce dieu... (Il jeta un coup d'œil à Hazel.) Thanatos, c'est ça ?

Hazel hocha la tête.

– Letus en latin, dit-elle. Thanatos est son ancien nom grec. Mais quand il s'agit de la mort... ça nous va très bien qu'il reste grec.

Octave poussa un soupir exaspéré.

– Bien. Appelez-le comme ça vous chante, mais dites-nous comment vous comptez faire tout ça et être de retour pour la Fête de la Fortune ? C'est le soir du 24 et on est déjà le 20. Est-ce que vous savez où chercher ? Est-ce que vous savez, même, qui est ce fils de Gaïa ?

– Oui, répondit Hazel avec une assurance qui étonna Percy. Je ne sais pas exactement où chercher, mais j'en ai une assez bonne idée. Le géant s'appelle Alcyonée.

Le nom jeta un froid dans la salle. Les sénateurs frissonnèrent.

Reyna agrippa son pupitre.

– Comment le sais-tu, Hazel ? demanda-t-elle. Est-ce parce que tu es fille de Pluton ?

Nico avait été tellement discret jusqu'alors que Percy avait presque oublié sa présence. Il se leva dans sa toge noire.

– Préteur, dit-il, si tu me permets. Hazel et moi, nous avons appris par notre père certains faits concernant les géants. Chacun des géants avait été conçu pour s'opposer à l'un des douze dieux olympiens, pour usurper le domaine de

181

ce dieu-là en particulier. Le roi des géants était Porphyrion, l'anti-Jupiter. Mais l'aîné d'entre eux était Alcyonée. Sa mission était de s'opposer à Pluton. C'est pour cette raison que nous en savons plus sur lui.

– Vraiment ? (Reyna fronça les sourcils.) Le fait est que vous semblez très bien le connaître.

Nico tripota le bord de sa toge.

– Bref... Les géants étaient difficiles à tuer. Selon la prophétie, la seule façon de les vaincre, c'était que les dieux et les demi-dieux les attaquent en conjuguant leurs efforts.

Dakota rota.

– Excuse-moi, intervint-il, tu veux bien dire que les dieux et demi-dieux... se battraient côte à côte ? Mais c'est du domaine de l'impossible !

– C'est déjà arrivé, pourtant, rétorqua Nico. Pendant la première guerre des géants, les dieux ont appelé des héros à la rescousse et ils ont remporté la victoire. Je ne sais pas si ça pourrait se reproduire. Mais Alcyonée... c'était un cas à part. Il était complètement immortel, impossible à tuer que ce soit pour un dieu ou un demi-dieu, tant qu'il restait dans son territoire natal, dans la région où il était né.

Nico se tut un instant pour que tous engrangent l'information.

– Et si Alcyonée est revenu à la vie en Alaska...

– Alors il ne peut pas être vaincu là-bas, termina Hazel. Jamais. Quels que soient les moyens employés. Ce qui explique que notre mission des années 1980 était condamnée à l'échec.

Une autre vague de cris et de disputes parcourut les rangées de l'hémicycle.

– Cette quête est irréalisable ! cria un sénateur.

– Nous sommes condamnés ! hurla un fantôme.

– Je reveux du Kool-Aid ! réclama Dakota.

– Silence ! ordonna Reyna. Sénateurs, nous devons nous comporter en Romains. Mars nous a confié cette quête et nous devons croire qu'elle est réalisable. Ces trois demi-dieux doivent se rendre en Alaska. Ils doivent libérer Thanatos et revenir avant la Fête de la Fortune. S'ils peuvent récupérer l'aigle par la même occasion, c'est encore mieux. Tout ce que nous pouvons faire, c'est leur prodiguer des conseils et nous assurer qu'ils aient un plan.

Reyna regarda Percy sans grand espoir.

– Tu as un plan, n'est-ce pas ?

Percy aurait voulu s'avancer bravement et dire : « Non, je n'en ai pas ! »

C'était la vérité mais, en voyant tous ces visages inquiets, il sut qu'il ne pouvait pas répondre aussi franchement.

– Il y a une chose que je dois comprendre d'abord, dit-il en se tournant vers Nico. Je croyais que Pluton était le dieu de la Mort ? Pourtant, là, vous parlez tous de cet autre type, Thanatos, et des Portes de la Mort de cette fameuse prophétie... la Prophétie des Sept. Qu'est-ce que ça veut dire ?

Nico respira à fond.

– OK, dit-il, je t'explique. Pluton est le dieu des Enfers. Le véritable dieu de la Mort, celui qui veille à ce que les âmes défuntes aillent dans l'au-delà et qu'elles y restent, c'est son bras droit, Thanatos. Imagine que la Vie et la Mort soient deux pays différents. Tout le monde voudrait être en Vie, tu es d'accord ? Alors il y a une frontière gardée pour empêcher les gens de repasser sans permission. Mais elle est très longue, cette frontière, et il y a beaucoup de trous dans le grillage, si tu veux. Pluton essaie de boucher les brèches, mais il se forme de nouveaux points de passage tout le temps. C'est pour ça qu'il a besoin de Thanatos : c'est sa patrouille frontalière, la police des morts en quelque sorte.

– Thanatos arrête les âmes clandestines et les renvoie aux Enfers, dit Percy.

– Tu as tout compris. Mais Thanatos s'est fait capturer et il est enchaîné.

Frank leva la main.

– Euh, excuse-moi, mais comment on peut enchaîner la Mort ?

– Ça n'est pas la première fois, répondit Nico. Dans les anciens temps, un certain Sisyphe a tendu un piège à Thanatos et l'a ligoté. Il y a eu Hercule, aussi, qui l'a mis K.O. dans un combat à mains nues.

– Et maintenant, c'est un géant qui l'a capturé, dit Percy. Alors, si nous arrivions à libérer Thanatos, est-ce que les morts resteraient morts ? (Il jeta un coup d'œil à Gwen.) Sans vouloir vexer personne...

– C'est plus compliqué que ça, objecta Nico.

– Ça m'aurait étonné ! fit Octave en roulant des yeux.

– Tu parles des Portes de la Mort, dit alors Reyna, sans tenir compte de la remarque d'Octave. Il en est question dans la Prophétie des Sept, à la suite de laquelle nous avions lancé la première expédition au Canada.

Caton, le fantôme, fit la grimace.

– On sait tous comment ça a fini ! Nous autres les Lares, nous n'oublions pas !

Un murmure d'assentiment monta du groupe de fantômes.

Nico porta le doigt aux lèvres, et tous les Lares se turent d'un coup. Certains paraissaient inquiets, la bouche pincée comme si on la leur avait fermée à la superglu. Percy aurait bien aimé avoir ce pouvoir sur certains vivants... sur Octave, par exemple.

– Thanatos n'est qu'une partie de la solution, expliqua Nico. Les Portes de la Mort... en fait c'est un concept que

184

même moi, j'ai du mal à comprendre. Il y a plusieurs accès aux Enfers : le Styx et la Porte d'Orphée, plus quelques voies de détresse mineures qui s'ouvrent de temps à autre. Maintenant que Thanatos est enchaîné, il va être plus facile d'emprunter ces points de passage. Parfois ce sera à notre avantage, quand ça permettra à une âme amie de revenir, comme dans le cas de Gwen. Le plus souvent, malheureusement, ça profitera aux âmes maléfiques et aux monstres, aux retors qui cherchent à s'enfuir. Les Portes de la Mort, ce sont les portes privées de Thanatos, sa voie express perso entre la Vie et la Mort. Seul Thanatos est censé savoir où elles se trouvent, et leur emplacement change selon les époques. D'après ce que j'ai compris, les Portes de la Mort auraient été forcées. Les sbires de Gaïa en auraient pris le contrôle...

– Ce qui signifie que Gaïa décide à présent qui peut revenir de chez les morts, devina Percy.

– Elle choisit ceux qu'elle veut autoriser à repartir : les pires monstres et les âmes les plus maléfiques. Si nous sauvons Thanatos, il pourra rattraper les âmes et les renvoyer aux Enfers. Déjà ça. Les monstres mourront quand nous les tuerons, comme avant, et ça nous permettra de souffler un peu. Mais si nous ne parvenons pas à reprendre les Portes de la Mort, nos ennemis ne resteront pas longtemps outre-tombe. Ils disposeront d'un chemin facile pour revenir dans le monde des vivants.

– En somme, on pourra les attraper et les renvoyer aux Enfers, résuma Percy, mais ils reviendront à chaque fois.

– En somme, c'est assez déprimant mais c'est ça.

Frank se gratta la tête et dit :

– Mais Thanatos sait où sont les portes. Si on le libère, il pourra les reprendre, non ?

– Je ne crois pas, répondit Nico. Pas seul. Il ne ferait pas le poids face à Gaïa. Il faudrait pour cela une quête de très grande envergure... une armée composée des meilleurs demi-dieux.

– « Des ennemis viendront en armes devant les Portes de la Mort », récita Reyna. C'est la Prophétie des Sept...

Elle regarda Percy et il put lire dans ses yeux, un bref instant, qu'elle avait peur. Elle le cachait très bien, d'habitude, mais Percy se demanda si elle aussi avait fait des cauchemars sur Gaïa, si elle avait eu des visions de ce qu'il adviendrait lorsque le camp serait envahi par des monstres impossibles à tuer.

– Si c'est l'ancienne prophétie qui commence, poursuivit-elle, nous n'avons pas les ressources nécessaires pour envoyer une armée à ces Portes de la Mort *et* protéger le camp. Je me vois mal me séparer de sept demi-dieux...

– Procédons par ordre, interrompit Percy d'un ton qui se voulait confiant, même s'il sentait l'angoisse monter dans la salle. Je ne sais pas qui sont ces Sept, ni ce que cette ancienne prophétie signifie au juste. Mais nous devons commencer par libérer Thanatos. Mars nous a dit qu'il suffisait de trois personnes pour la quête en Alaska. Occupons-nous d'abord de réussir cette mission et de rentrer avant la Fête de la Fortune. Après on s'inquiétera des Portes de la Mort.

– Oui, fit Frank d'une petite voix. C'est sans doute suffisant pour une semaine.

– Alors vous avez un plan, oui ou non ? demanda Octave, l'air sceptique.

Percy regarda ses camarades.

– Eh bien, dit-il, on va en Alaska le plus vite possible...

– Et puis on improvise, ajouta Hazel.

– Beaucoup, renchérit Frank.

Reyna les regarda attentivement. Elle avait l'air de quelqu'un qui rédige mentalement sa propre nécro.

– Très bien, dit-elle. Il ne nous reste plus qu'à voter sur le soutien que nous pouvons apporter à la quête : transports, argent, magie, armes.

– Préteur, si je puis me permettre, dit Octave.

– Maintenant, marmonna Percy, ça va être notre fête.

– Le camp est en grand danger, poursuivit Octave. Deux dieux, pas moins, nous ont avertis que nous serions attaqués d'ici à quatre jours. Nous n'avons pas intérêt à éparpiller nos ressources, et surtout pas dans des projets qui ont très peu de chances d'aboutir. (Octave les gratifia tous les trois d'un regard empreint de pitié, qui semblait dire : « Pauvres petites choses. ») Il est évident que Mars a choisi pour cette quête les candidats les plus improbables. Peut-être parce qu'il considère que ce sont ceux dont nous pouvons nous dispenser sans trop souffrir. Quoi qu'il en soit, il a eu la sagesse de ne pas ordonner d'expédition lourde, et il ne nous a pas non plus demandé de financer leur aventure. Je préconise donc que nous gardions toutes nos ressources pour défendre le camp. Car c'est ici que la bataille va se perdre ou se gagner. Si ces trois-là réussissent, merveilleux ! Mais ils devront compter sur leur seule ingéniosité.

Un murmure parcourut l'assemblée. Frank se leva d'un bond. Sans lui laisser le temps de déclencher la bagarre, Percy s'écria :

– Pas de problème ! Mais donnez-nous un moyen de transport, au moins. Gaïa est la déesse de la Terre, on est d'accord ? À mon avis, donc, voyager par voie terrestre en parcourant son territoire serait déconseillé. En plus, ce serait trop lent.

Octave partit d'un petit rire moqueur et rétorqua :

– Tu veux qu'on t'affrète un avion ?

Cette simple pensée soulevait le cœur de Percy.

– Non. J'ai l'intuition que la voie aérienne est à éviter, elle aussi. Mais un bateau... vous pourriez nous donner un bateau, quand même ?

Hazel émit un grognement. Percy lui jeta un rapide coup d'œil, et elle secoua la tête et murmura : « Ça va. »

– Un bateau ! (Octave s'adressa aux sénateurs.) Le fils de Neptune veut un bateau. Les transports maritimes n'ont jamais été prisés par les Romains, mais il n'est pas très romain lui-même !

– Octave, dit Reyna d'un ton sévère. Un bateau, ce n'est pas beaucoup demander. Et ne fournir aucune autre aide me paraît très...

– Traditionnel ! s'exclama Octave. C'est très traditionnel. Voyons si ces héros auront la force de survivre sans aide, comme de vrais Romains !

Une nouvelle vague de murmures parcourut la salle. Le regard des sénateurs faisait le va-et-vient entre Octave et Reyna, pour suivre l'épreuve de force.

Reyna se redressa sur son siège.

– Très bien, dit-elle sèchement, nous allons soumettre la question au vote. Sénateurs, la motion est la suivante : le groupe chargé de la quête ira en Alaska. Le sénat lui donnera plein accès à la marine romaine en mouillage à Alameda. Aucune autre aide ne lui sera fournie. Les trois aventuriers survivront ou échoueront de par leur propre mérite. Qui est pour ?

Tous les sénateurs levèrent la main.

– La motion est adoptée. (Reyna se tourna vers Frank.) Centurion, ton groupe peut disposer. Le sénat a d'autres questions à débattre. Octave, j'aimerais te parler en tête à tête un instant.

Percy fut incroyablement content de ressortir à la lumière du jour. Dans cette salle sombre, où tous les yeux étaient rivés sur lui, il avait eu l'impression de porter le monde sur les épaules – une expérience qu'il était presque sûr d'avoir déjà vécue.

Il inspira l'air frais à pleins poumons.

Hazel ramassa une grosse émeraude, sur le chemin, et la glissa dans sa poche.

– Alors, lança-t-elle, on est plutôt mal partis, non ?

Frank hocha la tête, l'air affligé.

– Si l'un ou l'autre souhaite se retirer, dit-il, je ne vous en voudrais pas.

– Tu rigoles ? fit Hazel. Pour être de faction tout le reste de la semaine ?

Frank se força à sourire, puis il se tourna vers Percy.

Ce dernier porta le regard au-delà du forum. « Ne bouge pas », lui avait demandé Annabeth dans son rêve. Mais s'il ne bougeait pas, le camp serait détruit. Il regarda les collines et crut voir le visage de Gaïa souriant entre les crêtes et les ombres. *Tu ne peux pas gagner, petit demi-dieu*, semblait-elle dire. *Sers-moi en restant, ou sers-moi en partant.*

Percy fit un vœu en son for intérieur : après la Fête de la Fortune, il retrouverait Annabeth. Mais pour le moment, il lui fallait agir.

– Je reste avec toi, dit-il à Frank. En plus j'ai envie de voir à quoi ressemble la marine romaine.

Ils étaient à peine au milieu de la place qu'une voix appela : « Jackson ! » Percy tourna la tête et vit Octave, qui courait vers eux.

– Qu'est-ce que tu veux ? lui demanda-t-il.

Octave sourit.

– Tu as déjà décidé que j'étais ton ennemi ? C'est un jugement hâtif, Percy. Je suis un Romain loyal.

– T'es qu'un lèche-bottes qui donne des coups de couteau dans le dos, un abject..., lança Frank entre les dents, et Percy et Hazel durent s'y mettre à deux pour le retenir.

– Eh bien, en voilà une conduite pour un centurion nouvellement nommé, dit Octave. Percy, je t'ai suivi pour une seule raison, c'est que Reyna m'a confié un message pour toi. Elle veut que tu te présentes à la *principia* sans tes deux, euh, acolytes que voilà. Reyna te recevra dès que le sénat aura levé la séance. Elle aimerait te parler en privé avant que tu partes pour la quête.

– À quel sujet ? demanda Percy.

– Je ne sais pas, dit Octave avec un mauvais sourire, mais ce que je sais, c'est que la dernière personne avec qui elle a eu un entretien privé, c'était Jason Grace. Et je ne l'ai plus jamais revu depuis. Au revoir et bonne chance, Percy Jackson.

15 PERCY

P ercy constata avec plaisir que Turbulence était revenue dans sa poche. À en juger par l'expression de Reyna, il allait peut-être devoir se défendre. Celle-ci entra en trombe dans la *principia*, ses lévriers à ses talons, sa cape pourpre se soulevant à chacun de ses pas. Percy était assis dans un des deux sièges des préteurs qu'il avait porté dans la partie réservée au public, ce qui n'était peut-être pas convenable. Il voulut se lever.

– Reste assis, lui lança Reyna d'un ton sec. Vous partez après le déjeuner. Il faut qu'on parle.

Elle balança son poignard si brutalement sur la table que le bol de bonbons en gélatine trembla. Aurum et Argentum prirent leur place, à la gauche et à la droite de leur maîtresse, et rivèrent leurs yeux de rubis sur Percy.

– Qu'est-ce que j'ai fait de mal ? demanda Percy. Si c'est pour la chaise...

– Ce n'est pas toi. (Reyna fit la grimace.) Je déteste les réunions du sénat. Quand Octave prend la parole...

Percy hocha la tête.

– Tu es une guerrière, dit-il, et Octave est un orateur. Mets-le devant le sénat et soudain c'est lui le plus puissant.

Reyna plissa les yeux.

– Tu es plus futé que tu n'en as l'air, commenta-t-elle.

– Merci pour le compliment ! J'ai entendu dire qu'Octave pourrait se faire élire préteur, si le camp survit assez longtemps.

– Ce qui nous amène à la question de la fin du monde et à la façon dont tu pourrais nous aider à l'empêcher. Mais avant que je remette le sort du Camp Jupiter entre tes mains, nous devons faire certaines mises au point.

Reyna s'assit et posa une bague sur la table : un anneau d'argent gravé d'un motif d'épée et de torche, comme son tatouage.

– Tu sais ce que c'est ? demanda-t-elle à Percy.

– Le symbole de ta mère. La, euh..., la déesse de la Guerre.

Percy essaya de se souvenir du nom mais il ne voulait pas l'écorcher. Un truc qui ressemblait à « belle donne ». Ou « bonne pioche » ?

– Bellone, oui. (Reyna l'examina d'un regard très scrutateur.) Tu ne te souviens pas de l'endroit où tu as vu cette bague ? Tu ne te souviens vraiment pas de moi, ni de ma sœur Hylla ?

Percy secoua la tête.

– Non, dit-il. Je suis désolé.

– Ça remonte à quatre ans.

– Juste avant ton arrivée au camp, alors.

– Comment tu le sais ? demanda Reyna en fronçant les sourcils.

– Tu as quatre traits dans ton tatouage. Quatre ans.

Reyna jeta un coup d'œil à son avant-bras.

– Bien sûr. Ça me paraît tellement loin. Je suppose que même si tu avais ta mémoire, tu ne te souviendrais pas de moi. Je n'étais qu'une gamine, parmi la multitude de personnes qui se trouvaient au spa. Mais tu as parlé à ma sœur juste avant que vous ne détruisiez notre foyer, toi et cette fille qui s'appelait Annabeth.

Percy essaya, de toutes ses forces, de se souvenir. Pour une raison inconnue, Annabeth et lui s'étaient rendus dans un spa et avaient décidé de le détruire. Il n'arrivait pas à imaginer pourquoi. Peut-être que le massage des tissus profonds ne leur avait pas plu ? Ou qu'on avait raté leur manucure ?

– C'est le vide total, avoua-t-il. Comme tes chiens ne m'attaquent pas, j'espère que tu me crois. Je dis la vérité.

Aurum et Argentum grognèrent. Percy eut l'impression qu'ils pensaient : « Mens, s'il te plaît. Fais-nous ce plaisir. »

Reyna tapota la bague du bout de l'ongle.

– Je crois que tu es sincère, dit-elle, mais tout le monde n'est pas de mon avis, au camp. Octave considère que tu es un espion. Il est persuadé que Gaïa t'a envoyé ici pour trouver nos points faibles et faire diversion. Il croit aux vieilles légendes sur les Grecs.

– Quelles vieilles légendes ?

La main de Reyna était suspendue à mi-parcours entre les bonbons en gélatine et sa dague. Percy eut le sentiment que si elle faisait un geste brusque, ce ne serait pas pour piocher dans les bonbons.

– Certains d'entre nous croient qu'il existe toujours des demi-dieux grecs, dit-elle. Des héros qui vénèrent les formes anciennes des dieux. Il y a des légendes qui parlent de batailles entre héros romains et grecs à une période relativement récente – la guerre de Sécession par exemple. Je n'ai pas de preuves de cela, et si nos Lares en savent quelque chose, ils refusent de le dire. Octave, quant à lui, est persuadé que les Grecs sont toujours là et qu'ils complotent pour notre perte avec les forces de Gaïa. Il pense que tu es l'un d'eux.

– Et toi, tu crois cela aussi ?

– Je crois que tu es venu de *quelque part*, dit-elle. Tu es quelqu'un d'important et de dangereux. Deux dieux ont exprimé un intérêt particulier pour toi depuis ton arrivée, je ne pense donc pas que tu travaillerais contre Rome... ou contre l'Olympe. (Elle haussa les épaules.) Je peux me tromper, bien sûr. Peut-être que les dieux t'ont envoyé pour mettre mon jugement à l'épreuve. Mais je crois... je crois que tu as été envoyé pour compenser la perte de Jason.

Jason... Percy ne pouvait pas faire trois pas dans ce camp sans entendre son nom.

– Tu parles de lui d'une façon particulière, dit Percy. Vous sortiez ensemble, tous les deux ?

Les yeux de Reyna le transpercèrent comme ceux d'un loup affamé. Percy avait vu suffisamment de loups affamés pour reconnaître ce regard.

– On aurait pu, dit Reyna, avec le temps. Les préteurs travaillent en étroite collaboration. Il n'est pas rare que leur relation prenne une tournure sentimentale. Mais Jason n'a été préteur que quelques mois avant de disparaître. Et depuis ce jour, Octave n'arrête pas de me harceler et de réclamer de nouvelles élections. Je résiste. J'ai besoin d'un partenaire pour exercer le pouvoir, mais je préférerais quelqu'un de la trempe de Jason. Un guerrier, pas un intrigant.

Elle attendit. Percy se rendit compte qu'elle lui adressait une invitation muette. Sa gorge se serra.

– Ah... tu veux dire... ah.

– Je crois que les dieux t'ont envoyé à mon secours, reprit Reyna. Je ne comprends pas d'où tu viens, pas plus que je ne le comprenais il y a quatre ans. Mais je crois que ton arrivée est une forme de compensation. Tu as détruit mon foyer hier, et aujourd'hui on t'envoie le sauver. Je ne te tiens pas rancune pour le passé, Percy. Ma sœur te déteste toujours, c'est vrai, mais la destinée m'a amenée ici, au Camp Jupiter. J'y ai réussi.

Tout ce que je te demande, c'est de travailler avec moi pour construire l'avenir. J'ai l'intention de sauver ce camp.

Babines retroussées, les chiens de métal le fusillaient d'un regard ardent – que Percy trouvait pourtant bien moins difficile à soutenir que celui de Reyna.

– Écoute, je vais t'aider, promit-il. Mais je suis nouveau, ici. Tu as beaucoup de gens de valeur qui connaissent mieux le camp que moi. Si nous menons cette quête à bien, Frank et Hazel seront des héros. Tu pourrais demander à l'un d'eux...

– Je t'en prie, interrompit Reyna. Personne ne suivra un enfant de Pluton. Et il y a quelque chose chez cette fille... des rumeurs circulent sur l'endroit d'où elle serait venue... Non, elle ne fera pas l'affaire. Quant à Frank Zhang, il a bon cœur, mais il est d'une naïveté et d'une inexpérience désespérantes. Sans compter que si les autres apprenaient l'histoire de sa famille par rapport à ce camp...

– L'histoire de sa famille ?

– Ce que je veux t'expliquer, Percy, c'est que c'est toi, l'élément moteur de cette quête en Alaska. Tu es un combattant expérimenté. J'ai vu ce dont tu es capable. A priori je n'aurais pas donné ma préférence à un fils de Neptune, mais si tu reviens de cette mission couronné de succès, il sera peut-être possible de sauver cette légion. Le siège de préteur t'attendra. À nous deux, nous pourrions étendre le pouvoir de Rome. Nous pourrions lever une armée et trouver les Portes de la Mort, écraser les forces de Gaïa une bonne fois pour toutes. Tu trouveras en moi une très précieuse... amie.

Elle prononça ce dernier mot d'une façon qui signifiait qu'il pouvait prendre différentes significations, et que ce serait à lui de choisir celle qu'il souhaiterait.

Les pieds de Percy se mirent à taper le sol d'eux-mêmes, désireux de partir.

– Reyna, je... je suis très honoré. Vraiment. Mais j'ai une petite amie. Et le pouvoir ne m'intéresse pas. Ni le poste de préteur.

Percy craignit qu'elle ne le prenne mal, mais Reyna se contenta de lever les sourcils.

– Un homme qui refuse une position de pouvoir ? dit-elle. Ce n'est pas très romain de ta part. Réfléchis. Dans quatre jours, je devrai prendre ma décision. Si nous voulons avoir une chance de repousser une invasion, il nous faut absolument deux préteurs d'envergure. Je préférerais t'avoir toi comme second préteur, mais si tu échoues dans ta quête, si tu ne reviens pas ou si tu déclines mon offre, eh bien, je ferai équipe avec Octave. Je compte sauver ce camp, Percy Jackson. Les choses sont beaucoup plus graves que tu ne le crois.

Percy se rappela ce que Frank avait dit sur les attaques de monstres de plus en plus fréquentes.

– Mais encore ? demanda-t-il.

Reyna planta les ongles dans la table.

– Même le sénat ne connaît pas toute la vérité. J'ai demandé à Octave de garder ses augures secrètes pour ne pas déclencher de panique générale. Il a vu une grande armée en marche sur le Sud, bien trop nombreuse pour que nous puissions espérer la vaincre. C'est un géant qui la dirige.

– Alcyonée ?

– Non, je ne crois pas. S'il est vraiment invulnérable en Alaska, il serait idiot de venir ici en personne. Ce doit être un de ses frères.

– Parfait, dit Percy. Ça nous fait deux géants à affronter.

La préteur hocha la tête.

– Lupa et ses loups essaient de ralentir cette armée, mais elle est trop forte, même pour eux. L'ennemi arrivera bientôt – au plus tard à la Fête de la Fortune.

Percy frissonna. Il avait vu Lupa à l'œuvre. Il savait tout

ce qu'il fallait savoir sur la déesse-louve et sa meute. Si cet ennemi était trop puissant pour elle, alors le Camp Jupiter n'avait aucune chance.

Reyna lut ses pensées sur son visage.

– Oui, c'est grave. Mais pas désespéré. Si tu parviens à nous rapporter notre aigle, si tu libères la Mort pour nous permettre de tuer nos ennemis pour de bon, alors nous aurons une chance. Et il y a une autre possibilité, encore...

Reyna poussa l'anneau d'argent en travers de la table, vers Percy.

– Je ne peux pas t'aider beaucoup, mais ton voyage va te mener près de Seattle. Je te demande un service qui pourra s'avérer utile pour toi. Trouve ma sœur Hylla.

– Ta sœur qui me déteste ?

– C'est vrai, acquiesça Reyna. Elle serait ravie de te tuer. Mais si tu lui montres cette bague qui vient de moi, il se peut qu'elle t'aide.

– *Il se peut* seulement ?

– Je ne peux pas me prononcer à sa place. D'ailleurs... (Reyna fronça les sourcils.) Ça fait des semaines qu'on ne s'est pas parlé, en fait. Elle est devenue injoignable. Avec toutes ces armées qui passent...

– Tu aimerais que je vérifie si elle va bien, devina Percy.

– En partie, oui. Je ne peux pas imaginer qu'elle se soit fait battre. Ma sœur a une armée puissante. Son territoire est bien défendu. Mais si tu la trouves, elle pourra t'offrir une aide précieuse. Ça pourrait tout changer pour ta quête, ça pourrait te faire basculer du côté de la victoire. Et si tu lui racontes ce qui se passe ici...

– Elle pourrait envoyer des renforts ?

Reyna ne répondit pas, mais Percy lut le désespoir dans ses yeux. Elle était terrifiée, à l'affût de tout ce qui pouvait l'aider à sauver son camp. Pas étonnant qu'elle souhaite le soutien de Percy. C'était l'unique préteur. La défense du Camp Jupiter reposait sur ses seules épaules.

– Je la retrouverai, dit Percy en prenant la bague. Où dois-je chercher ? À quoi ressemble son armée ?

– Ne t'inquiète pas. Va à Seattle, c'est tout. Elles te trouveront.

Ce n'était guère encourageant, mais Percy enfila l'anneau sur son collier de cuir, avec ses perles et sa plaque de *probatio*, et se contenta de dire :

– Souhaite-moi bonne chance.

– Bats-toi bien, Percy Jackson, rétorqua Reyna. Et merci.

Il comprit que l'audience était terminée. Reyna avait du mal à garder sa contenance, à maintenir son image de cheffe solide et imperturbable. Elle avait besoin d'être un peu seule.

Mais, parvenu à la porte de la *principia*, Percy ne put s'empêcher de se retourner et de demander :

– Comment avons-nous détruit votre foyer, ce spa où vous viviez ?

Les lévriers métalliques grondèrent. Reyna les fit taire d'un claquement de doigts.

– Vous avez anéanti le pouvoir de ma maîtresse, dit-elle. Vous avez libéré des prisonniers qui se sont vengés de nous tous qui vivions sur l'île. Ma sœur et moi... nous avons survécu. Non sans difficultés. Mais à long terme, je crois que c'était bien pour nous de quitter ces lieux.

– Il n'empêche, dit Percy, je suis désolé. Si je t'ai fait du mal, excuse-moi.

Reyna le regarda longuement, comme si elle essayait de traduire ses paroles.

– Des excuses ? Ce n'est pas romain du tout, ça, Percy Jackson. Tu ferais un préteur intéressant. J'espère que tu vas réfléchir à mon offre.

16 PERCY

Au déjeuner, il y avait une ambiance d'enterrement. Tout le monde mangeait en silence ou en échangeant des murmures. Personne n'avait l'air particulièrement heureux. Les autres pensionnaires jetaient sans cesse des coups d'œil à la dérobée à Percy, comme s'il était le cadavre d'honneur.

Reyna prononça un bref discours pour leur souhaiter bonne chance. Octave éventra un bébé nounours et annonça de sombres présages et de rudes épreuves sur la route, mais prédit que le camp serait sauvé par un héros qu'on n'attendait pas (et dont les initiales étaient sans doute O.C.T.A.V.E.). Puis les pensionnaires partirent à leurs cours de l'après-midi – combat de gladiateurs, latin, paintball contre des fantômes, dressage d'aigles, et une dizaine d'autres activités, toutes plus attrayantes qu'une mission-suicide. Percy, Hazel et Frank retournèrent à la caserne pour préparer leurs affaires.

Percy n'avait pas grand-chose. Il avait fait le ménage de son sac à dos, qu'il avait trimbalé tout au long de son voyage vers le Sud, en y gardant la plupart des objets glanés au supermarché. L'intendant du camp lui avait donné un jean propre et un tee-shirt pourpre de rechange, ainsi que du nectar, de l'ambroisie, des en-cas, un peu d'argent de mortels et du matériel de camping. À déjeuner, Reyna lui avait remis un parchemin de présentation émanant du préteur et du sénat. Elle affirmait que tous les légionnaires à la retraite qu'ils croiseraient sur leur chemin leur viendraient en aide en voyant cette lettre. Percy garda aussi son collier de cuir avec ses perles, l'anneau d'argent et la plaque de *probatio*, sans oublier Turbulence, au fond de sa poche. Il plia son vieux tee-shirt orange et le laissa sur son lit de camp.

– Je reviens, dit-il. (Il se sentait idiot de parler à un tee-shirt, certes, mais c'était à Annabeth qu'il pensait, et à sa vie d'avant.) Je ne pars pas pour de bon. Il faut juste que j'aide ces gars. Ils m'ont accepté parmi eux. Ils méritent de survivre.

Le tee-shirt eut le bon goût de ne pas répondre.

Un de leurs camarades de dortoir, Bobby, les conduisit à la lisière de la vallée sur le dos d'Hannibal l'éléphant. Du haut des collines, le regard embrassait un vaste panorama. Le Petit Tibre serpentait entre des prés blonds où pâturaient les licornes. Les temples et forums de la Nouvelle-Rome brillaient au soleil. Sur le Champ de Mars, les ingénieurs travaillaient sans relâche ; ils démontaient les vestiges de la forteresse de la veille pour installer des barricades en vue d'un match de death-ball. Une journée ordinaire au Camp Jupiter – mais côté nord, des nuages d'orage s'amoncelaient. Des ombres couraient sur les collines, et Percy imagina le visage de Gaïa qui se rapprochait.

« Tout ce que je te demande, c'est de travailler avec moi pour construire l'avenir », avait dit Reyna. « J'ai l'intention de sauver ce camp. »

En regardant la vallée, Percy comprit pourquoi elle tenait si fort au camp. Lui-même avait beau être un nouveau, il éprouvait très vivement le désir de sauver ce lieu : un havre de paix où les demi-dieux pouvaient se construire une vie. Il souhaitait que cet endroit fasse partie de son avenir. Peut-être pas de la façon que l'imaginait Reyna, mais s'il pouvait en profiter avec Annabeth...

Ils sautèrent à bas de l'éléphant et Bobby leur souhaita bon voyage. Hannibal enlaça les trois compagnons dans sa trompe en guise d'au revoir. Puis le taxi-éléphant repartit vers la vallée.

Percy soupira. Il se tourna vers Hazel et Frank en cherchant quelque chose de positif à dire.

– Vos papiers, s'il vous plaît, fit alors une voix connue.

Une statue de Terminus apparut au sommet de la colline. Le dieu de marbre fronça les sourcils, l'air irrité.

– Alors ? J'attends !

– Encore vous ? Je croyais que vous gardiez la ville seulement, dit Percy.

Terminus se renfrogna.

– Ravi de te revoir, le Resquilleur. En temps normal, je garde la ville, c'est exact. Mais pour les départs internationaux, j'aime garantir une sécurité supplémentaire aux frontières du camp. Vous auriez vraiment dû compter deux heures d'avance avant l'heure prévue pour votre départ, vous savez. Mais on va s'arranger, il faut bien. Viens par ici, que je te fasse une fouille au corps.

– Mais vous n'avez pas... (Percy se tut juste à temps.) Euh, j'arrive.

Il se planta devant la statue sans bras, qui procéda à une fouille au corps mentale très rigoureuse.

– Tu m'as l'air réglo, trancha Terminus. As-tu quelque chose à déclarer ?

– Oui, rétorqua Percy. Je déclare que c'est idiot.

– Pff ! Plaque de *probatio* : Percy Jackson, Cinquième Cohorte, fils de Neptune. C'est bon, passe. Hazel Levesque,

201

fille de Pluton. Très bien. As-tu des devises étrangères ou, hum-hum, des métaux précieux à déclarer ?

– Non, marmonna Hazel.

– En es-tu bien sûre ? La dernière fois...

– Non !

– Eh ben, quelle bande de grognons, dit le dieu. Ces jeunes qui partent en mission, toujours pressés ! Maintenant, voyons... Frank Zhang. Ah, centurion ? Bravo, Frank. Et ta coupe de cheveux est résolument réglementaire. J'approuve ! En route, donc, centurion Zhang. As-tu besoin d'indications aujourd'hui ?

– Non, non merci. Ça ira.

– Tu vas à la station du BART, expliqua néanmoins Terminus. Ensuite tu changes à Twelfth Street, à Oakland. Tu descends à Fruitvale. De là tu peux finir à pied ou prendre un bus pour Alameda.

– Vous n'avez pas un BART magique, les gars ? demanda Percy.

– Des trains de banlieue magiques ! s'exclama Terminus. Et puis quoi encore ? Pourquoi pas un accès sécurisé et un laissez-passer pour le salon d'affaires ? Contentez-vous d'être prudents et méfiez-vous de Polybotès. En parlant de fraudeur, en voilà un que j'étranglerais volontiers de mes propres mains !

– Une seconde, demanda Percy. Qui ça ?

L'effort se peignit sur le visage de Terminus, comme s'il contractait son absence de biceps.

– Ouais, enfin. Méfiez-vous de lui, c'est tout. À mon avis, il doit pouvoir sentir un fils de Neptune à deux kilomètres à la ronde. Allez, en route ! Et bonne chance !

Une force invisible les propulsa de l'autre côté de la frontière. Lorsque Percy se retourna, Terminus avait disparu. En fait, la vallée tout entière avait disparu. Il n'y avait plus la moindre trace d'un camp romain dans les collines de Berkeley. Percy regarda ses amis.

– Vous savez de quoi Terminus voulait parler ? De quoi doit-on se méfier ? Poli... quoi ?

– Po... li... bé... tise ? (Hazel articula le nom avec soin.) Jamais entendu parler.

– C'est grec, on dirait, dit Frank.

– On est vachement avancés. (Percy soupira.) Enfin, de toute façon, tous les monstres doivent nous repérer à l'odeur à dix kilomètres. Venez, allons-y.

Il leur fallut deux heures pour arriver aux docks d'Alameda. Comparé à ce qu'avait vécu Percy les derniers mois, ce fut un trajet facile. Aucun monstre ne les attaqua, personne ne regarda Percy comme s'il était un ado sans-abri.

Frank avait rangé sa lance, son arc et son carquois dans une longue housse à skis. L'épée de cavalerie d'Hazel était enroulée dans un tapis de camping qu'elle portait en bandoulière sur le dos. À eux trois, ils avaient l'allure d'un groupe de lycéens qui partaient en excursion. Ils rejoignirent la gare de Rockridge à pied, achetèrent leurs tickets de BART avec de l'argent de mortels, et montèrent dans le train.

Ils descendirent à Oakland. Ils durent traverser certains quartiers difficiles, mais personne ne les embêta. Si des membres de gang s'approchaient suffisamment pour regarder Percy dans les yeux, ils n'insistaient pas. Percy avait perfectionné son regard de loup ces derniers mois, un regard qui disait : « Si tu crois que tu es un dur, je suis pire que toi. » Après avoir étranglé des monstres marins et écrasé des gorgones en voiture, Percy n'avait plus peur des gangs. Il n'y avait pratiquement plus rien, dans le monde des mortels, qui puisse lui faire peur.

En fin d'après-midi, ils arrivèrent aux docks d'Alameda. Percy contempla la baie de San Francisco, inhalant la brise marine. Aussitôt, il se sentit revigoré. Ils étaient dans le domaine de son père. Quel que soit le danger qu'ils aient à affronter, Percy aurait le dessus du moment qu'ils étaient en mer.

Des dizaines de bateaux étaient amarrés, allant du yacht de quinze mètres à la petite barque de pêche. Percy parcourut le quai du regard, à la recherche d'un navire magique – une trirème, peut-être, ou un bâtiment de guerre à tête de dragon, comme celui qu'il avait vu en rêve.

– Euh... vous savez ce qu'on cherche, les gars ?

Hazel et Frank firent non de la tête.

– Je ne savais même pas qu'on avait une marine, dit Hazel, d'une voix qui trahissait un manque d'enthousiasme certain.

– Oh ! (Frank pointa du doigt.) Vous croyez que... ?

Au bout du quai se balançait un minuscule bateau, un canot, en fait, couvert d'une bâche pourpre ; sur la toile étaient brodées en fil d'or décoloré les lettres S.P.Q.R.

Percy sentit sa belle assurance en prendre un coup.

– J'y crois pas, murmura-t-il.

Néanmoins, il s'attaqua aux nœuds comme s'il avait fait cela toute sa vie, et en quelques instants il dégagea l'embarcation : sous la bâche se trouvait une vieille barque en acier privée de ses rames. Le bateau avait été peint en bleu marine à une époque, mais la coque était maintenant couverte d'une telle couche de goudron et de sel qu'on aurait dit un énorme hématome marin.

Sur la poupe, le mot *Pax*, en lettres d'or, était encore lisible. Au niveau de la ligne d'eau, deux yeux peints baissaient tristement les paupières, comme si l'esquif s'apprêtait à sombrer dans le sommeil. À bord il y avait deux bancs, un peu de laine de verre, une vieille glacière et une pile de cordage dont un bout était attaché à la bitte d'amarrage. Au fond de la barque, un sac en plastique et deux canettes de Coca vides flottaient dans quelques centimètres d'eau mousseuse.

– Contemplez, déclama Frank, la puissante marine romaine.

– Il doit y avoir une erreur, dit Hazel. C'est un tas de boue, ce truc-là.

Percy imagina Octave se payant une tranche de rire à leurs frais, mais il décida de ne pas se laisser abattre. Le *Pax* était quand même un bateau. Il sauta à bord et la coque vibra sous ses pieds, en réponse à sa présence. Il rassembla les détritus dans la glacière, qu'il posa sur le quai. Il intima à l'eau mousseuse du fond l'ordre de se vider par-dessus bord. Ensuite, il pointa le doigt sur la laine de verre, qui se mit à frotter le sol, en le grattant si vite et si fort que l'acier ne tarda pas à fumer. En quelques instants, la barque était nickel. Percy tendit alors la main vers le cordage, qui se détacha de la bitte d'amarrage.

Pas de rames, mais ce n'était pas grave. Percy sentait que le bateau était prêt à prendre la mer, qu'il n'attendait que ses ordres.

– Ça ira, dit-il à ses camarades. Montez.

Hazel et Frank avaient l'air abasourdis, mais ils s'exécutèrent. Hazel semblait particulièrement tendue. Une fois tous assis, Percy se concentra, et le bateau s'éloigna du quai en glissant sur l'eau.

Junon avait raison, tu sais, murmura la voix léthargique de Gaïa dans l'esprit de Percy, lequel en sursauta si violemment que la barque tangua. *Tu aurais pu opter pour une nouvelle vie en mer. Tu aurais été en sécurité ; je n'aurais pas pu t'y atteindre. Mais c'est trop tard à présent. Tu as choisi la douleur. Tu fais partie de mon plan désormais... mon précieux petit pion.*

– Va-t'en de mon bateau, gronda Percy.

– Comment ? fit Frank.

Percy attendit, mais la voix de Gaïa ne se fit pas entendre.

– Rien, dit-il. Voyons ce que cette barque a dans la coque.

Il orienta le bateau vers le nord, et l'instant d'après, ils filaient à quinze nœuds, cap sur le pont du Golden Gate.

17 HAZEL

Hazel avait une sainte horreur des bateaux.

Elle avait le mal de mer si facilement que c'en était un véritable handicap. Elle ne l'avait pas dit à Percy. Elle ne voulait pas compromettre la quête, mais elle se souvenait combien elle avait souffert, quand sa mère et elle vivaient en Alaska. Il n'y avait pas de route. Pour le moindre transport, elles devaient prendre le train ou un bateau.

Elle avait espéré que ça se serait atténué, depuis son retour du Pays des Morts. Manifestement, ce n'était pas le cas. Et ce petit canot, le *Pax*, ressemblait tant à celui qu'elles avaient en Alaska. Il lui rappelait de mauvais souvenirs...

Dès qu'ils avaient quitté les docks, l'estomac d'Hazel s'était soulevé. Le temps qu'ils arrivent devant les pontons de l'Embarcadero de San Francisco, elle se sentait tellement mal qu'elle crut avoir des hallucinations. Ils passèrent à toute vitesse devant une bande d'otaries qui paressaient au soleil et elle aurait juré qu'un vieil S.D.F. était assis parmi elles. Le vieillard pointa le doigt vers Percy et articula silencieusement quelque chose du genre : « Pas question mon gars. »

– Tu as vu ? demanda Hazel.

Le coucher de soleil embrasait le visage de Percy.

– Ouais. Je suis déjà venu ici. Je... je ne sais pas. Je crois que je cherchais ma copine.

– Annabeth, dit Frank. Tu veux dire, en venant au Camp Jupiter ?

Percy fonça les sourcils.

– Non, dit-il, avant.

Il balaya la ville du regard comme s'il cherchait encore Annabeth, jusqu'au moment où ils atteignirent le pont du Golden Gate. Alors il mit le cap sur le nord.

Hazel essaya de calmer son estomac en pensant à des choses agréables. L'euphorie qu'elle avait connue la veille quand ils avaient remporté les jeux de guerre, le plaisir de pénétrer dans le donjon de l'ennemi perchée sur Hannibal, la transformation soudaine de Frank en chef. Lorsqu'il avait escaladé les remparts et exhorté la Cinquième à attaquer, on aurait dit un autre garçon. Et la façon dont il avait éliminé tous les défenseurs en faction là-haut... Hazel ne l'avait jamais vu comme ça. Elle avait été très fière d'épingler l'insigne de centurion sur son tee-shirt.

Ensuite ses pensées se portèrent sur Nico. Avant leur départ, son frère l'avait prise à part pour lui souhaiter bonne chance. Hazel espérait qu'il resterait au Camp Jupiter pour aider à la défense, mais il lui apprit qu'il allait partir le jour même – et retourner aux Enfers.

– Papa a besoin de toute l'aide qu'il peut recevoir, dit-il. Les Champs du Châtiment sont à deux doigts de l'insurrection. Les Furies ont le plus grand mal à se faire respecter. Et puis... je vais essayer de rattraper certaines des âmes qui s'enfuient. Ça me permettra peut-être de trouver les Portes de la Mort par l'autre côté.

– Sois prudent, dit Hazel. Si c'est Gaïa qui surveille ces portes...

– Ne t'inquiète pas. (Nico sourit.) Je sais rester caché. Et toi, fais bien attention à toi. Plus tu te rapprocheras de l'Alaska... Je ne sais pas si ça va améliorer tes vertiges d'ombre ou les aggraver.

Faire bien attention à moi, songea Hazel avec amertume. Comme si cette quête pouvait se terminer autrement que mal, pour elle.

– Si nous libérons Thanatos, dit-elle à Nico, il se peut que je ne te revoie jamais plus. Thanatos me renverra aux Enfers...

Nico prit la main de sa sœur entre les siennes. Il avait les doigts si pâles qu'il était difficile de croire qu'Hazel et lui avaient le même père divin.

– Je voulais te donner une chance d'accéder à l'Élysée, expliqua-t-il. C'était ce que je pouvais faire de mieux pour toi. Mais maintenant, je regrette qu'il n'y ait pas d'autre moyen. Je ne veux pas perdre ma sœur.

Il ne dit pas « de nouveau », mais Hazel savait qu'il le pensait. Pour la première fois, elle ne se sentit pas jalouse de Bianca di Angelo. Elle regrettait juste de ne pas avoir plus de temps à passer avec Nico et ses amis au Camp Jupiter. Elle ne voulait pas mourir une seconde fois.

– Bonne chance, Hazel, dit-il.

Et il se fondit entre les ombres, exactement comme l'avait fait son père il y avait de cela soixante-dix ans.

Le bateau eut une secousse qui ramena Hazel au présent. Ils venaient d'entrer dans les courants du Pacifique et commençaient à longer la côte rocheuse du comté de Marin.

Frank avait posé sa housse à skis sur ses genoux. Elle se prolongeait au-dessus de ceux d'Hazel, un peu comme une barre de sécurité dans un grand huit, ce qui rappela à Hazel la fois où Sammy l'avait emmenée au carnaval pendant Mardi gras... Elle s'empressa de chasser ce souvenir. Elle ne pouvait pas se permettre d'avoir un trou noir.

– Tu te sens bien ? lui demanda Frank. Tu as l'air d'avoir mal au cœur.

– J'ai le mal de mer, avoua-t-elle. Je pensais pas que je l'aurais à ce point.

Frank fit la moue comme s'il se sentait responsable. Il se mit à fouiller dans son sac à dos.

– J'ai du nectar. Et des crackers. Ma grand-mère dit que le gingembre fait du bien... J'en ai pas, là, mais...

– Ça va aller. (Hazel se força à sourire.) Mais c'est gentil, merci.

Frank sortit un cracker, qui explosa entre ses gros doigts en provoquant une pluie de miettes.

– Par les dieux, Frank ! s'écria Hazel en riant. Excuse-moi, je ne devrais pas rire.

– Euh, pas de problème, fit Frank, l'air penaud. T'en veux pas, je suppose ?

Percy ne faisait pas très attention. Il gardait les yeux rivés sur la côte. Juste après avoir dépassé la plage de Stinson, il pointa du doigt vers l'intérieur des terres, où une montagne s'élevait au-dessus des collines verdoyantes.

– Elle me dit quelque chose, cette montagne, murmura-t-il.

– Le mont Tamalpais, répondit Frank. Au camp, on en parle tout le temps. Il y a eu une grande bataille à son sommet, où se trouvait le Q.G. des Titans.

Percy fronça les sourcils.

– Vous y étiez, tous les deux ?

– Non, dit Hazel. C'était au mois d'août, avant que je, hum, avant que j'arrive au camp. Jason m'en a parlé. La légion a détruit le palais de l'ennemi et anéanti un bon million de monstres. Jason a dû se battre contre Krios – un combat à mains nues contre un géant, tu imagines ?

– Oui, j'imagine, marmonna Percy.

210

Hazel ne comprenait pas bien ce qu'il voulait dire par là, mais Percy lui faisait penser à Jason, même si physiquement, ils ne se ressemblaient pas du tout. Ils avaient la même aura de puissance calme, à laquelle s'ajoutait une forme de tristesse, comme s'ils avaient vu leur destin et savaient que tôt ou tard, ils rencontreraient un monstre qu'ils ne pourraient pas vaincre.

C'était un sentiment qui parlait à Hazel. Elle regarda le soleil se coucher sur l'océan, et comprit qu'il lui restait moins d'une semaine à vivre. Quelle que soit l'issue de leur quête, son voyage s'achèverait d'ici à la Fête de la Fortune.

Elle repensa à sa première mort, et aux mois qui l'avaient précédée. La maison à Seward, les six mois qu'elle avait passés en Alaska, ce petit bateau qu'il fallait prendre tous les soirs pour traverser la baie de la Résurrection et gagner l'île maudite.

Elle se rendit compte de son erreur trop tard. Sa vue se brouilla, le noir se fit, et elle bascula dans le passé.

Elles vivaient dans une maison de location, une boîte en bois à bardeaux, suspendue au-dessus de la baie par des piliers. Quand le train d'Anchorage passait, les meubles et les tableaux accrochés aux murs tremblaient. La nuit, Hazel s'endormait en entendant l'eau glacée clapoter contre les rochers, sous le plancher. Le vent faisait grincer la maison.

Elles avaient une pièce, avec une plaque chauffante et un petit frigo en guise de cuisine. Hazel disposait d'un coin pour elle, séparé par un rideau ; elle y avait son matelas et sa malle de rangement. Elle avait épinglé au mur ses dessins et de vieilles photos de La Nouvelle-Orléans, mais cela ne faisait qu'accentuer son mal du pays.

Sa mère n'était pas souvent là. Elle ne se faisait plus appeler la Reine Marie. C'était Marie tout court, la femme de ménage. Elle cuisinait et récurait toute la journée à la

211

brasserie de Third Avenue, pour des pêcheurs, des employés du chemin de fer et parfois des marins. Quand elle rentrait, elle sentait le Monsieur Propre et le poisson frit.

La nuit, Marie Levesque se transformait. La Voix s'emparait d'elle et donnait des ordres à Hazel, la contraignant à travailler à leur horrible projet.

Le pire, ça avait été l'hiver. La Voix restait plus longtemps à cause de l'obscurité constante. Le froid était si fort qu'Hazel pensait qu'elle ne se réchaufferait jamais.

Lorsqu'était arrivé l'été, Hazel s'était gorgée de soleil. Tous les jours des grandes vacances, elle s'absentait de la maison le plus longtemps possible, mais elle ne pouvait pas se promener en ville. Ce n'était guère qu'un gros bourg. Les autres enfants faisaient circuler des rumeurs à son sujet – la fille de la sorcière, qui vivait dans une vieille cabane en bordure des docks. Les adultes ne valaient pas beaucoup mieux.

Hazel aurait pu leur empoisonner la vie. Elle aurait pu leur donner des diamants, des perles et de l'or. En Alaska, ce n'était pas l'or qui manquait. Il y en avait tant dans les collines qu'Hazel aurait pu ensevelir la ville sans véritable effort. Elle n'en voulait pas vraiment aux habitants de la rejeter ; elle les comprenait.

Elle passait la journée à marcher dans les collines. Elle attirait les corbeaux. Ils croassaient à son passage des arbres et guettaient les objets brillants qui apparaissaient toujours sous ses pas. La malédiction ne semblait pas les gêner. Elle voyait des ours bruns, également, mais eux se tenaient à distance. Lorsque Hazel avait soif, elle trouvait une cascade de neige fondue et buvait l'eau froide et pure jusqu'à ce que sa gorge s'engourdisse. Elle grimpait aussi haut qu'elle pouvait et se chauffait le visage au soleil.

Ce n'était pas une façon déplaisante de passer le temps, mais elle savait qu'il lui faudrait finir par rentrer à la maison.

Parfois elle pensait à son père, cet homme étrange en costume noir et argent. Hazel aurait aimé qu'il revienne et la protège de sa mère, qu'il se serve de ses pouvoirs pour faire disparaître cette horrible Voix. C'était un dieu, ce devait être dans ses cordes.

Elle levait la tête vers les corbeaux et s'imaginait que c'étaient ses émissaires. Ils avaient des yeux noirs et fous, comme les siens. Elle se demandait s'ils rapportaient ses allées et venues à son père.

Mais Pluton avait mis sa mère en garde. L'Alaska était un pays au-delà des dieux. Il ne pouvait pas les protéger là-bas. Peut-être surveillait-il Hazel, en tout cas il ne lui parlait pas. Elle se demandait souvent si elle ne l'avait pas imaginé. Son ancienne vie lui semblait aussi lointaine que les émissions qu'elle écoutait à la radio, ou les discours du président Roosevelt sur la guerre. Parfois, les gens de leur petite ville parlaient des Japonais et de combats se déroulant sur les îles Aléoutiennes, au large de l'Alaska, mais même cela lui semblait très loin, et beaucoup moins effrayant que son problème.

Un jour, en plein été, elle resta dehors plus longtemps que d'habitude, à courir après un cheval.

Elle l'avait vu pour la première fois quand elle avait entendu un craquement derrière elle. En se retournant, elle avait aperçu un magnifique étalon rouan alezan à la crinière noire, exactement comme celui qu'elle avait monté son dernier jour à La Nouvelle-Orléans, quand Sammy l'avait emmenée aux écuries. Si ça n'était pas impossible, ça aurait pu être le même cheval. Il broutait quelque chose sur le sentier et Hazel eut la folle impression, pendant une seconde, que c'était une des pépites d'or qui affleuraient toujours sous ses pas.

– Hé, mon grand, lança-t-elle.

Le cheval la regarda avec méfiance.

Hazel supposa qu'il devait appartenir à quelqu'un. Il était trop bien bouchonné pour un étalon sauvage, avait la robe trop brillante. Si elle pouvait s'en approcher suffisamment... Et quoi ? Elle retrouverait son propriétaire ? Le lui ramènerait ?

Non, pensa-t-elle. *J'ai juste envie de monter encore une fois.*

Elle parvint à trois mètres du cheval, et il partit au galop. Elle passa le reste de l'après-midi à essayer de le rattraper – chaque fois, elle s'en rapprochait presque à le toucher... et il lui échappait à nouveau.

Elle perdit la notion du temps, ce qui était d'autant plus facile qu'il faisait jour si tard, en été. Finalement, elle s'arrêta à un ruisseau pour boire et regarda le ciel en se disant qu'il devait être autour de trois heures de l'après-midi. Puis elle entendit un train siffler dans la vallée. Elle se rendit compte que cela devait être le train du soir d'Anchorage, ce qui signifiait qu'il était vingt-deux heures !

Elle regarda d'un œil furieux l'étalon, qui broutait paisiblement sur l'autre berge du ruisseau.

– Tu veux m'attirer des ennuis, ou quoi ?

Le cheval hennit. Et puis... l'imagination d'Hazel dut lui jouer un tour. L'animal fila tel un éclair noir et fauve, presque trop vite pour que les yeux d'Hazel puissent le voir. Elle n'arrivait pas à comprendre comment mais, soudain, l'étalon avait bel et bien disparu.

Elle regarda l'emplacement où le cheval broutait quelques secondes plus tôt. Une volute de vapeur montait du sol.

Le sifflet du train résonna de nouveau dans les collines, et elle se rendit compte qu'elle allait se faire méchamment gronder. Elle rentra à la maison en courant à toutes jambes.

Sa mère n'était pas là. Un bref instant, Hazel en fut soulagée. Peut-être qu'elle avait dû rester plus tard au boulot. Peut-être que cette nuit, elles n'auraient pas à faire le voyage.

C'est alors qu'elle vit les dégâts. Son rideau avait été arraché. Sa malle était ouverte et ses quelques vêtements éparpillés par terre. Son matelas était déchiqueté comme si un lion l'avait éventré à coups de griffes. Pire, son carnet de croquis était déchiré, et ses crayons de couleur tous cassés. Le cadeau d'anniversaire de Pluton, seul luxe d'Hazel, avait été entièrement détruit. Épinglé au mur, il y avait un mot tracé en rouge sur la seule feuille encore entière de son carnet, d'une écriture qui n'était pas celle de sa mère : *Méchante. J'attends sur l'île. Ne me déçois pas.* Hazel éclata en sanglots. Elle était désespérée. Elle aurait voulu ignorer l'ordre et s'enfuir, mais pour aller où ? De plus, sa mère était prise au piège. La Voix avait promis qu'elles avaient presque achevé leur tâche. Si Hazel continuait à les aider, sa mère serait libérée. Elle ne faisait pas confiance à la Voix, mais elle n'avait pas le choix.

Elle prit la petite barque – une yole que sa mère avait achetée quelques pépites d'or à un pêcheur, lequel avait eu un accident tragique en jetant ses filets le lendemain. Elles n'avaient qu'un seul bateau, mais la mère d'Hazel était apparemment capable, en certaines occasions, de rejoindre l'île sans moyen de transport. Hazel avait appris à ne pas poser de questions à ce sujet.

Même en plein été, des blocs de glace flottaient dans la baie de la Résurrection. Des phoques escortaient la barque d'Hazel et la regardaient avec des yeux pleins d'espoir, quémandant des bouts de poisson. Au milieu de la baie, le dos noir d'une baleine affleurait à la surface.

Comme toujours, le balancement de la barque lui donnait mal au cœur. Elle s'arrêta une fois pour vomir par-dessus bord. Le soleil se couchait enfin sur les montagnes, peignant le ciel en rouge sang.

Elle rama vers le large. Au bout de quelques minutes, elle se tourna et regarda devant elle. Surgissant du brouillard, l'île

215

se matérialisa sous ses yeux : un demi-hectare de pins, de rochers et de neige, ourlé d'une plage de sable noir.

Si l'île avait un nom, Hazel l'ignorait. Une fois, elle avait commis l'erreur de s'en enquérir auprès des habitants de la ville, qui l'avaient regardée comme si elle était folle.

– Y a pas d'île à cet endroit, je serais rentré dedans mille fois avec ma barque, avait dit un vieux pêcheur.

Hazel était à une cinquantaine de mètres de la plage quand un corbeau se posa sur la proue de sa yole. C'était un oiseau noir au plumage gras, presque aussi grand qu'un aigle, au bec dentelé comme un couteau d'obsidienne.

L'intelligence brillait dans son regard, aussi Hazel ne fut-elle pas plus surprise que ça lorsqu'il prit la parole.

– Ce soir, croassa-t-il. La dernière nuit.

Hazel reposa les rames. Elle s'efforça de comprendre si le corbeau lui adressait un avertissement, un conseil ou une promesse.

– Tu es envoyé par mon père ? demanda-t-elle.

Le corbeau inclina la tête.

– La dernière nuit. Ce soir.

Il asséna quelques coups de bec sur la proue, puis partit à tire-d'aile vers l'île.

La dernière nuit, pensa Hazel. Elle décida d'y voir une promesse. *Elle pourra me dire ce qu'elle veut, mais je décide que ce sera pour moi la dernière nuit.*

Sa résolution lui donna la force de reprendre les rames. La yole glissa sur la rive en écrasant une fine couche de glace et de vase noire.

Au fil des mois, les pas d'Hazel et sa mère avaient tracé un chemin de la plage à l'intérieur de la forêt. Elle s'y engagea, veillant à ne pas quitter le sentier. L'île était pleine de dangers, aussi bien naturels que magiques. Des ours crapahutaient dans les sous-bois. Des esprits d'un blanc phosphorescent, vaguement humains, flottaient entre les arbres. Hazel ne savait pas qui ils étaient, ni même quoi, mais elle savait qu'ils guettaient avidement l'instant où elle s'égarerait et tomberait entre leurs griffes.

Au milieu de l'île, deux imposants rochers noirs signalaient l'entrée d'un tunnel. Hazel pénétra dans cette caverne, qu'elle appelait le Cœur de la Terre.

C'était le seul endroit vraiment chaud qu'Hazel ait trouvé depuis son arrivée en Alaska. L'air sentait la terre fraîchement retournée. La tiédeur moite donna sommeil à Hazel, mais elle lutta pour rester réveillée. Elle se disait que si jamais elle s'endormait dans ce lieu, son corps s'enfoncerait dans la terre molle et se changerait en compost.

La grotte faisait bien la taille d'une grande église, comme la cathédrale Saint Louis, chez Hazel, à Jackson Square. Des mousses luminescentes, vertes, rouges et violettes, tapissaient les parois. L'espace tout entier palpitait d'énergie, avec un *boum-boum-boum* régulier qui résonnait, trouvait Hazel, comme des battements de cœur. Il s'agissait peut-être juste des vagues qui s'écrasaient contre l'île, mais elle pensait que non. Cet endroit était vivant. La terre dormait, mais le pouls de son pouvoir battait, et dans son sommeil elle faisait des rêves si méchants et agités qu'Hazel se sentait perdre le contact avec la réalité.

Gaïa voulait absorber son identité, de la même façon qu'elle s'était emparée de sa mère. Elle voulait absorber tous les humains, dieux et demi-dieux qui osaient marcher sur sa surface.

Vous m'appartenez tous, répétait Gaïa comme une ritournelle. *Lâchez prise, revenez à la terre.*

Non, pensa Hazel. *Je suis Hazel Levesque. Tu ne m'auras pas.*

Marie Levesque était debout au bord d'une fosse. En six mois, ses cheveux étaient devenus gris et ternes. Elle avait maigri. Ses mains étaient abîmées par le travail. Elle portait une salopette de pêcheur en Néoprène sur des snow-boots et un tee-shirt blanc de son restaurant, couvert de taches. Impossible de la prendre pour une reine.

– C'est trop tard.

La voix frêle de la mère d'Hazel résonna dans la grotte. Avec stupeur, Hazel se rendit compte que c'était sa propre voix, et non celle de Gaïa.

– Maman ?

Marie se retourna. Elle avait les yeux ouverts. Elle était réveillée et consciente. Hazel aurait dû en être soulagée, mais cela l'inquiéta, au contraire. Pas une seule fois durant leurs visites sur l'île la Voix n'avait relâché son emprise.

– Qu'est-ce que j'ai fait ? demanda la mère d'Hazel, désespérée. Oh, Hazel, qu'est-ce que je t'ai fait ?

Voilà des mois qu'elles venaient ici, quatre à cinq nuits par semaine, selon les exigences de la Voix. Hazel avait pleuré, s'était écroulée de fatigue, elle avait supplié, elle avait cédé au désespoir. Mais la Voix qui contrôlait sa mère maintenait impitoyablement la pression. *Fais sortir des richesses de terre. Sers-toi de tes pouvoirs, petite. Apporte-moi mes plus précieux trésors.*

Au début, ses efforts avaient été accueillis par le mépris. La fissure qui s'ouvrait au sol s'était remplie d'or et de pierres précieuses, nageant dans une soupe de pétrole bouillonnante. On aurait dit un trésor de dragon noyé dans une fosse de goudron. Puis, peu à peu, une flèche de pierre avait commencé à pousser, en forme d'énorme oignon de tulipe. Elle émergeait si progressivement, nuit après nuit, qu'Hazel avait du mal à juger de son évolution. Il arrivait souvent qu'elle se concentre toute la nuit pour la faire monter, à s'en épuiser l'âme et l'esprit, sans pour autant remarquer de différence. Pourtant, la flèche poussait bel et bien.

À présent, elle voyait toute l'ampleur du travail accompli. La chose était haute comme une maison d'un étage ; c'était un tourbillon de vrilles de pierres entremêlées qui fusait de la fange grasse tel un fer de lance. À l'intérieur brillait une lueur qui dégageait de la chaleur. Hazel ne le voyait pas distinctement, mais elle savait ce qui était à l'œuvre : un corps était en train de se former, à base d'or et d'argent, avec du pétrole en guise de sang et des diamants en guise de cœur. Hazel faisait renaître le fils de Gaïa. Il était presque prêt à s'éveiller.

Sa mère tomba à genoux et éclata en sanglots.

– Je suis désolée, Hazel. Je suis vraiment désolée.

Elle avait l'air perdue, seule et horriblement triste. Hazel aurait dû être furieuse. Désolée ? Hazel avait grandi dans la peur de sa mère ; celle-ci l'avait grondée et rendue responsable de ses malheurs toutes ces dernières années. Traitée comme une anormale, elle avait été arrachée à sa ville natale, à son chez-soi de La Nouvelle-Orléans, et traînée dans cet enfer glacé, mise à travailler comme une esclave pour une déesse maléfique et sans merci. Alors « désolée », c'était un peu léger. Hazel aurait dû mépriser sa mère.

Pourtant elle n'arrivait pas à éprouver de la colère.

Elle s'agenouilla et passa le bras autour des épaules de sa mère. Marie Levesque était devenue l'ombre d'elle-même – plus que la peau et les os, sous ses vêtements de travail tachés. Même dans la chaleur de la grotte, elle tremblait.

– Que pouvons-nous faire ? demanda Hazel. Dis-moi comment je peux y mettre fin.

Sa mère secoua la tête.

– Elle m'a relâchée, dit-elle. Elle sait que c'est trop tard. Nous ne pouvons plus rien faire.

– Elle... la Voix ?

219

Hazel ne voulait pas se laisser emballer par l'espoir, mais si sa mère était véritablement libérée, plus rien d'autre n'avait d'importance. Elles pouvaient partir. Elles pouvaient fuir, retourner à La Nouvelle-Orléans.

– Est-ce qu'elle est partie ? poursuivit-elle.

Sa mère lança des regards craintifs autour d'elle.

– Non, elle est là. Elle a besoin que je fasse encore une chose pour elle, une seule. Et pour cela, elle a besoin de mon libre arbitre.

Hazel sentit l'inquiétude la reprendre.

– Allons-nous-en, dit-elle d'une voix pressante. Cette créature dans la flèche de pierre... elle va éclore.

– Bientôt, confirma sa mère.

Elle regardait Hazel avec une telle tendresse... Hazel ne se souvenait pas d'avoir jamais lu tant d'affection dans les yeux de sa mère. Sa gorge se serra.

– Pluton m'avait prévenue, reprit Marie. Il m'avait dit que mon vœu était trop dangereux.

– Ton... ton vœu ?

– Toutes les richesses sous la terre. C'est lui qui les contrôlait. Je les voulais. J'en avais tellement marre d'être pauvre, Hazel. Tellement marre. Je l'ai d'abord invoqué, lui... juste pour voir si j'en étais capable. Je n'aurais jamais cru que le sortilège de mes vieux grigris marcherait sur un dieu. Mais il m'a fait la cour, en me disant que j'étais belle et courageuse... (Elle regarda ses mains calleuses et déformées.) Quand tu es née, il était tellement heureux, tellement fier ! Il m'a promis de m'accorder ce que je voudrais. Il l'a juré sur le Styx. Je lui ai demandé toutes ses richesses. Il m'a averti que les vœux les plus cupides causent les tourments les plus cruels. Mais j'ai insisté. Je me suis vue vivant comme une reine... l'épouse d'un dieu ! Et toi... tu as reçu la malédiction.

Hazel avait l'impression de gonfler jusqu'au point de rupture, comme la flèche de pierre dans la fosse. Sa souffrance était telle que bientôt elle ne pourrait plus la contenir, et sa peau éclaterait.

– C'est pour ça que je trouve des choses sous la terre ? demanda-t-elle.

– Et c'est pour ça qu'elles n'apportent que du malheur. (Sa mère désigna la caverne d'un geste sans force.) C'est comme ça qu'elle m'a trouvée, qu'elle a pu me dominer. J'étais fâchée contre ton père. Je le rendais responsable de mes problèmes. Je t'en rendais responsable, toi aussi. J'étais amère et j'ai écouté la voix de Gaïa. Je me suis laissé berner.

– Il y a forcément quelque chose qu'on peut faire, insista Hazel. Dis-moi comment l'arrêter.

Le sol trembla. La voix désincarnée de Gaïa résonna dans la grotte.

Mon aîné s'éveille, annonça-t-elle, *c'est ce qu'il y a de plus précieux sous la terre et c'est toi qui l'as ramené des profondeurs, Hazel Levesque. Tu l'as fait renaître. Rien ne peut plus arrêter son éveil. Il ne reste qu'une seule chose.*

Hazel serra les poings. Elle était terrifiée mais, maintenant que sa mère était libre, elle se sentait enfin les coudées franches pour affronter son ennemie. Cette créature, cette déesse maléfique, avait brisé leur vie. Hazel n'était pas prête à la laisser gagner.

– Je ne t'aiderai plus ! cria-t-elle.

Mais j'en ai fini de toi, fillette. Je t'ai fait venir ici pour une seule raison. Ta mère a besoin... d'une motivation.

La gorge d'Hazel se serra.

– Maman ?

– Je suis désolée, Hazel. Essaie de me pardonner, je t'en prie. Sache que c'était seulement parce que je t'aime. Elle m'a promis de te laisser vivre si...

– Si tu te sacrifies, termina Hazel, en comprenant la vérité. Elle a besoin que tu donnes ta vie de ton plein gré pour éveiller ce... cette chose.

Alcyonée, dit Gaïa. *L'aîné des géants. Il doit d'abord s'éveiller, et ce territoire sera sa nouvelle patrie – au-delà des dieux. Il parcourra ces montagnes et forêts glacées. Il lèvera une armée de monstres. Pendant que les dieux seront divisés et occupés à s'affronter dans cette guerre mondiale des mortels, il enverra ses troupes détruire l'Olympe.*

Les rêves de la déesse de la Terre étaient si puissants qu'ils projetaient des ombres sur les parois de la grotte : d'effrayantes images mouvantes d'armées nazies dévastant l'Europe, des avions japonais bombardant des villes américaines. Hazel comprenait enfin. Les dieux de l'Olympe allaient prendre parti dans le combat, comme ils le faisaient toujours quand les humains se faisaient la guerre. Pendant que les dieux s'affronteraient pour en arriver, de combat en combat, à un arrêt sanguinaire des hostilités, une armée de monstres se lèverait dans le Nord. Alcyonée ranimerait ses frères géants et les enverrait à la conquête de la planète. Les dieux affaiblis tomberaient. Le conflit entre mortels ferait rage pendant des décennies encore, jusqu'à ce que toute trace de civilisation soit balayée, et la déesse de la Terre pleinement éveillée. Gaïa régnerait pour toujours.

Et tout ça, ronronna la déesse, *parce que ta mère a été cupide et t'a affligée du don de trouver les richesses. Dans mon état de sommeil, il m'aurait fallu des décennies encore, voire des siècles, avant de rassembler assez de force pour faire renaître Alcyonée. Mais à présent, il va s'éveiller, et bientôt moi aussi !*

Hazel sut avec une certitude terrible ce qui allait se passer. Gaïa n'avait besoin que d'une chose : un sacrifice consentant. Qu'une âme se consume pour donner vie à Alcyonée. Sa mère descendrait dans la fosse et toucherait cette horrible flèche – et elle serait absorbée.

– Hazel, pars. (Marie Levesque se leva, les jambes chancelantes.) Elle te laissera la vie sauve, mais tu dois te dépêcher.

Hazel la croyait. C'était le plus horrible. Gaïa respecterait l'accord et lui laisserait la vie sauve. Et elle survivrait pour assister à la fin du monde, sachant qu'elle l'avait provoquée.

– Non, décida Hazel. Je ne vivrai pas. Pas pour ça.

Elle chercha au plus profond de son âme. Elle invoqua son père, le seigneur des Enfers, et appela à elle toutes les richesses que contenait son vaste royaume. La grotte trembla.

Autour de la flèche de pierre d'Alcyonée le pétrole forma de grosses bulles, épaissit puis explosa comme une marmite en ébullition.

Ne sois pas idiote, dit Gaïa, d'une voix où Hazel détecta de l'inquiétude, et peut-être même de la peur. *Tu vas donner ta vie pour rien ! Ta mère mourra quand même !*

Hazel faillit flancher. Elle se souvint de la promesse de son père : un jour sa malédiction serait effacée ; un descendant de Neptune lui apporterait la paix. Il avait même dit qu'elle pourrait trouver un cheval rien que pour elle. Peut-être que l'étrange étalon des collines lui était destiné. Mais rien de tout cela n'arriverait si elle mourait maintenant. Elle ne reverrait jamais Sammy, ni ne retournerait à La Nouvelle-Orléans. Sa vie se résumerait à treize années courtes et amères, conclues par une fin malheureuse.

Elle croisa le regard de sa mère. Pour la première fois, celle-ci n'avait l'air ni triste, ni en colère. Ses yeux brillaient de fierté.

– C'était toi, mon cadeau, Hazel, dit-elle. Mon cadeau le plus précieux. J'ai été stupide de croire que j'avais besoin d'autre chose.

Elle embrassa sa fille sur le front et la serra contre elle. Sa chaleur donna à Hazel le courage de continuer. Elles mourraient, mais sans se sacrifier à Gaïa. D'instinct, Hazel sut que leur geste final ferait barrage au pouvoir de Gaïa. Leurs âmes iraient aux Enfers et Alcyonée ne s'éveillerait pas. Du moins pas cette fois-ci.

Hazel fit appel à ses dernières forces. L'air devint brûlant. La flèche commença de s'enfoncer. Des pierres précieuses et des pépites d'or jaillirent de la fissure et percutèrent les parois de la caverne avec une telle violence qu'elles les lézardèrent et déclenchèrent une pluie de shrapnel qui piqua la peau d'Hazel à travers son blouson.

Arrête ! ordonna Gaïa. *Tu ne peux pas l'empêcher de s'éveiller. Au mieux tu pourras le retarder, de quelques décennies. D'un demi-siècle. Vas-tu sacrifier vos vies pour ça ?*

Hazel lui répondit par son silence.

« La dernière nuit », avait dit le corbeau.

La fissure explosa. La voûte s'effondra. Hazel, dans les bras de sa mère, sombra dans l'obscurité, tandis que ses poumons s'emplissaient de pétrole et que l'île s'enfonçait dans la baie.

18 HAZEL

– Hazel ! appelait d'une voix paniquée Frank, en la secouant par les bras. S'il te plaît, réveille-toi !

Elle ouvrit les yeux. Une myriade d'étoiles illuminaient le ciel nocturne. Le sol ne tanguait plus. Elle était allongée sur la terre ferme, son épée emballée dans le tapis de sol et son ballot à côté d'elle.

Elle se redressa avec effort, la tête encore bourdonnante. Ils étaient sur une falaise en surplomb d'une plage. À une trentaine de mètres, l'océan brillait sous la lune. Les vagues s'éteignaient en clapotant contre la poupe de leur bateau, hissé sur le sable. À sa droite, tout contre la paroi de la falaise, se dressait un bâtiment qui ressemblait à une petite église, avec un projecteur dans le clocher. Un phare, devina Hazel. Derrière eux des champs couverts de hautes herbes bruissaient sous le vent.

– Où sommes-nous ? demanda-t-elle.

– Loués soient les dieux, tu es vivante ! s'exclama Frank. On est à Mendocino, à environ deux cent trente kilomètres du pont du Golden Gate.

– Deux cent trente kilomètres ? J'ai été si longtemps dans les vapes ? grommela Hazel.

Percy s'agenouilla près d'elle, les cheveux ébouriffés par

la brise marine. Il posa la main sur son front comme pour voir si elle avait de la fièvre.

– On n'arrivait pas à te réveiller. Finalement, on a décidé de t'amener à terre. On s'est dit que le mal de mer...

– Ce n'était pas le mal de mer.

Elle respira à fond. Elle ne pouvait leur cacher la vérité plus longtemps. Elle se souvint de ce que lui avait dit Nico : « Tu imagines, si tu as un flash-back comme ça pendant un combat ? »

– Il... il faut que je sois franche avec vous, déclara-t-elle. J'ai eu un trou noir. C'est quelque chose qui m'arrive de temps en temps.

– Un trou noir ? (Frank prit la main d'Hazel dans la sienne, ce qui l'étonna... agréablement.) C'est médical ? Comment ça se fait que je n'aie rien remarqué ?

– J'essaie de le cacher, avoua-t-elle. J'ai eu de la chance jusqu'à présent, mais ça s'aggrave. Ce n'est pas médical, pas vraiment. Nico dit que c'est un effet secondaire de mon passé, de là où il m'a trouvée.

Le regard vert et ardent de Percy était indéchiffrable. Elle n'arrivait pas à voir s'il était inquiet ou méfiant.

– Où est-ce que Nico t'a trouvée, au juste ? demanda-t-il.

Hazel avait la langue lourde. Elle craignait, si elle se mettait à parler, de basculer à nouveau dans le passé, mais ils avaient le droit de savoir. Si elle leur faisait défaut pendant cette mission, si elle décrochait au moment où ils avaient le plus besoin d'elle... l'idée lui était insupportable.

– Je vais vous expliquer, promit-elle. (Elle fouilla dans son sac. Bêtement, elle avait oublié de prendre une bouteille d'eau.) Est-ce que... est-ce qu'il y a quelque chose à boire ?

– Oui, dit Percy, qui jura en grec. C'est idiot, j'ai laissé mes vivres dans le bateau.

Hazel avait mauvaise conscience de leur demander de s'occuper d'elle, mais elle s'était réveillée épuisée et la gorge sèche, comme si elle avait vécu les dernières heures à la fois dans le passé et le présent. Elle passa son sac et son épée en bandoulière.

– C'est pas grave, dit-elle, je peux marcher.

– N'y pense même pas, rétorqua Frank. Pas tant que tu n'auras pas avalé quelque chose. Je vais chercher les vivres.

– Non, j'y vais. (Percy jeta un coup d'œil à la main de Frank sur celle d'Hazel. Puis il balaya l'horizon du regard comme s'il percevait un danger, mais il n'y avait rien à voir – rien qu'un phare et une prairie qui s'étirait vers l'intérieur des terres.) Restez ici, tous les deux. Je reviens tout de suite.

– Tu es sûr ? demanda Hazel d'une voix faible. Je ne veux pas que tu...

– Pas de problème, assura Percy. Seulement, Frank, garde l'œil. Il y a quelque chose dans cet endroit... je sais pas.

– Je veillerai sur elle, promit Frank.

Une fois seul avec Hazel, celui-ci sembla s'apercevoir qu'il lui tenait toujours la main. Il la lâcha et s'éclaircit la gorge.

– Je, euh, je crois que je comprends tes trous noirs, dit-il. Et là d'où tu viens.

Elle sentit son cœur s'affoler.

– Vraiment ?

– Tu es tellement différente des autres filles que j'ai rencontrées. (Il cligna des yeux, puis s'empressa de rectifier.) Pas en mal, mais c'est juste ta façon de parler. Et certaines choses qui te surprennent, des chansons ou émissions de télé que tu ne connais pas, certaines expressions d'argot. Tu parles de ta vie comme si elle s'était passée il y a longtemps. Tu es née à une époque différente, n'est-ce pas ? Tu es venue des Enfers.

Hazel eut envie de pleurer. Pas parce qu'elle était triste, mais parce que c'était un tel soulagement d'entendre quelqu'un dire la vérité. Frank n'avait l'air ni choqué ni effrayé. Il ne la regardait pas comme si elle était un fantôme ou une horrible zombie.

– Frank, je...

– On démêlera tout ça, promit-il. À présent tu es vivante et on va faire ce qu'il faut pour que tu le restes.

Derrière eux, les herbes bruissèrent. Le froid piquait les yeux d'Hazel.

– Je ne mérite pas d'avoir un ami comme toi, dit-elle. Tu ne sais pas qui je suis, ni ce que j'ai fait.

– Arrête. (Frank plissa le nez.) Tu es géniale ! En plus tu n'es pas la seule à avoir des secrets.

Hazel le dévisagea.

– Ah bon ?

Frank s'apprêtait à dire quelque chose, mais il se crispa.

– Qu'est-ce qu'il y a ? demanda Hazel.

– Le vent est tombé.

Elle regarda autour d'elle et vit qu'il avait raison. L'air était devenu parfaitement immobile.

– Alors ? demanda-t-elle.

– Alors pourquoi l'herbe bouge-t-elle encore ?

Du coin de l'œil, Hazel vit des formes sombres qui ondulaient dans le champ.

– Hazel !

Frank voulut l'empoigner par les bras, trop tard.

Un coup le projeta en arrière. Puis une force semblable à un ouragan herbu s'enveloppa autour d'Hazel et l'entraîna dans le champ.

19   Hazel

Côté bizarre, Hazel en connaissait un rayon. Elle avait vu sa mère possédée par une déesse de la Terre. Elle avait créé un géant en or. Elle avait détruit une île, elle était morte et revenue des Enfers.

Mais se faire enlever par un champ d'herbes ? Voilà qui était nouveau.

Elle avait l'impression d'être dans un entonnoir de trombe, fait de plantes à la place des nuages. Elle avait entendu parler des chanteurs d'aujourd'hui qui sautaient dans des foules de fans et se retrouvaient transportés de l'un à l'autre par des milliers de mains, et elle se disait que là c'était un peu pareil – sauf qu'elle circulait beaucoup plus vite et que les brins d'herbe n'étaient pas des fans extatiques.

Impossible de se relever. Impossible de toucher le sol. Son épée était toujours enroulée dans son tapis de sol, en bandoulière dans son dos, mais elle ne pouvait pas l'attraper. Les plantes l'empêchaient de reprendre son équilibre, la ballottaient, lui coupaient les mains et le visage. Elle distinguait à peine les étoiles à travers la confusion de jaune, de vert et de noir.

Bientôt, les cris de Frank se perdirent derrière elle.

Hazel avait du mal à penser clairement, mais elle savait une chose : elle se déplaçait vite. Où qu'on puisse l'emmener, elle serait bientôt trop loin pour que ses amis la retrouvent.

Elle ferma les yeux et tenta d'ignorer les secousses et ballottements. Elle dirigea ses pensées vers la terre, sous elle. Or, argent – tout serait bon du moment que ça puisse perturber ses kidnappeurs.

Elle ne sentit rien. Zéro minerai précieux sous la terre.

Elle allait désespérer quand une énorme zone de froid passa sous elle. Elle s'y accrocha avec le maximum de concentration, lançant une ancre mentale. Soudain, le sol gronda. Le tourbillon végétal la relâcha et elle fut éjectée comme un projectile de catapulte.

Momentanément en apesanteur, elle ouvrit les yeux, puis se retourna en plein ciel. Elle était à environ six mètres du sol. Alors sa chute commença. Elle fit appel à sa formation au combat. Elle s'était déjà entraînée à tomber du dos d'aigles géants. Elle se roula en boule, transforma l'impact en culbute et termina debout, pieds plantés dans le sol.

Elle récupéra son tapis de camping, l'ouvrit et en tira son épée. À quelques mètres sur sa gauche, une saillie rocheuse de la taille d'un garage dépassait de la mer d'herbes. Hazel se rendit compte que c'était son ancre. Elle avait fait apparaître ce rocher.

Les herbes ondulaient tout autour. Des voix dépitées et en colère s'en prenaient en chuchotant à l'énorme pierre qui avait interrompu leur avancée. Sans leur laisser le temps de se ressaisir, Hazel courut au rocher et grimpa à son sommet.

Les herbes bruissèrent et se tendirent à son passage comme les tentacules d'une anémone de mer géante. Hazel sentit la rage impuissante de ses kidnappeurs.

– Vous pouvez pas pousser là-dessus, hein ? hurla-t-elle. Allez-vous-en, bande de mauvaises herbes ! Laissez-moi tranquille !

– Du schiste, dit une voix en colère parmi les brins d'herbe.

Hazel leva les sourcils.

– Pardon ?

– Du schiste ! Gros tas de schiste !

Hazel ne sut quoi dire à cela. À ce moment-là, tout autour de son îlot de pierre, les kidnappeurs se matérialisèrent entre les herbes. Au premier regard, ils avaient l'air d'angelots : une bonne dizaine de petits chérubins joufflus. Mais quand ils s'approchèrent, Hazel vit qu'ils n'étaient ni mignons, ni angéliques.

Ils avaient la taille de gamins de deux ou trois ans et des bourrelets de bébé, mais leur peau était d'une teinte verdâtre comme s'il leur coulait de la chlorophylle dans les veines. Ils avaient de petites ailes sèches et cassantes qui ressemblaient à des feuilles de maïs, et des touffes de cheveux blancs qui ressemblaient à des soies de maïs. Leurs visages étaient hagards et criblés de grains de céréales, leurs yeux entièrement verts et leurs dents pointues.

Le plus grand d'entre eux s'avança. Il portait un pagne jaune et avait les cheveux hérissés comme les piquants d'un épi de blé. Il se dirigea vers Hazel en sifflant entre les dents et en se dandinant si fortement qu'elle se demanda s'il n'allait pas perdre son pagne.

– Je hais ce schiste ! se plaignit la créature. Le blé peut pas pousser !

– Le sorgho peut pas pousser ! enchaîna un autre.

– L'orge ! cria un troisième. L'orge peut pas pousser ! Maudit schiste !

Hazel sentit ses genoux vaciller. Ces petites créatures auraient pu être drôles si elles ne l'encerclaient pas, si elles ne braquaient pas sur elle leurs yeux verts et affamés, tout en montrant les crocs. On aurait dit des chérubins-piranhas.

– Vous parlez du rocher ? parvint-elle à articuler. Cette pierre s'appelle du schiste ?

– Oui, la pierre verte ! hurla de plus belle le premier. Le schiste ! Vilaine roche.

Hazel commençait à comprendre comment elle avait pu la faire apparaître.

– C'est précieux ? demanda-t-elle.

– Bof ! fit le gnome au pagne jaune. Les gens du coin sont assez bêtes pour faire des bijoux avec, oui. Précieux ? peut-être. Mais ça vaut pas du bon blé !

– Ou du sorgho !

– Ou de l'orge !

Tous les autres s'y mirent, lançant chacun le nom d'une céréale différente. Ils entouraient le rocher sans tenter de l'escalader – du moins pour le moment. Mais s'ils décidaient de l'attaquer en masse, elle ne pourrait jamais les repousser tous. Elle tenta de faire durer la conversation, dans l'espoir que Percy et Frank ne soient pas trop loin. Peut-être pourraient-ils l'apercevoir, perchée en hauteur au milieu des champs plats. Dommage, pensa-t-elle, que son épée ne soit pas lumineuse comme celle de Percy.

– Alors vous êtes les serviteurs de Gaïa ? demanda-t-elle.

Pagne jaune plissa le nez et déclara :

– Nous sommes les *karpoi*, les esprits des céréales. Les enfants de la Terre Nourricière, oui ! Nous sommes ses assistants depuis toujours. Avant que les vilains humains se mettent à nous cultiver, nous poussions à l'état sauvage. Nous redeviendrons sauvages ! Le blé détruira tout !

– Non, le sorgho régnera !

232

– L'orge dominera !

Et chaque *karpos* de donner de la voix, appelant à la dictature de son espèce végétale.

– Je vois. (Hazel déglutit pour masquer sa répugnance.) Tu es donc le Blé, en, euh, culottes jaunes ?

– Hmm hmm, dit Blé. Descends de ton schiste, demi-dieu. Nous devons te conduire aux lieutenants de l'armée de notre maîtresse. Ils nous récompenseront. Et ils te tueront lentement !

– C'est tentant, répondit Hazel, mais non merci.

– Je te donnerai du blé ! dit Blé, comme si c'était une bonne affaire en échange de sa vie. Des tas de blé !

Hazel s'efforça de réfléchir. Sur quelle distance l'avaient-ils transportée ? Combien de temps faudrait-il à ses amis pour la retrouver ? Les *karpoi* commençaient à s'enhardir, s'approchaient du rocher à deux ou trois, grattaient la pierre pour voir si cela leur faisait mal ou non.

– Avant de descendre... (Hazel éleva la voix, espérant qu'elle porte à travers champs.) Vous voulez bien m'expliquer quelque chose ? Si vous êtes les esprits des céréales, comment se fait-il que vous ne soyez pas du côté des dieux ? La déesse de l'agriculture Cérès...

– L'horrible nom ! gémit Orge.

– Elle nous cultive ! cracha Sorgho avec dépit. Nous fait pousser en rangs stupides. Laisse les humains nous récolter. Pff ! Quand Gaïa sera redevenue la maîtresse du monde, nous redeviendrons sauvages, ha ha !

– Oui, bien sûr. Et cette armée, où vous allez m'emmener contre du blé...

– Ou de l'orge, offrit Orge.

– Oui oui. Où est-elle, cette armée ?

– Juste derrière la crête ! (Sorgho tapa des mains, tout excité.) La Mère Nourricière nous a dit : « Cherchez la fille de

Pluton, qui est revenue à la vie. Trouvez-la-moi ! Rapportez-la-moi vivante ! Je lui ai préparé de nombreuses tortures. » Le géant Polybotès nous récompensera pour ta capture. Ensuite nous partirons vers le sud pour anéantir les Romains. On ne peut pas nous tuer, tu sais. Mais toi oui.

– C'est super, dit Hazel en s'efforçant d'insuffler de l'enthousiasme à ses paroles, ce qui était difficile, sachant que Gaïa avait concocté une vengeance tout spécialement pour elle. Et on ne peut pas vous tuer parce qu'Alcyonée a capturé le dieu de la Mort, c'est ça ?

– Exactement ! s'écria Orge.

– Il l'a enchaîné et le tient prisonnier en Alaska... euh, comment s'appelle cet endroit, déjà ?

Sorgho s'apprêta à répondre, mais Blé lui sauta dessus et le jeta à terre. Les *karpoi* se mirent à se battre, à nouveau sous leur forme de nuages de céréales. Hazel envisagea d'en profiter pour fuir. C'est alors que Blé se reconstitua. Il tenait Sorgho par le cou.

– Arrêtez ! cria-t-il aux autres. Le combat multi-céréales est interdit !

Les *karpoi* reprirent tous leurs corps de chérubins-piranhas. Blé repoussa Sorgho.

– Tu es maligne, demi-dieu ! dit-il. Tu essaies de nous soutirer nos secrets par ruse. Mais non, tu ne trouveras jamais le repaire d'Alcyonée.

– De toute façon je sais où il est, affirma-t-elle avec une assurance feinte. Il est sur l'île de la baie de la Résurrection.

– Ha ! lança Blé. Cette île a sombré sous les flots depuis longtemps. Tu devrais le savoir ! Gaïa t'en veut à mort ! Lorsque tu as contrecarré ses plans, elle a été obligée de replonger dans le sommeil. Des décennies entières ! Quant à Alcyonée... il a fallu attendre les années sombres pour qu'il puisse s'éveiller.

– Les années 1980, acquiesça Orge. Horrible ! Horrible !

– Oui, dit Blé. Et notre maîtresse dort encore. Alcyonée s'est vu contraint de patienter dans le Nord, en peaufinant ses plans. Maintenant seulement, Gaïa commence à s'agiter. Mais elle ne t'a pas oubliée, et son fils non plus !

Sorgho poussa un ricanement d'aise.

– Tu ne trouveras jamais la prison de Thanatos, dit-il. Le géant est chez lui dans tout l'Alaska. Il peut cacher la Mort n'importe où. Il te faudrait des années pour la retrouver, or ton pauvre camp n'a que quelques jours devant lui. Tu ferais mieux de te rendre. Nous te donnerons plein de céréales.

L'épée d'Hazel s'alourdit dans sa main. Elle redoutait de retourner en Alaska depuis le début, mais au moins avait-elle, en partant, une idée de l'endroit où chercher Thanatos. Elle avait espéré que l'île où elle était morte n'avait pas été entièrement détruite, ou qu'elle s'était reformée au réveil d'Alcyonée. Elle avait espéré que le géant en aurait fait son Q.G. Mais si l'île avait bel et bien disparu, comment retrouver le géant ? L'Alaska, c'était immense. Ils pouvaient chercher des années entières sans trouver.

– Oui, reprit Blé qui sentait son angoisse. Abandonne.

Hazel serra le manche de sa *spatha*.

– Jamais ! (Elle haussa la voix de nouveau dans l'espoir que ses amis l'entendent.) Si je dois vous tuer tous, je le ferai. Je suis la fille de Pluton !

Les *karpoi* s'avancèrent. Ils agrippèrent la roche en grimaçant comme si elle était brûlante, mais entreprirent quand même de l'escalader.

– Maintenant tu vas mourir, promit Blé dans un grincement de dents. Tu vas sentir la colère du grain !

Soudain, un sifflement fendit l'air. Le rictus de Blé se figea. Il baissa les yeux sur la flèche dorée qui venait de transpercer sa poitrine. Puis il vola en éclats de cracker.

Une fraction de seconde, Hazel fut aussi stupéfaite que les *karpoi*. Puis Frank et Percy déboulèrent et se mirent à massacrer toutes les sources de fibres qu'ils trouvaient devant eux. Frank décocha une flèche à Orge, qui s'écroula en tas de graines. Percy éventra Sorgho, puis se lança à l'assaut d'Avoine et de Millet. Hazel sauta au sol et se joignit au combat.

En quelques minutes, les *karpoi* furent réduits à des monticules de diverses céréales pour petit déjeuner. Blé commença à se reformer, mais Percy sortit un briquet de son sac et l'alluma.

– Essaie donc, l'avertit Percy, et je mets le feu au champ. Restez morts et lâchez-nous, ou c'est grillé pour l'herbe !

Frank battit des paupières comme si la flamme le terrifiait. Hazel ne comprenait pas, mais elle cria quand même aux tas de céréales :

– Il le ferait ! Il est fou !

Les vestiges des *karpoi* s'éparpillèrent au vent. Frank grimpa sur le rocher et les regarda s'en aller.

Percy éteignit son briquet et sourit à Hazel.

– Bonne idée de crier, dit-il. On ne t'aurait pas trouvée, sans ça. Comment as-tu fait pour les tenir à distance si longtemps ?

– Gros tas de schiste, expliqua-t-elle en montrant le rocher du doigt.

– Pardon ?

– Les gars, lança Frank du haut du rocher. Venez voir.

Percy et Hazel grimpèrent pour le rejoindre. Quand elle aperçut ce que Frank regardait, Hazel eut un haut-le-corps et s'écria :

– Range ton épée, Percy ! Pas de lumière !

Il effleura la pointe de l'épée, et Turbulence se replia en stylo-bille.

En dessous d'eux, une armée avançait.

Le champ se terminait sur un ravin peu profond, où une route de campagne serpentait dans la direction nord-sud. De l'autre côté de la route, des collines herbues s'égrenaient à perte de vue, sans la moindre trace de civilisation, si ce n'est une supérette aux lumières éteintes, sur le versant le plus proche.

Le ravin était envahi de monstres qui marchaient au pas vers le Sud, par colonnes entières, si nombreuses et si proches qu'Hazel fut sidérée qu'ils n'aient pas entendu ses cris.

Frank, Percy et elle se tapirent contre le rocher. Bouche bée, ils regardèrent passer plusieurs dizaines de grands humanoïdes poilus, habillés d'armures déchiquetées et de fourrures en lambeaux. Ils avaient six bras chacun, trois de chaque côté, ce qui leur donnait un air d'hommes des cavernes descendant de l'insecte.

– Des Gégénéis, murmura Hazel. Des ogres de la terre.

– Tu les as déjà combattus ? demanda Percy.

Elle fit non de la tête.

– J'en ai juste entendu parler en cours de monstres au camp.

Elle n'avait jamais aimé les cours de monstres – Pline l'Ancien et tous ces vieux auteurs qui décrivaient des monstres légendaires, aux confins de l'Empire romain. Hazel croyait aux monstres, toutefois certaines descriptions étaient si extravagantes qu'elle les avait toujours prises pour des exagérations ridicules.

Seulement maintenant, une armée entière de ces exagérations défilait devant elle.

– Les Gégénéis ont combattu les Argonautes, murmurat-elle. Et ces créatures qui les suivent...

– Des centaures, dit Percy. Mais... il y a quelque chose qui cloche. Les centaures sont du bon côté, normalement.

Frank faillit s'étrangler.

– C'est pas ce qu'on nous apprend au camp ! s'écria-t-il. Les centaures sont fous, ils passent leur temps à se saouler et à tuer des héros.

Hazel observa les hommes-chevaux qui passaient au petit galop. Humains jusqu'à la taille, alezans dorés à crins blancs en dessous. Ils portaient des armures barbares en cuir et bronze, étaient armés de lances et de frondes. Au début, Hazel crut qu'ils avaient des casques vikings. Puis elle vit qu'il s'agissait en fait de vraies cornes qui dépassaient de leur pelage ébouriffé.

– C'est normal qu'ils aient des cornes de taureau ? demanda-t-elle.

– C'est peut-être une espèce particulière, dit Frank. On ne va pas leur poser la question, d'accord ?

Percy regarda plus loin et pâlit.

– Par les dieux... des Cyclopes.

Effectivement, derrière les centaures venait un bataillon d'ogres à un seul œil, mâles et femelles, harnachés de bouts de ferraille disparates. Ils mesuraient bien trois mètres chacun. Six d'entre eux, attelés comme des bœufs, traînaient une tour de siège d'un étage surmontée d'une baliste géante.

Percy se prit la tête entre les mains.

– Des centaures. Des Cyclopes, dit-il à part soi. Y a quelque chose qui cloche grave.

L'armée de monstres avait de quoi désespérer n'importe qui, mais Hazel se rendit compte qu'autre chose perturbait Percy. À la lumière blafarde de la lune, il avait le visage blême et tendu, comme si ses souvenirs, luttant pour affleurer, lui embrouillaient les idées.

Elle jeta un coup d'œil à Frank.

– Il faut qu'on le ramène au bateau, dit-elle. La mer lui fera du bien.

– D'accord, répondit Frank. Ils sont trop nombreux. Le camp... Il faut prévenir le camp.

– Ils savent, dit Percy d'une voix rauque. Reyna sait.

Une boule se forma dans la gorge d'Hazel. La légion ne pourrait pas se mesurer à une armée aussi nombreuse. S'ils n'étaient qu'à quelques centaines de kilomètres au nord du Camp Jupiter, leur quête était déjà condamnée. Ils ne pourraient jamais aller en Alaska et revenir à temps.

– Venez, dit-elle. Allons...

Alors, elle vit le géant.

Lorsqu'il surgit de derrière la crête, Hazel n'en crut pas ses yeux. Aussi grand que la tour de siège – au moins dix mètres de haut – il avait des pattes écailleuses de reptile, comme un dragon de Komodo, et le reste du corps pris dans une armure bleu outremer. Son plastron s'ornait de rangées de visages monstrueux et affamés, qui ouvraient la bouche comme pour demander à manger. Lui-même avait une figure humaine, mais une énorme touffe d'algues vertes en guise de chevelure. Quand il agitait la tête, des serpents tombaient de ses mèches – des pellicules-vipères, difficile de faire plus répugnant.

Il était armé d'un trident gigantesque et d'un filet plombé.

À la vue de ces armes, Hazel sentit son ventre se nouer. Elle avait souvent affronté ce type d'adversaire à l'entraînement au combat de gladiateurs. Il pratiquait la forme de combat la plus rusée, la plus retorse, la plus cruelle qui soit. Ce géant était un *retiarius* XXL.

– Qui est-ce ? demanda Frank avec un tremblement dans la voix. Ce n'est pas...

– Non, c'est pas Alcyonée, répondit Hazel dans un souffle. Je crois que c'est un de ses frères. L'esprit du grain y a fait allusion, lui aussi. C'est le géant dont parlait Terminus. Polybotès.

Elle n'aurait pu dire comment elle le savait, mais elle sentait l'aura de pouvoir du géant de là où ils étaient. Elle reconnut la sensation qu'elle avait éprouvée au Cœur de la Terre, lorsqu'elle faisait émerger Alcyonée – l'impression d'être debout près d'un aimant puissant, qui attirait vers lui le fer qu'elle avait dans le sang. Ce géant était un autre fils de Gaïa – une créature de la terre si forte et si malveillante qu'elle émettait son propre champ de gravitation.

Hazel savait qu'ils devaient partir. Leur cachette en haut de ce rocher n'en serait pas une pour un géant pareil, si d'aventure il tournait la tête de leur côté. Pourtant elle sentait que quelque chose d'important était imminent. Ils descendirent tous les trois à mi-hauteur du bloc de schiste et attendirent.

Quand le géant se rapprocha, une femme Cyclope sortit des rangs et courut en arrière pour lui parler. Elle était immense, grasse et atrocement laide, accoutrée d'une cotte de mailles taillée comme une robe-sac – mais à côté du géant, elle avait l'air d'une gamine.

Elle pointa du doigt vers la supérette fermée, en haut de la colline la plus proche, et marmonna des paroles où il était question de manger. Le géant lui répondit sèchement, l'air agacé. La femme Cyclope aboya un ordre à ses semblables, et trois d'entre eux lui emboîtèrent le pas quand elle partit en direction du magasin.

Lorsqu'ils parvinrent à mi-pente, une lumière aveuglante transforma la nuit en jour. Hazel fut éblouie. En dessous d'eux, l'armée ennemie céda au chaos, dans une cacophonie de cris et hurlements. Hazel cligna des yeux. Elle avait l'impression de sortir d'une salle de cinéma obscure et de déboucher brusquement en plein soleil.

– Trop ravissant ! hurlèrent les Cyclopes. Brûle l'œil !

Au sommet de la colline, la supérette était maintenant enserrée dans un arc-en-ciel incroyablement proche et lumineux. L'arc de lumière s'enracinait dans le magasin pour monter vers le ciel, baignant la campagne environnante d'un étrange éclat kaléidoscopique.

La femme Cyclope leva sa massue et chargea. Lorsqu'elle frappa l'arc-en-ciel, son corps tout entier se mit à fumer. Elle lâcha le gourdin avec un cri de douleur et battit en retraite, les bras et le visage couverts de cloques multicolores.

– Horrible déesse ! cria-t-elle vers le magasin. Donne-nous des quatre-heures !

Les autres monstres, comme pris de folie, chargèrent à leur tour, pour fuir eux aussi dès que la lumière de l'arc-en-ciel les brûlait. Certains lancèrent des pierres, des javelots, des épées et même des pièces de leurs armures, mais tout était aussitôt dévoré par des flammes aux couleurs ravissantes.

Le géant sembla enfin se rendre compte que ses soldats jetaient au feu du matériel de qualité.

– Arrêtez ! tonna-t-il.

Non sans difficulté, il parvint à ramener l'ordre dans ses troupes. Une fois les monstres calmés, il s'approcha du magasin au bouclier d'arc-en-ciel et arpenta la bordure de la lumière.

– Déesse ! cria-t-il. Sors et rends-toi !

Aucune réponse n'émana du magasin. L'arc-en-ciel scintillait de plus belle. Le géant brandit son trident.

– Je suis Polybotès ! Agenouille-toi devant moi pour que je t'expédie rapidement à trépas.

Apparemment, personne, dans le magasin, ne fut impressionné. Un minuscule objet noir jaillit de la fenêtre et roula aux pieds du géant.

– Une grenade ! hurla Polybotès en se couvrant le visage.

Les monstres se jetèrent au sol.

La chose n'explosant pas, Polybotès se pencha et la ramassa prudemment.

– Un brownie ? hurla-t-il, outragé. Tu oses m'insulter en m'envoyant un brownie ?

Il renvoya le gâteau vers la boutique, et il se pulvérisa dans la lumière.

Les monstres se relevèrent. Plusieurs marmonnèrent : « Des brownies ? Où ça ? »

– Attaquons ! cria la femme Cyclope. J'ai faim. Mes garçons veulent leurs quatre-heures !

– Non ! dit Polybotès. On est déjà en retard. Alcyonée compte sur notre présence au camp d'ici à quatre jours. Vous autres, les Cyclopes, vous avancez à une lenteur impardonnable. On a pas de temps à perdre pour des déesses *mineures* !

Il lança ce dernier commentaire à l'attention du magasin, mais n'obtint aucune réaction.

La femme Cyclope grogna.

– Le camp, ouais. Vengeance ! Les « orange » et les « pourpre » ont détruit mon foyer. Maintenant Mo Joindculass va détruire le leur ! Vous m'entendez ? Léo ? Jason ? Piper ? Je viens vous réduire en bouillie !

Les autres Cyclopes rugirent avec enthousiasme, vite imités par l'ensemble des monstres.

Un frisson parcourut Hazel. Elle regarda ses amis.

– Jason, murmura-t-elle. Elle s'est battue contre Jason. Ça veut dire qu'il est peut-être encore en vie.

Frank hocha la tête.

– Et les deux autres noms, demanda-t-il, ça te dit quelque chose ?

Hazel fit signe que non. Elle ne connaissait pas de Léo ni de Piper au camp. Quant à Percy, il était toujours livide et hébété. Si les noms lui rappelaient quelque chose, il le cachait bien.

Hazel réfléchit à ce qu'avait dit la Cyclope : les « orange » et les « pourpre ». Le pourpre, c'était la couleur du Camp Jupiter, bien sûr. Quant à l'orange... Percy était arrivé avec un tee-shirt orange tout déchiré. Ça ne pouvait pas être une coïncidence.

En contrebas, l'armée se remit en branle, mais le géant Polybotès s'attarda sur le côté. Il humait l'air en plissant le nez.

– Dieu marin, marmonna-t-il – et, au grand effroi d'Hazel, il se tourna dans leur direction. Je sens l'odeur d'un dieu marin.

Percy tremblait. Hazel posa une main sur son épaule et essaya de le plaquer contre la paroi de pierre.

La dénommée Mo Joindculass lança d'un ton hargneux :

– Évidemment que tu sens un dieu marin ! La mer est juste là !

– C'est autre chose, insista Polybotès. Je suis né pour détruire Neptune. Je perçois...

Il fronça les sourcils et tourna la tête, en projetant quelques serpents de plus.

– On avance ou on hume l'air ? reprit Mo Joindculass. J'ai pas droit aux brownies, alors pas de dieu marin pour toi !

243

– Très bien, grogna Polybotès. En avant, marche !

Il jeta un dernier coup d'œil au magasin, puis passa la main dans ses cheveux. Il en ramena trois serpents plus grands que les autres, qui portaient des marques blanches autour du cou.

– J'ai un cadeau pour toi, déesse ! Mon nom, Polybotès, signifie « nombreux à nourrir » ! Voici quelques gueules affamées. On verra si tu vas attirer beaucoup de clients, avec ces sentinelles devant ton magasin !

Il rit méchamment et lança les serpents dans les hautes herbes de la colline.

Puis il repartit vers le Sud, faisant trembler le sol sous ses énormes pattes de Komodo. Bientôt, la dernière colonne de monstres franchit les collines et se perdit dans la nuit.

L'arc-en-ciel éblouissant s'éteignit alors comme un projecteur qu'on débranche.

Hazel, Frank et Percy se retrouvèrent seuls dans le noir, à regarder une supérette fermée de l'autre côté de la route.

– Original, comme expérience, marmonna Frank.

Percy tremblait de tous ses membres. Hazel se rendait bien compte qu'il avait besoin d'aide ou de repos. La vue de cette armée semblait avoir réveillé en lui une forme ou l'autre de souvenir, et il était en état de choc. Il fallait le ramener au bateau.

Mais par ailleurs, de vastes prairies les séparaient de la plage, et Hazel pressentait que les *karpoi* n'avaient pas disparu définitivement. Regagner le bateau en pleine nuit ne lui semblait donc pas une bonne idée. Et elle ne pouvait se défaire de l'épouvantable impression que si elle n'avait pas fait surgir ce bloc de schiste, elle serait tombée entre les mains du géant.

– Allons au magasin, dit-elle. S'il y a une déesse là-haut, elle pourra peut-être nous aider.

– Sauf qu'il y a des serpents qui gardent la colline, maintenant, rétorqua Frank. Et cet arc-en-ciel pourrait se rallumer.

Ils regardèrent tous les deux Percy, qui tremblait comme s'il souffrait d'hypothermie.

– Il faut qu'on essaie, dit Hazel.

Frank hocha gravement la tête.

– Enfin, soupira-t-il, une déesse qui attaque un géant avec des brownies ne peut pas être foncièrement mauvaise. Allons-y.

21 FRANK

Frank n'aimait pas les brownies. Il n'aimait pas les serpents. Et il n'aimait pas sa vie. Pas nécessairement dans cet ordre.

Pendant qu'ils gravissaient la colline, il se prit à envier les trous noirs d'Hazel – ah ! s'il pouvait, lui aussi, tomber en catalepsie et basculer dans une autre époque, par exemple avant d'être recruté pour cette quête insensée, avant d'apprendre que son père était un sergent-instructeur divin à l'ego surdimensionné...

Son arc et sa lance battaient contre son dos. Cette lance non plus, il ne l'aimait pas. À l'instant où il l'avait reçue, il s'était juré de ne jamais s'en servir. « Une arme digne de ce nom. » Quel crétin, ce Mars.

Il y avait peut-être eu confusion. Existait-il des tests ADN pour les enfants des dieux ? Peut-être qu'à la maternité divine, on avait interverti par erreur Frank avec l'une des petites graines de brute de Mars. Jamais sa mère ne se serait intéressée à ce dieu de la Guerre imbu de lui-même.

« C'était une guerrière-née », objecta la voix de Grand-mère.

« Il n'y a rien d'étonnant à ce qu'un dieu soit tombé amoureux d'elle, connaissant notre famille. Il devait savoir qu'elle était de souche ancienne. Une ascendance de princes et de héros. »

Frank chassa ces pensées. Il n'était ni un prince, ni un héros. Il était un lourdaud affligé d'une intolérance au lactose, et même pas fichu d'empêcher des céréales de kidnapper son amie.

Il sentait le métal froid de ses médailles neuves contre sa poitrine : l'insigne de centurion, la Couronne Murale. Il aurait dû en être fier, mais il avait l'impression que son père avait forcé la main à Reyna.

Frank ne comprenait pas comment ses amis supportaient sa compagnie. Percy n'avait pas caché qu'il détestait Mars, et Frank ne lui donnait pas tort. Quant à Hazel, elle n'arrêtait pas de le regarder du coin de l'œil, comme si elle craignait qu'il ne se transforme en bouffon aux muscles hypertrophiés.

Frank baissa les yeux et soupira. Il était *déjà* un bouffon aux muscles hypertrophiés. Si l'Alaska était véritablement un pays au-delà des dieux, Frank y resterait peut-être. Il ne voyait pas trop ce qui le ferait revenir.

« Arrête de pleurnicher », lui aurait dit sa grand-mère. « Chez les Zhang les hommes ne pleurnichent pas. »

Elle aurait eu raison. Frank avait une tâche à accomplir. Il devait mener à bien cette quête impossible, et la première étape, c'était d'arriver à la supérette en vie.

Lorsqu'ils approchèrent du magasin, Frank eut peur que l'arc-en-ciel ne se rallume et ne les pulvérise, mais le bâtiment resta dans l'obscurité. Les serpents de Polybotès semblaient avoir disparu.

Les trois demi-dieux n'étaient plus qu'à vingt mètres quand un chuintement se fit entendre dans l'herbe, juste derrière eux.

– Courez ! cria Frank.

Percy tituba. Pendant qu'Hazel l'aidait à se relever, Frank sortit une flèche de son carquois.

Il tira à l'aveuglette. Il pensait avoir attrapé une flèche explosive, mais ce n'était qu'une fusée lumineuse. Elle glissa dans l'herbe avec un sifflement, en crachant des flammes orange.

L'avantage, c'était qu'elle éclairait le monstre. Sur une plaque d'herbe flétrie se trouvait un serpent vert vif aussi court et épais que le bras de Frank. Sa tête était entourée d'une crinière d'ailerons blancs pointus. La créature regarda passer le projectile, l'air de dire : « C'est quoi, cet engin ? »

Puis elle tourna vers Frank ses grands yeux jaunes. Elle se déplaçait comme une chenille arpenteuse, en remontant le milieu du corps. Sur son passage, l'herbe flétrissait et mourait.

Frank entendit ses amis monter les marches du magasin. Il n'osait pas se retourner et partir en courant. Le serpent siffla et cracha des flammes.

– Gentil reptile, dit Frank, qui avait vivement conscience du tison dans la poche de son blouson. Gentil reptile venimeux, cracheur de feu.

– Frank ! appela Hazel derrière lui. Dépêche-toi !

Le serpent se propulsa soudain vers lui. Il fendit l'air trop vite pour que Frank songe à tirer une flèche. À la place, il leva son arc et en frappa le serpent, qui voltigea dans la nuit et disparut avec un gémissement strident.

Frank était assez fier de son coup, jusqu'à ce qu'il regarde son arc. La partie qui avait touché le reptile fumait. Sous les yeux sidérés du garçon, le bois commença à se désintégrer.

Il entendit un sifflement outragé, auquel répondirent deux autres, en provenance du bas de la colline.

Frank lâcha son arc qui tombait en poussière et courut vers le magasin. Percy et Hazel l'aidèrent à grimper les marches. Quand il se retourna, il vit les trois serpents qui décrivaient des cercles dans l'herbe en crachant des flammes ; le flanc de la colline, sous leur souffle toxique, virait au brun. Ils ne paraissaient pas capables ni désireux de s'approcher davantage du magasin, mais c'était une piètre consolation pour Frank. Il avait perdu son arc.

– On ne sortira jamais d'ici, dit-il, découragé.

– Alors entrons.

Hazel montra du doigt l'enseigne peinte à la main, au-dessus de la porte : PRODUITS ET ATTITUDES BIO ARC-EN-CIEL.

Frank n'avait aucune idée de ce que ça pouvait bien signifier, mais c'était plus attrayant que « serpents venimeux cracheurs de feu ».

La lumière s'alluma d'elle-même quand ils franchirent le seuil. Un air de flûte démarra, comme s'ils avaient mis le pied sur une scène de spectacle. Les rayons, spacieux et aérés, offraient des étagères pleines de fruits secs, de noix diverses et de paniers de pommes, ainsi que des portants chargés de tee-shirts en batik et de robes vaporeuses au look « fée Clochette ». Une multitude de carillons pendait au plafond. Dans des vitrines contre les murs étaient exposés des géodes, des attrapeurs de rêves en macramé, des boules de cristal. Il devait y avoir un bâton d'encens allumé quelque part, car il flottait dans l'air comme une odeur de fleurs qui brûlent.

– On est chez une diseuse de bonne aventure ? suggéra Frank.

– J'espère que non, marmonna Hazel.

Percy s'appuya contre elle. Il avait l'air plus mal en point que jamais, comme si une grippe soudaine venait de lui tomber dessus. La transpiration perlait sur son visage.

– Je voudrais m'asseoir, articula-t-il avec effort. Un peu d'eau...

249

– Oui, dit Frank. On va te trouver un endroit où te reposer.

Le plancher grinçait sous leurs pieds. Frank se faufila entre deux fontaines en forme de statue de Neptune. Soudain, une fille surgit derrière les distributeurs de muesli.

– Je peux vous aider ?

Frank fit un bond en arrière, renversant une des fontaines-Neptune, qui s'écrasa par terre. La tête en pierre du dieu de la Mer se cassa et un jet d'eau jaillit de son cou, allant asperger les cartables pour hommes à imprimé batik.

– Désolé ! s'exclama Frank, qui se pencha pour nettoyer.

Ce faisant, il faillit piquer la fille avec sa lance.

– Hé ! arrête ! dit-elle. C'est bon !

Frank se redressa lentement pour éviter de faire d'autres dégâts. Hazel avait l'air horriblement gênée. Percy, qui regardait la statue de son père décapité, était carrément livide.

La fille tapa dans ses mains. La fontaine se dissipa en fine brume, puis l'eau s'évapora. Elle se tourna vers Frank.

– Je t'assure, dit-elle, c'est pas un souci. Ces fontaines-Neptune ont un air tellement rébarbatif, elles me débectent.

Elle rappelait à Frank ces jeunes randonneuses qu'il voyait quelquefois dans le parc Lynn Canyon, derrière le jardin de sa grand-mère. Elle était petite et musclée et portait des bottes lacées, un short multipoches et un tee-shirt jaune vif avec l'inscription : « P.A.B.A. Produits et Attitudes Bio Arc-en-ciel ». Elle avait l'air jeune mais ses cheveux frisés étaient entièrement blancs, s'étalant à l'horizontale des deux côtés de sa tête comme le blanc d'un immense œuf au plat.

Frank essaya de recouvrer l'usage de la parole. La fille avait des yeux vraiment déroutants : ses iris passaient constamment du gris au noir au blanc.

– Euh... excusez-moi pour la fontaine, finit-il par bredouiller. Nous sommes juste...

– Oh, je sais ! Vous voulez jeter un coup d'œil. Pas de problème, prenez votre temps. Les demi-dieux sont les bienvenus. Vous n'êtes pas comme ces horribles monstres, qui veulent juste se servir des toilettes et n'achètent jamais rien !

Elle plissa le nez. Des éclairs traversèrent ses yeux. Frank se demanda s'il avait rêvé et il regarda Hazel, mais elle avait l'air aussi surprise que lui.

Du fond du magasin, une voix de femme lança :

– Flissy ? Ne fais pas peur aux visiteurs, voyons. Amène-les donc ici, tu veux ?

– Tu t'appelles Flissy ? demanda Hazel.

Flissy pouffa de rire.

– Enfin, dit-elle, dans la langue des *nebulae*, c'est plutôt... (Elle émit une série de crépitements et de souffles qui rappelèrent à Frank le bruit d'un orage s'effaçant devant un front d'air froid.) Mais vous pouvez m'appeler Flissy.

– Les *nebulae*..., murmura Percy, toujours comateux. Les nymphes des nuages.

– Ah ! Il me plaît, celui-là ! s'écria Flissy avec un grand sourire. En général, personne ne connaît les nymphes des nuages. Ouh là là, il a pas l'air en forme ! Venez au fond de la boutique. Ma patronne veut vous rencontrer. On va remettre votre ami d'aplomb.

Flissy leur fit descendre le rayon des fruits et légumes, longeant des rangées d'aubergines, de kiwis, de fruits de lotus et de grenades. Au fond du magasin, derrière un comptoir avec un tiroir-caisse à l'ancienne, se tenait une femme d'une cinquantaine d'années à la peau mate et aux longs cheveux noirs, qui portait des lunettes sans monture et un tee-shirt annonçant : « La Déesse Est Vivante ! » Elle arborait plusieurs colliers d'ambre et des bagues en turquoise, et dégageait un parfum de rose.

Elle avait l'air gentille, pourtant Frank se sentit fragilisé à sa vue, pris d'une envie de pleurer. Il lui fallut une seconde pour comprendre : cette façon de sourire d'un seul côté de la bouche, d'incliner la tête comme si elle réfléchissait à quelque chose, la chaleur de ses yeux bruns... elle lui rappelait sa mère.

– Bonjour ! (Elle se pencha par-dessus le comptoir, où s'alignaient des dizaines de petites statues – des chats chinois qui saluent avec la patte, des bouddhas en méditation, des saint François à la tête montée sur ressort et des figurines d'oiseaux en chapeau haut de forme.) Je suis ravie de vous voir ici. Je m'appelle Iris !

Hazel écarquilla les yeux.

– Vous ne voulez pas dire... Iris, la déesse de l'Arc-en-ciel ?

Iris fit la moue.

– Ben c'est mon travail officiel, en effet, dit-elle. Mais je ne me définis pas par mon identité professionnelle. Durant mon temps libre, je tiens cet établissement ! (Elle désigna la boutique avec fierté.) La coopérative P.A.B.A. Une coop dirigée par ses employées, qui défend des modes de vie plus sains et offre des produits bio.

– Mais, fit Frank en la regardant avec de grands yeux, vous envoyez des brownies industriels aux monstres...

Iris parut horrifiée.

– Oh, ce ne sont pas du tout des brownies industriels. (Elle farfouilla sous son comptoir et en ressortit un paquet de petits gâteaux en sachets qui ressemblaient en tous points à des brownies du commerce.) Ce sont des cupcakes au chocolat d'imitation, à base d'algues et de lait de chèvre, sans gluten, sans adjonction de sucre, sans soja, et enrichis en vitamines.

– Cent pour cent naturel ! renchérit Flissy.

– Toutes mes excuses, dit Frank, qui se sentit soudain aussi patraque que Percy.

252

Iris sourit.

– Tu devrais goûter, Frank. Tu as une intolérance au lactose, n'est-ce pas ?

– Comment savez-vous...

– Je suis au courant de ces choses-là. Étant la déesse des messages... eh bien, j'en apprends beaucoup, à force d'entendre les communications des dieux, tout ça. (Elle posa les gâteaux sur le comptoir.) En plus, ces monstres auraient dû être contents d'avoir quelque chose de sain à manger, pour une fois. Ils se bourrent de cochonneries industrielles et de héros. Ils sont tout sauf *éclairés*. Je ne pouvais pas les laisser entrer dans mon magasin, avec leurs grosses papattes ; ils auraient tout renversé et bouleversé notre *feng-shui*.

Percy s'appuya au comptoir. Il avait l'air à deux doigts de vomir sur le *feng-shui* de la déesse.

– Des monstres marchent vers le Sud, dit-il avec effort. Vont détruire notre camp. Vous pouvez les arrêter ?

– Oh, je suis rigoureusement non-violente, rétorqua Iris. Je peux me battre pour me défendre, mais je ne me laisserai plus entraîner dans une nouvelle offensive des Olympiens, non merci. J'ai fait des lectures sur le bouddhisme et le taoïsme, ces derniers temps. Je n'ai pas encore décidé pour lequel j'allais opter.

– Mais... (Hazel avait l'air de ne plus rien y comprendre.) Vous n'êtes pas une déesse grecque ?

Iris croisa les bras.

– N'essaie pas de me mettre dans une case, demi-dieu ! rétorqua-t-elle. Je ne suis pas mon passé.

– Hum, d'accord, dit Hazel. Est-ce que vous pourriez aider notre ami, au moins ? Je crois qu'il est malade.

Percy tendit la main vers le comptoir. Frank craignit une seconde qu'il ne prenne un mini-cake.

– Un message-Iris, dit Percy. Vous pouvez en envoyer un ?

– Un message-Iris ? répéta Frank, qui n'était pas sûr d'avoir bien entendu.

– C'est... (La voix de Percy chancela.) C'est quelque chose que vous faites, non ?

Iris regarda Percy avec une curiosité accrue.

– Intéressant, dit-elle. Tu viens du Camp Jupiter, et pourtant... Ah je vois. Junon fait des siennes.

– Comment ? demanda Hazel.

Iris se tourna vers son assistante, Flissy. Elles se comprirent sans un mot. Puis la déesse sortit un flacon de derrière le comptoir et vaporisa un peu d'huile au parfum de chèvrefeuille sur le visage de Percy.

– Voilà, ça devrait rééquilibrer tes *chakras*. Quant aux messages-Iris, c'est une ancienne forme de communication. Les Grecs s'en servaient, mais les Romains n'ont jamais accroché. Ils ont toujours préféré se fier à leur réseau de routes, à leurs aigles royaux, tout ça. Cela dit, oui, je suppose que... Tu veux essayer, Flissy ?

– Oui, patronne !

Iris lança un clin d'œil à Frank.

– Ne le dis pas aux autres dieux, mais Flissy se charge de la plupart de mes messages, maintenant. Elle fait ça très bien, et je n'ai pas le temps de répondre personnellement à toutes ces demandes. Ça perturbe mon *wa*.

– Votre *wa* ? demanda Frank.

– Hmm hmm. Flissy, emmène donc Percy et Hazel dans l'arrière-boutique. Prépare-leur quelque chose qu'ils mangeront pendant que tu traiteras leurs messages, tu veux bien ? Quant à Percy... maladie de la mémoire, oui. J'imagine que ce vieux Polybotès... c'est sûr que de le rencontrer quand on est en état d'amnésie, ça ne peut pas faire de bien à un enfant de Po..., de Neptune, je veux dire. Flissy, donne-lui une tasse de thé vert avec du miel bio, des germes de blé et une pincée de ma poudre médicinale numéro 5. Ça devrait le guérir.

Hazel fronça les sourcils.

– Et Frank ?

Iris se tourna vers lui. Elle inclina la tête d'un air interrogateur – exactement la même attitude que sa mère autrefois – comme si Frank représentait la plus grande question qui se pose pour l'heure.

– Oh, ne t'inquiète pas, fit-elle. Frank et moi, nous avons beaucoup de choses à nous dire.

22 FRANK

Frank aurait préféré accompagner ses amis, même si cela signifiait ingurgiter du thé vert aux germes de blé. Mais Iris passa le bras sous le sien et l'entraîna vers une table de bistrot, près d'une bow-window. Frank posa sa lance par terre et s'assit en face d'Iris. Dehors, dans le noir, les serpents monstrueux patrouillaient sans relâche, en crachant leurs flammes toxiques sur l'herbe.

– Frank, je sais ce que tu ressens, dit Iris. J'imagine que ce tison à demi brûlé dans ta poche est plus lourd de jour en jour.

Frank en perdit le souffle. Instinctivement, il porta la main à la poche de son blouson.

– Comment pouvez-vous... ?

– Je te l'ai dit. Je sais des choses. J'ai été la messagère de Junon pendant des éternités. Je sais pourquoi elle t'a accordé un sursis.

– Un sursis ?

Frank sortit le bout de bois et le déballa. La lance de Mars avait beau être encombrante, ce tison était pire. Iris avait raison. Il pesait sur sa poitrine comme une chape de béton.

– Junon avait une raison pour te sauver, dit la déesse. Elle veut que tu participes à son plan. Si elle n'était pas apparue ce jour-là, quand tu étais bébé, pour prévenir ta mère du danger du tison, tu serais mort. Tu es né avec trop de dons. Un pouvoir aussi fort, cela peut brûler une vie humaine.

– Trop de dons ? (Frank sentit la colère lui chauffer les oreilles.) J'ai zéro don !

– Ce n'est pas vrai, Frank. (Iris passa la main devant elle, comme si elle essuyait un pare-brise. Un arc-en-ciel miniature se forma devant eux.) Réfléchis.

Une image scintilla dans l'arc-en-ciel. Frank se vit à quatre ans, dans le jardin de Grand-mère. Il courait. Sa mère se penchait par la fenêtre du grenier, tout là-haut, et l'appelait en agitant la main. Frank n'était pas censé aller au jardin tout seul. Il ne savait pas ce que sa mère fabriquait au grenier, mais elle lui avait dit de rester tout près de la maison, de ne pas trop s'éloigner. Frank avait fait juste l'inverse. Avec des cris de joie, il avait couru jusqu'à la lisière de la forêt, où il s'était trouvé nez à nez avec un grizzly.

Avant de revoir la scène dans l'arc-en-ciel, Frank en avait un souvenir tellement flou qu'il croyait l'avoir rêvée. Maintenant il mesurait toute l'étrangeté de ce qui s'était passé. L'ours regarda le petit garçon, et il aurait été difficile de dire lequel des deux était le plus étonné. Puis la mère de Frank apparut à côté de lui, mystérieusement – elle n'aurait jamais pu descendre si vite du grenier. Elle se plaça entre l'ours et Frank et lui ordonna de courir à la maison. Cette fois-ci, Frank obéit. Arrivé devant la maison, il se retourna et vit sa mère sortir de la forêt. L'ours était parti. Frank demanda ce qui s'était passé. Sa mère sourit. « Maman Ours avait juste besoin d'un renseignement », dit-elle.

La scène montrée par l'arc-en-ciel changea. Frank avait maintenant six ans et il était pelotonné sur les genoux de sa mère, même s'il était bien trop grand pour ça. Les longs cheveux noirs de sa mère étaient attachés. Elle portait ses lunettes sans monture, que Frank adorait lui chiper, et son pull en laine polaire tout doux qui sentait la cannelle. Elle lui racontait des histoires de héros en prétendant qu'ils faisaient tous partie de la famille de Frank : il y avait Xu Fu, qui avait parcouru les mers à la recherche de l'élixir de vie. L'arc-en-ciel n'avait pas de bande-son, mais Frank se souvenait des paroles de sa mère : « C'était ton arrière-arrière-arrière... » Elle donnait à Frank un petit coup dans le ventre chaque fois qu'elle disait « arrière », des dizaines de fois, et il avait fini par avoir le fou rire.

Puis il y avait Sung Guo, également nommé Seneca Gracchus, qui avait combattu douze dragons romains et seize dragons chinois dans le désert occidental de la Chine. « C'était le plus fort de tous les dragons, tu vois », disait sa mère. « C'est pour ça qu'il a pu les battre ! » Frank ne comprenait pas très bien ce que ça voulait dire, mais ça lui plaisait.

Et elle lui avait asséné tellement d'« arrière-arrière... » qu'il avait roulé par terre pour échapper aux chatouilles. « Et le plus ancien de tes ancêtres auquel nous puissions remonter, c'était le prince de Pylos : Héraclès et lui se sont affrontés, une fois. Ça a été un combat très dur. »

« Est-ce qu'on a gagné ? » avait demandé Frank. Sa mère avait ri mais il y avait de la tristesse dans sa voix.

« Non, notre ancêtre a perdu. Mais ça n'a pas été facile pour Héraclès. Imagine que tu essaies de combattre un essaim d'abeilles. C'était ça. Même Héraclès a eu du mal ! »

Aujourd'hui comme autrefois, Frank ne parvenait pas à comprendre cette remarque. Voulait-elle dire que son ancêtre était apiculteur ?

Frank n'avait pas repensé à ces histoires depuis des années, mais elles lui revenaient maintenant, aussi clairement que le visage de sa mère. Ça lui faisait de la peine de la revoir. Frank aurait voulu retourner à cette période de sa vie. Il voulait redevenir un petit garçon sur les genoux de sa mère.

Dans la scène de l'arc-en-ciel, Frank demandait d'où sa famille était originaire. Tous ces héros ! Étaient-ils de Pylos, de Rome, de Chine ou du Canada ?

Sa mère sourit et pencha la tête, comme si elle réfléchissait à la meilleure façon de répondre.

« Li-Jien », dit-elle enfin. « Notre famille est originaire de plusieurs endroits, mais Li-Jien en est le berceau. N'oublie jamais, Frank : tu as un don. Tu peux être tout ce que tu veux. »

L'arc-en-ciel se dissipa, laissant Frank face à Iris.

– Je ne comprends pas, dit-il d'une voix rauque.

– Ta mère te l'a expliqué, répondit Iris. Tu peux être tout ce que tu veux.

Ça ressemblait aux idioties que les parents disent à leurs enfants pour leur donner confiance en eux – une formule éculée, qui aurait sa place sur les tee-shirts d'Iris, dans la même gamme que « La Déesse Est Vivante ! » et « Ma deuxième voiture est un tapis volant ! » Pourtant Iris le disait d'une façon qui sonnait comme un défi.

Frank appuya la main contre la poche de son pantalon, où il gardait la médaille de sa mère. La décoration en argent était froide comme de la glace.

– Je ne peux pas être tout ce que je veux, insista Frank. Je n'ai aucun talent.

– Qu'est-ce que tu as essayé ? demanda Iris. Tu voulais être archer, tu y es arrivé plutôt bien. Ce n'est qu'un petit premier pas. Tes amis Hazel et Percy sont tous les deux déchirés entre deux mondes : passé et présent, grec et romain. Mais toi, tu es beaucoup plus déchiré qu'eux. Tu viens d'une très vieille famille : le sang de Périclyménos du côté de ta mère, et Mars pour père. Pas étonnant que Junon te veuille parmi ses sept héros. Elle veut que tu te battes contre les géants et contre Gaïa. Mais toi, que veux-tu ?

– Je n'ai pas le choix, répondit Frank. Je suis le fils de cet imbécile de dieu de la Guerre. Il faut que je mène cette quête et...

– « Il faut. » Ce n'est pas la même chose que « Je veux. » Je pensais comme toi, moi aussi. Et puis j'en ai eu assez de servir tout le monde. Aller chercher des verres de vin pour Jupiter, remettre des lettres à Junon, envoyer du courrier d'un côté à l'autre de l'arc-en-ciel pour tous ceux qui le demandaient en échange d'une *drachme* d'or.

– Une quoi ?

– Peu importe. Mais j'ai appris à lâcher prise. J'ai lancé P.A.B.A. et à présent je suis libérée de ce fardeau. Toi aussi, tu peux te délester. Peut-être que tu ne pourras pas échapper au destin. Un jour, ce bout de bois brûlera. Je prédis que tu le tiendras entre tes mains lorsque cela arrivera, et ta vie s'achèvera...

– Merci, marmonna Frank.

– ... mais cela ne rend ta vie que plus précieuse ! Tu n'es pas obligé d'être ce qu'attendent de toi tes parents et ta grand-mère. Tu n'es pas obligé d'obéir aux ordres du dieu de la Guerre, ni à ceux de Junon. Fais ta vie, Frank ! Trouve une voie nouvelle !

Frank réfléchit. L'idée était grisante : rejeter les dieux, son destin, son père. Il n'avait pas envie d'être le fils d'un dieu de la Guerre. Sa mère était morte à la guerre. Frank avait tout perdu par la faute d'une guerre. Mars ne connaissait rien de lui, c'était évident. Frank n'avait pas envie d'être un héros.

– Pourquoi me dites-vous tout cela ? demanda-t-il. Vous voulez que j'abandonne ma quête et que je laisse le Camp Jupiter se faire détruire ? Mes amis comptent sur moi.

Iris écarta les bras.

– Je ne peux pas décider à ta place, Frank. Mais fais ce que tu veux, toi, pas ce qu'ils te disent de faire. J'ai obéi et à quoi cela m'a-t-il menée ? J'ai passé cinq millénaires à servir les autres, sans jamais découvrir ma propre identité. Quel est mon animal sacré ? Personne n'a pris la peine de m'en donner un. Où sont mes temples ? On ne m'en a jamais construit. Bien, parfait ! J'ai trouvé la paix ici, à la coop. Tu pourrais rester avec nous, si tu voulais. Devenir un PABAcooptère.

– Un quoi ?

– Ce que je veux te faire comprendre, c'est que tu as le choix. Si tu poursuis cette quête... que se passera-t-il lorsque tu libéreras Thanatos ? Est-ce que ce sera bien pour ta famille ? Pour tes amis ?

Frank se rappela ce que lui avait dit sa grand-mère : elle avait rendez-vous avec la mort. Grand-mère avait beau l'exaspérer, parfois, c'était toute la famille qu'il lui restait, la seule personne en vie qui l'aimait. Si Thanatos restait enchaîné, Frank aurait des chances de ne pas la perdre. Et puis Hazel : il ignorait comment, mais elle était revenue des Enfers. Si la Mort la reprenait, Frank ne le supporterait pas. Sans compter, enfin, son propre cas : d'après Iris, il aurait dû mourir bébé. Tout ce qui le séparait de la mort, c'était un tison à moitié consumé. Thanatos le réclamerait-il, lui aussi ?

Frank s'imagina restant avec Iris ; en tee-shirt « P.A.B.A. », il vendrait des attrapeurs de rêves et des cristaux à des demi-dieux voyageurs et lancerait des cupcakes sans gluten à des monstres de passage. Pendant ce temps, une armée immortelle prendrait d'assaut le Camp Jupiter.

« Tu peux être tout ce que tu veux », avait dit sa mère. *Non*, pensa-t-il. *Je ne peux pas être aussi égoïste.*

– Il faut que j'y aille, décida-t-il. C'est mon boulot.

Iris soupira.

– Je m'y attendais, mais il fallait que j'essaie. La tâche qui t'attend... disons que je ne la souhaiterais à personne, et surtout pas à un garçon sympa comme toi. Si tu es décidé à y aller, je peux au moins te donner quelques conseils. Tu en auras besoin pour trouver Thanatos.

– Savez-vous où les géants le gardent prisonnier ? demanda Frank.

Iris regarda d'un œil pensif les carillons qui oscillaient au plafond.

– Non... L'Alaska est hors de la sphère du contrôle des dieux. L'emplacement est caché à ma vue. Mais il y a quelqu'un qui saurait. Cherche Phinéas le devin. Il est aveugle, mais il voit le passé, le présent et l'avenir. Il sait beaucoup de choses. Il pourra te dire où Thanatos est prisonnier.

– Phinéas... il n'y avait pas une histoire à son sujet ?

Iris hocha la tête à contrecœur.

– Au temps jadis, dit-elle, il a commis des crimes effroyables. Il s'est servi de son don de voyance pour faire le mal. Jupiter a envoyé les harpies le tourmenter. Les Argonautes, y compris ton ancêtre, d'ailleurs...

– Le prince de Pylos ?

– Oui, Frank, dit Iris après une hésitation. Mais son don et son histoire, tu devras les découvrir par toi-même. Ce que je peux te dire, c'est que les Argonautes ont chassé les harpies en échange de l'aide de Phinéas. Ça s'est passé il y a des éternités, mais si je ne me trompe pas, Phinéas a regagné le monde des mortels. Tu le trouveras à Portland, en Oregon, qui est sur ton chemin pour le Nord. Seulement tu dois me promettre une chose. Si les harpies tourmentent toujours Phinéas, ne les tue pas, quelles que soient les promesses qu'il te fera. Gagne son aide autrement. Les harpies ne sont pas mauvaises. Ce sont mes sœurs.

– Vos sœurs ?

– Je sais, je fais trop jeune pour être leur sœur, mais c'est la vérité. Et Frank... il y a un autre problème. Si tu es décidé à partir, il va falloir que tu débarrasses la colline des basilics.

– Vous voulez parler des serpents ?

– Oui. « Basilic » signifie « petite couronne », ce qui est un nom charmant pour une bestiole pas très charmante. Je préférerais qu'ils ne soient pas tués. Ce sont des êtres vivants, quand même. Mais tu ne pourras pas partir tant qu'ils seront là. Si tes amis essaient de les combattre... eh bien je prédis que ça se passera mal. Toi seul as la capacité de tuer ces monstres.

– Mais comment ?

Elle baissa les yeux vers le sol. Frank se rendit compte qu'elle regardait sa lance.

– Je regrette qu'il n'y ait pas d'autres moyens, dit-elle. Si tu avais des belettes, par exemple. Les belettes sont redoutables, pour les basilics.

– Je suis en panne de belettes, avoua Frank.

– Alors tu devras te servir du don de ton père. Es-tu sûr que tu ne préfères pas rester vivre ici ? Nous faisons un excellent riz au lait sans lactose.

Frank se leva et demanda :

– Comment je manie cette lance ?

– À toi de te débrouiller. Je ne peux pas préconiser la violence. Pendant que tu te battras, je m'occuperai de tes amis. J'espère que Flissy a trouvé les bonnes herbes médicinales. La dernière fois, nous avons eu une petite confusion... je ne suis pas sûre que ces héros souhaitaient être changés en marguerites.

La déesse se leva. Ses verres de lunettes attrapèrent la lumière et Frank y aperçut son reflet. Il avait l'air grave et

263

sévère, plus rien à voir avec le petit garçon que lui avait montré l'arc-en-ciel.

– Un dernier conseil, Frank, dit Iris. Ton destin est de mourir avec ce tison à la main, en le regardant brûler. Mais peut-être que si tu ne le gardais pas toi-même, si tu le remettais à quelqu'un à qui tu fais assez confiance...

Les doigts de Frank serrèrent le tison.

– Est-ce une offre que vous me faites ?

Iris rit doucement.

– Oh non, mon pauvre... Je le perdrais, dans mon fatras. Il finirait dans les cristaux, ou je le vendrais par accident comme presse-papier en bois flotté. Non, je voulais dire à un demi-dieu de tes amis. Quelqu'un à qui tu tiens.

Hazel, pensa immédiatement Frank. C'était la personne en qui il avait le plus confiance. Mais comment pourrait-il lui avouer son secret ? S'il admettait sa faiblesse, s'il lui révélait que sa vie dépendait d'un bout de bois à demi brûlé... Hazel ne pourrait pas le voir comme un héros. Il ne serait jamais son prince charmant. Et comment pourrait-il lui demander de le délester d'un tel fardeau ?

Il enveloppa le tison et le remit dans sa poche.

– Merci, dit-il. Merci, Iris.

Elle lui serra la main.

– Ne perds pas l'espoir, Frank. Les arcs-en-ciel représentent toujours l'espoir.

Elle se dirigea vers l'arrière-boutique, le laissant seul.

– L'espoir, marmonna Frank. Je préférerais avoir quelques bonnes belettes.

Il ramassa la lance de son père et sortit affronter les basilics.

23 FRANK

F rank regrettait cruellement son arc.

Il aurait aimé se poster sur le perron du magasin et tirer sur les serpents de loin. Quelques flèches explosives bien placées, quelques cratères à flanc de la colline, et le problème était réglé.

Malheureusement, un carquois plein de flèches n'avançait pas Frank à grand-chose, s'il n'avait pas de moyen de les projeter. En plus il ne savait pas du tout où se trouvaient les basilics. Ils avaient cessé de cracher des flammes dès que Frank était sorti.

Il descendit les marches et pointa sa lance. Il n'aimait pas le combat de proximité. Il était trop lent et trop massif. Il s'était débrouillé correctement pendant les jeux de guerre, mais là c'était pour de vrai. Il n'y avait pas d'aigles géants prêts à venir le happer pour le porter aux urgentistes s'il commettait une erreur.

« Tu peux être tout ce que tu veux », dit la voix de sa mère dans sa tête.

Très bien, pensa-t-il. *Je veux manier la lance avec habileté. Et être immunisé contre le poison et les flammes.*

Quelque chose dit à Frank que son souhait n'avait pas été

exaucé. Il ne savait toujours pas quoi faire de la lance entre ses mains.

Çà et là, des flammes brûlaient encore sur le flanc de la colline. La fumée âcre piquait le nez de Frank. L'herbe flétrie crissait sous ses pas.

Il repensa aux histoires que lui racontait sa mère – des générations de héros qui s'étaient mesurés à Héraclès, avaient combattu des dragons et parcouru des mers infestées de monstres. Frank ne comprenait pas comment il pouvait descendre d'une pareille lignée, ni comment sa famille avait migré de Grèce en Chine en passant par l'Empire romain, mais certaines idées troublantes commençaient à se former dans son esprit. Pour la première fois, il se posa des questions sur le fameux prince de Pylos et sur le déshonneur de son arrière-grand-père Shen Lun au Camp Jupiter, se demanda ce que pouvaient bien être les pouvoirs de la famille.

« Le don n'a jamais protégé notre famille », l'avait averti Grand-mère.

Une pensée rassurante pour Frank, qui traquait des serpents venimeux cracheurs de feu.

La nuit était silencieuse, hormis les feux de broussailles. Chaque fois qu'un souffle de vent faisait bruire les herbes, Frank repensait aux esprits des céréales qui avaient capturé Hazel. Avec un peu de chance, ils étaient partis vers le Sud avec Polybotès le géant. Frank n'avait pas besoin de difficultés supplémentaires pour le moment.

Il descendait sans bruit le flanc de la colline, dans la fumée qui lui piquait les yeux. Soudain, à six mètres environ, il vit une gerbe de flammes jaillir.

Il envisagea de lancer sa lance. Idée stupide. Il se retrouverait sans arme. Alors il avança vers les flammes.

Il aurait aimé avoir avec lui les fioles de sang de dragon, mais elles étaient restées au bateau. Il se demanda si le sang de gorgone pouvait faire antidote au venin de basilic... Mais même s'il avait les flacons avec lui et se débrouillait pour choisir le bon, il n'aurait sans doute pas le temps de l'avaler avant de tomber en poussière comme son arc. Il arriva dans une clairière d'herbe brûlée et se retrouva nez à nez avec un basilic.

Le serpent se dressa sur sa queue. Il siffla et déploya sa collerette de piquants blancs. « Petite couronne », se souvint Frank. C'était le sens du mot « basilic ». Il avait toujours cru que les basilics étaient d'énormes monstres dans le genre dragon, qui pouvaient vous pétrifier d'un seul regard. Curieusement, la véritable bestiole était encore plus terrifiante. Tout minuscule qu'il était, ce condensé de feu, de venin et de méchanceté serait beaucoup plus difficile à tuer qu'un gros dragon balourd. Frank avait vu l'incroyable vitesse à laquelle il se mouvait.

Le monstre riva ses yeux jaune pâle sur Frank.

Pourquoi n'attaquait-il pas ?

La lance d'or de Frank était froide et lourde dans sa main. La pointe en dent de dragon piquait d'elle-même vers le sol – comme une baguette de sourcier en quête d'eau.

– Arrête, dit Frank, qui se démenait pour soulever la lance.

Il aurait assez de mal pour frapper le monstre, sans que sa lance se monte contre lui. Il entendit alors l'herbe bruisser sur sa gauche et sur sa droite. Les deux autres basilics rampèrent dans la clairière.

Frank était tombé dans une embuscade.

24 FRANK

Frank agita sa lance avec un mouvement de va-et-vient.

– Arrière ! dit-il d'une voix un peu aiguë. J'ai, euh, des pouvoirs incroyables, tout ça.

Les basilics sifflèrent sur trois tons. Peut-être qu'ils riaient.

La pointe de la lance était presque trop lourde à soulever, maintenant, comme si le triangle d'os blanc voulait à tout prix toucher le sol. Un déclic se fit dans l'esprit de Frank : Mars lui avait dit que la pointe était une dent de dragon. Il n'y avait pas une histoire de dent de dragon plantée dans le sol ? Quelque chose qu'il avait lu en cours de monstres au camp... ?

Les basilics l'encerclaient en prenant tout leur temps. Peut-être qu'ils hésitaient à cause de la lance. Peut-être qu'ils étaient juste sidérés par la bêtise de Frank.

Ça paraissait de la folie, mais Frank laissa la pointe basculer et la planta dans la terre. *Crac.*

Quand il souleva la lance, la pointe manquait : elle s'était cassée dans le sol.

Formidable. Il se retrouvait armé d'un simple bâton en or.

Il se sentit l'envie délirante de sortir son tison. Quitte à mourir, pourquoi ne pas déclencher un énorme feu qui réduirait les basilics en cendres ? Au moins, ses amis pourraient-ils fuir.

Avant qu'il ait rassemblé ce courage, le sol gronda à ses pieds. Des gerbes de poussière fusèrent et une main squelettique se tendit vers le ciel. Les basilics battirent en retraite en sifflant.

Frank en aurait fait autant à leur place. Avec effroi, il vit un squelette humain se hisser de terre. Puis le squelette se couvrit de chair comme si quelqu'un lui versait de la gélatine sur les os, les enveloppait d'une peau grise, transparente et luminescente. Ensuite s'ajoutèrent des vêtements d'ombre : un débardeur, un pantalon de camouflage, des bottes militaires. Tout était gris, chez cette créature : les os, la chair, les vêtements.

Elle se tourna vers Frank. Son crâne sourit sous le visage dénué d'expression. Frank gémit comme un chiot. Ses jambes tremblèrent si fort qu'il dut s'appuyer à la hampe de la lance. Le guerrier-squelette attendait – et Frank se rendit brusquement compte qu'il attendait ses ordres.

– Tue les basilics ! glapit-il. Pas moi !

Le guerrier-squelette passa à l'action. Il attrapa le serpent le plus proche d'une main et, ignorant la fumée qui monta aussitôt de ses doigts au contact du monstre, l'étrangla et jeta le corps inerte par terre. Les deux autres basilics poussèrent des sifflements rageurs. L'un d'eux se jeta sur Frank, qui le repoussa avec la base de sa lance.

L'autre cracha du feu à la figure du squelette. Pour toute réaction, le guerrier avança et écrasa la tête du serpent sous son talon.

Frank se tourna vers le dernier basilic, qui les examinait de la lisière de la clairière, enroulé sur lui-même. La hampe de la lance en or de Frank fumait, mais, contrairement à son arc, elle n'avait pas l'air de s'effriter après le contact avec le basilic. La main et le pied droits du guerrier-squelette se désintégraient lentement sous l'effet du venin, son visage était en flammes, mais à part ça il avait l'air assez en forme.

Le basilic fit ce qu'il avait de mieux à faire : il prit la fuite. Rapide comme l'éclair, le squelette sortit quelque chose de sa chemise et le propulsa à travers la clairière, clouant le basilic au sol. Frank crut que c'était un poignard. Puis il se rendit compte que c'était une des côtes du squelette.

Il se félicita de ne rien avoir dans le ventre.

– C'était assez... immonde, dit-il.

Le squelette s'approcha du basilic en titubant. Il arracha sa côte et s'en servit pour décapiter la tête du monstre. Lequel tomba en poussière. Ensuite le squelette décapita les corps des deux autres basilics et dispersa toutes les cendres à coups de pied. Frank se souvint des deux gorgones dans le Tibre – le fleuve avait disloqué leurs dépouilles pour s'assurer qu'elles se reforment pas.

– Tu fais ça pour les empêcher de revenir, comprit Frank. Ou en tout cas pour les ralentir.

Le guerrier-squelette se mit au garde-à-vous devant Frank. Sa main et son pied contaminés avaient pratiquement disparu. Sa tête brûlait encore.

– Qui... qui es-tu ? demanda Frank, qui avait envie d'ajouter : « S'il te plaît, ne me fais rien. »

Le squelette salua avec son moignon. Puis il s'écroula en s'enfonçant progressivement dans le sol.

– Attends ! dit Frank. Je ne sais même pas comment t'appeler ! Le Croc ? Les Os ? Mr Gray ?

Tandis que son visage disparaissait dans la terre, le guerrier sembla sourire au troisième nom, mais peut-être étaient-ce juste ses dents de squelette qui brillaient. Puis le sol se referma sur lui, et Frank se retrouva seul avec sa lance sans pointe.

– Gray, marmonna-t-il. D'accord. Mais...

Il examina le bout de sa lance. Déjà, une nouvelle dent de dragon poussait au bout de la hampe.

« Tu as droit à trois assauts, alors uses-en avec sagesse », avait dit Mars.

Frank entendit des pas derrière lui. Hazel et Percy déboulaient en courant dans la clairière. Percy avait bien meilleure mine, à part qu'il était nanti d'un cartable pour hommes à imprimé batik de chez P.A.B.A. – pas *du tout* son style. Il brandissait Turbulence, et Hazel avait dégainé sa *spatha*.

– Tout va bien, Frank ? demanda-t-elle.

Percy décrivit un cercle, cherchant l'ennemi.

– Quand Iris nous a dit que tu étais sorti affronter les basilics tout seul, dit-il, on a paniqué grave, on a foncé comme des malades ! Qu'est-ce qui s'est passé ?

– Je ne sais pas trop, confessa Frank.

Hazel s'accroupit par terre, près de l'endroit où Gray avait disparu, et murmura :

– Je sens la mort. Soit mon frère est venu, soit... Ne me dis pas que les basilics sont morts ?

Percy regarda Frank avec des yeux ronds de stupeur.

– Tu les as tués *tous* ?

Frank déglutit, mais s'abstint de répondre. Il se sentait déjà assez marginal comme ça, sans avoir envie d'en rajouter en leur parlant de son nouveau serviteur zombie.

Trois assauts. Frank pouvait faire appel encore deux fois à Gray. Cependant, il avait perçu de la malveillance chez le soldat-squelette. Ce n'était pas un animal de compagnie. C'était une force meurtrière cruelle, un mort-vivant que Mars contrôlait tout juste. Frank avait le sentiment qu'il ferait ce qu'il lui demanderait, mais que si ses amis se trouvaient dans sa ligne de feu, ce serait tant pis pour eux. Et si Frank tardait un tant soit peu à donner ses ordres, il pourrait se mettre à tuer tout ce qui serait sur son chemin, y compris son maître.

Mars lui avait dit que la lance le dépannerait en attendant qu'il acquière les talents de sa mère. Ce qui signifiait qu'il avait intérêt à les acquérir rapidement, ces talents.

– Merci, papa, marmonna-t-il.

– Comment ? fit Hazel. Frank, t'es sûr que ça va ?

– Je vous expliquerai plus tard, dit-il. Pour le moment, il faut qu'on aille voir un vieil aveugle à Portland.

25 PERCY

Percy avait déjà l'impression d'être le demi-dieu le plus branque de l'histoire des branques, mais le cartable, ça l'avait achevé.

Ils étaient sortis de P.A.B.A. précipitamment, alors peut-être avait-il tort de prendre le cadeau d'Iris pour un affront. La déesse avait vite bourré le cartable de gâteaux enrichis en vitamines, de bœuf séché bio, de fruits secs et de quelques cristaux porte-bonheur. Et elle l'avait tendu à Percy : « Tiens, ça vous sera utile. Oh, c'est tout à fait ton style, en plus. »

Le cartable – pardon, le « sac à main pour hommes » – était en batik arc-en-ciel, brodé d'un « Faites l'amour pas la guerre » en perles de bois et du slogan « Embrasse l'univers. » Percy aurait préféré « Enfonce-toi le doigt dans la gorge. » Il avait l'impression que le cartable était un jugement porté sur son incroyable, sa spectaculaire incompétence. Ils naviguaient vers le nord, à présent, et il avait posé le sac à main pour hommes le plus loin possible de lui, mais la barque était petite.

Il n'en revenait pas de s'être effondré comme ça, alors que ses amis avaient besoin de lui. Il avait commencé par avoir la bêtise de les laisser pour courir chercher ses affaires au bateau, et Hazel s'était fait kidnapper. Ensuite, en regardant défiler cette armée en marche vers le Sud, il avait craqué. Gênant ? Ô combien... Mais ça avait été plus fort que lui. Lorsqu'il avait vu ces centaures et Cyclopes maléfiques, cela lui avait paru tellement contraire à la normale, tellement à l'envers, qu'il avait cru que sa tête allait exploser. Et le géant Polybotès... La vue de ce monstre lui avait provoqué l'effet inverse de l'océan. Percy s'était senti vidé de son énergie, faible et fiévreux, comme si ses entrailles étaient rongées par un acide.

La tisane médicinale d'Iris l'avait rétabli physiquement, mais mentalement, il était toujours blessé. Il avait entendu raconter que certaines personnes ressentent des douleurs fantômes, après une amputation, à la place de la jambe ou du bras manquants. C'était ce que Percy ressentait dans son esprit : ses souvenirs manquants lui faisaient mal.

Le pire, c'était que plus ils montaient vers le Nord, plus ces souvenirs s'estompaient. Au Camp Jupiter, il avait commencé à se sentir mieux, à se souvenir de certains noms ou visages par hasard. Mais à présent, même les traits d'Annabeth étaient flous. À P.A.B.A., quant il avait tenté d'envoyer un message-Iris à Annabeth, Flissy avait secoué tristement la tête. « C'est comme si tu appelais quelqu'un », avait-elle dit, « mais que tu avais oublié le numéro. À moins qu'on n'ait brouillé le message volontairement. Désolée, je ne peux pas établir la communication. »

Il avait terriblement peur de perdre entièrement le visage d'Annabeth en arrivant en Alaska. Peut-être qu'il se réveillerait un jour et ne connaîtrait même plus son nom.

Néanmoins, il devait se concentrer sur la quête. La vue de cette armée lui avait montré à quoi ils avaient affaire. Ils étaient au matin du 21 juin. Ils devaient rejoindre l'Alaska, trouver Thanatos, mettre la main sur l'étendard de la légion et rentrer au Camp Jupiter avant le 24 juin au soir. Quatre jours. L'armée ennemie, en revanche, n'avait que quelques centaines de kilomètres à parcourir.

Percy guidait la yole entre les forts courants de la côte de la Californie du Nord. Le vent était froid mais ça lui faisait du bien, ça lui clarifiait les idées. Il usait de toute sa volonté pour pousser le bateau au maximum. La coque du *Pax* grinçait sous les vagues.

Pendant ce temps, Hazel et Frank racontèrent ce qu'ils avaient vécu l'un et l'autre à Produits Bio Arc-en-ciel. Frank parla du devin aveugle de Portland, Phinéas, qui pouvait, selon Iris, leur indiquer où trouver Thanatos. Il refusa de leur dire comment il avait tué les basilics, mais Percy eut l'intuition que cela avait un rapport avec la pointe brisée de sa lance. En tout cas, Frank semblait avoir plus peur de sa lance que des basilics.

Ensuite, Hazel expliqua à Frank ce qui s'était passé avec Flissy.

– Alors, ça a marché, le message-Iris ? demanda Frank.

Hazel adressa un bref regard de sympathie à Percy. Elle ne fit aucune allusion à sa tentative ratée pour joindre Annabeth.

– J'ai pu parler à Reyna, dit-elle. Tu es censé lancer une pièce de monnaie dans l'arc-en-ciel et prononcer une incantation, un truc du genre « Ô Iris, déesse de l'Arc-en-ciel, accepte mon offrande. » Sauf que Flissy a modifié les règles du jeu. Elle nous a donné sa ligne directe, pour reprendre son expression. Et j'ai dû dire, « Ô Flissy, steu plaît, sois cool. Montre-moi Reyna au Camp Jupiter. » Je me sentais ridicule, mais ça a marché. L'image de Reyna est apparue dans l'arc-en-ciel, comme pour une vidéoconférence. Elle était aux bains. Morte de trouille.

– Ça, j'aurais payé pour le voir, dit Frank. Je veux dire, son expression, évidemment. Pas elle aux bains.

– Frank ! (Hazel agita sa main devant sa figure comme pour s'éventer. Un geste un peu vieillot, mais curieusement attendrissant.) Bref, on lui a parlé de l'armée du géant, mais comme le disait Percy, à quelques détails près, elle était déjà au courant. Ça ne change rien. Elle fait tout son possible pour consolider les défenses. Si nous ne parvenons pas à libérer la Mort et à revenir avec l'aigle...

– Le camp ne pourra pas résister à cette armée, compléta Frank. Pas sans aide.

Là-dessus, tous se turent et ils poursuivirent la navigation en silence.

Percy pensait aux Cyclopes et aux centaures. Il pensait à Annabeth, à Grover le satyre et à ce rêve où il avait vu un immense navire de guerre en construction.

« Tu es venu de quelque part », lui avait dit Reyna.

Si seulement il s'en souvenait ! Il pourrait appeler des renforts. Le Camp Jupiter ne serait pas obligé de se battre seul contre les géants. Il devait y avoir des alliés, quelque part.

Il passa les doigts sur les perles autour de son cou, ainsi que sur sa plaque de *probatio* et la bague en argent que lui avait donnée Reyna. Peut-être qu'il pourrait parler à sa sœur Hylla à Seattle, qu'elle leur prêterait main-forte – à supposer qu'elle ne tue pas Percy tout de suite.

Au bout de quelques heures en mer, Percy sentit ses paupières s'alourdir ; il craignait de s'évanouir tant il était fatigué. C'est alors qu'un coup de chance s'offrit à lui. Une orque affleura près du bateau, et Percy engagea une conversation mentale avec elle.

L'échange fut de cette teneur :

– *Tu veux bien nous emmener au nord ?* demanda Percy. *Le plus près possible de Portland ?*

– *Je me nourris de phoques,* dit l'orque. *Z'êtes des phoques ?*

– *Non,* reconnut Percy. *Mais j'ai un sac à main plein de bœuf séché bio.*

L'orque frissonna.

– *Promets-moi de ne pas m'en donner, et je vous emmène.*

– *Ça marche.*

En quelques instants, Percy bricola un harnais avec des cordes et le passa autour du cou de l'orque. Ils repartirent à vitesse-baleine vers le nord et, cédant à l'insistance d'Hazel et Frank, Percy fit un somme.

Il lui vint des rêves plus décousus et effrayants que jamais.

Il se vit sur le mont Tamalpais, dans le nord de San Francisco, en train d'attaquer l'ancien bastion des Titans. C'était absurde. Il n'était pas avec les Romains quand ils avaient mené l'assaut, pourtant il voyait tout distinctement : un Titan en armure, Annabeth et deux autres filles se battant aux côtés de Percy. Une des filles mourait dans le combat et Percy s'agenouillait près d'elle et la regardait se dissoudre dans les étoiles.

Puis il vit le bâtiment de guerre géant en cale sèche. La figure de proue en bronze étincelait au soleil du petit matin. Les gréements et l'armement étaient au complet, mais quelque chose clochait. Une des écoutilles du pont était ouverte et de la fumée en montait, s'échappant d'un moteur. Un garçon aux cheveux noirs bouclés tapait sur le moteur avec une clé à molette. Deux autres demi-dieux, accroupis près de lui, l'observaient avec inquiétude. L'un d'eux était un ado aux cheveux blonds. L'autre était une fille aux longs cheveux noirs.

– Tu te rends compte que c'est le solstice, dit la fille. On est censés partir aujourd'hui.

– Je sais ! (Le mécano bouclé asséna deux ou trois coups supplémentaires sur le moteur.) Ça pourrait être les crache-fusées, ça pourrait être le samophlange, ça pourrait être un tour de Gaïa. Je sais pas.

– Combien de temps ?

– Deux ou trois jours, peut-être.

– Pas sûr qu'ils puissent attendre.

Percy sut qu'elle parlait du Camp Jupiter. Puis la scène changea de nouveau.

Il vit un garçon et son chien qui se promenaient dans les collines blondes de Californie. Mais quand l'image devint plus nette, Percy se rendit compte que ce n'était pas un garçon. C'était un Cyclope en tee-shirt et jean déchiré. Quant au chien, c'était une montagne de fourrure noire qui faisait facilement la taille d'un rhinocéros. Le Cyclope portait une énorme massue, mais Percy ne sentait pas d'hostilité de sa part. Il ne cessait de crier le nom de Percy, qu'il appelait... son frère ?

– Son odeur s'éloigne, grogna le Cyclope au chien. Pourquoi son odeur s'éloigne ?

– Ouah ! fit le chien, et le rêve de Percy se transforma une nouvelle fois.

Il vit une chaîne de montagnes si hautes qu'elles perçaient les nuages. Le visage endormi de Gaïa se dessinait dans les ombres des rochers.

Quel précieux pion tu es, dit-elle d'une voix apaisante. *Ne crains rien, Percy Jackson. Viens dans le Nord ! Tes amis mourront, certes. Mais toi, je t'épargnerai pour le moment. J'ai de grands projets pour toi.*

Dans une vallée entre les montagnes s'étendait un immense champ de glace, dont le bord plongeait dans la mer en un à-pic de plusieurs dizaines de mètres de haut. Des pans de givre s'en détachaient sans cesse et s'effritaient dans l'eau. En haut du champ de glace, il y avait un camp de légionnaires – remparts, fossés, tours, casernes, tout y était, exactement comme au Camp Jupiter, mais en trois fois plus grand. Un personnage en robe noire était debout au carrefour de la *principia*, enchaîné à la glace. Le regard de Percy passa sur lui pour aller se poser sur le Q.G. Là, dans la pénombre, se tenait un géant encore plus grand que Polybotès. Sa peau brillait d'un éclat doré. Et derrière lui on apercevait les bannières gelées et déchirées d'une légion romaine, ainsi qu'un grand aigle doré aux ailes déployées.

Nous t'attendons, tonna la voix du géant. *Pendant que tu crapahuteras cahin-caha vers le nord en me cherchant, mes armées annihileront tes précieux camps – les Romains en premier, les autres ensuite. Tu ne peux pas gagner, petit demi-dieu.*

Percy se réveilla en sursaut. Il faisait jour, froid et gris ; un crachin lui mouillait le visage.

– Moi qui croyais avoir le sommeil lourd ! plaisanta Hazel. Bienvenue à Portland.

Percy se redressa et battit des paupières. Le cadre où il se trouvait tranchait si fort avec son rêve qu'il se demanda un instant où était la réalité. Le *Pax* flottait sur un fleuve noir comme du fer, en pleine ville. Le ciel était couvert de gros nuages bas. Une pluie froide tombait, si fine qu'elle semblait suspendue dans l'air. À la gauche de Percy s'alignaient des entrepôts et des rails de chemin de fer. À sa droite un petit centre-ville : un ensemble de tours presque chaleureux, lové entre la rive du fleuve et des collines boisées et brumeuses. Percy se frotta les yeux.

– Comment on est arrivés ici ?

Frank lui lança un regard qui disait « Tu me croiras jamais », et répondit :

– L'orque nous a emmenés jusqu'à la Columbia River. Là, elle a passé le harnais à deux esturgeons de douze mètres.

Deux ostrogeons ? C'était quoi, ça encore ? Percy eut une brève vision de guerriers hirsutes et barbus – les ostrogeons et les wisigons, c'étaient pas des... ? Soudain il se rendit compte que Frank parlait d'*esturgeons*, ces grands poissons migrateurs. Pour une fois, il avait laissé passer l'occasion de poser une question idiote. Pour un fils du dieu de la Mer, ça l'aurait fichu mal.

– Bref, poursuivit Frank, les esturgeons nous ont remorqués longtemps. Avec Hazel, on s'est relayés pour dormir. Puis on est arrivés à cette rivière...

– La Willamette, glissa Hazel.

– Exact, dit Frank. Et à partir de là, le bateau a repris la main et nous a menés jusqu'ici. T'as bien dormi ?

Tandis que le *Pax* descendait le fleuve, Percy leur raconta ses rêves. Il essaya de mettre l'accent sur ce qui était positif : un bâtiment de guerre semblait s'apprêter à appareiller pour aller secourir le Camp Jupiter. Un Cyclope bien intentionné et son chien géant étaient à sa recherche. Il passa sous silence ce qu'avait dit Gaïa : « Tes amis mourront. »

Lorsque Percy décrivit le camp romain sur le champ de glace, Hazel parut troublée.

– Alors Alcyonée est sur un glacier, dit-elle. Il y en a des centaines en Alaska. Ça ne nous aide pas beaucoup.

Percy hocha la tête.

– Peut-être que ce devin Phinéas pourrait nous dire duquel il s'agit.

La yole alla se mettre à quai contre une jetée. Les trois demi-dieux contemplèrent les buildings du centre-ville de Portland, voilés par la pluie.

Frank passa la main sur le dessus de ses cheveux en brosse.

– Ben on n'a plus qu'à chercher un aveugle dans le crachin, dit-il. Trop cool.

26 PERCY

C e ne fut pas si difficile que ça, en fin de compte. Les hurlements et la désherbeuse les aidèrent.

Ils mirent leurs laines polaires, qui offraient une bonne protection contre la pluie fine mais pénétrante, et partirent à l'exploration des rues désertes. Percy avait été malin, ce coup-ci : il avait emporté la plupart de son équipement. Il avait même glissé un bâton de bœuf séché bio dans sa poche, au cas où il lui faille menacer d'autres orques.

Ils aperçurent bien quelques personnes à vélo et des S.D.F. blottis sous des portails, mais les habitants de Portland semblaient claquemurés chez eux pour la plupart.

En descendant Glisan Street, Percy regarda avec envie les clients des cafés, attablés devant leurs cafés et croissants. Il allait suggérer un arrêt petit-déj', quand une voix de tonnerre monta du bout de la rue : PRENEZ ÇA, STUPIDES VOLATILES !

Suivie du vrombissement d'un petit moteur et de force glapissements.

Percy jeta un coup d'œil à ses amis :

– Vous croyez... ?

– Sans doute, acquiesça Frank.

Ils partirent en courant dans la direction des bruits.

Un pâté de maisons plus loin, ils débouchèrent sur un vaste

parking carré, aux trottoirs bordés d'arbres, avec des camions-restaurants alignés face aux rues des quatre côtés. Percy avait déjà vu des camionnettes-restos, mais jamais une telle concentration en un seul lieu. Certaines étaient de modestes boîtes de métal blanc sur roues, avec un auvent et un comptoir. D'autres étaient peintes en couleur, bleu, violet, à pois, et agrémentées de grandes enseignes, de menus colorés et de petites tables de café pliantes. L'une offrait des tacos de « fusion brasiliano-coréenne », ce qui semblait tenir de la cuisine radioactive top secret. Une autre des sushis servis en brochettes. Une autre encore des glaces frites. Les effluves de dizaines de cuisines différentes se mêlaient en une odeur délicieuse.

Le ventre de Percy gargouilla. La plupart des camions-restaurants étaient ouverts, mais il n'y avait quasiment personne. Ils pouvaient prendre tout ce qu'ils voulaient ! Des glaces frites en beignet ? C'était autre chose que le germe de blé...

Malheureusement, l'action ne se limitait pas à la cuisine. Au milieu du parking, derrière tous les camions, un vieillard en peignoir pourchassait en hurlant, une désherbeuse à la main, une bande de femmes-oiseaux qui essayaient de voler de la nourriture sur une table à pique-nique.

– Des harpies, dit Hazel. Ce qui signifie que...

– C'est Phinéas, devina Frank.

Ils traversèrent en courant et se plaquèrent entre la camionnette brasiliano-coréenne et un vendeur de pâtés impériaux.

L'envers des camionnettes était nettement moins appétissant que leur devanture : des piles de seaux en plastique, des poubelles qui débordaient, des cordes à linge de fortune où étaient pendus des tabliers et des torchons mouillés... Quant au parking, ce n'était guère qu'un carré d'asphalte parcouru de fissures où poussaient les mauvaises herbes. Au centre se trouvait une table à pique-nique chargée des spécialités des différentes camionnettes.

L'homme en peignoir était vieux et gros. Une collerette de fins cheveux blancs entourait son crâne chauve, et il avait de nombreuses cicatrices sur le front. Son peignoir était couvert de taches de ketchup et il titubait dans ses pantoufles-lapins roses en peluche, tout en s'efforçant de vaporiser la demi-douzaine de harpies qui voletaient autour de sa table de pique-nique.

– Arrière, sales volailles ! criait-il en maniant sa désherbeuse.

Il ignorait d'où il le tenait, mais Percy avait la vague impression que les harpies étaient bien en chair, normalement. Or celles-ci semblaient affamées. Leurs visages humains avaient les joues creuses et les yeux enfoncés. Leurs corps étaient couverts de plumes ternes et leurs ailes se terminaient par de minuscules mains fripées. En guise de robes, elles portaient des sacs en toile de jute déchirés. Quand elles piquaient vers les plats, elles avaient l'air plus désespérées que furieuses. Elles faisaient peine à voir.

PSCHHH !! Le vieillard balaya l'air avec sa désherbeuse et toucha l'aile d'une des harpies. Elle poussa un hurlement de douleur et s'enfuit en perdant des plumes jaunies.

Une harpie décrivait des cercles au-dessus de la mêlée. Elle paraissait plus jeune et plus petite que ses consœurs et avait les plumes rousses. Elle guettait une ouverture et, dès que le vieil homme tourna le dos, elle fondit vers la table et saisit un burrito entre ses pattes griffues. Rapide comme l'éclair, le vieillard fit volte-face et lui asséna un coup de désherbeuse sur le dos, si fort que Percy tressaillit.

– Hé, arrêtez ! cria-t-il.

Les harpies se crurent visées. Elles jetèrent un coup d'œil aux trois demi-dieux et prirent aussitôt la fuite. Pour la

283

plupart, elles se réfugièrent en battant de l'aile dans les arbres entourant la place, d'où elles regardèrent avec désolation la table à pique-nique. La harpie à plumes rousses, blessée au dos, partit d'un vol hésitant dans Glisan Street et disparut.

– Ha ! s'écria le vieillard d'un ton triomphal. (Il coupa le moteur de son engin et sourit d'un air absent dans la direction de Percy.) Merci, étrangers ! J'apprécie hautement votre aide !

Percy ravala sa colère. Ce n'était pas le vieil homme qu'il avait voulu défendre, mais il se rappela qu'ils devaient lui soutirer des renseignements.

– Euh, pas de quoi. (Il s'approcha de l'homme sans perdre de vue sa désherbeuse.) Je m'appelle Percy Jackson. Voici...

– Des demi-dieux ! s'exclama le vieillard. Je les repère toujours à l'odeur.

– On sent si mauvais que ça ? demanda Hazel en fronçant les sourcils.

– Bien sûr que non, ma fille ! rétorqua-t-il en riant. Mais tu n'as pas idée à quel point mes autres sens se sont aiguisés quand j'ai perdu la vue. Je suis Phinéas. Et vous êtes... attendez, ne me dites pas.

Il tendit la main vers le visage de Percy et lui mit les doigts dans les yeux.

– Aïe ! protesta Percy.

– Un fils de Neptune ! Je me disais bien que j'avais senti une odeur d'océan sur toi, Percy Jackson. Moi aussi, je suis fils de Neptune, tu sais.

– Ah ouais... cool.

Percy se frotta les yeux. Il ne lui manquait plus que ça, d'avoir un lien de parenté avec ce vieux cradingue. Pourvu, se dit-il, que tous les enfants de Neptune ne partagent pas la même destinée : tu commences par te trimbaler avec un sac à main pour hommes, et sans savoir comment, tu te retrouves vieux, en peignoir et chaussons-lapins, à attaquer des poules avec une désherbeuse.

Phinéas se tourna vers Hazel.

– Et là... Ho ho, l'odeur de l'or et de la terre profonde. Hazel Levesque, fille de Pluton. Et à côté de toi, le fils de Mars. Mais ton histoire ne se limite pas à ça, Frank Zhang...

– Vieille lignée, marmonna Frank. Prince de Pylos. Bla-bla-bla.

– Périclyménos, exactement ! Oh, c'était un type sympa. J'adorais les Argonautes.

Frank était scotché.

– Attends... Péry-comment ?

Phinéas sourit.

– T'inquiète pas, fit-il. Je connais l'histoire de ta famille. Ce qu'on raconte sur ton arrière-grand-père ? En fait, il n'a pas véritablement détruit le camp. Ah, quel trio intéressant ! Vous avez faim ?

Frank avait l'air d'avoir reçu un camion-citerne en pleine figure, mais Phinéas parlait déjà d'autre chose. Il montra d'un geste la table à pique-nique. Les harpies perchées dans les arbres gémirent pitoyablement. Percy avait beau avoir une faim de loup, il ne se voyait pas manger sous les yeux de ces pauvres femmes-oiseaux.

– Écoute, je suis un peu perdu, commença Percy. Nous avons besoin d'un renseignement. On nous a dit...

– ... que les harpies m'empêchaient de manger, compléta Phinéas. Et que si vous m'aidiez, je vous aiderais.

– C'est un peu ça, oui, admit Percy.

Phinéas rit.

– C'est de l'histoire ancienne ! Est-ce que j'ai l'air privé de nourriture ? demanda-t-il en tapotant un ventre gros comme un ballon de basket gonflé à bloc.

Phinéas fit un grand geste avec sa désherbeuse – et les trois demi-dieux baissèrent vite la tête.

– Fini, tout ça, les amis ! Au début, quand j'ai reçu mon don de prophétie, il y a de cela des éternités, Jupiter m'a maudit, c'est vrai. Il a envoyé les harpies me voler ma nourriture. Vous comprenez, je ne savais pas tenir ma langue. Je dévoilais trop de secrets que les dieux voulaient garder cachés. (Il se tourna vers Hazel.) Toi, par exemple, tu es censée être morte. Et toi... (Il s'adressa à Frank.) Ta vie dépend d'un bout de bois brûlé.

– Qu'est-ce que tu racontes ? demanda Percy en fronçant les sourcils.

Hazel clignait des yeux comme si elle venait de recevoir une gifle. Quant à Frank, il donnait l'impression que le camion-citerne avait fait marche arrière pour lui passer sur le corps une deuxième fois.

– Et toi, ajouta Phinéas, cette fois-ci à l'attention de Percy, ben tu ne sais même pas qui tu es ! Je pourrais te le dire, bien sûr, mais... ça n'aurait rien de drôle, si ? Et dans *Le Faucon maltais*, c'est Brigid O'Shaughnessy qui a tué Miles Archer. Et Dark Vador est en réalité le père de Luke. Et le vainqueur du prochain Super Bowl sera...

– Je vois le topo, marmonna Frank.

Hazel serrait le manche de son épée comme si elle était tentée d'assommer le vieil homme avec.

– Donc comme tu parlais trop, dit-elle, les dieux t'ont maudit. Pourquoi ont-ils changé d'avis ?

– Oh, ils n'ont pas changé d'avis ! (Phinéas haussa des sourcils broussailleux, laissant présager qu'il allait dévoiler un truc incroyable.) J'ai dû passer un accord avec les Argonautes. Eux aussi avaient besoin de renseignements, vous voyez. Je leur ai dit que je les aiderais s'ils tuaient les harpies. Alors ils ont chassé ces affreuses créatures, mais Iris les a empêchés de les tuer. Scandaleux ! Alors, cette fois-ci, quand ma maîtresse m'a ramené à la vie...

– Ta maîtresse ? demanda Frank.

Le visage de Phinéas se fendit d'un sourire mauvais.

– Ben, Gaïa, qu'est-ce que tu crois ? À ton avis, qui a ouvert les Portes de la Mort ? Ta copine comprend, elle. Gaïa est ta maîtresse à toi aussi, n'est-ce pas ?

Hazel dégaina son épée.

– Je ne suis pas son... Je ne... Gaïa n'est pas ma maîtresse !

Phinéas avait l'air de s'amuser. S'il avait entendu le glissement de la lame sortant du fourreau, ça ne l'inquiétait visiblement pas.

– Très bien, si tu veux être noble et rester dans le camp des perdants, ça te regarde. Il n'empêche que Gaïa s'éveille. Elle a déjà réécrit les règles de la vie et de la mort ! J'ai retrouvé la vie et en échange de mon aide – une prophétie par-ci, par-là – elle a exaucé mon vœu le plus cher. La donne a changé ! Je peux manger tout mon saoul maintenant, à longueur de journée, et les harpies sont obligées de me regarder me régaler en se serrant la ceinture.

Il fit vrombir sa désherbeuse, et les harpies hurlèrent de plus belle.

– Elles sont maudites ! Elles ne peuvent manger que la nourriture qui est sur ma table et elles n'ont pas le droit de quitter Portland. Depuis que les Portes de la Mort sont ouvertes, elles ne peuvent même plus mourir. C'est merveilleux !

– Merveilleux ? protesta Frank. Mais ce sont des êtres vivants. Pourquoi les traites-tu si méchamment ?

– Ce sont des monstres ! dit Phinéas. *Méchamment*, tu dis ? Ces démones écervelées m'ont tourmenté pendant des années !

– Mais c'était leur devoir, rétorqua Percy, en essayant de se contrôler. Jupiter le leur avait ordonné.

– Oh, je suis furieux contre Jupiter aussi ! acquiesça Phinéas. En temps voulu, Gaïa punira les dieux comme ils le méritent. Faut voir comme ils dirigent le monde... pas joli-joli, le boulot ! Mais pour le moment, je suis content à Portland. Les mortels ne font pas attention à moi, ils me prennent pour un vieux toc-toc qui fait peur aux pigeons !

Hazel s'avança vers le devin.

– Tu es abominable, lui dit-elle. Ta place est aux Champs du Châtiment !

Phinéas ricana.

– D'une morte à un mort, fillette ? Si j'étais toi, je ferais museau. C'est toi qui as tout commencé ! Sans toi, Alcyonée ne serait pas vivant !

Hazel recula en titubant.

– Hazel ? (Frank ouvrait des yeux ronds comme des soucoupes.) De quoi parle-t-il ?

– Ha ! dit Phinéas. Tu l'apprendras bien assez tôt, Frank Zhang. Et on verra si ton petit cœur bat toujours pour ta douce amie. Mais ce n'est pas pour ça que vous êtes venus, hein ? Vous voulez trouver Thanatos. Il est prisonnier dans le repaire d'Alcyonée. Je peux vous dire où ça se trouve. Bien sûr que je peux. Mais vous devez me rendre un service.

– Pas question, lança Hazel. Tu travailles pour l'ennemi. Nous devrions te réexpédier nous-mêmes aux Enfers.

– Essaie toujours. (Phinéas sourit.) Mais je doute que je resterais mort longtemps. Tu vois, Gaïa m'a montré le raccourci pour revenir. Et tant que Thanatos sera enchaîné, il n'y aura personne pour m'obliger à rester aux Enfers ! En plus, si vous me tuez, vous n'aurez pas accès à mes secrets.

Percy était tenté de laisser Hazel se servir de son épée. En fait, il aurait volontiers étranglé le vieil homme de ses mains.

Le Camp Jupiter, pensa-t-il. *Le plus important, c'est de sauver le camp.* Il se souvint d'Alcyonée le narguant dans ses rêves. S'ils perdaient du temps à parcourir le vaste Alaska, à la recherche du repaire du géant, les armées de Gaïa extermineraient les Romains... ainsi que les autres amis de Percy, où qu'ils soient.

Il se fit violence et demanda :

– Quel service ?

Phinéas passa la langue sur ses lèvres avec cupidité.

– Il y a une harpie qui est plus rapide que les autres.

– La rousse, devina Percy.

– Je suis aveugle ! Je ne vois pas les couleurs ! grogna le vieux devin. En tout cas, c'est la seule qui me donne du fil à retordre. C'est une rusée. Et elle fait toujours bande à part, elle ne se perche jamais avec les autres. C'est elle qui m'a fait ça.

Il montra les cicatrices qu'il avait au front.

– Capturez cette harpie et amenez-la-moi. Je la veux ligotée devant moi, à un endroit où je pourrai la tenir à l'œil, si je puis dire. Les harpies détestent être ligotées. Ça les fait beaucoup souffrir. Oui, ça me plairait bien. Je lui donnerai peut-être à manger, pour la faire durer.

Percy se tourna vers ses amis. Ils conclurent un accord par le regard : ils n'aideraient jamais ce sinistre individu. Mais ils avaient besoin des renseignements. Il leur fallait donc un plan B.

– Conciliabulez si ça vous chante ! dit Phinéas d'un ton badin. Mais n'oubliez pas que sans mon aide, votre quête échouera. Et que tous ceux que vous aimez sur terre mourront. Maintenant, ouste ! Ramenez-moi la harpie !

27 PERCY

–Nous allons avoir besoin de taper dans tes victuailles, dit Percy, qui écarta le vieil homme d'un coup d'épaule et attrapa ce qui lui tomba sous la main sur la table à pique-nique : un bol de nouilles thaï gratinées au fromage recouvert d'un film plastique, et un gâteau cylindrique qui ressemblait à une combinaison de burrito et d'éclair au chocolat.

– On y va, les gars, ajouta Percy, qui se sentait à deux doigts de s'énerver et d'écraser le burrito sur la figure de Phinéas.

Ils sortirent du parking et s'arrêtèrent sur le trottoir d'en face. Percy respira à fond pour se calmer. La pluie s'était réduite à un petit crachin. La bruine, sur son visage, était une caresse rafraîchissante.

– Cet homme... (Hazel donna une tape sur un banc d'abri-bus.) Il faut qu'il meure. De nouveau.

Impossible d'en être certain, avec la pluie, mais il semblait qu'elle chassait des larmes. Ses longs cheveux bouclés étaient plaqués sur les côtés de son visage. Dans la lumière grise, ses yeux dorés évoquaient plus le plomb que le métal fin.

Percy se souvint de l'assurance avec laquelle elle était inter-venue, la première fois qu'il l'avait vue, lors de l'attaque des gorgones ; elle avait pris la situation en main et envoyé Percy en lieu sûr. Elle l'avait réconforté au sanctuaire de Neptune, avait tout fait pour qu'il se sente le bienvenu au camp.

À présent il voulait lui rendre sa gentillesse, mais il ne savait pas comment s'y prendre. Elle avait l'air perdue et complètement déprimée.

Percy n'était pas étonné qu'elle soit revenue des Enfers. Il le soupçonnait depuis un moment, à cause de son refus de parler de son passé, ainsi que de la prudence et de la discrétion dont faisait toujours preuve Nico di Angelo à son égard.

Pourtant ça ne changeait pas le regard que Percy portait sur elle. Elle lui semblait... vivante, tout simplement, comme une ado normale, et généreuse, qui méritait de grandir et d'avoir un avenir. Ce n'était pas une espèce de mort-vivant comme Phinéas.

– On l'aura, promit Percy. Il ne te ressemble en rien, Hazel. Je me fiche de ce qu'il peut bien dire.

Elle secoua la tête.

– Tu ne connais pas toute l'histoire, confia-t-elle. J'aurais dû finir aux Champs du Châtiment. Je... je suis tout aussi coupable que...

– Non, c'est faux ! (Frank serra les poings. Il regarda autour de lui comme s'il cherchait quelqu'un qui ose le contredire, un ennemi qu'il pourrait frapper pour défendre son amie.) Hazel est quelqu'un de bien ! lança-t-il d'une voix forte.

Quelques harpies glapirent dans les arbres, mais personne d'autre ne leur prêta attention.

Hazel regarda longuement Frank. Elle tendit le bras avec hésitation, comme si elle voulait le prendre par la main, mais redoutait de le voir se volatiliser.

– Frank..., bafouilla-t-elle. Je... je ne...

Malheureusement, Frank était parti dans ses pensées.

Il décrocha sa lance de son épaule et l'empoigna avec réticence.

– Je pourrais intimider le vieux, lui faire peur peut-être, suggéra-t-il.

– Frank, ça va aller, dit Percy. Gardons ça comme plan de secours. À mon avis, on ne pourra pas forcer Phinéas à nous aider. Et tu n'as plus droit qu'à deux assauts avec ta lance, non ?

Frank regarda en grimaçant la pointe en dent de dragon, qui s'était entièrement reconstituée durant la nuit.

– Ouais, c'est vrai.

Percy n'avait pas bien compris les allusions du vieux devin sur la famille de Frank – son arrière-grand-père qui aurait détruit le camp, son ancêtre argonaute, et cette histoire de bout de bois brûlé dont dépendrait la vie de Frank. Mais ce dernier était visiblement secoué. Percy décida de ne pas lui demander d'explications. Il ne voulait pas risquer de faire pleurer ce grand dur, et surtout pas devant Hazel.

– J'ai une idée. (Percy pointa du doigt vers le bout de la rue.) La harpie aux plumes rousses est partie dans cette direction. Voyons si nous pouvons la convaincre de nous parler.

Hazel regarda les aliments qu'il avait entre les mains.

– Tu vas te servir de ça comme appât ?

– Plutôt comme offrande de paix. Venez. Essayez juste d'empêcher les autres harpies de voler la bouffe, d'accord ?

Percy enleva le film plastique du bol de nouilles thaï et déballa le burrito au chocolat. Leurs odeurs se répandirent aussitôt dans l'air. Ils s'engagèrent tous les trois dans la rue, Hazel et Frank l'arme à la main. Les harpies les suivaient à tire-d'aile, se perchaient sur des arbres, des boîtes aux lettres, des lampadaires, attirées par les effluves de nourriture.

Percy se demanda ce que les mortels voyaient à travers la Brume. Peut-être prenaient-ils les harpies pour des pigeons et les armes pour des crosses de golf. Ou alors ils pensaient que les nouilles thaï au gratin étaient assez succulentes pour justifier une escorte armée.

Percy tenait fermement les aliments. Il avait vu à quelle vitesse les harpies pouvaient fondre et happer les choses. Il ne voulait pas perdre son offrande de paix avant d'avoir rencontré la harpie aux plumes rousses.

Il la repéra enfin. Elle volait en décrivant des cercles au-dessus d'un grand jardin public qui s'étendait entre des rangées de vieux immeubles, sur plusieurs pâtés de maisons. Des chemins serpentaient dans le parc, sous des ormes et des érables immenses, entre des sculptures, des terrains de jeu et des bancs ombragés. Cet endroit rappelait à Percy... un autre jardin public. Dans sa ville natale, peut-être. Il n'arrivait pas à s'en souvenir, mais se sentait pris de nostalgie.

Ils traversèrent la rue et trouvèrent un banc où s'asseoir, à côté d'un grand éléphant en bronze.

– Il ressemble à Hannibal, dit Hazel.

– Sauf qu'il est chinois, rectifia Frank. Ma grand-mère a le même. Enfin, se reprit-il, le sien fait pas quatre mètres de haut. Mais elle importe des trucs... de Chine. On est chinois. (Il regarda Hazel et Percy, qui faisaient un gros effort pour ne pas rire.) Bon, je pourrais pas mourir d'embarras, là ?

– T'inquiète, mon pote, dit Percy. Voyons si on peut pas faire copains avec cette harpie.

Il leva le bol de nouilles et agita la main pour envoyer les arômes vers le haut – piments forts et fromage gratiné. La harpie rousse descendit en décrivant des cercles.

– On ne te veut pas de mal, lança Percy d'une voix normale. On veut juste parler. Des nouilles thaï contre une conversation, tu es d'accord ?

Tel un éclair rouge, la harpie plongea et atterrit sur l'éléphant.

Elle était maigre à faire peur. Ses pattes à plumes étaient comme des allumettes. Elle aurait eu un joli visage, si elle n'était pas aussi émaciée. Elle était parcourue de tressaillements d'oiseau, ses yeux bruns lançaient des regards nerveux en tous sens, et de ses doigts elle tripotait tantôt ses oreilles, tantôt ses plumes, tantôt ses cheveux roux en bataille.

– Du fromage, marmonna-t-elle avec un regard en biais. Ella n'aime pas le fromage.

Percy hésita, puis demanda :

– Tu t'appelles Ella ?

– Ella. Aello. « Harpie ». En anglais. En latin. Ella aime pas le fromage.

Elle débita tout cela sans reprendre son souffle ni leur accorder un regard. Ses mains voletaient sans cesse pour toucher ses cheveux, sa robe, les gouttes de pluie, tout ce qui bougeait.

En moins d'un clin d'œil, elle fondit, saisit le burrito et reprit son perchoir.

– Par les dieux, elle est rapide ! s'exclama Hazel.

– Dans le genre montée sur piles, ajouta Frank.

Ella renifla le burrito. Elle en grignota un coin et frissonna de la tête aux pieds, en croassant comme si elle agonisait.

– Le chocolat c'est bon, déclara-t-elle. C'est bon pour les harpies. Miam-miam.

Elle commença à manger, mais les harpies plus grandes fondirent sur elle. Percy n'eut pas le temps de réagir qu'elles frappaient déjà Ella, en s'efforçant de lui arracher le burrito.

– Nooon. (Ella tentait de se cacher sous ses ailes pour se protéger des coups de griffes de ses sœurs, liguées contre elle.) Nooon, bafouillait-elle. Ne... ne... non...

– Arrêtez ! cria Percy.

Ses amis et lui coururent à la rescousse, mais trop tard. Une grande harpie jaune attrapa le burrito et toute la bande s'éparpilla, laissant Ella tremblante et recroquevillée sur le dos de l'éléphant.

Hazel effleura la patte de la harpie.

– Je suis vraiment désolée. Tu n'as rien ?

Ella sortit la tête de sous son aile. Elle tremblait encore. Comme elle se tenait les épaules voûtées, Percy aperçut l'estafilade que Phinéas lui avait faite dans le dos, en la frappant avec sa désherbeuse. La plaie saignait encore. Ella passa les doigts sur ses ailes, et en retira des plumes arrachées.

– La pe-petite Ella, bégaya-t-elle avec colère. La fai-fai-faible Ella. Pas de chocolat pour Ella. Seulement du fromage.

Frank jeta un regard noir vers un érable, sur le trottoir d'en face, où les autres harpies étaient perchées et déchiquetaient le burrito.

– On va t'apporter autre chose, promit-il.

Percy posa le bol de nouilles thaï. Il se rendit compte qu'Ella était spéciale, même pour une harpie. Mais après avoir vu les autres la maltraiter, il était décidé à l'aider, quoi qu'il arrive.

– Ella, dit-il, nous voulons être tes amis. Nous pouvons t'apporter autre chose à manger, mais...

– Amis. *Friends*. Dix saisons. 1994 à 2004. (Elle jeta un coup d'œil oblique à Percy, puis leva les yeux vers le ciel et se mit à réciter aux nuages.) « Sang-mêlé né d'un des Trois Grands, vivra jusqu'à l'âge de ses seize ans. » Tu as seize ans. Page 16, *Encyclopédie de la Cuisine Française*. « Ingrédients : Lardons, Beurre. »

Percy avait les oreilles qui bourdonnaient. La tête lui tournait comme s'il venait de plonger à trente mètres sous l'eau et remonter.

– Ella... qu'est-ce que tu as dit ?

– Lardons. (Elle attrapa une goutte de pluie au vol.) Beurre.

– Non, avant. Ces deux phrases... je les connais, j'en suis sûr.

Hazel, à côté de lui, frissonna.

– Ça me dit quelque chose, à moi aussi, murmura-t-elle. On dirait une prophétie, non ? Ce sont peut-être des vers qu'elle a entendus dans la bouche de Phinéas ?

À la mention du nom de Phinéas, Ella glapit de terreur et s'envola.

– Attends ! appela Hazel. Je ne voulais pas dire... Oh, par les dieux, je suis bête.

– C'est pas grave. Regarde, fit Frank en pointant du doigt.

Ella ne se déplaçait plus aussi vite, à présent. Elle gagna le haut d'un bâtiment en brique de deux étages à tire-d'aile, et disparut dans le toit. Une plume rousse tomba dans la rue en voletant.

– Vous croyez qu'elle a son nid là-haut ? (Frank regarda la pancarte qui figurait sur l'édifice en plissant les yeux.) Bibliothèque du comté de Multnomah ?

Percy hocha la tête.

– Allons voir si c'est ouvert.

Ils traversèrent la rue en courant et déboulèrent dans l'entrée du bâtiment.

Percy n'était pas du tout porté sur les bibliothèques. Sa dyslexie lui rendait la lecture d'une simple pancarte difficile, alors des étages entiers pleins de livres ? Ça lui semblait à peu près aussi agréable comme perspective que le supplice de l'eau ou une extraction dentaire.

Tout en traversant le hall de la bibliothèque, Percy se dit qu'Annabeth aurait aimé ce lieu. Un espace vaste et bien éclairé, avec de hautes fenêtres voûtées. Les livres et l'architecture, c'étaient vraiment ses...

Il pila net.

– Percy ? demanda Frank. Qu'est-ce qu'il y a ?

Percy se concentra de toutes ses forces. D'où lui étaient venues ces pensées ? Les livres, l'architecture... Annabeth l'avait emmené à la bibliothèque, une fois, dans la ville où il habitait, à... à... Le souvenir s'estompa. Percy tapa du poing contre le côté d'une étagère.

– Percy ? demanda doucement Hazel.

Il était tellement en colère, face à ces souvenirs qui lui échappaient, qu'il eut envie de donner un autre coup de poing, mais les visages inquiets de ses amis le ramenèrent au présent.

– Ça va, mentit-il. J'ai eu un petit vertige, c'est tout. Il nous faut un accès au toit, maintenant.

Ça leur prit du temps, mais ils finirent par trouver un escalier menant au toit. En haut des marches, il y avait une porte avec une alarme de poignée. Quelqu'un avait coincé un exemplaire de *Guerre et Paix* dans l'embrasure.

Dehors, Ella la harpie était recroquevillée dans un nid de livres, sous un abri de fortune en carton.

Percy et ses amis s'avancèrent lentement pour ne pas lui faire peur. Ella les ignora. Elle toilettait son plumage et récitait à mi-voix, comme si elle mémorisait son texte pour une pièce de théâtre.

Arrivé à un mètre cinquante d'elle, Percy s'accroupit.

– Salut. On est désolés de t'avoir effrayée. Regarde, je n'ai pas grand-chose à t'offrir, mais...

Il sortit le saucisson de bœuf macrobiotique de sa poche. Ella fit un bond et le lui arracha des mains. Elle retourna se blottir dans son nid en reniflant le bœuf séché, puis elle le jeta au loin en soupirant.

– Pas-pas de sa table. Ella peut pas manger. Triste. Bœuf séché c'est bon pour les harpies.

– Pas de... ah, c'est vrai, dit Percy. Ça fait partie de la malédiction. Tu ne peux manger que sa nourriture.

297

– Il doit bien y avoir un moyen ! s'exclama Hazel.

– « Photosynthèse. Nom féminin. Biologie. Synthèse de matériaux organiques complexes. » « C'était la meilleure des époques, c'était la pire des époques ; c'était l'âge de la sagesse, c'était l'âge de la bêtise... »

– Qu'est-ce qu'elle raconte ? chuchota Frank.

Percy regarda les piles de livres qui l'entouraient. Ils étaient tous vieux et moisis. Certains portaient des prix marqués au feutre sur la couverture, comme si la bibliothèque s'en était débarrassée à l'occasion d'une braderie.

– Elle récite des extraits de livres, devina Percy.

– « *L'Almanach du fermier* 1965 », dit Ella. « Commencer l'élevage, 26 janvier. »

– Ella, demanda-t-il, tu les as vraiment tous lus ?

– Beaucoup d'autres, dit-elle en clignant des paupières. Il y en a beaucoup d'autres, en bas. Les mots. Les mots calment Ella. Les mots, les mots, les mots.

Percy attrapa un livre au hasard. Un exemplaire abîmé de l'*Histoire de l'hippisme*.

– Ella, euh, tu te souviens du troisième paragraphe de la page 62 ?

– « Secrétariat donné favori », démarra aussitôt Ella, « trois contre deux dans le Kentucky Derby de 1973, fracasse le record de piste avec 1 h 48 2/5. »

Percy referma le livre. Ses mains tremblaient.

– Mot pour mot, dit-il.

– Impressionnant, dit Hazel.

– C'est une volaille de génie, renchérit Frank.

Percy se sentait mal à l'aise. Une idée terrible se formait dans son esprit, quant aux motivations de Phinéas. Ce n'était pas parce qu'elle l'avait griffé que le devin voulait capturer Ella. Percy se souvenait de ce vers qu'elle avait récité : « Sang-mêlé né d'un des Trois Grands. » Il était certain qu'il s'agissait de lui.

– Ella, dit-il, nous allons trouver un moyen de rompre la malédiction. Ça te plairait ?

– C'est impossible, répondit-elle. *It's Impossible*, enregistré en anglais par Perry Como, 1970.

– Rien n'est impossible, insista Percy. Maintenant écoute. Je vais prononcer son nom. Inutile de t'enfuir. Nous allons te délivrer de la malédiction. Il faut simplement qu'on trouve le moyen de battre... Phinéas.

Il s'attendait à ce qu'elle décolle aussitôt, mais elle se contenta de secouer vigoureusement la tête.

– Ne-ne-non ! Pas Phinéas. Ella est rapide. Trop rapide pour lui. M-mais il veut en-enchaîner Ella. Il fait mal à Ella.

Elle essaya de toucher l'estafilade dans son dos.

– Frank, demanda Percy, tu as la trousse de secours ?

– Tout de suite.

Frank sortit un thermos de nectar et expliqua ses vertus curatives à Ella. Lorsqu'il voulut se rapprocher, elle se replia sur elle-même avec des cris stridents. Hazel essaya à son tour, et Ella la laissa verser un peu de nectar sur son dos. La plaie commença à se refermer.

Hazel sourit.

– Tu vois ? dit-elle. C'est mieux.

– Phinéas est horrible, reprit Ella. Les désherbeuses pareil. Le fromage pareil.

– Absolument, acquiesça Percy. Nous allons l'empêcher de te faire du mal. Mais il faut qu'on trouve un moyen de lui jouer un tour. Vous les harpies, vous devez le connaître mieux que personne. Y a-t-il moyen de lui jouer un tour ?

– N... non, les tours c'est pour les mômes. *50 tours pour dresser votre chien*, de Sophie Collins. Tour numéro 36...

– C'est bon, Ella, c'est bon, interrompit Hazel d'une voix douce, comme si elle essayait de calmer un cheval. Mais Phinéas a-t-il des faiblesses ?

– Aveugle. Il est aveugle.

Frank leva les yeux au ciel, mais Hazel poursuivit patiemment :

– Exact. Et à part ça ?

– Le hasard, dit Ella. Les jeux de hasard. Deux à un. Mauvaise main. Suivre ou se coucher.

Percy reprit espoir.

– Tu veux dire que c'est un joueur ?

– Phinéas voit de-de grandes choses. Des prophéties. Des destinées. Des trucs des dieux. Pas des petites choses. Le hasard. Passionnant. Et il est aveugle.

Frank se frotta le menton.

– Vous avez une idée de ce qu'elle veut dire, les gars ?

Percy observait la harpie qui tripotait sa robe en jute. Il avait énormément de peine pour elle, mais il commençait aussi à entrevoir l'étendue de son intelligence.

– Je crois que je comprends, oui, dit-il. Phinéas voit l'avenir. Il est au courant de tonnes d'événements importants. Mais il ne peut pas prévoir les petites choses, tout ce qui est le fruit du hasard, l'issue des jeux de hasard. Et c'est pour ça que le jeu le passionne. Si nous parvenons à le convaincre de parier avec nous...

Hazel hocha lentement la tête.

– Tu veux dire que s'il perd, il devra nous révéler où se trouve Thanatos. Mais qu'est-ce qu'on lui propose s'il gagne ? Comment on va la jouer ?

– Simple, mais avec une forte mise, dit Percy. Le genre de choix à deux options seulement. L'une tu vis, l'autre tu meurs. Et le gain, il faut que ce soit quelque chose que

300

Phinéas veut... en dehors d'Ella, bien sûr. Il est hors de question de jouer Ella.

– La vue, marmonna Ella. La vue c'est bien pour les aveugles. Guérison... non, non, peau de balle. Gaïa veut pas guérir Phinéas. Gaïa veut garder Phinéas av-veu-veugle, dépendant de Gaïa. Ouep.

Frank et Percy échangèrent un regard entendu. Et ils le dirent ensemble :

– Le sang de gorgone.

– Quoi ça ? demanda Hazel.

Frank sortit les deux flacons de céramique qu'il avait retirés du Petit Tibre.

– Ella est un génie, déclara-t-il. Sauf si on meurt.

– T'inquiète pas pour ça, dit Percy. J'ai un plan.

28 PERCY

L e vieux devin n'avait pas bougé, il était toujours au milieu du parking aux camionnettes-restos. Assis sur son banc de pique-nique, ses lapins roses calés en hauteur, il mangeait des kebabs dégoulinant de gras. Sa désherbeuse était posée à côté de lui. Son peignoir était couvert de taches de sauce barbecue.

– Ah, vous revoilà ! s'exclama-t-il joyeusement. J'entends le battement de petites ailes inquiètes. Vous m'avez apporté ma harpie ?

– Elle est là, répondit Percy, mais elle n'est pas à toi.

Phinéas lécha ses doigts pleins de graisse. Ses yeux laiteux semblaient fixer un point juste au-dessus de la tête de Percy.

– Je vois..., dit-il. En fait non, je suis aveugle donc je ne vois pas. Vous êtes revenus pour me tuer, alors ? Si c'est ça, bonne chance pour votre quête.

– Je suis venu parier.

La bouche du vieil homme se contracta. Il posa sa brochette et se pencha vers Percy.

– Un pari... Très intéressant. Des renseignements en échange de la harpie ? Le gagnant remporte la mise ?

– Non, dit Percy, la harpie ne fait pas partie du marché.

Phinéas éclata de rire.

302

– Vraiment ? Peut-être que tu ne comprends pas sa valeur.

– C'est une personne. Elle n'est pas à vendre.

– Oh, je t'en prie ! Vous êtes bien du camp romain, tous les trois ? Rome s'est bâtie sur l'esclavage. Alors ne viens pas me faire la morale. En plus elle n'est même pas humaine. C'est un monstre. Un esprit du vent. Un sous-fifre de Jupiter.

Ella glapit. La faire entrer dans le parking avait relevé de l'exploit, et là, elle se mit à reculer en marmonnant :

– Jupiter. Hydrogène et hélium. Soixante-trois satellites. Zéro sous-fifre.

Hazel passa le bras autour des épaules d'Ella. Elle était la seule à pouvoir toucher la harpie sans déclencher des cris et des tortillements frénétiques.

Frank se tenait aux côtés de Percy. Il avait sa lance à la main, prêt à agir, comme si le vieil homme allait les attaquer.

Percy sortit les deux flacons de céramique.

– Je propose un autre enjeu. Nous avons deux fioles de sang de gorgone. L'une tue, l'autre guérit. Elles sont exactement semblables d'aspect. Nous ne savons même pas nous-mêmes laquelle est laquelle. Si tu choisis la bonne fiole, elle pourra te rendre la vue.

Phinéas tendit la main.

– Laisse-moi les toucher. Laisse-moi les sentir.

– Pas si vite ! dit Percy. Tu dois d'abord accepter les conditions.

– Les conditions... (Phinéas avait le souffle court. Percy voyait bien qu'il avait hâte d'accepter sa proposition.) La prophétie et la vue... Plus rien ne pourrait m'arrêter. Cette ville m'appartiendrait. Je me construirais un palais ici, au milieu des camions-restaurants. Je pourrais capturer cette harpie tout seul !

– Ne-ne-ne, dit Ella d'une voix tendue. Nan, nan, nan.

Difficile d'émettre un rire de vilain quand on porte des chaussons-lapins en peluche rose, mais Phinéas s'y employa de son mieux.

– Très bien, demi-dieu, ajouta-t-il. Quelles sont tes conditions ?

– Tu choisis une des fioles. Pas le droit de les ouvrir ni de renifler avant de choisir.

– C'est pas juste ! Je suis aveugle.

– Et moi, je n'ai pas ton odorat, rétorqua Percy. Tu peux prendre les fioles dans tes mains. Et je jurerai sur le Styx qu'elles sont identiques. Elles contiennent exactement ce que je t'ai dit : du sang de gorgone, pour une fiole venant du côté gauche du monstre, pour l'autre du côté droit. Et je jure qu'aucun de nous ne sait laquelle est laquelle.

Percy se tourna vers Hazel.

– Euh, toi qui es notre spécialiste des Enfers. Avec tous ces trucs bizarres qui arrivent à la Mort, un serment sur le Styx est-il toujours contraignant ?

– Oui, dit Hazel sans hésiter. Rompre un pareil serment... Ne le fais pas, c'est tout. Il y a des souffrances pires que la mort.

Phinéas se caressa la barbe.

– Donc je choisis la fiole que je vais boire. Toi, tu dois boire l'autre. Nous jurons de boire en même temps.

– C'est ça, dit Percy.

– Le perdant meurt, de toute évidence. Un poison de ce type m'empêcherait sans doute de revenir à la vie, même moi... en tout cas pas de sitôt. Mon essence serait abîmée et dispersée. Je risque donc gros.

– Mais si tu gagnes, tu remportes tout, dit Percy. Si je meurs, mes amis jureront de te laisser en paix et de ne pas se venger. Tu recouvreras la vue, que même Gaïa n'est pas prête à te donner.

Le visage du vieil homme se renfrogna. Percy avait touché un point sensible. Phinéas voulait voir. Malgré tout ce que Gaïa lui avait donné, il lui tenait rancune de le laisser dans la cécité.

– Si je perds, dit-il, je serai mort et je ne pourrai pas te donner tes renseignements. En quoi serais-tu avancé ?

Percy se félicita d'en avoir discuté avec ses amis avant. C'était Frank qui avait eu l'idée.

– Tu vas écrire à l'avance où se trouve le repaire d'Alcyonée, dit Percy. Garde la réponse sur toi, mais jure sur le Styx que tes indications sont exactes et précises. Tu devras aussi jurer que si tu perds et que tu meurs, les harpies seront délivrées de leur malédiction.

– Tu veux jouer gros jeu, grommela Phinéas. Tu risques la mort, Percy Jackson. Ce ne serait pas plus simple de me livrer la harpie ?

– Pas question.

Un sourire vint lentement aux lèvres de Phinéas.

– Tu commences à comprendre sa valeur, on dirait. Une fois que j'aurai recouvré la vue, je la capturerai moi-même, tu sais. Celui qui contrôle cette harpie... Enfin, j'ai été roi, jadis. Ce pari peut me permettre de le redevenir.

– Tu brûles les étapes, dit Percy. Marché conclu ou non ?

Phinéas se tapota le nez, l'air pensif.

– Je n'arrive pas à prédire l'issue. C'est contrariant. Un pari qui ne tient qu'au hasard... ça rend l'avenir flou. Mais je peux te garantir une chose, Percy Jackson, te donner un conseil gratuit. Si tu survis à aujourd'hui, ton avenir ne va pas te plaire. Un grand sacrifice t'attend, et tu n'auras pas le courage de le faire. Tu le paieras très cher. Le monde entier le paiera très cher. Ce serait peut-être plus facile pour toi si tu choisissais le poison.

Percy eut dans la bouche un goût aussi amer que le thé vert d'Iris. Il voulait croire que le vieil homme essayait de le faire craquer, mais quelque chose lui disait que la prédiction était vraie. Il se souvenait de la mise en garde de Junon, lorsqu'il avait décidé d'aller au Camp Jupiter : « Tu connaîtras la douleur, physique et morale, tu perdras plus que tu n'aurais jamais imaginé qu'un être humain puisse perdre. Mais tu auras peut-être une chance de sauver tes anciens amis et ta famille. »

Perchées dans les arbres qui entouraient le parking, les harpies surveillaient la scène comme si elles en pressentaient l'enjeu. Frank et Hazel regardaient Percy avec inquiétude. Il leur avait assuré que les risques étaient en dessous de cinquante-cinquante. Il avait un plan, affirmait-il. Ce qu'il n'avait pas dit à ses amis, c'était que ce plan pouvait se retourner contre lui. Ses chances de survie étaient de cent pour cent – ou de zéro.

– Alors, répéta-t-il, marché conclu ?

Phinéas sourit.

– Je jure sur le Styx de respecter les conditions de notre accord telles que tu viens de les décrire, dit-il. Frank Zhang, tu es le descendant d'un Argonaute. J'ai confiance en ta parole. Si je gagne, jurez-vous, ton amie Hazel et toi, de me laisser tranquille et de ne pas chercher vengeance ?

Frank serrait les mains si fort sur sa lance en or que Percy se demanda si elle n'allait pas se briser entre ses doigts, mais il parvint à marmonner :

– Je le jure sur le Styx.

– Je le jure aussi, dit Hazel.

– Jure, démarra Ella. « Ne jure pas sur la lune, la lune inconstante. »

Phinéas rit, et dit :

– Dans ce cas, trouve-moi de quoi écrire. Allons-y.

Frank emprunta un stylo et une serviette en papier à un vendeur d'un des camions-restaurants.

Phinéas gribouilla quelques mots sur la serviette, la plia et la mit dans sa poche.

– Je jure, dit-il, que c'est l'emplacement exact du repaire d'Alcyonée. Mais je doute que tu vives assez longtemps pour le lire.

Percy dégaina son épée et envoya valdinguer toute la nourriture qui était sur la table. Phinéas s'assit à un bout, Percy à l'autre.

Percy regarda les collines, à l'horizon. Il imagina le visage de la dormeuse dans l'ombre. Puis il dirigea ses pensées vers le sol, sous ses pieds, en espérant que la déesse écoutait.

OK, Gaïa, dit-il mentalement, je te prends au mot. Tu affirmes que je suis un pion précieux. Tu affirmes que tu as des projets pour moi et que tu vas m'épargner tant que je ferai route vers le Nord. Qui est le plus précieux pour toi, moi ou ce vieil homme ? Parce que l'un de nous deux va mourir.

Phinéas tendit la main en contractant les doigts, comme pour attraper.

– On flanche, Percy Jackson ? Donne-les-moi.

Percy lui remit les fioles.

Le vieux devin les soupesa toutes les deux. Il passa le doigt sur les surfaces de céramique. Puis il posa les flacons sur la table et couvrit chacun d'une main, légèrement. Un tremblement parcourut le sol – une secousse mineure, juste de quoi faire claquer les dents de Percy. Ella croassa nerveusement.

La fiole de gauche sembla s'agiter un tout petit peu plus que celle de droite.

Un sourire cruel étira le visage de Phinéas. Il referma les doigts sur la fiole de gauche.

– Tu es un imbécile, Percy Jackson. Je choisis celle-là. Et maintenant, buvons.

Percy prit la fiole de droite. Il claquait des dents de plus belle.

Le vieux devin leva sa fiole.

– À la santé des fils de Neptune ! s'écria-t-il.

Ils débouchèrent chacun son flacon et burent.

Aussitôt, Percy se plia en deux, la gorge en feu. Il avait un goût d'essence dans la bouche.

– Oh, par les dieux ! s'écria Hazel, derrière lui.

– Nan-nan-nan, fit Ella. Nan-nan-nan.

La vision de Percy se troubla. Il vit à travers un voile Phinéas sourire triomphalement, redresser le dos, battre des paupières avec excitation.

– Gagné ! s'écria-t-il. D'un instant à l'autre, je vais recouvrer la vue !

Percy avait fait le mauvais choix. Il avait été stupide de prendre un tel risque. Il avait l'impression d'avoir avalé du verre pilé, qui se frayait maintenant un chemin dans son estomac et ses intestins.

– Percy ! (Frank l'agrippa par les épaules.) Percy, tu ne peux pas mourir !

Il hoqueta... et soudain sa vision s'éclaircit. Au même moment, Phinéas courba le dos comme s'il avait reçu un coup de poing dans le ventre.

– Tu... tu ne peux pas faire ça ! gémit le vieillard. Gaïa, tu... tu...

Il se leva et s'éloigna de la table en titubant, se tenant le ventre à deux mains.

– Je suis trop précieux !

Des bouffées de vapeur s'échappèrent de sa bouche ; une fumée jaune et nauséabonde monta de ses oreilles, de sa barbe et de ses yeux aveugles.

– C'est pas juste ! hurla-t-il. Tu m'as roulé !

Phinéas tenta de sortir le papier de sa poche de peignoir, mais sa main et ses doigts s'effritèrent, s'égrenant comme du sable.

Percy se leva avec effort. Il ne se sentait pas guéri de quoi que ce soit. La mémoire ne lui était pas revenue par magie. Mais la douleur avait cessé.

– Personne ne t'a roulé, dit Percy. Tu as choisi librement, tu dois tenir parole.

Le roi aveugle poussa un cri de douleur et tournoya lentement sur lui-même ; son corps entier fumait et se désintégrait, jusqu'au moment où il ne resta plus rien de lui qu'un vieux peignoir sale et une paire de chaussons-lapins.

– Eh ben, dit Frank, ça doit être les dépouilles de guerre les plus dégueu du monde.

Une voix de femme parla dans l'esprit de Percy. *Un pari, Percy Jackson.* (C'était un murmure ensommeillé, où perçait une pointe d'admiration agacée.) *Tu m'as obligée à choisir, et j'ai plus besoin de toi pour mes projets que du vieux devin. Mais ne force pas ta chance. Lorsque ta mort viendra, je te promets qu'elle sera autrement plus douloureuse que du sang de gorgone.*

Hazel tâta le peignoir de la pointe de son épée. Il n'y avait rien en dessous – aucun signe que Phinéas essayait de se reformer. Elle regarda Percy, impressionnée.

– C'est le geste le plus courageux que j'aie jamais vu, dit-elle, ou le plus stupide.

Frank secoua la tête, encore stupéfait.

– Percy, comment tu savais ? Tu étais tellement sûr de toi quand tu as choisi le poison...

– Gaïa, expliqua Percy. Elle veut que j'arrive en Alaska. Elle croit... là je suis pas bien sûr. À mon avis, elle croit qu'elle pourra se servir de moi pour réaliser son plan. Elle a influencé Phinéas pour lui faire choisir la mauvaise fiole.

Frank regarda avec effroi les restes du vieil homme.

– Gaïa préférerait tuer son vieux serviteur, plutôt que toi ? Tu misais là-dessus ?

– Des plans, marmonna Ella. Plans et complots. La dame sous la terre. Grands projets pour Percy. Bœuf séché bio pour Ella.

Percy lui tendit le sac entier de bœuf séché, et elle couina de bonheur.

– Nan-nan-nan, chantonna-t-elle. Phinéas, nan-nan. Des mots et de la bouffe pour Ella, ouais-ouais-ouais.

Percy s'accroupit près du peignoir et retira la feuille de papier de sa poche. Il y était marqué : GLACIER HUBBARD.

Un tel risque pour deux mots... Il tendit la feuille à Hazel.

– Je sais où c'est, dit-elle. C'est assez connu comme site. Mais c'est super loin d'ici.

Dans les arbres du parking, les autres harpies s'étaient enfin remises du choc. Avec des glapissements excités, elles fondirent sur les camionnettes-restos les plus proches, plongèrent à l'intérieur et s'attaquèrent aux cuisines. Des cris éclatèrent dans plusieurs langues. Les camionnettes se mirent à tanguer. Des plumes et des barquettes en carton volèrent dans toutes les directions.

– Retournons vite au bateau, dit Percy. Le temps nous est compté.

29 HAZEL

Avant même de monter dans la barque, Hazel avait la nausée. Lui revenait sans cesse à l'esprit l'image de Phinéas crachant de la fumée par les yeux, de ses mains tombant en poussière. Percy lui avait assuré qu'elle n'avait rien de commun avec Phinéas, mais il se trompait. Elle avait commis un crime autrement plus grave que de tourmenter des harpies.

« C'est toi qui as tout commencé ! » avait dit Phinéas. « Sans toi, Alcyonée ne serait pas vivant ! »

Tandis que la yole filait sur la Columbia River, Hazel s'efforçait d'oublier. Elle aida Ella à se faire un nid avec de vieux livres et magazines qu'ils avaient repêchés dans la poubelle des recyclables de la bibliothèque.

Il n'était pas dans leur intention d'emmener la harpie avec eux, au départ, mais Ella semblait considérer que l'affaire était tranchée.

– Amis, marmonna-t-elle. *Friends.* Dix saisons. 1994 à 2004. Amis ont fait fondre Phinéas et donné du bon bœuf à Ella. Ella partira avec ses amis.

À présent, confortablement installée à la poupe, elle grignotait des bouts de bœuf séché et récitait, en alternance, des extraits de Charles Dickens et de *50 tours pour dresser votre chien*.

Percy était accroupi à la poupe et les emmenait vers l'océan grâce à son étrange pouvoir mental sur l'eau. Hazel était assise sur le banc du milieu, à côté de Frank, et leurs épaules se touchaient, ce qui suffisait à la rendre aussi nerveuse qu'une harpie.

Elle se remémorait la façon dont il avait pris sa défense à Portland, en criant : « Hazel est quelqu'un de bien ! » comme s'il était prêt à en découdre avec quiconque dirait le contraire.

Elle le revoyait sur la colline de Mendocino, seul dans une clairière à l'herbe contaminée, entouré de feux de broussailles, la lance à la main et les cendres de trois basilics à ses pieds.

Si on lui avait dit il y a encore une semaine que Frank était un enfant de Mars, ça l'aurait fait rire. Frank était beaucoup trop doux et trop gentil pour ça. Elle avait toujours éprouvé le besoin de le protéger à cause de sa maladresse et de ce don qu'il avait pour s'attirer des ennuis.

Depuis qu'ils avaient quitté le camp, elle le voyait d'un autre œil. Il était plus courageux qu'elle ne l'avait cru. C'était lui qui veillait sur elle, en fait. Elle devait reconnaître que le changement n'était pas désagréable.

Le fleuve s'élargit en se jetant dans l'océan, et le *Pax* obliqua vers le nord. Pendant la navigation, Frank lui racontait des blagues idiotes pour lui entretenir le moral – « Pourquoi le Minotaure a-t-il traversé la route ? » « Combien faut-il de faunes pour changer une ampoule ? » Il lui montra du doigt des buildings, sur la côte, qui lui rappelaient certains quartiers de Vancouver.

Le ciel commençait à s'obscurcir, et la mer prit la teinte rouille des ailes d'Ella. Le 21 juin touchait à sa fin. La Fête de la Fortune se déroulerait le soir, dans très exactement soixante-douze heures.

Frank sortit de son sac des sodas et des muffins qu'il avait récupérés sur la table de Phinéas, et les distribua.

– Il y a pas de souci, Hazel, dit-il calmement. Ma mère disait toujours que quand on a un problème, il ne faut pas essayer de le porter tout seul. Mais si tu veux pas en parler, il y a pas de souci.

Hazel eut un soupir haché. Elle avait peur de parler – pas seulement parce qu'elle était gênée. Aussi parce qu'elle redoutait d'avoir un trou noir et de basculer dans le passé.

– Tu avais raison, dit-elle, quand tu as deviné que j'étais revenue des Enfers. Je suis... je suis une évadée. Je ne devrais pas être en vie, normalement.

Elle eut l'impression qu'une digue lâchait. Elle lui raconta tout. Comment sa mère avait invoqué Pluton et était tombée amoureuse du dieu. Comment le vœu de sa mère d'accéder à toutes les richesses sous terre s'était transformé en malédiction pour elle, sa fille. Elle lui raconta sa vie à La Nouvelle-Orléans – en lui parlant de tout, sauf de son petit copain, Sammy. En regardant Frank, elle ne pouvait se résoudre à en parler.

Elle décrivit la Voix et la façon dont Gaïa avait peu à peu dominé l'esprit de sa mère. Elle raconta qu'elles étaient parties vivre en Alaska, qu'elle-même, Hazel, avait aidé à relever le géant Alcyonée, et qu'elle était morte en faisant sombrer l'île dans la baie de la Résurrection.

Elle savait que Percy et Ella l'écoutaient, mais elle s'adressait surtout à Frank. Lorsqu'elle eut fini son histoire, elle n'osa pas le regarder. Elle s'attendait à ce qu'il s'écarte d'elle, peut-être même qu'il lui dise qu'elle était effectivement un monstre, en fin de compte.

Au lieu de quoi, il lui prit la main.

– Tu t'es sacrifiée pour empêcher le géant de se réveiller, dit-il. Je n'aurais jamais eu ce courage.

Hazel sentit son pouls battre plus fort.

– Ce n'était pas du courage. J'ai laissé ma mère mourir. J'ai coopéré trop longtemps avec Gaïa. J'ai failli la laisser gagner.

– Hazel, intervint Percy. Tu t'es opposée à une déesse toute seule. Tu as fait ce qu'il... (Percy laissa la phrase en suspens, comme s'il était saisi par une pensée désagréable.) Que s'est-il passé aux Enfers ? Je veux dire, après ta mort ? Tu aurais dû aller à l'Élysée. Mais si Nico t'a ramenée...

– Je ne suis pas allée à l'Élysée. (Hazel avait la langue sèche comme du papier de verre.) Ne me demande pas...

Trop tard. Elle se souvint de sa descente dans le noir, de son arrivée sur les berges du Styx, et sa conscience commença à décrocher.

– Hazel ? demanda Frank.

– Cours-y vite, cours-y vite, marmonna Ella. Frank, va avec elle. Cours-y vite, elle va filer...

Hazel n'avait aucune idée de ce que voulait dire Ella, mais sa vision se troubla et elle se cramponna à la main de Frank.

Elle se retrouva aux Enfers, mais cette fois-ci Frank l'accompagnait.

Ils étaient debout dans la barque de Charon et traversaient le Styx. Des détritus en tout genre flottaient sur les eaux sombres – un ballon d'anniversaire dégonflé, une tétine, des figurines de jeunes mariés en sucre – autant de vestiges de vies humaines brisées net par la mort.

– Où... où sommes-nous ? demanda Frank, qui scintillait d'une lumière pourpre comme s'il était devenu un Lare.

– C'est mon passé. (Hazel se sentait étrangement calme.) C'est juste un écho. Ne t'inquiète pas.

Le batelier se retourna en souriant. C'était tantôt un bel Africain vêtu d'un élégant costume de soie, tantôt un squelette en robe noire à capuche.

– Aucune raison de t'inquiéter, *of course* ! lança-t-il dans un anglais à l'accent britannique. (Il s'adressait seulement à Hazel, comme s'il ne voyait pas Frank.) Je t'ai dit que je te ferai traverser, n'est-il pas ? Ce n'est pas grave que tu n'aies pas de pièce. Ce ne serait pas correct de laisser la fille de Pluton sur la mauvaise rive du fleuve.

La barque accosta en douceur sur une berge de sable noir. Hazel conduisit Frank au portail noir de l'Érèbe. Les esprits s'écartaient devant eux, sentant qu'elle était enfant de Pluton. Cerbère, le chien géant à trois têtes, gronda dans la pénombre, mais les laissa passer. Une fois le portail franchi, ils se dirigèrent devant un grand bâtiment – le Pavillon du Jugement – et se présentèrent devant la cour. Trois personnages en robe noire, le visage couvert d'un masque doré, regardèrent Hazel du haut de leur tribune.

– Qui est-ce ? chuchota Frank.

– Ils vont décider de mon sort, dit-elle. Regarde.

Exactement comme la première fois, les juges se dispensèrent de lui poser des questions. Ils se contentèrent de lire dans son esprit, d'en tirer des pensées et de les examiner comme de vieilles photos.

– A contrecarré le projet de Gaïa, dit le premier juge. A empêché Alcyonée de se réveiller.

– Mais elle a commencé par reformer le géant, objecta le deuxième juge. Coupable de lâcheté, de faiblesse.

– Elle est jeune, intervint le troisième juge. La vie de sa mère était en jeu.

Hazel trouva le courage de parler.

– Ma mère, demanda-t-elle. Où est-elle ? Quel est son sort ?

Les juges la regardèrent derrière leurs masques d'or aux inquiétants sourires figés.

– Ta mère...

L'image de Marie Levesque apparut dans un scintillement au-dessus des juges. Elle était suspendue dans le temps, paupières closes, au moment où elle serrait Hazel dans ses bras au milieu de la grotte qui s'écroulait.

– Question intéressante, dit le deuxième juge. Le partage de la faute.

– En effet, confirma le premier juge. L'enfant est morte pour une noble cause. Elle a empêché de nombreuses morts en retardant le réveil du géant. Elle a eu le courage de s'opposer au pouvoir de Gaïa.

– Mais elle a agi trop tard, dit le troisième juge d'un ton affligé. Elle est coupable d'avoir aidé un ennemi des dieux.

– Sa mère l'a influencée, reprit le premier juge. Accordons l'Élysée à l'enfant. Et condamnons Marie Levesque au châtiment éternel.

– Non ! cria Hazel. Non, s'il vous plaît ! C'est injuste.

Les juges inclinèrent la tête de concert. *Masques d'or*, songea Hazel. *L'or a toujours été maudit pour moi.* Elle se demanda si l'or pouvait, par un ressort mystérieux, contaminer leurs pensées et les empêcher de la juger avec équité.

– Prends garde, Hazel Levesque, dit le premier juge. Serais-tu prête à assumer l'entière responsabilité ? Tu pourrais reporter cette culpabilité sur l'âme de ta mère. Ce serait le plus sensé. Tu étais destinée à accomplir de grandes choses. Ta mère t'a détournée de ton chemin. Regarde ce que tu aurais pu être...

Une autre image se dessina au-dessus des juges. Hazel se vit petite fille, souriante et les mains couvertes de peinture. L'image s'altéra. Hazel s'y vit grandir : ses cheveux allongeaient, ses yeux s'attristaient. Elle se vit le jour de son treizième anniversaire, galopant dans les champs sur le cheval qu'ils avaient emprunté. Et Sammy, qui tentait de la rattraper en riant. « Qu'est-ce que tu fuis comme ça ? Me dis pas que je suis laid à ce point ? » Elle se vit en Alaska, marchant à pas lourds le long de la Third Street sombre et enneigée pour rentrer chez elle au sortir de l'école.

Puis l'image sauta plusieurs années. Hazel se vit à vingt ans. Elle ressemblait énormément à sa mère, avec ses cheveux tressés en arrière et ses yeux dorés, qui pétillaient de joie. Elle portait une robe blanche – une robe de mariée ? Et elle souriait si tendrement qu'Hazel comprit, instinctivement, qu'elle devait regarder quelqu'un de particulier – quelqu'un qu'elle aimait.

Cette vue n'éveilla aucune amertume en elle. Elle ne se demanda même pas qui elle aurait épousé. Elle se dit seulement : *Ma mère aurait pu vivre cela elle aussi, si elle s'était affranchie de sa colère, si Gaïa ne l'avait pas manipulée.*

– Tu as perdu cette vie, déclara le premier juge. Dans des circonstances particulières. À toi l'Élysée. À ta mère le châtiment.

– Non, dit Hazel. Non, ce n'était pas entièrement sa faute. Elle a été manipulée. Elle m'aimait. Elle a essayé de me protéger, à la fin.

– Hazel, qu'est-ce que tu fais ? chuchota Frank.

Elle lui serra fort la main pour le faire taire. Les juges ignorèrent complètement Frank.

Finalement, le deuxième juge soupira.

– C'est sans résolution, dit-il. Pas assez de bien, pas assez de mal.

– La faute doit être partagée, en convint le premier juge. Les deux âmes seront consignées aux Champs d'Asphodèle. Je le regrette, Hazel Levesque. Tu aurais pu être une héroïne.

317

Hazel traversa le bâtiment et pénétra dans des champs jaunes s'étendant à l'infini. Elle se fraya un chemin entre les nombreux esprits qui allaient et venaient devant eux, et amena Frank à un bosquet de peupliers noirs.

– Tu as renoncé à l'Élysée pour que ta mère ne souffre pas ? demanda Frank avec stupeur.

– Elle ne méritait pas le châtiment.

– Mais... qu'est-ce qui se passe, maintenant ?

– Rien, dit Hazel. Rien... pour toute l'éternité.

Ils marchèrent sans but, parmi les esprits qui grinçaient comme des chauves-souris, l'air perdu, ne se rappelant plus leur passé ni même leur nom.

Hazel se souvenait de tout. Peut-être parce qu'elle était fille de Pluton, toujours est-il qu'elle n'avait jamais oublié ni qui elle était, ni pourquoi elle était là.

– Les souvenirs rendaient ma vie dans l'au-delà plus difficile, dit-elle à Frank, qui flottait toujours à ses côtés, pourpre et lumineux comme un Lare. Si tu savais combien de fois j'ai essayé d'aller au palais de mon père ! (Elle montra du doigt un grand château noir, au loin.) Je n'ai jamais pu y arriver. Je n'ai pas le droit de quitter les Champs d'Asphodèle.

– Est-ce que tu as revu ta mère ?

Hazel secoua la tête.

– Elle ne me reconnaîtrait pas, de toute façon, même si je la retrouvais. Ces esprits sont comme plongés dans un rêve sans fin, dans une transe éternelle. C'est ce que j'ai pu obtenir de mieux pour elle.

Le temps avait perdu son sens, mais au bout d'une éternité, ils s'assirent tous deux sous un peuplier noir et écoutèrent les hurlements qui leur provenaient des Champs du Châtiment. Au loin, sous le soleil artificiel de l'Élysée, les Îles des Bienheureux scintillaient comme des émeraudes flottant sur un lac d'azur. Les voiles blanches sillonnaient la surface étincelante de l'eau et les âmes des grands héros savouraient sur les plages les éternels délices de leur bénédiction sans fin.

– Tu ne méritais pas l'Asphodèle, protesta Frank. Ta place est parmi les héros.

– C'est un écho, Frank. On va se réveiller. Tu crois que ça va durer éternellement, mais c'est juste une impression.

– Ce n'est pas ça le problème ! Tu as été privée de ta vie. Tu allais grandir et devenir une femme ravissante. Tu...

Le visage de Frank grimpa de quelques crans sur l'échelle des rouges.

– Tu allais te marier, reprit-il posément. Tu aurais eu une belle vie. Tu as perdu tout ça.

Hazel ravala un sanglot. Son premier séjour à l'Asphodèle, seule, avait été moins difficile. S'y trouver avec Frank l'emplissait en revanche d'une immense tristesse, mais elle était décidée à ne pas se révolter contre son destin.

Elle repensa à l'image d'elle-même adulte, souriante et amoureuse. Elle savait qu'il ne faudrait pas beaucoup d'amertume pour aigrir son expression et la transformer en celle de la Reine Marie. « Je méritais mieux », disait toujours sa mère. Hazel ne pouvait pas se permettre d'éprouver un tel ressentiment.

– Je suis désolée, Frank, dit-elle, mais je crois que ta mère se trompait. Partager un problème ne le rend pas forcément plus facile à porter.

– Si, pourtant.

Frank glissa la main dans la poche de son blouson.

– D'ailleurs, puisque nous avons l'éternité pour parler, il y a quelque chose que je voudrais te dire.

Il sortit un objet enveloppé de tissu, de la taille d'une paire de lunettes. Lorsqu'il le déballa, Hazel vit un morceau de bois flotté à demi calciné, qui luisait d'un éclat pourpre.

Elle fronça les sourcils.

– Qu'est-ce que... (Soudain la vérité la frappa de plein fouet, comme une rafale de vent froid l'hiver.) Phinéas a dit que ta vie dépendait d'un bâton brûlé...

– C'est vrai, admit Frank. Ce bout de bois est le fil qui me rattache à la vie.

Il lui raconta comment Junon était apparue lorsqu'il était bébé, comment sa grand-mère avait retiré le tison du feu.

– Grand-mère disait que j'avais des dons, en particulier un talent qui nous vient de notre ancêtre l'Argonaute. Ça, plus le fait que Mars est mon père... (Frank haussa les épaules.) Je suis censé être trop puissant, tu vois le genre. C'est pour ça que ma vie peut partir en flammes si facilement. Iris a dit que je mourrais avec ce bâton à la main, en le regardant brûler.

Il retourna le bout de bois entre ses doigts. Même sous sa forme de spectre pourpre, il avait l'air solide et baraqué. Hazel songea qu'il serait très grand, adulte – et fort comme un bœuf. Elle avait du mal à croire que sa vie pouvait dépendre d'un petit bâton.

– Frank, pourquoi tu le portes sur toi ? Tu n'as pas peur qu'il lui arrive quelque chose ?

– Justement. C'est pour ça que je t'en parle. (Il tendit le tison.) Je sais que c'est beaucoup demander, mais tu voudrais bien me le garder ?

Hazel sentit la tête lui tourner. Jusqu'à présent, elle avait accepté la présence de Frank dans son trou noir. Elle l'avait guidé dans ce passé qu'elle revivait avec une certaine torpeur, parce qu'elle estimait qu'il avait le droit de connaître la vérité.

Mais là, elle se demanda si Frank partageait réellement ces moments avec elle, ou si elle imaginait sa présence. Comment pouvait-il lui confier sa vie ?

– Frank, dit-elle. Tu sais qui je suis. Je suis la fille de Pluton. Je porte malheur à tout ce que je touche. Pourquoi me ferais-tu confiance ?

– Tu es ma meilleure amie. (Il lui déposa le tison entre les mains.) Tu es la personne au monde à qui je fais le plus confiance.

Elle voulut lui dire qu'il commettait une erreur. Elle voulut lui rendre le bâton. Mais avant qu'elle ait pu prononcer un mot, une ombre s'étendit sur eux deux.

– Voici notre monture, devina Frank.

Hazel avait presque oublié qu'elle revivait son passé. Nico di Angelo se tenait devant elle dans son long manteau noir, son épée de fer stygien à la taille. Il ne remarqua pas Frank, mais planta le regard dans les yeux d'Hazel et sembla y lire toute sa vie.

– Tu es à part, dit-il. Une enfant de Pluton. Tu te souviens de ton passé.

– Oui, reconnut Hazel. Et toi, tu es vivant.

Nico l'examina comme s'il lisait une carte de restaurant en se demandant s'il allait commander quelque chose.

– Je suis Nico di Angelo, dit-il. J'étais venu chercher ma sœur. La Mort est portée disparue, alors j'avais pensé... j'avais pensé que je pourrais la ramener sans que personne s'en aperçoive.

– La ramener à la vie ? demanda Hazel. Est-ce possible ?

– Normalement oui. (Nico soupira.) Mais elle est partie. Elle a choisi de renaître dans une autre vie. J'arrive trop tard.

– Je suis désolée pour toi.

Il lui tendit la main.

– Tu es ma sœur, toi aussi, dit-il. Tu mérites une seconde chance. Viens avec moi.

30 Hazel

– Hazel. (Percy la secouait par l'épaule.) Réveille-toi. On est arrivés à Seattle.

Elle se redressa, encore cotonneuse, et cilla à la lumière vive du soleil.

– Frank ?

Frank poussa un grognement et se frotta les yeux.

– Est-ce qu'on a... ? Est-ce que j'étais... ?

– Vous êtes tombés dans les vapes tous les deux, expliqua Percy. Je ne comprends pas pourquoi, mais Ella m'a dit de ne pas m'inquiéter. Elle a dit que vous étiez... dans un partage ?

– Partage, acquiesça Ella. (La harpie s'accroupit à la poupe et entreprit de toiletter les plumes de ses ailes avec ses dents, selon une conception de l'hygiène assez discutable. Elle recracha quelques bouloches rouges.) Partage c'est bon. Plus de trous noirs. Un trou noir possède toujours une masse non-nulle. Hazel a partagé. Plus de trous noirs.

– Ouais, fit Percy en se grattant la tête. On a eu ce genre de conversations toute la nuit. Je ne comprends pas toujours de quoi elle parle.

Hazel tâta sa poche de veste et y sentit le bout de bois enveloppé de tissu. Elle se tourna vers Frank.

– Tu y étais, toi aussi.

Frank fit oui de la tête. Il ne prononça pas un mot, mais son expression était éloquente : ce qu'il lui avait demandé là-bas, c'était sérieux. Il voulait qu'elle veille sur le tison. Elle n'aurait su dire si elle se sentait honorée ou si ça lui faisait peur : personne ne lui avait jamais confié une chose d'une telle importance.

– Une seconde, intervint Percy. Vous voulez dire que vous avez *partagé* le trou noir d'Hazel ? Est-ce que ça veut dire que vous allez tomber dans les vapes tous les deux, maintenant ?

– Nan, dit Ella. Nan-nan-nan. Plus de trous noirs. Des livres pour Ella. Des livres à Seattle.

Hazel regarda l'eau. Ils traversaient une grande baie, se dirigeant vers les buildings d'un centre-ville. Différents quartiers s'égrenaient sur plusieurs collines. Au sommet de la plus haute d'entre elles se dressait une tour blanche à la forme étonnante, surmontée d'une sorte de soucoupe volante comme dans les vieux films de *Flash Gordon* que Sammy aimait tant.

Plus de trous noirs ? songea Hazel. Elle en souffrait depuis si longtemps que ça paraissait trop beau pour être vrai.

Comment Ella pouvait-elle témoigner d'une telle certitude ? Pourtant Hazel se sentait différente... plus centrée, comme si elle avait cessé de vivre à cheval sur deux époques. Tous les muscles de son corps se détendaient. Elle avait l'impression qu'elle venait enfin de retirer une veste en plomb qu'elle avait sur le dos depuis des mois. La présence de Frank à ses côtés pendant son dernier trou noir lui avait fait du bien. Elle avait revécu tout son passé, en remontant jusqu'au présent. Maintenant, elle n'avait plus qu'à s'inquiéter de son avenir – en admettant qu'elle en ait un.

Percy dirigea la yole vers les quais du centre-ville. Quand ils s'en approchèrent, Ella se mit à gratter nerveusement son nid de livres.

Hazel fut prise d'inquiétude, elle aussi, sans savoir pourquoi. Il faisait un temps superbe et Seattle avait l'air d'une belle ville, avec ses criques et ses ponts, sa baie parsemée d'îles boisées et, en toile de fond, ces montagnes aux sommets enneigés. Il n'empêche, Hazel se sentait surveillée.

– Euh, demanda-t-elle, pourquoi on s'arrête ici ?

Percy leur montra l'anneau d'argent pendu à son cou.

– Reyna a une sœur qui vit ici. Elle m'a demandé de la chercher et de lui montrer cette bague.

– Reyna a une *sœur* ? répéta Frank, comme si cette idée le terrifiait.

Percy hocha la tête.

– Elle a l'air de penser que sa sœur pourrait envoyer des renforts au camp.

– Amazones, marmonna Ella. Pays des Amazones. Hum-hum. Ella préfère chercher des bibliothèques. Ella aime pas les Amazones. Féroces. Boucliers. Épées. Pointues. Ouille-ouille-ouille.

Frank saisit sa lance.

– Des Amazones ? C'est-à-dire... des guerrières ?

– Ça se tient, commenta Hazel. Si la sœur de Reyna est elle aussi fille de Bellone, on peut imaginer qu'elle s'enrôle chez les Amazones. Mais ce n'est pas dangereux pour nous d'être là ?

– Si-si-si, dit Ella. Chercher des livres c'est mieux. Amazones pas bonnes.

– Il faut qu'on essaie, insista Percy. J'ai promis à Reyna. En plus, le *Pax* n'est plus très vaillant. Je lui en ai demandé beaucoup depuis qu'on est partis.

Hazel baissa les yeux. Le fond de la barque prenait l'eau.

– Oh.

– Ouais, acquiesça Percy. Il va falloir qu'on le répare ou qu'on trouve un autre bateau. Là, je dirais que c'est seulement ma volonté qui le maintient entier. Ella, tu as une idée de là où on peut trouver les Amazones ?

– Et, euh, demanda Frank d'une voix tendue, elles tuent les hommes à vue, non ?

Ella jeta un coup d'œil au port du centre-ville, à quelques centaines de mètres.

– Ella retrouvera les amis plus tard. Maintenant Ella s'envole.

Et c'est ce qu'elle fit.

– Bon..., dit Frank en cueillant une plume rousse qui virevoltait dans l'air. C'est encourageant.

Ils amarrèrent à quai. Et eurent à peine le temps de décharger leurs affaires que le *Pax* se disloqua dans une ultime secousse. Il coula presque entièrement, à part une planche ornée d'un œil peint et une autre avec la lettre P, qui tanguèrent sur les vagues.

– Voilà une question réglée, dit Hazel. Et maintenant ?

Percy leva les yeux vers les collines escarpées du centre de Seattle.

– On croise les doigts pour que les Amazones nous aident.

Ils cherchèrent des heures durant. Ils trouvèrent un excellent chocolat au caramel salé dans une confiserie. Burent du café si corsé qu'Hazel eut l'impression que sa tête s'était changée en gong. S'arrêtèrent à une terrasse et mangèrent de délicieux sandwiches au saumon grillé. À un moment donné, ils aperçurent Ella qui montait en chandelle entre deux tours, un grand livre dans chaque patte. Mais aucune trace des Amazones. Hazel avait une conscience exacerbée des minutes qui passaient. Ils étaient déjà le 22 juin et l'Alaska était encore loin.

Leurs pas finirent par les mener dans le sud du centre-ville, sur une place entourée d'immeubles moins hauts, en verre et brique. Les nerfs d'Hazel se tendirent. Elle regarda autour d'elle, certaine d'être observée.

– Là-bas, lança-t-elle.

L'immeuble de bureaux sur leur gauche portait un seul nom gravé sur l'une des portes de verre : AMAZON.

– Ah, dit Frank. Euh, non, Hazel. C'est un truc moderne, ça. C'est une entreprise, non ? Ils vendent des trucs sur Internet. Ce ne sont pas de véritables Amazones.

– À moins que..., commença Percy, qui franchit les portes de verre.

Hazel avait un mauvais pressentiment, mais, comme Frank, elle suivit Percy à l'intérieur du bâtiment.

Le hall ressemblait à un aquarium vide : des murs en verre, un sol noir et brillant, de rares plantes vertes et c'était à peu près tout. Contre le mur du fond, il y avait un escalier de pierre noire, qui montait vers les étages et s'enfonçait en sous-sol. Au milieu de la salle se tenait une jeune femme aux longs cheveux auburn en tailleur-pantalon, équipée d'une oreillette de vigile. « Kinzie », annonçait son badge d'identité. Elle leur sourit aimablement, mais ses yeux rappelèrent à Hazel les policiers qui patrouillaient dans le quartier français la nuit, à La Nouvelle-Orléans. Ils vous donnaient toujours l'impression de regarder à travers vous, comme s'ils se demandaient qui risquait de les attaquer.

Kinzie adressa un coup de menton à Hazel, ignorant les garçons.

– Je peux vous aider ?

– Euh... je l'espère, répondit Hazel. Nous cherchons les Amazones.

Kinzie jeta un coup d'œil à l'épée d'Hazel, puis à la lance de Frank, pourtant censées être masquées par la Brume.

– Vous êtes sur le campus principal d'Amazon, dit-elle prudemment. Avez-vous rendez-vous avec quelqu'un, ou...

– Hylla, interrompit Percy. Nous cherchons une fille qui s'appelle...

Kinzie agit si vite que les yeux de Hazel eurent du mal à suivre. D'un coup de pied en plein torse, elle envoya Frank voltiger en arrière. Avec le plat d'une épée qui s'était matérialisée dans sa main, elle jeta Percy à terre, puis elle lui appuya la pointe sous le menton.

Trop tard, Hazel voulut dégainer. Une douzaine de filles, épées à la main, surgirent par l'escalier et l'encerclèrent.

Kinzie fusilla Percy du regard.

– Règle numéro 1, dit-elle, les mâles ne parlent pas sans en avoir reçu la permission. Règle numéro 2 : s'introduire sans autorisation dans notre territoire est passible de mort. Vous allez rencontrer la reine Hylla, pas de souci. C'est elle qui décidera de votre sort.

Les Amazones confisquèrent les armes du trio et lui firent descendre tant d'étages qu'Hazel en perdit le compte.

Ils débouchèrent enfin dans une caverne assez vaste pour loger une dizaine de lycées avec leurs terrains de sport. D'austères néons s'alignaient sur le plafond de pierre. Des courroies de transmission sillonnaient l'espace comme des toboggans dans un centre aquatique, transportant des boîtes dans toutes les directions. Des rangées d'étagères métalliques s'étendaient à perte de vue, couvertes de cartons de marchandises. Des grues et des bras de robot s'actionnaient avec des ronronnements mécaniques, pliant, emballant, chargeant et déchargeant les cartons des courroies de transmission. Certaines étagères étaient si hautes qu'on ne pouvait y accéder que par des échelles et par les passerelles qui couraient sous le plafond comme les cintres d'une scène de théâtre.

Hazel se souvint des actualités qu'elle voyait au cinéma quand elle était petite. Elle avait toujours été impressionnée par les images des usines où l'on construisait les avions et les armes pour l'effort de guerre – des armes qui sortaient chaque jour par centaines des chaînes de montage. C'était pourtant sans commune mesure avec ce qu'elle avait maintenant sous les yeux ; de surcroît, le travail était presque entièrement fait par des ordinateurs et des robots. Les seuls humains que vit Hazel étaient des gardiennes de sécurité en tailleur-pantalon noir qui patrouillaient sur les passerelles et quelques hommes en combinaison de travail orange, style uniforme de prison américaine, qui circulaient dans les allées avec des chariots élévateurs et livraient des palettes de marchandises. Les hommes avaient des colliers de fer autour du cou.

– Vous avez des esclaves ? ne put s'empêcher de demander Hazel, scandalisée, même si elle savait que la prudence conseillait de garder le silence.

– Les hommes ? rétorqua Kinzie en plissant le nez. Ce ne sont pas des esclaves, ils connaissent leur rang, c'est tout. Et maintenant, avance.

Ils marchèrent tant qu'Hazel finit par avoir mal aux pieds. Juste au moment où elle pensait qu'ils arrivaient enfin au bout de l'entrepôt, Kinzie poussa de larges portes battantes et les fit entrer dans une deuxième caverne aussi grande que la première.

– Les Enfers eux-mêmes ne sont pas aussi étendus, bougonna Hazel, ce qui n'était sans doute pas vrai mais qui, vu de ses pieds, semblait bien être le cas.

Kinzie sourit avec suffisance.

– Tu admires notre base d'opérations ? Oui, nous avons un réseau de distribution mondial. Il a fallu des années et le plus gros de notre fortune pour le bâtir. Maintenant, enfin, nous faisons du bénéfice. Les mortels ne se rendent pas compte qu'ils financent le royaume d'Amazon. Bientôt, nous serons plus riches qu'aucune nation mortelle. Alors, quand les faibles mortels dépendront de nous pour tout, la révolution commencera !

– Qu'allez-vous faire ? grommela Frank. Interdire les livraisons gratuites ?

Une vigile lui enfonça le manche de son épée dans le ventre. Percy voulut l'aider, mais deux autres gardiennes le repoussèrent à la pointe de leur épée.

– Vous allez apprendre le respect, dit Kinzie. Ce sont des mâles comme vous qui ont gâché le monde des mortels. Les seules sociétés harmonieuses sont celles que dirigent des femmes. Nous sommes plus fortes, plus sages...

– Plus modestes, ajouta Percy.

Les vigiles essayèrent de le frapper, mais Percy se baissa pour esquiver.

– Arrêtez ! s'écria Hazel.

À sa propre surprise, les vigiles lui obéirent.

– Hylla va nous juger, n'est-ce pas ? reprit Hazel. Alors emmenez-nous à Hylla. On perd du temps, là.

– Tu as peut-être raison, dit Kinzie en hochant la tête. Nous avons des problèmes plus importants, et le temps... le temps joue un rôle essentiel.

– Comment ça ? demanda Hazel.

– On pourrait les emmener directement à Otrera, grommela une gardienne de sécurité. Comme ça on se ferait bien voir.

– Non ! aboya Kinzie. Je préférerais porter un collier de fer et conduire un chariot élévateur. Hylla est notre reine.

– Jusqu'à ce soir, marmonna une autre gardienne.

Kinzie serra le pommeau de son épée et Hazel vit le moment où les Amazones allaient se battre entre elles, mais Kinzie se domina.

– Ça suffit, dit-elle. Allons-y.

Ils traversèrent une voie de circulation pour chariots élévateurs, zigzaguèrent dans un labyrinthe de courroies de transmission, passèrent en se courbant sous une rangée de bras robotisés qui emballaient des boîtes.

Les marchandises, pour la plupart, étaient assez banales : des livres, du matériel électronique, des couches pour bébé. Cependant, contre un mur, il y avait un char de guerre tamponné d'un grand code-barres sur le côté. Au timon pendait une pancarte marquée : PLUS QU'UN SEUL EXEMPLAIRE EN STOCK. RÉASSORT DEMANDÉ !

Ils parvinrent enfin dans une caverne plus petite qui semblait faire office à la fois d'aire de chargement et de salle du trône. Les murs étaient couverts de blocs de rangement de six étages de haut, décorés de drapeaux de guerre, de boucliers peints et de têtes empaillées – dragons, hydres, lions géants, sangliers. De part et d'autre, des dizaines de chariots élévateurs customisés pour la guerre montaient la garde. Un mâle en collier de fer conduisait chaque véhicule, mais, sur la plate-forme arrière, se tenait une Amazone qui maniait une immense arbalète montée. Les dents des fourches des chariots avaient été taillées en pointe pour former des lames d'épée géantes.

Dans cette caverne, certaines étagères étaient chargées de cages contenant des animaux vivants. Hazel n'en croyait pas ses yeux : il y avait des molosses, des aigles géants, un hybride de lion et d'aigle qui devait être un griffon et une fourmi rouge grosse comme une voiture à deux portes.

Horrifiée, elle regarda un chariot élévateur traverser la salle en flèche, charger une cage contenant un superbe pégase blanc et repartir avec tout aussi vite, malgré les hennissements de protestation du cheval.

– Qu'est-ce que vous faites à cette pauvre bête ? demanda Hazel.

Kinzie fronça les sourcils.

– Le pégase ? T'inquiète pas pour lui. Quelqu'un a dû le commander. Les frais d'expédition et de manutention sont élevés, mais...

– On peut acheter un pégase en ligne ? s'étonna Percy.

Kinzie le gratifia d'un regard noir.

– Pas toi, le mâle, évidemment. Mais les Amazones, oui. Nous avons des adeptes dans le monde entier. Elles ont besoin d'équipement. Par ici.

Au fond de l'entrepôt se dressait une estrade faite avec des palettes de livres : des piles d'histoires de vampires, des murs de thrillers de James Patterson et un trôné réalisé avec un bon millier d'exemplaires d'un ouvrage intitulé *Cinq clés pour développer son agressivité*.

Plusieurs Amazones en treillis se disputaient fiévreusement au bas des marches, aux pieds d'une jeune femme – la reine Hylla, devina Hazel – qui les observait et les écoutait de son trône.

Hylla avait autour de vingt ans et elle était agile et svelte comme une tigresse. Elle portait une combinaison de cuir noire et des bottes noires. Elle n'avait pas de couronne, mais une ceinture étrange à la taille, faite de maillons d'or entrelacés. Hazel fut stupéfaite de sa ressemblance avec Reyna : elle était un peu plus âgée, peut-être, mais elle avait les mêmes longs cheveux noirs, les mêmes yeux foncés et la même dureté dans le regard, comme si elle était en train d'estimer laquelle des Amazones présentes devant elle méritait la mort.

Kinzie jeta un bref coup d'œil à la dispute et son visage se révulsa.

– Les espionnes d'Otrera et leurs sales rumeurs, lâcha-t-elle.

– Comment ? demanda Frank.

À cet instant, Hazel pila si abruptement que les gardiennes qui la suivaient titubèrent. À quelques pas du trône de la reine, deux Amazones gardaient une cage. À l'intérieur se tenait un cheval magnifique – il n'était pas ailé ; ce n'était pas un pégase, mais un majestueux et puissant étalon à la robe miel et à la crinière noire. Il posa le regard sur Hazel et elle aurait juré qu'elle lisait de l'impatience dans ses yeux, comme s'il voulait lui dire : « Pas trop tôt. »

– C'est lui, murmura Hazel.

– Lui qui ? demanda Percy.

Kinzie eut l'air agacée, mais lorsqu'elle vit ce que regardait Hazel, son expression s'adoucit.

– Ah oui, dit-elle. Une merveille, n'est-ce pas ?

Hazel battit des paupières pour s'assurer qu'elle n'était pas en train d'halluciner. C'était le cheval qu'elle avait poursuivi en Alaska. Elle en était certaine... pourtant c'était impossible. Aucun cheval ne pouvait vivre si longtemps.

– Est-il..., demanda-t-elle d'une voix qu'elle maîtrisait difficilement. Est-il à vendre ?

Les vigiles éclatèrent toutes de rire.

– C'est Arion, expliqua Kinzie avec patience, comme si elle comprenait qu'Hazel soit fascinée par l'animal. Il fait partie des trésors royaux des Amazones. Il est destiné à notre guerrière la plus courageuse et à personne d'autre, à en croire la prophétie.

– La prophétie ? demanda Hazel.

Kinzie eut l'air attristée et, surtout, gênée.

– Peu importe, dit-elle. Mais non, il n'est pas à vendre.

– Alors pourquoi est-il en cage ?

Kinzie tiqua.

– Parce que... parce qu'il est rétif.

Comme pour lui donner raison, l'étalon frappa la tête contre la porte de la cage. Les barreaux tremblèrent et ses gardiennes reculèrent craintivement.

Hazel voulait libérer ce cheval. Elle le voulait plus fort qu'elle n'avait jamais rien voulu. Mais Percy, Frank et une douzaine de gardiennes la dévisageaient avec étonnement, aussi s'efforça-t-elle de cacher son émotion.

– C'était juste pour savoir, parvint-elle à dire. Allons voir la reine.

La dispute prenait de l'ampleur. Finalement, la reine, remarquant le groupe d'Hazel qui approchait, lança :

– Ça suffit !

Les Amazones qui se querellaient firent immédiatement le silence. La reine les congédia d'un geste et fit signe à Kinzie d'avancer.

Kinzie poussa Hazel et ses amis vers le trône.

– Ma reine, dit-elle, ces demi-dieux...

La reine se leva d'un bond.

– Toi ! s'écria-t-elle, les yeux brûlant d'une fureur meurtrière.

Percy murmura quelque chose en grec ancien qui aurait sans doute déplu aux sœurs de Sainte Agnès.

– Bloc-notes, dit-il. Centre de remise en forme. Pirates.

Hazel n'y comprenait rien, mais la reine hocha la tête. Elle descendit de son estrade de best-sellers et tira un poignard de sa ceinture.

– Tu as fait preuve d'une bêtise remarquable en venant ici, dit-elle. Tu as détruit mon foyer. Tu nous as réduites, ma sœur et moi, à l'exil et à la captivité.

– Percy, demanda Frank avec inquiétude. De quoi parle cette femme terrifiante ?

– L'île de Circée, dit Percy. Ça vient juste de me revenir. Je me demande si le sang de gorgone ne commence pas à guérir mon esprit. La Mer des Monstres. Hylla... Elle nous avait accueillis au quai et nous avait emmenés voir sa patronne. Hylla travaillait pour l'enchanteresse.

Hylla montra des dents blanches parfaites.

– Tu veux dire que tu as eu une amnésie ? Tu sais quoi, je veux bien te croire. Sinon, pourquoi aurais-tu eu la bêtise de venir ici ?

– Nous venons en paix, insista Hazel. Qu'a fait Percy ?

– En paix ? (La reine toisa Hazel en levant les sourcils.) Ce mâle a détruit l'école de magie de Circée !

– Circée m'avait transformé en cochon d'Inde ! protesta Percy.

– Pas d'excuses ! Circée était une patronne sage et généreuse. J'avais le gîte et le couvert, une bonne assurance-maladie, des léopards apprivoisés, des potions gratuites... tout ! Et ce demi-dieu, là, avec son amie, la blonde...

– Annabeth. (Percy se tapa le front comme s'il voulait hâter les souvenirs.) C'est vrai. J'étais avec Annabeth.

– Tu as libéré nos prisonniers, Barbe-Noire et ses pirates. (Elle se tourna vers Hazel.) As-tu déjà été enlevée par des pirates ? Crois-moi, c'est pas une partie de plaisir. Ils ont réduit notre spa en cendres. Ma sœur et moi sommes restées prisonnières pendant des mois. Heureusement que nous sommes des filles de Bellone. Nous avons vite appris à nous battre. Sinon... (Elle frissonna.) Bref, nous avons pu nous faire respecter par les pirates. Pour finir, nous avons gagné la Californie où nous... (Elle s'interrompit comme si le souvenir était douloureux.) Où ma sœur et moi nous sommes parties chacune de notre côté.

Elle s'avança si près de Percy que leurs nez se touchaient presque, et lui glissa la pointe de son poignard sous le menton.

– J'ai vécu, bien sûr, et réussi au-delà de toute espérance, puisque je suis devenue la reine des Amazones. Je devrais peut-être te remercier.

– De rien, dit Percy.

La reine enfonça légèrement la pointe de sa dague.

– Peu importe. Je crois que je vais te tuer.

– Attends ! s'écria Hazel. C'est Reyna qui nous envoie ! Ta sœur ! Regarde la bague qu'il a au cou.

Hylla fronça les sourcils. Elle fit glisser son poignard jusqu'au lacet de cuir que Percy portait autour du cou. Et blêmit.

– Explique-moi ça, dit-elle en fusillant Hazel du regard. Et vite.

Hazel fit de son mieux. Elle décrivit le Camp Jupiter, expliqua aux Amazones que Reyna en était le préteur et qu'une armée de monstres marchait sur le camp. Elle leur parla de leur quête pour libérer Thanatos en Alaska.

Pendant qu'Hazel racontait tout cela, un autre groupe d'Amazones entra dans la salle. L'une d'elles se distinguait par sa grande taille et son âge, nettement plus avancé ; ses cheveux argentés étaient tressés et elle portait des robes en soie comme une matrone romaine. Les Amazones s'écartaient devant elle, lui témoignant un tel respect qu'Hazel se demanda si c'était la mère d'Hylla – avant de remarquer qu'elles échangeaient des regards tranchants comme des poignards.

– Nous avons donc besoin de votre aide, conclut Hazel. Reyna a besoin de ton aide.

Hylla attrapa le collier de Percy et l'arracha d'un geste brutal – lacet de cuir, perles, bague et plaque de *probatio*.

– Reyna... cette imbécile...

– Eh bien ! interrompit la matrone. Les Romains ont besoin de notre aide ?

Elle rit, et les Amazones qui l'entouraient l'imitèrent.

– Combien de fois avons-nous combattu les Romains, à mon époque ? demanda la matrone. Combien de nos sœurs ont-ils tuées dans la bataille ? Lorsque j'étais reine...

– Otrera, l'interrompit Hylla, tu es ici en tant qu'invitée. Tu n'es plus reine.

La matrone écarta les bras et fit mine de s'incliner.

– Le fait est ! – Du moins jusqu'à ce soir. Mais je dis la vérité, *reine* Hylla. (Elle insista sur le mot « reine » avec sarcasme.) C'est la Mère Nourricière en personne qui m'a ramenée en ce monde ! Je viens vous annoncer une nouvelle guerre. Pourquoi nous autres, Amazones, obéirions-nous à Jupiter, le stupide roi de l'Olympe, quand nous pouvons nous ranger derrière une *reine* ? Lorsque je serai au pouvoir...

– Si tu accèdes au pouvoir, dit Hylla. Pour l'heure, c'est moi la reine et mes paroles font loi.

– Je vois. (Otrera balaya du regard l'assemblée. Les Amazones étaient parfaitement immobiles, comme si elles étaient dans une fosse avec deux tigres sauvages.) Sommes-nous devenues tellement faibles que nous écoutons des demi-dieux mâles ? Vas-tu épargner ce fils de Neptune alors qu'il a détruit ton ancien foyer ? Peut-être le laisseras-tu détruire ton nouveau foyer, à présent !

Hazel retint son souffle. Les Amazones regardaient tantôt Hylla, tantôt Otrera, à l'affût d'un signe de faiblesse.

– Je jugerai, déclara Hylla d'une voix glaciale, une fois que j'aurai connaissance de tous les faits. C'est comme cela que je gouverne : par la raison, et non par la peur. Je vais commencer par celle-ci. (Elle pointa Hazel du doigt.) Il est de mon devoir d'écouter une guerrière avant de la condamner à mort, elle ou ses alliés. C'est ainsi que les Amazones rendent justice. À moins que tes années aux Enfers aient brouillé ta mémoire, Otrera ?

La matrone plissa le nez, mais n'insista pas.

Hylla se tourna vers Kinzie.

– Emmène ces mâles en cellule. Toutes les autres, laissez-nous.

Otrera leva la main et s'adressa à la foule.

– Aux ordres de notre *reine* ! Et que celles qui désirent en apprendre davantage sur Gaïa et notre glorieux avenir avec elle me suivent !

Environ la moitié des Amazones lui emboîta le pas quand elle quitta la salle. Kinzie grimaça avec dégoût, puis elle et ses vigiles entraînèrent Frank et Percy.

Hazel et Hylla se retrouvèrent seules, avec la garde rapprochée de la reine. Sur un signe de celle-ci, la garde s'éloigna hors de portée de voix.

La reine se tourna vers Hazel. Sa colère tomba, et Hazel lut le désespoir dans ses yeux. La reine ressemblait à l'un de ses animaux en cage quand on les expédiait sur une courroie de transmission.

– Il faut qu'on parle, dit Hylla. Nous n'avons pas beaucoup de temps. D'ici à minuit, je serai sans doute morte.

31 HAZEL

Hazel envisagea de prendre la fuite.

Elle ne faisait pas confiance à la reine Hylla et encore moins, bien sûr, à cette Otrera. Il ne restait que trois gardiennes de sécurité dans la salle, qui se tenaient toutes à distance.

Hylla était armée d'un simple poignard. À cette profondeur, Hazel pouvait déclencher un tremblement de terre dans la salle du trône, faire surgir un gros bloc d'or ou de schiste. Si elle parvenait à créer une diversion, elle pourrait en profiter pour fuir et retrouver ses amis.

Malheureusement, elle avait vu les Amazones se battre. La reine n'avait peut-être qu'un poignard, mais Hazel la soupçonnait de le manier avec une adresse redoutable. Or elle-même n'avait pas été fouillée, ce qui signifiait qu'on ne lui avait pas retiré le tison de Frank, grâce aux dieux, mais elle n'avait plus son épée.

La reine sembla lire dans ses pensées.

– Renonce à fuir, dit-elle. Nous t'accorderions notre respect pour ta tentative, bien sûr, mais nous serions obligées de te tuer.

– Merci de me prévenir.

– C'est le moins que je puisse faire, répondit Hylla en

haussant les épaules. Je te crois, quand tu dis que vous êtes venus en paix. Et que Reyna vous a envoyés.

– Mais tu ne vas pas nous aider ?

– C'est compliqué. (La reine examina le collier qu'elle avait pris à Percy.) Les Amazones ont toujours eu des relations difficiles avec les autres demi-dieux, surtout les demi-dieux de sexe masculin. Nous nous sommes battues aux côtés du roi Priam à Troie, mais Achille a tué notre reine Penthésilée. Des années avant, Héraclès avait volé la ceinture de la reine Hippolyte – cette ceinture que je porte. Il nous a fallu des siècles pour la récupérer. Bien avant cela, aux tous premiers temps de la nation des Amazones, un héros répondant au nom de Bellérophon avait tué notre reine Otrera.

– Tu veux dire, la dame...

– ... qui vient de partir, oui. Otrera, fille d'Arès, notre première reine.

– Fille de... Mars ?

Hylla pinça les lèvres, et répondit :

– Non, Arès, absolument Arès. Otrera a vécu bien avant Rome, à une époque où tous les demi-dieux étaient grecs. Malheureusement, certaines de nos guerrières ont gardé une préférence pour l'ancienne tradition. Les enfants d'Arès, ce sont les pires.

L'ancienne tradition... Hazel avait entendu des rumeurs sur l'existence de demi-dieux grecs. Octave y croyait et il était persuadé qu'ils complotaient contre Rome. Elle n'y avait jamais vraiment cru, même quand Percy était arrivé au camp. Il ne lui avait pas fait l'effet d'un Grec malveillant et conspirateur.

– Tu veux dire que les Amazones sont un mélange... de Grecques et de Romaines ?

Hylla examinait toujours le collier – les perles d'argile, la plaque de *probatio*. Elle glissa l'anneau d'argent de Reyna hors du lacet et le passa à son doigt.

– Ils ne vous enseignent pas ça au Camp Jupiter, hein ? Les dieux ont de nombreux aspects. Mars et Arès. Pluton et Hadès. À force d'être immortels, ils accumulent les personnalités. Ils sont grecs, romains, américains... un brassage des cultures qu'ils ont influencées au cours de l'Histoire. Tu comprends ?

– Pas tout à fait. Les Amazones sont-elles toutes des demi-dieux ?

La reine écarta les bras.

– Nous avons toutes du sang immortel, expliqua-t-elle, mais beaucoup de mes guerrières sont des descendantes de demi-dieux. Certaines sont Amazones depuis d'innombrables générations. D'autres sont des enfants de dieux mineurs. Kinzie, qui vous a amenés ici, est la fille d'une nymphe. Tiens, la voici.

La fille aux cheveux auburn s'approcha et s'inclina devant sa reine.

– Les prisonniers sont enfermés, annonça Kinzie. Mais...

– Oui ? demanda la reine.

Kinzie déglutit comme si elle avait un mauvais goût dans la bouche.

– Otrera s'est arrangée pour mettre ses partisanes en faction devant les cellules. Je suis désolée, ma reine.

– Peu importe. (Hylla pinça les lèvres.) Reste avec nous, Kinzie. Nous discutions de notre... problème, disons.

– Otrera, devina Hazel. Gaïa l'a ramenée d'entre les morts pour déclencher une guerre civile parmi vous les Amazones.

La reine soupira.

– Si c'était son plan, il marche. Otrera est une légende pour notre peuple. Elle veut reprendre le trône et partir en guerre contre les Romains. Mes sœurs seront nombreuses à la suivre.

– Pas toutes, grommela Kinzie.

– Mais Otrera est un esprit ! protesta Hazel. Elle n'est même pas...

– Réelle ? (La reine dévisagea Hazel avec attention.) J'ai travaillé de longues années avec l'enchanteresse Circée. Je sais reconnaître une âme revenue des Enfers. Quand es-tu morte, Hazel ? 1920 ? 1930 ?

– 1942, dit Hazel. Mais... mais ce n'est pas Gaïa qui m'envoie. Je suis revenue pour lui faire obstacle. C'est ma seconde chance.

– Ta seconde chance... (Le regard d'Hylla erra sur les chariots élévateurs de combat, à présent vides.) J'en sais long sur les secondes chances, vois-tu. Ton Percy Jackson a détruit mon ancienne vie. Tu ne m'aurais pas reconnue, si tu m'avais vue à l'époque. Je portais des robes et je me maquillais. J'étais secrétaire, en fait, une poupée Barbie maudite.

Kinzie porta trois doigts contre son cœur et les éloigna, reproduisant le geste vaudou que faisait la mère d'Hazel pour repousser le mauvais œil.

– L'île de Circée était un havre de sécurité pour Reyna et moi, poursuivit la reine. Nous étions filles de Bellone, la déesse de la Guerre. Je voulais protéger Reyna de toute cette violence. Et puis Percy Jackson a libéré les pirates. Ils nous ont enlevées et nous avons appris, Reyna et moi, à être dures. Nous nous sommes aperçu que nous savions très bien manier les armes. Ça fait quatre ans que j'ai envie de tuer Percy Jackson pour ce qu'il nous a fait subir.

– Mais Reyna est devenue le préteur du Camp Jupiter, dit Hazel. Et toi la reine des Amazones. C'était peut-être votre destin.

– Je risque de ne pas rester reine longtemps, dit Hylla en tripotant le collier entre ses doigts.

– Tu l'emporteras ! s'écria Kinzie avec conviction.

– Aux Parques de trancher, dit Hylla sans enthousiasme. Sache, Hazel, qu'Otrera m'a défiée en duel. C'est un droit qu'ont toutes les Amazones. Ce soir à minuit, nous nous battrons pour le trône.

– Mais tu es forte, n'est-ce pas ?

Hylla eut un sourire froid.

– Oui, je suis forte, mais Otrera est la fondatrice de notre nation.

– Elle est beaucoup plus vieille que toi. Et peut-être qu'elle est rouillée, après une si longue mort.

– J'espère que tu as raison, Hazel. C'est un duel à mort, tu comprends...

Elle se tut un instant pour laisser Hazel entrevoir les implications. Hazel se souvint de Phinéas, à Portland, disant qu'il avait trouvé un raccourci pour revenir d'entre les morts, grâce à Gaïa. Elle se souvint des gorgones essayant de se reformer dans le Petit Tibre.

– Même si tu la tues, elle reviendra, dit-elle alors. Tant que Thanatos sera enchaîné, elle ne mourra pas pour de bon.

– Exactement. Otrera nous a déjà averties qu'elle ne pouvait pas mourir. De sorte que même si je la bats ce soir, il lui suffira de revenir d'entre les morts et de me lancer un nouveau défi demain. Aucune loi n'interdit de défier la reine à multiples reprises. Elle peut exiger de m'affronter tous les soirs et me vaincre à l'usure. Je ne peux pas gagner.

Hazel regarda le trône. Elle y imagina Otrera, avec sa belle robe soyeuse et ses cheveux argentés, donnant l'ordre à ses guerrières d'attaquer Rome. Elle imagina la voix de Gaïa emplissant la caverne.

– Il doit bien y avoir un moyen, dit-elle. Les Amazones n'ont pas... je sais pas, moi, des pouvoirs spéciaux ?

– Pas plus que les autres demi-dieux. Nous pouvons mourir, comme n'importe quel mortel. Il y a bien un groupe d'archères au service d'Artémis... on les confond souvent avec les Amazones, mais les Chasseresses renoncent à la compagnie des hommes en échange de la vie éternelle. Nous autres les Amazones, nous préférons vivre pleinement. Nous aimons, nous combattons, nous mourons.

– Je croyais que vous détestiez les hommes.

Hylla et Kinzie rirent toutes les deux.

– Détester les hommes ? dit la reine. Non, non, nous aimons bien les hommes. Nous tenons juste à leur montrer qui commande. Mais c'est une autre question. Si je le pouvais, je rassemblerais mes troupes et foncerais à la rescousse de ma sœur. Malheureusement, mon pouvoir est fragile. Lorsque je serai tuée au combat, et ce n'est qu'une question de temps, Otrera sera reine. Elle marchera sur le Camp Jupiter avec nos troupes et ce ne sera pas pour venir en renfort à la légion. Elle ira grossir les rangs de l'armée du géant.

– Nous devons l'arrêter, dit Hazel. À Portland, mes amis et moi, nous avons tué Phinéas, un autre serviteur de Gaïa. On pourrait peut-être t'aider !

La reine fit non de la tête.

– En temps que reine, je dois mener mes combats moi-même. En plus tes amis sont emprisonnés. Si je les libère, ce sera perçu comme une faiblesse. Soit je vous exécute tous les trois pour intrusion, soit je laisse Otrera le faire quand elle sera reine.

Le cœur d'Hazel se serra.

– Alors, dit-elle, nous sommes mortes toutes les deux. Et moi pour la deuxième fois.

Dans la cage du coin, Arion, l'étalon, poussa un hennissement rageur et tapa des sabots contre les barreaux.

– On dirait que le cheval sent ton désespoir, dit la reine. Intéressant. Il est immortel, tu sais. C'est le fils de Neptune et Cérès.

– Deux dieux ont eu un cheval comme enfant ? s'étonna Hazel.

– C'est une longue histoire.

– Ah.

Hazel se sentit rougir.

– C'est le cheval le plus rapide au monde. Pégase est plus célèbre et il a des ailes, mais Arion court comme le vent, sur terre et sur mer. Il n'existe pas de créature plus rapide que lui. Il nous a fallu des années pour le capturer, c'est un de nos plus grands trophées. Mais ça ne nous a avancées à rien. Il ne laisse personne le chevaucher. Je crois qu'il déteste les Amazones. Et il est cher à entretenir. Il mange de tout, mais ce qu'il préfère, c'est l'or.

Un frisson parcourut la nuque d'Hazel.

– L'or ?

Elle se rappela l'étalon qui l'avait suivie en Alaska tant d'années auparavant. Elle avait eu l'impression qu'il mangeait les pépites d'or qui affleuraient sous ses pas.

Elle s'accroupit et appuya les mains contre le sol. Aussitôt, la pierre se fissura. Un bloc d'or gros comme une prune en jaillit. Hazel se releva, son trophée au creux de la main.

Hylla et Kinzie la regardèrent avec des yeux ronds.

– Comment as-tu fait ? hoqueta la reine. Hazel, attention !

Hazel s'était approchée de la cage de l'étalon. Elle passa la main entre les barreaux et Arion mangea délicatement le bloc d'or au creux de sa paume.

– Incroyable, dit Kinzie. La dernière fille qui a tenté d'en faire autant...

– ... a aujourd'hui un bras en métal, termina la reine, qui examinait Hazel avec un regain d'intérêt, l'air tentée d'en dire plus long. Hazel..., ajouta-t-elle alors, nous avons passé des années à traquer ce cheval. Selon une prédiction, la plus courageuse des guerrières domptera un jour Arion et conquerra la victoire en le chevauchant, ce qui amorcera une nouvelle ère de prospérité pour les Amazones. Pourtant aucune d'entre nous ne peut le toucher, encore moins le maîtriser. Même Otrera n'y est pas arrivée. Deux autres sont mortes en essayant de le monter.

Il y avait de quoi effrayer Hazel, mais elle ne pouvait pas imaginer ce beau cheval lui faire du mal. Elle passa la main par les barreaux et caressa les naseaux d'Arion. Il frotta le museau contre son bras, l'air content, comme pour demander : « Encore de l'or ? Miam miam. »

– Je t'aurais volontiers nourri davantage, Arion. (Hazel lança à la reine un regard qui en disait long.) Mais je crois que mon exécution est prévue pour très bientôt.

Les yeux de la reine allaient d'Hazel au cheval, du cheval à Hazel.

– Incroyable...

– La prophétie, enchaîna Kinzie. Se pourrait-il que... ?

Hazel vit presque les rouages s'enclencher dans le cerveau d'Hylla pour élaborer un plan.

– Tu es courageuse, Hazel Levesque. Et Arion semble t'avoir choisie. Kinzie ?

– Oui, ma reine ?

– Tu as bien dit que des adeptes d'Otrera surveillaient les cellules ?

Kinzie hocha la tête.

– Je suis désolée. J'aurais dû voir venir le coup.

– Non, c'est parfait. (Les yeux de la reine brillèrent – comme ceux d'Hannibal l'éléphant quand on le lançait à l'assaut d'une forteresse.) Ce serait gênant pour Otrera que ses adeptes échouent dans leur mission. Par exemple, qu'elles se fassent déborder par une intruse et qu'une évasion s'ensuive.

Un sourire se dessina sur les lèvres de Kinzie.

– Oui, ma reine, très gênant.

– Bien sûr, poursuivit Hylla, aucune de mes gardiennes n'en saurait rien. Kinzie ne ferait pas courir la rumeur pour faciliter l'évasion.

– Sûrement pas, acquiesça Kinzie.

– Et nous ne pourrions pas vous aider. (La reine regarda Hazel en levant les sourcils.) Mais si tu parvenais à dominer les gardiennes et libérer tes amis... si, par exemple, tu t'emparais d'une des cartes Amazon des gardiennes...

– ... avec la fonction achat en un clic, dit Kinzie, qui ouvre les portes des cellules d'un seul clic.

– Si jamais – les dieux nous en préservent ! – une chose pareille venait à se produire, reprit la reine, tu trouverais les armes et l'équipement de tes amis dans le poste des gardiennes qui jouxte les cellules. Et, qui sait ? Si tu revenais dans la salle du trône pendant que je serais sortie me préparer pour le duel... eh bien, comme je disais, Arion est un cheval très rapide. Ce serait une pitié qu'on le vole et qu'on s'en serve pour une évasion.

Hazel avait l'impression d'être branchée dans une prise murale : un courant d'électricité la parcourait des orteils au sommet de la tête. Arion... Arion pouvait être à elle ! Il suffisait pour ça qu'elle sauve ses amis et qu'ils échappent à une nation entière de guerrières hautement qualifiées.

– Reine Hylla, dit-elle, je... je ne suis pas très forte au combat.

– Oh, il y a plusieurs façons de se battre, Hazel. J'ai le sentiment que tu ne manques pas de ressources. Et si la prophétie est exacte, tu aideras la nation des Amazones à prospérer. Par exemple, si vous réussissez à libérer Thanatos...

– ... Otrera ne reviendrait plus à la vie après avoir été tuée. Il suffirait que tu la battes... tous les soirs jusqu'à ce que nous ayons réussi la quête.

La reine hocha gravement la tête.

– On dirait que nous avons toutes les deux des tâches impossibles devant nous.

– Mais tu me fais confiance, dit Hazel. Et je te fais confiance. Tu vaincras, autant de fois qu'il le faudra.

Hylla tendit le collier de Percy et l'égrena dans les mains d'Hazel.

– J'espère que tu as raison, poursuivit la reine. Mais le plus vite vous réussirez, le mieux ce sera, hein ?

Hazel glissa le collier dans sa poche. Elle serra la main de la reine en se demandant s'il était possible qu'une amitié se noue aussi vite – surtout avec quelqu'un qui avait failli vous jeter en prison.

– Cette conversation n'a jamais eu lieu, dit Hylla à Kinzie. Emmène notre prisonnière aux cellules et remets-la aux gardiennes d'Otrera. Et, Kinzie ! Veille à repartir avant qu'il se produise quoi que ce soit de fâcheux. Je ne veux pas qu'on rende une de mes loyales adeptes responsable d'une évasion.

La reine eut un sourire malicieux et, pour la première fois, Hazel fut jalouse de Reyna. Elle aurait adoré avoir une sœur pareille.

– Au revoir, Hazel Levesque, dit la reine. Si nous mourons toutes les deux ce soir... eh bien, je suis contente de t'avoir rencontrée.

32 HAZEL

L a prison des Amazones était située au-dessus d'une allée de stockage, à presque vingt mètres du sol.

Kinzie mena Hazel par trois échelles différentes pour arriver à une passerelle métallique, où elle lui lia les mains dans le dos, sans serrer. Elle la fit ensuite avancer en longeant des piles de caisses de bijoux.

À une trentaine de mètres, sous la lumière blafarde des néons, pendait une série de cages en grillage accrochées à des câbles. Percy et Frank se trouvaient dans deux d'entre elles et communiquaient en chuchotant. Non loin, sur la passerelle, trois Amazones menaient la garde, l'air de s'ennuyer ; appuyées sur leurs lances, elles regardaient de petites tablettes noires qu'elles tenaient au creux de leur main, comme si elles lisaient.

Les tablettes étaient trop minces pour être des livres. Il vint alors à l'esprit d'Hazel qu'il pouvait s'agir de ces minuscules... comment disaient les gens d'aujourd'hui, déjà ? – ordinateurs portables. Un fruit de la technologie secrète des Amazones, peut-être. Hazel trouvait cette hypothèse encore plus troublante que les chariots élévateurs de combat de tout à l'heure.

– Avance, Romaine ! ordonna Kinzie d'une voix forte pour se faire entendre des gardiennes.

Et elle poussa Hazel avec la pointe de son épée.

Hazel marchait le plus lentement possible, mais son esprit tournait à cent à l'heure. Il fallait qu'elle trouve un plan de sauvetage ingénieux. Pour le moment, elle n'avait rien. Kinzie avait veillé à ce qu'elle puisse défaire ses liens facilement, mais elle serait quand même mains nues face à trois guerrières de haut niveau, or il fallait qu'elle agisse avant qu'elles la jettent en cage.

Elle passa devant une palette de caisses marquées BAGUES TOPAZE BLEU – OR 24 CARATS, puis devant une autre contenant des bracelets de l'amitié en argent. Un écran électronique, à côté des bracelets de l'amitié, annonçait : « Les gens qui ont acheté cet article ont également acheté LAMPE-NAIN DE JARDIN SOLAIRE POUR TERRASSE et JAVELOT MORTEL À FLAMMES. Achetez les trois articles et économisez 12 % ! »

Hazel se figea sur place. Par l'Olympe, quelle idiote !

De l'argent. De la topaze. Elle se concentra pour détecter la présence de métaux précieux, et son cerveau faillit exploser sous la force de la réponse. Elle était à côté d'une montagne de six étages de bijoux. En revanche, entre l'endroit où elle se trouvait et les gardiennes, il n'y avait que les cages-cellules.

– Qu'est-ce qu'il y a ? chuchota Kinzie. Avance ! Elles vont se méfier.

– Fais-les venir, glissa Hazel par-dessus son épaule.

– Pourquoi...

– S'il te plaît.

Les gardiennes tournèrent la tête dans leur direction, sourcils froncés.

– Qu'est-ce que vous avez à regarder comme ça ? leur cria Kinzie. C'est la troisième prisonnière. Venez la chercher.

La gardienne la plus proche posa sa liseuse.

– Ça te gênerait de faire trente pas de plus, Kinzie ?

– Ben, le problème...

Hazel tomba à genoux en grimaçant horriblement, comme si elle était sur le point de vomir.

– Beurk ! J'ai mal au cœur... je peux pas marcher. Les Amazones me font trop peur !

– Vous voyez ? lança Kinzie aux gardiennes. Alors, vous venez chercher la prisonnière ou je dis à la reine Hylla que vous refusez de faire votre devoir ?

La gardienne la plus proche leva les yeux au ciel et avança. Hazel avait espéré que les deux autres viendraient aussi, mais non. Tant pis, elle y penserait plus tard.

La première gardienne attrapa Hazel par le bras.

– C'est bon. Je prends la prisonnière en charge, dit-elle. Mais à ta place, Kinzie, je m'en ferais pas trop pour Hylla. Elle n'en a plus pour longtemps sur le trône.

– C'est ce qu'on verra, Doris.

Kinzie tourna les talons. Hazel attendit que le bruit de ses pas s'estompe au bout de la passerelle.

Doris tira Hazel par le bras.

– Ben alors, tu bouges ?

Hazel se concentra sur le mur de bijoux derrière elle : quarante grandes caisses de bracelets en argent.

– Je... me sens pas très bien, murmura-t-elle.

– Je t'interdis de me vomir dessus ! grogna Doris.

Elle essaya de forcer Hazel à se relever, mais celle-ci se laissa peser de tout son poids, comme un gamin qui fait une scène dans un grand magasin. Les cartons, à côté d'elle, commencèrent à trembler.

– Lulu ! cria Doris à une de ses camarades. Viens m'aider, cette fille est un boulet.

Des Amazones qui s'appelaient Doris et Lulu ? pensa Hazel. D'accord...

La deuxième gardienne accourut. Hazel se dit que c'était le moment où jamais. Sans leur laisser le temps de la relever de force, elle hurla : « Ouh !! » et se plaqua au sol.

– Oh, arrête ton..., commença Doris.

La palette de bijoux tout entière explosa en tintant, tel un millier de machines à sous atteignant le jackpot à l'unisson. Une vague de bracelets de l'amitié en argent déferla sur la passerelle et poussa Doris et Lulu par-dessus la balustrade.

Elles se seraient écrasées vingt mètres plus bas, mais Hazel n'était pas si méchante que ça. Sur son ordre, quelques centaines de bracelets s'attachèrent aux chevilles des gardiennes et les suspendirent au bord de la passerelle, dans le vide et la tête en bas – elles se mirent à hurler comme des godiches.

Hazel se tourna vers la troisième gardienne. Elle brisa ses liens, à peu près aussi solides que du papier hygiénique, et ramassa une des lances abandonnées par Lulu et Doris. Elle était infichue de manier une lance, mais, espérait-elle, la troisième Amazone ne le devinerait pas.

– Tu veux que je te tue d'ici ? aboya Hazel. Ou tu préfères que je vienne ?

La gardienne détala.

Hazel se pencha et cria à Doris et Lulu :

– Vos cartes Amazon ! Et que ça saute, ou j'ouvre ces bracelets de l'amitié et je vous laisse tomber !

Trois secondes plus tard, Hazel avait deux cartes Amazon en main. Elle courut aux cages et glissa une carte dans le lecteur. Les portes s'ouvrirent dans un déclic.

Frank la dévisagea avec stupeur.

– Hazel, dit-il, c'était... géant.

Percy hocha la tête.

– Je ne porterai plus jamais de bijoux, déclara-t-il.

– Sauf ça ! (Hazel lui lança son collier.) Nos armes et nos affaires sont à l'autre bout de la passerelle. Il faut qu'on se dépêche. Bientôt les... (Brusquement des sirènes retentirent dans toute la caverne.) Ouais, c'est ça que je voulais dire. Allons-y.

La première manche de l'évasion fut facile. Ils récupérèrent leurs affaires sans incident, puis s'engagèrent dans la première échelle. Chaque fois que des Amazones s'attroupaient en bas et les sommaient de se rendre, Hazel faisait exploser un carton de bijoux et les ensevelissait sous des cascades d'or et d'argent. Arrivés au bas de la dernière échelle, ils découvrirent un spectacle qui tenait à la fois du carnaval et de l'apocalypse : des Amazones prises jusqu'au cou dans des colliers de pierreries, plusieurs autres renversées, tête en bas, dans une montagne de boucles d'oreilles en améthyste, et un chariot élévateur de combat croulant sous les bracelets à breloques en argent.

– Hazel Levesque, déclara Frank, t'es trop de la balle !

Elle eut envie de l'embrasser illico, mais ils n'avaient pas le temps. Ils repartirent en courant à la salle du trône.

Ils tombèrent sur une Amazone qui devait être loyale à Hylla : dès qu'elle les aperçut, elle tourna les talons comme s'ils étaient invisibles.

– Qu'est-ce que..., voulut demander Percy.

– Je t'expliquerai, coupa Hazel. Il y en a qui veulent qu'on s'évade.

La deuxième Amazone qu'ils croisèrent était nettement moins accommodante. Armée de pied en cap, elle gardait l'entrée de la salle du trône. Elle abaissa son javelot à la vitesse de l'éclair, mais cette fois-ci, Percy était prêt. Il dégaina Turbulence et passa à l'action. Lorsque l'Amazone attaqua, il esquiva d'un bond de côté, trancha la hampe du javelot d'un coup d'épée, puis asséna le manche de Turbulence sur le casque de l'Amazone.

Elle s'écroula, inconsciente.

– Mars tout-puissant ! s'exclama Frank. Comment tu... ce n'était pas une technique romaine !

– Eh ! répondit Percy en souriant. Le *Graecus* a ses bottes secrètes, mon pote. Après vous.

Ils s'engouffrèrent dans la salle du trône. Comme promis, Hylla et sa garde avaient quitté les lieux. Hazel courut à la cage d'Arion et passa une carte Amazon sur la serrure. Aussitôt, l'étalon sortit d'un bond et se cabra triomphalement.

Percy et Frank reculèrent.

– Euh..., demanda Frank, elle est apprivoisée, cette créature ?

Le cheval poussa un hennissement furieux.

– Je ne crois pas, répondit Percy. Il vient de dire « Je vais te piétiner, le poupon sino-canadien. »

– Tu parles le cheval ? s'étonna Hazel.

– Le poupon ? bafouilla Frank.

– Parler aux chevaux, c'est un don de Poséidon, expliqua Percy. Euh, de Neptune, je veux dire.

– Alors vous devriez vous entendre, Arion et toi, dit Hazel. C'est un fils de Neptune, lui aussi.

– Pardon ?

Percy avait blêmi et, si l'heure était moins grave, Hazel aurait sans doute ri en voyant la tête qu'il faisait.

– Le truc, dit-elle, c'est qu'Arion est rapide. Il peut nous tirer de là.

Frank n'était pas emballé par l'idée.

– Comment veux-tu qu'on tienne à trois sur un cheval ? On risquerait de tomber, ou de le ralentir, ou...

Arion hennit de nouveau.

– Aïe, fit Percy. Frank, le cheval dit que tu es... non, en fin de compte, je vais pas traduire ça. Bref, il dit qu'il y a un char dans l'entrepôt et qu'il veut bien le tirer.

– Ils sont là ! cria une voix au fond de la salle du trône.

Une douzaine d'Amazones chargèrent, suivies d'hommes en combinaison orange. Lorsqu'elles virent Arion, elles se replièrent hâtivement vers les chariots élévateurs de combat.

Hazel se hissa sur le dos d'Arion et sourit à ses amis.

– Je me souviens de ce char, dit-elle. Suivez-moi, les gars !

Elle entra au galop dans la grotte la plus grande et dispersa un groupe d'hommes. Percy assomma une Amazone. Frank en renversa deux autres d'un mouvement latéral de sa lance. Hazel sentait qu'Arion peinait à courir dans ce sous-sol. Il aurait voulu prendre sa vitesse de pointe, mais manquait d'espace. Il fallait qu'ils sortent.

Hazel débarqua au milieu d'une patrouille d'Amazones, qui se dispersèrent, terrifiées à la vue du cheval. Pour la première fois, la *spatha* d'Hazel lui semblait avoir la longueur idéale. Hazel lançait des coups d'épée à quiconque s'approchait d'elle, et aucune Amazone n'osait relever le défi.

Percy et Frank la suivaient en courant. Ils arrivèrent enfin devant le char. Arion s'immobilisa devant le timon et Percy entreprit aussitôt d'attacher les rênes et le harnais.

– Tu as déjà fait ça ? lui demanda Frank.

Percy n'eut pas besoin de répondre. Ses mains s'activaient avec adresse, et en un rien de temps le char fut prêt. Il y monta d'un bond et cria :

– Frank, Hazel, en voiture !

Un cri de bataille résonna derrière eux. Une armée entière d'Amazones déferlait dans l'entrepôt. Otrera en personne était juchée sur un chariot élévateur, sa chevelure argentée fouettant l'air. Elle fit pivoter son arbalète vers le char et ordonna :

– Arrêtez-les !

Hazel éperonna Arion. Ils traversèrent la caverne en louvoyant entre les palettes et les chariots élévateurs. Une flèche siffla aux oreilles d'Hazel. Une explosion retentit derrière elle, mais elle ne se retourna pas.

– L'escalier ! hurla Frank. Ce cheval ne pourra jamais monter tous ces étages avec un ch... PAR LES DIEUX !

Heureusement que l'escalier était large, car Arion ne ralentit même pas. Il attaqua les marches au galop. Le char grinçait dangereusement. Hazel vérifia à plusieurs reprises que Frank et Percy étaient toujours là – les mains crispées sur les côtés du char, les mâchoires claquant comme celles des crânes en plastique de Halloween, mais ils tenaient bon.

Ils arrivèrent enfin dans le hall. Arion franchit la porte d'entrée et déboucha sur la place en faisant fuir quelques hommes en costume.

Hazel sentait la tension qui gonflait la cage thoracique du cheval. L'air frais lui donnait une envie impérieuse de galoper, mais Hazel tira sur les rênes.

– Ella ! cria-t-elle, la tête tournée vers le ciel. Où es-tu ? On s'en va !

Un horrible instant, elle craignit que la harpie ne soit trop loin pour l'entendre. Qui sait si elle ne s'était pas perdue, ou fait capturer par les Amazones ?

Derrière eux, un chariot élévateur de combat émergea de l'escalier et se lança dans le hall, suivi d'une troupe d'Amazones.

– Rendez-vous ! cria Otrera.

Le chariot actionna ses fourchons tranchants.

– Ella ! appela désespérément Hazel.

Dans un tourbillon de plumes rousses, Ella se posa sur le char.

– Ella est là. Amazones sont pointues. Partir, maintenant.

– Accrochez-vous, tout le monde ! lança Hazel. Arion, au galop !

Le monde sembla s'étirer. La lumière du soleil se distordit. Arion laissa les Amazones sur place et traversa le centre-ville de Seattle en flèche. Hazel jeta un coup d'œil en arrière et vit, sur le trottoir, une série de marques fumantes : les traces de sabot d'Arion sur le sol. L'étalon fonçait vers le port sans ralentir aux carrefours, en sautant par-dessus les voitures qui le gênaient.

Hazel hurlait à pleins poumons, mais c'étaient des cris de joie. Pour la première fois de sa vie – de ses deux vies – elle avait l'impression que rien, absolument rien, ne pouvait l'arrêter. Arion arriva sur le quai et sauta vers l'océan.

Hazel sentit ses tympans claquer. Elle entendit un grondement (dont elle comprendrait plus tard que c'était un bang supersonique) – et Arion s'élança dans le détroit de Puget. L'eau de mer se changeait en vapeur sur son sillage, et les immeubles de Seattle disparurent rapidement derrière eux.

33 FRANK

Frank fut soulagé quand les roues se détachèrent.

Il avait déjà vomi deux fois de l'arrière du char, ce qui, à la vitesse du son, n'était vraiment pas marrant. Arion semblait distordre le temps et l'espace sous ses sabots, et le paysage qui défilait était flou. Frank se sentait un peu comme s'il avait bu deux litres de lait entier en oubliant de prendre ses médicaments contre l'intolérance au lactose. Ella ne faisait rien pour arranger les choses. « Mille cent kilomètre-heure. Mille deux cents », marmonnait-elle sans s'arrêter. « Mille deux cent cinquante. Vite. Très vite. »

Le cheval traversa le détroit en gardant le cap sur le nord, survolant des îles, des bateaux de pêche et des baleines très étonnées. Bientôt Frank commença à reconnaître le paysage : Crescent Beach, la baie de Boundary... Il avait fait de la voile là-bas, lors d'une excursion avec l'école. Ils étaient entrés en territoire canadien.

Arion toucha la terre ferme et longea l'autoroute 99 vers le nord, si vite que les voitures avaient l'air à l'arrêt.

Et, alors qu'ils arrivaient à Vancouver, les roues du char commencèrent à fumer.

– Hazel ! cria Frank. Le char va casser !

Hazel, comprenant tout de suite ce qui se passait, tira sur

les rênes. Manifestement à contrecœur, Arion ralentit. Ils traversèrent les rues de la ville à une vitesse subsonique. Puis ils franchirent le pont Ironworkers Memorial, qui desservait le nord de la ville, et là, les roues se mirent à tinter dangereusement. Enfin, Arion s'arrêta, au sommet d'une colline. Il s'ébroua avec satisfaction, l'air de dire « Voilà ce qui s'appelle galoper, bande d'imbéciles. » Le char fumant se disloqua et Percy, Frank et Ella roulèrent sur le sol moussu et humide.

Frank se releva, jambes flageolantes. Il battit des paupières pour dissiper les taches jaunes qui dansaient devant ses yeux. Percy grogna et se mit à détacher Arion du char démoli. Quant à Ella, elle voletait en rond, toute sonnée, et se cognait dans les arbres en marmonnant : « Arbre. Arbre. Arbre. »

Hazel était la seule à paraître en pleine forme. Elle sauta du dos du cheval, l'air rayonnante.

– C'était trop cool, non ?

– Ouais, trop cool, répondit Frank en ravalant sa nausée.

Arion hennit.

– Il dit qu'il a besoin de manger, traduisit Percy. Pas étonnant, il a dû brûler six millions de calories, au moins.

Hazel scruta le sol à ses pieds et fronça les sourcils.

– Je ne sens pas d'or par ici… Ne t'inquiète pas, Arion, je vais t'en trouver. D'ici là, si tu allais brouter un peu ? On te retrouvera…

L'étalon partit en flèche, laissant un sillage de fumée.

– Vous croyez qu'il va revenir ? demanda-t-elle à ses amis d'une voix inquiète.

– Je ne sais pas, dit Percy. Il a l'air du genre… fougueux.

Frank espérait presque qu'il ne reviendrait pas. Il s'abstint de le dire, bien sûr ; il voyait bien qu'Hazel avait peur de perdre son nouvel ami. Toutefois Arion faisait peur à Frank, et il était presque certain que l'étalon le sentait.

Hazel et Percy sauvèrent ce qu'ils purent des vestiges du char. Il y avait quelques caisses de marchandises Amazon à l'avant, et Ella poussa un cri de ravissement en découvrant un colis de livres. Elle s'empara d'un exemplaire du *Guide des oiseaux d'Amérique du Nord*, se percha sur la branche la plus proche et se mit à feuilleter le livre si vite que Frank se demanda si elle le lisait ou se contentait de déchirer les pages.

Frank s'appuya contre un arbre et s'efforça de calmer son vertige. Il ne s'était pas encore remis de sa captivité chez les Amazones – poussé dans le hall à coups de pied, désarmé, enfermé dans une cage, traité de poupon par un cheval gonflé de sa propre importance... Tout cela n'était pas pour renforcer sa confiance en lui.

Avant même cet épisode, la vision qu'il avait partagée avec Hazel l'avait secoué. Il se sentait plus proche d'elle, maintenant. Il savait qu'il avait bien fait de lui confier le tison. Ça le soulageait d'un poids énorme.

Il n'empêche... il avait vu les Enfers de ses yeux. Il avait ressenti ce qu'on éprouvait à rester assis pour l'éternité sans rien faire, si ce n'est regretter ses erreurs. Il avait regardé les sinistres masques d'or des juges des morts et s'était rendu compte que lui-même comparaîtrait devant eux un jour, peut-être très proche.

Frank avait toujours rêvé de retrouver sa mère après sa mort. À présent, il se demandait si ce n'était pas impossible pour les demi-dieux. Hazel avait passé environ soixante-dix ans dans les Champs d'Asphodèle, sans jamais croiser Marie Levesque. Frank espérait que sa mère et lui seraient envoyés tous les deux à l'Élysée. Mais si Hazel n'y avait pas eu droit, elle qui avait sacrifié sa vie pour contrecarrer les projets de Gaïa et assumé l'entière responsabilité de ses actes pour que sa mère ne finisse pas aux Champs du Châtiment, quelle chance avait-il ? Frank n'avait jamais rien accompli d'aussi héroïque.

Il se redressa et regarda autour de lui pour se repérer.

Au sud, par-delà le port de Vancouver, les gratte-ciel du centre-ville rougeoyaient à la lumière du soleil couchant. De l'autre côté, les collines et les forêts du parc de Lynn Canyon se mêlaient aux lotissements de Vancouver Nord, avant de rejoindre, plus loin, la nature sauvage.

Frank avait exploré ce parc pendant des années. Il repéra un coude formé par le fleuve qui lui paraissait familier. Puis il reconnut un pin mort, fendu en deux par la foudre, dans une clairière toute voisine. Il connaissait cette colline.

– On est tout près de chez moi, dit-il. La maison de ma grand-mère est là-bas.

– À quelle distance ? demanda Hazel.

– Sérieux, mec ? fit Percy en levant les sourcils. On va chez Mamie ?

– Ouais, faut voir, répondit Frank, qui s'éclaircit la gorge.

Hazel joignit les mains en geste de prière.

– Frank, s'il te plaît, dis-moi qu'elle nous laissera passer la nuit chez elle. Je sais que l'heure tourne, mais il faut bien qu'on se repose, non ? Et Arion nous a fait gagner un peu de temps. Peut-être qu'on pourrait prendre un vrai repas chaud ?

– Et une douche chaude ? renchérit Percy. Dormir dans un lit avec des draps et un oreiller ?

Frank essaya d'imaginer la tête que ferait Grand-mère s'il débarquait avec une harpie et deux amis fortement armés. Tout avait changé depuis l'enterrement de sa mère, depuis le matin où les loups l'avaient emmené vers le Sud. Ça l'avait mis dans une telle colère, de devoir partir. Maintenant, par contre, il envisageait difficilement de revenir à la maison.

Mais ils étaient épuisés, tous les trois. Cela faisait plus de deux jours qu'ils voyageaient sans guère dormir ni manger. Grand-mère pouvait leur donner des provisions. Et peut-être pouvait-elle répondre à certaines questions qui se formaient dans l'esprit de Frank – un soupçon de plus en plus fort quant au don familial.

– Ça vaut le coup d'essayer, décida-t-il. Allons chez ma grand-mère.

Frank était tellement pris par ses pensées qu'il faillit entrer dans le campement des ogres sans s'en rendre compte. Heureusement, Percy le retint.

Ils s'accroupirent derrière un tronc couché au sol, avec Ella et Hazel, et observèrent la clairière.

– Mauvais, murmura Ella. C'est mauvais pour les harpies.

La nuit était tombée. Une demi-douzaine d'humanoïdes hirsutes étaient rassemblés autour d'un grand feu de camp. Debout, ils devaient faire dans les deux mètres quarante – des nabots, comparés au géant Polybotès ou même, aux Cyclopes qu'ils avaient vus en Californie, mais ils n'en étaient pas moins effrayants. Ils portaient des shorts de surf pour tout vêtement. Leur peau était rouge de coups de soleil et couverte de tatouages de dragons, de cœurs et de femmes en bikini. Un animal écorché – un ours, peut-être – était pendu à une broche au-dessus du feu et les ogres arrachaient des lambeaux de chair avec leurs ongles griffus ; ils mangeaient en découvrant des dents pointues et riaient bruyamment. Par terre, près d'eux, traînaient plusieurs filets contenant des sphères de bronze qui ressemblaient à des boulets de canon. Les sphères devaient être brûlantes car elles dégageaient de la vapeur dans l'air frais du soir.

À deux cents mètres de la clairière, de l'autre côté, les lumières de la maison des Zhang brillaient entre les arbres.

Si près, songea Frank. Il se demanda s'ils pouvaient contourner discrètement les monstres, mais en regardant sur la gauche et sur la droite, il vit plusieurs autres feux de camp, comme si les ogres encerclaient la propriété. Frank enfonça les ongles dans l'écorce du tronc. Sa grand-mère était peut-être seule, prisonnière dans la maison.

– C'est quoi, ces types ? murmura-t-il.

– Des Canadiens, dit Percy.

– Pardon ?! fit Frank avec un mouvement de recul.

– Euh, sans vouloir te vexer. C'est comme ça qu'Annabeth les appelait, la fois où on les a combattus. Elle a dit qu'ils vivaient dans le Nord, au Canada.

– Ouais, ben on est au Canada, grommela Frank. Et moi je suis canadien. N'empêche que je connais pas ces oiseaux !

Ella s'arracha une plume et la tourna entre ses doigts.

– Des Lestrygons, dit-elle. Des cannibales. Géants du Nord. Légende du Sasquatch. Oui-oui-oui. Ce sont pas oiseaux. Pas oiseaux d'Amérique du Nord.

– Oui, c'est ça, leur nom, renchérit Percy. Des Lestry... euh, le mot qu'a dit Ella.

Frank regarda les gars de la clairière en fronçant les sourcils.

– Sûr qu'on pourrait les prendre pour des Sasquatch. C'est peut-être de là qu'est née la légende. Ella, tu es futée.

– Ella est futée, acquiesça la harpie, qui tendit timidement sa plume à Frank.

– Euh... merci. (Il fourra la plume dans sa poche, puis s'aperçut qu'Hazel le regardait d'un œil sombre.) Qu'est-ce qu'il y a ? demanda-t-il.

– Rien. (Elle se tourna vers Percy.) On dirait que la mémoire te revient, non ? Tu te souviens de la façon dont vous les aviez battus ?

– Vaguement, répondit Percy, mais c'est encore flou. Je crois que j'ai été aidé. Nous les avons tués avec du bronze céleste, mais c'était avant... tu sais.

– Avant que la Mort se fasse kidnapper. Autrement dit, peut-être que maintenant, ils ne mourraient pas du tout.

Percy hocha la tête.

– Ces boulets de canon en bronze, ajouta-t-il. Faut s'en méfier. Je crois qu'on en avait retourné contre les géants. Ils s'enflamment et ils explosent.

Frank porta instinctivement la main à la poche, puis il se rappela que c'était Hazel qui avait son tison.

– Si nous provoquons une explosion, fit-il remarquer, les ogres des autres camps vont rappliquer en courant. Je crois qu'ils encerclent la maison, ce qui voudrait dire qu'il y en a bien cinquante ou soixante.

– C'est un piège, alors. (Hazel regarda Frank.) Et ta grand-mère ? Il faut qu'on l'aide.

Frank sentit une boule dans sa gorge. Jamais, au grand jamais, il n'aurait imaginé que sa grand-mère ait besoin qu'on lui porte secours, mais là, il se mit à forger des scénarios de combat dans sa tête – comme il le faisait au Camp Jupiter pendant les jeux de guerre.

– Il nous faut une diversion, suggéra-t-il. Si on parvenait à envoyer ce groupe dans la forêt, on pourrait se faufiler jusqu'à la maison sans attirer l'attention des autres.

– Si seulement Arion était là ! dit Hazel. Avec lui, je pourrais entraîner les ogres à ma poursuite.

Frank décrocha sa lance, qu'il portait en bandoulière.

– J'ai une autre idée, dit-il.

Il n'avait aucune envie de le faire ; la pensée d'invoquer Gray lui faisait bien plus peur que le cheval d'Hazel, mais il ne voyait pas d'autre solution.

– Frank, tu ne peux pas les attaquer ! dit Hazel. Ce serait du suicide !

– Je ne vais pas attaquer. J'ai un ami... écoutez, personne ne hurle, d'accord ?

Il planta sa lance dans le sol et la pointe se brisa.

– Oups ! fit Ella. Fini la pointe de lance. Fini-fini.

Le sol trembla. La main squelettique de Gray perça la surface. Percy empoigna son épée, et Hazel fit un bruit de chat crachant une boule de poils. Ella disparut et se rematérialisa au sommet de l'arbre le plus proche.

– C'est bon, assura Frank, je le contrôle !

Gray s'extirpa du sol. Il ne semblait nullement avoir souffert de sa rencontre avec les basilics. Dans sa tenue de camouflage et ses bottes de combat, avec sa chair grise translucide qui recouvrait ses os comme du flan phosphorescent, il avait l'air comme neuf. Il tourna ses yeux de spectre vers Frank et attendit les ordres.

– Frank, glissa Percy, c'est un *spartus*. Un guerrier-squelette. Ce sont des tueurs. Ils sont maléfiques. Ils...

– Je sais, interrompit Frank avec amertume. Mais c'est un cadeau de Mars. Et pour le moment c'est tout ce que j'ai. Bon, Gray. Tes ordres : attaque ce groupe d'ogres. Entraîne-les vers l'ouest en faisant diversion pour qu'on puisse...

Malheureusement, dès le mot « ogres », Gray cessa d'écouter. Peut-être ne comprenait-il que les phrases courtes. Il s'élança vers le feu de camp.

– Attends ! s'écria Frank.

Trop tard. Gray s'arracha deux côtes à travers sa chemise et il fit le tour du feu de camp à toute vitesse, en poignardant les ogres dans le dos un à un, sans leur laisser le temps d'émettre le moindre son. Six Lestrygons extrêmement surpris s'écroulèrent l'un contre l'autre telle une couronne de dominos, puis tombèrent en poussière.

Gray se mit à piétiner les cendres et les disperser en tous sens, pour empêcher les géants de se reformer. Quand il estima qu'ils ne risquaient plus de le faire, Gray se mit au garde-à-vous, adressa un bref salut militaire à Frank puis s'enfonça dans le sol de la forêt.

Percy se tourna vers Frank, les yeux ronds.

– Comment as-tu...

– Fini les Lestrygons ! (Ella vint les rejoindre à tire-d'aile.) Six moins six égale zéro. Les lances c'est bon pour les soustractions. Oui-oui-oui.

Hazel regardait Frank comme s'il s'était lui aussi changé en squelette-zombie. Le garçon crut que son cœur allait se briser, mais il la comprenait. Les enfants de Mars étaient marqués par le sceau de la violence. Ce n'était pas un hasard, si Mars avait pour emblème un javelot ensanglanté. Comment Hazel n'en serait-elle pas épouvantée ?

Il toisa d'un œil sombre la pointe brisée de sa lance. Il aurait préféré avoir n'importe qui pour père, sauf Mars.

– Allons-y, dit-il. Ma grand-mère est peut-être en danger.

34 FRANK

Ils s'arrêtèrent devant le perron. Comme le redoutait Frank, plusieurs feux de camp brillaient dans le noir, encerclant complètement le terrain de Grand-mère, mais la maison elle-même semblait épargnée.

Le carillon de Grand-mère tintait dans la petite brise du soir. Sur la galerie qui prolongeait le perron, son fauteuil d'osier, tourné vers la route, était vide. Il y avait de la lumière aux fenêtres du rez-de-chaussée, mais Frank décida de ne pas sonner. Il ne savait pas quelle heure il était, si Grand-mère dormait, ni même si elle était à la maison. Il préféra aller voir dans le coin de la galerie, sous le petit éléphant en pierre – une version miniature de la statue de Portland. Effectivement, il trouva le double de la clé sous une patte.

Devant la porte, Frank hésita.

– Qu'est-ce qu'il y a ? demanda Percy.

Frank se souvenait du matin où il avait ouvert cette même porte à l'officier qui lui avait annoncé la mort de sa mère. Il se souvenait d'avoir descendu les marches du perron pour aller à son enterrement, tenant le tison dans sa poche de blouson pour la première fois. Il se souvenait qu'il avait regardé, du seuil de cette porte, les loups sortir du bois. Les serviteurs de Lupa, qui allaient l'emmener au Camp Jupiter.

Tout cela paraissait si loin, pourtant ça ne datait que de six semaines.

Il était de retour, à présent. Grand-mère allait-elle l'embrasser ? Lui dirait-elle : « Frank, te voilà, loués soient les dieux ! Je suis encerclée par des monstres ! »

Elle risquait davantage de le gronder ou de les prendre pour des cambrioleurs, et les chasser en agitant une poêle à frire.

– Frank ? demanda Hazel.

– Ella inquiète, marmonna la harpie, qui s'était perchée sur la balustrade de la galerie. L'éléphant... l'éléphant regarde Ella.

– Ça va aller. (Frank tremblait tellement qu'il eut du mal à introduire la clé dans la serrure.) Mais restons groupés.

À l'intérieur, la maison sentait le renfermé. D'habitude, un parfum d'encens au jasmin flottait dans l'air, mais là, les brûle-encens étaient tous vides.

Ils firent le tour du living-room, de la salle à manger et de la cuisine. Des assiettes sales étaient empilées dans l'évier, ce qui était complètement anormal. La femme de ménage de Grand-mère venait tous les jours.

Avait-elle eu peur des géants ? se demanda Frank. Ou s'était-elle fait dévorer ? Ella avait dit que les Lestrygons étaient cannibales.

Il chassa cette idée de son esprit. Les monstres ignoraient les mortels ordinaires. Du moins, en règle générale.

En entrant dans le petit salon, ils se heurtèrent aux sourires de clown psychotique des statues du bouddha et d'immortels taoïstes. Frank se rappela la déesse Iris, qui donnait dans le bouddhisme et le taoïsme. Une visite dans cette vieille demeure sinistre lui ferait sans doute passer ses velléités, se dit-il.

Les immenses vases de porcelaine de Grand-mère étaient couverts de toiles d'araignée. Là encore, ce n'était pas normal. Elle tenait à ce que sa collection soit époussetée régulièrement. En regardant les vases, Frank eut un pincement de remords d'en avoir cassé autant, le jour de l'enterrement. Ça lui semblait tellement idiot, maintenant, de se fâcher contre Grand-mère alors qu'ils étaient si nombreux à lui faire du tort : Junon, Gaïa, les géants et son père, le dieu Mars. Surtout Mars.

La cheminée était sombre et froide.

Hazel serra les bras contre la poitrine, comme pour empêcher le tison de sauter dans l'âtre.

– Est-ce que c'est...

– Oui, lui répondit Frank. C'est là.

– C'est là quoi ? demanda Percy.

La compassion se lisait sur le visage d'Hazel, ce qui ne fit qu'augmenter le malaise de Frank. Il se souvenait de son air horrifié lorsqu'il avait invoqué Gray.

– C'est la cheminée, dit-il à Percy, ce qui semblait d'une évidence stupide. Venez, allons voir en haut.

Les marches grincèrent sous leurs pas. La chambre de Frank n'avait pas changé. Tout y était, tel qu'il l'avait laissé : son arc et son carquois de rechange (ne pas oublier de les prendre), ses prix d'orthographe de l'école (ouais, il devait être le seul demi-dieu non dyslexique et champion d'orthographe au monde, comme s'il n'avait pas assez de tares comme ça), et les photos de sa mère – assise sur un Humvee dans la province de Kandahar, avec son casque et son gilet pare-balles ; dans son uniforme d'arbitre de foot, l'année où elle avait entraîné l'équipe de Frank ; les mains sur les épaules de son fils, à la journée d'orientation professionnelle du lycée.

– C'est ta mère ? demanda doucement Hazel. Elle est belle.

Frank se trouva incapable de répondre. Il était un peu gêné – un gars de seize ans qui avait des photos de sa mère dans sa chambre. Ridicule, non ? Mais, surtout, il était triste. Six semaines. D'un côté, ça lui semblait une éternité. D'un autre, maintenant qu'il regardait le visage souriant de sa mère sur les photos, la douleur de l'avoir perdue était aussi vive qu'au premier instant.

Ils firent le tour des autres chambres. Les deux du milieu étaient vides. Une faible lueur filtrait sous la dernière porte, celle de Grand-mère.

Frank frappa doucement. Pas de réponse. Il ouvrit la porte. Grand-mère était allongée sur le lit, frêle et émaciée, ses cheveux blancs entourant son visage comme la collerette d'un basilic. À son chevet était assis un homme en treillis beige de l'armée canadienne. Malgré l'obscurité, il portait des lunettes noires, et deux points de lumière rouge sang transperçaient les verres.

– Mars, murmura Frank.

Le dieu tourna la tête, imperturbable.

– Salut petit. Entre. Dis à tes copains d'aller prendre l'air.

– Frank ? chuchota Hazel. Tu as bien dit « Mars » ? Qu'est-ce que tu veux dire ? Et ta grand-mère... ça va ?

Frank jeta un coup d'œil à ses amis.

– Vous ne le voyez pas ?

– Qui ça ? (Percy dégaina son épée.) Mars ? Où ça ?

Le dieu de la Guerre gloussa.

– Nan, ils peuvent pas me voir. Je me suis dit que ce serait mieux, pour cette fois. Un petit tête-à-tête père-fils, tu vois ?

Frank serra les poings. Il compta jusqu'à dix avant de se sentir assez ferme pour parler.

– C'est rien, les mecs. Dites, si vous preniez les chambres du milieu ?

– Toit-toit, lança Ella. Les toits c'est bien pour les harpies.

– Pas de problème, dit Frank, en état de choc. Il y a certainement à manger dans le frigo. Vous pouvez me laisser seul avec ma grand-mère quelques minutes ? Je crois qu'elle...

Sa voix se brisa. Il ne savait pas s'il avait envie de pleurer, de hurler, de frapper Mars dans ses lunettes, ou les trois à la fois.

Hazel posa une main sur son bras.

– Bien sûr, Frank, dit-elle. Venez, Ella et Percy.

Frank attendit que les pas de ses amis s'éloignent. Puis il entra dans la chambre et referma la porte derrière lui.

– Est-ce vraiment toi ? demanda-t-il à Mars. Ce n'est pas une illusion ou un subterfuge quelconque ?

Le dieu secoua la tête.

– Tu préférerais que ce ne soit pas moi ?

– Oui, avoua Frank.

– Je te comprends, dit Mars en haussant les épaules. Personne n'aime voir venir la guerre. Personne de sensé. Mais la guerre rattrape tout le monde, un jour ou l'autre. C'est inévitable.

– C'est idiot, rétorqua Frank. La guerre n'est pas inévitable. Elle tue des gens. Elle...

– ... t'a pris ta mère, compléta Mars.

Frank aurait voulu gifler ce visage calme, mais peut-être était-ce juste l'aura de Mars qui le rendait agressif. Il baissa les yeux vers sa grand-mère, qui dormait paisiblement. Il aurait bien aimé qu'elle se réveille. S'il y avait une personne capable de tenir front au dieu de la Guerre, c'était elle.

– Elle est prête à mourir, dit Mars. Elle est prête depuis des semaines, mais elle s'accroche pour toi.

– Pour moi ? (Frank était tellement stupéfait qu'il en oublia sa colère.) Pourquoi ? Comment pouvait-elle savoir que j'allais revenir ? Je ne le savais pas moi-même !

– Les Lestrygons qui campent dehors le savaient. Je suppose que la déesse qui-tu-sais le leur a dit.

Frank écarquilla les yeux.

– Junon ?

Le dieu de la Guerre éclata d'un rire si tonitruant que les carreaux tintèrent, mais Grand-mère ne tressaillit même pas.

– Junon ? Par un sanglier à moustaches, petit... Pas Junon ! Tu es la botte secrète de Junon, elle n'aurait pas intérêt à te trahir. Non, je voulais parler de Gaïa. Visiblement, elle te suit à la trace. Je crois que tu l'inquiètes plus que Percy, Jason ou n'importe lequel autre des Sept.

Frank crut voir la pièce chavirer. Il aurait bien aimé pouvoir s'asseoir.

– Les Sept... tu parles de l'ancienne prophétie, les Portes de la Mort ? Je fais partie des Sept ? Et Jason, et...

– Oui, oui. (Mars agita la main avec impatience.) Voyons, mon garçon, t'es censé être un bon tacticien. Réfléchis ! C'est évident que tes amis sont eux aussi prévus pour cette quête, en supposant que vous reveniez vivants d'Alaska. Junon compte unir les Grecs et les Romains et les envoyer ensemble affronter les géants. Elle pense que c'est le seul moyen d'arrêter Gaïa.

Mars haussa les épaules, comme pour signifier qu'il n'était pas convaincu par ce plan.

– En tout cas, reprit-il, Gaïa, elle, ne veut pas que tu fasses partie des Sept. Pour Percy Jackson, elle a l'air de croire qu'elle peut le maîtriser. Tous les autres ont des faiblesses dont elle peut tirer parti. Pas toi... donc tu l'inquiètes. Elle préférerait te tuer tout de suite. C'est pour ça qu'elle a invoqué les Lestrygons. Ils sont là depuis plusieurs jours, à t'attendre.

371

Frank secoua la tête. À quoi jouait Mars ? Comment croire que lui, Frank, pouvait causer de l'inquiétude à une déesse ? Alors qu'en plus il y avait quelqu'un de l'acabit de Percy Jackson pour lui donner du fil à retordre.

– Pas de faiblesses ? demanda-t-il. Je n'ai *que* des faiblesses. Ma vie elle-même dépend d'un bout de bois !

Mars sourit.

– Tu te sous-estimes. Toujours est-il que Gaïa a convaincu les Lestrygons que s'ils dévoraient le dernier membre de ta famille, c'est-à-dire toi, ils hériteraient du don de la lignée. Est-ce vrai ou faux, j'en sais rien. Mais les Lestrygons ont hâte d'essayer.

Frank sentit son ventre se serrer. Gray avait tué six ogres, mais à en juger par le nombre de feux de camp qui entouraient la propriété, il en restait des dizaines – tous impatients de se partager Frank au petit déjeuner.

– Je vais vomir, dit-il.

– Mais non. (Mars claqua des doigts et la nausée de Frank se calma.) Le trac du combat. Ça nous arrive à tous.

– Mais ma grand-mère...

– Oui, elle t'attend pour te parler. Jusqu'à présent les ogres l'ont laissée tranquille. C'est l'appât, tu comprends ? Maintenant que tu es là, à mon avis ils ont déjà senti ta présence. Ils attaqueront au matin.

– Sors-nous de là, alors ! demanda Frank. Claque des doigts et fais sauter les cannibales.

– Ha ! Ce serait marrant. Mais je ne peux pas mener les combats de mon fils à sa place. Les Parques ont des idées très précises sur les tâches qui incombent aux dieux et celles qui reviennent aux mortels. C'est ta quête, petit. Et, au cas où tu n'aies pas encore fait le calcul, ton javelot ne sera pas réutilisable avant vingt-quatre heures, alors j'espère que tu as appris à te servir du don familial. Sinon, tu es bon pour servir de petit-déj' aux cannibales.

Le don familial. Frank voulait en parler avec Grand-mère, mais il n'avait plus personne d'autre à consulter que Mars. Il regarda le dieu de la Guerre, qui souriait sans la moindre compassion.

– Périclyménos, commença Frank, en articulant le nom soigneusement, comme lors d'un concours d'orthographe. Mon ancêtre. C'était un prince grec, un Argonaute. Il est mort en se battant contre Héraclès.

Mars, d'un geste enveloppant de la main, lui fit signe de continuer.

– Il avait un pouvoir qui l'aidait au combat. Une sorte de don des dieux. Maman m'a dit qu'il se battait comme un essaim d'abeilles.

– Oui, c'est pas faux, confirma Mars en souriant. Quoi d'autre ?

– Je ne sais pas comment, mais la famille s'est retrouvée en Chine. Je crois qu'à l'époque de l'Empire romain, un des descendants de Périclyménos était légionnaire. Ma mère me parlait d'un certain Seneca Gracchus, mais il avait aussi un nom chinois, qui était Sung Guo. Je crois, enfin là c'est la partie que je ne connais pas, mais Reyna disait toujours qu'il y avait de nombreuses légions perdues. La Douzième a fondé le Camp Jupiter. Il y a peut-être eu une autre légion qui s'est perdue en Extrême-Orient.

Mars applaudit silencieusement.

– Pas mal, petit. T'as jamais entendu parler de la bataille de Carrhes ? Immense désastre pour les Romains. Ils ont combattu ces types qu'on appelait les Parthes, aux confins est de l'empire. Quinze mille Romains ont péri. Dix mille autres ont été faits prisonniers.

– Et l'un d'eux était mon ancêtre Seneca Gracchus ?

– Exactement, acquiesça Mars. Les Parthes ont mis les légionnaires qu'ils avaient capturés au travail, puisque c'étaient de bons combattants. Seulement à ce moment-là, la Parthie s'est fait envahir par des guerriers venant de l'autre direction...

– ... les Chinois, devina Frank. Et les prisonniers romains ont changé de maître.

– Ouais. Un peu gênant. Enfin, c'est comme ça qu'une légion romaine s'est retrouvée en Chine. Les Romains ont fini par s'y enraciner et fonder une nouvelle ville appelée...

– Li-Jien, enchaîna Frank. Ma mère disait que c'était la ville de nos ancêtres. Li-Jien. Légion.

Mars avait l'air content.

– Maintenant, tu piges. Et ce vieux Seneca Gracchus possédait le don de ta famille.

– Maman m'a dit qu'il avait combattu des dragons, se souvint Frank. Elle disait qu'il était le plus puissant de tous les dragons.

– Il était bon, en convint Mars. Pas assez pour éviter la malchance de sa légion, mais bon quand même. Il s'est établi en Chine, a transmis le don familial à ses enfants, et ainsi de suite. Pour finir, votre famille a émigré en Amérique du Nord et s'est impliquée dans le Camp Jupiter...

– ... Boucler la boucle. Junon a dit que je bouclerai la boucle pour la famille.

– On verra. (Mars donna un coup de menton vers la grand-mère de Frank.) Elle voulait te raconter tout ça elle-même, mais j'ai jugé bon de prendre un peu d'avance, vu que la petite vieille n'a plus beaucoup de forces. Alors, tu comprends ton don ?

Frank hésita. Il avait une idée, mais elle lui semblait dingue – encore plus dingue que celle d'une famille émigrant de Grèce à Rome en Chine au Canada. Il ne voulait pas le dire tout haut. Il n'avait pas envie de se tromper et d'essuyer les moqueries de Mars.

– Je crois, répondit-il. Mais, contre une armée de ces ogres...

– Ouais, ça va être chaud. (Mars se leva et s'étira.) Lorsque ta grand-mère se réveillera, au matin, elle t'offrira son aide. Ensuite, je suppose qu'elle mourra.

– Comment ? Mais je dois la sauver ! Elle ne peut pas me laisser comme ça.

– Elle a vécu une vie pleine, dit Mars. Elle est prête à passer à autre chose. Ne sois pas égoïste.

– Égoïste ?!

– Si ta vieille grand-mère a tenu aussi longtemps, c'est seulement par sens du devoir. Ta mère était pareille. C'est pour cela que je l'aimais. Elle faisait toujours passer son devoir en premier. Avant toute chose. Avant sa vie, même.

– Avant moi.

Mars retira ses lunettes. À la place des yeux, deux minuscules globes de feu bouillonnaient comme des explosions nucléaires.

– S'apitoyer sur soi-même n'avance à rien, petit. Ce n'est pas digne de toi. Même sans le don familial, ta mère t'a donné tes traits de caractère les plus importants : le courage, la loyauté, la jugeote. À toi de décider, maintenant, comment tu vas t'en servir. Demain matin, écoute ta grand-mère. Écoute ses conseils. Tu peux encore libérer Thanatos et sauver le camp.

– Et laisser ma grand-mère mourir toute seule.

– La seule chose qui rende la vie précieuse, c'est qu'elle a une fin, petit. C'est un dieu qui te le dit. Vous autres mortels, vous ne connaissez pas votre chance.

– Ouais, bougonna Frank. Une sacrée chance.

Mars rit – un son métallique et dur.

– Ta mère me citait souvent un proverbe chinois. « Pour goûter le doux... »

– « Pour goûter le doux, mange l'amer », le coupa Frank. Je déteste ce proverbe.

– Mais c'est vrai. Quelle expression utilisez-vous, aujourd'hui ? « On n'a rien sans rien » ? C'est la même idée. Si tu optes pour le truc facile, le truc séduisant, le truc *tranquille*, le plus souvent ça tourne à l'aigre. Mais si tu choisis la voie de la difficulté... ah, là tu vas connaître la douceur des récompenses. Le devoir. Le sacrifice. Il y a du sens à ces valeurs.

Frank était tellement dégoûté qu'il se sentait incapable de dire un mot. C'était ça, son père ?

Frank comprenait que sa mère avait été une héroïne, bien sûr. Il comprenait qu'elle avait sauvé des vies et fait preuve d'un grand courage. Mais elle l'avait laissé tout seul. Ce n'était pas juste. Ce n'était pas bien.

– Je vais partir, promit Mars. Mais une chose, d'abord. Tu as dit que tu étais faible. C'est faux. Tu veux savoir pourquoi Junon t'a épargné, Frank ? Pourquoi ce bout de bois n'a pas encore brûlé ? C'est parce que tu as un rôle à jouer. Tu penses que tu ne vaux pas les autres Romains. Tu penses que Percy Jackson vaut mieux que toi.

– Ben oui, grommela Frank. Il s'est battu contre toi et il a gagné.

Mars haussa les épaules.

– Peut-être que oui. Peut-être que non. Mais les héros ont tous un défaut fatal. Percy Jackson ? Il est trop loyal envers ses amis. Il est incapable de les laisser tomber, quel que soit l'enjeu. On le lui a dit, il y a plusieurs années. Et bientôt, il va être confronté à un sacrifice qu'il ne pourra pas faire. Sans toi, Frank – sans ton sens du devoir – il échouera. La guerre changera entièrement de cap et Gaïa détruira notre monde.

Frank secoua la tête. Il refusait d'entendre cela.

– La guerre est un devoir, poursuivit Mars. Ta seule latitude, c'est de l'accepter ou la refuser et de choisir au nom de quoi tu te bats. L'héritage de Rome est en jeu : cinq millénaires de droit, d'ordre et de civilisation. Les dieux, les traditions, les cultures qui ont façonné le monde dans lequel tu vis : tout cela va s'écrouler, Frank, si tu ne gagnes pas cette manche. Je crois que ça vaut la peine de se battre pour ça. Réfléchis-y.

– Et le mien, qu'est-ce que c'est ? demanda Frank.

Mars leva le sourcil.

– Le tien de quoi ?

– Mon défaut fatal. Tu dis que les héros en ont tous un.

Le dieu eut un sourire froid.

– À toi de trouver la réponse, Frank. Mais tu poses enfin les bonnes questions. Maintenant, dors un peu. Tu as besoin de repos.

Sur ces mots, le dieu agita la main. Frank sentit soudain ses paupières lourdes. Il s'affaissa par terre, et tout devint noir.

– Fai, disait une voix bien connue, dure et impatiente.

Frank cligna des yeux. Le soleil entrait à flots par la fenêtre.

– Fai, lève-toi. J'aimerais bien gifler ta petite tête d'andouille, mais je ne suis pas en état de sortir de mon lit.

– Grand-mère ?

Il distingua alors son visage, penché vers lui depuis le lit. Il était allongé par terre. Quelqu'un lui avait mis une couverture et un oreiller sous la tête pendant la nuit, mais il n'avait aucune idée de qui ni comment.

– Oui, mon stupide bouvillon. (Grand-mère était toujours pâle et paraissait terriblement faible, mais sa voix était plus tranchante que jamais.) Maintenant, lève-toi. Les ogres ont encerclé la maison. Nous avons beaucoup de choses à voir si nous voulons que vous sortiez d'ici vivants, tes amis et toi.

35 FRANK

D'un seul coup d'œil par la fenêtre, Frank vit qu'il était en mauvaise posture.

Au bord de la pelouse, les Lestrygons empilaient des boulets de canon en bronze. Leur peau rouge vif brillait. Leurs cheveux hirsutes, leurs tatouages et leurs griffes ne gagnaient rien en charme à la lumière du jour.

Certains avaient des massues ou des lances. Quelques-uns déambulaient avec des planches de surf sur l'épaule, l'air paumés comme s'ils s'étaient trompés de fête. Ils étaient tous de bonne humeur, se tapaient dans les mains, attachaient des bavoirs en plastique autour de leurs cous, sortaient les couverts. Un ogre avait allumé un barbecue portable et dansait, affublé d'un tablier qui disait « Un bisou pour le chef ! »

La scène aurait été presque drôle, si Frank n'était pas la pièce maîtresse du menu.

– J'ai envoyé tes amis au grenier, dit Grand-mère. Tu pourras les rejoindre quand nous aurons fini.

– Au grenier ? (Frank se retourna.) Tu m'as toujours interdit d'y aller.

– C'est parce que nous gardons des armes là-haut, jeune

idiot. Tu t'imagines que c'est la première fois que des monstres attaquent notre famille ?

– Des armes, grommela Frank. Exact. Je n'ai *jamais* manié d'armes de ma vie.

Les narines de Grand-mère frémirent.

– Tu fais de l'ironie, Fai Zhang ?

– Oui, Grand-mère.

– Bien. Ton cas n'est pas perdu, alors. Maintenant assieds-toi. Il faut que tu manges.

Elle fit un geste vers la table de chevet, où quelqu'un avait déposé un verre de jus d'orange et une assiettes d'œufs pochés au lard avec du pain grillé – le petit déjeuner préféré de Frank.

Malgré ses ennuis, le garçon eut soudain très faim. Il regarda Grand-mère avec étonnement.

– C'est toi qui...

– ... qui t'ai préparé le petit déjeuner ? Par le singe de Bouddha, non ! Et ce ne sont pas les domestiques non plus. C'est devenu trop dangereux pour eux, ici. Non, c'est ta petite amie Hazel qui a préparé tout ça. Et qui t'a apporté une couverture et un oreiller cette nuit. Qui t'a sorti des vêtements propres de ta chambre. À propos, tu devrais prendre une douche, tu sens le poil de cheval roussi.

Frank se mit à ouvrir et refermer la bouche comme un poisson, incapable d'émettre des sons. Hazel avait fait tout ça pour lui ? Frank était persuadé jusqu'alors qu'il avait grillé toutes ses chances auprès d'elle la veille, en invoquant Gray.

– C'est, euh, ce n'est pas...

– Ta petite amie ? devina Grand-mère. Eh bien ça devrait, gros bêta ! Ne la laisse pas filer. On a besoin de femmes fortes dans la vie, au cas où tu n'aurais pas remarqué. Maintenant passons aux choses sérieuses.

Frank prit son petit déjeuner en écoutant Grand-mère lui faire une sorte de briefing militaire. À la lumière du jour, sa peau était si transparente que ses veines semblaient luire. Sa respiration crissait comme un sac de papier qu'on gonfle et dégonfle, mais elle parlait d'une voix ferme et claire.

Elle expliqua que les ogres encerclaient la maison depuis trois jours en attendant l'arrivée de Frank.

– Ils veulent te faire cuire et te manger, dit-elle d'un air dégoûté. C'est ridicule, tu aurais un goût abominable.

– Merci Grand-mère.

Elle hocha la tête.

– Je dois reconnaître, ajouta-t-elle, que ça m'a fait plaisir d'apprendre que tu allais revenir. Je suis contente de te revoir une dernière fois, même si tes vêtements sont sales et que tu as besoin d'aller chez le coiffeur. C'est comme ça que tu représentes la famille ?

– J'ai été un peu occupé, Grand-mère.

– Pas d'excuses pour la négligence. Quoi qu'il en soit, tes amis ont mangé et dormi. Ils sont en train de faire le tour des armes du grenier. Je leur ai dit que tu allais bientôt les rejoindre, mais les ogres sont trop nombreux pour que vous puissiez les repousser longtemps. Il faut qu'on parle de votre plan d'évasion. Regarde dans ma table de chevet.

Frank ouvrit le tiroir et en sortit une enveloppe cachetée.

– Tu vois l'aérodrome au fond du parc ? demanda Grand-mère. Saurais-tu y retourner ?

Frank hocha la tête. C'était à cinq kilomètres au nord, à peu près, en prenant la grand-route qui traversait le canyon. Grand-mère l'avait emmené quelques fois, quand elle affrétait des avions pour faire venir des lots de marchandises de Chine.

– Il y a un pilote qui attend là-bas et qui est prêt à décoller sur-le-champ, dit Grand-mère. C'est un vieil ami de la famille.

J'ai une lettre dans cette enveloppe, où je lui demande de t'emmener dans le Nord.

– Mais...

– Ne discute pas, mon garçon, marmonna-t-elle. Mars m'a rendu visite plusieurs fois, ces derniers jours, il m'a tenu compagnie. Il m'a parlé de ta quête. Trouver la Mort en Alaska et la libérer. Fais ton devoir.

– Mais si je réussis, tu mourras. Je ne te reverrai plus jamais.

– C'est vrai, en convint Grand-mère. Mais je mourrai, de toute façon. Je suis vieille. Je pensais te l'avoir déjà dit clairement. Maintenant, ton préteur t'a-t-il donné des lettres d'introduction ?

– Euh, oui, mais...

– Bien. Montre-les au pilote également. C'est un ancien combattant de la légion. Si jamais il avait des doutes ou s'il se dégonflait, ces lettres le contraindraient par l'honneur à faire le maximum pour t'aider. Il suffit que vous arriviez à l'aérodrome.

La maison trembla. Dehors, une boule de feu explosa en l'air, illuminant toute la pièce.

– Les ogres s'impatientent, dit Grand-mère. Il faut qu'on se dépêche. Maintenant, pour tes pouvoirs, j'espère que tu les as compris.

– Euh...

Grand-mère marmonna quelques gros mots en mandarin.

– Par les dieux de tes ancêtres, mon garçon ! Tu n'as rien appris ?

– Si ! (Il lui rapporta en bafouillant les détails de sa conversation de la veille avec Mars, mais il avait bien plus de mal à parler devant Grand-mère.) Le don de Périclyménos... je crois, je crois que c'était un fils de Poséidon, je veux dire

Neptune, je veux dire... (Frank écarta les bras.) Le dieu de la Mer.

Grand-mère hocha la tête avec réticence.

– C'était le petit-fils de Poséidon, mais c'est quand même pas mal. Comment ton brillant intellect est-il parvenu à cette conclusion ?

– Il y a un voyant à Portland qui a dit quelque chose sur mon arrière-grand-père, Shen Lun. D'après lui, on aurait tenu Shen Lun pour responsable du grand tremblement de terre qui a détruit San Francisco et l'ancien site du Camp Jupiter en 1906.

– Continue.

– Au camp, ils disent que c'est un descendant de Neptune qui a provoqué la catastrophe. Neptune est le dieu des tremblements de terre. Mais... je ne pense pas que l'arrière-grand-père soit responsable, en réalité. Provoquer des tremblements de terre, ce n'est pas notre don.

– Non, renchérit Grand-mère. Mais effectivement, on lui a fait porter le chapeau. Il était mal vu parce qu'il était descendant de Neptune. Il était mal vu parce que son véritable don était bien plus étrange que de provoquer des tremblements de terre. Et il était mal vu parce qu'il était chinois. Ce n'était jamais arrivé jusqu'alors, qu'un garçon chinois revendique du sang romain. C'est une vérité hideuse mais indéniable. Il a été accusé à tort et expulsé honteusement.

– Mais... s'il n'a rien fait de mal, pourquoi m'as-tu dit de m'excuser pour lui ?

Les joues de Grand-mère s'empourprèrent.

– Parce qu'il vaut mieux s'excuser pour quelque chose qu'on a pas fait que de mourir ! Je ne savais pas si le camp te considérerait comme l'héritier de la faute. Je ne savais pas si les préjugés des Romains s'étaient modérés.

Frank avala sa dernière bouchée. Il lui était arrivé, une fois ou l'autre, de se faire chambrer à l'école ou dans la rue, mais pas tant que ça, et jamais au Camp Jupiter. Au camp, personne ne s'était jamais moqué de lui parce qu'il était asiatique. Tout le monde s'en fichait, de ses origines. Ils se moquaient de lui seulement parce qu'il était lent et maladroit. Il n'osait imaginer ce qu'avait dû souffrir son arrière-grand-père, quand il avait été accusé d'avoir détruit le camp et expulsé de la légion pour un acte qu'il n'avait pas commis.

– Et notre véritable don ? demanda Grand-mère. As-tu compris, au moins, de quoi il s'agissait ?

Les vieilles histoires de sa mère lui tournaient dans la tête. « Il se battait comme un essaim d'abeilles. » « C'était le plus grand de tous les dragons. » Il se souvint de sa mère surgissant à côté de lui dans le jardin, comme si elle était descendue en volant du grenier. Il se souvint d'elle sortant de la forêt, en affirmant qu'elle avait donné des renseignements à une maman ourse.

– « Tu peux être tout ce que tu veux », se souvint Frank. C'est ce qu'elle me disait toujours.

Grand-mère grogna.

– Enfin, une petite lumière s'allume dans ton cerveau. Oui, Fai Zhang. Ta mère n'essayait pas simplement de gonfler ton image de toi-même. Elle te disait littéralement la vérité.

– Mais...

Une autre explosion secoua la maison, déclenchant une pluie de plâtre dans la pièce. Mais Frank était tellement stupéfié par ce qu'il entendait qu'il n'y fit pas attention.

– Tout ce que je veux ?

– Dans les limites du raisonnable, répondit Grand-mère. Il faut que ce soit des êtres vivants. Et ça aide si tu connais bien la créature. Ça aide aussi si tu es en danger de mort, engagé dans un combat, par exemple. Pourquoi es-tu si étonné, Fai ? Tu as toujours dit que tu ne te sentais pas bien dans ton corps. C'est comme ça pour nous tous, qui avons le sang du prince de Pylos dans nos veines. Ce don n'a été donné qu'une seule fois à une famille mortelle. Nous sommes une exception parmi les demi-dieux. Poséidon devait être d'humeur particulièrement généreuse lorsqu'il a béni notre ancêtre – ou particulièrement méchante. Le don s'est souvent avéré une malédiction. Et il n'a pas sauvé ta mère...

Dehors, les ogres poussèrent des clameurs. Une voix cria :

– Zhang ! Zhang !

– Tu dois partir, mon petit idiot, dit Grand-mère. Le temps qui nous était imparti s'achève.

– Mais... je ne sais pas me servir de mon pouvoir. Je n'ai jamais... je ne pourrai pas...

– Si, tu pourras, affirma Grand-mère. Sinon tu ne survivras pas et tu ne pourras pas accomplir ton destin. Je n'aime pas cette Prophétie des Sept dont m'a parlé Mars. Le sept est un chiffre qui porte malchance en chinois, un chiffre fantôme. Mais nous ne pouvons rien y faire. Pars, maintenant ! Demain soir, c'est la Fête de la Fortune. Tu n'as pas de temps à perdre. Ne t'inquiète pas pour moi. Je mourrai à mon heure et à ma façon. Je n'ai pas l'intention de me faire dévorer par des ogres ridicules. Pars !

Sur le pas de la porte, Frank se retourna. Il avait l'impression qu'on lui passait le cœur à la moulinette, mais il s'inclina respectueusement.

– Merci, Grand-mère, dit-il. Je ferai ce qu'il faudra pour que tu sois fière de moi.

Elle marmonna quelques mots à mi-voix, et Frank crut comprendre : « Je le suis déjà. »

Il la regarda, confondu, mais le visage de Grand-mère se durcit immédiatement.

– Ne reste pas bouche bée, mon garçon ! Va prendre une douche et t'habiller ! Coiffe-toi ! Ma dernière image de toi, et tu me montres des cheveux en bataille ?

Il lissa ses cheveux et s'inclina de nouveau.

Dans la dernière image qu'il emporta d'elle, Grand-mère regardait par la fenêtre d'un œil menaçant, comme si elle pensait aux sévères réprimandes qu'elle adresserait aux ogres lorsqu'ils envahiraient sa maison.

36   FRANK

Frank prit une douche éclair, enfila les vêtements qu'Hazel avait sortis – un tee-shirt vert olive sur un pantalon cargo beige... ah ouais ? –, attrapa son arc et son carquois de rechange et grimpa quatre à quatre l'escalier du grenier.

Celui-ci était plein à craquer d'armes anciennes. La famille de Frank en avait amassé suffisamment pour équiper une armée. Des boucliers, des javelots et des carquois garnis de flèches s'alignaient le long d'un mur – presque aussi nombreux qu'à l'arsenal du Camp Jupiter. Devant la fenêtre du fond, une baliste était montée et chargée, prête à servir. À la fenêtre du devant était placé un engin qui ressemblait à une mitrailleuse à plusieurs canons.

– Un lance-roquettes ? s'interrogea-t-il tout haut.

– Nan-nan, fit une voix dans le coin. Po'de terre. Ella aime pas les po'de terre.

La harpie s'était fait un nid entre deux malles-cabine. Elle était assise sur un tas de parchemins chinois et en lisait sept ou huit en même temps.

– Ella, demanda Frank, où sont les autres ?

– Le toit. (Elle leva les yeux, puis se remit à sa lecture, tantôt tournant des pages, tantôt lissant ses plumes.) Le toit-toit. Surveillance d'ogres. Ella aime pas les ogres. Po'de terre.

– Pommes de terre ?

Frank fit pivoter la mitrailleuse et comprit : les huit canons étaient chargés de patates. Au pied de la mitrailleuse, il y avait un panier plein de munitions comestibles.

Il regarda par la fenêtre – cette même fenêtre d'où sa mère l'avait vu la fois où il avait rencontré l'ours. En bas, dans le jardin, les ogres allaient et venaient, se bousculaient les uns les autres, regardaient la maison en vitupérant et lançaient des boulets de canon qui explosaient en l'air.

– Ils ont des boulets de canon, lâcha Frank, et nous une mitrailleuse à patates.

– Féculents, commenta Ella d'un ton songeur. Les féculents c'est mauvais pour les ogres.

La maison trembla sous une nouvelle explosion. Frank devait monter sur le toit pour voir ce que devenaient Hazel et Percy, mais ça l'embêtait de laisser Ella toute seule.

Il s'accroupit à côté d'elle, mais pas trop près.

– Ella, tu es en danger, ici, avec les ogres. Nous allons bientôt prendre un avion pour l'Alaska. Tu veux venir avec nous ?

Ella gigota.

– Alaska. 1 717 854 km ? Mammifère de l'état : l'orignal.

Brusquement, elle passa au latin, que Frank parvint à suivre grâce aux cours qu'il avait pris au Camp Jupiter :

– « Dans le Grand Nord, au-delà des dieux, repose la couronne de la légion. Tombant des glaces, le fils de Neptune coulera. » (Elle s'interrompit et gratta sa tignasse rousse.) Hum. C'est brûlé. La suite est brûlée.

Frank avait du mal à respirer.

– Ella... c'était une prophétie ? Où as-tu lu ça ?

– Orignal, orignal, répondit Ella, qui savourait le mot. Orignal.

La maison trembla de nouveau. Une pluie de poussière tomba des poutres. Dehors, un ogre tonna :

– Frank Zhang, montre-toi !

– Nan-nan, dit Ella. Frank doit pas.

– Euh... ne bouge pas, d'accord ? lui intima Frank. Il faut que j'aille aider Hazel et Percy.

Il déplia l'échelle qui menait au toit.

– Bonjour, dit Percy d'un ton lugubre. Il fait beau, hein ?

Il était habillé comme la veille – un jean, son tee-shirt pourpre et sa veste en laine polaire – mais on voyait bien que tout avait été lavé. Il tenait son épée d'une main et un tuyau d'arrosage de l'autre. Comment ce tuyau d'arrosage avait-il fini sur le toit, Frank n'aurait su dire, mais chaque fois que les ogres projetaient un boulet de canon, Percy faisait venir un jet d'eau superpuissant et disloquait le boulet en plein air. Frank se souvint alors que sa famille descendait de Poséidon, elle aussi. Grand-mère avait dit que la maison avait déjà subi des attaques de monstres. Peut-être qu'ils avaient monté un tuyau d'arrosage sur le toit pour cette raison précise.

Hazel patrouillait sur le « balcon de la veuve », sorte de rambarde qui s'étendait entre les deux pignons du toit. Elle était si jolie que Frank sentit sa poitrine se serrer. Elle portait un jean, une veste blanc crème et un tee-shirt blanc qui mettait en valeur son teint chocolat chaud. Ses cheveux bouclés tombaient en cascade sur ses épaules. Lorsqu'elle s'approcha, Frank sentit une odeur de shampoing au jasmin.

Hazel serrait son épée dans sa main. Elle jeta un coup d'œil inquiet à Frank et lui demanda :

– Ça va, tu te sens bien ? Pourquoi tu souris ?

– Oh, euh... rien, dit-il avec effort. Merci pour le petit-déj'. Et pour les vêtements. Et... merci de ne pas me détester.

– Pourquoi je te détesterais ? rétorqua Hazel, l'air sidérée.

Frank se sentit rougir. Il aurait mieux fait de se taire, mais c'était trop tard. « Ne la laisse pas filer », avait dit sa grand-mère. « Dans la vie on a besoin de femmes fortes. »

– Ben... hier soir, bafouilla-t-il. Quand j'ai invoqué le sque-lette. J'ai eu l'impression... J'ai eu l'impression que tu trou-vais... que j'étais... dégoûtant, quoi.

Hazel leva les sourcils, puis secoua la tête avec consterna-tion.

– Frank, possible que j'aie été surprise. Possible que la créature m'ait fait peur. Mais dégoûtée ? L'assurance avec laquelle tu lui as donné tes ordres, ce calme... genre : « À pro-pos, les mecs, j'ai un *spartus* invincible qui pourrait nous ser-vir... » ça m'a scotchée. Je n'étais pas dégoûtée, Frank, j'étais impressionnée.

Frank se demanda s'il avait bien entendu.

– Tu étais impressionnée... par moi ?

Percy intervint en riant.

– Y avait de quoi, mec !

– Vraiment ? insista Frank.

– Vraiment, lui assura Hazel. Mais maintenant, on a d'autres problèmes à régler. D'accord ?

Elle désigna d'un geste l'armée d'ogres, qui s'enhardis-saient et se rapprochaient de plus en plus de la maison.

Percy braqua le tuyau d'arrosage dans leur direction.

– J'ai encore un tour dans mon sac. Ta pelouse a un sys-tème d'arrosage. Je peux le faire exploser, ce qui créerait la pagaille, le problème étant que ça détruirait aussi la pression de l'eau. Sans pression, le tuyau ne servira plus à rien et ces boulets de canon cribleront la maison.

Les compliments d'Hazel tintaient encore aux oreilles de Frank, qui avait du mal à réfléchir. Des dizaines d'ogres occu-paient sa pelouse, impatients de le réduire en morceaux, et

Frank devait faire un effort pour ne pas sourire comme un bienheureux.

Hazel ne le détestait pas. Elle était impressionnée.

Il se força à se concentrer. Il se rappela ce que sa grand-mère lui avait dit sur la nature de son don, et sur le fait qu'il devait la laisser mourir ici.

« Tu as un rôle à jouer », avait dit Mars.

Frank n'arrivait pas à croire qu'il était la botte secrète de Junon, ni que cette grande Prophétie des Sept dépendait de lui. Par contre, Hazel et Percy comptaient sur lui. Il fallait qu'il fasse de son mieux.

Il repensa à cet étrange fragment de prophétie qu'avait récité Ella au grenier, sur le fils de Neptune qui coulait.

« Vous ne comprenez pas sa véritable valeur », leur avait dit Phinéas à Portland. Le vieillard aveugle croyait qu'en contrôlant Ella, il pouvait devenir roi.

Toutes ces pièces du puzzle s'agitaient dans l'esprit de Frank. Il avait l'impression que lorsqu'elles se mettraient enfin en place, elles formeraient un tableau qui ne lui plairait pas.

– J'ai un plan d'évasion, les gars, annonça-t-il, et il leur parla de l'avion qui attendait à l'aérodrome et de la lettre de sa grand-mère pour le pilote. C'est un ancien de la légion. Il nous aidera.

– Mais Arion n'est pas revenu, objecta Hazel. Et ta grand-mère ? On ne peut pas la laisser.

Frank ravala un sanglot.

– Peut-être... peut-être qu'Arion saura nous retrouver. Pour ma grand-mère... elle a été très claire. Elle a dit qu'elle se débrouillerait.

Ce n'était pas tout à fait ça, mais Frank n'arrivait pas à en dire plus.

– Il y a un autre problème, intervint Percy. Je ne supporte pas les voyages aériens. C'est dangereux pour un fils de Neptune.

– Tu vas devoir courir le risque, répondit Frank. Et moi aussi. À propos, toi et moi, on a un lien de parenté.

– Quoi ?!

Percy faillit tomber du toit.

Frank lui donna la version express :

– Périclyménos. Mon ancêtre du côté de ma mère. Argonaute. Petit-fils de Poséidon.

Hazel en resta bouche bée.

– Tu es un descendant de Neptune ? Frank, c'est...

– ... du délire ? Ouais. Et puis il y a cette capacité qu'on est censé avoir dans ma famille. Mais je ne sais pas m'en servir. Si j'arrive pas à comprendre comment ça marche...

Une nouvelle acclamation monta du groupe de Lestrygons. Frank se rendit compte qu'ils le fixaient tous du regard, en pointant du doigt, agitant la main et riant. Ils avaient repéré leur petit déjeuner.

– Zhang ! hurlaient-ils. Zhang !

Hazel se rapprocha de lui.

– Ils n'arrêtent pas de faire ça, de crier ton nom. Tu sais pourquoi ?

– T'inquiète, dit Frank. Écoutez, il faut qu'on protège Ella et qu'on l'emmène avec nous.

– Bien sûr, répondit Hazel. Elle a besoin de notre aide, la pauvre.

– Non. Enfin, je veux dire oui, mais il n'y a pas que ça. Elle a récité une prophétie, au grenier. Je crois que ça parlait de notre quête.

Il n'avait pas envie d'annoncer à Percy la mauvaise nouvelle d'un fils de Neptune qui se noierait, mais il répéta les vers.

Percy contracta les mâchoires.

– Je ne vois pas comment un fils de Neptune pourrait couler, dit-il. Je peux respirer sous l'eau. Mais la couronne de la légion...

– ... ce doit être l'aigle, acheva Hazel.

Percy hocha la tête.

– D'ailleurs, reprit-il, Ella a récité quelque chose qui ressemblait à ça, à Portland. Un vers de l'ancienne Grande Prophétie.

– Ah bon ? demanda Frank.

– Je t'expliquerai plus tard.

Percy décocha une salve d'eau avec son tuyau d'arrosage et dégomma un autre boulet de canon, qui explosa en flammes orange.

– Joli ! Joli ! crièrent les ogres en applaudissant.

– Le truc, reprit Frank, c'est qu'Ella se souvient d'absolument tout ce qu'elle lit. Elle a dit que cette page-là était brûlée, comme si elle avait lu un recueil de prophéties endommagé.

Hazel écarquilla les yeux.

– Un recueil aux pages brûlées ? Tu ne penses pas... mais c'est impossible !

– Les livres dont parlait Octave, au camp ? devina Percy.

– Les livres sibyllins perdus, qui contenaient tout le destin de Rome dans ses grandes lignes ! (Hazel laissa échapper un sifflement.) Si Ella en a lu un exemplaire et qu'elle l'a mémorisé...

– Alors c'est la harpie la plus précieuse qui soit au monde, termina Frank. Je comprends pourquoi Phinéas voulait la capturer.

– Frank Zhang ! cria un ogre depuis la pelouse. (Il était plus grand que les autres et, comme les porte-étendards romains, il portait une cape en peau de lion. Il avait aussi

un bavoir en plastique autour du cou.) Descends, fils de Mars !
On t'attend. Viens, tu seras notre invité d'honneur !

Hazel agrippa le bras de Frank.

– Pourquoi ai-je l'impression qu'« invité d'honneur » veut
dire « plat principal » pour eux ?

Frank ne répondit pas. Il aurait bien aimé que Mars soit
encore là ; il avait besoin que quelqu'un le débarrasse de son
trac d'un claquement de doigts.

Hazel croit en moi, pensa-t-il. *Je peux y arriver.*

Il se tourna vers Percy.

– Tu sais conduire ?

– Bien sûr. Pourquoi ?

– La voiture de Grand-mère est au garage. C'est une vieille
Cadillac. C'est un vrai tank, cette bagnole. Si tu peux la faire
démarrer...

– Il faut d'abord qu'on franchisse une bande d'ogres,
remarqua Hazel.

– Je fais diversion avec le système d'arrosage ? proposa
Percy.

– Exactement, dit Frank. Et je vais vous faire gagner le plus
de temps possible. Passez prendre Ella et montez dans la voiture. J'essaie de vous retrouver au garage, mais ne m'attendez
pas.

Percy fronça les sourcils.

– Frank...

– Donne-nous ta réponse, Frank Zhang ! hurla l'ogre. Descends et nous épargnerons les autres, tes amis et ta pauvre
mamie. Nous ne voulons que toi !

– Ils mentent, bougonna Percy.

– Ouais, je sais, acquiesça Frank. Allez-y !

Percy et Hazel coururent à l'échelle.

Frank essaya de calmer les battements de son cœur. Il sourit et cria :

– Alors, les gars ! On a faim ?

Sous les acclamations des ogres, Frank se mit à arpenter le « balcon de la veuve » en agitant la main comme une rock-star.

Il tenta d'invoquer le pouvoir de sa famille. Il s'imagina changé en dragon cracheur de feu. Il se concentra, serra les poings et pensa si fort à des dragons que des gouttes de sueur perlèrent à son front. Il voulait fondre sur l'ennemi et le déci-mer. Ce serait vraiment très cool. Mais rien ne se passa. Il ne savait absolument pas comment se transformer. Il n'avait jamais vu de dragons en vrai. Il paniqua un bref instant et se dit que Grand-mère lui avait joué un tour cruel. Peut-être aussi qu'il avait mal compris. Peut-être que Frank était le seul membre de la famille à ne pas avoir hérité du don. Ce serait bien sa chance.

Les ogres perdaient patience. Leurs acclamations se muèrent en sifflets. Quelques Lestrygons brandirent des bou-lets de canon.

– Attendez ! hurla Frank. Vous ne voulez pas me carboni-ser, quand même ? Je n'aurais pas bon goût du tout.

– Descends ! On a faim !

Il était temps de passer au plan de secours. Dommage, Frank n'en avait pas.

– Vous me promettez d'épargner mes amis ? demanda-t-il. Vous le jurez sur le Styx ?

Les ogres rirent. L'un d'eux projeta un boulet de canon qui passa au ras de la tête de Frank et fit exploser le tuyau de cheminée. Par miracle, Frank ne fut pas blessé par la pluie d'éclats.

– Je suppose que ça veut dire non, marmonna-t-il, avant d'ajouter en criant : C'est bon ! Vous avez gagné ! Je descends. Attendez-moi en bas.

Les ogres l'acclamèrent tous, sauf leur chef à la cape en peau de lion, dont la bouche se tordit en grimace de méfiance. Frank n'aurait pas beaucoup de temps. Il descendit au grenier. Ella n'y était plus, et il espéra que ce soit bon signe. Ils l'avaient peut-être emmenée à la Cadillac. Il attrapa un carquois de flèches qui portait l'étiquette PROJECTILES DIVERS, de l'écriture soignée de sa mère. Puis il se rua vers la mitrailleuse.

Il la fit pivoter, visa le chef des ogres et appuya sur la détente. Huit pommes de terre propulsées à la vitesse grand V heurtèrent l'ogre en pleine poitrine et le projetèrent en arrière avec une telle force qu'il s'écrasa contre une pile de boulets de canon, lesquels explosèrent aussitôt. Un cratère fumant s'ouvrit dans le sol.

Visiblement, les féculents étaient mauvais pour les Lestrygons.

Le reste des ogres couraient en tous sens, en proie à la panique, et Frank les cribla de flèches. Certaines explosaient à l'impact, d'autres éclataient comme de la chevrotine et laissaient sur la peau des géants de nouveaux tatouages douloureux. Une flèche toucha un ogre et le transforma instantanément en rosier en pot.

Malheureusement, les ogres se rétablirent rapidement. Et se mirent à lancer des boulets de canon, par dizaines. La maison tout entière gémit sous l'impact. Frank courut dans l'escalier. Derrière lui, le grenier s'effondra. Les flammes et la fumée emplirent le palier du premier étage.

– Grand-mère ! cria-t-il.

Mais la chaleur était si forte qu'il ne put atteindre sa chambre. Il fonça au rez-de-chaussée en s'accrochant à la rampe. La maison tremblait et le plafond s'écroulait par grands blocs.

Le pied de l'escalier n'était plus qu'un cratère fumant. Frank le franchit d'un bond et gagna la cuisine en titubant. Suffoquant à cause des cendres et de la suie, il déboula dans le garage. Les phares de la Cadillac étaient allumés. Le moteur tournait et la porte du garage était en train de s'ouvrir.

– Monte ! hurla Percy.

Frank se jeta sur la banquette arrière, à côté d'Hazel. Ella était recroquevillée sur le siège passager, à l'avant. La tête entre les ailes, elle bougonnait : « Berk. Berk-berk-berk. »

Percy fit ronfler le moteur. Ils sortirent en flèche du garage avant que la porte soit entièrement ouverte, découpant dans le bois un trou en forme de Cadillac.

Les ogres se précipitèrent pour leur barrer le chemin, mais Percy hurla à pleins poumons et le système d'arrosage automatique explosa. Une centaine de geysers fusèrent du sol, emportant avec eux des mottes de terre, des tuyaux et des têtes d'arrosage très lourdes.

La Cadillac roulait à soixante à l'heure quand elle percuta le premier ogre, qui se désintégra sous le choc. Le temps que les autres surmontent le mouvement de panique, l'auto avait déjà parcouru près d'un kilomètre. Des boulets de canon explosèrent derrière eux sur la route.

Frank tourna la tête et vit la demeure familiale en proie aux flammes, ses murs qui s'écroulaient, les tourbillons de fumée qui montaient vers le ciel. Il aperçut une grande tache noire – une buse, peut-être – qui s'éloignait de l'incendie en décrivant un cercle dans le ciel. Son imagination lui jouait peut-être un tour, mais Frank crut l'avoir vue sortir de la fenêtre du premier étage.

– Grand-mère ? murmura-t-il.

Si impossible que cela paraisse, elle avait juré qu'elle mourrait à sa façon, et non aux mains des ogres. Frank espérait qu'elle avait dit vrai.

Ils roulaient dans la forêt, vers le nord.

– À peu près cinq kilomètres, dit Frank. On ne peut pas le rater !

Derrière eux, de nouvelles explosions ravageaient les arbres et des champignons de fumée bourgeonnaient dans le ciel.

– Ça court vite, un Lestrygon ? demanda Hazel.

– Évitons de le vérifier, dit Percy.

Le portail de l'aérodrome se dessina devant eux, à quelques centaines de mètres à peine. Un avion privé était à l'arrêt sur la piste. La passerelle était sortie.

La Cadillac passa sur un nid-de-poule et décolla. Frank se cogna la tête au plafond. Quand les roues retouchèrent le sol, Percy enfonça la pédale de freins et ils s'arrêtèrent en dérapant juste passé le portail.

Frank sortit et arma son arc.

– Allez à l'avion, ils arrivent !

Les Lestrygons gagnaient du terrain à une vitesse alarmante. La première rangée d'ogres déboula de la forêt et fonça vers l'aérodrome – ils n'étaient plus qu'à cinq cents mètres, quatre cents mètres...

Percy et Hazel firent sortir Ella de la voiture sans trop de peine, mais dès qu'elle vit l'avion, la harpie se mit à crier.

– Nan-nan ! glapit-elle. Voler avec des ailes ! Pas d'avion !

– Tout ira bien, promit Hazel. On te protégera !

Ella poussa un gémissement terrible, comme si on la brûlait vive.

Percy jeta les bras au ciel, exaspéré.

– Qu'est-ce qu'on fait ? On peut pas la forcer !

– Non, acquiesça Frank.

Les ogres n'étaient plus qu'à trois cents mètres.

– Elle est trop précieuse pour qu'on la laisse, intervint Hazel, qui grimaça aussitôt en se rendant compte de ce qu'elle venait de dire. Par les dieux, excuse-moi, Ella. Je ne vaux pas mieux que Phinéas. Tu es un être vivant, pas un trésor.

– Pas d'avion, pas d'avion, répéta Ella, en proie à des palpitations.

Les ogres n'étaient plus qu'à un jet de pierre.

Les yeux de Percy s'allumèrent.

– J'ai une idée, dit-il. Ella, pourrais-tu te cacher dans la forêt ? Te mettre à l'abri des ogres ?

– Cacher. À l'abri, acquiesça-t-elle. Cacher c'est bien pour les harpies. Ella est rapide. Et petite.

– D'accord, dit Percy. Mais reste dans ce secteur. Je t'enverrai un ami qui viendra te chercher et te conduira au Camp Jupiter.

Frank encocha une flèche à son arc.

– Un ami ?

Percy lui fit un geste de la main qui signifiait : « Je t'expliquerai plus tard. »

– Ella, ça te conviendrait ? Tu aimerais que mon ami t'emmène au Camp Jupiter et te montre où nous vivons ?

– Camp, marmonna Ella qui passa alors au latin : « La fille de la sagesse marche seule, la marque d'Athéna brûle à travers Rome. »

– Euh, d'accord, fit Percy. Ça a l'air important, ça, mais on en parlera plus tard. Tu seras en sécurité au camp. Et tu auras à manger, plus tous les livres que tu veux.

– Pas d'avion, insista Ella.

– Pas d'avion, acquiesça Percy.

– Ella va se cacher maintenant.

Et, en un clin d'œil, la harpie disparut – une flèche rousse qui se perdit entre les arbres.

– Elle va me manquer, dit Hazel avec une pointe de tristesse dans la voix.

– On la reverra, assura Percy, qui fronçait les sourcils, comme si ce dernier fragment de prophétie – le vers sur Athéna – le troublait.

Une explosion envoya voltiger le portail de l'aérodrome.

Frank fourra la lettre de sa grand-mère dans la main de Percy.

– Montre ça au pilote ! Montre-lui aussi la lettre de Reyna ! Il faut décoller tout de suite.

Percy hocha la tête et partit en courant vers l'avion, avec Hazel.

Frank s'abrita derrière la Cadillac et se mit à tirer sur les ogres. Il repéra le groupe le plus nombreux et décocha une flèche en forme de tulipe. Comme il l'avait espéré, c'était une hydre. Des cordes se déployèrent, telles les tentacules d'une pieuvre, et toute la première rangée d'ogres s'étala dans la poussière du chemin.

Frank entendit les moteurs de l'avion tourner.

Il décocha trois autres flèches le plus vite possible, creusant d'énormes cratères dans les rangs des ogres. Les survivants n'étaient plus qu'à une centaine de mètres et les plus malins d'entre eux, comprenant qu'ils étaient assez près pour lancer leurs boulets, s'arrêtèrent en titubant.

– Frank ! hurla Hazel. Dépêche-toi !

Un boulet de canon enflammé vola vers lui en traçant un arc de cercle. Frank vit tout de suite qu'il allait s'abattre sur l'avion. Il encocha une flèche. *J'en suis capable*, pensa-t-il. Il tira. Son projectile intercepta le boulet de canon, qui explosa en plein vol. Deux autres boulets fusèrent. Frank s'élança vers l'avion à toutes jambes.

Derrière lui, le métal de la Cadillac, dévoré par les flammes, hurlait.

Il s'engouffra à l'intérieur de l'avion alors même que la passerelle commençait à remonter.

Le pilote avait clairement cerné la situation. Il n'y eut ni annonce de sécurité, ni demande d'autorisation de décoller, ni boisson de bienvenue à bord. Il accéléra et l'avion fonça le long de la piste. Une autre explosion fracassa le tarmac derrière eux, mais ils étaient déjà en l'air.

Frank baissa les yeux. La piste était couverte de trous de gruyère fumants. De grandes portions du parc naturel de Lynn Canyon étaient en feu. À quelques kilomètres au sud, un bûcher couronné de flammes et de fumée noire était tout ce qu'il restait de la maison de famille des Zhang.

Frank était loin d'être impressionnant. Il n'avait pas su sauver sa grand-mère. Il n'avait pas su activer ses pouvoirs. Il n'avait même pas sauvé leur amie harpie. Lorsque Vancouver disparut sous les nuages, Frank s'enfouit le visage dans les mains et se mit à pleurer.

L'avion vira sur la gauche.

La voix du pilote annonça au haut-parleur :

– *Senatus Populusque Romanus*, mes amis. Bienvenue à bord. Prochain arrêt : Anchorage, en Alaska.

37   PERCY

Avions ou cannibales ?

Pour Percy, il n'y avait pas photo : il aurait cent fois préféré faire tout le trajet au volant de la Cadillac de Mamie Zhang, poursuivi par des ogres lanceurs de boules de feu, plutôt qu'à bord d'un luxueux Gulfstream.

Il avait déjà volé. Les détails étaient flous, mais il se souvenait d'un pégase nommé Blackjack. Il avait même pris l'avion une fois ou deux. Mais un fils de Neptune (ou de Poséidon, peu importe) n'avait pas sa place dans le ciel. Chaque fois que l'avion entrait dans une zone de turbulence, le cœur de Percy s'emballait et il était persuadé que c'était Jupiter qui les ballottait.

Il essaya de concentrer son attention sur la conversation d'Hazel et de Frank. Hazel affirmait à Frank qu'il avait fait tout son possible pour sa grand-mère. Il les avait arrachés aux griffes des Lestrygons et fait sortir de Vancouver. Il avait montré un courage incroyable.

Frank baissait la tête comme s'il avait honte d'avoir pleuré, mais ce n'était pas Percy qui le lui reprocherait. Le pauvre venait de perdre sa grand-mère et de voir sa maison partir en flammes. Percy estimait que verser quelques larmes dans un cas pareil n'avait rien de dévalorisant pour un héros, surtout après avoir repoussé une armée d'ogres qui voulaient le manger en guise de petit déjeuner.

Il n'arrivait pas à se remettre du fait que Frank et lui avaient un lien de parenté lointain. Frank était son... quoi, au juste ? Son arrière-fois mille-petit-neveu ? Trop bizarre.

Frank refusa de dire précisément en quoi consistait son « don de famille » mais, pendant le vol, il leur raconta sa conversation de la veille avec Mars. Il expliqua la prophétie qu'avait énoncée Junon quand il était bébé – que sa vie serait liée à un tison, et dit qu'il avait confié ce tison à Hazel.

Percy avait déjà deviné certaines de ces choses. Il était évident que Frank et Hazel avaient vécu des expériences incroyables quand ils avaient partagé le trou noir, et qu'ils avaient passé un accord. Les paroles de Frank expliquaient pourquoi, encore maintenant, par habitude, ce dernier portait si souvent la main à la poche, et pourquoi la vue du feu le mettait dans un tel état. Mais Percy n'arrivait pas à imaginer la dose de courage qu'il avait fallu à Frank pour se lancer dans une quête en sachant qu'il suffisait d'une petite flamme pour mettre fin à sa vie.

– Frank, dit-il, je suis fier d'avoir un lien de parenté avec toi.

Les oreilles de Frank s'empourprèrent. Quand il avait la tête baissée, sa coupe de cheveux militaire dessinait une flèche pointue sur sa nuque.

– Junon a un plan pour nous, dit-il. Ça concerne la Prophétie des Sept.

– Ouais, grommela Percy. Je ne l'aimais déjà pas en Héra, elle ne me plaît pas davantage en Junon.

Hazel replia les jambes. Elle regardait Percy de ses yeux dorés et lumineux, et il se demanda comment elle faisait pour garder un tel calme. C'était la plus jeune du trio, mais elle les aidait à tenir et leur remontait constamment le moral. À présent, ils faisaient route vers l'Alaska, où elle était morte une première fois. Ils allaient tenter de libérer Thanatos, qui pourrait la remmener aux Enfers. Pourtant, elle n'exprimait aucune peur. Percy se sentit ridicule de craindre les turbulences.

– Tu es un fils de Poséidon, n'est-ce pas ? lui demanda-t-elle. Tu es un demi-dieu grec.

Percy porta la main au lacet en cuir autour de son cou.

– J'ai commencé à me souvenir de certaines choses à Portland, après avoir bu le sang de gorgone, dit-il. Depuis, la mémoire me revient lentement. Il existe un autre camp, il s'appelle la Colonie des Sang-Mêlé.

Rien que de prononcer le nom lui faisait chaud au cœur. Une vague de bons souvenirs afflua dans son esprit : l'odeur des champs de fraises en été, les feux d'artifice sur la plage le soir du 4 juillet, des satyres jouant de la flûte de Pan au feu de camp, un baiser au fond du lac de canoë-kayak.

Frank et Hazel le dévisageaient comme s'il s'était mis à parler une langue étrangère.

– Un autre camp, répéta Hazel. Un camp grec ? Par les dieux, si Octave l'apprenait...

– Il déclarerait la guerre, dit Frank. Il a toujours été convaincu que les Grecs existaient quelque part et qu'ils complotaient contre nous. Il prenait Percy pour un espion.

– C'est pour cela que Junon m'a envoyé, expliqua Percy. Euh, je veux dire, pas pour espionner... Je crois qu'il y a eu une sorte d'échange. J'ai l'impression que votre ami Jason a été envoyé à ma colonie. Dans mes rêves, j'ai vu un demi-dieu qui pourrait bien être lui. Il travaillait avec d'autres demi-dieux à ce navire de guerre volant. Je crois qu'ils vont aller à la rescousse du Camp Jupiter.

Frank tapota nerveusement le dossier de son siège.

– Mars a dit que Junon voulait unir les Grecs et les

Romains pour combattre Gaïa. Mais, bon sang ! L'hostilité entre Grecs et Romains, c'est quelque chose de fort.

Hazel soupira.

– C'est sans doute pour ça que les dieux nous séparent depuis si longtemps. Si un vaisseau de guerre grec apparaissait dans le ciel au-dessus du Camp Jupiter, et que Reyna ne sache pas qu'il vient dans de bonnes intentions...

– Ouais, renchérit Percy. Il faudra qu'on réfléchisse à la façon d'expliquer ça à notre retour.

– Si on rentre, lança Frank.

Percy hocha la tête avec une certaine réticence.

– Je veux dire, je vous fais confiance, les gars. J'espère que vous aussi, vous me faites confiance. Je me sens... en fait je me sens aussi proche de vous deux que de n'importe lequel de mes amis de la Colonie des Sang-Mêlé. Mais chez les autres demi-dieux, dans les deux camps, il va y avoir beaucoup de méfiance.

Hazel fit alors une chose à laquelle il ne s'attendait pas. Elle se pencha et l'embrassa sur la joue. C'était un baiser purement fraternel, mais elle souriait si affectueusement que Percy se sentit réchauffé jusqu'au bout des orteils.

– Bien sûr que nous te faisons confiance, dit-elle. Nous formons une famille, maintenant. Qu'est-ce que tu en penses, Frank ?

– Entièrement d'accord, répondit-il. J'ai droit à un bisou, moi aussi ?

Hazel rit, mais on sentait qu'elle était tendue.

– En tout cas, dit-elle, qu'est-ce qu'on fait, maintenant ?

Percy inspira à fond. Le temps leur glissait entre les doigts. Ils étaient presque à la mi-journée du 23 juin et le lendemain se tiendrait la Fête de la Fortune.

– Il faut que je contacte un ami pour tenir ma parole à Ella.

– Comment ? demanda Frank. Tu vas tenter un message-Iris ?

– Ça ne marche toujours pas, dit tristement Percy. J'ai essayé hier soir chez ta grand-mère, rien à faire. C'est peut-être parce que mes souvenirs sont encore embrouillés. Ou alors ce sont les dieux qui me refusent la connexion. J'espère arriver à contacter mon ami en rêve.

L'avion trembla sous une nouvelle secousse et Percy agrippa les accoudoirs. Sous eux, des sommets enneigés perçaient la couche de nuages.

– Je ne suis pas sûr que j'arriverai à m'endormir, dit Percy, mais il faut que j'essaie. On ne peut pas laisser Ella toute seule, avec ces ogres dans le secteur.

– Ouais, acquiesça Frank. Il nous reste encore plusieurs heures de vol. Prends le canapé, mec.

Percy fit oui de la tête. Il était heureux de savoir qu'Hazel et Frank veilleraient sur lui. Ce qu'il leur avait dit était vrai : il leur faisait confiance. Dans cette expérience étrange, cruelle et terrifiante de la perte de sa mémoire et de son ancienne vie, Hazel et Frank étaient deux points d'appui et d'espoir.

Il s'étira, ferma les yeux et rêva qu'il dégringolait du haut d'une montagne de glace, vers une mer froide.

Le rêve changea. Il était de retour à Vancouver, devant les ruines de la maison des Zhang. Les Lestrygons étaient partis. La demeure familiale n'était plus qu'une carcasse calcinée. Des pompiers rangeaient leur matériel, s'apprêtant à partir. La pelouse, ravinée par les tranchées creusées par l'explosion des tuyaux du système d'arrosage, criblée de cratères encore fumants, avait tout d'une zone de guerre.

À la lisière de la forêt, un chien noir géant, aux longs poils hirsutes, reniflait les arbres un à un. Les pompiers l'ignoraient complètement.

Un Cyclope affublé d'un jean immense, de bottes et d'une chemise large comme une tente était accroupi près d'un des cratères. Ses cheveux en bataille étaient mouillés et pleins de boue. Lorsqu'il leva la tête, Percy vit que son grand œil marron était rougi par les larmes.

– Si près, gémit-il. Si près, mais parti !

La tristesse et l'inquiétude que Percy entendait dans la voix du grand lascar lui fendaient le cœur, mais il savait qu'ils disposeraient seulement de quelques secondes pour parler. Déjà, les contours de la vision s'émoussaient. Si l'Alaska était le pays d'au-delà des dieux, Percy supposait que plus il montait vers le nord, plus la communication serait difficile à établir avec ses amis, même en rêve.

– Tyson ! appela-t-il.

Le Cyclope se mit à chercher autour de lui frénétiquement.

– Percy ? Grand frère ?

– Tyson, je vais bien. Je suis là, mais pas pour de vrai.

Tyson refermait les mains sur l'air comme pour attraper des papillons.

– Te vois pas ! Où est mon frère ?

– Tyson, je suis dans un avion pour l'Alaska. Je vais bien. Je vais rentrer. Il faut que tu cherches Ella. C'est une harpie aux plumes rousses. Elle se cache dans les bois, autour de la maison.

– Chercher une harpie ? Une harpie rousse ?

– Oui ! Protège-la, d'accord ? C'est mon amie. Ramène-la en Californie. Il y a un camp de demi-dieux dans les collines d'Oakland, le Camp Jupiter. Attends-moi au-dessus du tunnel Caldecott.

– Collines d'Oakland, Californie, tunnel Caldecott... – Il se tourna vers le chien et cria : Kitty O'Leary ! Faut qu'on trouve une harpie !

– OUAH !! fit le chien.

Le visage de Tyson commençait à se flouter.

– Mon frère va bien ? Mon frère revient ? Tu me manques !

– Toi aussi, tu me manques, répondit Percy, en s'efforçant de garder la voix ferme. On va se voir bientôt. Sois prudent, hein ? Il y a un géant qui avance avec son armée vers le Sud. Dis à Annabeth...

Le rêve bascula.

Percy était debout dans les collines situées au nord du Camp Jupiter, dominant le Champ de Mars et la Nouvelle-Rome. À la forteresse de la légion, des cors retentissaient. Les soldats romains accouraient pour la revue des troupes.

L'armée du géant était déployée à la gauche et à la droite de Percy : les centaures à cornes de taureaux, les Gégénéis à six bras et les Cyclopes pervertis en armure de ferraille. La tour de siège des Cyclopes projetait une ombre sur les pieds du géant Polybotès, lequel regardait le camp romain en souriant. Il se mit à arpenter la colline avec impatience ; des serpents tombaient de ses dreadlocks vert d'eau, tandis qu'il écrasait des arbrisseaux sous ses pattes de dragon. Les visages de monstres affamés qui ornaient son armure bleutée semblaient cligner de l'œil dans la pénombre.

– Oui, gloussa-t-il en plantant son trident dans le sol. Sonnez vos petits cors, Romains. Je viens vous décimer ! Sthéno !

La gorgone surgit précipitamment des taillis. Sa chevelure de vipères et son gilet, vert fluo tous les deux, juraient avec la gamme de couleurs pastel du géant.

– Oui, maître ! Voulez-vous un Chiot-en-Chausson ? offrit-elle en tendant un plateau de dégustation gratuite.

– Hum, fit Polybotès, quelle race de chiots ?

– Ah, ce ne sont pas de vrais chiots. Ce sont des mini-hot-dogs présentés dans un feuilleté, mais ils sont en promo cette semaine...

– Laisse tomber ! Nos troupes sont-elles prêtes à donner l'assaut ?

– Oh... (Sthéno recula brusquement pour ne pas se faire écraser par le pied du géant.) Presque, grand maître. Mo Joindculass et la moitié de ses Cyclopes se sont arrêtés à Napa. Une histoire de tournée des vignobles, je crois. Ils ont promis de rentrer pour demain soir.

– Quoi ? (Le géant regarda autour de lui, semblant remarquer pour la première fois qu'il manquait une grande partie de son armée.) Grrr ! Cette Cyclope va me donner un ulcère. Une tournée des vignobles ?!

– Je crois que ça s'accompagne d'une dégustation gratuite de fromage et de crackers, ajouta Sthéno avec bonne volonté. Mais les promos de Bargain Mart sont bien plus intéressantes.

Polybotès arracha un chêne et le jeta dans la vallée.

– Ces Cyclopes ! Je vais te dire un truc, Sthéno. Lorsque j'aurai vaincu Neptune et que je régnerai sur les océans, on renégociera le contrat des Cyclopes. Cette Mo Joindculass apprendra à se tenir ! Bon, et quelles nouvelles du Nord ?

– Les demi-dieux sont en route pour l'Alaska. Ils vont droit à leur mort. Mort avec un « m » minuscule, je veux dire. Pas notre prisonnier, la Mort. Même si je crois qu'ils vont la trouver elle aussi.

Polybotès grogna.

– Alcyonée a intérêt à épargner le fils de Neptune comme il me l'a promis. Je le veux enchaîné à mes pieds, celui-là, pour le tuer au moment voulu. Son sang rincera les pierres du mont Olympe et éveillera la Terre Nourricière ! Quelles nouvelles des Amazones ?

– Aucune, dit Sthéno. Nous ne savons pas encore qui a remporté le duel d'hier soir, mais ce n'est qu'une question de temps, de toute façon. Otrera va venir à notre rescousse dès qu'elle aura triomphé.

– Hum. (Polybotès arracha distraitement quelques vipères de sa chevelure.) On ferait peut-être aussi bien d'attendre, alors. Demain au coucher du soleil, c'est la Fête de la Fortune. À ce moment-là, avec ou sans les Amazones, il faudra envahir le camp. D'ici là, à vos pelles ! On va établir notre camp ici, en hauteur.

– Oui, grand maître ! répondit Sthéno, qui lança à l'attention des troupes : Chiots-en-Chausson pour tout le monde !

Une clameur monta des rangs des monstres.

Polybotès balaya de ses mains ouvertes le panorama de la vallée.

– Ouais, sonnez donc vos petits cors, demi-dieux. Bientôt, l'héritage de Rome sera détruit une bonne fois pour toutes !

Le rêve s'estompa, et Percy se réveilla en sursaut.

L'avion amorçait sa descente.

Hazel lui posa la main sur l'épaule.

– Bien dormi ?

Percy se redressa, encore cotonneux.

– J'ai dormi longtemps ?

Frank, debout dans le couloir, emballait sa lance et son nouvel arc dans son sac de ski.

– Quelques heures, répondit-il. On est presque arrivés.

Percy regarda par le hublot. La mer formait une crique scintillante qui s'enfonçait entre des montagnes enneigées. Au loin, une ville se dressait en pleine nature sauvage, entourée d'un côté de forêts luxuriantes, de l'autre de plages noires et glacées.

– Bienvenue en Alaska, dit Hazel. Nous sommes hors de la sphère d'influence des dieux.

38 PERCY

Le pilote leur dit que l'avion ne pouvait pas les attendre, mais Percy n'en fut pas fâché. S'ils survivaient jusqu'au lendemain, il espérait qu'ils trouveraient un autre moyen de transport pour le retour – n'importe quoi, sauf l'avion.

Il aurait dû être abattu. Il était coincé en Alaska, territoire du géant, et dans l'impossibilité de communiquer avec ses anciens amis alors même que la mémoire lui revenait. Il avait vu une image de l'armée de Polybotès s'apprêtant à envahir le Camp Jupiter. Il avait appris que les géants comptaient se servir de lui pour un sacrifice sanguinaire destiné à éveiller Gaïa. En plus, le lendemain, c'était la Fête de la Fortune. Frank, Hazel et lui avaient une mission impossible à accomplir d'ici là. Au mieux, ils libéreraient la Mort, ce qui pourrait avoir comme conséquence le départ des deux amis de Percy aux Enfers. Les perspectives étaient sombres, en somme.

Pourtant, étrangement, Percy se sentait vivifié. Rêver de Tyson lui avait boosté le moral. Il se souvenait de Tyson, son frère. Ils avaient combattu côte à côte, célébré des victoires, partagé de bons moment à la Colonie des Sang-Mêlé. Il se souvenait de là d'où il venait, et cela renforçait sa détermination. Il se battait pour deux camps, à présent – pour ses deux familles.

Ce n'était pas sans raison que Junon l'avait privé de sa mémoire et envoyé au Camp Jupiter. Il le comprenait, à présent. Il aurait toujours aimé envoyer son poing dans sa figure divine, mais au moins saisissait-il maintenant son raisonnement. Si les deux camps arrivaient à travailler ensemble, ils avaient une chance de triompher de leurs ennemis communs. Séparément, ils étaient tous les deux condamnés.

Percy avait d'autres raisons de souhaiter sauver le Camp Jupiter. Des raisons qu'il n'osait pas exprimer en mots – pas tout de suite, en tout cas. Il entrevoyait soudain un avenir pour Annabeth et lui, qu'il n'aurait jamais imaginé avant.

Dans le taxi qui les conduisait au centre-ville d'Anchorage, Percy raconta ses rêves à Hazel et à Frank. Quand il leur parla de l'armée du géant qui s'apprêtait à fondre sur le camp, ils en furent inquiets, mais pas étonnés.

En revanche, Frank faillit s'étrangler quand Percy évoqua Tyson.

– Tu as un demi-frère qui est un Cyclope ?

– Oui, confirma Percy. Ce qui en fait ton arrière-arrière-arrière...

– S'il te plaît... (Frank se couvrit les oreilles.) Ne m'en dis pas plus.

– L'important, intervint Hazel, c'est qu'il emmène Ella au camp. Je me fais du souci pour elle.

Percy hocha la tête. Il pensait toujours aux vers de la prophétie qu'avait récités la harpie – sur le fils de Neptune qui se noierait, et la marque d'Athéna qui brûlerait à travers Rome.

Il n'arrivait pas à interpréter la première partie, en revanche il avait un début d'idée pour la deuxième. Il s'efforça de chasser la question de son esprit. La priorité, c'était de survivre à cette quête-ci.

Le taxi tourna dans Highway One – qui ressemblait plus à une petite rue qu'à une autoroute, trouva Percy – et prit la direction du nord pour rejoindre le centre-ville. C'était la fin de l'après-midi, mais le soleil était encore haut dans le ciel.

– C'est fou ce que la ville a grandi, murmura Hazel.

Le chauffeur de taxi sourit en regardant dans le rétroviseur.

– Ça fait longtemps que vous n'étiez pas venue, mademoiselle ?

– Environ soixante-dix ans, dit Hazel.

Sans un mot, le chauffeur ferma la vitre qui le séparait de l'arrière de la voiture.

Selon Hazel, pratiquement tous les bâtiments avaient changé, mais elle montra du doigt certains éléments du paysage : les grandes forêts qui encerclaient l'agglomération, les eaux froides et grises de l'anse de Cook qui bordait le nord de la ville, et les monts Chugach, qui dressaient en arrière-plan leurs flancs gris bleuté, couronnés de neige même au mois de juin.

De sa vie, Percy n'avait respiré un air aussi pur. La ville elle-même semblait souffrir des intempéries, à en juger par les nombreux magasins fermés, les voitures rouillées et les immenses immeubles d'habitation aux façades usées qui bordaient la route, mais elle conservait une grande beauté. Des lacs et des bosquets en traversaient le centre. Le ciel arctique était un étonnant panaché d'or et de turquoise.

Et puis il y avait les géants. Des dizaines d'hommes bleu vif, huit à neuf mètres de haut et les cheveux gris et givrés, arpentaient les forêts, pêchaient dans la baie, parcouraient les montagnes à grandes enjambées. Les mortels n'avaient pas l'air de les voir. Le taxi passa à quelques mètres de l'un d'eux, qui se lavait les pieds au bord d'un lac, mais le chauffeur ne paniqua pas.

413

– Euh..., fit Frank en montrant l'homme bleu du doigt.

– Des Hyperboréens, dit Percy, étonné lui-même de se souvenir du nom. Des géants du Nord. J'en ai combattu quelques-uns quand Cronos a envahi Manhattan.

– Une seconde, intervint Frank. Qui a fait quoi ?

– C'est une longue histoire. Mais ceux-là... je sais pas, ils ont l'air pacifiques, non ?

– Ils le sont, en général, acquiesça Hazel. Je me souviens d'eux. Il y en a partout, en Alaska. C'est comme les ours.

– Les ours ? demanda Frank avec une pointe d'inquiétude.

– Les géants sont invisibles pour les mortels, reprit Hazel. Ils ne m'ont jamais embêtée, sauf un qui a failli me marcher dessus par erreur, un jour.

Percy trouvait ça plutôt embêtant, mais le chauffeur de taxi continua sa route comme si de rien n'était. Les géants ne leur accordaient aucune attention. Il y en avait un qui se tenait pile au croisement de la Northern Lights Road, enjambant l'autoroute, et ils passèrent entre ses jambes. L'Hyperboréen berçait dans ses bras un totem indien enveloppé de fourrures, en chantonnant comme à un bébé. S'il ne faisait pas la taille d'un immeuble, le géant aurait été presque attendrissant.

Le taxi traversa le centre-ville en passant devant des boutiques à touristes qui vendaient des fourrures, de l'artisanat amérindien et de l'or. Percy espéra qu'Hazel n'allait pas s'agiter et faire exploser les bijouteries.

Au moment où le chauffeur tournait pour prendre la direction du front de mer, Hazel tapa au carreau.

– Vous pouvez nous arrêter ici, s'il vous plaît ?

Ils payèrent la course et descendirent. Ils étaient à Fourth Street. Comparé à Vancouver, le centre-ville d'Anchorage était minuscule, plus comparable à un campus universitaire qu'à une ville, pourtant Hazel parut stupéfaite.

– C'est devenu immense ! dit-elle. Là, il y avait l'hôtel Gitchell. Ma mère et moi y avions passé notre première semaine en Alaska. Ils ont déplacé la mairie. Avant, elle était là.

Elle les guida sur quelques rues, visiblement stupéfaite. Ils n'avaient pas de plan à proprement parler, à part trouver le moyen le plus rapide d'aller au glacier Hubbard, mais Percy sentit soudain une odeur de cuisine – saucisses grillées, peut-être ? Et il se rappela qu'il n'avait rien mangé depuis le matin, chez Mamie Zhang.

– Ça sent la bouffe, dit-il. Venez.

Ils trouvèrent un café qui donnait sur la plage. Il était bondé, mais ils se dégotèrent une table à la fenêtre et regardèrent les menus.

Frank poussa un cri de joie.

– Petit déjeuner vingt-quatre heures sur vingt-quatre !

– C'est plutôt l'heure du dîner, remarqua Percy, même si à regarder dehors, c'eut été impossible à dire : le soleil était si haut qu'il aurait pu être midi.

– J'adore le petit-déj', dit Frank. Si je pouvais, je ferais petit-déj', petit-déj' et petit-déj'. Même si je ne suis pas sûr qu'ils cuisinent aussi bien qu'Hazel, ici.

Hazel lui donna un coup de coude mais sourit, l'air amusée.

Cela fit plaisir à Percy de les voir comme ça. Ces deux-là étaient faits l'un pour l'autre, il n'y avait pas photo. Mais il sentit aussi une pointe de tristesse. Il pensa à Annabeth et se demanda s'il vivrait assez longtemps pour la revoir.

Sois positif, se rabroua-t-il.

– T'as raison, dit-il, un petit-déj', c'est une trop bonne idée.

Ils commandèrent tous d'immenses assiettes d'œufs, de crêpes et de saucisses de renne. Frank émit des scrupules sur ces dernières.

– Ça vous pose pas problème de manger des saucisses de Rodolphe le renne ?

– Je vais te dire un truc, mec, fit Percy. Je mangerais Rodolphe, Furie, Éclair et tous les rennes du Père Noël sans aucun état d'âme. J'ai la dalle !

Tout était excellent. Percy n'avait jamais vu personne engloutir aussi vite que Frank. Le renne au nez rouge n'avait aucune chance.

Tout en mangeant des pancakes aux myrtilles, Hazel traça sur sa serviette une courbe sinueuse et un X.

– Voilà ce que je pense, dit-elle. On est là. (Elle indiqua le X.) Anchorage.

– On dirait une tête de mouette, commenta Percy. Et on est l'œil.

– Percy, c'est une carte, dit Hazel, l'air sévère. Anchorage est en haut de cette langue d'océan qui entre dans les terres, l'anse de Cook. Il y a une grande péninsule en dessous de nous et mon ancienne ville, Seward, est au bas de la péninsule, là. (Elle traça une autre croix au niveau de la gorge de la mouette.) C'est la ville la plus proche du glacier Hubbard. Je suppose qu'on pourrait y aller par la mer, mais ça prendrait des éternités. On n'a pas le temps.

Frank fit un sort à sa dernière bouchée de Rodolphe.

– Mais voyager par voie de terre est dangereux, dit-il. La terre, c'est Gaïa.

Hazel hocha la tête.

– Oui, mais je crois qu'on a pas trop le choix. On aurait pu demander à notre pilote de nous y emmener, encore que son avion est peut-être trop gros pour le petit aérodrome de Seward. Et si nous affrétions un autre avion...

– Pitié, plus d'avion, plaida Percy.

Hazel leva la main pour calmer le jeu.

– C'est bon. Il y a une liaison ferroviaire entre ici et Seward. On devrait pouvoir prendre un train ce soir. Il n'y en a que pour deux heures.

Elle traça une ligne en pointillés entre les deux X.

– Tu viens de décapiter la mouette, observa Percy.

Hazel soupira.

– C'est la voie ferrée, banane. Écoutez, à partir de Seward, le Hubbard est quelque part par là. (Elle tapota le coin droit de la serviette du bout de son crayon.) C'est là que se trouve Alcyonée.

– Mais tu ne sais pas à quelle distance ? demanda Frank.

Hazel secoua la tête, sourcils froncés.

– Non, mais je suis pratiquement sûre que c'est accessible par avion ou par bateau.

– Bateau, dit immédiatement Percy.

– D'accord, dit Hazel. Ça ne devrait pas être très loin de Seward. En admettant qu'on arrive à Seward sans problème.

Percy regarda par la fenêtre. Tant à faire, et seulement vingt-quatre heures devant eux. Demain à la même heure, commencerait la Fête de la Fortune. S'ils n'avaient pas libéré la Nouvelle-Rome et regagné le camp, l'armée du géant déferlerait dans la vallée. Les Romains serviraient de plat principal au festin des monstres.

De l'autre côté de la rue, une plage de sable noir et gelé menait à la mer, lisse comme une plaque d'acier. Ici, l'océan dégageait des vibrations différentes : toujours puissantes, mais lentes, glaciales et primitives. Aucun dieu ne contrôlait ces eaux, du moins aucun dieu que connaisse Percy. Neptune ne serait pas en mesure de le protéger. Percy se demanda s'il pourrait manipuler les courants, ici, ou même respirer sous l'eau.

Un Hyperboréen traversa la rue à pas lourds. Personne, dans le café, ne le remarqua. Le géant s'avança dans la baie en faisant craquer la glace sous ses sandales et il plongea les mains dans l'eau. Il les ressortit en tenant une orque dans son poing. Ce ne devait pas être ce qu'il voulait, car il rejeta l'orque à l'eau et continua de patauger.

– Excellent, ce petit-déj', conclut Frank. On se le fait, ce tour en train ?

La gare n'était pas loin. Ils arrivèrent juste à temps pour acheter des billets pour le dernier train en partance vers le sud. Quand ses amis montèrent dans le wagon, Percy dit : « Je reviens dans une seconde », et repartit à la gare en courant.

Il fit de la monnaie à la boutique de souvenirs et se planta devant le téléphone à pièces.

Percy ne s'était jamais servi d'un téléphone à pièces. Pour lui, c'était une antiquité, au même titre que la platine stéréo de sa mère ou les cassettes de Frank Sinatra de son prof, Chiron. Il ne savait pas combien de pièces il devait insérer, ni même s'il saurait obtenir la communication, en admettant qu'il se souvienne du numéro.

Sally Jackson.

C'était le nom de sa mère. Et il avait un beau-père... Paul.

Que croyaient-ils qu'il soit arrivé à Percy ? Peut-être avaient-ils déjà fait dire une messe en son souvenir. Si ses calculs étaient bons, il avait perdu sept mois de sa vie. D'accord, pour la plus grande partie c'était pendant l'année scolaire, il n'empêche... Ce n'était franchement pas cool.

Il décrocha le combiné et composa un numéro à New York – celui de sa mère.

Le répondeur. Il aurait dû s'en douter. Il devait être autour de minuit à New York. Ils ne reconnaîtraient pas ce numéro. Lorsqu'il entendit la voix de Paul prononcer l'annonce, ce fut un tel coup au ventre pour Percy qu'il dut faire un effort pour parler.

– Maman, dit-il. Salut. Je suis en vie. Héra m'a fait dormir un moment, et puis elle m'a retiré la mémoire et... (Sa voix se brisa. Comment pouvait-il expliquer tout ça ?) Écoute, je vais bien. Je suis désolé. Je suis sur une quête... (Il tiqua. Il n'aurait pas dû dire ça. Sa mère savait bien à quoi ressemblaient les quêtes ; elle allait s'inquiéter, maintenant.) Je rentrerai à la maison. Je te le promets. Je t'embrasse.

Il raccrocha. Et resta à regarder le téléphone, en espérant qu'il sonne. Le train siffla.

– Tous à bord ! cria le chef de train.

Percy courut et sauta dans le wagon à l'instant où ils remontaient les marches, puis il grimpa à l'impériale et se glissa dans son fauteuil.

– Ça va ? lui demanda Hazel en fronçant les sourcils.

– Ouais, dit-il, essoufflé. J'ai juste... passé un coup de fil.

Hazel et Frank parurent comprendre. Ils ne posèrent pas de questions.

Le train longea bientôt la côte en direction du sud, et ils regardèrent le paysage défiler. Percy tenta de se concentrer sur la quête, mais pour un jeune qui souffrait de troubles de l'attention comme lui, le train n'était pas l'endroit idéal pour réfléchir.

Il y avait plein de trucs sympas à voir dehors. Des aigles d'Amérique sillonnaient le ciel. Le train fonçait sur des ponts et au bord de falaises d'où des chutes d'eau glacée s'abattaient sur des centaines de mètres. Ils longèrent des forêts ensevelies sous la neige, passèrent devant de gros canons d'artillerie (pour déclencher les petites avalanches et maîtriser les plus grosses, expliqua Hazel), et des lacs si clairs que les montagnes s'y reflétaient, offrant une vision du monde à l'envers.

Des ours bruns parcouraient les prairies à pas lourds. Les Hyperboréens apparaissaient aux endroits les plus inattendus.

L'un d'eux se prélassait dans un lac comme dans un bain chaud. Un autre se curait les dents avec un sapin. Un troisième, assis dans une congère, jouait avec deux orignaux comme si c'était des figurines. Le train était plein de touristes qui s'extasiaient et prenaient des photos avec des « Oh ! » et des « Ah ! » mais Percy regrettait pour eux qu'ils ne puissent pas voir les Hyperboréens. Ils rataient les meilleurs clichés.

Frank, quant à lui, étudiait une carte de l'Alaska qu'il avait trouvée dans la pochette du siège. Il repéra le Hubbard, qui avait l'air terriblement loin de Seward. Concentré, les sourcils froncés, il passait sans arrêt le doigt le long du tracé de la côte.

– À quoi tu penses ? lui demanda Percy.

– Juste des hypothèses.

Percy ne comprit pas, mais il lâcha l'affaire.

Au bout d'une heure, il commença à se détendre. Ils prirent du chocolat chaud au wagon-restaurant. Les sièges étaient chauds et confortables, et Percy envisagea de piquer un petit somme.

Alors une ombre passa au-dessus d'eux. Les touristes poussèrent des murmures excités et firent crépiter leurs appareils.

– Un aigle ! cria l'un d'eux.

– Un aigle ? demanda un autre.

– Un aigle immense ! dit une troisième personne.

– Ce n'est pas un aigle, dit Frank.

Percy leva la tête juste à temps pour voir la créature effectuer son deuxième passage. Elle était bien plus grande qu'un aigle, effectivement ; rien que son corps, noir et brillant, faisait la taille d'un labrador. Quant à l'envergure de ses ailes, elle devait atteindre trois mètres.

– Il y en a un autre là-bas ! ajouta Frank en pointant du doigt. Non, deux autres. Trois. Quatre en tout. Ça craint, les gars.

Les bêtes ailées décrivaient des cercles autour du train comme des vautours, à la plus grande joie des touristes. Percy, lui, n'était pas ravi. Les monstres avaient des yeux rouges luisants, des becs pointus, de méchantes griffes.

Percy attrapa son stylo dans sa poche.

– Ces créatures me rappellent quelque chose, murmura-t-il.

– Seattle, dit Hazel. Les Amazones en avaient un dans une cage. Ce sont des...

À ce moment-là, plusieurs choses se produisirent simultanément. Le conducteur du train tira sur le frein à main, causant une secousse brutale. Les touristes qui étaient debout dans l'allée centrale tombèrent en criant. Les monstres fondirent et fracassèrent le toit de verre du wagon, et le train dérailla.

39 PERCY

Percy entra en apesanteur.

Sa vue se brouilla. Des serres l'empoignèrent par les bras et le hissèrent en l'air. En bas, les roues du train grincèrent et le métal se froissa. Des vitres volèrent en éclats. Les passagers hurlaient.

Lorsqu'il recouvra la vision, Percy put examiner la bête qui l'emportait dans le ciel. Elle avait un corps de panthère noire, agile et féline, et des ailes et une tête d'aigle. Des yeux rougeoyants.

Percy gigota. Les serres avant du monstre entouraient ses bras comme des liens d'acier. Il ne pouvait ni se dégager ni attraper son épée. Ils s'élevaient de plus en plus, fouettés par un vent froid. Percy n'avait pas la moindre idée de leur destination, mais il était presque sûr que ça ne lui plairait pas.

Il hurla – essentiellement par impuissance. Alors quelque chose siffla à son oreille. Une flèche se ficha dans le cou du monstre. Avec un hurlement, ce dernier lâcha prise.

Percy tomba, dégringola entre les branches et s'écrasa sur une congère. Avec un grognement, il leva les yeux vers un grand pin qu'il venait de déchiqueter dans sa chute.

Il se releva. Rien de cassé, apparemment. Frank était debout à sa gauche, armé de son arc, et dégommait les créatures le plus vite qu'il pouvait. Hazel était derrière lui et repoussait à coups d'épée les monstres qui approchaient, mais ils étaient trop nombreux à se refermer sur eux – au moins une douzaine.

Percy dégaina Turbulence. Il trancha l'aile d'un monstre et l'envoya dans un arbre, puis en pourfendit un autre qui se réduisit en poussière. Mais ceux qui avaient été vaincus commençaient immédiatement à se reformer.

– C'est quoi, ces bestioles ? cria-t-il.

– Des griffons ! répondit Hazel. Il faut qu'on les éloigne du train !

Percy vit ce qu'elle voulait dire. Le train s'était renversé et le toit des wagons avait volé en éclats. Des touristes allaient et venaient près de la voie, en état de choc. Personne n'avait l'air grièvement blessé, mais les griffons piquaient sur tout ce qui bougeait. Un guerrier gris en treillis, au corps luminescent, était le seul barrage entre eux et les mortels – le *spartus* de Frank.

D'un coup d'œil, Percy remarqua que Frank n'avait plus son javelot.

– C'était ton dernier assaut ?

– Ouais. (Frank abattit un griffon de plus.) Il fallait bien que j'aide les mortels. La lance s'est désintégrée.

Percy hocha la tête. Il était en partie soulagé, car il n'avait jamais aimé le guerrier-squelette, et en partie déçu, car ça leur faisait une arme en moins. Mais il approuvait Frank. Il avait fait ce qu'il fallait.

– Déplaçons le combat ! dit Percy. Éloignons-les de la voie ferrée !

Ils titubèrent dans la neige, tout en frappant et taillant en pièces des griffons qui renaissaient de leur propre poussière chaque fois qu'ils les tuaient.

Percy n'avait aucune expérience des griffons. Il les avait toujours imaginés comme de nobles animaux, du genre lion ailé, mais ces bêtes-là lui faisaient plus penser à de féroces chasseurs en meute – des hyènes volantes.

À une cinquantaine de mètres des rails, les arbres cédaient la place à une étendue marécageuse. Le sol était froid et spongieux, et Percy avait l'impression de courir sur du plastique à bulles. Frank n'avait presque plus de flèches. Hazel respirait avec effort. Quant à Percy, ses coups d'épée commençaient à mollir. Il se rendit compte que s'ils étaient encore en vie, c'était parce que les griffons n'essayaient pas de les tuer. Ce qu'ils voulaient, c'était les happer et les emporter quelque part.

À leurs nids, peut-être, pensa Percy.

À ce moment-là, il buta sur quelque chose, dans les hautes herbes : un anneau de ferraille de la taille d'une roue de tracteur. C'était un immense nid d'oiseau – un nid de griffon. Il contenait de vieux bijoux, une dague en or impérial, une plaque de centurion cabossée et deux œufs gros comme des citrouilles qui avaient l'air en or véritable.

Percy sauta dans le nid. Il appuya la pointe de son épée sur un des œufs.

– Reculez, dit-il, ou je le casse !

Les griffons poussèrent des cris rageurs. Ils encerclèrent le nid en claquant du bec, mais n'attaquèrent pas. Hazel et Frank se postèrent près de Percy, dos à dos, l'arme à la main.

– Les griffons collectionnent l'or, expliqua Hazel. Ils adorent ça. Regardez, il y a d'autres nids là-bas.

Frank encocha sa dernière flèche.

– Mais si leurs nids sont là, dit-il, où voulaient-ils emmener Percy ? Celui qui l'a enlevé avait l'air d'avoir une destination bien précise.

Percy sentait encore sur ses bras les serres du griffon.

– Chez Alcyonée, devina-t-il. Peut-être qu'ils travaillent pour lui. Est-ce qu'ils sont assez intelligents pour obéir à des ordres ?

– Je ne sais pas, dit Hazel. Je n'ai jamais eu affaire à eux quand je vivais ici. Ce que je vous raconte, c'est ce que j'ai lu sur eux au camp.

– Leurs points faibles ? demanda Frank. Dis-moi qu'ils ont des points faibles.

Hazel grimaça.

– Les chevaux. Ils détestent les chevaux. Ce sont des ennemis naturels, je crois. Dommage qu'Arion ne soit pas là !

Les griffons hurlèrent. Ils se mirent à tournoyer autour du nid, les yeux rougeoyant de plus belle.

– Les gars, dit Frank d'une voix tendue. Je vois des reliques d'une légion dans ce nid.

– Je sais, répondit Percy.

– Ça veut dire que d'autres demi-dieux sont morts ici, ou...

– Frank, ça va aller, affirma Percy.

Un des griffons fondit vers eux. Percy leva son épée, prêt à briser l'œuf. Le monstre changea de cap, mais les autres griffons perdaient patience. Percy n'allait plus pouvoir les tenir à distance très longtemps.

Il jeta un coup d'œil vers les champs, tentant désespérément d'imaginer un plan. À quatre cents mètres environ, un Hyperboréen était assis dans la tourbière et se nettoyait entre les doigts de pied avec un tronc d'arbre cassé.

– J'ai une idée, dit Percy. Hazel, tu crois que tu pourrais te servir de tout cet or dans les nids pour créer une diversion ?

– Mouais, je crois.

– Juste de quoi nous donner une longueur d'avance. Et quand je dis « Go ! », on court tous vers ce géant.

Frank le regarda avec de grands yeux.

– Tu veux qu'on coure vers un géant ?

– Faites-moi confiance, dit Percy. Vous êtes prêts ? Go !

Hazel jeta la main en l'air. D'une douzaine de nids répartis dans le marais jaillirent des objets en or – des bijoux, des armes, des pièces de monnaie, des pépites et, le plus précieux de tout, des œufs de griffon. Les monstres hurlèrent et foncèrent à tire-d'aile vers leurs œufs pour les sauver.

Percy et ses amis partirent en courant. Sous leurs pieds, la vase gelée craquait et cédait. Percy mit la gomme, mais il entendait les griffons gagner du terrain derrière eux, et ils étaient vraiment en colère, maintenant.

Le géant n'avait encore rien remarqué. Il était absorbé par l'examen de ses orteils, le visage somnolent et placide, les moustaches blanches luisantes de cristaux de glace. Il portait autour du cou un collier orné des objets les plus divers : poubelles, portières de voiture, bois d'orignal, matériel de camping, et même une cuvette de WC. Apparemment, il avait nettoyé la forêt de ses détritus.

Percy regrettait de déranger le géant, d'autant plus qu'ils allaient devoir se réfugier sous ses cuisses, mais ils n'avaient pas le choix.

– Plongez ! dit-il à ses amis. Glissez-vous en dessous.

Ils se faufilèrent entre les immenses jambes bleues et s'aplatirent dans la boue, en rampant le plus près possible du pagne du géant. Percy s'efforçait de respirer par la bouche, mais la cachette n'était pas des plus agréables.

– C'est quoi ton plan ? râla Frank. Se faire écraser par un cul bleu ?

– Couchez-vous et ne bougez que si vous êtes obligés, dit Percy.

Les griffons arrivèrent dans une déferlante furieuse de becs et de griffes ; ils encerclèrent le géant et tentèrent de se glisser sous ses jambes.

Le géant émit un grognement de surprise. Il remua. Percy dut rouler sur lui-même pour ne pas se faire écraser par son énorme postérieur poilu. L'Hyperboréen gronda plus fort, un peu agacé. Il fit un geste pour éloigner les griffons mais ces derniers, hurlant de plus belle, se mirent à lui cribler les jambes et les mains de coups de bec.

– Reuh ? tonna le géant. Reuh !

Il inspira à fond puis souffla une vague d'air froid. Même protégé par les jambes du géant, Percy sentit que la température chutait brusquement. Les cris des griffons cessèrent d'un coup, remplacés par le *boum-boum-boum* de leurs corps lourds tombant au sol.

– Venez, dit Percy à ses amis. Faites attention.

Ils s'extirpèrent de leur cachette. Tout autour d'eux, les arbres étaient pris dans le givre. Une grande partie du marécage était recouverte d'une couche de neige fraîche. Des griffons gelés étaient plantés dans le sol comme des cônes glacés, les ailes encore déployées, le bec ouvert, les yeux arrondis par la surprise.

Percy et ses amis s'éloignèrent sans bruit en s'efforçant de ne pas entrer dans le champ de vision du géant, mais ce dernier était trop occupé pour les remarquer. Il cherchait le moyen d'enfiler un griffon gelé sur son collier.

– Percy, murmura Hazel, tout en essuyant la boue et la glace de son visage, comment savais-tu que le géant pouvait faire ça ?

– J'ai failli me prendre l'haleine d'un Hyperboréen en pleine figure, une fois, expliqua-t-il. On n'a pas intérêt à traîner, ils ne vont pas rester gelés éternellement.

Ils marchèrent près d'une heure par voie de terre, en paral-
lèle à la voie ferrée tout en restant le plus possible sous
le couvert des arbres. À un moment donné, ils entendirent
un hélicoptère qui se dirigeait vers le train accidenté. À deux
reprises leur parvinrent des cris de griffon, mais suffisamment lointains pour qu'ils ne s'en inquiètent pas.

Autant que Percy put en juger, il devait être autour de
minuit quand le soleil se coucha enfin. Il se mit à faire froid
dans la forêt. Les étoiles étaient si denses que Percy aurait
eu envie de s'arrêter pour les contempler. Puis l'aurore
boréale se mit de la partie. Cela rappela à Percy la cuisinière
à gaz de sa mère, à la maison, quand elle réglait le feu au
minimum : ces vagues de petites flammes bleues qui ondulaient.

– C'est splendide ! s'exclama Frank, émerveillé.

Hazel pointa du doigt.

– Des ours, dit-elle. (Effectivement, deux ours bruns traversaient la prairie à quelques centaines de mètres, leur fourrure brillant à la lumière des étoiles.) Ils ne vont pas nous
embêter, promit-elle. Il faut juste passer à bonne distance.

Frank et Percy ne se le firent pas redire.

En cheminant, Percy repensa à tous les lieux exceptionnels

qu'il avait connus. Aucun ne l'impressionnait comme l'Alaska. Il comprenait pourquoi c'était une terre au-delà des dieux. Tout, ici, était brut et sauvage. Pas de règles, pas de prophéties, pas de destinées. Rien que la nature, des animaux et des monstres. Les mortels et les demi-dieux venaient ici à leurs risques et périls.

Percy se demanda si c'était ce que voulait Gaïa : que la planète entière retourne à cet état. Et il se demanda si ce serait un mal.

Puis il chassa cette pensée. Gaïa n'était pas une déesse bienveillante. Percy savait ce qu'elle comptait faire. Ce n'était pas la Terre Nourricière des livres d'enfants. Elle était violente et assoiffée de vengeance. Si elle se réveillait pleinement un jour, elle détruirait les civilisations humaines.

Au bout d'encore deux bonnes heures de marche, ils tombèrent sur un hameau, lové entre le chemin de fer et une route à deux voies. Le panneau d'entrée de la commune annonçait : MOOSE PASS – le défilé aux orignaux. Et, à côté du panneau, se tenait un véritable orignal. L'espace d'une seconde, Percy crut que c'était une statue, publicitaire ou autre, puis l'animal disparut en quelques bonds dans la forêt.

Ils longèrent deux ou trois maisons, un bureau de poste, quelques mobile homes. Tout était éteint et fermé. À l'autre bout du village, il y avait un magasin avec une table à pique-nique et une vieille pompe à essence rouillée devant.

D'un accord tacite, ils s'écroulèrent tous les trois autour de la table.

Les pieds de Percy étaient comme deux blocs de glace – deux blocs de glace très endoloris. Hazel mit la tête entre les mains et s'endormit d'un coup. Frank sortit les dernières canettes de soda et barres de Granola qu'il lui restait du train et les partagea avec Percy.

Ils mangèrent sans un mot, en regardant les étoiles, jusqu'à ce que Frank brise le silence :

– Tu le pensais, ce que tu as dit tout à l'heure ?

Percy, assis en face de lui, le regarda.

– À propos de quoi ?

À la lumière des étoiles, Frank avait un visage d'albâtre, comme une ancienne statue romaine.

– En disant que... tu étais fier qu'on ait un lien de parenté.

Percy tapa sa barre de Granola contre la table.

– Voyons voir, dit-il. Tu es venu à bout tout seul de trois basilics pendant que je me régalais de thé et de germes de blé. Tu as repoussé une armée de Lestrygons pour permettre à notre avion de décoller à Vancouver. Tu m'as sauvé la vie en tirant sur ce griffon. Et tu as sacrifié le dernier assaut de ta lance magique pour porter secours à des mortels sans défense. Tu es de loin le fils du dieu de la Guerre le plus sympa que j'ai jamais rencontré... peut-être le seul qui soit sympa. Alors, à ton avis ?

Frank leva les yeux vers l'aurore boréale, qui mijotait toujours à feu doux entre les étoiles.

– C'est juste que j'étais censé diriger cette quête, en tant que centurion, tout ça. Et j'ai l'impression qu'en fait vous avez dû me porter.

– Faux, dit Percy.

– Je suis censé avoir des pouvoirs mais je n'ai pas trouvé comment m'en servir, ajouta Frank avec dépit. Maintenant je n'ai plus de lance et j'ai presque fini mes flèches. Et... et j'ai peur.

– Je m'inquiéterais si tu n'avais pas peur. On a tous peur.

– Mais la Fête de la Fortune est... (Frank réfléchit.) Il est minuit passé, non ? Autrement dit on est le 24 juin, maintenant. La fête commence ce soir au coucher du soleil. Nous devons trouver le Hubbard, vaincre un géant imbattable sur

430

son territoire et revenir au Camp Jupiter avant qu'ils soient écrasés – tout ça en dix-huit heures.

– Et quand nous libérerons Thanatos, dit Percy, il se peut qu'il réclame ta vie. Et celle d'Hazel. Crois-moi, j'y ai pensé.

Frank regarda Hazel, qui ronflait toujours doucement. Son visage était enseveli sous ses boucles brunes.

– C'est ma meilleure amie, dit Frank. J'ai perdu ma mère, ma grand-mère... je ne veux pas la perdre, elle aussi.

Percy repensa à son ancienne vie – sa mère à New York, la Colonie des Sang-Mêlé, Annabeth. Il en avait été privé pendant huit mois. Même maintenant que les souvenirs lui revenaient... Il n'avait jamais été si loin de chez lui, jusqu'alors. Il était allé aux Enfers et en était revenu. Il avait frôlé la mort des dizaines de fois. Mais il n'avait jamais été aussi seul qu'assis à cette table de pique-nique, à des milliers de kilomètres de tout, hors de la sphère de pouvoir de l'Olympe – sauf qu'il y avait Frank et Hazel.

– Il n'est pas question que je vous perde, ni l'un ni l'autre, promit-il. Je ne permettrai pas ça. Et Frank, sache-le, tu es un véritable chef. Hazel en dirait autant. Nous avons besoin de toi.

Frank pencha la tête. Il avait l'air perdu dans ses pensées. Puis il piqua du nez et son front heurta le dessus de la table. Il se mit à ronfler, en rytnme avec Hazel.

Percy soupira.

– Encore une brillante allocution de Jackson, dit-il tout haut. Repose-toi, Frank, on a une grosse journée devant nous.

À l'aurore, le magasin ouvrit. Le propriétaire fut un peu surpris de découvrir trois ados endormis autour de sa table à pique-nique, mais quand ils dirent qu'ils venaient du train qui avait déraillé, le type eut de la peine pour eux et leur offrit le petit déjeuner. Il appela un de ses amis, un Inuit qui avait une cabane du côté de Seward. Quelques instants plus tard, ils bringuebalaient sur la route dans un vieux pick-up délabré qui avait dû être neuf à l'époque où Hazel était née.

Hazel et Frank étaient à l'arrière. Percy était à l'avant avec le vieil homme buriné, qui sentait le saumon fumé. Il raconta à Percy les histoires d'Ours et de Corbeau, les dieux inuits, et tout ce que put penser Percy, c'était qu'il espérait ne jamais les rencontrer. Il avait assez d'ennemis comme ça.

La camionnette tomba en panne à quelques kilomètres de Seward. Le chauffeur n'en fut pas autrement surpris, comme si ça lui arrivait plusieurs fois par jour. Il leur dit qu'ils pouvaient attendre qu'il répare le moteur, mais, comme il ne restait que quelques kilomètres, ils décidèrent de finir à pied.

En milieu de matinée, ils gravirent une éminence sur la route et découvrirent d'en haut une petite baie entourée de montagnes. La ville dessinait un fin croissant sur la rive droite ; des pontons s'avançaient dans l'eau et un paquebot de croisière mouillait dans le port.

Percy frissonna. Il avait de mauvais souvenirs de paquebots.

– Seward, dit Hazel, qui ne semblait pas heureuse de revoir son ancienne ville.

Ils avaient déjà perdu beaucoup de temps et Percy trouvait que le soleil grimpait terriblement vite. La route épousait la courbe de la colline, mais il lui sembla qu'ils arriveraient plus vite à Seward en coupant tout droit par les prairies.

Il quitta la route.

– Venez, les gars ! dit-il.

Le sol était spongieux, mais il ne s'en inquiéta pas, jusqu'au moment où Hazel lui cria :

– Percy, non !

Au pas suivant, son pied s'enfonça dans le sol, suivi de son corps tout entier. Il coula comme une pierre et la terre se referma sur lui. La terre l'avala.

41   HAZEL

−Ton arc ! cria Hazel.

Frank ne posa pas de questions. Il retira son sac à dos et glissa l'arc de son épaule.

Le cœur d'Hazel battait à se rompre. Elle n'avait plus pensé à ce sol marécageux – la tourbière – depuis avant sa mort. Maintenant, trop tard, elle se souvenait des sinistres avertissements des gens du coin. Le limon du marais combiné à des plantes décomposées formaient une couche dont la surface paraissait ferme, mais qui était encore plus traître que des sables mouvants. Elle pouvait faire six mètres d'épaisseur ou plus, et là c'était impossible de s'en sortir.

Elle essaya de ne pas penser à ce qui se passerait si la tourbière était plus profonde que la longueur de l'arc.

– Tiens ce bout, dit-elle à Frank. Ne lâche pas.

Elle attrapa l'autre bout, inspira à fond et sauta dans la tourbière. La vase se referma sur sa tête.

Aussitôt, elle se trouva coincée dans un souvenir.

Pas maintenant, voulait-elle hurler. *Ella a dit que j'en avais fini des trous noirs !*

Oh, dit la voix de Gaïa, *ce n'est pas un de tes trous noirs, ma chérie. C'est un cadeau que je te fais.*

Hazel était de retour à La Nouvelle-Orléans. Elle était assise avec sa mère dans le square du quartier, et elles pique-niquaient pour le petit déjeuner. Elle se souvenait de cette journée. Elle avait sept ans. Sa mère venait de vendre la première pierre précieuse d'Hazel : un petit diamant. Ni l'une ni l'autre n'avaient alors conscience de la malédiction de la fillette.

La Reine Marie était d'excellente humeur. Elle avait acheté du jus d'orange pour Hazel et du champagne pour elle, ainsi que des beignets saupoudrés de chocolat et de sucre. Elle avait même acheté à Hazel une nouvelle boîte de crayons de couleur et un bloc de papier. Assises côte à côte, l'une chantonnait joyeusement et l'autre dessinait.

Le quartier français se réveillait autour d'elles, prêt pour Mardi gras. Des orchestres de jazz s'entraînaient. On décorait les chars du défilé avec des fleurs fraîches. Des enfants riaient et jouaient à chat, malgré la multitude de colliers de toutes les couleurs qu'ils avaient au cou et qui les empêchaient presque de marcher. Le soleil levant teintait le ciel d'or et de rouge, et l'air humide et chaud sentait la rose et le magnolia.

Ça avait été la plus belle matinée de la vie d'Hazel.

Tu pourrais rester là.

Sa mère souriait, mais ses yeux étaient vides et blancs. Et la voix était celle de Gaïa.

– C'est pour de faux, dit Hazel.

Elle voulut se lever, mais le tapis d'herbe, doux et moelleux, la rendait paresseuse et somnolente. Les odeurs de pain frais et de chocolat en train de fondre étaient enivrantes. C'était le matin de Mardi gras, et le monde avait tant à offrir. Hazel pouvait presque croire qu'un avenir radieux l'attendait.

Qu'est-ce que la réalité ? demanda Gaïa, parlant toujours à travers le visage de sa mère. *Ta seconde vie est-elle réelle, Hazel ? Tu es censée être morte. Est-ce réel, que tu t'enfonces dans une tourbière et que tu étouffes ?*

– Laissez-moi aider mon ami !

Hazel luttait pour revenir à la réalité. Elle imagina sa main serrée sur le manche de l'arc, mais même cette image commençait à se troubler. Elle perdait pied. Le parfum des roses et des magnolias était irrésistible.

Sa mère lui tendit un beignet.

Non, pensa Hazel. *Ce n'est pas ma mère. C'est Gaïa qui joue avec mon mental.*

Si tu veux récupérer ton ancienne vie, dit Gaïa, je peux te l'offrir. Cet instant peut durer des années. Tu peux grandir à La Nouvelle-Orléans, et ta mère t'adorera. Tu n'auras jamais à porter le fardeau de ta malédiction. Tu pourras être avec Sammy...

– C'est une illusion ! cria Hazel, étourdie par l'odeur sucrée des fleurs.

C'est toi l'illusion, Hazel Levesque. Si tu as été ramenée à la vie, c'est seulement parce que les dieux ont une tâche à te confier. J'aurais pu me servir de toi, mais Nico m'a devancée et il t'a menti. Tu devrais être contente que je l'aie capturé.

– Capturé ? (Hazel fut prise de panique.) Que voulez-vous dire ?

Gaïa sourit et but quelques gorgées de champagne.

Ce garçon aurait dû s'abstenir de chercher les Portes de la Mort. Mais peu importe, ce n'est pas vraiment ton problème. Quand tu auras libéré Thanatos, ils te renverront pourrir aux Enfers pour l'éternité. Frank et Percy n'y feront rien. Est-ce que de vrais amis te demanderaient de renoncer à la vie ? Dis-moi qui ment et qui dit la vérité.

Hazel se mit à pleurer. Elle sentit l'amertume l'envahir. Elle avait déjà perdu la vie une fois. Elle n'avait pas envie de mourir de nouveau.

C'est exact, ronronna Gaïa. *Tu étais destinée à épouser Sammy. Tu sais ce qu'il est devenu, après ta mort en Alaska ? Il a grandi et il est parti vivre au Texas. Il s'est marié et il a fondé une famille. Mais il ne t'a jamais oubliée. Il s'est toujours demandé pourquoi tu* avais disparu. Il est mort, maintenant. Une crise cardiaque dans les années 1960. Il a été hanté jusqu'au dernier jour par la vie que vous auriez pu mener ensemble.

– Arrêtez ! hurla Hazel. C'est vous qui m'avez privée de ma vie !

Et je peux te la rendre, dit Gaïa. Je te tiens entre mes bras, Hazel. De toute façon, tu vas mourir. Si tu renonces, je peux au moins te rendre la chose agréable. Laisse tomber Percy Jackson. Il est à moi. Je le garderai bien au chaud sous terre jusqu'au moment où je serai prête à m'en servir. Tu peux vivre une vie entière dans tes derniers instants – tu peux grandir, épouser Sammy. Il suffit que tu renonces.

Hazel resserra la main sur le manche de l'arc. Elle se sentit soudain agrippée par les chevilles, mais ne céda pas à la panique. Elle savait que c'était Percy, qui étouffait, qui se raccrochait désespérément à un espoir de survie.

Hazel regarda durement la déesse.

– Laissez-nous ! Je ne collaborerai jamais avec vous !

Le visage de sa mère s'effaça. La matinée dorée de La Nouvelle-Orléans se fondit dans l'obscurité. Hazel se noyait dans la vase, une main agrippée à l'arc, Percy accroché à ses chevilles, dans le noir total. Elle secoua frénétiquement le bout de l'arc. Et Frank la tira avec une telle force que son épaule faillit se déboîter.

Lorsqu'elle ouvrit les yeux, elle était allongée dans l'herbe et couverte de boue. Percy, affalé à ses pieds, toussait et crachait de la vase.

Frank, penché sur eux, n'arrêtait pas de crier :

– Ah, par les dieux ! Ah, par les dieux ! Ah, par les dieux !

Il sortit des vêtements de rechange de son sac à dos et se mit à essuyer le visage d'Hazel, sans grand succès. Il tira Percy pour l'éloigner davantage de la tourbière.

– Vous êtes restés si longtemps là-dedans ! cria Frank. Je croyais que vous n'alliez pas... Par les dieux, me refaites jamais un coup pareil !

Il serra Hazel de toutes ses forces dans ses bras.

– Je... peux pas... respirer, crachota-t-elle.

– Excuse-moi !

Frank se remit à les essuyer et les choyer. Pour finir il les ramena à la route et les fit s'asseoir sur le bas-côté. Ils recrachèrent des boules de vase en frissonnant.

Hazel ne sentait plus ses mains ; elle ne savait pas si c'était à cause du froid ou du choc. Prenant sur elle, la jeune fille expliqua à ses amis ce qu'était cette tourbière, et la vision qu'elle y avait eue. Elle passa sous silence la partie qui concernait Sammy – c'était trop douloureux pour être dit à voix haute – mais elle leur raconta que Gaïa lui avait proposé une illusion de vie et qu'elle prétendait avoir capturé Nico. Ça, Hazel ne voulait pas le garder pour elle. Elle avait peur que le désespoir la submerge.

Percy se frottait les épaules. Il avait les lèvres bleues.

– Tu... tu m'as sauvé la vie, Hazel. Nous découvrirons ce qui est arrivé à Nico. Je te le promets.

Hazel leva la tête en plissant les yeux vers le soleil, à présent haut dans le ciel.

La chaleur des rayons lui fit du bien, mais ne calma pas ses tremblements.

– Vous n'avez pas l'impression que Gaïa nous a laissés partir trop facilement ?

Percy retira un grumeau de boue de ses cheveux.

– Peut-être qu'elle veut toujours se servir de nous, lança-t-il. Peut-être qu'elle t'a sorti tout ça pour t'embrouiller la tête.

– Elle savait quoi dire, acquiesça Hazel. Elle savait où ça fait mal.

Frank mit sa veste sur les épaules d'Hazel.

– Cette vie, ici et maintenant, est pour de vrai. Tu le sais, hein ? On ne te laissera pas mourir de nouveau.

Il semblait tellement décidé. Hazel ne voulait pas discuter, mais elle voyait mal comment Frank pourrait arrêter la Mort. Elle toucha sa poche de manteau, où se trouvait le tison, soigneusement emballé. Elle se demanda ce qu'il serait advenu de Frank si elle avait sombré pour toujours dans la vase. Ça l'aurait peut-être sauvé. Le feu n'aurait pas pu atteindre le bois, au fond de la tourbière.

Elle était prête à n'importe quel sacrifice pour protéger Frank. Ses sentiments n'avaient pas toujours été aussi forts, mais Frank lui avait confié sa vie. Il croyait en elle. Elle ne supportait pas l'idée qu'il puisse lui arriver malheur.

Elle jeta un coup d'œil au soleil qui se levait... Le temps filait. Elle pensa à Hylla, la reine des Amazones, à Seattle. Hylla devait en être à son deuxième duel d'affilée, maintenant, en supposant qu'elle ait survécu au premier. Elle comptait sur Hazel pour libérer le dieu de la Mort.

Hazel se leva avec effort. Le vent qui venait de la baie de la Résurrection était aussi froid que dans ses souvenirs.

– Il faut qu'on y aille, dit-elle. On perd du temps.

Percy tourna la tête vers la route. Ses lèvres avaient repris leur couleur normale.

– Vous croyez qu'il y a un hôtel ou un endroit quelconque où on pourrait se laver ? Est-ce que les hôtels acceptent les gens couverts de boue ?

– Pas sûr, dit Hazel.

Elle regarda Seward, en contrebas, stupéfaite de l'expansion qu'avait prise la ville depuis 1942. Le port principal s'était déplacé sur la gauche, chassé par les nouvelles constructions. La plupart des bâtiments lui étaient inconnus, mais elle reconnaissait le plan des rues du centre-ville, et même, lui sembla-t-il, certains entrepôts le long des quais.

– Je connais peut-être un endroit où on pourrait se nettoyer, dit-elle.

L orsqu'ils arrivèrent en ville, Hazel reprit le chemin qu'elle avait emprunté soixante-dix ans plus tôt, le dernier soir de sa vie, quand elle était rentrée des collines et n'avait pas trouvé sa mère à la maison.

Elle leur fit remonter Third Avenue. La gare de chemin de fer était toujours là. L'hôtel Seward, une grande bâtisse blanche, était encore en activité et s'était même agrandi d'une annexe qui doublait sa superficie d'autrefois. Ils envisagèrent d'y aller, mais Hazel estima que ce n'était pas une bonne idée d'entrer dans le vestibule dégoulinants de vase comme ils l'étaient, en plus elle n'était pas sûre qu'ils donnent une chambre à trois mineurs.

Elle les emmena donc vers le bord de mer. À la grande stupeur d'Hazel, sa vieille maison était toujours là, de guingois sur ses pilotis incrustés de coquillages. Le toit était enfoncé. Les murs criblés de trous de chevrotine, semblait-il. La porte était condamnée par des planches, et une pancarte peinte à la main disait : CHAMBRES À LOUER – ENTREPOSAGE. L'inscription était barrée.

– Venez, dit Hazel.

– T'es sûre que ça craint rien ? objecta Frank.

Hazel repéra une fenêtre ouverte et s'introduisit dans la

maison. Ses amis la suivirent. La pièce n'avait pas servi depuis longtemps. Leurs pieds soulevèrent des nuages de poussière qui tourbillonnèrent dans les rayons de lumière entrant par les trous de la façade. Des piles de cartons moisissaient le long des murs. Leurs étiquettes décolorées annonçaient : *Cartes de vœux, cartes assorties.* Pourquoi des centaines de caisses de cartes de vœux achevaient-elles leur parcours dans un entrepôt au fin fond de l'Alaska, Hazel n'aurait su l'expliquer, mais elle y vit une ironie cruelle : des cartes pour toutes ces fêtes qu'elle n'avait jamais pu fêter, des décennies de Noël, de Pâques, d'anniversaires et de Saint-Valentin.

– Il fait plus chaud, ici, au moins, dit Frank. Pas d'eau courante, je parie ? Je pourrais aller faire quelques achats, les gars, je suis moins sale que vous. Je pourrais acheter des vêtements.

Hazel ne l'écoutait que d'une oreille.

Elle grimpa en haut d'une pile de cartons, dans le coin de la pièce qui lui avait servi de chambre autrefois. Un vieux panneau était appuyé contre le mur : MATÉRIEL DE PROSPECTION AURIFÈRE. Elle s'attendait à trouver un mur nu, derrière, or lorsqu'elle retira le panneau, elle vit que la plupart de ses photos et dessins étaient toujours là, punaisés au mur. Le panneau avait dû les protéger du soleil et de l'eau. Ils étaient intacts. Ses dessins au crayon de couleur de La Nouvelle-Orléans étaient tellement enfantins... était-ce vraiment elle qui les avait faits ? Elle sentit alors le regard de sa mère, de face sur une photographie, souriante devant sa pancarte : LES GRIGRIS DE LA REINE MARIE, AMULETTES ET VOYANCE.

À côté, il y avait une photo de Sammy au carnaval. Figé dans le temps, avec son sourire fou, ses cheveux noirs bouclés, et ses yeux si beaux. Si Gaïa disait vrai, Sammy était mort depuis plus de quarante ans. Avait-il vraiment pensé à Hazel toute sa vie ? Ou avait-il oublié cette drôle de fille avec qui il allait faire du cheval – cette fille qui avait partagé avec lui un baiser et un cupcake, avant de disparaître à jamais ?

La main de Frank s'approcha de la photo, sans la toucher.

– Qui... ? commença-t-il, avant de s'apercevoir qu'Hazel pleurait. Excuse-moi, Hazel. Ça doit être vraiment difficile. Veux-tu qu'on te laisse un peu seule...

– Non, répondit-elle d'une voix brisée. Ça va aller.

– C'est ta mère ? demanda Percy en montrant la photo de la Reine Marie. Elle te ressemble. Elle est très belle.

Puis il examina à son tour la photo de Sammy.

– Qui est-ce ? reprit-il, avec une expression horrifiée qu'Hazel ne comprit pas.

– C'est... c'est Sammy. C'était mon, euh, mon ami de La Nouvelle-Orléans, expliqua-t-elle, en se forçant à ne pas regarder Frank.

– Je l'ai déjà vu, dit Percy.

– C'est impossible, objecta Hazel. C'était en 1941. Il est... il est sans doute mort, maintenant.

Percy fronça les sourcils.

– Sans doute. Mais quand même...

Il secoua la tête, comme pour chasser une idée trop troublante.

Frank s'éclaircit la gorge.

– Écoutez, dit-il. On est passés devant un magasin, en arrivant. Il nous reste un peu d'argent. Je devrais peut-être aller acheter à manger et des vêtements pour vous, non ? Et puis des tonnes de lingettes ?

Hazel rabattit le panneau publicitaire sur ses souvenirs. Elle se sentait coupable de regarder cette vieille photo de Sammy, alors que Frank ne savait pas quoi inventer pour les aider et leur remonter le moral. Ce n'était pas bon pour elle de repenser à son ancienne vie.

443

– Ce serait super, dit-elle. Frank, t'es le meilleur.

Le plancher grinça sous les pieds du garçon.

– Disons que je suis le seul à pas être couvert de boue de la tête aux pieds ! À toute, les gars.

Après son départ, Percy et Hazel installèrent un camp de fortune. Ils retirèrent leurs vestes et les décrottèrent tant bien que mal, puis ils s'essuyèrent avec de vieilles couvertures qu'ils avaient trouvées dans un carton. Et s'aperçurent que, bien disposées, les caisses de cartes de vœux pouvaient faire des matelas tout à fait corrects.

Percy posa son épée au sol ; le bronze dégageait une douce lueur. Puis il s'allongea sur un divan de « Joyeux Noël 1982 ».

– Merci de m'avoir sauvé la vie, dit-il. J'aurais dû te le dire plus tôt.

Hazel haussa les épaules.

– Tu en aurais fait autant.

– C'est vrai, acquiesça-t-il. Mais au fond de la vase, je me suis rappelé ce vers de la prophétie d'Ella, sur le fils de Neptune qui coule. Je me suis dit : « Voilà ce que ça signifiait. Je coule dans la terre. » J'étais persuadé d'être mort.

Sa voix tremblait comme le jour de son arrivée au Camp Jupiter, quand Hazel lui avait montré le sanctuaire de Neptune. Ce jour-là, elle s'était demandé si Percy était la solution à ses problèmes – le descendant de Neptune qui, selon la promesse de Pluton, la libérerait de sa malédiction un jour. Percy lui avait paru tellement impressionnant et puissant, un vrai héros.

Seulement maintenant, elle savait que Frank descendait lui aussi de Neptune. Ce n'était peut-être pas le héros le plus impressionnant au monde, mais il lui avait confié sa vie. Il faisait tout son possible pour la protéger. Même sa maladresse était attachante.

444

Jamais Hazel ne s'était sentie aussi perdue, aussi embrouillée – et ce n'était pas peu dire, vu qu'elle avait passé sa vie à se sentir paumée.

– Percy, dit-elle, cette prophétie n'est peut-être pas entière. Frank pense qu'Ella se souvenait d'une page brûlée. Ce n'est peut-être pas toi qui coules. Peut-être que tu fais couler quelqu'un d'autre.

Il la regarda avec circonspection :

– Tu crois ?

Cela faisait un drôle d'effet à Hazel de rassurer Percy. Il était tellement plus âgé qu'elle, et plus autoritaire. Mais elle hocha la tête avec conviction.

– Tu retrouveras ta colonie. Tu reverras ton amie Annabeth.

– Toi aussi, tu rentreras, Hazel, insista Percy. On te protégera. Tu comptes trop pour moi, pour le camp, et surtout pour Frank.

Hazel prit dans ses mains une vieille carte de la Saint-Valentin. La dentelle de papier s'effrita entre ses doigts.

– Ce siècle n'est pas le mien. Nico m'a fait revenir pour me permettre de corriger mes erreurs, et de me gagner une place à l'Élysée, si je peux.

– Ton destin ne se limite pas à ça, Hazel. Nous sommes censés combattre Gaïa ensemble. Je vais avoir besoin de toi à mes côtés bien au-delà de la seule journée d'aujourd'hui. Quant à Frank, ça crève les yeux qu'il est raide de toi. Cette vie mérite que tu te battes pour elle, Hazel.

Elle ferma les yeux.

– S'il te plaît, ne me donne pas de faux espoirs. Je ne peux pas...

La fenêtre s'ouvrit en grinçant. Frank entra, brandissant triomphalement des sacs de courses.

– Victoire !

445

Il leur montra ses trophées. Dans un magasin d'articles de chasse, il avait trouvé un nouveau carquois de flèches pour lui, des rations et un rouleau de corde.

– Pour la prochaine tourbière, dit-il en plaisantant.

Dans une boutique à touristes, il avait acheté des tenues de rechange pour tous les trois, des serviettes, un savon et, oui, un énorme paquet de lingettes. Ça ne valait pas une douche chaude, certes, mais Hazel s'abrita derrière un rempart de cartons de cartes de vœux pour faire sa toilette et se changer, et elle en ressortit nettement revigorée.

C'est ta dernière journée, se rappela-t-elle. *Ne te réjouis pas trop vite.*

La Fête de la Fortune – tout ce qu'il adviendrait aujourd'hui, la bonne fortune comme la mauvaise, était considérée comme un présage pour l'année à venir. D'une façon ou d'une autre, leur quête s'achèverait ce soir.

Elle glissa le tison dans la poche de sa nouvelle veste. Elle devait trouver un moyen de le maintenir à l'abri, quoi qu'il advienne d'elle-même. Elle pourrait supporter de mourir, si ses amis survivaient.

– Bon, dit-elle, maintenant, il nous faut un bateau pour aller au glacier.

Elle essayait de parler avec assurance, mais ce n'était pas facile. Elle regrettait Arion. Elle aurait tant préféré aller au combat avec ce magnifique cheval ! Depuis leur départ de Vancouver, elle l'appelait mentalement, en espérant qu'il l'entende et les rejoigne, mais elle se faisait sans doute des illusions.

Frank se tapota le ventre.

– Quitte à risquer nos vies au combat, autant manger d'abord, non ? J'ai repéré l'endroit idéal.

Frank les conduisit à un centre commercial près de la jetée, où un vieux wagon de train avait été converti en restaurant. Hazel n'avait aucun souvenir de ce lieu, mais les odeurs de cuisine lui chatouillèrent délicieusement les narines.

Elle laissa Percy et Frank commander, et partit se renseigner au port. Quand elle revint, elle avait sérieusement besoin de réconfort. Le cheeseburger et les frites n'allaient pas y suffire.

– On est mal, dit-elle à ses amis. J'ai essayé de trouver un bateau, mais... J'avais mal calculé.

– Y en a pas ? demanda Frank.

– Si, ce n'est pas ça, le problème. Mais le glacier est plus loin que je croyais. Même en bombant, on n'arriverait pas avant demain matin.

Percy blêmit.

– Je pourrais peut-être accélérer le bateau ?

– Même si tu y arrivais, dit Hazel, c'est risqué, à en croire les capitaines : il faut naviguer entre des icebergs et tout un dédale de chenaux. Il faut connaître.

– Et en avion ?

Hazel secoua la tête.

– J'ai posé la question aux capitaines. Ils disent qu'on peut essayer, mais que c'est un minuscule aérodrome. Il faut réserver l'avion deux ou trois semaines à l'avance.

Là-dessus, ils mangèrent en silence. Le cheeseburger d'Hazel était excellent, mais elle avait la tête ailleurs. Elle n'avait pris que trois bouchées quand un corbeau se posa sur le poteau téléphonique et les regarda en croassant.

Hazel frissonna. Elle avait peur qu'il lui adresse la parole comme cet autre corbeau, il y avait tant d'années : « La dernière nuit. Ce soir. » Elle se demanda si des corbeaux se montraient toujours aux enfants de Pluton quand ils

447

approchaient de leur mort. Elle espérait que Nico était toujours en vie, et que Gaïa avait juste cherché à la déstabiliser. Mais elle avait le sombre pressentiment que la déesse avait dit vrai.

Nico lui avait fait part de son intention de chercher les Portes de la Mort par l'autre côté. S'il s'était fait capturer par les soldats de Gaïa, Hazel risquait fort d'avoir perdu toute la famille qu'elle avait.

Elle regarda son cheeseburger d'un œil fixe.

Soudain, les croassements du corbeau s'étranglèrent en une sorte de glapissement.

Frank se leva si vite que la table trembla. Percy dégaina son épée.

Hazel suivit leurs regards. Perché au sommet du poteau à la place qu'avait occupée le corbeau, un gros griffon hideux les reluquait tous les trois. Il rota et recracha quelques plumes noires.

Hazel se leva et tira sa *spatha* de son fourreau.

Frank arma son arc et visa, mais le griffon poussa un hurlement si fort que son écho se répercuta dans les montagnes. Troublé, Frank manqua sa cible.

– Je crois qu'il appelle des renforts, dit Percy. Filons.

Ils coururent vers le port, sans véritable plan. Le griffon se lança à leurs trousses. Percy lui jeta un coup d'épée, mais le griffon esquiva et s'éloigna.

Ils descendirent les marches du premier embarcadère et coururent tout au bout. Le griffon piqua vers eux en dardant ses griffes meurtrières. Au moment où Hazel brandissait sa *spartha*, un rempart d'eau glacée gifla le monstre par le côté et l'envoya dans la baie. Il battit des ailes et poussa un cri rauque. Puis il parvint à se hisser sur l'embarcadère, où il s'ébroua comme un chien mouillé.

– Bien joué, Percy, dit Frank.

– Ouais. J'étais pas sûr que ça marche encore en Alaska. Mais la mauvaise nouvelle c'est que... regardez.

À environ huit cents mètres, un nuage noir tourbillonnait au-dessus des montagnes – c'était une immense bande de griffons, qui affluaient par dizaines. Il était hors de question d'en affronter un aussi grand nombre, et impossible de leur échapper assez vite en bateau.

Frank encocha une nouvelle flèche.

– Je ne vais pas me laisser tuer comme ça ! dit-il.

– Bien d'accord, acquiesça Percy en levant Turbulence.

Alors Hazel entendit un bruit lointain – comme un hennissement. Encore un tour de son imagination, se dit-elle. Pourtant, avec l'énergie du désespoir, elle cria :

– Arion ! On est là !

Une forme fauve et floue survola la rue en flèche et rasa l'embarcadère. L'étalon se matérialisa juste derrière le griffon, abattit les sabots de devant et fit voler le monstre en poussière.

Hazel n'avait jamais été aussi heureuse de sa vie.

– Quel bon cheval ! Quel bon, bon cheval !

Frank recula et faillit tomber à l'eau.

– Comment... ? bafouilla-t-il.

– Il m'a suivie, expliqua Hazel, rayonnante. Parce que c'est le meilleur cheval... AU MONDE ! Maintenant, montez !

– Tous les trois ? demanda Percy. Tu crois qu'il peut ?

Arion poussa un hennissement indigné.

– Bon, bon, c'est pas la peine d'être grossier, dit Percy. Allons-y.

Ils montèrent tous les trois, Hazel en tête, Percy et Frank en équilibre précaire derrière elle. Frank passa les bras autour de sa taille et Hazel songea que s'il fallait que ce soit sa dernière journée sur terre, ce ne serait pas une mauvaise façon de partir.

– Fonce, Arion ! s'écria-t-elle. Au glacier Hubbard !

L'étalon s'élança au ras des flots ; ses sabots, effleurant l'écume, soulevaient un sillage de vapeur.

S ur le dos d'Arion, Hazel avait le sentiment que rien ni personne ne pouvait l'arrêter, qu'elle avait une maîtrise parfaite des choses ainsi qu'une grande puissance – la combinaison idéale entre l'être humain et le cheval. Elle se demanda si c'était ce que ressentaient les centaures.

Les capitaines de bateau de Seward l'avaient avertie que le Hubbard était à trois cents miles nautiques, et que le voyage serait difficile et dangereux, mais Arion s'en jouait comme d'un rien. Il rasait l'eau à la vitesse du son, et la vapeur que créaient ses sabots protégeait Hazel du froid. À pied, elle n'aurait jamais été aussi courageuse. À cheval, elle était impatiente d'aller au combat.

Frank et Percy n'avaient pas l'air aussi heureux. Lorsque Hazel jeta un coup d'œil en arrière, elle vit qu'ils serraient les dents et que leurs yeux roulaient dans leurs orbites. Frank avait les joues qui ballottaient. Percy, assis derrière lui, se raccrochait à grand-peine et luttait pour ne pas glisser de l'arrière-train de l'étalon. Hazel espéra qu'il ne tomberait pas ; à la vitesse où fonçait Arion, elle pourrait mettre cinquante ou cent kilomètres à s'en apercevoir.

Comme une flèche, ils traversèrent des détroits gelés, longèrent des fjords bleus et des falaises d'où tombaient des chutes d'eau. Une baleine à bosse affleura et Arion sauta par-dessus son dos, affolant une bande de phoques qui se prélas-saient sur un iceberg.

En quelques minutes à peine, leur sembla-t-il, ils attei-gnirent une baie toute en longueur. L'eau y avait une consis-tance de copeaux de glace pris dans un sirop bleu et poisseux. Arion s'arrêta sur une dalle de glace turquoise.

À huit cents mètres se dressait le Hubbard. Même Hazel, qui avait déjà vu des glaciers, fut estomaquée par le spectacle qu'il offrait : des montagnes mauves aux cimes enneigées s'étiraient de part et d'autre, ceinturées de nuages cotonneux. Dans une immense vallée, entre les deux plus grands monts, un mur de glace déchiqueté montait de la mer et emplissait toute la gorge. Le glacier était bleu et blanc strié de noir, ce qui le faisait ressembler à un tas de neige sale laissé sur le trottoir après le passage d'un chasse-neige, mais quatre mil-lions de fois plus grand.

Dès qu'Arion s'arrêta, Hazel sentit la température chuter. La glace dégageait des vagues de froid, faisant de la baie le plus grand frigo du monde. Le plus étrange, c'était le bruit : comme un grondement de tonnerre qui montait de l'eau.

– Qu'est-ce qui se passe ? demanda Frank en montrant les nuages au-dessus du glacier. Il va y avoir une tempête ?

– Non, dit Hazel. C'est la glace qui craque et qui bouge. Des millions de tonnes de glace.

– Tu veux dire que ce truc se disloque ?

Comme pour répondre à Frank, un pan de glace se détacha silencieusement du flanc du Hubbard et s'écrasa dans l'océan, soulevant des gerbes d'eau et de débris de plusieurs mètres de haut. Une fraction de seconde plus tard, le son leur par-vint : un grondement presque aussi fracassant qu'Arion fran-chissant le mur du son.

– C'est impossible de s'approcher de ce truc ! s'écria Frank.

– Bien obligés, dit Percy. Le géant est en haut.

Arion hennit doucement.

– Bon sang, Hazel, reprit Percy, tu peux dire à ton cheval de surveiller son langage ?

– Qu'est-ce qu'il a dit ? demanda Hazel, qui se retenait de rire.

– Sans les gros mots ? Il a dit qu'il pouvait nous porter là-haut.

– Je croyais qu'il pouvait pas voler, ce cheval ! objecta Frank avec incrédulité.

Cette fois-ci Arion hennit si furieusement que même Hazel comprit qu'il jurait.

– Je me suis fait coller pour moins que ça, mec, dit Percy. Hazel, il te promet que tu verras de quoi il est capable dès que tu lui donneras tes instructions.

– Bon... ben accrochez-vous, les garçons, prévint Hazel d'une voix tendue. Arion, quand tu veux !

Le cheval partit vers le glacier telle une fusée folle, fonçant dans la neige fondue comme s'il voulait défier la montagne de glace.

L'air rafraîchit encore. Les craquements retentissaient de plus en plus fort. À mesure qu'Arion s'approchait du glacier, celui-ci devenait de plus en plus imposant et Hazel, qui essayait de le voir dans sa totalité, en avait le tournis. Les flancs du Hubbard étaient parcourus de fissures et de grottes et hérissés çà et là de saillies tranchantes comme des lames de hache. Sans arrêt, des blocs de glace s'en détachaient, les uns à peine gros comme des boules de neige, les autres de la taille d'une maison.

À une cinquantaine de mètres de la base du glacier, un coup de tonnerre secoua Hazel, et un rideau de glace assez grand pour recouvrir tout le Camp Jupiter se détacha et tomba vers eux.

– Attention ! s'écria Frank – ce qui parut un peu superflu à Hazel.

Arion avait une longueur d'avance sur lui. Dans une accélération brutale, il zigzagua entre des débris, sauta par-dessus d'autres, et se mit à escalader la face du glacier.

Percy et Frank s'accrochèrent en jurant tous les deux comme des chevaux, tandis qu'Hazel passait les bras autour du cou de l'étalon. Ils se débrouillèrent pour ne pas tomber pendant qu'Arion grimpait le long de la falaise en sautant d'un appui à l'autre avec une agilité et une vitesse incroyables. C'était comme s'ils dégringolaient d'une montagne, mais en sens inverse.

Et puis ce fut fini. Arion s'immobilisa fièrement au sommet d'une crête de glace en surplomb dans le vide. L'océan était à cent mètres en contrebas, maintenant.

L'étalon poussa un hennissement de défi qui se répercuta de montagne en montagne. Percy ne le traduisit pas, mais Hazel était presque sûre qu'Arion lançait à tous les autres chevaux susceptibles d'être dans la baie : « Essayez d'en faire autant, bande d'abrutis ! »

Là-dessus il se tourna et galopa vers l'intérieur des terres, en franchissant d'un bond un gouffre de quinze mètres de large qui barrait la surface du glacier.

– Regardez ! s'écria Percy.

Arion s'arrêta. Sous leurs yeux s'étendait un camp romain gelé, sinistre réplique géante du Camp Jupiter. Les fossés étaient hérissés de pointes de glace. Les remparts en briques de neige brillaient d'une blancheur aveuglante. Du haut des tours de guet, des bannières de tissu bleu gelé scintillaient au soleil de l'Arctique.

Il n'y avait aucun signe de vie. Les grilles étaient grandes ouvertes. Aucune sentinelle n'arpentait les chemins de garde. Pourtant, Hazel ressentit un vif malaise. Elle se souvint de la caverne de la baie de la Résurrection, où elle avait travaillé au réveil d'Alcyonée – la sensation de malveillance oppressante et le *boum-boum-boum* incessant, tel le battement de cœur de Gaïa. Cet endroit lui faisait le même effet, comme si la terre essayait de se réveiller et tout détruire – comme si les montagnes, des deux côtés, voulaient se refermer sur eux et sur le glacier tout entier, et les broyer.

Arion se mit à trotter nerveusement.

– Frank, dit Percy, tu veux pas qu'on continue à pied ?

– Je demande pas mieux, répondit Frank avec un soupir de soulagement.

Ils mirent pied à terre et firent quelques pas prudents. La glace paraissait solide, sous une fine couche de neige qui leur évitait de glisser.

Hazel encouragea Arion. Frank et Percy se placèrent de part et d'autre du cheval, arc et épée à la main. Ainsi groupés, ils approchèrent du portail sans rencontrer d'obstacle. Hazel, qui avait l'œil exercé pour repérer les fosses, fils tendus, collets et autres traquenards sur lesquels les légions romaines tombaient depuis toujours en territoire ennemi, n'en remarqua aucun : elle ne voyait que les portes de glace grandes ouvertes, et les étendards gelés qui claquaient au vent.

Du haut de sa monture, elle dominait toute la Via Praetoria. Au carrefour, devant la *principia* en briques de neige, se tenait un personnage de grande taille, vêtu de robes noires et prisonnier de chaînes de glace.

– Thanatos, murmura Hazel.

Elle sentit son âme happée, attirée vers la Mort comme la poussière vers un aspirateur. Sa vue se troubla. Elle faillit tomber du dos d'Arion, mais Frank la rattrapa et la redressa.

– On te tient, lui promit-il. Personne ne va t'emmener.

Hazel lui agrippa la main. Elle ne voulait pas la lâcher. Frank était tellement solide, tellement rassurant, mais il ne pouvait pas la protéger de la Mort. Sa vie était aussi fragile qu'un tison à demi consumé.

– Ça va aller, mentit-elle.

Percy scrutait les alentours, visiblement méfiant.

– Pas de défenses ? Pas de géant ? C'est un piège, les gars.

– Certainement, acquiesça Frank. Mais je crois qu'on n'a pas le choix.

Sans se laisser le temps de changer d'avis, Hazel lança Arion vers les grilles ouvertes. À l'intérieur, le camp avait la disposition qu'elle connaissait si bien : les casernes des cohortes, les bains, l'arsenal. C'était une réplique exacte du Camp Jupiter, en trois fois plus grand. Même juchée sur Arion, Hazel se sentait insignifiante et minuscule, comme s'ils avançaient dans une cité modèle construite par des dieux.

Ils s'arrêtèrent à trois mètres du personnage en noir.

À présent qu'elle était là, Hazel ressentait le besoin impérieux d'achever la quête. Elle savait qu'elle était plus en danger que lorsqu'elle avait combattu les Amazones, repoussé les griffons ou escaladé le glacier sur le dos d'Arion. Elle savait, instinctivement, qu'il suffirait que Thanatos la touche pour qu'elle meure.

Mais elle sentait aussi qui si elle ne menait pas cette quête à bien, si elle n'affrontait pas courageusement sa destinée, elle mourrait quand même – lâchement et sur un échec. Les juges des morts ne seraient pas indulgents envers elle, la deuxième fois.

Arion, qui percevait son trouble, piaffait.

– Ohé ? dit Hazel avec effort. Monsieur Thanatos ?

Le personnage à la capuche releva la tête.

Instantanément, le camp s'anima. Des silhouettes en armure romaine sortirent des casernes, de la *principia*, de l'arsenal et du réfectoire, mais ce n'étaient pas des humains.

C'étaient des ombres – les fantômes murmurants qu'Hazel avait côtoyés pendant des décennies aux Champs d'Asphodèle. Leurs corps n'étaient guère que des volutes de vapeur noire, mais ça ne les empêchait pas de faire tenir debout armures, jambières et casques. Ils avaient des épées couvertes de givre à la taille. Des *pila* et des boucliers cabossés flottaient dans leurs mains de fumée. Les panaches des casques des centurions étaient miteux et gelés. Les ombres étaient pour la plupart à pied, mais deux soldats jaillirent des écuries dans un char en or tiré par des spectres d'étalons noirs.

En voyant les chevaux, Arion frappa le sol du sabot avec indignation.

Frank serra son arc.

– Ouep, dit-il, le voilà, le piège.

44 HAZEL

Les fantômes formèrent des rangs et encerclèrent le carrefour. Ils étaient une centaine en tout : moins nombreux qu'une légion, plus qu'une cohorte. Certains portaient les étendards ornés d'éclairs, en lambeaux, de la Cinquième Cohorte de la Douzième Légion – l'expédition funeste menée par Michael Varus dans les années 1980.

Ils étaient pour la plupart équipés d'armes en or impérial, en bien plus grand nombre que n'en possédait la Douzième Légion. Hazel sentit bourdonner autour d'elle la force d'une telle concentration d'or impérial, et c'était encore plus effrayant que les craquements du glacier. Elle se demanda si elle pouvait se servir de son pouvoir pour contrôler les armes, voire désarmer les fantômes, mais elle eut peur d'essayer. L'or impérial n'était pas qu'un métal précieux. Il était mortel pour les monstres et les demi-dieux. Essayer d'en maîtriser une si grande quantité équivalait à tenter de contrôler le plutonium d'un réacteur. Elle risquait, si elle échouait, de rayer le glacier Hubbard de la carte et de causer la mort de ses amis.

– Thanatos ! lança Hazel en se tournant vers le personnage à capuche. Nous sommes venus vous sauver. Si vous contrôlez ces ombres, dites-leur...

Sa voix se brisa. La capuche du dieu tomba et ses robes glissèrent au sol quand il déploya ses ailes, découvrant un personnage en simple tunique noire sans manche, ceinturée à la taille. C'était le plus bel homme qu'Hazel ait jamais vu.

Il avait la peau couleur de teck, noire et lisse comme la vieille table de spiritisme de la Reine Marie. Ses yeux étaient du même miel doré que ceux d'Hazel. Il était svelte et musclé, avec un visage majestueux et des cheveux noirs qui tombaient en cascade sur ses épaules. Ses ailes scintillaient de reflets bleus, noirs et violets.

Hazel se força à respirer.

Beau, tel était le mot qui convenait pour décrire Thanatos – pas séduisant, charmant ou sexy, rien de tout ça. Il avait la beauté des anges : parfaite, intemporelle, distante.

– Oh, laissa-t-elle échapper d'une petite voix.

Les poignets du dieu étaient pris dans des menottes gelées, rattachées à des chaînes qui s'enfonçaient dans le sol du glacier. Il avait les pieds nus, eux aussi entravés et enchaînés.

– C'est Cupidon, dit Frank.

– Dans une version plus virile, acquiesça Percy.

– Vous me flattez, dit Thanatos, d'une voix aussi belle que lui, grave et mélodieuse. On me prend souvent pour le dieu de l'Amour. La Mort a plus en commun avec l'Amour que vous ne le croiriez. Cependant, je suis la Mort, je vous l'assure.

Hazel n'en doutait pas. Elle se sentait comme réduite en cendres. Susceptible, d'une seconde à l'autre, de s'effriter et d'être aspirée dans le grand néant. Thanatos n'avait même pas besoin de la toucher, lui semblait-il. Il suffirait qu'il lui dise de mourir. Elle chavirerait aussitôt, son âme obéirait à cette voix si belle et à ces yeux pleins de bonté.

– Nous sommes... nous sommes ici pour vous sauver, parvint-elle à dire. Où est Alcyonée ?

– Me sauver ? (Thanatos plissa les yeux.) Comprends-tu ce que tu es en train de dire, Hazel Levesque ? Comprends-tu ce que ça signifiera ?

Percy s'avança.

– Nous perdons du temps.

Il abattit Turbulence sur les chaînes du dieu. Le bronze céleste tinta contre la glace, mais l'épée resta attachée à la chaîne comme avec de la colle. Le givre grimpa le long de la lame. Percy se mit à tirer frénétiquement, et Frank accourut à son secours. À eux deux, ils arrivèrent à dégager Turbulence juste avant que le givre ne gagne leurs mains.

– Ça ne marchera pas, lança Thanatos. Quant au géant, il est tout près. Ces fantômes ne sont pas à moi, mais à lui.

Thanatos balaya du regard les soldats-spectres, qui se mirent à piétiner sur place, comme si un vent arctique parcourait leurs rangs.

– Alors comment pouvons-nous vous libérer ? demanda Hazel.

Thanatos reporta son attention sur elle.

– Fille de Pluton, enfant de mon maître, s'il y a bien quelqu'un qui ne devrait pas vouloir me voir libre, c'est toi.

– Vous vous imaginez peut-être que je ne le sais pas ?

Hazel sentait ses yeux piquer, mais elle était passée au-delà de la peur. Il y a soixante-dix ans, elle était une petite fille qui avait peur. Elle avait perdu sa mère en agissant trop tard. À présent, elle était soldat de Rome. Elle n'allait pas échouer de nouveau. Elle n'allait pas laisser tomber ses amis.

– Écoutez-moi, dieu de la Mort. (Elle dégaina son arme de cavalerie et Arion se cabra avec arrogance.) Je ne suis pas revenue des Enfers et je n'ai pas fait des milliers de kilomètres pour m'entendre dire que je suis stupide de vous libérer. Si je meurs, je meurs. Je combattrai cette armée tout entière s'il le faut. Dites-nous juste comment briser vos chaînes.

Thanatos l'examina brièvement.

– Intéressant. Tu comprends, n'est-ce pas, que ces ombres ont été des demi-dieux, comme toi. Ils se sont battus pour Rome. Ils sont morts sans mener à bien leurs quêtes héroïques. Comme toi, ils ont été envoyés à l'Asphodèle. Et maintenant, Gaïa leur a promis une seconde vie s'ils se battent pour elle aujourd'hui. Bien évidemment, si tu me libères et parviens à les écraser, ils devront retourner aux Enfers, dont ils n'auraient jamais dû sortir. Et ils risqueront d'être condamnés au châtiment éternel pour avoir trahi les dieux. Es-tu certaine de vouloir me libérer et damner ces âmes pour toujours ?

– Ce n'est pas juste ! s'écria Frank en serrant les poings. Voulez-vous qu'on vous libère, oui ou non ?

– « Juste... », répéta le dieu de la Mort d'un ton songeur. J'entends ce mot si souvent, Frank Zhang ! Si tu savais comme il est vide de sens ! Est-il juste que ta vie brûle d'une flamme si vive et si brève ? Était-il juste que je mène ta mère aux Enfers ?

Frank tituba comme s'il recevait un coup de poing en pleine figure.

– Non, dit tristement le dieu de la Mort. Ce n'était pas juste. Et pourtant son heure était venue. Il n'y a pas de justice dans la Mort. Si vous me libérez, je ferai mon devoir. Mais ces fantômes essaieront de vous en empêcher, bien sûr.

– En somme, résuma Percy, si on vous libère, on se fait attaquer par une bande de mecs en vapeur noire avec des épées en or. D'accord. Comment on brise ces chaînes ?

Thanatos sourit.

– Seul le feu de la Vie peut faire fondre les chaînes de la Mort.

– Sans les devinettes, s'il vous plaît ? fit Percy.

Frank inspira avec effort.

– Ce n'est pas une devinette, dit-il.

– Frank, non, protesta Hazel d'une voix faible. Il doit y avoir un autre moyen.

Un rire puissant se fit entendre. Et une voix rocailleuse tonna :

– Mes amis ! Je vous attends depuis si longtemps !

Alcyonée se tenait devant les grilles du camp. Il était encore plus grand que le géant Polybotès qu'ils avaient vu en Californie. Il avait la peau métallique et dorée, une cotte de mailles en platine et à la main un énorme gourdin en fer. Il s'avança en martelant le sol glacé de ses pattes de dragon couleur rouille. Des pierres précieuses brillaient dans ses tresses rousses.

Hazel ne l'avait jamais vu entièrement formé, mais elle le connaissait mieux que ses propres parents. Elle l'avait *fait*. Pendant des mois, elle avait hissé de l'or et des joyaux des entrailles de la Terre pour créer ce monstre. Elle connaissait les diamants qui lui servaient de cœur. Elle savait qu'il lui coulait du pétrole dans les veines en guise de sang. Plus que tout au monde, elle voulait le détruire.

Le géant s'approcha et lui sourit de toutes ses dents en argent massif.

– Ah, Hazel Levesque ! dit-il. Tu m'as coûté cher ! Sans toi, je me serais réveillé depuis plusieurs décennies et ce monde serait déjà à Gaïa. Mais peu importe !

Il ouvrit grand les bras pour désigner les rangs de soldats-spectres.

– Bienvenue, Percy Jackson ! Bienvenue, Frank Zhang ! Je suis Alcyonée, le cauchemar de Pluton et nouveau maître de la Mort. Et voici votre nouvelle légion.

45 FRANK

« Il n'y a pas de justice dans la Mort. » Ces mots n'arrêtaient pas de résonner dans la tête de Frank.

Le géant doré ne lui faisait pas peur. L'armée d'ombres non plus. Mais la pensée de libérer Thanatos lui donnait envie de se rouler en boule. Ce dieu avait pris sa mère.

Frank comprenait ce qu'il devait faire pour briser ces chaînes. Mars l'avait averti. Il lui avait expliqué pourquoi il aimait tant Emily Zhang : « Elle faisait toujours passer son devoir en premier. Avant toute chose. Avant sa vie, même. »

À présent, c'était au tour de Frank.

Il sentit dans sa poche la chaleur de la médaille du sacrifice de sa mère. Il comprenait enfin le choix qu'elle avait fait, de sauver ses camarades au prix de sa vie. Il comprenait ce que Mars avait essayé de lui dire : « Le devoir. Le sacrifice. Il y a du sens à ces valeurs. »

Dans la poitrine de Frank, une boule de colère et de rancune se dénoua – une boule de souffrance qu'il portait en lui depuis l'enterrement. Il comprit pourquoi sa mère n'était jamais revenue. Certaines choses méritent qu'on meurt pour elles.

– Hazel, dit-il d'une voix qu'il s'efforça de garder ferme. Ce paquet que tu gardes pour moi, j'en ai besoin.

Hazel le regarda avec désarroi. Perchée sur Arion, avec ses cheveux noirs qui tombaient sur ses épaules et l'auréole de brume glacée qui la nimbait, elle avait la beauté puissante d'une reine.

– Frank, dit-elle. Non. Il doit y avoir un autre moyen.

– S'il te plaît, insista-t-il. Je sais ce que je fais.

Thanatos sourit et leva ses poignets menottés.

– Tu as raison, Frank Zhang. Il faut des sacrifices.

Super. Si la Mort approuvait son plan, Frank se dit qu'il ne risquait pas d'en apprécier l'issue.

Alcyonée le géant avança en faisant trembler le sol sous ses pattes de reptile.

– De quel paquet parles-tu, Frank Zhang ? Tu m'as apporté un cadeau ?

– Rien pour toi, Abdos d'Or, à part un max de souffrances.

Le géant éclata de rire.

– Voilà qui est parlé en vrai fils de Mars ! s'écria-t-il. Dommage que je doive te tuer. Et celui-là... Ouh là là ! Depuis le temps que j'attends de rencontrer le célèbre Percy Jackson !

Le géant sourit. Ses dents d'argent lui faisaient une bouche en calandre de voiture.

– J'ai suivi ton parcours, fils de Neptune, dit Alcyonée. Ton combat avec Cronos ? Bien joué. Gaïa te déteste plus que tout autre... excepté peut-être cet arriviste de Jason Grace. Je regrette de ne pas pouvoir te tuer tout de suite, mais mon frère Polybotès veut te garder comme animal de compagnie. Il trouve que ce serait marrant d'aller tuer Neptune en tenant son fils préféré en laisse. Après, Gaïa a des plans pour toi, bien sûr.

– Je suis flatté. (Percy brandit Turbulence.) Mais en fait je suis le fils de Poséidon. Je viens de la Colonie des Sang-Mêlé.

Un vent d'agitation parcourut les rangs des fantômes. Certains dégainèrent leurs épées et levèrent leurs boucliers. D'un geste de la main, Alcyonée les calma.

– Grec, romain, peu importe, dit le géant avec nonchalance. On écrasera les deux camps sous nos talons. Vous voyez, les Titans ont vu trop petit. Leur plan était d'anéantir les dieux dans leur nouvelle base, en Amérique. Nous autres géants, nous sommes plus avisés ! Pour tuer une mauvaise herbe, il faut l'arracher avec ses racines. En ce moment même, pendant que mes troupes détruisent votre petit camp romain, mon frère Porphyrion s'apprête à livrer la véritable bataille dans les terres anciennes ! Nous briserons les dieux à leur source.

Les spectres frappèrent leurs épées contre leurs boucliers, créant un écho qui se répercuta de montagne en montagne.

– La source ? fit Frank. Vous voulez dire en Grèce ?

Alcyonée gloussa.

– Ne t'inquiète pas pour ça, fils de Mars. Tu ne seras plus là pour assister à notre victoire finale. Je remplacerai Pluton sur le trône des Enfers. J'ai déjà la Mort sous ma garde. Et avec Hazel Levesque à mon service, je posséderai aussi toutes les richesses de la terre !

– Désolée, dit Hazel en serrant sa *spatha*, mais je ne suis au service de personne.

– Ah, mais tu m'as donné la vie ! C'est vrai, nous avions espéré éveiller Gaïa pendant la Seconde Guerre mondiale. Ça aurait été splendide ! Mais en fait, le monde va presque aussi mal maintenant. Bientôt, votre civilisation sera balayée. Les Portes de la Mort s'ouvriront. Ceux qui nous servent ne périront jamais. Morts ou vivants, vous trois rejoindrez les rangs de mon armée.

Percy secoua la tête.

– Tu rêves, Abdos d'Or.

– Attends. (Hazel éperonna Arion, qui se rapprocha du géant.) C'est moi qui ai fait sortir ce monstre de terre. Je suis la fille de Pluton. C'est à moi de le tuer.

– Ah, petite Hazel ! (Alcyonée planta son gourdin dans la glace. Ses cheveux incrustés de joyaux brillaient de mille feux.) Tu es sûre que tu ne veux pas nous rejoindre de ton plein gré ? Tu serais un élément des plus... précieux. Pourquoi mourir une deuxième fois ?

La colère enflamma les yeux d'Hazel. Elle tourna la tête vers Frank et sortit de sa poche de veste le tison emballé de tissu.

– Tu es sûr ?

– Ouais, affirma Frank.

– Tu es mon meilleur ami, Frank. J'aurais dû te le dire. (Elle lui lança le morceau de bois.) Fais ce que tu as à faire. Percy ? Peux-tu le protéger ?

Percy balaya du regard les rangs de légionnaires fantômes.

– Contre une petite armée ? Pas de problème.

– Alors je m'occupe d'Abdos d'Or.

Sur ces mots, elle chargea.

46 FRANK

Frank déballa le tison et s'agenouilla aux pieds de Thanatos.

Il était conscient de la présence de Percy, à côté de lui, qui faisait tournoyer son épée en jetant des cris de défi pour repousser les assauts des fantômes. Il entendit le géant gronder, et Arion hennir furieusement, mais il n'osa pas regarder.

Les mains tremblantes, il approcha le tison des chaînes qui enserraient la jambe droite du dieu de la Mort. Il pensa à des flammes, et aussitôt le bois s'embrasa.

Une chaleur insupportable se répandit dans le corps de Frank. Le métal glacé se mit à fondre, sous des flammes si vives qu'elles étaient encore plus aveuglantes que la glace.

– Bien, dit Thanatos. Très bien, Frank Zhang.

Frank avait entendu raconter que les gens, près de la mort, voyaient leur vie défiler, mais il n'en avait jamais fait l'expérience. Il revit sa mère le jour de son départ pour l'Afghanistan. Elle souriait et l'embrassait. Il inhalait le plus possible son parfum au jasmin pour ne pas l'oublier. « Je serai toujours fière de toi, Frank », disait-elle. « Un jour, tes voyages t'emmèneront encore plus loin que moi. Tu boucleras la boucle de notre famille. Dans de longues années, nos descendants raconteront des histoires sur Frank Zhang le héros, leur arrière-arrière-arrière... » Elle le chatouillait en disant « arrière », en souvenir de leurs jeux. Frank souriait – pour la dernière fois avant de longs mois.

Il se revit à Moose Pass, assis à la table de pique-nique, sous les étoiles et l'aurore boréale, avec Hazel qui ronflait doucement à côté de lui et Percy qui lui disait : « Frank, sache-le, tu es un véritable chef. Nous avons besoin de toi. »

Il revit Percy disparaître dans la tourbière, puis Hazel plonger à sa rescousse. Il se souvint qu'il s'était senti terriblement seul, en tenant le bout de l'arc, et terriblement impuissant. Il avait supplié les dieux de l'Olympe – y compris Mars – d'aider ses amis, bien qu'il sache qu'ils étaient hors de leur sphère de pouvoir.

La première chaîne se brisa avec un tintement. Sans perdre une seconde, Frank appuya le tison sur la chaîne qui entravait l'autre jambe de Thanatos.

Il jeta un coup d'œil par-dessus son épaule.

Percy se battait comme un ouragan. Plus exactement... c'était un ouragan. Entouré d'une tornade miniature, toute d'eau et de vapeur de glace, il s'avançait entre les soldats-spectres romains et repoussait les flèches et les javelots. Depuis quand avait-il ce pouvoir ?

Il s'enfonçait dans les rangs ennemis et, même s'il paraissait laisser Frank sans défense, les fantômes concentraient tous leurs efforts sur lui. Frank se demanda pourquoi – puis il vit l'objectif de Percy : un des spectres de vapeur noire était drapé d'une cape de porte-étendard, en peau de lion, et tenait à la main une hampe surmontée d'un aigle en or, aux ailes parsemées de cristaux de glace.

L'étendard de la légion.

Frank regarda Percy décimer un rang de légionnaires, en envoyant promener leurs boucliers dans le souffle de sa tornade perso. Puis il bouscula le porte-étendard et s'empara de l'aigle.

– Vous voulez le récupérer ? cria-t-il aux fantômes. Ben venez le chercher !

Sur ces mots, il s'éloigna pour attirer la troupe à sa suite, et Frank fut impressionné par l'audace de sa stratégie. Les ombres avaient beau tenir à garder Thanatos prisonnier de ses chaînes, elles n'en étaient pas moins des spectres romains. Ils avaient l'esprit confus, comme les fantômes que Frank avait vus à l'Asphodèle, mais il y avait une chose dont ils se souvenaient avec une grande clarté : ils devaient protéger leur aigle.

Il n'empêche, Percy n'allait pas pouvoir combattre une armée si nombreuse éternellement. Nourrir une pareille tornade devait pomper beaucoup d'énergie. Malgré le froid, son visage se couvrait de sueur.

Frank chercha Hazel du regard. Il ne la trouva pas, ni elle ni le géant.

– Surveille ta flamme, petit, dit alors le dieu de la Mort. Tu n'en as pas de trop.

Frank jura. Il s'était laissé distraire et n'avait pas vu que la deuxième chaîne avait fondu.

Il déplaça le tison embrasé pour s'attaquer à la menotte de la main droite. Le bout de bois avait diminué de moitié. Frank frissonna. D'autres images affluèrent dans son esprit. Mars assis au chevet de sa grand-mère, regardant Frank avec ses yeux d'explosion nucléaire : « Tu es la botte secrète de Junon. J'espère que tu as appris à te servir du don familial. »

Il entendit sa mère lui dire : « Tu peux être tout ce que tu veux. »

Puis il vit le visage sévère de Grand-mère, sa peau fine comme du papier de riz, ses cheveux blancs qui s'étalaient sur l'oreiller. « Oui, Fai Zhang, ta mère n'essayait pas simplement de gonfler ton image de toi-même. Elle te disait littéralement la vérité. »

Il repensa au grizzly que sa mère avait arrêté à la lisière de la forêt. Il repensa au grand oiseau noir qu'il avait vu décrire des cercles au-dessus de la maison familiale en flammes.

La troisième chaîne se brisa net. Frank appuya vite la braise contre l'autre menotte. Tout son corps le faisait souffrir. Des points jaunes dansaient devant ses yeux.

Il vit Percy, au bout de la Via Principalis, qui faisait toujours barrage à l'armée des spectres. Il avait renversé le char et démoli plusieurs bâtiments, mais chaque fois qu'il balayait une vague d'ennemis avec sa tornade, les fantômes se relevaient et attaquaient de nouveau. Chaque fois que Percy en pourfendait un avec son épée, il se reformait aussitôt. Percy s'était replié le plus loin possible ou presque. Derrière lui se trouvait la porte latérale du camp et, six ou sept mètres derrière, le bord du glacier.

Quant à Hazel et à Alcyonée, ils avaient détruit quasiment toute la caserne en se battant et s'affrontaient maintenant parmi les décombres, à la porte principale. Arion jouait à chat avec le géant ; il chargeait quand ce dernier abattait son énorme gourdin de fer sans parvenir à les atteindre, fracassant des murs et ouvrant des ravins dans la glace.

Enfin, la dernière chaîne du dieu de la Mort céda. Avec un cri de désespoir, Frank planta le tison dans la neige et éteignit la flamme. La douleur s'estompa. Il était vivant. Mais lorsqu'il ressortit le morceau de bois, il vit qu'il ne faisait même pas la taille d'une barre chocolatée, à présent.

Thanatos leva les bras.

– Libre ! s'écria-t-il avec satisfaction.

– Super, dit Frank, qui battit des paupières pour dissiper les taches jaunes. Alors faites quelque chose !

Thanatos lui sourit calmement.

– Faire quelque chose ? Bien sûr. Je vais surveiller. Ceux qui mourront dans ce combat resteront morts.

– Merci, marmonna Frank en fourrant son tison dans la poche de son manteau. Merci de votre aide.

– Je t'en prie, dit aimablement Thanatos.

– Percy ! hurla Frank. Ils peuvent mourir, maintenant !

Percy hocha la tête, mais il avait l'air épuisé. Sa tornade perdait en vitesse. Ses assauts également. L'armée des fantômes l'avait encerclé et le poussait peu à peu vers le bord du glacier.

Frank brandit son arc pour lui porter secours – puis il se ravisa. Des flèches ordinaires achetées à un magasin d'articles de chasse ne risquaient pas de servir à grand-chose, ici. Frank devait faire appel à son don.

Il lui semblait comprendre enfin ses pouvoirs. Curieusement, regarder le tison brûler et sentir l'odeur âcre de sa propre vie qui partait en fumée lui avait donné confiance en lui.

« Est-il juste que ta vie brûle d'une flamme si vive et si brève ? » avait demandé le dieu de la Mort.

La justice n'existe pas, se dit Frank. *Quitte à brûler, autant que ma flamme soit vive.*

Il fit un pas vers Percy. À ce moment-là, à l'autre bout du camp, Hazel poussa un hurlement de douleur, et Arion hennit. Le géant était parvenu, par chance, à frapper juste. Son gourdin projeta le cheval et sa cavalière pêle-mêle contre les remparts.

– Hazel !

Frank jeta un coup d'œil vers Percy. Si seulement il avait son javelot... s'il pouvait invoquer Gray... mais il ne pouvait pas être dans deux endroits à la fois.

– Va l'aider ! cria Percy en brandissant bien haut l'aigle d'or. Je maîtrise !

Mais Percy ne maîtrisait pas la situation, c'était clair. Frank voyait bien que le fils de Poséidon allait être submergé par les spectres, pourtant il vola au secours d'Hazel.

Elle était à demi ensevelie sous un tas de briques de neige. Arion, tout près d'elle, se cabrait et envoyait les sabots de devant contre le géant pour essayer de la protéger.

– Alors, petit poney, se moqua Alcyonée, tu veux jouer ?

Sur ces mots, le géant leva son gourdin glacé.

Frank était trop loin pour intervenir... mais il s'imagina décollant du sol et fonçant vers eux.

« Tout ce que tu veux. »

Il se souvint des aigles d'Amérique qu'ils avaient vus en route. Son corps devint plus petit et plus léger. Ses bras s'étirèrent et se changèrent en ailes, tandis que sa vision acquérait mille fois plus d'acuité. Il monta en flèche dans le ciel, puis fondit sur le géant en dardant ses serres et lui planta ses griffes tranchantes dans les yeux.

Alcyonée hurla et recula en titubant, tandis que Frank se posait devant Hazel et reprenait sa forme normale.

– Frank... (Elle le regardait avec stupeur, le visage auréolé de neige.) Qu'est-ce que... comment tu as... ?

– Imbécile ! cria Alcyonée. (Son visage était lacéré et ses yeux baignés de pétrole noir, à la place du sang, mais les plaies se refermaient déjà.) Je suis immortel dans mon pays natal, Frank Zhang ! Et grâce à ton amie Hazel, l'Alaska est mon nouveau pays natal. Tu ne peux pas me tuer ici !

– C'est ce qu'on verra, rétorqua Frank. (Il sentait la force bouillonner dans ses bras et ses jambes.) Hazel, remonte sur ton cheval.

Le géant chargea et Frank s'élança à sa rencontre. Il se rappela l'ours sur lequel il était tombé nez à nez, quand il était petit. Tout en courant, Frank sentit son corps s'alourdir, grossir, se gonfler de muscles. Et lorsqu'il heurta le géant de plein fouet, il était devenu un grizzly adulte, cinq cents kilos de force à l'état pur. Il était encore petit comparé à Alcyonée, mais il le percuta avec tant d'élan que le géant tomba à la renverse contre une tour de guet qui s'écroula sur lui.

Frank sauta sur la tête du géant. Dans son corps de grizzly, avec ses pattes griffues, il avait la puissance d'un boxeur poids lourd maniant une scie tronçonneuse. Il s'acharna sur le visage du géant jusqu'à ce que ses traits métalliques commencent à se cabosser.

– Greu..., fit le géant, à moitié sonné.

Frank reprit son corps humain. Il avait toujours son sac à dos. Il sortit la corde qu'il avait achetée à Seward et la noua rapidement autour de la patte couverte d'écailles du géant.

– Hazel, attrape ! dit-il en lui lançant l'autre bout de la corde. J'ai une idée, mais il va falloir...

– Vais... euh... te... tuer..., marmonna Alcyonée.

Frank courut vers la tête du géant, attrapa l'objet lourd le plus proche – en l'occurrence un bouclier de légionnaire – et l'asséna sur le nez d'Alcyonée.

– Greu, répéta ce dernier.

Frank se tourna vers Hazel.

– Jusqu'où Arion peut-il le remorquer, à ton avis ?

Hazel le dévisageait.

– Tu t'es changé en oiseau. Et puis en ours. Et...

– Je t'expliquerai plus tard. Il faut qu'on traîne Alcyonée vers l'intérieur des terres, le plus vite et le plus loin possible.

– Mais Percy ?

Frank jura. Comment avait-il pu l'oublier ?

De l'autre côté du champ de ruines, il vit leur ami, acculé au bord du glacier. Sa tornade avait disparu. Il brandissait

Turbulence d'une main et l'aigle d'or de la légion de l'autre. L'armée des spectres se refermait sur lui.

– Percy ! hurla Frank.

Percy tourna la tête. Il vit le géant à terre et parut comprendre ce qui se passait. Il cria des mots que le vent avala, sans doute : « Allez-y ! »

Puis il planta violemment Turbulence dans la glace, à ses pieds. Le glacier tout entier trembla. Les spectres tombèrent à genoux. Derrière Percy, une vague immense monta de la baie, un mur d'eau grise encore plus haut que le glacier. Des jets fusèrent par tous les ravins et les fissures du glacier. Quand la vague s'abattit, l'arrière du camp s'écroula. Et tout le pan extérieur du glacier se détacha et sombra dans le vide – emportant avec lui les bâtiments, les spectres, et Percy Jackson.

47 FRANK

Frank était sous le choc – à tel point qu'Hazel dut crier son nom une bonne dizaine de fois avant qu'il se rende compte qu'Alcyonée se réveillait.

Il cribla le géant de coups de bouclier sur le nez jusqu'à ce qu'il se remette à ronfler. Pendant ce temps, le glacier s'effritait toujours, par pans, et le bord se rapprochait de plus en plus d'eux.

Thanatos glissa vers eux, porté par ses ailes noires, le visage serein.

– Ah ! dit-il avec satisfaction. Voilà des âmes qui partent. Qui se noient, qui se noient... Quant à vous, mes amis, vous avez intérêt à vous dépêcher, si vous ne voulez pas vous noyer vous aussi.

– Et... Percy ? demanda Frank, qui dut faire un effort pour prononcer le nom de son ami. Est-il... ?

– Trop tôt pour le savoir. Mais celui-là, là, fit Thanatos en jetant un regard méprisant à Alcyonée, vous ne pourrez jamais le tuer ici. Est-ce que tu sais quoi faire ?

Frank hocha la tête et bafouilla :

– Je crois que oui.

– Alors nous avons terminé, dit le dieu de la Mort.

Frank et Hazel échangèrent un regard inquiet.

– Euh, demanda Hazel d'une voix fragile, vous voulez dire que… que vous n'allez pas…

– Prendre ta vie ? Voyons voir…

Thanatos saisit un iPad noir comme jais qui s'était matérialisé dans l'air devant lui. Il tapota quelques instants sur l'écran, et Frank ne pouvait penser qu'à une chose : pourvu qu'il n'ait pas une application faucheuse d'âmes.

– Je ne te vois pas sur la liste, dit le dieu de la Mort. Pluton me donne des ordres spécifiques pour les âmes évadées, vous comprenez. J'ignore pourquoi, mais il ne m'a pas donné de mandat pour la tienne. Soit il considère que ta vie n'est pas finie, soit c'est une négligence. Si tu veux, je peux l'appeler et lui demander…

– Non ! s'écria Hazel. Ça va.

– Tu es sûre ? demanda le dieu de la Mort, plein de bonne volonté. J'ai la vidéoconférence, là-dessus. Je dois avoir son adresse Skype quelque part.

– Non, franchement. Merci, affirma Hazel, qui avait l'air soulagée d'un poids énorme.

– Greu, marmonna Alcyonée.

Frank lui donna un nouveau coup sur la tête.

Le dieu de la Mort leva le nez de son iPad.

– Quant à toi, Frank Zhang, ce n'est pas ton heure non plus. Il te reste un peu de carburant à brûler. Mais ne vous imaginez pas que je vous fais un traitement de faveur, ni à l'un ni à l'autre. Nous nous reverrons dans des circonstances moins agréables.

La falaise s'éboulait toujours et le bord n'était plus qu'à six mètres d'eux. Arion hennit avec impatience. Frank savait qu'il fallait partir, mais il avait encore une question à poser.

– Et les Portes de la Mort ? demanda-t-il. Où sont-elles ? Comment se ferment-elles ?

– Ah oui. (Une ombre de contrariété passa sur le visage de Thanatos.) Les Portes de Moi. Ce serait bien de les fermer, mais ce n'est pas en mon pouvoir, malheureusement. Et comment vous pourriez le faire, je n'en ai pas la moindre idée. Je ne peux pas vous indiquer où elles se trouvent au juste, car leur emplacement n'est pas seulement physique. Seule une quête permet d'y parvenir. Ce que je suis en mesure de vous dire, c'est que vous devez prendre Rome comme point de départ pour vos recherches. La Rome des origines. Il vous faudra un guide particulier – il n'y a qu'un seul type de demi-dieu qui soit capable de lire les signes qui finiront par vous mener aux Portes de Moi.

Des fissures se formèrent dans la glace, à leurs pieds. Hazel tapota Arion sur l'encolure pour réfréner son envie de décoller.

– Et mon frère ? demanda-t-elle. Nico est-il en vie ?

Thanatos lui adressa un regard étrange – teinté de compassion, bien que ce ne soit pas, a priori, une émotion que la Mort puisse comprendre.

– Tu trouveras la réponse à Rome. Il faut que je file à votre Camp Jupiter, à présent. J'ai l'impression que les âmes à faucher vont être vite nombreuses, là-bas. Bon vent, demi-dieux ! Nous nous reverrons.

Thanatos disparut dans une volute de fumée noire.

Les fissures de la glace s'élargirent aux pieds de Frank.

– Vite ! dit-il à Hazel. Nous devons emmener Alcyonée à quinze kilomètres d'ici, au nord !

Il grimpa sur la poitrine du géant et Arion partit comme une flèche en remorquant derrière lui Alcyonée – sans doute la plus hideuse luge que la planète ait jamais portée.

Le trajet fut bref.

Arion parcourait le glacier comme une autoroute, filait sur la glace, franchissait les gouffres d'un bond, glissait sur des pentes qui auraient fait l'envie des snowboardeurs les plus audacieux.

Frank n'eut pas besoin d'assommer le géant trop souvent, vu que sa tête ne cessait de heurter la glace. Il entendit Alcyonée à demi conscient chantonner : « ...ding, ding, dong... »

Frank était sonné, lui aussi. Il venait de se transformer en aigle, puis en ours. Il sentait toujours un flux d'énergie le parcourir comme s'il était à mi-chemin entre l'état solide et l'état liquide.

Et ce n'était pas tout : Hazel et lui avaient libéré la Mort, et survécu. Quant à Percy... Frank ravala sa peur. Percy s'était laissé emporter par le glacier pour les sauver. « Le fils de Neptune coulera. »

Non. Frank refusait de croire que Percy était mort. Ils n'avaient pas fait ce long voyage pour perdre leur ami. Frank le retrouverait – mais il devait d'abord régler son compte à Alcyonée.

Il se projeta mentalement la carte qu'il avait étudiée dans le train d'Anchorage. Il avait une idée générale de là où ils devaient aller, mais le glacier n'offrait aucun point de repère. Il allait devoir se fier à son intuition.

Arion s'engouffra entre deux montagnes et déboucha dans une vallée hérissée de blocs de glace et de pierre, qui ressemblait à un énorme bol de céréales soufflées au chocolat, prises dans du lait gelé. La peau dorée du géant pâlit, semblant se changer en laiton. Frank sentit une vibration légère traverser son corps, comme si on lui posait un diapason contre le sternum. Il comprit qu'il venait de pénétrer en territoire ami – ils étaient de retour dans *leur* territoire.

– Par ici ! cria-t-il.

Arion obliqua sur le côté. Hazel trancha la corde et Alcyonée partit en glissant à toute allure – Frank sauta au sol juste avant que le géant s'écrase contre un rocher.

– Quoi quoi quoi ? s'écria Alcyonée, qui se releva brusquement.

Son nez était tordu et, si ses plaies avaient déjà cicatrisé, sa peau dorée n'avait plus le même éclat. Il chercha son gourdin de fer, qui était resté sur le glacier Hubbard. Puis il renonça et fracassa le rocher le plus proche d'un coup de poing rageur.

– Vous avez osé me faire faire un tour de traîneau ? ajouta-t-il.

Là-dessus le géant se crispa et renifla l'air.

– Cette odeur... une odeur d'âmes qu'on vient de souffler. Thanatos est libre, hein ? Bah, c'est pas grave. Gaïa contrôle toujours les Portes de la Mort. Alors, pourquoi m'as-tu traîné ici, fils de Mars ?

– Pour te tuer, dit Frank. D'autres questions ?

Le géant plissa les yeux.

– Tu es le premier enfant de Mars capable de changer de forme que je vois, rétorqua-t-il, mais ça ne veut pas dire que tu puisses me vaincre. T'imagines-tu que ton soldat de père t'a donné la force de m'affronter seul à seul ?

– Et pourquoi pas à deux contre un ? intervint Hazel, qui tira sa *spatha*.

Poussant un grognement, le géant se jeta sur elle, mais Arion l'esquiva en souplesse et Hazel lui érafla le mollet de la pointe de son épée. Un jet de pétrole noir s'échappa de la plaie. Alcyonée tituba.

– De toute façon, avec ou sans Thanatos, vous ne pouvez pas me tuer !

De sa main libre, Hazel fit le geste d'attraper. Aussitôt, une force invisible tira en arrière la tignasse entremêlée de pierres précieuses du géant. Hazel en profita pour se fendre vers l'avant, taillader l'autre mollet d'Alcyonée et battre en retraite avant qu'il ait repris son équilibre.

– Arrête ! cria le géant. On est en Alaska. Je suis immortel dans mon pays natal !

– En fait, dit Frank, j'ai une mauvaise nouvelle à t'annoncer. Tu vois, je n'ai pas hérité que de la force de mon père.

– Qu'est-ce que tu racontes, mauvaise graine de guerrier ?

– Le sens tactique, dit Frank. Le voilà, le talent que je tiens de Mars. On peut gagner la bataille avant même de la mener, si on sait choisir le terrain. (Il pointa du doigt derrière son épaule.) On a franchi la frontière il y a quelques centaines de mètres, on n'est plus en Alaska. Tu ne le sens pas, Al ? Si tu veux rentrer en Alaska, tu dois me passer sur le corps d'abord.

Lentement, le message monta au cerveau du géant et une lueur de compréhension s'alluma dans ses yeux. Incrédule, il regarda ses jambes : le pétrole coulait encore abondamment de ses plaies, teintant de noir la glace.

– Impossible ! tonna le géant. Je... je... Argh !

Il fonça vers Frank, résolu à rejoindre la frontière. Une fraction de seconde, Frank douta de son plan. S'il ne parvenait pas à recourir de nouveau à son don, s'il restait immobile, c'était la mort. Puis les paroles de sa grand-mère lui revinrent à l'esprit :

« Ça aide si tu connais bien la créature. » *Oui.*

« Ça aide aussi si tu es en danger de mort, engagé dans un combat, par exemple. » *Oui aussi.*

Le géant approchait. Vingt mètres. Dix mètres.

– Frank ? fit Hazel d'une voix inquiète.

– C'est bon, je contrôle, répondit Frank.

Il se concentra, fermement planté sur ses deux pieds. Et juste avant qu'Alcyonée ne l'écrase, il se transforma. Frank s'était toujours trouvé trop grand et balourd. Il puisa dans ce ressenti. Son corps enfla et prit des dimensions gigantesques. Sa peau s'épaissit, ses bras se changèrent en solides pattes avant. Des défenses lui sortirent de la bouche et son nez s'allongea. Il devint l'animal qu'il connaissait le mieux – celui qu'il avait nourri, lavé, soigné, et même rendu malade au Camp Jupiter.

Et Alcyonée heurta de plein fouet un éléphant de dix tonnes.

Le géant tituba, fit quelques pas sur le côté, poussa un cri de rage et chargea à nouveau, mais il avait tout du poids plume, face à Frank en mode pachyderme. D'un coup de boule, Frank renversa le géant, qui s'étala en étoile dans la neige.

– Tu... peux... pas... me tuer, marmonna Alcyonée. Tu...

Frank reprit son aspect normal. Il s'approcha du géant, dont les plaies dégageaient une épaisse vapeur dans l'air glacé. Les joyaux de ses cheveux tombèrent dans la neige en grésillant. Sa peau dorée craquelait de partout.

Hazel mit pied à terre et rejoignit Frank, l'épée à la main.

– Puis-je ?

Frank hocha la tête. Puis il plongea le regard dans les yeux furibonds du géant.

– Je vais te donner un tuyau, Alcyonée, dit-il. La prochaine fois que tu choisiras comme pays natal l'État le plus grand des États-Unis, ne t'installe pas dans la partie qui ne fait que quinze kilomètres de large. Bienvenue au Canada, imbécile.

L'épée d'Hazel se planta dans la gorge du géant, qui se disloqua et se réduisit en un tas de pierres précieuses.

Frank et Hazel, debout côte à côte, regardèrent les vestiges du géant se fondre dans la glace. Puis Frank ramassa la corde.

– Un éléphant, hein ? demanda Hazel.

– Ouais, fit Frank en se grattant la nuque. Ça m'a semblé une bonne idée.

Il n'arrivait pas à déchiffrer l'expression d'Hazel et redoutait d'avoir fini par dépasser les limites de ce qu'elle pouvait supporter dans le bizarre. Frank Zhang, balourd impénitent, fils de Mars, pachyderme à ses heures perdues.

Mais alors, elle l'embrassa – un vrai baiser sur la bouche, tout autre chose que le bisou amical qu'elle avait donné à Percy dans l'avion.

– T'es incroyable, dit-elle. Et en éléphant, tu es franchement énorme.

Frank se sentit rougir si fort qu'il se demanda si ses oreilles n'allaient pas fumer. Avant qu'il puisse répondre, une voix résonna dans la vallée :

Vous n'avez pas gagné.

Il tourna la tête. Sur la montagne la plus proche, des ombres mouvantes s'assemblaient pour dessiner le visage d'une femme endormie.

Vous ne serez jamais rentrés à temps, dit la voix railleuse de Gaïa. *En cet instant même, Thanatos vaque à la destruction du Camp Jupiter, à la mort finale de vos amis romains.*

La montagne gronda comme si les entrailles de la Terre riaient. Et les ombres se dissipèrent.

Hazel et Frank se regardèrent. Sans un mot, ils montèrent sur le dos d'Arion et repartirent à toute bombe vers la baie.

48 FRANK

Percy les attendait. Il avait l'air furieux.

Debout au bord du glacier, appuyé à la hampe qui supportait l'aigle d'or, il contemplait les dégâts qu'il avait causés : une nouvelle étendue d'eau de plusieurs hectares, parsemée d'icebergs et de débris provenant du camp démoli.

Il ne subsistait sur le glacier que les grandes portes du camp, qui penchaient sur le côté, et les lambeaux d'une bannière bleue gisant sur un tas de briques de neige.

Quand ils le rejoignirent en courant, Percy leur dit « Salut ! » comme s'ils se retrouvaient pour déjeuner.

– Tu es vivant ! s'exclama Frank, stupéfait.

Percy fronça les sourcils.

– La chute ? C'était rien, ça. Quand je suis tombé de l'Arche à Saint Louis, c'était deux fois plus haut.

– Tu es tombé *d'où ça* ? demanda Hazel.

– Peu importe. Ce qui compte, c'est que je ne me suis pas noyé.

– Comme quoi la prophétie était incomplète ! dit Hazel en souriant. En entier ça devait être un truc du genre « Le fils de Neptune coulera un paquet de fantômes. »

Percy haussa les épaules. Il regardait toujours Frank avec un certain dépit.

– J'ai un compte à régler avec toi, Frank, dit-il. Alors comme ça tu peux te changer en aigle ? Et en ours ?

– Et en éléphant, ajouta fièrement Hazel.

– En éléphant. (Percy secoua la tête, sidéré.) C'est ton don de famille ? Tu peux changer d'apparence ?

Frank piétina sur place, l'air gêné.

– Euh, ouais. Mon ancêtre argonaute, Périclyménos, avait ce don. Il nous l'a transmis.

– Et il l'avait reçu de Poséidon, dit Percy. C'est une injustice totale. Je ne peux pas me transformer en animal, moi.

– Une injustice totale ? (Frank le dévisagea.) Parce que moi je peux respirer sous l'eau, peut-être ? Ou faire exploser des glaciers et créer des tornades à volonté ?

– OK, vu comme ça, t'as pas entièrement tort. Mais la prochaine fois que je te traite de bête...

– Ferme-la. S'il te plaît.

Percy sourit.

– Bon, les garçons, intervint Hazel, si vous avez fini, allons-y. Le Camp Jupiter est assiégé. Ils ont besoin de cet aigle d'or.

Percy hocha la tête.

– Oui, dit-il, mais pas tout de suite. Hazel, il doit y avoir une tonne d'armes et d'armures en or impérial au fond de la baie, maintenant, plus un chariot fabuleux. Tout ce matos pourrait être très précieux, vous croyez pas ?

Il leur fallut longtemps – trop longtemps – pour repêcher l'arsenal, mais ils savaient tous les trois que ces armes pouvaient changer le cours de l'histoire et accorder la victoire au Camp Jupiter, si seulement ils les rapportaient à temps.

Hazel se servit de ses pouvoirs pour faire remonter certains objets à la surface, tandis que Percy plongeait pour en récupérer d'autres. Même Frank contribua, changé en phoque, ce qui était plutôt cool – Percy, bien sûr, prétendit qu'il sentait le poisson.

Ils durent s'y mettre à trois pour hisser le char, puis ils rassemblèrent l'arsenal sur une plage de sable noir, au pied du glacier. Ils ne purent pas tout caser dans le char, mais se servirent de la corde de Frank pour attacher la plupart des armes et les meilleurs armures.

– On dirait le traîneau du Père Noël, commenta Frank. Est-ce qu'Arion peut tirer un poids pareil ?

L'étalon souffla bruyamment par les naseaux.

– Hazel, dit Percy, je vais vraiment lui savonner la bouche, à ton cheval. Il prétend que oui, il peut le remorquer mais il a besoin de manger.

Hazel ramassa un vieux poignard romain, un *pugio*, qui était tordu et émoussé. Il ne serait plus d'une grande utilité dans un combat, mais semblait en or impérial massif.

– Tiens, Arion, dit Hazel. Du combustible de haute performance.

Arion cueillit le poignard avec les babines et le croqua entre ses dents comme une pomme. Frank se promit de ne jamais approcher la main de la bouche de ce cheval.

– Je ne doute pas de la force d'Arion, avança-t-il prudemment, mais est-ce que le char va tenir ? La dernière fois...

– Celui-ci a des roues et un essieu en or impérial, fit remarquer Percy. Il devrait tenir.

– Sinon, le voyage sera plus court, dit Hazel. Mais le temps presse. Venez !

Frank et Percy montèrent dans le char, et Hazel grimpa sur le dos d'Arion.

– Hue ! cria-t-elle.

Le bang supersonique du cheval résonna dans la baie. Ils filèrent vers le Sud, déclenchant des avalanches sur leur passage.

49 PERCY

Quatre heures.

C'est le temps que mit le cheval le plus rapide de la planète pour aller de l'Alaska à la baie de San Francisco, en fonçant tout droit au ras de l'eau, le long de la côte nord-ouest.

C'est aussi le temps que mit Percy à recouvrer complètement sa mémoire. Le processus s'était enclenché à Portland, quand il avait bu le sang de gorgone, mais ses souvenirs de sa vie passée étaient demeurés atrocement flous. À présent, alors qu'ils faisaient route vers le territoire des dieux olympiens, Percy se rappela tout : la guerre contre Cronos ; son seizième anniversaire à la Colonie des Sang-Mêlé ; son professeur, le centaure Chiron ; son meilleur ami, Grover ; son frère, Tyson. Et surtout, Annabeth : les deux mois merveilleux où ils étaient sortis ensemble et puis BOUM. Il s'était fait enlever par l'extraterrestre nommée Héra. Ou Junon, peu importe.

Huit mois de sa vie, volés. La prochaine fois que Percy verrait la reine de l'Olympe, il n'hésiterait pas à lui asséner une claque sur la nuque à la mesure de sa divinité.

Sa famille et ses amis devaient être morts d'inquiétude. Et si le Camp Jupiter était dans une situation aussi périlleuse,

Percy ne pouvait qu'imaginer à quels dangers la Colonie des Sang-Mêlé devait faire face sans lui.

Le pire, c'était que sauver les deux camps ne représentait qu'un début. Selon Alcyonée, la guerre véritable se déroulerait très loin, dans le berceau des dieux. Les géants comptaient attaquer le mont Olympe d'origine et éliminer les dieux à tout jamais.

Percy savait que les géants mourraient à la seule et unique condition que les dieux et les demi-dieux les combattent ensemble. Nico le lui avait appris. Annabeth y avait fait allusion, elle aussi, en août, quand elle avait suggéré que les géants pouvaient faire partie de la nouvelle Grande Prophétie – celle que les Romains appelaient la Prophétie des Sept. (C'était l'inconvénient de sortir avec la fille la plus intelligente de la colonie : on apprenait des choses.)

Il comprenait le plan de Junon : unir les demi-dieux grecs et romains pour former une équipe de héros d'élite, puis trouver le moyen de convaincre les dieux de se battre à leurs côtés. Mais il fallait d'abord sauver le Camp Jupiter.

La côte reprenait un aspect familier, maintenant. Ils passèrent en flèche devant le phare du cap Mendocino. Peu après, le mont Tamalpais et les promontoires de Marin émergèrent du brouillard. Arion piqua sous le pont du Golden Gate et entra dans la baie de San Francisco.

Berkeley puis les collines d'Oakland défilèrent sous leurs yeux. Lorsqu'ils atteignirent la colline qui surplombait le tunnel Caldecott, Arion s'arrêta en pantelant, vibrant de tout son corps comme une vieille voiture.

Hazel lui tapota affectueusement les flancs.

– Tu es formidable, Arion, dit-elle.

« Ben qu'est-ce tu crois ? » rétorqua l'étalon, trop fatigué pour jurer.

Percy et Frank sautèrent au bas du char. Percy regrettait l'absence de sièges confortables et de repas servis à bord : il se sentait tellement raide qu'il avait du mal à marcher. S'il allait au combat dans cet état, il se ferait traiter de papy.

Frank n'avait pas l'air plus frais. Il grimpa au sommet de la colline en clopinant et regarda le camp d'en haut.

– Venez voir, les gars, appela-t-il d'une voix grave.

Hazel et Percy le rejoignirent. Percy sentit son cœur flancher en découvrant le spectacle. La bataille avait commencé et elle se passait mal pour les Romains. La Douzième Légion s'était déployée sur le Champ de Mars pour tenter de protéger la ville. Des balistes bombardaient les rangs des ogres de terre, Hannibal l'éléphant piétinait des monstres tout autour de lui, néanmoins la défense était ridiculement plus faible en nombre que les assaillants.

Reyna, perchée sur son pégase Scipion, harcelait le géant Polybotès pour l'accaparer. Les Lares dressaient leur rempart pourpre et scintillant face à une bande d'ombres noires en armure antique. Les anciens combattants établis en ville, venus prêter main-forte, repoussaient en formation de tortue les assauts des centaures sauvages. Des aigles géants tournoyaient au-dessus du champ de bataille, affrontant dans le ciel deux mamies aux cheveux de serpents, en gilets fluo – les gorgones Sthéno et Euryale.

C'était la légion qui essuyait le plus fort de l'attaque, mais ses formations se disloquaient : les cohortes ressemblaient maintenant à des îlots noyés dans une mer d'ennemis. La tour de siège des Cyclopes criblait la ville de boulets de canon vert luminescent, ouvrant des cratères dans le forum, réduisant des maisons en ruines. Sous les yeux de Percy, un boulet de canon s'abattit sur le Sénat et une grande partie du dôme s'effondra.

– On arrive trop tard, murmura Hazel.

– Non, dit Percy. Ils se battent encore. C'est jouable.

– Où est Lupa ? demanda Frank, d'une voix où perçait le désespoir. Elle devrait être là, elle et ses loups.

Percy se rappela son initiation chez la déesse-louve. Il en était venu à respecter ses enseignements, mais il avait aussi appris à connaître les limites des loups. Ils ne montaient pas au front. Ils attaquaient seulement quand ils avaient l'avantage du nombre et, en général, sous le couvert de l'obscurité. Par ailleurs, la première règle de Lupa était l'autonomie. Elle aidait ses enfants le plus possible et les formait au combat, toutefois, estimait-elle, il arrivait un moment où l'on se retrouvait soit du côté des prédateurs, soit de celui des proies, et là, les Romains devaient se battre par eux-mêmes. Ils devaient prouver leur valeur ou mourir. C'était la philosophie de vie de Lupa.

– Elle a fait ce qu'elle a pu, dit Percy. Elle a ralenti l'armée dans son avancée, et maintenant c'est à nous de jouer. Nous devons faire parvenir l'aigle d'or et toutes ces armes à la légion.

– Mais Arion est à bout de souffle ! s'écria Hazel. Et on ne peut pas trimbaler tout ça rien qu'à nous trois.

– Il y a peut-être une autre solution.

Percy balaya du regard les crêtes des collines. Si Tyson avait reçu le message qu'il lui avait envoyé en rêve à Vancouver, les renforts étaient proches.

Il émit un sifflement retentissant – le genre qui s'entend à plus d'un kilomètre à la ronde.

Des ombres ondoyèrent dans les arbres. Et une énorme masse sombre en jaillit – un dogue gros comme un SUV, chevauché par un Cyclope et une harpie.

– Un chien de l'enfer ! s'écria Frank en reculant d'un pas.

– C'est bon ! dit Percy avec un immense sourire. Ce sont des amis !

– Grand frère !

Tyson sauta à terre et courut à la rencontre de Percy.
Lequel tenta de se préparer – en vain. Tyson l'écrasa entre
ses bras et pendant quelques secondes, Percy ne vit plus que
des points noirs qui dansaient devant ses yeux et un pan de
chemise en pilou. Puis Tyson le lâcha et se mit à rire de bonheur, en regardant Percy de son unique gros œil marron.

– T'es pas mort ! dit-il. Ça me plaît quand t'es pas mort !

Ella descendit en voletant et entreprit de lisser ses plumes.

– Ella a trouvé un chien, annonça-t-elle. Un gros chien. Et
un Cyclope.

C'était une impression, ou elle rougissait ? Percy n'avait
pas encore tranché quand son énorme dogue se jeta sur lui
et le renversa à terre en aboyant si fort que même Arion
recula.

– Salut, Kitty O'Leary ! dit Percy. Oui, moi aussi, je t'adore.
Bon chien.

Hazel faillit s'étrangler de surprise :

– Tu as un chien de l'enfer qui s'appelle Kitty O'Leary ?!

– C'est toute une histoire. (Percy se releva et essuya la bave
de chien de son visage.) Tu peux demander à ton frère...

Sa voix se brisa quand il vit l'expression d'Hazel changer.
Il avait presque oublié que Nico di Angelo avait disparu.

Hazel lui avait raconté ce que Thanatos leur avait dit, à
savoir qu'il fallait chercher les Portes de la Mort à Rome, et
Percy avait ses propres raisons de vouloir mettre la main sur
Nico – il était furieux que ce dernier ait fait semblant de ne
pas le connaître à son arrivée au Camp Jupiter, et il lui aurait
volontiers tordu le cou. Il n'empêche que c'était le frère
d'Hazel, et qu'à la prochaine occasion, ils devraient discuter
de sa disparition.

– Excuse-moi, dit-il. Mais, oui, c'est mon chien, Kitty
O'Leary. Tyson, je te présente mes amis, Frank et Hazel.

Percy se tourna vers Ella, absorbée dans l'examen d'une de ses plumes.

– Ça va, Ella ? demanda-t-il. On se faisait du souci.

– Ella n'est pas forte, répondit-elle. Les Cyclopes sont forts. Tyson a trouvé Ella. Tyson a protégé Ella.

Percy leva les sourcils. Mais oui, la harpie rougissait...

– Tyson, vieux séducteur ! dit-il.

Le visage de Tyson prit la couleur rouge brique du plumage d'Ella.

– Euh... non, protesta-t-il, et il se pencha et ajouta dans un murmure inquiet que tout le monde put entendre : Elle est jolie.

Frank se tapa le front comme s'il avait peur que son cerveau disjoncte.

– À propos, lança-t-il, il y a une bataille en cours.

– C'est vrai, dit Percy. Tyson, où est Annabeth ? Y a-t-il d'autres renforts en route ?

Tyson fit la grimace et son gros œil s'embruma.

– Le grand navire n'est pas prêt. Léo a dit demain, ou peut-être après-demain. Et alors ils viendront.

– Comme si on pouvait attendre ! Bon, voilà le plan.

Le plus rapidement possible, Percy montra du doigt où, sur le champ de bataille, se trouvaient les ennemis. Tyson fut perturbé d'apprendre qu'il y avait des Cyclopes et des centaures dans l'armée du géant.

– Il faut que je frappe des hommes-poneys ? demanda-t-il d'une voix inquiète.

– Contente-toi de leur faire peur, dit Percy.

– Euh, Percy ? (Frank lança un regard du côté de Tyson.) C'est juste que... nous ne voulons pas qu'il arrive quelque chose à notre ami. Tyson sait-il se battre ?

Percy sourit.

– S'il sait se battre ? Frank, tu as devant toi le général Tyson, chef de l'armée des Cyclopes. À propos, Tyson, Frank est un descendant de Poséidon.

– Mon frère ! s'écria Tyson, en broyant Frank entre ses bras.

– En fait, c'est plutôt ton arrière-arrière-arrière..., dit Percy, qui se retenait de rire. Laisse tomber. Ouais, c'est ton frère.

– Merci, marmonna Frank, le nez dans la chemise en pilou de Tyson. Mais si la légion prend Tyson pour un ennemi...

– J'ai une idée !

Hazel courut au char et en extirpa le plus grand casque qu'elle put trouver, ainsi qu'un vieil étendard romain brodé des lettres SPQR. Elle les tendit à Tyson en disant :

– Mets ça. Les nôtres sauront que tu fais partie de l'équipe.

– Ouais ! Je fais partie de l'équipe !

Le casque était ridiculement petit ; quant à l'étendard, Tyson le noua autour de son cou comme un bavoir.

– Ça ira, commenta Percy. Ella, reste ici. À l'abri.

– À l'abri, répéta la harpie. Ella aime être à l'abri. Abribus. Abri antiatomique. Tous aux abris. Ella va avec Tyson.

– Comment ? fit Percy. Bon, d'accord. Comme tu veux. Mais fais attention à toi. Et, Kitty O'Leary...

– OUAH !

– Ça te dirait de tirer un char ?

Aucun doute là-dessus, ils formaient les renforts les plus bizarres de l'histoire romaine. Hazel chevauchait Arion, qui avait repris assez de force pour porter une personne à la vitesse d'un cheval normal, même s'il se plaignit vertement que ses sabots lui faisaient mal.

Frank se transforma en aigle d'Amérique – ce qui raviva le sentiment d'injustice de Percy – et s'éleva dans le ciel. Tyson dévala le flanc de la colline en agitant son gourdin et en hurlant : « Vilains hommes-poneys, vilains ! » tandis qu'Ella, qui voletait autour de lui, récitait imperturbablement *L'Almanach du fermier*.

Percy, juché sur le dos de Kitty O'Leary, allait au combat en remorquant un char plein d'armes en or impérial qui cliquetaient derrière lui, l'aigle d'or de la Douzième Légion dressé bien haut par-dessus le convoi.

Ils contournèrent le camp et franchirent le Petit Tibre par le pont nord-ouest, pour rejoindre le Champ de Mars au niveau du flanc ouest de la bataille. Une horde de Cyclopes s'acharnait sur les légionnaires de la Cinquième Cohorte, qui essayaient de maintenir leurs boucliers bord à bord rien que pour rester en vie.

Quand il les vit en difficulté, Percy fut pris d'une colère

protectrice. Ces garçons et ces filles l'avaient accepté parmi eux, c'était sa famille.

Il cria « Cinquième Cohorte ! » et fonça sur le Cyclope le plus proche. Le pauvre monstre aperçut l'éclair blanc des crocs de Kitty O'Leary... et puis plus rien.

Une fois le Cyclope réduit en poussière – *définitivement* réduit en poussière, grâce à Thanatos –, Percy sauta au sol et se mit à pourfendre furieusement les autres monstres.

Tyson attaqua la chef des Cyclopes, Mo Joindculass, dont la robe-sac en mailles de fer décorée de javelots brisés était toute crottée. Elle regarda Tyson, bouche bée.

– Qu'est-ce que..., commença-t-elle.

Mais Tyson la fit taire d'un coup de gourdin si violent qu'elle tourna sur elle-même et tomba sur les fesses.

– Vilaine dame Cyclope ! rugit-il. Le général Tyson te dit DÉGAGE !

Il abattit de nouveau sa massue, et Mo Joindculass vola en poussière à son tour.

Pendant ce temps, Hazel, sur le dos d'Arion, parcourait les rangs des Cyclopes en faisant tournoyer sa *spatha*, et Frank leur crevait les yeux avec ses serres d'aigle.

Lorsqu'ils eurent décimé tous les Cyclopes sur un rayon de cinquante mètres, Frank se posa devant ses légionnaires et reprit sa forme humaine. La Couronne Murale et l'emblème de centurion brillaient sur son manteau d'hiver.

– Cinquième Cohorte ! cria-t-il d'une voix forte. Venez chercher vos armes d'or impérial !

Les légionnaires, qui surmontaient déjà leur stupeur, s'attroupèrent autour du char, et Percy s'efforça de leur distribuer l'équipement le plus rapidement possible.

– Allons-y ! Allons-y ! cria Dakota, qui souriait comme un fou en avalant des lampées de Kool-Aid. Nos camarades ont besoin d'aide !

En quelques instants, la Cinquième Cohorte se dota d'armes, de casques et de boucliers en or impérial. L'ensemble manquait de cohérence, on aurait dit qu'ils avaient fait les soldes chez le roi Midas, mais, soudain, c'était la cohorte la plus puissante de la légion.

– Suivez l'aigle ! ordonna Frank. Au combat !

Les légionnaires l'acclamèrent. Percy et Kitty O'Leary donnèrent la charge et toute la cohorte les suivit – quarante guerriers plaqués or et gonflés d'ardeur belliqueuse.

Ils se jetèrent sur une bande de centaures sauvages qui attaquaient la Troisième Cohorte. Lorsque les légionnaires de la Troisième virent l'aigle de la légion, ils poussèrent des cris féroces et redoublèrent de courage.

Les centaures, pris en étau entre les deux cohortes, ne purent rien faire. En quelques minutes, il n'en resta plus que des tas de poussière, des sabots et des cornes. Percy pensa à Chiron en espérant que son maître ne lui en voudrait pas, mais ces centaures n'avaient rien à voir avec les Poneys Fêtards qu'il avait rencontrés à plusieurs reprises. Ceux-là étaient des ennemis qu'il fallait vaincre.

– Formez bataillon ! ordonnèrent les centurions.

Fortes de leur entraînement militaire, les deux cohortes se rassemblèrent sans difficulté. Les boucliers se dressèrent et la formation se lança à l'assaut des ogres de terre.

– *Pila !* hurla Frank.

Cent javelots bruissèrent. « Feu ! » cria Frank, et ils fendirent l'air à l'unisson, telle une vague meurtrière qui taillada les monstres à six bras. Les légionnaires dégainèrent leurs épées et se rapprochèrent du cœur du combat.

Au pied de l'aqueduc, la Première et la Deuxième Cohortes essayaient d'encercler Polybotès, mais ils étaient en mauvaise posture. Les Gégénéis qui avaient survécu les bombardaient de pierres et de boules de boue. Les *karpoi* – ces horribles chérubins-piranhas, esprits des céréales – couraient parmi les hautes herbes en enlevant au hasard des soldats romains qu'ils arrachaient à la ligne de front. Quant au géant, il projetait des basilics à la ronde en secouant la tête. Chaque fois que l'un d'eux tombait au sol, les Romains s'enfuyaient en courant. À en juger par l'état de leurs boucliers et des panaches de leurs casques, ils avaient déjà fait l'expérience du feu et du venin des basilics.

Reyna, postée dans le ciel au-dessus du géant, fondait sur lui en dardant son javelot chaque fois qu'il tentait de s'en prendre aux légionnaires au sol. Sa cape pourpre claquait au vent. Son armure dorée étincelait. Polybotès lançait son trident et son filet plombé vers elle, mais Scipion était presque aussi agile qu'Arion.

Soudain, Reyna aperçut la Cinquième Cohorte qui venait à leur secours avec l'aigle de la légion. Elle en fut si stupéfaite que le géant l'aurait écrasée comme un moustique, si Scipion n'avait pas esquivé. Reyna croisa le regard de Percy et lui décocha un immense sourire.

– Romains ! lança-t-elle d'une voix qui résonna dans la vallée. Ralliez-vous à l'aigle !

Les demi-dieux et les monstres se tournèrent dans un même mouvement et regardèrent, bouche bée, Percy qui déboulait au galop sur son chien de l'enfer.

– Kesseksa ? Kesseksa ? bafouilla Polybotès.

Percy sentit l'énergie monter à l'intérieur du porte-enseigne.

Il le brandit très haut et cria :

– Douzième Légion Fulminata !

Le tonnerre secoua la vallée. L'aigle cracha un éclair éblouissant et mille ramifications de foudre fusèrent de ses ailes dorées, s'étirèrent devant Percy comme les branches d'un immense arbre mortifère, frappèrent les monstres les plus proches puis se répandirent en sautant de l'un à l'autre, épargnant systématiquement les combattants romains.

Lorsque l'éclair s'éteignit, les Première et Deuxième Cohortes se retrouvèrent face à un géant esbaudi et à plusieurs centaines de tas de cendres fumantes. Le milieu des rangs ennemis avait été entièrement carbonisé.

L'expression d'Octave valait le détour. Il dévisagea Percy avec une stupeur qui se mua en indignation. Puis, quand ses soldats se mirent à acclamer l'enseigne retrouvé, il fut obligé de donner lui aussi de la voix.

– Rome ! Rome !

Le géant Polybotès recula en titubant, mais Percy savait que la partie n'était pas encore gagnée.

La Quatrième Cohorte était toujours encerclée de Cyclopes. Même Hannibal l'éléphant avait du mal à se frayer un chemin parmi tant de monstres. Son armure noire en Kevlar était déchirée et il ne subsistait, de son étiquette, que les lettres ANT.

Sur le flanc est, les anciens combattants et les Lares se voyaient repoussés vers la ville. La tour de siège des Cyclopes projetait toujours des boules de feu explosives dans les rues. Les gorgones avaient mis les aigles géants hors combat et volaient maintenant à la rescousse des derniers centaures et ogres de terre du géant, sans que personne puisse leur faire barrage.

– Tenez bon ! criait Sthéno. J'ai des échantillons gratuits !

Polybotès rugit. Une dizaine de nouveaux basilics tombèrent de sa tignasse et l'herbe alentour prit aussitôt un jaune vénéneux.

– Tu crois que ça change quelque chose, Percy Jackson ? gronda le géant. Rien ne peut me tuer ! Approche donc, fils de Neptune, que je te brise l'échine !

Percy sauta à terre et tendit l'enseigne à Dakota.

– Tu es le *Pilus prior* de la cohorte, lui dit-il. Je te confie l'aigle.

Dakota battit des paupières puis redressa le dos avec fierté. Il laissa tomber sa flasque de Kool-Aid et saisit l'aigle de la légion.

– Ce sera un honneur pour moi de le porter, déclara-t-il.

– Frank, Hazel, Tyson, reprit Percy, allez aider la Quatrième Cohorte. Je dois m'occuper du géant.

Sur ces mots, Percy brandit Turbulence mais, alors qu'il allait s'avancer, des cors retentirent dans les collines du nord. Une autre armée apparut sur la crête : des centaines de guerriers en treillis noir et gris, armés de lances et de boucliers. Une douzaine de chariots élévateurs de combat étaient répartis dans leurs rangs ; leurs fourchons aiguisés étincelaient sous les rayons du soleil couchant et des flèches enflammées étaient encochées dans leurs arbalètes.

– Les Amazones, dit Frank. Super.

– Ha ! ricana Polybotès. Vous voyez ? Voilà nos renforts ! Aujourd'hui, Rome va tomber !

Les Amazones tendirent leurs javelots et chargèrent en dévalant des collines. Les chariots élévateurs se joignirent à la course. Des acclamations montèrent des rangs du géant – jusqu'au moment où les Amazones changèrent de direction et foncèrent droit sur le flanc est de l'armée des monstres, encore intact.

– Amazones, en avant !

Dressée sur le plus haut des chariots se tenait une fille qui ressemblait à Reyna en un peu plus âgée, vêtue d'une armure de combat noire, un ceinturon d'or à la taille.

– La reine Hylla ! s'écria Hazel. Elle a survécu !

– Toutes à la rescousse de ma sœur ! hurla la reine des Amazones. À mort les monstres !

– À mort ! À mort !

Les cris de ses troupes résonnèrent dans la vallée.

Reyna tira sur la bride de son pégase pour faire face à Percy. Ses yeux brillaient. Son expression disait : « Alors là, je t'adore ! »

– Romains ! ordonna-t-elle d'une voix forte. En avant !

Le chaos s'empara du champ de bataille. Les rangs romains et amazones se refermèrent sur l'ennemi telles les Portes de la Mort.

Percy, lui, n'avait qu'un seul but. Il tendit le bras vers le géant et déclara :

– À nous deux. Il n'y aura qu'un seul survivant.

Ils se retrouvèrent à l'aqueduc, étrangement épargné par les combats. Polybotès y remédia : d'un coup de trident, il démolit l'arche de briques la plus proche, ce qui provoqua une cascade artificielle.

– Allez, fils de Neptune, montre-moi tes pouvoirs ! lança-t-il d'un ton provocant. L'eau t'obéit-elle ? Te guérit-elle ? Moi, je suis né pour nuire à Neptune.

Le géant plongea la main dans la cataracte qu'il venait de créer, et l'eau fonça et verdit en passant entre ses doigts. Polybotès éclaboussa Percy, qui, instinctivement, fit barrage. Les gouttes s'écrasèrent au sol devant lui ; l'herbe grésilla et se flétrit en dégageant de la fumée.

– L'eau se change en poison à mon contact, expliqua le géant. Voyons comment réagit ton sang !

Il lança son filet à la tête de Percy, qui esquiva d'un bond, puis détourna le cours de la cascade pour l'envoyer de plein fouet au visage de Polybotès. Profitant que le géant soit aveuglé par l'eau, Percy chargea. Il lui planta Turbulence dans le ventre, la retira et s'écarta rapidement.

Polybotès rugit de douleur. Le coup aurait achevé n'importe quel monstre, mais Polybotès, encore vivant, tituba en regardant l'*ichor* doré – le sang des immortels – qui jaillissait de sa blessure. Les bords de la plaie se refermaient déjà.

– Jolie tentative, demi-dieu, éructa-t-il. N'empêche que je vais te briser l'échine.

– Attrape-moi d'abord !

Sur ces mots, Percy détala comme une flèche en direction de la ville.

– Comment ça ? hurla le géant stupéfait. Tu fuis, espèce de lâche ! Bats-toi donc et meurs !

Loin de Percy l'intention de fuir. Il avait un plan, car il savait qu'il ne pouvait pas tuer Polybotès à lui tout seul.

Il passa devant Kitty O'Leary, qui le regarda avec curiosité en agitant la gorgone qu'elle avait dans la gueule.

– Tout va bien ! hurla Percy en courant, poursuivi par un géant assoiffé de sang.

Il sauta par-dessus une baliste en flammes, se baissa pour éviter le Cyclope qu'Hannibal lançait par mégarde dans sa direction. Du coin de l'œil, il aperçut Tyson qui enfonçait des ogres de la terre dans le sol comme s'il jouait au jeu de la taupe. Ella voletait au-dessus de lui en esquivant les projectiles et en dispensant ses conseils.

– Le zizi. Le zizi du Gégénéis est sensible.

VLAN.

– Bien. C'est ça. Tyson a trouvé le zizi.

– Percy a besoin d'aide ? lança Tyson.

– Tout va bien !

– Crève ! hurla Polybotès, qui gagnait du terrain.

Percy courait toujours.

Au loin, il vit Hazel, perchée sur Arion, qui sillonnait le champ de bataille au galop, taillant en pièces centaures et *karpoi*. Un esprit des céréales hurla « Du blé ! Je vais te donner plein de blé ! », mais Arion l'écrasa sous ses sabots. La reine Hylla et Reyna s'unirent, chariot élévateur et pégase chevauchant côte à côte, pour chasser les ombres obscures des guerriers déchus. Frank se transforma en éléphant et piétina quelques Cyclopes, tandis que Dakota, fort de l'aigle de la légion, foudroyait tous les monstres qui avaient l'audace de s'attaquer à la Cinquième Cohorte.

C'était bien joli, tout ça, mais Percy avait besoin d'un secours d'une autre nature. Il avait besoin d'un dieu.

Il jeta un coup d'œil derrière son épaule et vit que le géant était sur le point de le rattraper. Pour gagner du temps, il se tapit derrière une des piles de l'aqueduc. Polybotès abaissa son trident. Quand le pilier s'effondra, Percy se servit du flot d'eau libéré pour guider la chute des éboulis : plusieurs tonnes de briques tombèrent sur la tête du géant.

Percy fonça jusqu'à la lisière de la ville.

– Terminus ! hurla-t-il.

La statue du dieu la plus proche se trouvait à une soixantaine de mètres. Ses yeux de pierre s'ouvrirent quand Percy accourut.

– C'est parfaitement inacceptable ! protesta-t-il. Des bâtiments en flammes ! Des envahisseurs ! Chasse-les donc, Percy Jackson !

– J'essaie, dit Percy, mais il y a ce géant, Polybotès.

– Je sais bien ! Attends, excuse-moi une seconde. (Terminus ferma les yeux et se concentra. Un boulet de canon hérissé de flammes vertes passa au-dessus de sa tête et se volatilisa brusquement.) Je ne peux pas arrêter tous les projectiles ! se plaignit Terminus. Si ces gens-là étaient un peu civilisés, ils attaqueraient plus lentement. Je suis le seul dieu, ici.

– Aidez-moi à tuer le géant, et tout sera fini, plaida Percy. Un dieu et un demi-dieu œuvrant de pair, c'est le seul moyen de le tuer.

Terminus fronça le nez.

– Je garde les frontières, je ne tue pas les géants. Ce n'est point à mon rollet.

– Terminus, voyons !

Percy s'avança d'un pas et le dieu poussa un cri d'indignation.

– Arrête-toi tout de suite, jeune homme ! Pas d'armes à l'intérieur du *pomerium* !

– Mais nous sommes attaqués.

– Je m'en fiche. Le règlement, c'est le règlement. Lorsque les gens ne respectent pas le règlement, je me fâche très, très fort.

Percy sourit.

– Surtout, ne changez pas de disposition, dit-il, avant de repartir à toutes jambes vers le géant.

– Hé, l'affreux !

– Argh !

Polybotès s'extirpait des ruines de l'aqueduc. L'eau l'aspergeait toujours, se transformait en poison à son contact et coulait à ses pieds, y formant une mare toxique et fumante.

– Tu vas mourir lentement, promit le géant, qui ramassa son trident dégoulinant de venin vert.

Autour d'eux, la bataille tirait à sa fin. Les derniers monstres éliminés, les amis de Percy se rapprochèrent et commencèrent à former un cercle autour du géant.

– Je vais te faire prisonnier, Percy Jackson, lâcha haineusement Polybotès. Je te torturerai sous la mer. Tous les jours l'eau te guérira, et tous les jours je t'amènerai plus près de la mort.

– Alléchante, ta proposition, rétorqua Percy, mais j'aime autant te tuer.

Polybotès poussa un rugissement rageur. Il secoua la tête et projeta une volée de basilics.

– Reculez ! s'écria Frank.

Le chaos s'empara de nouveau des rangs. Hazel éperonna Arion et se plaça entre les pensionnaires et les basilics. Frank se métamorphosa – il rétrécit, se changea en un petit animal mince et couvert de fourrure... une belette ? Percy crut qu'il avait perdu la tête, mais lorsque Frank chargea les basilics dans son nouveau corps, ceux-ci paniquèrent complètement et fuirent en ondulant dans l'herbe. Frank les pourchassa impitoyablement.

Le trident à la main, Polybotès fonça vers Percy. Lorsque le géant arriva à la limite du *pomerium*, Percy sauta de côté comme un toréador. Polybotès franchit les limites de la ville à toute vitesse.

– LÀ JE DIS NON ! cria Terminus. C'EST CONTRE LE RÈGLE-MENT !

Polybotès fronça les sourcils, visiblement surpris de se faire rabrouer par une statue.

– De quoi tu te mêles, toi ? gronda-t-il. La ferme !

Il renversa le buste en pierre et reporta son attention sur Percy.

– Maintenant je suis FURIEUX, tu m'entends ? hurla Terminus. Je t'étrangle. Tu les sens, mes paluches autour de ton cou, grosse brute ? Amène-toi. Je vais te donner un coup de boule si fort...

– C'est ça, mon gars, t'as raison !

Le géant piétina la statue et brisa Terminus en trois morceaux : socle, corps et tête.

– Comment OSES-TU ! s'étrangla Terminus. Topons là, Percy Jackson. Tuons ce paltoquet !

Le géant partit d'un tel fou rire qu'il se rendit compte trop tard que Percy chargeait. Percy sauta en l'air, rebondit sur le genou du géant, planta Turbulence dans une des bouches de métal qui s'ouvraient sur son plastron et enfonça sa lame de bronze céleste jusqu'à la garde dans la poitrine de Polybotès. Le géant recula, tituba, buta contre le socle de Terminus et s'étala par terre.

Pendant qu'il essayait de se relever, qu'il agrippait le manche de l'épée plantée dans son torse, Percy souleva la tête de la statue.

– Tu as perdu d'avance, gronda le géant. Tu ne peux pas me battre à toi tout seul.

– Je ne suis pas seul. (Percy leva la tête de pierre au-dessus du visage du géant.) J'aimerais te présenter mon ami Terminus. C'est un dieu !

La peur se lut sur le visage de Polybotès, qui comprenait trop tard. De toutes ses forces, Percy asséna la tête du dieu sur le nez de Polybotès et le géant s'écroula, pour se réduire en un tas fumant d'algues, de peau de serpent et de venin poisseux.

Percy s'écarta en titubant, à bout de forces.

– Ha ! s'écria la tête de Terminus. Ça leur apprendra à respecter le règlement de Rome.

Pendant quelques instants, le silence régna sur le champ de bataille, troublé seulement par quelques feux qui crépitaient çà et là et les hurlements paniqués des rares monstres encore en vie qui battaient en retraite.

Amazones et Romains entouraient Percy. Tyson, Ella et Kitty O'Leary étaient eux aussi dans le cercle. Frank et Hazel le regardaient en souriant fièrement. Arion grignotait paisiblement un bouclier d'or.

Les Romains se mirent à scander :

– Percy ! Percy !

Tous se pressèrent autour de lui. Sans comprendre comment, il se retrouva hissé sur un bouclier et porté en triomphe. Les acclamations se muèrent en :

– Percy préteur ! Percy préteur !

Reyna en personne figurait parmi les combattants qui fêtaient Percy. Elle lui attrapa la main et la serra en signe d'hommage. Alors le cortège porta Percy en triomphe autour du *pomerium*, en respectant soigneusement les frontières de Terminus, et se dirigea vers le Camp Jupiter.

51 PERCY

Il n'y avait pas d'équipe de télé, à la Fête de la Fortune, et c'était tout aussi bien.

Les légionnaires et les centurions, les Lares, les Amazones, tous étaient rassemblés au mess pour un festin. Même les faunes avaient été invités car ils avaient aidé à panser les blessés après la bataille. Des nymphes des vents sillonnaient la salle en apportant les commandes de pizzas, hamburgers, grillades, salades, plats chinois et autres burritos à une vitesse sidérale.

Malgré l'extrême fatigue, la bonne humeur régnait. La légion avait subi peu de pertes et les rares légionnaires qui avaient été tués plus tôt mais étaient revenus à la vie, comme Gwen, n'avaient pas été ramenés aux Enfers. Peut-être Thanatos avait-il fermé les yeux. Peut-être Pluton leur avait-il accordé un sauf-conduit, comme à Hazel. Quelle qu'en soit la raison, personne n'allait s'en plaindre.

Les étendards colorés des Amazones et des Romains pendaient côte à côte au plafond. L'aigle d'or retrouvé trônait fièrement derrière la table du préteur et les murs étaient ornés de cornes d'abondance, qui déversaient des cascades magiques de fruits, de chocolats et de cookies frais sortis du four.

Les Romains se mélangeaient librement aux Amazones, passant d'un canapé à l'autre selon leur envie, et, pour une fois, les soldats de la Cinquième Cohorte étaient les bienvenus partout. Percy changea de place si souvent qu'il en oublia son dîner.

Beaucoup de flirts, dans la salle, et beaucoup de parties de bras de fer également : pour les Amazones, les deux activités semblaient se confondre. À un moment donné Percy se fit coincer par Kinzie, l'Amazone qui l'avait désarmé à Seattle. Il dut lui expliquer qu'il avait déjà une petite amie. Kinzie le prit bien, heureusement. Elle lui raconta ce qui s'était passé après leur évasion : Hylla avait vaincu Otrera en duel deux fois de suite et les Amazones appelaient maintenant leur reine Hylla Tue-Double.

– La seconde fois, Otrera est restée morte, fit Kinzie en battant des paupières. Grâce à toi. Si jamais tu cherches une nouvelle copine... ben, je crois que tu serais trop top, en uniforme orange et collier de fer.

Percy n'aurait su dire si elle plaisantait ou non. Il la remercia poliment et changea de place.

Une fois que tout le monde eut fini de manger et les assiettes de sillonner la salle, Reyna fit un petit discours. Elle souhaita officiellement la bienvenue aux Amazones et les remercia de leur aide. Puis elle serra sa sœur dans ses bras et tout le monde applaudit.

Reyna leva les mains pour ramener le silence.

– Ma sœur et moi n'avons pas toujours été d'accord, dit-elle.

– C'est une façon de le dire ! commenta Hylla en riant.

– Elle s'est engagée chez les Amazones, et moi au Camp Jupiter, continua Reyna. Mais lorsque je regarde cette assemblée, je m'aperçois que nous avons pris de bonnes décisions toutes les deux. Étrangement, nos destins se sont réalisés grâce au héros que vous venez de hisser au rang de préteur sur le champ de bataille, Percy Jackson.

Une nouvelle salve d'applaudissements. Les sœurs levèrent leur verre et firent signe à Percy d'approcher.

Tous réclamèrent un discours, mais Percy ne savait pas quoi dire. Lorsqu'il avança qu'il n'était pas le mieux placé pour devenir préteur, l'assemblée le fit taire sous ses acclamations. Reyna lui retira sa plaque de *probatio*. Octave le gratifia d'un regard torve, puis se tourna vers la foule en souriant comme si tout cela était son idée. Il éventra un ours en peluche et lut de bons présages pour l'année à venir : la fortune leur sourirait ! Il passa la main sur le bras de Percy et cria :

– Percy Jackson, fils de Neptune, première année de service !

Les symboles romains se gravèrent sur le bras de Percy en brûlant sa peau : un trident, SPQR et un seul trait. Percy avait l'impression d'être marqué au fer rouge, mais il réprima le hurlement qui lui montait aux lèvres.

Octave le serra dans ses bras en lui glissant à l'oreille :

– J'espère que ça fait mal.

Ensuite Reyna lui remit une médaille représentant un aigle et une cape pourpre, symboles du préteur.

– Tu les mérites, Percy, dit-elle.

– Et j'ai décidé de ne pas te tuer, ajouta la reine Hylla en le tapotant dans le dos.

– Euh, merci, balbutia Percy.

Il fit une nouvelle fois le tour du mess, car tous les pensionnaires voulaient qu'il s'arrête à leur table. Vitellius, le Lare, le suivait en se prenant les pieds dans sa toge scintillante et en remontant son épée tous les quelques pas, racontant à qui voulait bien l'entendre qu'il avait prédit l'ascension glorieuse de Percy.

– J'ai demandé qu'il intègre la Cinquième Cohorte ! racontait fièrement le fantôme. J'ai tout de suite repéré son talent !

Don le faune surgit, une coiffe d'infirmier sur la tête et un paquet de biscuits dans chaque main.

– Félicitations, mec, tout ça ! C'est géant ! Hé, t'as pas trois *denarii* ?

Percy était gêné d'être sous les feux de la rampe, mais ça lui faisait plaisir de voir que Frank et Hazel étaient traités avec honneur. Tout le monde les appelait les sauveurs de Rome, et c'était amplement justifié. Il était même question de réhabiliter l'arrière-grand-père de Frank, Shen Lun, en l'inscrivant sur la liste des combattants tombés au champ d'honneur. Aux dernières nouvelles, il n'était pour rien dans le tremblement de terre de 1906.

Percy passa un moment avec Tyson et Ella, invités d'honneur à la table de Dakota. Tyson réclamait sans cesse des sandwiches au beurre de cacahouètes, qu'il gobait plus vite que les nymphes ne pouvaient les apporter. Ella, perchée sur le canapé près de son épaule, grignotait furieusement des petits pains à la cannelle.

– La cannelle c'est bon pour les harpies, dit-elle. Le 24 juin est une bonne date. L'anniversaire de Roy Disney, la Fête de la Fortune et la fête nationale du Zanzibar. L'anniv de Tyson.

Elle jeta un coup d'œil à Tyson et rougit.

Après le dîner, la légion eut quartier libre pour la soirée. Percy et ses amis descendirent à la ville. La Petite Rome ne s'était pas entièrement remise des combats, mais les incendies étaient tous éteints, la plupart des gravats avaient été déblayés et les citoyens étaient bien décidés à fêter la victoire.

À la limite du *pomerium*, la statue de Terminus arborait un chapeau pointu en carton.

– Bienvenue, préteur ! dit le dieu. Si tu as besoin de casser la figure à un géant pendant ta visite en ville, tu peux compter sur moi.

– Merci, Terminus. J'y penserai.

– Bien, bien. Ta cape de préteur penche de deux centimètres sur la gauche. Là... oui, c'est mieux. Où est mon assistante ? Julia !

La fillette surgit de derrière le piédestal. Elle portait une robe verte et avait toujours ses couettes. Lorsqu'elle sourit, Percy vit que ses dents de devant commençaient à sortir. Elle tendit une caisse pleine de chapeaux et cotillons.

Percy voulut décliner, mais elle lui fit le coup des grands yeux implorants.

– D'accord, dit-il, je vais prendre la couronne bleue.

Julia offrit à Hazel un chapeau de pirate doré.

– Quand je serai grande, lui annonça-t-elle très sérieusement, je ferai Percy Jackson.

Hazel lui ébouriffa les cheveux en souriant.

– C'est une bonne idée.

– Ouais, intervint Frank, qui choisit un chapeau en forme de tête d'ours blanc, mais Frank Zhang, ce serait bien aussi.

– Frank ! s'exclama Hazel.

Coiffés de leurs chapeaux de fête, ils repartirent tous trois vers le forum, éclairé de lanternes multicolores. Des jets d'eau pourpre animaient les fontaines. Les cafés étaient bondés et les musiciens emplissaient les rues de leurs airs de guitare, de lyre et de flûte de Pan, faisaient des bruits de prout avec leurs aisselles (le charme de cette dernière technique échappait à Percy – peut-être s'agissait-il d'une vieille tradition musicale romaine ?).

Manifestement, la déesse Iris avait elle aussi le cœur à la fête. Au moment où Percy et ses amis atteignaient le Sénat endommagé, un arc-en-ciel spectaculaire se dessina devant eux. Pas de chance, la déesse envoya une autre bénédiction : une pluie de cupcakes bio sans gluten, cent pour cent klug – Percy se dit que ça ferait soit des pavés en plus à déblayer, soit du bon matériau pour la reconstruction.

Ils déambulèrent tous trois dans la ville. Percy remarqua que les épaules de Frank et d'Hazel s'effleuraient sans cesse, comme malgré eux. Au bout d'un moment, il dit :

– Je suis un peu fatigué, les gars. Je vais vous laisser.

Hazel et Frank protestèrent, mais Percy sentit qu'ils éprouvaient le besoin d'être seuls tous les deux.

Sur le chemin du retour au camp, il vit Kitty O'Leary qui jouait avec Hannibal sur le Champ de Mars – elle avait enfin trouvé un compagnon à sa mesure. Ils gambadaient, se bousculaient, cassaient des fortifications dans leurs galipettes, bref s'en donnaient à cœur joie.

Arrivé aux portes du camp, Percy s'arrêta et balaya la vallée du regard. Le jour où il était venu là avec Hazel et avait regardé le camp pour la première fois lui paraissait si lointain. À présent, l'horizon est l'intéressait davantage.

Car d'un jour à l'autre, ses amis de la Colonie des Sang-Mêlé allaient arriver. Et Percy avait beau aimer le Camp Jupiter, il lui tardait de revoir Annabeth. Son ancienne vie, New York et la Colonie des Sang-Mêlé lui manquaient, même si son intuition lui disait qu'il n'était pas près de rentrer. Gaïa et les géants n'avaient pas dit leur dernier mot, loin de là.

Reyna lui avait attribué la maison du deuxième préteur, sur la Via Principalis, mais au premier coup d'œil à l'intérieur, Percy sut qu'il ne pouvait pas s'y installer. C'était un lieu sympa, mais qui portait la marque de Jason Grace : ses affaires étaient partout. Or Percy était déjà gêné de lui avoir pris son titre de préteur, il n'allait pas, en plus, lui piquer sa maison. Les choses seraient assez délicates au retour de

Jason pour ne pas en rajouter. Percy était certain que Jason serait à bord de ce navire de guerre à la tête de dragon.

Il se dirigea vers les casernes de la Cinquième Cohorte, grimpa sur son lit et s'endormit instantanément.

Il rêva qu'il faisait traverser le Petit Tibre à Junon en la portant dans ses bras.

Elle avait pris l'apparence d'une vieille clocharde folle et agrippait ses mains parcheminées autour du cou de Percy, chantonnant une comptine en grec ancien avec un sourire béat.

– Tu as toujours envie de me gifler, mon chou ? demanda-t-elle.

Percy s'arrêta net et lâcha la déesse.

Elle disparut à l'instant où elle toucha l'eau, pour se rematérialiser sur la berge.

– Eh ben ! Voilà qui n'était pas digne d'un héros, s'écria-t-elle d'un ton moqueur, même en rêve !

– Huit mois ! dit Percy. Vous m'avez volé huit mois de ma vie pour une quête qui a pris une semaine. Pourquoi ?

Junon fit claquer sa langue avec désapprobation.

– Vous les mortels et vos petites vies brèves. Ce n'est rien, huit mois. J'ai perdu huit siècles, une fois, presque tout l'Empire byzantin.

Percy invoqua le pouvoir du fleuve. Le courant se resserra autour de lui en tourbillon d'eau vive.

– Voyons, dit Junon, ne fais pas ton grincheux. Si nous voulons vaincre Gaïa, nous devons procéder par ordre. Dans un premier temps, j'avais besoin que Jason et ses amis me libèrent de ma prison...

– Votre prison ? Vous étiez en prison et ils vous ont libérée ?

– Ne sois pas si surpris, mon chou ! Je suis une vieille dame adorable. Toujours est-il que ta présence n'était pas souhaitable au Camp Jupiter avant cette semaine, pour sauver les Romains qui allaient connaître une de leurs crises les plus graves. Quant aux huit mois qui ont précédé... j'ai d'autres fers au feu, mon garçon ! Lutter contre Gaïa, travailler à l'insu de Jupiter, protéger tes amis, c'est du plein temps, tu sais. S'il fallait en plus que je te préserve des monstres de Gaïa et de ses machinations et que je te cache aux yeux de tes amis de la côte est pendant tout ce temps, je ne m'en sortais pas. Une sieste, c'était plus sûr et plus simple. Tu aurais été une distraction, un franc-tireur.

– « Une distraction. » (Percy sentait les eaux du fleuve monter avec sa colère, et la vitesse du tourbillon qui l'entourait s'accentuer.) « Un franc-tireur. »

– Exactement. Je suis contente que tu comprennes.

Percy envoya une vague à l'assaut de la vieille femme, mais Junon se contenta de se rematérialiser un peu plus loin.

– Tu es vraiment de mauvaise humeur ! s'exclama-t-elle. Mais tu sais bien que j'ai raison. Tu es arrivé ici au bon moment. Les Romains te font confiance, à présent. Tu es un héros de Rome. Et pendant ton sommeil, Jason Grace a appris à faire confiance aux Grecs. Ils ont eu le temps de construire l'*Argo II*. À vous deux, Jason et toi, vous unirez les deux camps.

– Pourquoi moi ? demanda Percy. Nous ne nous sommes jamais entendus, vous et moi. Pourquoi voudriez-vous d'un franc-tireur dans votre équipe ?

– Parce que je te connais, Percy Jackson. Tu agis souvent sur des coups de tête, c'est vrai, mais dès qu'il s'agit de tes amis, tu as la constance d'une aiguille de boussole. Tu es d'une loyauté sans faille, qui inspire la loyauté chez les autres. Tu es le ciment qui unira les Sept.

– Super. J'ai toujours eu l'ambition de servir de ciment.

Junon croisa ses doigts crochus.

– Les héros de l'Olympe doivent s'unir ! Après ta victoire sur Cronos à Manhattan... J'ai bien peur que l'orgueil de Jupiter ait été chiffonné.

– Parce que j'avais raison et qu'il avait tort.

La vieille dame haussa les épaules.

– Il devrait avoir l'habitude, depuis toutes ces éternités que nous sommes mariés ! Hélas, non. Mon mari fait le fier et refuse obstinément de solliciter l'aide de simples demi-dieux. Il s'imagine que nous pourrons battre les géants et renvoyer Gaïa à son sommeil sans votre concours. Moi, je sais qu'il se trompe. Mais vous devez faire la preuve de votre valeur. Le seul moyen de convaincre Jupiter que vous êtes dignes de combattre aux côtés des dieux, c'est de vous rendre aux terres anciennes et d'y refermer les Portes de la Mort. Ce sera la plus grande quête jamais entreprise depuis le jour où Énée a quitté Troie !

– Et si nous échouons ? demanda Percy. Si les Romains et les Grecs ne parviennent pas à s'entendre ?

– Alors Gaïa aura gagné. Je vais te dire une chose, Percy Jackson. La personne qui te causera le plus de difficultés, c'est celle qui est la plus proche de toi. Celle qui me déteste le plus.

– Annabeth ? (Percy sentit la colère le reprendre.) Vous ne l'avez jamais aimée. Et maintenant vous la traitez de fauteuse de troubles ? Vous ne la connaissez pas du tout. C'est la personne au monde en qui j'ai le plus confiance pour me défendre.

La déesse sourit.

– Nous verrons, jeune héros. Une tâche difficile l'attendra à votre arrivée à Rome. Sera-t-elle à la hauteur ? Je l'ignore.

Percy fit surgir un poing d'eau et l'asséna sur la tête de la vieille dame. Lorsque la vague retomba, elle avait disparu.

Le fleuve échappa au contrôle de Percy, qui sombra dans le cœur sombre du tourbillon.

52 PERCY

L e lendemain matin, Percy, Hazel et Frank déjeunèrent tôt et prirent le chemin de la ville avant l'heure de la réunion du sénat. Maintenant qu'il était préteur, Percy avait une liberté de mouvement quasi totale.

Ils passèrent devant les écuries, où dormaient Tyson et Kitty O'Leary. Tyson ronflait sur un matelas de foin à côté des licornes, le visage paisible et heureux comme s'il faisait des rêves de poney. Kitty O'Leary s'était allongée sur le dos, les pattes sur les oreilles. Sur le toit des écuries, Ella s'était fait un nid de vieux parchemins romains et y dormait, la tête sous l'aile.

En arrivant au forum, les trois amis s'assirent près des fontaines et regardèrent le soleil se lever. Les citoyens s'affairaient déjà à nettoyer les rues, balayant les cupcakes, les confettis et les chapeaux de carton de la veille. Le corps du génie travaillait à un projet d'arc qui commémorerait la victoire sur Polybotès.

Hazel dit qu'elle avait même entendu parler d'un triomphe officiel qui serait organisé en leur honneur à tous les trois : un défilé dans la ville, suivi d'une semaine de jeux et de festivités, mais Percy savait bien que ça ne risquait pas de se faire. Ils n'auraient jamais le temps.

Il leur raconta son rêve sur Junon.

– Les dieux n'ont pas chômé, cette nuit, dit Hazel en fronçant les sourcils. Montre-lui, Frank.

Frank plongea la main dans sa poche. Percy crut qu'il allait en sortir son tison, mais non. Il lui tendit un livre de poche accompagné d'une feuille de papier à lettres rouge.

– J'ai trouvé ça sur mon oreiller ce matin. Dans le style « la petite souris est passée ».

Le livre était *L'Art de la guerre*, de Sun Tzu. Percy n'en avait jamais entendu parler, mais il devina sans peine qui l'avait offert. La lettre disait : « Tu as fait du bon boulot, petit. La meilleure arme d'un homme digne de ce nom, c'est son esprit. Ce livre était le préféré de ta mère. Lis-le. P.-S : j'espère que ton ami Percy a appris à me respecter. »

– Waouh ! (Percy rendit le livre à Frank.) C'est à croire que Mars est vraiment différent d'Arès. Ça m'étonnerait qu'Arès sache lire.

Frank feuilleta l'ouvrage.

– Il est beaucoup question de sacrifice, de connaître le coût de la guerre, dit-il. À Vancouver, Mars m'avait averti que je serais obligé de faire passer mon devoir avant ma vie, sinon la guerre prendrait une mauvaise tournure pour nous tous. J'avais cru qu'il parlait de la libération de Thanatos, mais maintenant je n'en suis plus si sûr. Je suis toujours en vie, ça veut peut-être dire que le pire est encore à venir.

Il lança un regard inquiet à Percy, qui eut soudain l'impression que Frank ne lui racontait pas tout. Il se demanda si le dieu de la Guerre lui avait dit quelque chose sur lui, Percy, mais il n'était pas certain de vouloir savoir.

Et puis Frank avait déjà beaucoup payé de sa personne. Il avait regardé la maison de son enfance partir en flammes. Il avait perdu sa mère et sa grand-mère.

– Tu as risqué ta vie, dit Percy. Tu étais prêt à te consumer entièrement pour sauver la quête. Mars ne peut pas t'en demander davantage.

– Tu as peut-être raison, répondit Frank d'un ton sceptique.

Hazel serra fort la main de Frank. Tous les deux avaient l'air plus décontractés entre eux ce matin, moins tendus et maladroits. Percy se demanda s'ils s'étaient embrassés. Il espérait que oui, mais il préféra ne pas poser de questions.

– Et toi, Hazel ? demanda-t-il. Des nouvelles de Pluton ?

Elle baissa les yeux. Plusieurs diamants surgirent de terre à ses pieds.

– Non, dit-elle. Je crois que d'une certaine façon, il m'a envoyé un message par l'intermédiaire de Thanatos. Mon nom ne figurait pas sur sa liste des âmes évadées, comme il aurait dû.

– Tu crois que ton père t'accorde un sauf-conduit ?

Hazel haussa les épaules.

– Pluton ne peut pas me rendre visite ni même me parler sans reconnaître que je suis vivante, expliqua-t-elle. Ça l'obligerait à appliquer les lois de la Mort et à ordonner à Thanatos de me ramener aux Enfers. Je crois que mon père ferme les yeux. Je crois qu'il veut que je retrouve Nico.

Percy regarda le ciel embrasé par le soleil levant, espérant voir un navire de guerre voguer vers eux. Rien, jusqu'à présent.

– Nous retrouverons ton frère, promit-il. Dès que le bateau arrivera, nous nous mettrons en route pour Rome.

Frank et Hazel échangèrent un regard anxieux, comme s'ils avaient discuté de cette question entre eux.

– Percy..., commença Frank. Si tu veux qu'on t'accompagne, tu peux compter sur nous. Mais est-ce que tu en es sûr ? Nous savons que tu as beaucoup d'amis dans l'autre camp. Et maintenant, tu pourrais choisir qui tu veux comme compagnons, au Camp Jupiter. Alors si nous ne faisons pas partie des Sept, nous pouvons comprendre...

– Tu rigoles ? l'interrompit Percy. Vous croyez que je me priverais de mon équipe ? Après avoir survécu ensemble aux germes de blé de Flissy, aux cannibales et aux fesses bleues du géant canadien ? Vous m'avez vu ?

La tension se dissipa. Ils partirent tous les trois d'un fou rire, un peu hystérique peut-être, mais c'était un tel soulagement d'être en vie, de goûter la douceur des rayons du soleil sans craindre – du moins pour le moment – de voir des visages sinistres surgir dans les ombres des collines.

Hazel poussa un gros soupir.

– Et la prophétie d'Ella, sur l'enfant de la sagesse et la marque d'Athéna brûlant à travers Rome... Tu sais de quoi il s'agit ?

Percy repensa à son rêve. Junon l'avait averti qu'Annabeth aurait une tâche difficile à accomplir et qu'elle créerait des difficultés pour la quête. Il n'y croyait pas une seconde... Il n'empêche que ça le tracassait.

– Pas vraiment, avoua-t-il. Je pense que la prophétie en dit davantage. Peut-être qu'Ella pourra se rappeler la suite.

Frank glissa le livre dans sa poche.

– Il faut qu'on l'emmène avec nous, dit-il. Pour sa propre sécurité. Si jamais Octave découvre qu'elle connaît les livres sibyllins par cœur...

Percy frissonna. Octave se servait des prophéties pour maintenir son emprise sur le camp. Maintenant que Percy l'avait privé de sa chance de devenir préteur, Octave chercherait d'autres moyens d'exercer son influence. S'il mettait la main sur Ella...

– Tu as raison, nous devons la protéger, dit Percy. J'espère qu'on arrivera à la convaincre...

– Percy !

Tyson traversait le forum en courant, escorté d'Ella qui voletait derrière lui, un manuscrit roulé entre ses griffes.

– Bonjour, mes frères ! s'exclama Tyson, qui avait encore du foin dans les cheveux et du beurre de cacahouètes entre les dents. C'est un manuscrit de Léo. Léo est petit et drôle.

Le manuscrit avait l'air banal, mais lorsque Percy le déroula sur ses genoux, un enregistrement vidéo apparut sur la surface. Un jeune en armure grecque leur sourit. Il avait un visage espiègle, des cheveux noirs et bouclés, le regard survolté comme s'il venait d'avaler plusieurs cafés. Il était assis dans une pièce sombre et lambrissée qui faisait penser à une cabine de bateau. Des lampes à huile pendues au plafond se balançaient.

Hazel étouffa un cri.

– Quoi ? Qu'est-ce qu'il y a ? demanda Frank.

Lentement, Percy se rendit compte qu'il avait déjà vu le visage de ce jeune garçon bouclé, et pas seulement en rêve. Il l'avait vu sur une vieille photo.

– Yo, les mans ! dit le garçon de la vidéo. Vous avez le bonjour de vos potes de la Colonie des Sang-Mêlé. Ici Léo. Je suis le... (Il regarda hors cadre et cria :) C'est quoi mon titre ? Amiral ? Capitaine... ?

– Mécano, cria une voix de fille.

– Trop drôle, Piper, grommela Léo, qui se retourna face à la caméra. Alors, ouais, ch'uis, euh, le commandant suprême de l'*Argo II*. Ouais, c'est bon, ça ! Bref on va se mettre en route d'ici une heure à bord de ce navire de guerre du feu de la mort, et on va venir à votre rencontre. Si vous pouviez éviter, genre, de nous exploser en plein ciel, on apprécierait. D'accord ? Si vous pouvez faire passer le message aux Romains. À bientôt. Vos brothers en demi-divinité vous saluent et tout ça. Tchô, les mans.

L'image s'éteignit.

– C'est impossible, dit Hazel.

– Qu'est-ce qu'il y a ? demanda Frank. Tu connais ce type ?

Hazel avait l'air d'avoir vu un fantôme et Percy comprenait pourquoi. Il se souvint de la photo dans la maison abandonnée d'Hazel, à Seward. Le garçon du navire de guerre ressemblait comme deux gouttes d'eau à l'ancien petit copain d'Hazel.

– C'est Sammy Valdez, répondit-elle. Mais comment... comment...

– C'est impossible, objecta Percy. Ce gars s'appelle Léo. Et ça fait plus de soixante-dix ans. C'est forcément...

Il aurait voulu dire « une coïncidence », mais le mot refusait de franchir ses lèvres. Ces dernières années, il avait vu à l'œuvre les forces les plus diverses : le destin, les prophéties, la magie, les monstres. Jamais, jamais n'avait-il connu de coïncidence.

Ils furent interrompus par des sonneries de cor. Les sénateurs arrivaient au forum, Reyna en tête.

– C'est l'heure de la séance, dit Percy. Venez. Il faut qu'on les prévienne de la venue du navire.

– Pourquoi devrions-nous faire confiance à ces Grecs ? disait Octave.

Cela faisait cinq minutes qu'il arpentait le sol de long en large en s'efforçant de démolir point par point tout ce que Percy leur avait dit sur le plan de Junon et la Prophétie des Sept.

Les sénateurs donnaient de légers signes d'impatience, mais pour la plupart, ils auraient eu peur d'interrompre Octave dans sa lancée. Entretemps, le soleil avait grimpé dans le ciel et entrait par la toiture défoncée, offrant un projecteur naturel à Octave.

Le Sénat était bondé. La reine Hylla, Frank et Hazel occupaient le premier rang, parmi les sénateurs. Les anciens combattants et les fantômes se trouvaient derrière. Même Tyson et Ella avaient été autorisés à s'asseoir au fond. Tyson n'arrêtait pas de faire signe à Percy, un grand sourire aux lèvres.

Percy et Reyna étaient placés côte à côte sur l'estrade, dans des sièges de préteurs, ce qui intimidait Percy. Il avait du mal à se sentir digne, vêtu d'un drap de lit et d'une cape pourpre.

– Le camp est en sécurité, poursuivit Octave. Je serai le premier à féliciter nos héros d'avoir rapporté l'aigle de la légion et une telle quantité d'or impérial ! La fortune nous a comblés. Mais pourquoi en faire davantage ? Pourquoi tenter le sort ?

– Bonne question et je te remercie de l'avoir posée, intervint Percy en se levant.

– Je ne..., bafouilla Octave.

– ... faisais pas partie de la quête, dit Percy. Oui, je sais. Tu fais donc bien de me laisser répondre, puisque moi, j'en étais.

Certains sénateurs rirent sous toge. Octave n'eut d'autre choix que de s'asseoir en s'efforçant de masquer son dépit.

– Gaïa s'éveille, expliqua Percy. Nous avons vaincu deux de ses géants, mais ce n'est qu'un début. La guerre véritable aura pour théâtre l'ancienne terre des dieux. Cette quête nous mènera à Rome puis, pour finir, en Grèce.

Un murmure hostile parcourut les gradins.

– Je sais, je sais, enchaîna Percy. Vous avez toujours considéré les Grecs comme des ennemis. Et ce n'est pas sans raison. Je crois que les dieux empêchent tout contact entre nos deux camps parce que chaque fois qu'on se rencontre, on se bat. Mais cela peut changer. Il le faut, si nous voulons vaincre Gaïa. C'est cela que signifie la Prophétie des Sept. Sept demi-dieux, grecs et romains, devront, ensemble, refermer les Portes de la Mort.

– Ha ! cria un Lare depuis le gradin du fond. Le dernier préteur qui a tenté d'interpréter la Prophétie des Sept, c'était Michael Varus et il a perdu notre aigle en Alaska ! Alors pourquoi devrions-nous te croire maintenant ?

Octave sourit avec suffisance. Certains sénateurs de ses alliés hochèrent la tête en émettant des bruits de gorge.

– J'ai fait traverser le Tibre à Junon en la portant dans mes bras, leur rappela Percy, de sa voix la plus ferme. C'est elle qui m'a dit que la Prophétie des Sept était en train de se réaliser. Mars vous est apparu en personne, lui aussi. Vous croyez vraiment que deux de vos plus grands dieux se donneraient la peine de se manifester au camp si la situation n'était pas grave ?

– Il a raison, dit Gwen, au deuxième rang des gradins. En ce qui me concerne, j'ai confiance en la parole de Percy. Grec ou pas, il a rétabli l'honneur de la légion. Vous l'avez vu sur le champ de bataille hier. Y a-t-il quelqu'un ici pour contester qu'il est un véritable héros de Rome ?

Personne ne broncha, et certains opinèrent.

Reyna se leva. Percy la regarda, la gorge serrée. Son opinion pouvait tout changer, pour le meilleur comme pour le pire.

– Tu prétends que c'est une quête mixte, dit-elle. Tu prétends que Junon veut que nous travaillions avec ce... cet autre groupe, la Colonie des Sang-Mêlé. Pourtant les Grecs sont nos ennemis depuis des éternités. Ils sont connus pour leur art de la tromperie.

– Peut-être, rétorqua Percy. Mais les ennemis peuvent devenir amis. Il y a une semaine, qui aurait cru que les Romains et les Amazones se battraient côte à côte ?

La reine Hylla rit et dit :

– Bien vu !

– Les demi-dieux de la Colonie des Sang-Mêlé ont déjà commencé à travailler avec ceux du Camp Jupiter, reprit Percy. Nous n'en étions pas conscients, c'est tout. L'été dernier, pendant la guerre des Titans, pendant que vous attaquiez le mont Othrys, nous défendions le mont Olympe à Manhattan. J'ai combattu Cronos moi-même.

Reyna recula d'un pas et faillit se prendre les pieds dans sa toge.

– Tu as... quoi ?

– Je sais, c'est difficile à croire. Mais je pense mériter votre confiance. Je suis de votre côté. Quant à Hazel et à Frank, je suis convaincu que c'est leur destin de participer à cette quête. Les quatre autres viennent de la Colonie des Sang-Mêlé et ils sont en route à l'heure qu'il est. Parmi eux figure Jason Grace, votre ancien préteur.

– Ouh là là, n'en jetez plus ! s'exclama Octave. Il invente, maintenant.

Reyna fronça les sourcils.

– C'est dur à croire. Jason va rentrer avec un groupe de demi-dieux grecs ? Et tu dis qu'ils vont apparaître dans le ciel dans un navire de guerre fortement armé, mais qu'il ne faut pas nous inquiéter.

– Oui. (Percy balaya du regard les visages sceptiques et inquiets de l'assemblée.) Laissez-les se poser. Écoutez ce qu'ils ont à dire. Jason confirmera tout ce que je vous ai raconté. Je le jure sur ma vie.

– Sur ta vie ? (Octave se tourna vers les sénateurs, l'air entendu.) Nous nous en souviendrons, s'il s'avère que c'est une ruse.

Pile à point nommé, un messager déboula dans le Sénat, essoufflé comme s'il était venu du camp en courant.

– Préteurs ! Pardonnez mon intrusion, mais nos éclaireurs signalent...

– Vaisseau ! s'écria joyeusement Tyson en pointant du doigt vers le trou dans le dôme. Youpi !

Effectivement, un navire de guerre grec avait surgi des nuages à environ huit cents mètres et descendait vers le Sénat. Percy distingua bientôt des boucliers de bronze qui étincelaient sur ses flancs, des voiles gonflées et une figure de proue familière, en forme de tête de dragon. Sur le mât le plus haut, un grand drapeau blanc, symbole de la paix, claquait au vent.

L'*Argo II*. C'était le vaisseau le plus extraordinaire qu'il ait jamais vu.

– Préteurs ! cria le messager. Quels sont vos ordres ?

Octave se leva d'un bond.

– As-tu besoin de le demander ? (Il était rouge de rage. Ses mains étranglaient son ours en peluche.) Les présages sont horribles ! C'est une ruse, une tromperie. Méfiez-vous des Grecs porteurs de cadeaux !

Il pointa Percy du doigt.

– Ses amis nous attaquent en vaisseau de guerre. C'est lui qui les a guidés jusqu'à nous. Il faut contrattaquer !

– Non, dit fermement Percy. Ce n'est pas sans raison que vous tous, vous m'avez élevé au rang de préteur. Je me battrai au péril de ma vie pour défendre ce camp. Mais ce ne sont pas des ennemis qui arrivent. Je dis : soyons prêts, mais n'attaquons pas. Laissez-les se poser. Laissez-les parler. Si c'est une ruse, alors je me battrai à vos côtés, comme hier soir. Mais ce n'est pas une ruse, croyez-moi.

Tous les yeux se tournèrent vers Reyna.

Elle examina le vaisseau à l'approche. Son visage se durcit. Si elle s'opposait aux ordres de Percy... il ignorait ce qu'il adviendrait. Le chaos et la confusion, au minimum. Les

Romains se rangeraient vraisemblablement aux ordres de Reyna. C'était leur chef depuis bien plus longtemps que Percy.

– N'attaquez pas, dit Reyna. Mais que la légion se tienne prête. Percy Jackson est votre préteur, choisi en bonne et due forme. Nous nous fierons à sa parole tant que nous n'aurons pas une raison bien claire de ne pas le faire. Sénateurs, passons au forum et allons rencontrer nos... nouveaux amis.

Les sénateurs sortirent de l'amphithéâtre en trombe – par peur ou par curiosité, Percy n'aurait su le dire. Tyson s'élança à toutes jambes derrière eux en hurlant « Youpi ! Youpi ! », avec l'inséparable Ella qui voletait autour de sa tête.

Octave gratifia Percy d'un regard écœuré, jeta son ours en peluche par terre et suivit la foule.

Reyna se tenait à côté de Percy.

– Je te soutiens, Percy, dit-elle. J'ai confiance en ton jugement. Mais dans notre intérêt à tous, j'espère que nous parviendrons à maintenir la paix entre les pensionnaires de ce camp et tes amis grecs.

– Nous y parviendrons, promit-il. Tu verras.

Elle leva les yeux vers le vaisseau. Une légère mélancolie se peignit sur son visage.

– Tu dis que Jason est à bord... j'espère que c'est vrai. Il me manque.

Sur ces mots, elle sortit d'un pas ferme, laissant Percy seul avec Hazel et Frank.

– Ils descendent directement au forum, observa Frank avec inquiétude. Terminus va faire une crise cardiaque.

– Percy, dit Hazel. Tu as juré sur ta vie. C'est une chose que les Romains prennent au sérieux. Si quoi que ce soit tourne mal, même par accident, Octave te tuera. Tu le sais, n'est-ce pas ?

Percy sourit. Il savait que les enjeux étaient forts. Il savait que cette journée pouvait tourner au cauchemar. Mais il savait aussi qu'Annabeth était à bord de ce navire. Si les choses se déroulaient sans encombre, ce serait le plus beau jour de sa vie.

Il passa un bras sur les épaules d'Hazel et l'autre sur celles de Frank.

– Venez, dit-il, j'aimerais vous présenter mon autre famille.

Glossaire

Absurdus : Déplacé, qui fait fausse note.

Achille : Le plus puissant des demi-dieux grecs à avoir combattu lors de la guerre de Troie.

Alcyonée : Aîné des géants nés de Gaïa, destiné à combattre Pluton.

Amazones : Peuple de femmes guerrières.

Anaklusmos : Turbulence, nom de l'épée de Percy Jackson.

Argentum : Argent.

Argonautes : Groupe de héros grecs qui ont accompagné Jason dans sa quête de la Toison d'or. Ils tiennent leur nom de leur bateau, l'*Argo*, lui-même nommé d'après son constructeur, Argos.

Augure : Présage, signe annonciateur d'un événement ; pratique de la divination de l'avenir.

Aurai : Esprits du vent invisibles.

Aurum : Or.

Baliste : Machine de guerre de siège romaine permettant de propulser de grands projectiles vers des cibles lointaines.

Basilic : Serpent, étymologiquement : « petite couronne ».

Bellérophon : Demi-dieu grec, fils de Poséidon, qui tua des monstres en chevauchant Pégase.

Bellone : Déesse romaine de la Guerre.

Bronze céleste : Métal rare, mortel pour les monstres.

Brume : Force magique qui masque certaines choses aux yeux des mortels.

Byzance : Empire oriental qui dura un millénaire après la chute de Rome, sous influence grecque.

Ceinture de la reine Hippolyte : Hippolyte portait une ceinture d'or, cadeau de son père Arès, qui signifiait qu'elle était reine des Amazones et lui donnait de la force.

Centaures : Créatures mi-humaines, mi-chevaux.

Centurion : Officier de l'armée romaine.

Cerbère : Chien à trois têtes qui garde les portes des Enfers.

Cérès : Déesse romaine de l'Agriculture.

Champs d'Asphodèle : Région des Enfers où reposent les âmes des personnes qui ont fait le bien et le mal en égale mesure pendant leur vie.

Champs du Châtiment : Région des Enfers où les âmes mauvaises subissent d'éternelles tortures.

Charon : Le passeur d'Hadès, qui conduit les âmes des défunts de l'autre côté du Styx et de l'Achéron, qui séparent le monde des vivants du monde des morts.

Cognomen : Troisième nom.

Cohorte : Unité militaire romaine.

Cyclope : Membre d'une race de géants primitifs ayant un seul œil au milieu du front.

Denarus (pl. _denarii_) : La pièce de monnaie romaine la plus courante.

Drachme : Pièce d'argent de la Grèce antique.

Élysée : Dernière demeure des âmes héroïques ou vertueuses aux Enfers.

Esculape : Dieu romain de la Médecine et de la Guérison.

Érèbe : Région obscure et souterraine située entre la Terre et Hadès.

528

Faune : Dieu sylvestre romain, mi-homme, mi-chèvre. Forme grecque : satyre.

Fer stygien : Tout comme le bronze céleste et l'or impérial, métal magique mortel pour les monstres.

Fortuna : Déesse romaine de la Fortune et de la Chance.

Fulminata : « Armée de la foudre ». Épithète d'une légion romaine au temps de Jules César dont l'emblème était un éclair (*fulmen*).

Gaïa : Déesse de la Terre ; mère des Titans, des géants, des Cyclopes et d'autres monstres. Terra pour les Romains.

Gégénéis : Monstres « nés de la terre », également nommés ogres de terre.

Gladius : Glaive.

Gorgones : Trois sœurs monstrueuses (Sthéno, Euryale et Méduse) dont la chevelure se compose de serpents vivants et venimeux. Les yeux de Méduse pétrifient qui la regarde.

Graecus : Grec ; ennemi, étranger.

Grigri : Amulette vaudou qui protège du mauvais œil ou porte chance.

Guerre de Troie : Guerre menée contre la ville de Troie après que Pâris de Troie eut enlevé Hélène à son mari Ménélas, roi de Sparte. Tout avait commencé par une querelle entre les déesses Héra, Athéna et Aphrodite.

Harpie : Créature ailée féminine, aux gestes vifs et rapides.

Hercule : Équivalent romain d'Héraclès ; fils de Jupiter et d'Alcmène, doté d'une force exceptionnelle à la naissance.

Hyperboréens : Peuple de géants pacifiques du Nord.

Ichor : Sang doré des immortels.

Iris : Déesse de l'Arc-en-ciel.

Junon : Déesse romaine des Femmes, du Mariage et de la Fertilité ; épouse et sœur de Jupiter ; mère de Mars. Forme grecque : Héra.

Jupiter : Dieu romain des dieux, également nommé Jupiter Optimus Maximus (le meilleur et le plus grand). Forme grecque : Zeus.

Karpoi (sing. *karpos*) : Esprits des céréales.

Lare : Esprit ancestral, protecteur du foyer.

Légion : Principale unité de l'armée romaine, composée de troupes d'infanterie et de cavalerie.

Légionnaire : Membre d'une légion.

Lestrygons : Grands cannibales du Nord, peut-être à l'origine de la légende du Sasquatch.

Liberalia : Fête romaine célébrant le passage à l'âge adulte des garçons.

Livres sibyllins : Recueil de prophéties en vers grecs rimés. Tarquin le Superbe, un roi de Rome, les acheta à une prophétesse du nom de Sibylle et les consultait en périodes de grand danger.

Lupa : Louve romaine sacrée qui allaita les jumeaux abandonnés Romulus et Rémus.

Mars : Dieu romain de la Guerre, également nommé Mars Ultor. Protecteur de l'empire ; père divin de Romulus et Rémus. Forme grecque : Arès.

Minerve : Déesse romaine de la Sagesse. Forme grecque : Athéna.

Mont Othrys : Base des Titans pendant la guerre de dix ans contre les Olympiens ; Q.G. de Saturne.

Ombres : Esprits.

Or impérial : Métal rare, mortel pour les monstres ; consacré au Panthéon ; son existence était un secret jalousement gardé par les empereurs.

Nebulae : Nymphes des nuages.

Neptune : Dieu romain de la Mer. Forme grecque : Poséidon.

Otrera : Première reine des Amazones ; fille d'Arès.

Panthéon : Temple dédié à tous les dieux de la Rome antique.

Penthésilée : Une reine des Amazones ; fille d'Arès et d'Otrera, elle-même première reine des Amazones.

Périclyménos : Prince grec de Pylos et fils de Poséidon, qui lui donna le don de transformation physique. Il était connu pour sa force et participa à l'expédition des Argonautes.

Phinéas : Fils de Poséidon qui avait le don de prophétie. Lorsqu'il en révéla trop sur les intentions des dieux, Zeus le rendit aveugle en punition.

Pilum : Javelot romain.

Pilus prior : Centurion commandant la cohorte.

Pluton : Dieu romain de la Mort et de la Richesse. Équivalent grec : Hadès.

Polybotès : Géant fils de Gaïa, la Terre Nourricière.

Préteur : Magistrat romain nommé par suffrage et commandant de l'armée.

Priam : Roi de Troie pendant la guerre de Troie.

Principia : Quartiers généraux d'un camp romain.

Probatio : Période d'essai à laquelle sont soumises les nouvelles recrues d'une légion.

Pugio : Poignard romain.

Retiarius : Gladiateur romain se battant avec un filet et un trident.

Revue : Ou revue des troupes, inspection militaire stricte.

Romulus et Rémus : Fils jumeaux de Mars et de la vestale Rhéa Silvia, qui furent jetés dans le Tibre par leur père humain, Amulius. Ils furent sauvés et élevés par une louve, et, à l'âge adulte, fondèrent Rome.

Styx : Fleuve marquant la frontière entre la Terre et les Enfers.

Saturne : Dieu romain de l'Agriculture, fils d'Uranus et de Gaïa, père de Jupiter. Équivalent grec : Cronos.

SPQR *(Senatus Populusque Romanus)* : « Le Sénat et le Peuple de Rome » ; la formule se rapporte au gouvernement de la République romaine et sert d'emblème officiel de Rome.

Spartus : Guerrier-squelette.

Spatha : Arme de cavalerie.

Tartare : Mari de Gaïa ; esprit de l'abîme ; père des géants. Désigne également la région du monde la plus basse.

Terminus : Dieu romain des Frontières et des Jalons.

Thanatos : Dieu grec de la Mort. Équivalent romain : Letus.

Tibre : Le plus long fleuve d'Italie. Rome fut fondée sur ses rives. Dans la Rome antique, les criminels exécutés étaient jetés dans le Tibre.

Trirème : Type de vaisseau de guerre.

Triomphe : Procession en grande pompe des généraux romains et de leurs soldats pour célébrer une grande victoire militaire.

CE ROMAN VOUS A PLU ?

Donnez votre avis
et retrouvez
d'autres lecteurs sur

LECTURE academy.com

Du même auteur
Découvrez un extrait du roman
The Kane Chronicles
Tome 1
La pyramide rouge

☥ CARTER

1. L'aiguille de la mort

On n'a que quelques heures, alors écoute bien.

Si tu entends cette histoire, ça veut dire que tu es déjà en danger. Sadie et moi sommes peut-être ta seule chance.

File à l'école. Trouve le casier. Je ne précise pas quelle école ni quel casier. Si tu es la personne que je crois, tu sauras. La combinaison est 13/32/33. À la fin de ce récit, tu connaîtras la signification de ces chiffres. Rappelle-toi que l'histoire que tu vas entendre est inachevée. Son dénouement ne dépend que de toi.

Encore une chose, la plus importante : quand tu auras ouvert le paquet et découvert ce qu'il contient, ne le garde pas plus d'une semaine. Tu seras tenté, je le sais. Car enfin, ce truc te procurera un pouvoir presque illimité. Mais si tu l'utilises trop, il te consumera. Dépêche-toi d'apprendre ses secrets et cache-le pour la personne qui le trouvera après toi, comme Sadie et moi l'avons fait. Ensuite, crois-moi, ta vie va devenir très intéressante.

Sadie me dit que je perds du temps et que je ferais mieux d'en venir aux faits. D'accord. Je crois que tout a commencé à Londres, la nuit où notre père a fait sauter le British Museum.

Je m'appelle Carter Kane. J'ai quatorze ans, et toute ma vie tient dans une valise.

Tu penses que j'exagère ? Depuis que j'ai huit ans, je parcours le monde. Je suis né à Los Angeles, mais avec un père archéologue, je n'ai pas arrêté de voyager. Sa spécialité, c'est l'Égypte. Entre dans une librairie, prends n'importe quel livre sur l'Égypte, il y a de fortes chances pour qu'il ait été écrit par le professeur Julius Kane. Tu veux savoir comment les Égyptiens retiraient le cerveau des momies ou ont construit les pyramides, tu te poses des questions sur la malédiction de Toutankhamon ? Demande à mon père. En réalité, il avait d'autres raisons de voyager, mais à l'époque j'ignorais son secret.

Je n'ai jamais été en classe. Mon père me faisait l'école à la maison, si l'on peut dire, car nous n'avions pas de maison. Il m'a appris ce qui lui semblait important. C'est pour ça que je sais des quantités de choses sur l'Égypte, sur les championnats de basket-ball et les musiciens préférés de papa. J'ai aussi beaucoup lu – tout ce qui me tombait sous la main, livres d'histoire ou romans de fantasy –, pour tuer le temps. En effet, j'ai passé d'innombrables heures dans des hôtels, des aéroports ou sur des chantiers de fouilles, dans des pays étrangers où je ne connaissais personne. Mon père me disait souvent de poser mon bouquin et de prendre plutôt un ballon, mais essaie un peu de dribbler en plein temple d'Assouan...

Très jeune, j'ai appris à faire entrer tout ce que je possédais dans un bagage qui tienne au-dessus d'un siège d'avion. En plus de sa propre valise, papa emportait partout une sacoche contenant son matériel d'archéologue. Je n'avais pas le droit de regarder à l'intérieur. C'était la règle numéro un, et je l'ai toujours respectée. Jusqu'à l'explosion.

C'était le 24 décembre. On était à Londres pour voir ma sœur, Sadie.

Il faut te dire que papa n'a le droit de la voir que deux jours par an, un en été, un en hiver. Tout ça parce que nos grands-parents le détestent. Quand maman – leur fille – est morte, ils ont engagé une bataille judiciaire contre lui. Après avoir usé six avocats, deux explications à coups de poing et une agression à la spatule qui aurait pu être fatale (crois-moi, mieux vaut ne pas connaître les détails), ils ont obtenu le droit de garder Sadie. Elle avait six ans, moi huit. Ils ne pouvaient pas nous élever tous les deux – enfin, c'est ce qu'ils ont raconté. Aussi, à elle la vie tranquille en Angleterre pendant que je faisais le tour du monde avec papa. Donc, on voyait Sadie deux fois par an, et ça m'allait très bien comme ça.

(La ferme, Sadie. C'est bon, j'y viens.)

Ce jour-là, notre avion avait atterri en retard à Heathrow. C'était un après-midi froid et bruineux. Dans le taxi qui nous emmenait en ville, papa avait l'air inquiet. Pourtant, mon père, il en faut beaucoup pour l'impressionner. C'est un grand type à la peau foncée (comme moi), aux yeux noirs perçants. Avec son crâne rasé et son bouc, on dirait un savant maléfique mais costaud. Ce jour-là, il portait son manteau en cachemire par-dessus son meilleur costume – celui qu'il met pour donner des conférences, le marron. Il est toujours un peu nerveux quand on voit Sadie, mais cette fois c'était différent. Il n'arrêtait pas de regarder derrière lui, comme si on nous suivait.

Au moment où on quittait l'autoroute, j'ai demandé :

– Papa ? Il y a un problème ?

Je l'ai entendu murmurer :

– Aucun signe d'eux.

Puis il a dû réaliser qu'il avait parlé à voix haute, parce qu'il m'a jeté un regard effaré.

– Non, Carter. Tout va bien.

Ce qui n'a pas contribué à me rassurer, car 1) mon père ment très mal, 2) il ne lâchait pas sa sacoche. D'habitude, quand il fait ça, ça signifie qu'on est en danger. Comme la fois où des hommes armés ont fait irruption dans notre hôtel, au Caire. En entendant des coups de feu dans le hall, je m'y suis précipité, craignant pour mon père. Je l'ai trouvé en train de refermer sa sacoche, très calme. Au-dessus de lui, trois types inconscients étaient pendus au lustre, la tête en bas. Leurs djellabas remontées laissaient voir leurs caleçons. Papa a affirmé ne pas savoir comment ils étaient arrivés là. La police a fini par conclure à un accident, dû à un défaut de fabrication du lustre. Une autre fois, à Paris, on s'est retrouvés dans une manifestation qui avait dégénéré. Mon père a couru vers la plus proche voiture garée et m'a poussé à l'intérieur, m'ordonnant de me baisser. Plaqué contre le sol à l'arrière, les yeux fermés, je l'ai entendu se glisser sur le siège du conducteur et fouiller dans sa sacoche en marmonnant tandis qu'autour de nous, la foule hurlait et détruisait tout ce qu'elle pouvait. Quelques minutes plus tard, il m'a dit de me relever. Toutes les voitures dans la rue avaient été retournées et incendiées. La nôtre, lavée et briquée de frais, avait plusieurs billets de vingt euros coincés sous les essuie-glaces.

C'est pour ça que je respectais la sacoche de mon père. Je la considérais un peu comme un talisman. Mais quand papa la serrait contre lui, ça signifiait qu'on allait avoir besoin de sa protection.

On roulait vers l'est à travers Londres, dépassant les grilles dorées du palais de Buckingham, puis la colonne de Trafalgar Square. Londres est super, mais quand on a parcouru le monde, toutes les villes finissent par se confondre. Quand je discute avec des gens de mon âge, beaucoup me disent : « T'en as de la veine ! Ça doit être génial de voyager autant. » Mais ce n'est pas comme si on faisait du tourisme et qu'on ne descendait que dans des palaces. Parfois on doit loger à la dure et on reste rarement plus de quelques jours au même endroit. Le plus souvent, notre existence évoque moins celle de touristes que de fugitifs.

Franchement, qui aurait imaginé que mon père faisait un métier dangereux ? Il donnait des conférences sur des sujets – « La magie égyptienne peut-elle tuer ? » ou « Les principaux châtiments dans l'au-delà des Égyptiens » – qui n'intéressaient qu'une poignée de gens. Pourtant, il regardait sans cesse derrière lui et à l'hôtel, il ne me laissait jamais entrer dans la chambre avant de l'avoir fouillée. Je ne m'en plaignais pas. J'adorais voyager avec lui, mais on ne peut pas dire que notre vie était de tout repos.

Mes grands-parents, les Faust, habitent Canary Wharf, au bord de la Tamise. Le taxi s'est rangé le long du trottoir pas loin de leur maison, et papa a demandé au chauffeur de nous attendre.

On avait à peine marché quelques mètres quand papa s'est immobilisé. Puis il s'est retourné.

J'ai demandé :

– Qu'est-ce qu'il y a ?

C'est alors que j'ai aperçu un homme appuyé contre un grand arbre mort, de l'autre côté de la rue. Trapu, le teint foncé, il était vêtu d'un imper et d'un élégant costume noir rayé. Un chapeau de feutre mou, également noir, recouvrait ses cheveux, longs et tressés, et il portait des lunettes rondes aux verres sombres – des lunettes d'aveugle. Il ressemblait à un de ces musiciens de jazz aux concerts desquels mon père s'entêtait à me traîner. On ne voyait pas ses yeux, mais j'ai eu l'impression qu'il nous regardait. Il n'avait pas l'air content.

– Continue sans moi, m'a dit mon père.

– Mais...

– Va chercher ta sœur. Je vous retrouve au taxi.

Il a traversé la rue et s'est dirigé vers l'homme à l'imper, ce qui me laissait deux possibilités : le suivre et voir ce qui allait se passer, ou lui obéir.

J'ai choisi la moins dangereuse – même si ça se discute – et suis allé chercher ma sœur.

Avant que j'aie pu frapper, Sadie a ouvert la porte.

– En retard, a-t-elle dit. Comme toujours.

Elle portait dans ses bras sa chatte, Muffin, « cadeau de séparation » de notre père, six ans plus tôt. Muffin ne semble pas vieillir ni grossir. Avec sa robe sable tachetée de noir, on dirait une panthère miniature. Elle a des yeux jaunes et vifs et des oreilles trop grandes pour sa tête. Une médaille égyptienne en argent pend de son collier. Elle ne ressemble pas du tout à un muffin, mais Sadie était petite quand elle l'a appelée comme ça, alors un peu d'indulgence, s'il te plaît.

Sadie n'avait pas beaucoup changé depuis l'été.

(Alors que je te parle, elle se tient devant moi et me jette des regards menaçants. J'ai intérêt à bien choisir les mots pour la décrire.)

On ne devinerait jamais que nous sommes frère et sœur. D'abord, Sadie a vécu si longtemps en Angleterre qu'elle en a pris l'accent. Ensuite, elle tient de notre mère, si bien qu'on la croirait blanche à cent pour cent. Elle a des cheveux caramel – ni bruns ni vraiment blonds – qu'elle rehausse habituellement d'une touche de couleur. Ce jour-là, elle s'était fait des mèches rouges sur le côté gauche. Et puis, elle a les yeux bleus. Sérieux ! Aussi bleus que ceux de maman. À douze ans, elle est déjà aussi grande que moi, ce qui m'agace prodigieusement. Elle mastiquait un chewing-gum, selon son habitude. Elle portait un jean fatigué, une veste en cuir et des bottes militaires, comme si elle allait à un concert et avait l'intention de marcher sur les pieds des gens. Elle avait des écouteurs autour du cou, au cas où elle se serait ennuyée à mourir avec nous.

(C'est bon, elle ne m'a pas frappé. Ça veut dire qu'elle est satisfaite de ma description.)